राजस्थानी रनिवास

राहुल सांकृत्यायन

वाणी प्रकाशन

प्रकाशन के उत्कृष्टतम 61 वर्ष

सजिल्द पहला संस्करण : 2024

vaniprakashan.com

वाणी प्रकाशन

4695, 21-ए, दरियागंज, नयी दिल्ली-110 002

फ़ोन : +91 11 23273167, 23275710

शाखाएँ

अशोक राजपथ, पटना-800 004, बिहार

कॉफ़ी हाउस कैम्पस, महात्मा गांधी मार्ग, प्रयागराज-211 001, उत्तर प्रदेश

महात्मा गांधी अन्तरराष्ट्रीय हिन्दी विश्वविद्यालय, वर्धा-442 001, महाराष्ट्र

sales@vaniprakashan.in
vaniprakashan@gmail.com

Rajasthani Ranivaas
by Rahul Sankrityayan

ISBN : 978-93-6287-053-7
Novel

मूल्य : ₹ 695

जी.एस. ऑफ़सेट द्वारा दिल्ली-110 095 में मुद्रित

वाणी प्रकाशन का लोगो मक़बूल फ़िदा हुसेन की कूची से

प्राक्कथन

मेरी इस पुस्तक के बारे में कहा जा सकता है, कि यह देर से लिखी गई, क्योंकि इसमें राजस्थान की सात पर्दे में रहने वाली जिन रानियों और ठाकुरानियों की बेबसी, दुःखगाथा और वहाँ के पुरुषों की स्वेच्छाचारिता का वर्णन किया गया है, वह अब अतीत की वस्तु होने लगी है, इसलिए इससे परतन्त्र असूर्यम्पश्याओं को अन्धकार में सहायता नहीं मिल सकती। इसका उत्तर यह भी हो सकता है, कि इतिहास से विस्मृत हो जाने वाले इस जीवन का लिपिबद्ध होना जरूरी है, ताकि असूर्यम्पश्याओं की अगली सन्तानें तथा इतिहास के प्रेमी भी उनके बारे में जान सकें। साथ ही यह भी ध्यान में रखने की बात है, कि यद्यपि राजस्थान के तहखाने टूट रहे हैं और उनके भीतर पीढ़ियों से पले प्राणी बाहर निकलते आ रहे हैं, लेकिन तो भी तहखानों के बिलकुल साफ और खतम होने में कुछ देर लगे बिना नहीं रहेगी, इसलिए हो सकता है, स्वेच्छा से मालिक के अस्तबल के किनारे फेरा लगाने वाली मुक्त-दासियों को इस पुस्तक से कुछ सहायता भी मिल जाये।

इस पुस्तक में सभी स्थानों और व्यक्तियों के नामों को बदल दिया गया है, इसका कारण स्पष्ट है—लेखक व्यक्ति को थोड़ा और सामन्त-समाज को ज्यादा दोषी मानता है, इसलिए व्यक्ति का नाम देकर उसको मानसिक कष्ट पहुँचाने से कोई फायदा नहीं। हो सकता है, घटनाओं और व्यक्तियों के समीप रहने वाले पाठक उन्हें पहचान जायँ, लेकिन उन्हें भी हर एक व्यक्ति के सभी पहलुओं को मिलाकर अपनी राय देनी चाहिए। इस पुस्तक में स्थान-स्थान पर व्यक्तियों के गुणों का भी चित्रण हुआ है। हतभागिनी गौरी के दुःखों का कारण आप ठाकुर साहब को कह सकते हैं, लेकिन साथ ही जब यह भी देखते हैं, कि कितनी ही बार वह गढ़े से बाहर निकलने की कोशिश करते हैं, लेकिन सफल नहीं होते। सौत के ऊपर आप गुस्सा कर सकते हैं, लेकिन वह भी क्या करे ? उसे अपने को सुखी रखना है। दाँव-पेंच खेलती है, केवल इसीलिए कि कहीं उसके भाग्य

का फैसला दूसरे के फेंके पासे द्वारा न हो जाय। साथ ही वह अपने वर्ग में इसी तरह का शिष्ट-आचार देखती है, इसलिए उसे उसका अनुसरण करना बुरा नहीं लगता। सबसे अधिक दोषी आप सेठ को ठहरा सकते हैं। उसके चरित्र में सचमुच कहीं पर भी शुक्ल स्थान दिखलाई नहीं पड़ता, लेकिन वह भी सामन्ती समाज का विधाता नहीं। हाँ, वह उस वर्ग का प्रतिनिधि जरूर है, जो कि पेड़ पर से गिरे आम को बीच में ही से अपने हाथ में आज किये हुए हैं। उसके चरित्र से यही मालूम होगा, कि सेठों का हृदय सामन्तों से भी निकृष्ट है।

यह कोई उपन्यास नहीं है, इसे कहना शायद अनावश्यक है। यहाँ आई हुई घटनाएँ १६१० ई० से १६५२ ई० तक की है। इस सीमा को एकाध ही जगह उल्लंघन किया गया है। सारी घटनाएँ राजस्थान की हैं, एकाध जगह ही उन्होंने बाहर पैर रक्खा है।

मसूरी, २-७-५२

राहुल सांकृत्यायन

विषय-सूची

१
शिशु आँखों से

बचपन की सबसे पुरानी स्मृति कौन है, इसका पता लगाना हर एक व्यक्ति के लिए मुश्किल है, क्योंकि अबोध-शिशु इतने धीरे-धीरे अबोध-बालक के रूप में परिणत होता है, कि उसे दोनों की सीमा-रेखा स्पष्ट नहीं दिखाई देती है। फिर शिशु की स्मृति का विषय विचार नहीं, बल्कि साकार चीजें होती हैं, जो एक समय प्रकट होकर तुरन्त सदा के लिए लुप्त नहीं हो जातीं। रोज-रोज आँखों के सामने आने-वाली चीजों में से किसी एक को अपनी प्रथम स्मृति का विषय कहना उसके लिए कठिन है। फिर सभी बच्चों की स्मृति-शक्ति (ग्राहिका-शक्ति) एक-सी नहीं होती। जब तक कोई अति असाधारण वस्तु सामने न आवे, तब तक शिशु के लिए यह कहना कठिन है, कि उसने पहले-पहल कौन-सी ऐसी चीज देखी, जिसका मानस-प्रतिबिम्ब उसके पास तब से अटल-अचल हो गया। गौरी के पिता अभी जब वह डेढ़ वर्ष की थी, तभी उसे पितृहीन बनाकर चले गये। उस अवस्था में भला पिता के सम्बन्ध में क्या याद रख सकती थी? लेकिन उनके मरने के तीन-साढ़े तीन वर्ष बाद माँ तीर्थ-यात्रा के लिए निकलीं। वह जगन्नाथ और रामेश्वर तक गईं। इस तीर्थ-यात्रा में भी गौरी को अगर किसी चीज की स्मृति अधिक तेज है, तो वह है श्रीरंगम के शेषशायी भगवान् की। बच्चों को साँप, बन्दर, भालू आदि की सजीव या निर्जीव मूर्ति अधिक आकर्षक होती है, और श्रीरंगम के भगवान् अनेक फणोंवाले साँप के ऊपर लेटे हुए थे, इसलिए वह असाधारण देवता थे। ऐसे देवता को गौरी ने कभी नहीं देखा था। साथ ही दूसरी स्मृति, उसी यात्रा की, मदराम में बिजली-बत्तियों द्वारा किसी जगमगाते फाटक की थी।

गौरी का जन्म मार्गशीर्ष सुदी सप्तमी संवत् १९६५ (सन् १९०८ई०) में हुआ था। हिन्दुस्तान के इतिहास में प्रथम विश्व-युद्ध का भी महत्त्व है, क्योंकि उसके बाद ही स्वतन्त्रता की प्रचण्ड भावना भारतीय जनगण के मन में चल पड़ी, जिसके फलस्वरूप जहाँ दूसरे विश्व-युद्ध के अन्त के बाद ही अंग्रेजों के शासन का अन्त हुआ, वहाँ राजस्थान के शताब्दियों

से अन्धकारावृत सामन्ती तहखानों के भीतर भी प्रकाश की किरणें ही नहीं पहुँचीं, बल्कि वह तहखाना ही ध्वस्त हो गया। और आज वहाँ की असूर्य-म्पश्याएँ यदि अब भी सूर्य को नहीं देख पातीं, तो इसे सैकड़ों पीढ़ियों से चली आती अकर्मण्यता के कारण ही समझना चाहिए। प्रथम विश्व युद्ध के छिड़ने में अभी छह साल की देर थी, जब कि राजस्थान की मरुभूमि में, नरपुर के ठाकुर बलवन्तसिंह को एक लड़की पैदा हुई। नरपुर में चार ठाकुर रहा करते थे, बतरा, डफरा आदि। आज के बड़े-बड़े अरबपति सेठ नरपुर की ही प्रजा थे, और अभी हाल तक भी जन्मभूमि में जाने पर अपने ठाकुर साहब के सामने कमर दोहरी करके सेठों को कोरनिश करनी पड़ती थी। जसपुर के वंश के राजवंश में छोटे भाइयों की बहुत-सी शाखाएँ स्थापित हुई थीं—या यों कहिये, गद्दी पर तो ज्येष्ठ पुत्र ही बैठ सकता था, छोटे राजकुमारों के लिए भी कुछ करना जरूरी था, इसलिए उन्हें जागीरें दे दी जाती थीं। इन्हें ही साधारण बोलचाल में 'ठेकाना' (ठेकाणा) कहते हैं। ठेकानेदार ठाकुर अपने इलाके के अनभि-षिक्त राजा-राजन्य होते थे। उनके पास कुछ सेना भी होती, दुर्ग भी होता, और फौजदारी तथा दीवानी शासन के अधिकार भी होते। अंग्रेजों के शासन से पहले ये जागीरदार या ठेकानों के ठाकुर राज की सेना के अंगभूत हो अपनी जागीर के सैनिकों के सेनापति होते थे, और जहाँ मानसिंह या सवाई जयसिंह मुगल-सम्राटों की वाहिनी के महासेनानायक होते, वहाँ ठेकाने के ठाकुर भी अपनी तलवार का जौहर दिखलाने जाते। अंग्रेजी शासन के कायम होने के बाद देशी सेनाओं से अंग्रेजों का कोई काम नहीं बननेवाला था, इसलिए ठेकानों के ठाकुर अब वंशानुगत सेना-संचालक न रहकर छोटे राजा बन गये।

सलमिया-वंशियों के बारे में कहावत है, कि इनके मूल पुरुष की कोई सन्तान न थी। निर्वंश होने को ठाकुर को बहुत चिन्ता थी। हिन्दू साधू-फकीरों और देवी-देवताओं की सारी मिन्नत-पूजा व्यर्थ गई। उन्होंने किसी मुसलमान फकीर सलीम की कीर्ति सुनी, और पुत्र के लिए फकीर के चरणों में लोटने लगे। फकीर ने, 'वरं ब्रूहि' कहते उन्हें वरदान दिया—"जा तेरे पुत्र तो होगा, लेकिन होने पर उसे गाय के खून में नहलाना, और अपने कुल में सूअर तथा झटका के मांस को वर्जित कर देना।" फकीर ने तो ठाकुर का धर्म लेकर पुत्र देने की चाल चली थी, क्योंकि यदि गाय के खून में बच्चे को नहलाया जाता, तो उसे कौन हिन्दू अपनाने के लिए तैयार होता? ठाकुर का वंश भले ही निर्वंश हो जाता, लेकिन

हिन्दू उसके लिए इतनी दूर तक जाने के लिए तैयार न होते। ठाकुर ने अपने नवजात शिशु को बकरी के खून में नहलाया, लेकिन राजपूतों में बहुप्रचलित जंगली सूअर के शिकार और मांस हराम कर दिया, और तभी से सलमिया राजपूत केवल हलाल किये हुए जानवर के ही मांस खाने लगे। यह दोनों रूढ़ियाँ बीसवीं शताब्दी के प्रमुख बुद्धिवाद के प्रकाश में बहुत कुछ लुप्त हो गईं। सलीम के आशीर्वाद से सन्तति चलने के कारण जसपुर के राजकुल का यह वंश सलमिया कहा जाने लगा, और जिस प्रदेश में इनकी ठकुराइयाँ बनीं, उसे 'सलमाडा' कहा जाने लगा।

एक समय तो मालूम होता था, कि सलमिया नाम का कोई कुल धरती पर अपना अस्तित्व नहीं रख सकेगा, किन्तु पीछे खानदान इतना बढ़ा कि नरपुर के सलमिया ठाकुर नरसिंह के नौ बेटों के अपने अलग-अलग नौ गढ़ कायम हो गये। मंगलपुर भी सलमियों का इसी प्रकार का एक गढ़ था, जिसके गद्दीधर ठाकुर जीवसिंह थे। ठाकुर जीवसिंह के चार पुत्रों में ईसरसिंह मंगलपुर उत्तराधिकारी हुए, और उनके कनिष्ठ सहोदर बलवन्तसिंह नरगढ़ के ठाकुरों में एक के निस्सन्तान होने पर वहाँ गोद (दत्तक) गये। ठाकुर जीवसिंह की दूसरी पत्नी के दो पुत्रों में रूडसिंह भी इसी तरह नरगढ़ (नरपुर) के एक ठेकाने में गोद गये। नरपुर में तब चार ठेकाने हो गये थे, और जब किसी ठेकाने के ठाकुर का कोई अपना पुत्र नहीं रहता, तो वह अपने भाई-बन्दों के लड़के को लेकर पुत्रवान् बनता।

ठाकुर बलवन्तसिंह अपने कुल के एक परिवार की निस्सन्तानता दूर करने के लिए नरपुर गये थे, लेकिन उन्हें भी अपने उत्तराधिकारी के लिए पुत्र छोड़ने का सौभाग्य नहीं प्राप्त हुआ।

गौरी की माता शान्तिकुमारी लठिया वंश की थीं। जनपुर के सम्बन्धी लठिया ठाकुरों में से एक ठेकाना पिहुवा था। यहीं के ठाकुर के छोटे भाई ठाकुर जुलूमसिंह महराजा राखीसिंह के समय जयपुर-दरबार के कृपापात्र बन गये और उन्हें जयपुर की ओर से जागीर भी मिली। उनके पुत्र गजसिंह की ही पुत्री ठाकुरानी शान्तिकुमारी थीं, जिनका देहान्त सन् १९४२-४४ ई० में हुआ। जैसा कि पहले कहा, 'गौरी' इन्हीं ठकुरानी की पुत्री थी। नरपुर के चार ठाकुर कुलों में दो के स्वामी मंगलपुर से गोद लेकर गये। ठाकुर बलवन्तसिंह और ठाकुर रूडसिंह दोनों चचा-ताऊ के लड़के थे। रूडसिंह के मरने पर फिर बालसिंह को गोद लेना पड़ा। ठाकुर बलवन्त

सिंह के दो लड़के हुए थे, किन्तु वह बाल्य में ही जाते रहे। उनका ब्याह नरपुर गोद जाने के बाद हुआ, और जब उनकी कोई पुत्र-सन्तान नहीं रही, तो उन्हें भी गोद लेकर ही पुत्रवान बनना पड़ा।

ठाकुर बलवन्तसिंह के बड़े सहोदर ईसरसिंह दीर्घ-जीवी रहे। उनके सात लड़के हुए, लेकिन सब मर गये, और अन्त में उन्होंने भरतसिंह को गोद लिया। पुत्री गौरी को तो ठाकुर ईसर सिंह पुत्री नहीं पुत्र की तरह मानते थे। राजस्थान के राजपूतों में पुत्री भारी अभिशाप समझी जाती थी। कोई भी राजपूत पुत्री का मुख नहीं देखना चाहता था, और अंग्रेजों के शासन छा जाने तथा बहुत-से कानूनी निर्बन्धों के होने के बाद भी अभी तक छुटभैये राजपूत अपनी लड़कियों को मार डालते रहे हैं। अधिक दया दिखानेवाले माता-पिता अफीम चटाकर सद्योजात बालिका का जीवन खत्म कर देते। दूसरा बहुप्रचलित तरीका था— चौड़े मुँह के घड़े में सद्योजात बालिका को रखकर उसके मुँह पर खेरी (जेर) को रख देते, जिसके कारण सांस के लिए हवा न मिलने से शिशु तुरन्त मर जाता। फिर उसे गाड़ आते थे। कभी-कभी गाड़ने पर कोई-कोई शिशु जीवित भी देखा गया। यशपाल ने अपने जीवन-स्मरणों में एक जगह लिखा है, कि असाध्य रोग के कारण उसे अपने कुत्ते को जहर दिलवाकर मारना पड़ा, उस वक्त उसकी आँखों में आँसू भर आये, और उसके बाद से फिर उसे हिम्मत नहीं हुई, कि दूसरे कुत्ते को पाले। लेकिन यह राजपूत माता-पिता न जाने किस धातु के बने थे, कि अपनी अबोध सन्तान को दुनिया को पहली आँखों से देखने का भी अवसर न देकर अपने हाथों मार डालते। लेकिन यह एक किसी खास आदमी की बात तो नहीं थी। सारी जाति की जाति इस कार्य को जातीय और धार्मिक कृत्य समझकर शताब्दियों से करती आ रही थी, फिर उसमें निर्दयता और अमानुषिकता का प्रश्न कैसे उठ सकता था? पति के मरने पर स्त्रियों को सती कराना भी इसी तरह का एक निष्ठुर रवाज था, जबकि मुँह से कुछ न बोलने वाली अबोध बालिका को नहीं, बल्कि सोच-समझ रखनेवाली नारी को भी जीते-जी आग में जला दिया जाता।

गौरी को जहाँ तक अपने कुलवालों के बारे में देखने-सुनने का मौका मिला था, उसे पता नहीं है, कि ठाकुरों में भी लड़कियों को मारा जाता था। उसे किसी अपनी सम्बन्धिनी के सती होने की बात भी मालूम नहीं है।

ठेकाने के ठाकुर आखिर कुछ पीढ़ियों पहले गुजरे उसी करमा, लठिया, भँवरी, सरगा गद्दीधरों के ही तो राजकुमार थे, इसलिए उनका दरबार, उनका अन्तःपुर तथा सारी जीवन-चर्या सामर्थ्य के अनुसार जसपुर-जनपुर-जलपुर-उग्रपुर के दरबारों का ही छोटा रूप था। उन्हीं बड़े दरबारों के गुण और दोष इनके यहाँ भी पाये जाते थे। स्त्रियाँ ठाकुरवंश और राजवंश में पैदा होने के कारण पुण्यभागिनी नहीं बल्कि वस्तुतः अभागिनी थीं। परदा इतना जबर्दस्त था, कि अन्तःपुर से बाहर झाँक तक नहीं सकती थीं। उसी घर में या आँगन में उन्हें अपना सारा जीवन बिताना पड़ता था। यदि सास कठोर न हुई, तो वह अपनी बहुओं और लड़कियों को आँगन में आँख-मिचौनी या दूसरे साधारण से खेल खेलने को छुट्टी दे देती, नहीं तो सास के जीवित रहते तक हाथ-पैर बाँधकर पड़ा रहना ही उनकी एकमात्र जीवन-चर्या थी। हाथ से उन्हें कोई काम करना महापाप था। ठेकाने की ठाकुरानियों में शायद ही कोई एक-दो तरह का भी खाना पका सकती हों। खाना बनाने के लिए उनके यहाँ पुश्तैनी ब्राह्मण और दारोगा (जाति) मौजूद थे, फिर ठाकुरानी को अपने हाथ से खाना बनाने की क्या आवश्यकता? अपनी परिचिताओं में से गौरी एक ही दो का नाम ले सकती है, जो कि किसी नौकर के स्वस्थ और सशक्त न रहने पर अपने स्वामी को सब कुछ रहते भूखा मरने से बचा सकतीं। ठाकुरवंश में पैदा हुई महिलाओं को बाल्य में पितृकुल में रहकर अन्तःपुर के नियन्त्रणों के साथ शारीरिक-परिश्रमहीन जीवन बिताना पड़ता था। किसी समय राजपुताना के इतिहास में वीर-रमणियाँ रहीं, जो मृत्यु से खेला करती थीं। मृत्यु से तो शायद अभी भी खेलती हैं, लेकिन स्वेच्छा से नहीं, और न किसी शत्रु के मद को चूर्ण करने के लिए।

जब ठाकुर लोगों के लिए भी पढ़ने-लिखने की बहुत पर्वाह नहीं थीं, तो उनकी लड़कियों के बारे में क्या कहना? लेकिन इस विषय में गौरी कुछ अधिक सौभाग्यशालिनी थी। पितृवंचिता होने पर भी ठाकुर ईसरसिंह जैसा वात्सल्यपूर्ण हृदय वाला अभिभावक चचा उसे मिला था। ठाकुर ईसरसिंह अपनी अनुज-वधू को बहुत मानते थे, और वह अक्सर मंगलपुर में रहती थीं। पति के मरने के बाद तो बल्कि मंगलपुर ही उनका निवासस्थान बन गया था। नरपुर से नौ मील पर मखनपुर में पिता की कोठी थी, जहाँ पर गौरी का जन्म हुआ था। जब ताऊ ईसरसिंह को पुत्री के जन्म का पता लगा, और शायद खबर देनेवाले ने बड़े संकोच के साथ इस दुःखजनक घटना को उनके पास तक पहुँचाया, तो ठाकुर ईसरसिंह ने

तुरन्त अपने परिजनों को हुक्म दिया—"पुत्री नहीं पुत्र हुआ, इसलिए तुम लोग गाना-बजाना करो।" राजपूताने की बहुत कम राजवंशाजा या साधारण-वंशजा राजपूत-लड़कियों को ऐसा सौभाग्य प्राप्त हुआ होगा। डेढ़ वर्ष बाद पिता के मर जाने पर तो अब ठाकुर ईसरसिंह गौरी को अपनी आँखों की पुतली बनाकर रखते थे। जब दरबार लगता, तब भी गद्दी- मसनद पर ठाकुर के साथ उनकी नन्हीं सी बिटियाँ बैठी रहती। जब दरबारी किस्से-कहानियाँ कहते, तो भी वह वहाँ मौजूद रहती। घर में बाल-बच्चों के नाम पर केवल नौकरों के ही थे, इसलिए गौरी को उन्हीं के साथ खेलना पड़ता। बहुत समय तक तो उसे पता नहीं लगा कि मुझमें और दूसरे बालकों में क्या अन्तर है? वह छत के ऊपर चली जाती और साथ ले गई चीज को बालकों के साथ बाँटकर खाती। जूठे-मीठे का अभी उसे कुछ पता नहीं था।

राजस्थान में भारत की दूसरी जगहों की तरह ही अधिक संख्या गरीबों की है। ठाकुर ईसरसिंह बड़े दयालु स्वभाव के थे। उनके यहाँ गरीबों को समय पर खाना भी दिया जाता और जाड़े के दिनों में तो ड्योढ़ी में सैकड़ों स्त्री-पुरुष जमा हो जाते, जिन्हें वह रुई-भरी रजाइयाँ या अंगरखे बाँटते। वह पुराने चाल के ठाकुर थे। अभी विलायती साहबों के सम्पर्क में आकर उनका जीवन बहुत खर्चीला नहीं हो गया था, जिसके कारण कि ठेकाने की सारी आमदनी मोटरों और विलायती बिलास-सामग्रियों पर खर्च हो जाती। गौरी को अपने बालपन की जीवन-घटनाओं में से एक याद है। उस समय वह शायद आठ-नौ वर्ष की होगी। उसने देखा कि उसके साथ खेलनेवाली लड़की का बोर (सिरफूल) चाँदी का है। उसे क्या मालूम कि उसके अभागे देश में ऐसी लड़कियाँ बहुत हैं, जिनको चाँदी का बोर भी नसीब नहीं होता। उसने धीरे से अपनी दादी की सन्दूकची को खोला और उसमें से सोने का कोई दाना ले जाकर लड़की को दे दिया।

ठाकुर ईसरसिंह के असाधारण स्नेह का एक फल यह हुआ, कि गौरी के लिए अक्षर-ज्ञान भी आवश्यंक समझा गया। पहले जोशी ने आकर वर्ण-परिचय कराया, फिर सात-आठ वर्ष की उमर में मास्टर ने बाकायदा पढ़ाना शुरू किया। घर और बाहर यद्यपि मारवाड़ी बोली जाती थी, और आज भी बहुत-सी ठाकुरानियाँ और रानियाँ ऐसी मिलेंगी, जो मारवाड़ी में ही बोल सकती हैं। लेकिन, शिक्षा में मारवाड़ी का कोई स्थान नहीं।

उसे तो हिन्दी में ही होना चाहिए। पाँच-छह वर्ष (१३ वर्ष की उमर) तक गौरी अपने मास्टर से हिन्दी और कुछ अंग्रेजी भी पढ़ती रहती। थोड़ा-सा गणित भी पढ़ाया गया, लेकिन बाकायदा स्कूल की पढ़ाई न होने के कारण उसे इतिहास आदि दूसरे विषयों का कोई परिचय नहीं कराया गया। ताऊजी का कृतज्ञ होना चाहिए, जो उसे इतना भी पढ़ने का मौका मिला, नहीं तो दूसरी असूर्यम्पश्याओं की तरह उसे भी नौकर-नौकरानियों के किस्से-कहानियाँ और समय-समय पर हो जाने वाले कथा-पुराणों तक ही अपनी शिक्षा को सीमित रखना पड़ता। कहानियों में भूतों की कहानियाँ भी गौरी को बहुत अच्छी लगतीं। वह उन्हें बहुत शौक से सुनती, जबकि बेचारी माँ बराबर इसी कोशिश में रहती, कि यह मनहूस कहानियाँ उसके कानों में न पड़े, नहीं तो रात को सजीव भूत-प्रेत आकर उसका प्राण लेने लगेंगे। गीत गाने का भी गौरी को बहुत शौक था और बचपन से ही दूसरी स्त्रियों के मुँह से सुनकर वह मारवाड़ी गीतों को गाया करती। पुत्री की इस रुचि को देखकर घरवालों ने संगीत-शिक्षा का प्रबन्ध कर दिया। गौरी का ननिहाल जसपुर में था। ननिहाल के अलावा राजधानी में अपनी हवेली थी, इसलिए अक्सर वहाँ जाकर रहने का मौका मिलता। जसपुर में उसे पक्के संगीत और हारमोनियम सीखने का मौका मिला। ब्याह से पहले कई वर्षों तक वह एक बंगाली गुरु से गीत और वाद्य सीखती रही, जिसका अभ्यास बाद में भी कितने ही समय तक उसने जारी रखा।

यद्यपि रानियों और ठाकुरानियों के लिए यह अनावश्यक सी चीज थी, लेकिन तो भी चिट्ठी लिखने भर उन्हें सिखला दिया जाता था। फिर धार्मिक पूजा-पाठ के लिए तुलसी-रामायण, गंगालहरी, गोपाल-सहस्रनाम, हनुमानचालीसा का भी पाठ कर लेना कितनी ही अन्तःपुरिकाओं की शक्ति के भीतर की चीज थी। ठाकुरों के गढ़ के भीतर अपने मन्दिर हुआ करते थे, जिनमें पूजा-दर्शन के लिए अन्तःपुरिकाएँ भी पहुँच जाती थीं। घोर परदे के कारण गढ़ के भीतर के गोपालजी के मन्दिर में पुजारी ब्राह्मणी होती थी। मन्त्र-दीक्षा भी कोई ब्राह्मणी ही देती, जैसा कि ठाकुरानी शान्तिकुमारी को गणेशीबाई ब्राह्मणी ने दिया। मन्दिर की पूजा या कथा से मीराँबाई की भले ही आँख खोलने का अवसर मिला हो, किन्तु १९वीं-२०वीं सदी की अन्तःपुरिकाओं पर तो उसका प्रभाव आयु के ढलने के बाद ही कुछ दिखाई पड़ता था।

राजस्थान यदि हमारे शताब्दियों पुरानी रीति-रिवाजों का संग्रहालय रहा है, यदि पुराना शुद्ध सामन्ती शासन और जीवन वहाँ १६४८ तक अक्षुण्ण रहा है, तो वेश-भूषा में भी यदि उसने अपनी बहुत-सी पुरानी चीजों को कायम रक्खा, तो इसमें आश्चर्य की क्या बात? सभी तरह के रंग का पूरे थान भर का सूती घाघरा वहाँ की स्त्रियों की जातीय पोशाक थी। ढाई हजार वर्ष पहले घाघरे का पूर्वज अन्तर्वासक (लुँगी) था, और चुनरी का उत्तरासंग (चादर)। लेकिन उस वक्त इतने कपड़े की आवश्यकता नहीं थी। शायद दोनों के लिए उससे अधिक कपड़ा नहीं लगता था, जितना कि आजकल साधारण साड़ी में। वस्तुतः ढाई हजार वर्ष पुराने उत्तरासंग और अन्तर्वासक को एक करके जहाँ साड़ी का निर्माण हुआ, वहाँ अन्तर्वासक के ढाई-तीन गज के कपड़े को विकसित करते हुए थान भर के घाघरे में परिणत कर दिया गया। पहले घाघरे भारी और सूती हुआ करते थे। अब तो राजस्थान की अन्तःपुरिकाओं ने उसे हल्का करते हुए रेशमी लहँगा बना दिया है, और नई पीढ़ी ने तो अपना मत साड़ी के पक्ष में दे दिया है। चुनरी उस समय भी तरह-तरह के रंगों की मलमल या रेशम की होती थी, जिनमें अन्तःपुरिकाएँ या उनकी सेविकाएँ स्वयं गोटे लगा लेतीं। सीना-पिरोना रानियों-ठाकुरानियों के लिए वर्जित चीज नहीं थी, और वह गोटे के तरह-तरह के काम अपने हाथ से कर लिया करती थीं। घाघरा और चुनरी के अतिरिक्त अधबहियाँ चोली भी स्त्रियों की पोशाक थी, जिसके ऊपर जाड़ों में सदरी (जाकेट) पहन लेतीं और ऊपर से साल ओढ़ लेने पर अन्तः पुरिकाओं का पूरा वेश समाप्त हो जाता। अधबहियाँ को पूरी बाँह का बनाने में बड़ी-बूढ़ियों से बहुत लोहा लेना पड़ा, और साड़ी तथा ओवरकोट तक पहुँचने पर तो मानो राजस्थान के अन्तःपुर में भयंकर क्रान्ति आ गई। आज तो सिरमौर रानियाँ जानतीं ही नहीं, कि उनकी पूर्वजाएँ कैसे रहती थीं। हाँ, अन्तःपुरिकाएँ पगरखी (जूती) पहले से ही पहनती आई थीं, जिन पर चमकते हुए तारों का काम होता था। विधवाएँ या पूजा में जानेवाली खड़ाऊँ भी पहनतीं।

आभूषण तो अन्तःपुरिकाओं के लिए सबसे आवश्यक चीज थी। आखिर बनाव-श्रृंगार ही तो एक ऐसा क्षेत्र है, जिसमें उनके लिए पूरी आजादी थी। चाहने पर वह अपने सारे समय को उसमें लगा सकती थीं। चौबीसों घण्टे पहननेवाले जेवरों में मुख्य-मुख्य थे— बोर (सिरफूल), कानों में ऊपर की ओर तीन-तीन बालियाँ, नीचे मच्छी लटकती सांकली के साथ टोपियाँ, जो एक-एक कान में तीन-तीन तोले, तक की होती

थीं। यह कहने की आवश्यकता नहीं, कि रानियों और ठाकुरानियों के आभूषणों में चाँदी का प्रयोग वर्जित था। आजकल भारत के मालिक सेठों के पूर्वजों को पैरों में सोना डालने के लिए अपने ठाकुरों से बहुत खर्चीला वरदान लेना पड़ता था, नहीं तो उन्हें सोने के आभूषण के साथ पैरों से भी वंचित होना पड़ता। गले में लटकनदार, नाक में बड़ा-बड़ा काँटा और नथनी। राजस्थान की अन्तःपुरिकाएँ इस सब बात में सौभाग्यशालिनी थीं, कि उन्हें आन्ध्र महिलाओं की तरह नाक में चार-चार छेद न करा केवल एक ही से छुट्टी मिल जाती थी। बाँहों में बाजू, फिर कलाई में हाथीदाँत या लाख के चूड़े होते थे—लाख के चूडे अधिक प्रचलित थे। चूडों के बीच में सोने के पत्तर लगी चूड़ियाँ, फिर गोखरू या दूसरे आकार के मासे (कंकण) होते। पैरों में एंडी से बित्ता ऊपर तक कील लगे जेवर पहने जाते, जिनका भार कभी-कभी एक-एक पैर में अस्सी-अस्सी तोले—पूरा एक सेर होता था। इनके निचले भाग में किंकिणी लगे नूपुर होते, जिनकी आवाज का गोस्वामीजी ने सीता के फुलवारी में जाने के समय सुन्दर वर्णन किया है— 'किंकिणि-कंकणनूपुर ध्वनि सुनि।' दसों अंगुलियों में किंकिणी लगे हुए गोलिए (छल्ले) होते, और हर हाथ में दो-दो अंगुठियाँ भी।

यह तो हर वक्त पहनने के जेवर थे। विशेष समय के जेवरों की गिनती करना भी मुश्किल है। कानों से सिर के ऊपर तक मोतियों की लड़ें लटकती रहतीं, सिर में बिन्दी पहनी जाती, गले में हँसली जैसे हांस और बाड़ली होती। फिर अजन्ता के समय से भी पहले प्रचलित वनमाला की तरह के जनेऊ वा बद्दी कण्ठ से जाँघ तक लटकती, जिसकी लड़ियाँ कमर से पीठ की ओर चली जातीं। पैरों में पान की आकृति का पगपान सारे पैर को ढाँके रहता और कर पृष्ठ को हथफूल।

अन्तःपुरिकाओं को अपने ससुर और जेठों के ही नहीं, बल्कि देवर के सामने भी परदा करना पड़ता। हाँ, घूँघट निकालकर देवरजी के साथ वह बात कर सकती थीं। पद में छोटे भतीजों और दूसरों के सामने परदा नहीं था, लेकिन सास दामाद के सामने नहीं जा सकती थी। अपने सामने पैदा हुए नौकरों से परदा करने का रवाज नहीं था। जब अन्तःपुर से बाहर निकलतीं, तो उनकी पालकी, या सवारी पर जबर्दस्त परदा रक्खाा जाता। जब मोटरों का रवाज हुआ, तो अन्तःपुरिकाओं के लिए काले शीशेवाली मोटरें तैयार की गईं, जिनसे वह 'राम झरोखे बैठि के सबका मुजरा लें' के अनुसार भीतर से सबको देख सकती थीं, बाहरवाले अन्तर्हिता

देवी को नहीं देख सकते थे।

★ ★ ★ ★

यदि दिल्ली के दरबार का अनुकरण जयपुर-जोधपुर का दरबार कर रहा था, और जयपुर-जोधपुर का अनुकरण उनके ठेकानेवाले ठाकुर, तो इन दोनों ही का अनुकरण अन्तःपुर की ठाकुरानियाँ करती थीं। अन्तः पुरिकाएँ अपनी बूढ़ियों के सामने आँचल पकड़कर झुककर मुजरा करतीं, और बड़ी-बूढ़ियाँ बहुओं को आशीर्वाद देतीं—"सीली हो, सपूती हो, बूढ़ सोहागन हो, सात पूत की माँ हो।" देवता के सामने अन्तःपुरिकाएँ जिस प्रकार प्रणाम करतीं, उसे सलमाडा की भाषा में 'ढोंकना' और जनपुर की भाषा में 'धोंकना' कहते हैं। यह भी एक उल्लेखनीय बात है, कि इस प्रकार धरती पर मत्था टेककर प्रणाम करने की नेपाली भाषा में भी ढोकना कहा जाता है। ससुर भी तो आखिर देवता है, इसलिए कपड़े में लिपटी बहू उसके सामने भी ढोकना करती है। सास के लिए प्रणाम है सामने बैठकर हाथ जोड़ लेना। लौंड़ियों में बड़ी-बूढ़ियों के प्रति सम्मान प्रकट करना आवश्यक समझा जाता था, और वह मुसलमानी जमाने के अवशेष के तौर पर मुट्ठी बाँधकर दोनों हाथों को अपने गाल में लगा वारना लेतीं, जिसे हम पुस्तकों में 'बारी जाऊँ' के रूप में पढ़ते हैं। जवाब में ठाकुरानी बैठकर बूढ़ी लौंड़ी के सामने हाथ जोड़ती। छोटी लौंड़ियाँ घूँघट निकालकर पगे लागतीं, जिसका जवाब खाली हाथ जोड़कर दिया जाता। रानियों को ठाकुरानियाँ हाथ जोड़ झुककर मुजरा किया करती थीं, लेकिन अब यह प्रथा संक्षिप्त कर दी गई है, और नमस्ते की तरह "खम्भा घणी" (क्षमा बहुत) कहकर हाथ जोड़ देना पर्याप्त समझा जाता है। सलमाडा के ठाकुर लोग अपने भाई-बन्दों से मिलते समय इष्ट देवता के अनुसार "जै गोपीनाथजी की, जै रुगनाथजी की" करते हैं। शाम-सुबह की इस तरह की प्रणामापाती को 'रामाशामा' कहा जाता है। शाम के वक्त जब ठाकुर साहब गद्दी पर बैठे होते हैं, और नौकर मशाल बालकर वहाँ लाता है, तो दरबारी लोग ठाकुर साहब को मुजरा करते हैं।

भोजन-विभाग की जिम्मेवारी रानी और ठाकुरानी को नहीं है, क्योंकि उन्हें खाना खाने भर से ही वास्ता है। ठाकुरों और राजाओं के यहाँ भीतर और बाहर दो रसोईघर होते हैं। भीतर अन्तःपुर में दारोगन (खवा-सिन) या ब्राह्मणी स्त्री भोजन बनाती है, और बाहर बावर्ची। पहले बारी लोग बाहर के बावर्ची होते थे, पीछे मुसलमान रसोइए भी रखे जाने लगे।

ठाकुरों के भीतरी-बाहरी दोनों रसोईघरों में दोनों ही वक्त मांस का बनना आवश्यक है। सलमिया लोग जंगली सूअर को स्वेच्छापूर्वक त्याग चुके हैं, किन्तु औरों के यहाँ शूकर-माँस बहुत बढ़िया माना जाता है। बकरी-भेड़ के अतिरिक्त शिकार से मिले हरिन, खरगोश, तीतर, बटेर, तिलोर आदि के मांस बना करते हैं। दोनों वक्त दो-तीन प्रकार का मांस और पुलाव बनना साधारण सी बात है। मांस-प्रेमियों के लिए मीठी चीज प्रिय नहीं रह जाती, इसलिए जरदा या हलवा जैसा कोई एक मीठा भोजन पर्याप्त समझा जाता है। हाँ, छह-सात प्रकार की सब्जियाँ जरूर बनती हैं। पूर्वी भारत में मांस के साथ भात का मेल माना जाता है, लेकिन राजस्थान में गेहूँ या बाजरे के रूखे फुल्के पर्याप्त समझे जाते हैं। मंगल या एकादशी आदि के दिनों में धर्मभीरु ठाकुर या अन्तःपुरिकाएँ मांस खाना नहीं पसन्द करतीं। उस दिन दालबाटी, चूरमा पूड़ा, मालपूआ जैसी चीजें बना ली जाती हैं। जहाँ राजस्थान के ब्राह्मण और बनिये घोर घासाहारी हैं, वहाँ, वहाँ के राजपूतों, विशेषकर साधन-सम्पन्न ठाकुरों और राजाओं का बिना मांस के एक वक्त भी काम नहीं चल सकता। पुराने ढंग के ठाकुरों में भोजन का मुख्य दो ही समय था, मध्याह्न-भोजन और पहर रात गये रात्रि-भोजन। सुबह को ऋतु के अनुसार दूध या लस्सी पी ली जाती थी। मांस की तरह ही राजस्थान के ठाकुरों और राजाओं में शराब की सनातन काल से छूट रही है और उसे पानी से अधिक महत्त्व नहीं दिया जाता। हाँ, उनमें असंयमी शराबी भी होते थे, जिनमें से कितने ही तो जयपुर के महाराजा माधोसिंह की तरह रात-दिन शराब में गर्क रहते। उससे नीचे दोपहर या शाम से ही शराब शुरू कर देते। मदिरा के एकान्त-सेवी दिन का भोजन तीन-चार बजे शाम से और रात का भी तीन-चार बजे रात से पहले नहीं खतम कर पाते। उनके यहाँ शराब का दौर चलता रहता है। रात को दस बजे से जिनके यहाँ शराब शुरू होती, उन्हें संयमी कहना चाहिए। ठाकुर या राजा साहब इस समय अन्तःपुर मे जाते, गद्दी-मसनद लग जाती, सारी रानियाँ या ठकुरानियाँ अपने पति के पान में शामिल होतीं। गर्मी के दिनों के लिए शराब की बोतलों को ठण्डे पानी में डालकर ठण्डा कर लिया जाता। फिर चाँदी-सोने की चुस्कियाँ (प्यालियाँ) रख दी जातीं। सभी सौतें अपने स्वामी के साथ पान-गोष्ठी रचातीं। बाहर शराब पीने पर ठाकुर या राजा साहब के सामने तवायफ (रंडी) नाचती-गाती, किन्तु अन्तःपुर में तवायफ का प्रवेश निषिद्ध था, वहाँ यह काम ढोलनियाँ करतीं। तरह-तरह के शृंगारी गाने होते। ठाकुर

साहब चुस्की में भरी शराब को अपनी पत्नी के सामने फैलाते। वह उसे हाथ में ले मनुहार करती प्रसाद रूपेण पान करतीं। यह पानगोष्ठी भी अन्तःपुरिकाओं के नीरस जीवन की सरस झाँकी थी। कोई आश्चर्य नहीं, यदि आज राजस्थान के ठेकानेवाले ठाकुर उन दिनों को भुलाने की जगह अपने प्राणों को दे देना ज्यादा पसन्द करते हैं।

८.सूर्यम्पश्याओं के लिए मनोविनोद का क्षेत्र बहुत संकुचित था। पुश्तों से चले आते गाने-नाचने को वह सीख लेती थीं। यदि खुलकर नाचने का रवाज होता, तो इससे शारीरिक व्यायाम भी हो जाता और अधिकांश अन्तःपुरिकाएँ जो तपेदिक में घुल-घुलकर प्राण देती हैं; उसकी नौबत न आती, न उस तरह के निष्क्रिय जीवन के कारण जो उन्हें बन्ध्या या मृत सन्तति की माँ बनना पड़ता, वह भी न होता। लेकिन गाने-नाचने को भी तो आगे दूसरों के जिम्मे दे दिया गया, जिसके कारण उन्हें इस सुलभ व्यायाम से भी वंचित हो जाना पड़ा। त्योहारों में तब भी उत्साह होने पर गाना-नाचना कर लेतीं। शादी के समय में भी इसका अवसर मिलता। पीहर जाने पर थोड़ा-सा उन्हें और स्वच्छन्द मिलने-जुलने का मौका मिलता-यद्यपि माता और भाभी के दृढ़ शासन के भीतर ही। ठाकुरानियों को अपने राजा के अन्तःपुर में भी जाकर अपनी दुनिया को कुछ बड़ा करने का मौका मिलता। जसपुर-जनपुर के राजा नई सभ्यता के लाने में पहले थे, इसलिए वहाँ जाने पर ठेकाने की ठाकुरानियों को भी नई हवा लगे बिना नहीं रहती। तीर्थ आदि करने का सौभाग्य बहुत कम ही अन्तःपुरिकाओं को मिलता, और सो भी अधिकतर विधवाओं को ही। विधवा होना ठाकु-रानियों के लिए जीवन-मृत्यु जैसा था। पति के मरते समय अक्सर पत्नी को खबर नहीं दी जाती। सबेरे खबर मिलती, तो स्त्री आकर पति के शव का चरण-स्पर्श करके चूड़ियाँ निकालकर वहीं लाश पर डाल देती। लौड़ियाँ भी उनका अनुकरण करतीं, लेकिन सातमासी के बाद उनकी चूड़ियाँ फिर हाथ में आ जातीं। पति के मरते ही ठाकुरानियों को छह महीने के लिए कोठरी में बन्द कर दिया जाता। इसी कोठरी में खाना-सोना ही नहीं, बल्कि शौच-स्नान भी करना पड़ता। वहाँ सूर्य का भला दर्शन कहाँ? दरवाजे पर भी मोटा परदा डाल दिया जाता। ऐसी अँधेरी कोठरी में यदि वह तपेदिक के चंगुल में न फँसे तो आश्चर्य की बात होती। छह महीने के बाद कोई-कोई सौभाग्यशालिनी विधवा पीहर चली जाती।

★ ★ ★ ★

बचपन में गौरी की तीर्थयात्रा काफी लम्बी हुई थी। उसमें माँ के मायकेवालों की जमात मिलकर पचास-साठ आदमी हो गये थे। गौरी को ठीक क्रम तो याद नहीं, लेकिन वह सम्भवतः मथुरा, प्रयाग, काशी, गया, जगन्नाथ, मदरास, श्रीरंगम, रामेश्वर, बम्बई, अहमदाबाद, पुष्कर के रास्ते हुई थी। मथुरा में जाने पर गौरी को अपनी ही उमर की पुरोहित की लड़की से बहिन (बहेली) बनने की इच्छा हुई, और दोनों जमुनाजी में स्नान करके बहिन बन भी गईं। दोनों सबेरे के वक्त छत पर जाकर दही-रोटी का कलेवा करने लगीं। उन्हें मालूम नहीं था, और नई-नई बहेली बनने की उमंग भी थी, इसलिए खयाल नहीं किया, कि यहाँ अपना दरबार नहीं, बल्कि दूसरे ही किसी का राज्य है। एकाएक छत पर तीन-चार बन्दर आ गये। उन्होंने दोनों बहेलियों को ढकेलकर लेटा दिया। उनकी तो सुध-बुध खो गई। बन्दरों ने दो-चार चपत लगाकर माखनचोर कन्हैया का अभिनय करते दही-रोटी से अपना कलेवा कर लिया। बहेलियों के चिल्लाने पर लोग दौड़े-दौड़े आये, जिससे फिर उनके प्राणों में प्राण आये। बहेली बनने का शायद अच्छा मुहूर्त किसी से दिखलाया नहीं था।

मथुरा की स्मृति बहुत मीठी नहीं है। ताँगे पर चढ़कर लोग भिन्न-भिन्न देवालयों के दर्शन करने जा रहे थे। गौरी भी अपनी नौकरानी राधारानी की गोद में एक ताँगे पर बैठ गई। ताँगा किसी टीले की ओर जा रहा था। घोड़ा गिर गया। राधारानी भी गौरी को लेकर वहीं ढेर हो गई। खैर, गौरी के माथे में मामूली-सी चोट आई। कसूर घोड़े का था, नहीं तो राधारानी की भी गत बने बिना नहीं रहती।

इसी तीर्थयात्रा में कहीं पर यात्री लोग नाव पर बैठे थे। नाव रस्सी के सहारे ऊपर की तरफ खींची जा रही थी। बीच में पानी पीने के लिए शायद भैंसों का झुण्ड आ गया था। एक भैंस रस्सी में उलझ गई, और नाव टेढ़ी होकर उलटने लगी। माँ ने देवताओं की बड़ी-बड़ी मिन्नत मानी। सब लोग अन्तिम घड़ी की प्रतीक्षा में राम-राम कर रहे थे। गंगा-लाभ में कोई सन्देह नहीं था। किसी की अकल काम कर गई। उसने रस्सी काट दी और नाव फिर सीधी हो गई। लोगों के रोने-चिल्लाने को देखकर गौरी भी डर गई थी।

तीर्थ-यात्रा में कामता के ठेकानेदार नानाजी और दूसरे जागीरदारों के भी परिवार थे। कहने की आवश्यकता नहीं, कि पण्डों का भाग खुल गया। गौरी को बन्दरों ने जरूर डरा दिया था। वैसे भूतों की कहानी

सुनने का बहुत शौक होने पर भी माँ की तरह उनसे डरती नहीं थीं, लेकिन उसके लिए सबसे बड़ी डर की चीज थी रेल का इंजन और यदि कहीं वह सीटी देने लगता, तो गौरी के तो प्राण चले जाते। वह आँखों को मूँदकर कानों में अँगुली डाल लेती, लेकिन तो भी भय के मारे प्राण छूटने लगते। माँ इसके लिए पीटती भी थी, लेकिन ऐसे यदि भय दूर होता, तो माँ ने भूत का डर क्यों नहीं अपने मन से छुड़ा लिया? गौरी का छोटा भाई डेढ़ वर्ष की उमर में जाता रहा, उस वक्त वह चार वर्ष की थी। राजस्थान में रानियाँ और ठाकुरानियाँ अपने बच्चों को स्वयं दूध पिलाती हैं। शायद राजपूतनी के दूध का महातम माना जाता है, वैसे आजकल दाइयों या बोतल के दूध से भी बच्चों के पालने का रवाज चल पड़ा है। हाँ, यदि किसी माँ के दूध न हो, या बीमारी आदि का कारण हो, तो दाई भी दूध पिला लेती है। भाई के रिक्त स्थान को गौरी ने स्वीकार किया था, इसलिये वह माँ का दूध भी पीने लगी। वह सारी यात्रा में ही दूध नहीं पीती रही, बल्कि माँ का दूध छुड़ाना लोगों के लिए बहुत मुश्किल हो गया। वे कड़वी चीज लगा देते, लेकिन तब भी वह माँ का दूध नहीं छोड़ती। रेल में माँ की गोद में लेटी दूध पिया करती। नाना ने पीछे बहुत कसम दिलवाकर किसी तरह गौरी को दूध पीते बच्चे से ऊपर उठाया।

माँ अपनी इकलौती पुत्री को बहुत प्यार करती थी, लेकिन बच्चों को सुधारने के लिए दण्ड भी आवश्यक है, इस सिद्धान्त को वह मानती थी। गौरी को अच्छी लड़की बनाने के लिए वह दण्ड के हथियार को प्रयोग करने से नहीं चूकती थी। गौरी बाहर खेलने जाती। कभी देर भी हो जाती। फिर किवाड़ की फाँक से झाँक कर माँ के चेहरे को देखती। यदि उस पर प्रसन्नता की रेखा झलकती तो पहुँचकर माँ से लिपटकर बातें करने लगती, और यदि उसका अभाव देखती तो चुपके से जाकर बैठ जाती। उस समय महलों में तिल के तेल के दिये जला करते थे। गौरी ने एक बार देखा, कि लौंड़ी उस पर किसी चीज को रखकर काजल पार आँख में लगा रही है। गौरी ने सोचा, मैं भी क्यों न अपने हाथ से काजल बनाकर आँख में लगाऊँ। वैसे काजल का उस घर में अभाव नहीं था, लेकिन अपने हाथ के काजल का कुछ और ही महातम था। गौरी काजल बनाकर लगाने के लिए इतनी उतावली हो गई, कि झट अपने कुर्त्ते को दीये की टेम पर रखकर काजल बनाना शुरू कर दिया। लेकिन वहाँ काजल कहाँ बनता? धुआँ निकलते ही गलती मालूम हो गई

और उसने झट से हाथ से मसल दिया। उसे क्या मालूम था, कि वह आग से खेल रही है। माँ को कहा, तो उसने समझा कि यह लड़की मेरी गोद सूनी करना चाहती है, इसलिए पीट-पीटकर समझाया— कहीं आग और बढ़ी होती, तो तू जल मरती।

माँ इस तरह से अपने शासन द्वारा लड़की को अनेक बार सुधारने का प्रयत्न इस तीर्थ-यात्रा में भी करती रही। मदरास की एक और बात है, जो गौरी की बाल्य-स्मृति में सुरक्षित है। वहाँ उसने काली-काली औरतें अधिक देखीं, जिसके कारण वह बहुत डरने लगी। उसे मालूम होता, ये डायनें कहीं मुझे माँ की गोद से छीनकर अन्तर्ध्यान न हो जायँ।

सब अनुशासन रहते भी गौरी में जिद्द की मात्रा काफी बनी रही। किसी चीज का हठ पकड़ लेने पर मजाल क्या था, कि उसे रोका जा सके। शायद काशी की बात है। सब लोग गंगा में नहा रहे थे। सीढ़ियाँ जरूर थीं, लेकिन गंगा वहाँ किनारे पर ही गहरी हो जाती हैं। लोग गौरी को भीतर घुसकर नहाने नहीं देते थे। उसने जिद्द पकड़ी— "मैं तो गंगा में नहाऊँगी।" गंगा-स्नान का महातम अभी उसके कानों में नहीं पड़ा था, और न उसे समझने की उसमें शक्ति ही थी। लेकिन स्वच्छ हरे-हरे गंगा के गम्भीर जल में सैकड़ों लोगों को नहाते देखकर उसका भी मन मचल जाय, तो आश्चर्य क्या? उसने इतना रोना-धोना और हाथ-पैर पटकना शुरू किया, कि नाना-नानी को नहलाने का प्रबन्ध करना पड़ा— किसी ने उसे हाथ से पकड़े सीढ़ियों से उतरकर डुबकी लगवाई।

यात्रा का शायद अन्त था। लोग अब अपने ही राजस्थान के तीर्थराज पुष्कर में आये। पुष्कर में गंगा नहीं है, उसकी जगह एक बड़ा तालाब है, जिसमें कभी किसी ने लाकर घड़ियाल रख दिये, जो तीर्थवासियों की मुक्तहस्तता और अभयदान के कारण अब संध्या में भी काफी हो कभी-कभी खतरे का कारण बन जाते हैं। गौरी को इन घड़ियालों की याद तो नहीं है, लेकिन उसकी जगह एक दूसरी दुर्घटना की क्षीण स्मृति मौजूद है। नानी की मानी स्नान करने उतरी थीं। पैर जरा गहरे में चला गया और ऊब-चूब करने लगीं। जब क्षण में मामला खत्म होता हो, तो बुद्धि से काम लेने की किसको फुर्सत थी, और अन्तःपुरिकाओं में तो उसका अभ्यास भी नहीं होता। अपनी मामी को बचाने के लिए नानी ने हाथ फैलाया, और वह भी आगे बढ़ गई। उनको बचाने के लिए नौकरानी ने हाथ का सहारा देना चाहा। गौरी किनारे-किनारे खड़ी रोमांचकारी तमाशा देख रही

थी। वह चिल्ला उठी, "टीनों की टीनों जावें।" लेकिन तीनों की तीनों जाने नहीं पाईं। गौरी की माँ की मौसी ने जब हाथ का सहारा दिया, तो उसे यह ख्याल नहीं था, कि वह चौथी संख्या पूरा करने को बढ़ रही है। इसे सौभाग्य ही समझिये, जो वह ठोस धरती पर पैर रक्खे गज-ग्राह की तरह तीनों को उबारने में सफल हुई। जनाना घाट था; जहाँ पर पुरुषों का प्रवेश निषिद्ध था, इसलिए तीनों की जगह अगर दसों पुष्कर-लाभ करतीं, तो भी परदा हटाकर बचाने के लिए वहाँ पहुँचना शेष-शायी भगवान के लिए भी असम्भव था।

★ ★ ★ ★

तीर्थयात्रा से लौटने पर गौरी अपनी माँ के साथ कामता ननिहाल गई थी। मामा की शादी थी। मामा के समवयस्क लड़के के साथ गौरी खेल रही थी। ब्याह में बने सकरपारे दोनों खा रहे थे। छोटे लड़कों में झगड़ा पैदा करने के लिए किसी बुद्धि-युक्त कारण की आवश्यकता नहीं होती। लड़के को ऐसे ही मन में आ गया, और उसने गौरी को धक्का दे दिया। वह गिर पड़ी। सिर में चोट आई और पैर के अँगूठे से खून बहने लगा। पहले उसने रोना शुरू किया, लेकिन तुरन्त ही ख्याल आ गया—यदि माँ को मालूम हो गया, तो लड़के के साथ खेलने का निषेध हो जायगा। खेल से वंचित होना गौरी के लिये भारी क्षति थी, इसलिये वह चुप रह गई। माँ ने जब खून देखकर पूछा, तो झूठ बोल दिया—"ऐसे ही गिर गई थी।" इसी शादी में रण्डी नाच रही थी। नाना, मामा और दूसरे सरदार महफिल में बैठे उसका नाच-गाना देख रहे थे। गौरी भी नाना की गोद में बैठी तवायफ की रसीली तान और भाव- भंगियों को देख-सुन रही थी। वह बिचारी क्या समझती? उसी समय उसकी आँखें दुखने को आ गईं। उसने उसका अर्थ लगाया कि तवायफ ने नजर लगा दी। मालूम नहीं नजर के छुड़ाने का क्या उपचार किया गया और कितनों दिनों बाद वह तवायफ की नजर से मुक्त हुई।

इसी समय की कामता की एक और घटना है। कामता उन बड़े ठेकानों में था, जिन्हें हाथी रखना पड़ता था। पुराने काल में युद्ध में हाथियों का बड़ा उपयोग होता था, इसलिए जागीरदारों को अपने सेनापतित्व में जहाँ सैनिकों को लेकर राजसेवा करनी पड़ती, वहीं अपने हाथियों को भी लाना होता। हाथी के लिए राज्य की ओर से जागीर में अलग गाँव मिलता था। अंग्रेजों के शासन-काल में भला हाथियों का क्या सैनिक

उपयोग हो सकता लेकिन राजस्थान की कोई पुरानी परम्परा आसानी से तोड़ी थोड़े ही जा सकती है? यदि किसी हाथीवाले ठेकानेदार ने हाथी नहीं रक्खा, तो उससे हाथीवाला गाँव छीन लिया जाता। गौरी की नानी की बड़ी लालसा थी, कि एक बार हाथी की सवारी कर लें। किसी समय रानियाँ खुले मुँह हाथियों पर बैठकर लोगों के सामने घूमा करती थीं। कभी-कभी हाथीवान केवल रानियों को ही सजे हाथी पर बिठाकर निकलता, जब कि एक उच्च स्थान पर बैठकर अन्तःपुरिकाओं को अपने सौन्दर्य का परिचय देने का मौका मिलता था, लेकिन वह तो सहस्राब्दियों बीती बात है। हाल की अन्तःपुरिकाएँ सात परदे के भीतर रक्खी जाती थीं। उन बेचारियों को परदे में लिपटकर भी हाथी पर बैठने का सौभाग्य नहीं प्राप्त होता था, इसलिए उसके लिए तरसती थीं। नानी की तीव्र लालसा को देखकर उनके बेटों-भतीजों को दया आई। उन्होंने हाथी पर सवारी कराने का निश्चय करा लिया। लेकिन जब तक नाना गढ़ में हों, तब तक वह ऐसी हिम्मत कैसे कर सकते थे? नाना किसी काम से एक दिन कहीं बाहर चले गये। फिर गौरी के मामा इस अवसर से लाभ उठाकर हाथी को स्वयं भीतर ले आये। अन्तःपुर का फाटक काफी बड़ा था, जिसके भीतर हाथी जा सकता था। सवारी कराने के लिए हाथी को बैठाया जाने लगा। इसी समय वह मतवाला हो गया। लोगों में भगदड़ मच गई, हाथी चिंघाड़ने-चिल्लाने लगा। उठकर उसे दौड़ते देखकर अन्तःपुर में आतंक मच गया। सबने सुरक्षित जगहों में शरण लेने की कोशिश की। गौरी छत के ऊपर बैठी इस तमाशे को बड़ी भयभीत दृष्टि से देख रही थी। नानी की साध पूरी नहीं हुई, और बिना पूरी हुए ही वह हमेशा के लिए बुझ गई। कुछ ही क्षणों की तो देर थी, अगर हाथी नानी को पीठ पर चढ़ाकर मस्त हुआ होता, तो क्या गति हुई होती? कुछ ही मिनटों में हाथी फाटक से बाहर की ओर भागा। उस समय तो नानी भी हाथी की पीठ पर होतीं, और हाथी सरपट लगाता। गिरकर भी प्राण बचने की आशा तो नहीं थी। ऐसी अवस्था में हाथी पर चढ़ने की साध क्यों न सदा के लिए खतम हो जाती? माना ने हाथीवान को बिना बुलाये शायद परदे के खयाल से स्वयं ही साध बुझवाने की सोची थी। बुरी साइत रही होगी। लेकिन उन्होंने जोतिसी से साइत तो पूछा नहीं था, कि इस अपराध के लिए उसे दण्ड मिलता। पीछे हाथीवानों और बहुत से आदमियों ने घेरकर किसी तरह हाथी को काबू में किया।

■■■

२
परिवार

जीजा—उस समय अनादि काल से चली आई संयुक्त-परिवार की प्रथा पूर्णरूप से राजस्थान में विराजमान थी। संयुक्त-परिवार प्रथा अच्छी है या बुरी, इसे यहाँ कहने की आवश्यकता नहीं; लेकिन उसमें 'मैं और मेरे' का भाव बहुत कम रक्खा जाता था, इसे बुरा तो नहीं कहा जा सकता? पहले बतला चुके हैं, कि गौरी के पिता बलवन्तसिंह चार भाई थे। चारों में सबसे बड़े रूडसिंह थे। रूडसिंह और चेकरसिंह एक माँ के लड़के थे, और ईसरसिंह तथा बलवन्तसिंह दूसरी माँ के। ईसरसिंह और बलवन्तसिंह दोनों भाइयों में असाधारण स्नेह था। बलवन्तसिंह नरपुर गोद चले गये थे—रूडसिंह भी वहीं गोद गये थे, और ईसरसिंह पैतृक ठेकाने मंगलपुर की गद्‌दी पर रहे। ईसरसिंह अपने अनुज बलवन्तसिंह के बिना नहीं रह सकते थे। दोनों एक साथ या तो नरपुर चले जाते, या मखनपुर या मंगलपुर में। एक दूसरे की छाया की तरह रहते देखकर लोगों ने उन्हें राम-लक्ष्मण कहना शुरू किया था। ईसरसिंह की कई सन्तानें हुईं, लेकिन अन्त में कोई उनमें से नहीं बची, और उन्हें गोद लेकर अपनी गद्‌दी आबाद करनी पड़ी। गौरी अपने ताऊ को ही बबोसा (बाप) समझती। ईसरसिंह को अपनी एक लड़की वंदकुमारी (वंदिनी) थी, जो कि गौरी से दस-ग्यारह साल बड़ी थी। संयुक्त-परिवार-प्रथा के अनुसार ईसरसिंह कभी अपनी लड़की से खुलकर बोलते नहीं थे। वह अपने काका बलवन्तसिंह के स्नेह की पात्र थी, लेकिन बलवन्तसिंह के स्नेह से भी वह बचपन ही में वंचित हो गई। वंदिनी की माँ की जब अन्तिम घड़ियाँ आईं, तो उसने अपने लक्ष्मण देवर को बुलाकर कहा-"लालजीसा (देवर), अब इस लड़की को आपके हाथों में छोड़ती हूँ, घर में दूसरी आ जायगी, फिर मेरी बिटिया को कौन पूछेगा।" लालजीसा को यह कहने की आवश्यकता नहीं थीं, क्योंकि उनके लिए वंदिनी ही अपनी लड़की थी। लेकिन भाभी को दिये वचन को वह अधिक दिनों तक पालन करने में समर्थ नहीं हुए। काकोसा (चचा) के मरने के बाद यदि ईसरसिंह अपनी बेटी के साथ वैसे ही

छत्तीस का सम्बन्ध रखते, तो यह हृदयहीनता समझी जाती, और वह हृदयहीन नहीं, बल्कि बड़े दयालु और उदार-हृदय पुरुष थे।

वंदनी सोलह-सत्रह वर्ष की हो गई। अब कुल की मर्यादा के अनुसार उसका विवाह हो जाना चाहिए था। राजस्थान के ठाकुरों और राजाओं में सोलह-सत्रह वर्ष की आयु विवाह के लिए छोटी-मानी जाती है, और आमतौर से वहाँ बीस-पच्चीस वर्ष की उमर में विवाह होते हैं। करमों के भाई-बन्द सलमिया कन्या का ब्याह कुल देखकर ही करते हैं। सलमिया लठियों में जागों और मलवों को दे सकते हैं, उमगों और कलपों को भी नहीं दे सकते। हरिये सलमियों की कन्या प्राप्त करने के अधिकारी होते, यदि वह कंठा या बलदी के राजा होते। जलपुर के भंवरियों की लड़की सलमिये ले सकते थे, दे नहीं सकते। भंवरियों में भी लड़की का ब्याह बड़ी टेढ़ी खीर था, क्योंकि राजकुमारी किसी राजा से ही ब्याही जा सकती थी। इसका फल यह होता, कि कभी-कभी साठ-साठ वर्ष की कुमारियाँ घर में बैठी रहतीं। सरगों को लड़की देना राजस्थान के सभी राजवंश और ठाकुरवंश अहोभाग्य समझते थे। तंवर, पंवार, चंवाण, पड़ियार इस योग्य नहीं माने जाते, कि वह सलमियों की लड़की पायें। ठाकुरों की लड़की सोलह से पचीस या ऊपर तक ब्याही जाती। लड़कों के ब्याह में उन्हें अपने कुल-प्रमुख राजा की आज्ञा लेनी पड़ती, जो अठारह वर्ष से कम होने पर कभी नहीं मिल सकती थी। इस प्रकार हम देखते हैं, कि भारत में जहाँ सर्वत्र बाल-विवाह का अखण्ड राज्य था, वहाँ राजस्थान के राजवंश और ठाकुरवंशों में वह सोचने की भी बात नहीं थी। वंदनी का ब्याह मालवा के एक जागीरदार बलमू के यहाँ ठीक करने के लिए छुटभैये (साधारण राजपूत) नौकर-चाकरों के साथ गये, और सगाई ठीक कर आये। प्रथा के अनुसार वर-कुल से दो लौंड़ियाँ लड़की को देखने आईं। थी तो यह बड़ी अकल की बात, क्या जाने परदे में अन्धी-लूली लँगड़ी लड़की न मत्थे मढ़ दी जाय। लेकिन यदि हाथी के दाँत की तरह दिखाने के लिए दूसरी लड़की रख दी जाती, तो कौन रोकनेवाला था? लेकिन पुरुष को ऐसे खतरे की कोई चिन्ता नहीं हो सकती थी, क्योंकि वह एक छोड़ दो और कई से ब्याह कर सकता था। लड़की को देखने के लिए आई नौकरानियों को देखकर गौरी भी मचल पड़ी। सोचा— यह कोई बड़ी बात होगी। और फिर ग्यारह-बारह वर्ष बड़ी होने पर भी वंदनी के तो वह नाक में दम किये रहती थी। वह बापवाली लड़की थी, और वंदनी बेचारी बाप रहते भी बे-बापवाली। वह कितनी ही बार हाथ में

पड़े सोने के कड़ों से अपनी बहिन को पीटती, कभी चोटी पकड़कर ढकेल देती और बेचारी को चोट भी लग जाती। लेकिन कोई बस नहीं था, क्योंकि गौरी के सामने उसे अपने न्यायपक्ष के लिए कोई आशा नहीं थी। माँ इसके लिए गौरी को अक्सर मारती, लेकिन इसका कोई असर नहीं होता। वंदनी की सहेलियाँ गौरी को अपने साथ खेलाना नहीं चाहतीं, क्योंकि वह जाकर खेल की पूरी रिपोर्ट अपने बाबोसा को देती। एक दिन वंदनी बड़े बाईसा की सहेली ने छोटे बाईसा (छोटी बाई साहबा) गौरी के लिए दरवाजा बन्द कर दिया। गौरी आग-बबूला हो गई, और मौका देखकर एक बार उसने पीछे से आकर सहेली की चोटी पकड़ कर धरती पर पटक दिया, उसकी नाक से खून बहने लगा। इस पर माँ ने खूब पिटाई की।

इस प्रकार वंदनी उमर में बड़ी होकर भी गौरी से हेठी ही रहती। गौरी भला यह क्यों पसंद करने लगी, कि उसका ब्याह-सगाई न हो, और वंदनी पहले ही बाजी मार ले जाय। उसने हठ ठान लिया—"मुझे भी ब्याह कराना है, मुझे भी नौकरानियों को बुलाकर दिखलाओ।" उसने सारे महल को अपने सिर पर उठा लिया। आखिर खबर बाबोसा के पास गई। उन्होंने हर तरह समझाने की कोशिश की, लेकिन गौरी को तो वंदनी की रीस करनी थी। अन्त में चोटी-कंघी कर पहना-ओढ़ाकर उसे भी बैठा दिया गया, और मालवा से आई लौंड़ियों को देखने के लिए कहा गया। उस समय तो बला टल गई, लेकिन यह अभिनय यहीं तक खतम होने वाला नहीं था। जब ब्याह की रस्म के लिये वंदनी सिर खोलकर तेल-हल्दी और दूसरे रिवाजों के लिए बैठी, तो गौरी ने भी अपना सिर खोल दिया, और वह भी तेल-हल्दी की माँग करने लगी। बड़ी मुसीबत आई। फिर बाबोसा ने समझाया और अन्त में यह कहकर मनाने में सफल हुए— "वंदनी की शादी तो ऐसे ही छोटे-मोटे गरीब ठाकुर के घर हो रही है, तेरी शादी हम ऐसे घर में थोड़े ही करेंगे, तेरी शादी के लिए हम राजा का लड़का ढूँढ़ रहे हैं।" बाबोसा पर गौरी का पूरा विश्वास था, और उसे सचमुच ही वंदनी के ऊपर हँसी आई वह गरीब के घर जा रही है, मैं तो रानी बनूँगी।

वंदनी यद्यपि पिता को बाप कहने का भी हक नहीं रखती थी, लेकिन वह अपनी चाची और दादी की लाड़िली थी। गौरी भी विशेषकर दादी के साथ अपना हक बँटाने में पीछे नहीं रहती थी। दादी की सन्दूकची

पर उसका हमेशा हाथ रहता। लड़कियों को अपने सहेलियों में बाँटने के लिए एक-एक रुपये के पैसे रोज मिला करते, लेकिन गौरी का काम इतने से थोड़े ही चल सकता था, उसे तो अपनी सहेलियों का चाँदी का गोल (सिरफूल) भी सोने का करवाना था। लड़कपन से उसे घुड़सवारी का शौक था। बहुत छोटी होते समय एक बूढ़ा गूजर उसे गोद में लेकर घोड़े पर बैठकर सवारी कराता। गूजर को वह बाबा कहा करती। बाबा का घोड़ा अन्धा था, जिसे रंग के कारण सब्जा कहा जाता। जब ठाकुर साहब निकलते, तो उनके पीछे-पीछे चलने वाले दस-पन्द्रह सवारों में सब्जा पर गोद में गौरी को लिये बाबा भी रहता। अन्धा होने से बेचारे घोड़े को सूझता तो था नहीं, इसलिए वह अक्सर ठोकर खाता। गौरी नहीं चाहती थी, कि लगाम बाबा के हाथ में रहे। घोड़ा भलेमानुस था, तो भी ठोकर लगने पर कहाँ तक अपने को सम्हालता। ऐसे समय गौरी उछलकर सब्जे के कन्धे पर आ जाती, और अयालों को पकड़कर छिपकली की तरह ऐसी चिपकती, कि मजाल क्या जमीन पर पड़े। दादी इसके लिए अपनी पोती को बन्दरी कहा करती। दादी की बन्दरी ने और सयानी होने पर अन्धे घोड़े को छोड़ दिया, और स्वयं अकेले एक घोड़े पर सवारी करती। साईस साथ-साथ चलता, लेकिन वह लगाम को उसके हाथ में थमाकर अपने घोड़सवार होने की शान पर बट्टा लगाने के लिए तैयार नहीं थी। घोड़े पर सवार होकर निकलने से पहले दादी की सन्दूकची में हाथ फेर लेना जरूरी था, और साईस खाली हाथ जाने नहीं पाता था। इस पर 'छोटा बाईसा' की सवारी में जाने के लिए साईसों में झगड़ा होता। हर एक उसके साथ जाना चाहता। और दादी पूछती—'आज बन्दरी कितना लेगी।' गौरी सारा खजाना खाली करना नहीं पसन्द करती, अन्दाज ही से कुछ ले जाती, जिसका दादी को बहुत रंज नहीं होता।

गौरी लड़कपन में बहुत सी कथा-कहानियाँ सुन चुकी थी। खेती-बारी के भी किस्से सुने। सलमाडा राजस्थान के रेगिस्तानों में है, जहाँ रेत के टीले जगह-जगह देखने में आते हैं। वर्षा वहाँ कभी-कभी हो जाती है। गौरी को वर्षा को होते देख बोवाई का स्मरण हो आया। वह खेलने के लिए रेत के टीले पर गई। पानी से भीगी रेत को देखकर उसने खेती करने की ठानी, और हाथ के सोने के कड़ों को खोलकर बो आई। सोचा —बीज उगेगा, फिर छोटा-मोटा पौधा होगा, जिसमें न जाने कितने सोने के कड़े फलेंगे, फिर मैं भी भर हाथ पहनूँगी और अपनी सहेलियों को भी बाँटूंगी। दादी की सन्दूकची के भरोसे यह सब थोड़े ही हो सकता

था। घर आने पर जब पूछा गया—"हाथ सूना क्यों है?" तो गौरी ने अपनी सारी चतुराई खोलकर रख दी। टीले में बहुत खोजा गया, लेकिन वह कड़ा कहाँ मिलने वाला था। गौरी ने पीछे समझा, अबकी वर्षा कम हुई, इसलिए अंकुर नहीं निकला।

★ ★ ★ ★

ताऊजी—ईसरसिंह यद्यपि गौरी के पिता के बड़े भाई, अतएव ताऊ थे, लेकिन वह उन्हें अपना बाप जानती थीं। ताऊ के बहुत से मधुर स्मरण आज भी उसे याद हैं। वह राम-लक्ष्मण जैसे भाई थे, फिर सत्ताईस वर्ष की उमर में छोटे भाई के मरने का ईसरसिंह को कम अफसोस कैसे हो सकता था? वह दो वर्ष बड़े थे। इस भ्रातृ-वियोग के कारण उन्तीस वर्ष की उमर ही में उनकी दोनों आँखें जाती रहीं। देखने में वह भली-चंगी दीख पड़तीं, लेकिन उनमें ज्योति नहीं थी। उसके बाद ताऊ ने उन्तीस वर्ष तक राज किया। एक ओर ईसरसिंह और बलवन्तसिंह जैसे भाई भी राजस्थान में देखे जाते थे, और उसी राजस्थान की एक दूसरी कथा भी बहुत प्रसिद्ध है। जयपुर और जोधपुर के राजा तीर्थयात्रा करने हरिद्वार गये। दोनों गंगा में स्नान करते हाथ से पानी थापी मारकर खेल रहे थे। उनके साथ मुसाहिबों और नौकर-चाकरों की पलटन थी। राजा ने चारण कवि (बारेठ) सूर्यमल को बुलाकर कहा—"हमारे यश के बढ़ाने के लिए कोई कविता बनाओ।" सूरजमल ने वचनबद्ध कराके क्षमा माँगते हुए कविता सुनाई—

जयपुर, जोधपुर दोनो मिलं, थाप थाप।
कमधज मार्‌यो डीकरो, मुरधर मार्‌यो बाप।

"कमधज यानी जयपुर राजा ने अपने बूढ़े बाप को मारकर राज्य किया, और मुरधर यानी जोधपुर के गद्‌दीधर ने अपने बाप को मारकर गद्‌दी हासिल की थी।" सूरजमल ने दोनों राजाओं के अखण्ड निर्मल यश को अपनी कविता में बखान दिया। सूरजमल से बहुत पहले की संस्कृत की कहावत मशहूर है—"जनकभक्षा राजकुमाराः" अर्थात् राजपुत्र अपने बाप के खानेवाले होते हैं। ऐसे राजस्थान में ईसरसिंह और बलवन्त सिंह का आसाधारण प्रेम एक अनहोनी सी बात थी। यद्यपि ताऊ को मंगलपुर की गद्‌दी मिली थी, लेकिन जैसा कि पहले कहा, वह अपने अनुज के साथ ही बराबर रहना चाहते थे। नरपुर के चार ठेकानों में

जिस ठेकाने के स्वामी बलवन्तसिंह थे, उसी की सम्पत्ति दलनपुर था, जो सलमिया नरसिंह के एक बेटे दलनसिंह की जायजाद थी और उसी के नाम पर इसका यह नाम पड़ा था। पीछे निःसन्तान होने के बाद वह दूसरों के हाथ में होते अब बलवन्तसिंह के पास था। दलनपुर का ही भाग पवानी गाँव था। किसी समय पवानी को कोई नहीं जानता था। लेकिन आज तो राजधानी भी पवानी के पानी भर रही है। राजधानी की नथेल पवानी के हाथ में है, और वहाँ के बड़े-बड़े देवताओं को विश्राम पवानी की रेतीली भूमि में मिलती है। किसी समय पवानी के महासेठ अभी बिलकुल साधारण से बनिये थे। ठाकुर साहब को भेंट में एक चाँदी का कलमदान और कलम देना भी उनके लिए बड़ी बात थी, लेकिन जब बनिये से वह सेठ बने, तो उन्होंने रुपयों के ऊपर लगी गद्दी पर ठाकुर साहब को पधराकर सम्मानित किया। फिर एक समय आया, जब महाराज ने सेठ को पैर में सोना पहनने की भी आज्ञा दे दी, और अन्त में यह भी मंजूर किया, कि अब दलनपुर भी पवानी के नाम में विलीन हो जाय। इतना होने पर भी जब तक स्वतन्त्र भारत में रियासतें विलीन नहीं हुईं, तब तक पवानी के जगतसेठ को भी ठाकुर साहब के सामने हाथ जोड़कर, "अन्नदाता, अन्नदाता" कहते जीभ घिसानी पड़ती थी।

ईसरसिंह सचमुच ही दैवी विभूति थे, सामन्ती युग के वह अपवादरूप अनर्घरत्न थे। उन्तीस वर्ष की उमर में ही अन्धे हो गये थे, लेकिन उससे पहले ही वह अपने राज्य के छोटे-बड़ों के स्नेहपात्र बन चुके थे। आँखों ने जवाब दिया, तो स्मृति उनकी तेज हो गई। वह अपने हर एक गाँव के छोटे-बड़ों को जानते। जब उनके दरबार में किसी गाँव का किसान आता, तो एक-एक आदमी का नाम लेकर उसके बारे में पूछते। लोगों का दिन कैसे कट रहा है, इसकी खोज-खबर लेते, अकाल या फसल के मारे जाने की खबर पाते ही कर लेना बन्द कर देते। ठेकानों को फौजदारी और दीवानी का अधिकार था, इसलिए लोग अपने झगड़ों का फैसला कराने सीधे ठाकुर साहब के पास पहुँचते। ठाकुर साहब पहले ही पूछते—"मेरे पास आने के लिए किसी कामदार को रिश्वत तो नहीं देनी पड़ी।" किसी कामदार को रिश्वत लेने की हिम्मत भी नहीं होती थी। उन्होंने अपने शासन-प्रबन्धकों को इस तरह संगठित किया था, कि किसी की उचित-अनुचित बात उनसे छिपी नहीं रह सकती थी। मंगलपुर का ठेकाना बहुत दूर-दूर तक फैला हुआ था। रेगिस्तान में आबादी इतनी घनी तो होती नहीं, इसलिये कितने ही किसानों को दिनों चलकर ठाकुर साहब के

पास पहुँचना पड़ता। ठाकुर साहब ने हुकम दे रक्खा था, कि हमारी प्रजा को ठेकाने के हर एक गाँव में हमारी ओर से आदमियों के लिये भोजन और पशुओं को चारा दिया जाय।

दूसरे कितने ही धार्मिक दानानुदानों की तरह मंगलपुर के ठाकुर रोज चार पाँच सेर की रोटी हाथ से छूकर कुत्तों को खिलाते थे। एक बार हाथ से छूते वक्त उन्होंने पूछा— "रोटी कम क्यों हैं?" उनका अन्दाजा ठीक था, दो रोटी चूल्हे के पास छूटी मिली। एक बार वह अपनी सोने की जंजीर नहाने के बाद गले में डाल रहे थे, उस वक्त उन्होंने हाथ लगाते ही कह दिया— जंजीर हल्की और छोटी क्यों? पता लगा, उनके अन्धेपन से फायदा उठाकर किसी ने कुछ कड़ियाँ तोड़ ली थीं। अन्धे रहते एक अच्छी-खासी रियासत का तीस वर्ष तक सुप्रबन्ध करना कोई मामूली बात नहीं थी। वह थोड़ा सा हिन्दी पढ़े हुए थे, लेकिन राजस्थान के और दरबारों की तरह वहाँ हिन्दी नहीं मारवाड़ी चलती थी। उनके बड़े भाई ठाकुर रूडसिंह (नरपुर) ने जसपुर और फिर राजकुमार कालेज में शिक्षा प्राप्त की थी। अंग्रेजी सभ्यता और संस्कृति से वह भली प्रकार परिचित थे। इस प्रकार मंगलपुर के वंश में पश्चिमी शिक्षा पहुँच चुकी थी, और उसके लाभ को भी समझा जाने लगा था। रूडसिंह जसपुर में टाइफाइड से जवानी ही में मर गये। इस पर समझा जाने लगा, कि कुल में अंग्रेजी पढ़ना नहीं सहता। सभी भाइयों के यहाँ विद्वानों, कवियों और कलाकारों का बहुत सम्मान था। जगह-जगह के पण्डित, कवि, गवैये, कलावन्त उनके यहाँ आते और पच्चीस से पाँच सौ रुपये तक इनाम पा मंगलपुर के ठाकुर का गुणगान करते बिदा होते। संगीत की महफिल जमती, अच्छे-अच्छे गुनी अपना कर्तब दिखलाते। इससे गौरी को भी संगीत का चस्का लगा। इसे देखकर उसके बाबोसा ने संगीत से उसे परिचित कराना आवश्यक समझा। रूडसिंह कितनी ही बार गौरी से आग्रह करते— एक बार मुझे भी 'मेरी बाबोसा' कह दे, फिर जो चाहे सो दूँगा। लेकिन गौरी ने कभी ईसरसिंह को छोड़कर किसी दूसरे को 'मेरी बाबोसा' नहीं कहा। ईसरसिंह की दूसरी पत्नी ने बचपन में कभी कह दिया था — "मैं तेरी आया हूँ।" बेचारी को 'आया' कहना नहीं आया और वह जीवन भर 'याया' कहती रही। उसे जब अपनी याया की ओर से बाबोसा को सन्देश देना होता, तो कहती—"बाबोसा, अपणी याया बुलावे।"

★ ★ ★ ★

जीजा (जीजी) वंदनी से लड़कपन में गौरी की बड़ी लाग-डाँट रहती। लेकिन जीजा के सिर खोलकर शादी की रसम शुरू करते समय अपना सिर खोलकर जिद्द ठानने में उसे सफलता नहीं मिली। उस समय उसने बाबोसा से बहुत गिड़गिड़ाकर कहा था - "और नहीं तो जीजा के ससुर से ही मुझे परणा (ब्याह) दो।" लेकिन, ईसरसिंह ने कहा - "क्या तू जीजा की नौकरानी है, कि इस तरह जाके रहना चाहती है।" खैर, गौरी ने अपना जूड़ा बँधवा लिया और जब जीजा ससुराल गई, तो उसकी मीठी-मीठी याद उसे सताने लगी। साल भर बाद जीजा भरी गोद लौटी। गौरी जीजा के लड़के को गोद में लेने का बड़ा आग्रह करती, लेकिन वह अक्सर उसके हाथ से छूट जाता। उस समय मंगलपुर में प्लेग था, लोग घर छोड़कर बाहर चले गये थे, ठाकुर ईसरसिंह भी पास के सठवार गाँव के जाटों की हवेली में चले गये थे। यहीं पर गौरी का पहले-पहल एक दाँत टूटा। उसे बड़ी चिन्ता हुई। लोगों ने कहा— "अब तो तू ऐसी ही रह जायगी" उसने बूढ़ियों के दाँत टूटे देखे थे, डरने लगी, कि कहीं मैं भी बूढ़ी न हो जाऊँ।" इस संकट काल में उसकी समवयस्का एक जाट लड़की ने बड़ा काम दिया। वह झट गोबर उठा लाई और बोली - इसमें दाँत डाल छान कर फेंककर यह मन्तर पढ़ो - "गोबर जल्दी सूखे, दाँत जल्दी आवे।" सचमुच ही गौरी का दाँत जल्दी निकल आया।

ईसरसिंह संयम-नियम के बड़े पाबन्द थे। वह चार बजे तड़के ही उठकर शौचादि से निवृत्त हो पहले कुछ देर तक मुगदर फेरते, फिर साढ़े छ-सात बजे घूमने के लिए पैदल निकल जाते। उस समय कोई आदमी उनका हाथ पकड़े रहता और पीछे-पीछे दस-पन्द्रह आदमी अन्नदाता का अनुगमन करते। दो मील टहलकर लौटने के बाद एक गिलास दूध और फिर हुक्का पीते। उस समय ठाकुरों में हुक्का पीने का रवाज था, लेकिन अन्तःपुरिकाओं में तम्बाकू का प्रचार नहीं हुआ था। आगे तो कलयुग के छा जाने पर अब कितनी ही अन्तःपुरिकाएँ भी बहुमूल्य सिगरेटों का स्वाद लेने लगी हैं। दोपहर को बारह बजे के आस-पास ठाकुर साहब भोजन करते, और सो भी नियम से माँ के पास जाकर उन्हीं के हाथों खाते। मारवाड़ मिर्च खाने में मदरास का कान काटता है, लेकिन ठाकुर ईसरसिंह मिर्च नहीं खाते थे। दोनों शाम तीन-तीन, चार-चार प्रकार का मांस खाना ठाकुरों का कुलधर्म था, लेकिन वह केवल मांसरस लेकर ही सन्तुष्ट हो

जाते। मीठे चावल की जगह नमकीन चावल उन्हें अधिक पसन्द था। इसी तरह गेहूँ-बाजरे की सूखी रोटियाँ उनके लिए परमान्न थीं। उनका खाना बिलकुल सादा था। शराब राजस्थान के राजपूतों के लिए पानी का ही दूसरा नाम है, इसीलिए उससे परहेज करने की जरूरत नहीं थी, और ठाकुर साहब को नींद कम आती थी, जिसमें उसकी सहायता का महातम बहुत-बहुत गाया जाता था, इसलिए सोते वक्त दो चुस्की शराब की ले ठीक दस बजे सो जाते थे। पीछे किसी ने नींद लानेवाली गोली बतला दी, तो उन्होंने शराब छोड़ दी और गोलियाँ खा लेते थे। इसे कहने की आवश्यकता नहीं, कि भाई की मृत्यु के बाद ठाकुर ईसरसिंह के लिए जीवन एक नीरस सी चीज रह गई थी, और वह उसे अनासक्त रूप से ही बिताना चाहते थे। शायद इसीलिये उनकी जीवन-चर्या घड़ी की सुइयों के साथ बँधी थी। रोज घण्टा भर टहलना जरूरी था, वर्षा के समय बाहर नहीं निकला जा सकता था, इसलिए वह छत पर ही टहलकर उस नियम को पूरा कर लेते।

★ ★ ★ ★

राजस्थान की अन्तःपुरवाली नारियाँ बड़ी अभागिनी थीं, इसमें कोई सन्देह नहीं। इसका एक उदाहरण गौरी को अपने बचपन में ही बुवा चन्दनकुमारी के रूप में देखने को मिला था। बुवा रूडसिंह से भी बड़ी अर्थात् चारों भाइयों की बड़ी बहिन थीं। उनका ब्याह कसौरा के जासर राजा अनरदेव से हुआ था। राजा की छह रानियाँ थीं, जिन्हें बहुत नहीं कहना चाहिए। उन पर भी सन्तोष न कर उन्होंने पीछे एक पासवान रख लीं। पासबान रखेली और रानी के बीच की स्थिति की नारी को कहा जाता है, जिसके पुत्र को उत्तराधिकार पाने का हक नहीं होता, लेकिन कितनी ही बातों में उसका आदर रानी जैसा होता; बल्कि राजा मोहित होकर ही तो किसी सुन्दरी को अपनी पासबान बनाता, इसलिए अन्तःपुर में पासबान की अधिक चलती। कसौरा की बाकी पाँचों रानियों को पासबान के पैरों में सोना पड़ता। सभी रानियों ने परदे के भीतर प्रदेश करते ही नई सौत के सामने सिर झुकाने में बुद्धिमानी समझी, लेकिन सलमिया रानी इसके लिए तैयार नहीं हुई। पासबान नाराज हो गई, जिसके कारण राजा साहब की कृपा से भी बुवाजी को वंचित होना पड़ा और वह कड़ी यन्त्रणा में पड़ीं। कसौरा उनके लिए नर्क था ही, साथ ही पति देवता ने उनकी गुस्ताखी के लिए यह भी दण्ड दे रक्खा था, कि वह अपने पीहर जाने

न पायें। गौरी के पिता के मरने के समय तथा खुद गौरी की शादी के समय दो बार ही कुछ दिनों के लिए बुवाजी को पीहर आने का सौभाग्य प्राप्त हुआ था। इस प्रकार के उदाहरण बचपन से हो गौरी को बतला रहे थे, कि उसके कुल की नारियों के भाग्य में क्या-क्या बदा है।

■■■

३
सासों का राज

सासें बहुओं को पराई लड़की समझ बराबर उन्हें शंका की ही दृष्टि से नहीं देखतीं, बल्कि मुश्किल से कोई ऐसी सास मिलती, जो बहू के जीवन को दूभर नहीं बना देती थी। हाँ, सासों का जितना ही कठोर बरताव बहुओं के साथ होता, उतना ही उनका प्यार पोते-पोतियों के ऊपर न्यौछावर होता।

गौरी की दादी जिन्दा थीं। वह वैसी कठोर सास नहीं थीं, लेकिन आज से सौ वर्ष पहले हुई अपनी सास की स्मृतियाँ उनके लिए बड़ी कड़वी थी। सासूजी को ठेकानों में 'भाभीसा' या 'बूजीसा'कह जाता था-—सलमाडा में भाभीसा और मारवाड़ में बूजीसा--जेठानी को भी भाभीसा पुकारा जाता। भार्भीसा का दरबार बहुओं के लिए आदिम और अन्तिम न्यायालय था। मानो बहू को हाथ-पैर बाँधकर भाभीसा के हाथ में दे दिया गया था। सोकर उठने की जिस समय आदत होती—वह चार बजे रात से सात बजे सबेरे तक किसी समय हो सकती थी—उसी समय बहू ठाकुरानी को स्वयं हाथ-मुँह धो सासू के पास हाजिर होना पड़ता। आमतौर से बहुएँ थोड़े दिनों बाद सासू के सामने घूँघट हटा देतीं। सबेरे ही पहुँचकर बहू उकड़ूँ बैठ 'पगे लागी' करती। सासू चौकी पर बैठी होतीं। यदि किसी बहू की शामत आई हो, और उसके आने से पहले नौकरानी ने पीकदान सामने रखकर झारी में पानी ले हाथ धुलाना शुरू कर दिया, तो उसी समय गोत्रोच्चार शुरू हो जाता, और सासू उसकी सात पीढ़ी के माँ-बाप को चुन-चुनकर कड़वी-मीठी सुनातीं। लेकिन बहू ऐसा मौका देने के लिए तैयार नहीं होती। वह पहले ही पहुँच जाती। पीछे पहुँचने पर भी लौंड़ी के हाथ से रामसागर (झारी) ले सासू के हाथ पर पानी डालने लगती। हाथ धो लेने पर कीकड़ (बबूल) की दातवन अर्पित करती। दाँत हुआ तो सासू दातवन करती। यदि सास उस वक्त प्रसन्न रहीं तो मुँह खोलकर दो बात भी करतीं, नहीं तो मुँह को सुजाकर तुम्बा कर लेतीं, अथवा इसी बहाने माँ-बाप को चार गालियाँ सुनाती। इस वर्ग की

स्त्रियों में सास गाली भले ही दे लें, लेकिन उन्हें हाथ छोड़ते नहीं देखा जाता था। बहू को तो मुँह से बोलना हराम था, जब तक कि वह चार-पाँच बच्चों की माँ न हो जाती। सामने बैठी हुई बहू से सास अगर कुछ पूछतीं, तो वह अपनी ननद या नौकरानी के कान में फुसफुसाकर जबाव देती।

हाथ-मुँह धुलाकर बहू को अपनी कोठरी में जाने की छुट्टी मिल जाती। सास उस समय कलेऊ के लिए दही के साथ रात की ठण्डी रोटी या बाटी (एक तरह के परांवठे) भेजतीं। यदि खुश होतीं, तो लड्डू या और कोई मिठाई भी साथ भेज देतीं। यदि नाखुश होतीं, तो जान-बूझकर भूल जाने का बहाना तो था ही। और बेचारी बहू दोपहर के भोजन की आशा पर पेट पर पत्थर बाँध लेती। छिपकर बाजार से मँगाना बहुत खतरनाक था, क्योंकि सास के भेदिये हर जगह मौजूद थीं। वह जाकर कह देतीं —"रानीसा (या लाडीसा) ने आज तो अमुक चीज बाजार से मँगवाई।" फिर सास की बड़बहाहट शुरू हो जाती। बेचारी बहुएँ मूली और गाजर भी खाने के लिए तरसा करतीं। मायके से जो चीज आती, उसे खोलने का हक था सास का, और उसमें से कुछ बहु को देना या न देना उनकी मर्जी पर था। लेकिन जीवन की इस सारी कड़वाहट में बहू के लिए एक सहारा था, वह था पीहर के साथ आई बाँदी (डावड़ी) राजवंशों और ठाकुरवंशों में यह आम रवाज था, जब लड़की को ब्याहने के लिए बरात आती, तो उसके साथ आये दुलहा के नौकरों में से कितनों के साथ बहू की सहेली नौकरानियों की शादी कर दी जाती, जो लड़की के साथ जाकर उसके जीवन भर छाया की तरह रहतीं। ऐसी साथ आई पीहर की नौकरानियों को भी सास की होने पर याजी, दादी-सास की होने पर दादी, नानी की नानी, मामीसा की मामी के आदरवाचक शब्दों से पुकारा जाता। बहू के ऊपर याजी का भी रोब-दाब सास से कम नहीं होता था। वह चाहती, तो सास से बहू को बचा सकती, और चाहती तो आग में घी डाल सकती थी।

कलेऊ के बाद पहर भर दिन तक बहू अपनी कोठरी में सिलाई या बच्चे हुए तो उनके खिलाने-पिलाने का काम कर सकती थी। नौ बजे फिर सास के दरबार में हाजिर होना पड़ता। सास जब तक जिन्दा रहती, तब तक बहू मसनद लगाकर गद्दी पर नहीं बैठ सकती। वह गद्दी पर बैठी सास के सामने एक कोने दरी पर बैठ जाती। यदि सासूजी कुछ

पूछतीं, तो जैसा कि कहा, दूसरों के कानों में फुसफुसाकर बहू बड़ी नम्रता-पूर्वक जवाब देती। नौ बजे से बारह बजे तक तीन घण्टे सास के दरबार में ही रहना पड़ता। सासू अपनी नौकरानियों, लड़कियों या दूसरों से बातचीत करतीं या सुनती रहतीं। बहू भी अपने आसपास बैठी ननद या जेठानी-देवरानी से फुसफुसाते समय काटती। फिर दोपहार के खाने का समय नजदीक आने पर सासूजी के हुक्म पर दरबार बर्खास्त होता, और बहू अपनी कोठरी में पहुँच जाती।

पुराने जमाने के रनिवासों की कोठरियाँ कितनी तंग और बुरी होतीं, इसे आज भी हम आगरा या ग्वालियर के किलों में देख सकते हैं। इन कोठरियों में दरवाजा छोड़कर हवा या रोशनी के लिए और कोई रास्ता नहीं होता था। कोठरियाँ बनानेवाले जानते थे, कि यह किसी मुक्त व्यक्ति के लिए नहीं, बल्कि आजन्म बन्दिनी के लिये बनाई जा रही हैं; क्या जाने किसी वक्त वह मुक्त होने की चेष्टा करें। दरवाजे में जाड़े के दिनों में रूई-भरे लाल परदे लगा दिये जाते, जिससे एक फायदा जरूर था, कि कोठरी ज्यादा ठण्डी नहीं होने पाती थी। गर्मियों में दरवाजों पर चिक़ लटकी रहती, या खस की टट्टियाँ लगा दी जातीं। अंग्रेजों ने भारत में आकर हाथ के पंखों की जगह छत से लटकने वाले पंखों का प्रचार कर दिया, जो राजस्थान में भी पहुँच गये थे। किन्तु अधिकतर अन्तः पुरिकाओं को नौकरानी के हाथ के पंखे की ही आशा करनी पड़ती थी। बहूरानी के कोठरी में पहुँचते ही, छाया की तरह उनकी लौंड़ी भी आकर हाजिर होतीं। यदि सासू का दरबार मीठा रहा, तो नौकरानी हास- परिहास और विनोद की बातें करके स्वामिनी के आनंद को और बढ़ाने की कोशिश करती, और यदि वहाँ झिड़की खानी पड़ी होती, जिसके कारण वहीं पर गिराये पाँच बूँदों से सन्तोष न करके बहूरानी अपनी कोठरी में आँखों से सावन-भादों बरसातीं, तो पीहर की यह आजन्म सहेली उन्हें हर तरह से सान्त्वना देती।

यह बतला चुके हैं, कि महलों में मरदाना और जनाना अलग-अलग दो रसोईखाने हुआ करते थे, जिनमें जनाने रसोईखाने में पाचिकाएँ साग-सब्जी, दाल-रोटी या और चीजें पकातीं, और मरदाने रसोईखाने में बावर्ची तरह-तरह के मांस या मिठाइयाँ तैयार करते। एक जगह रसोई तैयार हो जाने पर दूसरे रसोईखाने को खबर दी जाती, और दोनों की तैयार होने पर फिर खानेवालों के पास थाल भेजे जाने लगते। ये थाल बहुत बड़े-बड़े

होते, जो अक्सर चाँदी के होते। कटोरियाँ भी चाँदी की ही रहतीं। कभी-कभी फूल या काँसे के थाल भी इस्तेमाल किये जाते। बहूरानी को भोजन सास भिजवातीं। भिजवातीं नहीं, बल्कि थाल आ जाने पर खबर जाती, और बहू की नौकरानी अपनी मालकिन की थाल वहाँ से ले आती। थाल में चार कटोरियों में साग-सब्जियाँ होतीं। एक नमक की भी कटोरी अलग रहती। तले या सिके पापड़ को भी एक कटोरी में रक्खा जाता। साथ ही फुल्के या बाटियाँ थाल के एक किनारे पर रक्खी रहतीं। राजस्थान में चावल का रवाज न होने से वह साधारण भोजन में शामिल नहीं किया जाता। थाल एक सफेद कपड़े से ढँका रहता। इसी तरह बाहरी रसोईखाने से भी कुछ खाने की चीजें आ जातीं। बहू के लड़के-लड़कियाँ होतीं, तो भी वह अक्सर अपनी दादी-दादा के साथ जाकर खाते। माँ के रूखे-सूखे खाने को वह क्यों पसन्द करने लगे? यदि सास अच्छी होती, तो इतना भोजन भेजती, जिसमें बहू और बाँदी का काम अच्छी तरह चल जाता। नौकरानी यदि बहू का अछूता खाना खानेवाली होती, तो बहू थाल में से उसके लिये खाने की चीजें अलग कर देती, लेकिन अक्सर नौकरानियाँ मालकिन का जूठ खाना पसन्द करतीं, क्योंकि जूठन में अधिक स्वादिष्ट चीजें मिलतीं, तथा जूठन खाना धर्म और जाति के नियम से वर्जित भी नहीं था। सास यदि जिद्दी और गुस्सैल होती, तो बहू को हमेशा भूखा रखने के लिए बहुत कम भोजन भेजतीं। गौरी की दादी अपनी सास के बारे में बतलाती थीं—मेरी सास मुझे बराबर भूखा रखने का ही प्रयत्न करती। इतना ही नहीं, बल्कि वह बहू को पीहर भी जाने नहीं देती, और तीन-तीन, चार-चार वर्ष तक घुला-घुलाकर फिर कभी माँ-बाप के बहुत आग्रह और ससुर के जोर देने पर बहू को कुछ दिनों के लिए मायके जाने देती। यदि बहू अपने पति के सामने आह निकालती, तो वह कह देता—"बूजी (अम्मा) की ऐसी ही आदत है। चुपचाप सुन लो।" बहू के जीवन में सदा चुपचाप सुनते आँसू बहाना ही बदा रहता। सास पहले ही से बेटे के सामने बहू की शिकायत जड़ देती।

दोपहर के खाने के बाद दो-तीन घण्टे बहू को छुट्टी रहती। इस समय चाहे वह सो जाती, सिलाई करती, या दुःख-सुख की बातें सुनती-सुनाती। जाड़ों में एक वक्त स्नान पर्याप्त समझा जाता, लेकिन गर्मियों में चार बजे दूसरा स्नान करता होता। इसके बाद बहू को पूर्ण शृंगार करना पड़ता। वह नये घाघरे-चुनरी को पहनती। काजल-टीका और तरह-तरह के आभूषण से अपने को सजाकर सास के सामने उपस्थित होती। सास

का यह भी कर्त्तव्य था, कि देखे कि बहू मेरे बेटे को रिझाने के लिए क्या-क्या तैयारी कर रही है। चार बजे चिराग जलने तक फिर सासू के दरबार में हाजिरी देनी पड़ती, लेकिन चिराग जलते सासू के पा लगने के बाद छुट्टी मिल जाती। सलमाडा के रवाज के अनुसार सासू के सामने कोई बहू अपने बच्चे को दूध नहीं पिला सकती थी। जनपुर में इसके लिए उतना कड़ा प्रतिबन्ध नहीं था। लड़का दूध के लिए रोता, तो बहू को अलग कमरे में जाकर दूध पिलाने की छुट्टी मिल जाती।

पहर भर रात गये बहू को आखिरी बार सास के दरबार में जाना पड़ता। सास अच्छी हुई या उस समय मन अच्छा रहा, तो गद्दी पर बैठे-बैठे पैर फैला देती और बहू उसे दबाकर अपना कर्त्तव्य पालन कर लेती। नहीं को प्रतीक्षा करने के लिए छोड़ देती। भोजन कर लेने के बाद जब सासूजी पलंग पर लेट जातीं, तो बहुएँ देह दबाती, फिर छुट्टी लेकर अपनी कोठरी में पहुँचतीं। रात का भोजन या तो उन्हें पहले ही मिल गया रहता, या अब आकर खातीं। दस-ग्यारह बजे रात तक भोजन आदि से निवृत्त हो बहू अपने पति के आने की प्रतीक्षा करती। यदि पति की और पत्नियाँ न होतीं, तो उसका आना निश्चित था। वह चोर की तरह दवे पाँव रात में अपनी पत्नी के पास पहुँचता। पत्नी से अधिक घनिष्ठता दिखलाना उस समय के समाज में बहुत बुरा समझा जाता था।

★ ★ ★ ★

अक्सर ठाकुरों और राजाओं की कई-कई पत्नियाँ होंती, और उनमें से जिसका मान पति या बेटे के कारण ज्यादा होता, उसी का शासन चलता। बाकी सासें भी अपने नीरस जीवन को अपनी कोठरियों में बैठकर बिता देतीं। सासें कितनी ही बार रविनास पर ही शासन नहीं करती थीं, बल्कि राजा साहब या ठाकुर साहब के राजकीय कर्त्तव्यों में भी दखल देती थीं। परदा तो इतना सख्त था, कि नब्बे वर्ष की परदादी भी मजाल नहीं था, कि अपनी छाया को भी बाहर फेंक सकें। एक बार रथ में जाते सोई हुई किसी रानी की अंगुली परदे से बाहर हो गई, उसी वक्त उसके पति ने तलवार से अंगुली को काटकर निकाल दिया। सौभाग्यवती सासें सत्तर-अस्सी वर्ष की हो जाने पर भी अपने सन-जैसे बालों में मोतियों की लड़ियाँ लटकातीं आँखों में खूब काजल लगाकर शृंगार करके षोडशी बनने की कोशिश करतीं। अब तो चूड़ी, काँटा (नाक की लवंग) और

सिर की बिंदिया सोहाग का चिह्न माना जाता है। उस समय इनके अतिरिक्त गर्दन में टेंटा, सिर के सामने बोर या रखड़ी (सिरफूल), पैरों के घुंघरू या बेघुंघरूवाले बिछवे भी सोहाग के चिह्न माने जाते। सास के सामने जाने पर छोटी जलेबी भर की नथ को पहनना बहुत आवश्यक समझा जाता। नथ का उतना ही महातम था, जितना पुरुषों के लिए जनेऊ का। पूजा के समय नाक में नथ जरूर रहती। अभी भी, जबकि जनपुर और दूसरे कितने ही रनिवासों में पश्चिमी प्रभाव के कारण बाल कटवा लिये गये हैं, और खान-पान तथा दूसरे चाल-व्यवहार में पाश्चात्य सभ्यता का रंग गहरा पड़ गया है, तो भी विशेष अवसरों पर चोटी कटी रानी नथ, टेंटा, घाघरा-लुगरी पहनना जरूरी समझती हैं, और कुछ अपटुडेट रानियाँ निर्बन्ध न होने पर भी सासू का पैर दबाने जाती हैं। गौरी के बचपन में उनकी परदादी का युग अभी उठ नहीं गया था। आज तो बूढ़ी सासें उस बीते युग के लिए बहुत अफसोस करते हुए कहती हैं--"अब की बहुएँ बहू थोड़े ही हैं, यह तो बछेरे हैं।" सास का बहू के ऊपर जहाँ इतना रोब-दाब था, वहाँ बेटी के ऊपर कोई रोब नहीं चलता था और यदि किसी भाग्यवान् बहू को अच्छी ननद मिल जाती, तो उसका नीरस जीवन कुछ सह्य हो जाता था। सासू तो बहुओं के लिए पूरी डायन थी। पीठ पीछे उसे बहुएँ गाली देते नहीं थकती थीं, और बराबर मनाती रहतीं--कब यह दँतटुट्टी डायन इस दुनिया से बिदा होगी।

आज की बहुएँ कितनी सौभाग्यशालिनी हैं। उन्हें सबेरे तड़के ही उठकर दातवन कराने के लिए सास के पास जाकर झिड़की नहीं खानी पड़ती। नौ-दस बजे कभी-कभी मुँह दिखलाने गईं, तो 'पालगी' करके पन्द्रह मिनट भी बैठने की जरूरत नहीं पड़ती। सास खुद ही कह देतीं--"बहू, काम हो तो चली जाओ।" बहुएँ खाने के लिए भी सासुओं की परतन्त्र नहीं है, और न पैर ही दबाना आवश्यक है। वैसे जनपुर की रानी जैसी कितनी ही लायक अपटुडेट बहुएँ अब भी राजमाता का पैर दबा आती हैं, लेकिन यह तो उनकी नम्रता और लायकी का प्रमाण है। कहाँ सासुओं के सामने भी मुँह न खोलतीं और न परदा ही से बिलकुल मुक्त हो सकती थीं, और कहाँ ससुर से भी परदा नहीं! ससुर के साथ बहुएँ बातें करती हैं। एक मेज पर बैठकर सभी राजकुल के राजा-रानी, राजमाता खाना खाती है। उग्रपुर जैसे अब भी कुछ पुरानपन्थी राजवंश हैं, जहाँ आधुनिकता कम मात्रा में प्रविष्ट हो सकी है, लेकिन सास का राज तो अब सभी जगह सपने की बात हो गई है।

लड़कपन की विचित्र-विचित्र कहानियों में गौरी ने एक यह भी सुनी थी— पहले आसमान बहुत नीचा था। इतना नीचा, कि आदमी लकड़ी लेकर छू सकता था। गौरी ने कहानी कहनेवाली से पूछा-"तब मकान बड़े-बड़े कैसे बनते होंगे?"— उत्तर मिला —"जहाँ आसमान थोड़ा ऊँचा था, वहाँ मकान भी कम-ऊँचे बन जाया करते थे। किसी भंगन ने झाड़ू देते वक्त अपनी बुहारी ऊपर उठाई तो वह आसमान से लग गई। आसमान अछूते के झाडू के लग जाने से इस तरह अशुद्ध हो गया, और वह चिढ़कर ऊपर उठ गया, इतना ऊपर, जितना कि आजकल है।"

मकानों में जरा-सा बाहर निकले छज्जों पर घूमना बहुत खतरनाक बात थी, लेकिन बचपन में गौरी को उन पर घूमने में बड़ा आनन्द आता था। उसको और कठिन बनाते घड़े में पानी भरकर फिर घूँघट निकालकर पनिहारिन बनकर वह घूमा करती। कोने पर आने पर आगे बढ़ना सबसे कठिन होता, लेकिन उसे भी वह फाँद जाती। मंगलपुर में एक ही गढ़ में दो ठाकुर थे। दोनों की हवेलियों के बीच में छत पर एक दीवार थी। रास्ते-रास्ते जाना होता, तो बहुत चढ़ना-उतरना और चक्कर काटना पड़ता। गौरी भला यह क्यों करने लगी? वह हमेशा उसी विभाजक दीवार को फाँदकर दूसरी हवेली में जाती। अपनी ओर पट्टा रखकर दीवार पर चढ़ती, दूसरी ओर रसोई के घर की दीवार में कितने ही छेद थे, जिन पर पैर रखकर वह आराम से उतर जाती। उधर के ठाकुर आहट पाकर कहते--"देखो बन्दरी आ रही है।" बाग में भी पेड़ों पर चढ़ना गौरी के लिए एक बड़े मनोरंजन की बात थी। आम-अमरूद, नीमू-कमरख के पेड़ों पर चढ़कर अपनी सहेलियों के लिये फल गिराती। उसके इस तरह के खेलों को देखकर माँ का दिल काँप उठता। वह कभी-कभी पीटती भी, लेकिन गौरी को तो ऐसे साहस के खेलों में बड़ा आनन्द आता था। दूसरी ही घड़ी मौका मिलने पर वह माँ के थप्पड़ों को भूल जाती, और वही काम करने लगती। चुगली करनेवाले अपने काम पर कई बार पछता चुके थे, इसलिए कोई उसके रास्ते में नहीं आता।

★ ★ ★ ★

खाली मीनारों में चमगीदड़ियों ने डेरा रक्खा था। चमगीदड़ियों से कितने ही लोग बहुत डरते, लेकिन गौरी उनसे नहीं डरती। रूमाल में डला बाँधकर छत पर फेंकती, कोई न कोई चमगीदड़ी फर्श पर आ पड़ती। उसे कपड़े में लपेट टाँग में लम्बा डोरा बाँध देती। फिर हाथ में लिये

किसी डरनेवाले के कपड़े में चुपचाप चिपका देती है, वह डर के मारे भागता और कितनों के लिलार से तो पसीना छूटने लगता। बड़ा मजाक रहता। कभी-कभी अपने राजपूतों की तकियों में वह रात के समय चिपका आती। डरनेवाले अपना सारा बिस्तरा नीचे तबेले में फेंककर भाग जाते हैं गौरी की शैतानी की शिकायत करते फिरते। रूडसिंह बाबोसा भी अपनी भतीजी पर बहुत स्नेह रखते थे। एक बार कहीं से उनको एक काठ का साँप मिल गया, जो देखने में बिलकुल साँप की तरह मालूम होता था, और जरा सा ही इशारे पर उसका फन हिलने भी लगता। एक बनिया गढ़ में किसी काम से आया था। गौरी ने साँप के फन को बनिये के पास कर दिया। बनिया जान लेकर भागा। गौरी ने साँप को लड़कों के हाथ में थमा दिया। वह उसके पीछे-पीछे दौड़े। बनिया जान लेकर भागा जा रहा था। लोगों ने उधर-हल्ला किया--"पकड़ो-पकड़ो !" फाटक के दरबानों ने समझा, कोई चोर भागा जा रहा है, और उन्होंने उसे पकड़ लिया। पीछे बनिये को पहचानकर छोड़ दिया। बेचारा पसीने-पसीने था। उसका दम फूल रहा था।

सलमाडा अपने साँपों के लिए बहुत प्रसिद्ध है। जोड़ में रहते समय गौरी को बहुत साँप दिखलाई पड़ते थे। सलमाडा में भादों बदी ६ को साँपों के देवता गूगाजी की पूजा बड़ी श्रद्धा से की जाती है, जिसमें कि साँप किसी को न छूये। कुम्हार काली मिट्टी का घोड़ा बना, मिट्टी की मूर्ति के हाथ में मिट्टी का भाला देकर बैठा देता, यहीं गूगाजी हैं। उनके गले में महादेवजी की तरह साँप लटकता है। गूगाजी की पूजा में खीर, गुलगुले चढ़ाये जाते हैं। कहते हैं, गर्भिणी स्त्री को देखकर साँप अन्धा हो जाता है। एक दिन गौरी ने आँगन में चार हाथ लम्बा काफी मोटा काला साँप देखा। उसके बदन से निकलता चमड़ा केंचली की शक्ल में अभी लगा हुआ था। दिन के दोपहार का समय था। साँप वहाँ फुफकार मारता हिल-डोल रहा था, लेकिन कहीं भाग नहीं सकता था। लोगों ने बतलाया, कि अभी एक गर्भिणी लौंड़ी इधर से गुजरी है, उसी के कारण साँप अन्धा हो गया। हल्ला-गुल्ला होने पर बाहर से आदमियों ने आकर साँप को मार दिया। साँप की केंचली आँख सहित सारे शरीर का मुर्दा चमड़ा ही है। हो सकता है, केंचली छोड़ते समय पर्दा पड़े रहने के कारण साँप को आँख से दिखलाई न पड़ता हो। साँप धन की डोरी पर बैठता है। इसलिए केंचली को भी धन देनेवाली चीज समझकर लोग उसे घर में रखते हैं।

सलमाडा में पाटड़ा या पीले रंग की गोहें भी बहुत होती हैं, जिनके बारे में मशहूर है, कि उन्हें गढ़ की किसी दीवार में चिपका उनसे रस्सी बाँध ऊपर चढ़ा जा सकता है। गोह एक बार किसी चीज से चिपककर फिर उसे छोड़ना नहीं जानती। मखनपुर में गौरी ने दोपहर को एक पीले-से साँप को देखा। वह एक चूहे के बिल में चार अंगुल घुस गया था। इसी समय लोगों ने उसकी पूँछ पकड़ ली। कितना ही जोर लगाया, लेकिन साँप को नहीं खींच पाये। अन्त में उसकी पूँछ को दीवार में खूटी से बाँध कर दो आदमियों ने लकड़ी से दबा पूरा जोर लगाकर किसी तरह उसे बाहर निकाला। मुँह के बाहर निकलते ही लाठियों से उसे कूँच दिया गया। जहाँ इतने अधिक साँप निकलते हों, वहाँ साँप से निर्भय लोग भी काफी मिल जाते हैं। नब्बू खैराती साँप को पूँछ से पकड़ घुमाकर एक झटका देता, जिससे उसकी हड्डियों की जंजीरें टूट जातीं। ऐसे साँप को जमीन पर छोड़ देने पर भी उसके लिए दौड़ना मुश्किल होता। नब्बू खैराती तो विशेषज्ञ था, गढ़ की बहुत-सी लौंड़ियों भी भागते साँप को पूँछ से पकड़ घुमाकर जमीन पर पटककर मार देतीं।

साँपों की कहानियाँ और भूतों की कहानियाँ भी बचपन में गौरी के लिए बहुत प्रिय थीं। साँपों अर्थात् नागदेवता के अपने चारण-भाँट होते हैं, जिनको बड़ुवा कहा जाता है। वह साँपों की बाँबियों पर बैठकर उनके कुल का यशगान करते हैं। नागदेवता खुश होकर अपनी बाँबी के पास पैसा-रुपया रख जाते हैं, और बड़ुवा आशीर्वाद देते उठा लाते हैं। गौरी उस समय बहुत छोटी थी। एक दिन बड़ुवा एक छोटी सी लोहे की डिबिया लेकर आया। डिबिया के भीतर एक सुनहले रंग का साँप था। बड़ुवा ने बतलाया—"हमारे जजमान साँपराज के कँवरजी खो गये थे। मैं उन्हें ढूँढने पर लगा था, बड़ी मुश्किल से ढूँढ़ पाया। अब इनके पिताजी के पास ले जा रहा हूँ। वह मुझे काफी इनाम देगें।"

सलमाडा में काले नाग बहुत मिलते हैं। यह तीन-चार हाँथ लम्बे होते हैं, और गुस्सा होने पर छत्र की तरह अपना फन निकाल लेते हैं। साँप काटने पर झाड़ने-फूकनेवाले बुलाये जाते। काटे हुए आदमी को लिटा दिया जाता, और ढोल बजाते हुए मन्तर गाने लगते। दो-तीन घण्टे इस तरह करने के बाद डँसनेवाला साँप वहाँ स्वयं आ जाता और विष उतर जाता है। और प्रदेशों की कहावतों में आता है, कि साँप को मन्त्र-बल से जबर्दस्ती पकड़वाकर उसी के मुँह से घाव से विष को चुसवाया जाता

है। अजमेर से ब्यावर जानेवाली सड़क पर अजमेर से दस-ग्यारह मील पर खरवा आता है। गौरी के बाबोसा रूडसिंह के मामा खरवा के वही ठाकुर साहब थे, जो अपनी स्वतन्त्र-भावनाओं के लिए अंग्रेजों के कोप के भाजन हुए और प्रथम विश्व-युद्ध के समय अपनी जागीर से दूर ले जाकर नजरबन्द कर दिये गए। यहीं सड़क पर एक छोटा-सा मंदिर है। किसी को साँप काटने पर उसे इस मंदिर में ले जाया जाता है, और घाव के स्थान को देव\।। के मुँह से लगा दिया जाता है। देवता विष चूस लेता है, और आदमी बेड़ा हो जाता है।

साँपों की बहुत-सी जातियाँ सलमाडा में मिलती हैं, जिनमें कुछ हैं-

गुराया—यह पीले रंग का साँप तीन-चार हाथ लम्बा होता है। इसका पेट सफेद और बाकी शरीर पर काले-काले धब्बे होते हैं। यह फन निकाल सकता है और बहुत जहरीला होता है।

कुम्हरिया—यह काले रंग का साँप हाथ-डेढ़ हाथ लम्बा तथा बहुत मोटा नहीं होता। यह बहुत जहरीला माना जाता है।

दुम्भी (दूमुही)—यह हाथ-दो हाथ लम्बा मोटा साँप है। आदमी को यह नहीं काटती।

पितर—यह सफेद रंग का निर्विष साँप बहुत पूज्य माना जाता है। समझा जाता है, कि मरे पितर इसके रूप में अपनी सन्तानों के घर कभी-कभी देखने-सुनने के लिए आ जाते हैं। स्त्रियाँ इस साँप को मारने नहीं देतीं।

साँपों को पकड़कर मारनेवाली स्त्रियाँ सलमाडा में काफी मिलती हैं, यह हम कह आये हैं। बाबोसा का एक शरीर-रक्षक था। उसकी स्त्री अपने बच्चे के साथ घर में सो रही थी। इसी समय खाट के नीचे से एक काला साँप निकला। स्त्री ने खाट से उतर पूँछ पकड़कर पटककर उसे मार दिया। आकर फिर चारपाई पर लेटी। इसी समय चूल्हे में दूसरा साँप दिखाई पड़ा। उसने उसे भी उसी तरह पटककर मार दिया। फिर तीसरा साँप निकला और उसे भी उसने मार दिया। बिना लाठी के हाथ से पूँछ पकड़कर काले साँप का मारना बड़े साहस की बात है। मरे साँप को लोग गड़हा खोदकर उसमें कपड़ा डालकर दफना देते हैं। विश्वास किया जाता है कि ऐसा करने पर फिर साँप उस घर में नहीं आता।

झाउल—शाही की तरह का सारे शरीर पर काँटोंवाला एक छोटा जन्तु 'झाउल' राजस्थान के इस इलाके में होता है। कभी-कभी साँप से उसकी लड़ाई हो पड़ती है। साँप अपने फन को झाउल के पीठ पर मारकर काटों से क्षतविक्षत हो मर जाता है।

सलमाडा में बिच्छू कम होते हैं। जो होते भी हैं, वह बहुत छोटे-छोटे तथा बहुत कम विषवाले।

कनखजूरा (कनसला)—बहुत निकलता है, और कभी-कभी किसी के बदन में भी चिपक जाता है। एक बार किसी लड़की का ब्याह हो रहा था। लड़की मड़वे में बैठी थी और हवन हो रहा था। इसी समय एक कनखजूरा कपड़े के भीतर से उसको जाँघ में चिपक गया। दर्द हो रहा था, लेकिन ऐसे समय वह विकलता कैसे दिखलाती? भाँवर पड़ जाने के बाद उसने बतलाया। तब तक कनखजूरा इतना चिपक गया था, कि खींचने पर वह छोड़ नहीं रहा था। उसके सैकड़ों पैर चमड़े के भीतर घुंसे हुए थे। जर्राह ने आकर चीरकर कनखजूरे को निकाला। कनखजूरा कभी-कभी मुँह से काटता भी है, जिससे हल्का-सा दर्द होता है, और पीछे वहीं बहुत-सी फुन्सियाँ निकल आती हैं। तो भी कनखजूरे से प्राणों का डर नहीं है।

गोहिरा—मादा को पाटला या गोह कहते हैं, और नर को गोहिरा। शायद यह वही बित्ते भर से बड़ा जन्तु है, जिसे कहीं-कहीं बिसखोपड़ा भी कहते हैं। जीभ साँप-सी चिरी और चार पैर तथा लम्बी पूँछ होती है। कोई-कोई गोहिरे हाथ भर के होते हैं। कहते हैं, गोहिरा जिसको फूँक मार दे, वह आदमी तुरन्त मर जाता है।

सलमाडा में यदि साँप ज्यादा हैं, तो वहाँ पर संपेरे भी बहुत हैं, जो साँपों को पकड़ते हैं। गौरी एक दिन हाथी पर चढ़कर घूमने जा रही थी। उसी समय एक संपेरा किसी बिल के पास बैठा पुँगी (बीन) बजा रहा था। साँप फन हिलाता इसी समय उसके सामने आया। संपेरे ने मौका पाकर सिर पकड़ लिया, फिर मुँह को दबाकर उसने अंगुली डाल उसके भीतर से नीले रंग की थैली-सी निकाल बाहर रक्खी और साँप के दाँतों को भी दिखलाया। विष के दाँतों के भीतर उसी तरह का सूराख था, जैसा इंजेक्शन देने की सूई में । संपेरे ने गौरी को बतलाया, कि साँप आदमी को काटते समय मुँह से दबा लेता है, फिर इसी नीली थैली

में से जहर निकालकर दाँतों के रास्ते घाव में डाल देता है। यदि जहर पूरा प्रवेश कर जाय, तो आदमी नहीं बचता। थैली को गौरी ने लकड़ी से पीटकर तोड़ना चाहा, लेकिन वह बहुत चीमड़ थी, और नहीं टूटी।

गौरी ने मणिधर साँपों के बारे में भी सुना था। लोग कहते थे, कि वह जब अपनी मणि को बाहर निकालकर रखता है, तो रात को बिजली के दीपक की तरह प्रकाश हो जाता है, और उसी प्रकाश में वह चरता-चुगता है।

सलमाडा में गिरगिट भी बहुत हैं। चौमासों में कितनी ही बार गौरी ने उन्हें अपने सामने हरा, लाल, पीला और काला होते देखा।

गौरी वैसे कूदने-फाँदने, पेड़ पर चढ़ने आदि में बड़ी निर्भय थी। चमगीदड़ियों से लोग डरते थे, लेकिन वह निडर होकर उन्हें पकड़ लेती और दूसरों को डराती फिरती। लेकिन साँपों के बारे में वह उतनी निडर नहीं थी, तो भी उनकी कथाएँ उसे बहुत प्रिय थीं। उसने अपनी आँखों के सामने कितनी ही स्त्रियों को साँप पकड़ कर मारते देखा, तो भी उसे हिम्मत नहीं हुई, कि स्वयं वैसा करे। शायद, यदि उसके परिचितों में साँप से खेलनेवाले कोई होते, तो उसका भी डर छूट जाता, फिर विष निकले साँपों के रखने का शौक तो उसे हो ही जाता, और तब काठ के साँपों से लोगों को डरवाने की जगह वह जीते साँपों से लोगों को तंग करती। उसके खेलवाड़ी स्वभाव के लिए सचमुच ही यह नया अविष्कार होता, यदि साँपों से उनका स्नेह हो जाता। यदि चमगीदड़ियों की तरह किसी के तकिये के नीचे और किसी के साफे के भीतर वह जीते नागराज को रख आती, फिर कैसा रहता? निर्भय स्वभाव की गौरी इस खेल से वंचित रह गई, इसे संयोग ही कहना चाहिए।

सलमाडा में साँपों की करामात के बारे में बहुत-सी बातें प्रचलित हैं। दो भाई किसान खेत बोने गये थे। हल चलाते-चलाते थककर शमी (खेजड़ी, जांटी) के नीचे आकर ठण्डा होने के लिए खड़े हो गये। शमी के पेड़ पर काला नाग बैठा हुआ था। उसने छोटे भाई के सिर में काट खाया। उसे मालूम हुआ, कि कुछ चुभ गया। बड़े भाई ने कहा, शमी का काँटा चुभ गया होगा। उसके बाद साँप-काटे को भूल गये और दोनों भाई अपने काम में लग गये। साल भर बाद फिर उसी शमी के नीचे काम करके खड़े हुए, तो भाई को ख्याल आया, और वहाँ काले साँप

को बैठा देखा। उसने कहा--"शायद इसी साँप ने पिछले साल तुझे काटा?" यह सुनते ही छोटा भाई 'ऐं, ऐं' कहते गिरकर वहीं मर गया।

कोई आदमी रास्ते पर जा रहा था वहाँ से फण फैलाये एक साँप निकला। आदमी के तलवार निकालकर एक बित्ता भर फण को काट दिया और अपने रास्ते चला गया। पास में कोई नगर था, जहाँ बाजीगर तमाशा दिखा रहा था। वह आदमी भी भीड़ में खड़ा होकर तमाशा देखने लगा। उसे यह मालूम नहीं हुआ, कि साँप का फण फुदकता-फुदकता उसके पीछे आ रहा है। फण ने लोगों के बीच में पहुँच और सबको छोड़ केवल काटनेवाले को आकर डँसा और वह वहीं मर गया। इसीलिए फण को काटा नहीं, बल्कि कुचला जाता है।

साँप-काटे की दवा भी कभी-कभी अचानक मिल जाती है। रास्ता जाते-जाते एक आदमी को साँप ने काट खाया। उसने समझ लिया, कि अब तो जीना नहीं है। वह बालू के एक टीले पर बैठ गया और खूब रेत फाँकने लगा। सारा जहर पेट में गई रेत में समा गया, उसके बाद उसने कुछ कै की, और जहर उतर गया। जोड़ गाँव के जंगल में फतेह खाँ की एक पक्की कवर है। साईसों को विश्वास है, कि उस पर पैसे दो पैसे की खाँड़ चढ़ा देने पर साँप नहीं काटता, और वह ऐसा किया करते हैं।

सलमाडा में शायद ही कोई गाँव या कस्बा हो, जहाँ साल में एक-दो आदमी साँप या गोहिरे के काटे न मरते हों। एक दरोगा (राजकुल का परिचारक) सोचने लगा, जब तक रोटी बनती है, तब तक एक चिलम ही पी लें। चिलम छान में खोंसी हुई थी। वह उतारने लगा। उसी समय गोहिरे ने फूँक मार दी और दरोगा वहीं धड़ाम से गिरकर मर गया।

नाराणा दारोगा गौरी के दादाजी का हुक्काबरदार था। उसकी औरत घर में खाना बना रही थी, और नाराणा अलमारी पर से कोई चीज उतार रहा था। वहाँ तीन-चार हाथ लम्बा काला साँप बैठा था। वह उसके हाथ में काटकर चिपक गया। हाथ हटाकर नाराणा ने झटका दिया, साँप नीचे गिरा और उसके साथ ही नाराणा भी गिरकर वहीं मर गया।

गौरी क़ो घोड़ा चढ़ाने वाला गूजर—जिसे वह बाबा कहा करती थी —अपने बचपन की कहानी कह रहा था। उधर गिरगिट की शक्ल के सांडे बहुत रहते हैं। लड़के बिलों में पानी डालते और जब सांडे निकलते,

तो उन्हें पकड़ लेते। सांडे किसी को काटते नहीं, इससे लड़के बहुत निडर थे। एक बार उन्होंने किसी बिल में पानी डाला, तो भीतर से सांडे की जगह काले साँप ने मुँह निकाला। एक लड़के ने सांडा समझकर उसके मुँह को झट पकड़ लिया। साँप ने बाकी शरीर से लड़के के हाथ में चूड़ियाँ चढ़ा दीं। लड़का मुँह छोड़ने की हिम्मत नहीं रखता था, क्योंकि तब साँप की चूड़ियों से हाथ में खून आना-जाना बन्द हो गया, इसलिए हाथ नीला पड़ने लगा। संयोग से इसी समय एक संपेरा आ गया। उसने साँप को पकड़ लिया और लड़के की जान बची।

सलमाडा में फोग के छोटे-छोटे झाड़ होते हैं, जिनके बारीक दानों का रायता बहुत अच्छा बनता है। कोई औरत फोग तोड़ रही थी। इसी समय एक गेहुँआ रंग का साँप झाड़ में दिखाई पड़ा। औरत ने उसकी पूँछ पकड़ घुमाकर पटक दिया, वह वहीं मर गया। साँप अक्सर अपनी साँपनी के साथ रहता है, और साँप के मारने पर साँपनी बदला लेती है। औरत ने उसी समय देखा, कि साँपनी झाड़ से उतरकर जमीन पर खड़ी हो गई है। उसकी बहुत थोड़ी-सी पूँछ जमीन पर थीं, बाकी सारा धड़ हवा में खड़ा था और वह बड़े जोर से फुफकार रही थी। औरत पूँछ को पकड़ नहीं सकती थी। मारे तो कैसे मारे? इसी समय पास में उसने कोई लकड़ी पड़ी देखी, और उससे मारकर साँपनी को गिरा दिया। फिर पूँछ पकड़ पटककर मार दिया।

सलमाडा की तरफ यद्यपि बिच्छू नहीं होते, लेकिन राजस्थान के दूसरे स्थानों में कहीं-कहीं बहुत बड़े बिच्छू होते हैं। गौरी ने एक बार सुना, कि उसके माँ ने ननिहाल दिगों में एक छोटा-सा पत्थर पड़ा हुआ था। वर्षा में जब आकाश से बूंदे पड़तीं, तो वह जलते तवे की तरह उस पत्थर पर पड़कर छन-सी हो जाती। लोगों को ख्याल आया, कि देखें पत्थर के नीचे है क्या ? पत्थर हटाया गया, तो वहाँ हथेली भर का एक काला बिच्छू निकला। लोगों ने उसे मार दिया और फिर हँड़िया में बन्द करके जसपुर के राजवास-संग्रहालय में भेज दिया।

■ ■ ■

४
पुराने जगत् की स्मृतियाँ

उस समय रनिवास की स्त्रियों की दुनिया सचमुच ही बहुत छोटी थी। विद्या और पुस्तकों का भी सहारा नहीं था, जिसके द्वारा, कुछ समय के लिए ही सही, एक बड़ी दुनिया के भीतर मानसिक तौर से पहुँचा जा सके। छोटी लड़की को कुछ स्वतन्त्रता जरूर रहती, जो और भी बढ़ जाती, यदि पिता के स्नेह के ऊपर उसका एकान्त अधिकार होता। गौरी अपने बड़े चाचा (ताऊ) को ही बाबोसा (पिता) जानती, और वह अपनी भतीजी को बेटी से बढ़कर प्यार करते। बाबोसा पुराने युग के दुर्लभ सतपुरुषों में से थे। उनका अपना जीवन बहुत सीधा-सादा था, जिस पर बहुत खर्च करने की आवश्यकता नहीं थी। लेकिन वह मुक्तहस्त थे। मंगलपुर में उन्होंने लड़कों के लिए हाईस्कूल खोल रखा था, जिसमें तीन-चार सौ लड़के पढ़ा करते थे। फीस की तो बात ही क्या, कितने ही लड़कों को वह खाना-कपड़ा भी देते थे। हेडमास्टर पण्डित कृष्णदास गौरी को पढ़ाया करते थे। रोज चार बजे लड़कों के खेल के समय गौरी भी देखने जाती और रविवार को लड़कों में लड्डू बाँटने का काम बाबोसा की ओर से उसे ही मिलता था। बाबोसा के पास तीन-चार सौ नौकर थे। उस समय खाने-पीने की चीजें बहुत सस्ती थीं। लेकिन तीसरे दरजे के नौकरों की तनख्वाह इतनी कम थी, कि सर्दी में वे ठिठुरने लगते। बाबोसा की अपनी आँखें तो जाती रही थीं, लेकिन उनके लिए गौरी की आँखें अपनी-जैसी थीं। गौरी का दिल किसी को दुखी देखकर द्रवित हो जाता। वह सर्दी में ठिठुरते नौकरों को देखकर बाबोसा से कहती, और बाबोसा उनके लिए रुईदार कोट बनवा देते। बाबोसा प्रजा का दुःख-सुख देखने के लिए गाँवों में जाया करते थे, उस समय गौरी भी साथ रहती। गाँव के लोग गौरी के द्वारा बाबोसा के सामने अपनी अर्जी पेश करते। अर्ज करने के लिए तो बाबोसा के दरबार में कोई रुकावट नहीं थी। हाँ, गौरी की आँखों से वह अपने लोगों के दुःख-सुख को प्रत्यक्ष देखते, और उनकी ओर से जो दया की दृष्टि होती, उसका कारण लोग गौरी को ही समझते, इसीलिए वह प्रजा के स्नेह की भारी पात्र थी।

मनोविनोद के साधनों में रनिवास के सीमित क्षेत्र में नौकरानियों को व्यंग्य और उपहास का लक्ष्य बनाना भी एक था। चालीस-पैंतालीस वर्ष की नौकरानी पार्वती जहाँ हँसोड़ स्वभाव की थी वहाँ वह बड़ी जल्दी चिढ़ भी जाती थी। किसी ने ताली पीट दी, कि पार्वती बड़बड़ाने लग जाती, मारने दौड़ती। ऐसे समय के लिए स्वयंजात कवि भी पैदा हो जाते थे। गौरी की सखियाँ पार्वती को देखकर कहतीं—

जाला बीजा राम का, भलो पसार्‌यो पेट।
थारो जावे कानि देखता, काची रै गई जेठ।

इस पर पार्वती गाली देते हुए कहती— "थारी माँ राँड मर जौ, थारे बाप काची रै गई होगी जेठ।" 'थारी जावै' का अर्थ है तुम्हारी सन्तान और 'जेठ' के काची रह जाने का अर्थ है, रोटी कच्ची रह जाना। जाला पार्वती के बाप का नाम था, उसकी जेठ कच्ची रह जाने का मतलब था पार्वती कच्ची बुद्धिवाली (मूर्खा) रह गई। पार्वती को बिगाड़कर लोग पारी कहा करते। उसको खिझाने के लिए कोई भी बात काफी थी। और नहीं हुआ तो कह दिया—"सीताराम सटक गये। तुम्बी-लोटा पटक गये।" इसमें पार्वती की कोई बात नहीं थी, लेकिन उसे आग-बबूला बनाने के लिए यह भी कहना पर्याप्त था। चाहे पार्वती के चिढ़ाने में गौरी का भी हाथ काफी रहता हो, लेकिन वह अपने अन्नदाता की बिटिया पर कैसे गुस्सा प्रकट कर सकती थी?

माल्या राणा की बहू — लड़कपन के विनोद में सहायक होने वाली एक और प्रौढ़ा परिचारिका माल्या राणा की बहू थी। रनिवास में गाना-बजाना करनेवाली स्त्रियों को ढोलनी कहते हैं। शायद ढोल बजाने के कारण यह नाम उन्हें दिया गया। माल्या ढोलन गाने-बजाने आती तो रानियाँ कहतीं-"माल्या की बहू को दारू पिलाओ।" काँसे-पीतल की कटोरी या काँच के गिलास में उसे शराब दी जाती। शराब ठेकानों के लिए कोई मँहगी चीज नहीं थी। उनकी अपनी भट्टियाँ होतीं; जिनमें काम के लिए शराब चुआ ली जाती—आम लोग ठेके की भट्टियों से शराब लेकर पिया करते थे। शराब की कटोरी हाथ में पड़ते ही माल्या की बहू मुट्‌ठी बाँधकर कनपटी में लगा वारना देती। गौरी की माँ या दादी बैठी-बैठी देखा करतीं, और हुक्म देतीं—"और लाओ, और लाओ।" लेकिन माल्या की बहू को नशा चढ़ आता, तो वह अपने रंग में आ जाती और रनिवास की रानियाँ उसकी नजर में मुसलमानों की बहुएँ दीख पड़तीं। किसी को

वह कहती—"कौन, कमरदी खाँ की बहू है क्या?" उसकी बोलचाल इतनी शान्त होती कि मालूम नहीं होता, वह नशे में है। जब यह एक मजाक का ढंग था, तब कमरदी खाँ की बहू कहने पर गौरी की माँ क्यों नाराज होने लगी? उसे लोग बात में लगाये रखना पसन्द करते, क्योंकि गाने की छुट्टी देने पर वह गन्दे गीतों का राग अलापने लगती। एक बार रनिवास से बिदा लेकर वह घर की ओर जा रही थी। रास्ते में गधा या गाय बैठी देखकर उस पर सवार हो कहने लगी—"मैं तो घोड़े पर चढ़ कर जा रही हूँ।" फिर किसी ने उसकी सास को खबर दी। वह माल्या की बहू को उठाकर ले गई। दूसरी नौकरानियों को नशे में करने पर उनमें से कोई रात भर गीत गाती, कोई नाचती। एक बार एक नौकरानी को खूब शराब पिलाई गई, हास-परिहास होने के बाद वह तिमंजिले महल की सीढ़ियों पर चढ़कर ऊपर की ओर जाने लगी। उसकी दो वर्ष की बेटी उसी समय सामने आ गई। वह उसे हाथ में पकड़कर हर सीढ़ी पर पटकती-उछालती ले चली—"यह क्या है?" बस यही उसके मुँह से निकल रहा था। उधर बच्ची बेचारी प्राणों के लिए चिल्ला रही थी। खैर, लोगों ने सुना और आकर बच्ची को छुड़ाया। बारह-एक बजे रात तक पीना, गाना-बजाना और हास-परिहास जारी रहता। गौरी के बाबोसा की आदत थी, दस बजे ही सो जाने की। कभी-कभी महफिल बाबोसा के शयन-कक्ष के ठीक ऊपर होती और कभी कुछ हटकर। तब भी उस समय हल्लागुल्ले के बाबोसा के कान में जाने में कोई रुकावट नहीं थी। वह उन्हें कुछ हल्की-सी झिड़की भी देते जानते ही थे कि इन पिंजड़े के पंछियों के जीवन के लिए यही तो एक सहारा है, इसीलिए बहुत क्रोध नहीं दिखाते थे। हाँ, नौकरों में यदि कोई शराब पीकर ऊधम मचाते देखा जाता, तो उसकी पाँच दिन की छुट्टी काट लेते, अर्थात् वह पाँच दिन के लिए बिना दाम मिलनेवाली खाद्य-सामग्री से वंचित हो जाता। रनिवास में पाँच-छ बोतलों से काम चल जाता, लेकिन बाहर ठाकुर साहब के दरबार में बीस-पच्चीस बोतलों का खर्च था। शराब राजस्थान के बाम्हनों और बनियों में मांस की तरह वर्जित भले ही समझी जाती हो, किन्तु राजपूत उसकी कसर निकाल लेते हैं। लड़की ब्याहने के लिए जब बरात आती, तो वरपक्ष बड़े कढ़ाव में शराब भर देता, जिसे पील कहते हैं। सारे गाँव के लिए शराब की सदावर्त जारी हो जाती। यह कढ़ाव जनवासे में रक्खा जाता, जहाँ जाकर हर एक आदमी जितनी चाहे उतनी शराब पी सकता था। लेकिन राजस्थानी अभी नेपाल के नेवार राजाओं से बहुत

पीछे थे। वहाँ उत्सवों के समय शराब भरने के लिए टोंटीदार हौज बने होते थे, जिन्हें काठमांडू में आज भी देखा जा सकता है। इन हौजों से कोई भी जाकर रात-दिन चौबीसों घण्टे शराब लेकर पी सकता था — एक भी पैसा खर्च करने की जरूरत नहीं थी।

बरात की ठाठ — बारात के समय लड़का और लड़की दोनों पक्ष अपने हाथों को खोल देते। जब कसौरावाली बुआ का ब्याह हुआ था, तब दूसरे समयों की तरह ठाकुर साहब का मंगलपुर के कलामो को हुम्मा था— जो भी आये, उसे एक पाव शराब दो; कसाई को हुक्म था— जो भी आये, उसे एक पाव मुफ्त मांस दो। इसी तरह मोदी को मसाले, तेल, घी के साथ एक सेर आटा देने का हुक्म था। जो मांस नहीं खाना चाहते, वे कन्दोई (कान्दू या हलवाई) के पास से एक पाव मिठाई मुफ्त ले सकते थे। तीन दिन के लिए ठाकुर साहब की ओर से यह सदावर्त जारी रहता जिसे खूली चिट्ठी कहा जाता था। मंगलपुर के दुकानदारों को हुक्म था कि बराती यदि कोई चीज खरीदें तो उसका दाम मत लेना; ठाकुर साहब के खजाने से तुम्हें मिलेगा। उस समय एक पूरी कोठरी नए-नए जूतों से भरकर तैयार रक्खी रहती। यदि किसी का जूता खो जाता, तो वह वहाँ जाकर अपने पैर के नाप का जूता पहन आता। इसके लिए महीनों पहले से ठेकाने के मोचियों को जूते बनाकर देने पड़ते। खैरियत यही थी कि, इन जूतों के चमड़े अपने यहाँ के सिझे होते, इसलिए बाहर रुपया भेजकर उन्हें खरीदने की आवश्यकता नहीं थी।

गौरी के स्वभाव में बचपन से ही एक प्रकार की दृढ़ता थी। यदि एक बार उसके मुँह से "न" निकल गया, तो वह "न" ही रहता, जिसे बाबोसा भी शायद कभी-कभी हटाने में समर्थ न होते। गौरी को वन्दनी कुमारी अपने बाप के साथ खाना खातीं। खाने में चिढ़ाने के लिए वन्दनी कोई चीज को अपनी ओर सरका लेती, गौरी लड़ पड़ती। बाबोसा बड़ी लड़की को मना करते, तब भी कितनी ही बार तुनककर गौरी बिना खाये ही उठ जाती। बाबोसा बहुत मनाते, लेकिन नाही जो कर दिया था। पीछे भूख के मारे चाहे अंतड़ियाँ ऐंठती ही रहतीं, लेकिन वह खाये बिना ही सो जाती। गौरी को छाछ पानी बहुत प्रिय था। वह उसे दूध से भी अधिक पसन्द करती थी। जाड़ों में छाछ पीना स्वास्थ्य के लिए बुरा समझा जाता लेकिन गौरी क्यों अपने प्रिय पेय से वंचित हो? उसे वंचित करने के लिए एक रास्ता भी निकल आया था। रनिवास की तरवती

और अमरी दो नौकरानियाँ जहाँ रंग में काली थीं, वहाँ कपड़ों को भी गन्दा रखना उन्हें पसन्द था। उनके हाथ की छुई किसी चीज को खाना गौरी पसन्द नहीं करती थी। बिस्तर से उठते ही गौरी 'छाछ-छाछ' चिल्लायेगी, यह सोचकर वहीं कहीं तरवती और अमरी को दही बिलोने के लिए बैठा दिया जाता। गौरी देखती कि काली-कलूटियाँ छाछ बना रही हैं, तो वह बहुत क्रुद्ध होती और जब उसे उनकी बिलोई छाछ दी जाती, तो वह छाछ के गिलास को ही पटक देती।

रथों पर यात्रा — अस्सी-नब्बे वर्ष की अत्यन्त बूढ़ी अन्तःपुरिकाओं को भी जहाँ कठोर पर्दे में रहना पड़ता हो, वहाँ रानियों के लिए यात्रा करना कैसे आसान होता? वे रथ पर एक जगह से दूसरी जगह ढोई जाती थीं। ये रथ एक यो दो शिखरवाले सुन्दर यान होते थे, उनमें चुनकर बहुत सुन्दर बैलों की जोड़ी नाधी जाती। सलमाडा रेगिस्तानों का इलाका है, जहाँ पर चार की जगह होने पर भी रथ के भीतर एक या दो से अधिक सवारी नहीं चढ़ाई जाती। वैसे तो बालू की भूमि रुई के गाले बिछी धरती-जैसी कोमल थी, लेकिन कहीं-कहीं उसमें बालू के टीले आ जाते थे। वहाँ एक ओर के पहियों के ऊपर उठने से रथ ही लुढ़क न जाये और फिर रानी साहिबा का पर्दा ही खतम न हो जाय, बल्कि जन्म भर के लिए वह कहीं अपाहिज न बन जायँ, इसके लिए रथ के दोनों ओर दो-दो साईस चलते थे, जिनका काम था ऐसे स्थानों पर पहिये को दबाकर रथ को लुढ़कने से बचाना। इन रथों के बनाने में काफी कला का परिचय दिया जाता था। रथ के आगे की ओर निकले छज्जे में सारथी बैठता और भीतर घोर पर्दे के भीतर रानी साहिबा विराजतीं। आगे-आगे घोड़े पर सवार होकर एक चोबदार चलता और रथ के पीछे भाला हाथ में लिये कमर में तलवार लटकाये दस-पन्द्रह सवार अनुगमन करते, जिनमें से किसी-किसी के पास बन्दूकें भी होतीं। रथ के भीतर गद्दा-तकिया बिछा रहता। उसमें इतनी जगह होती कि रानी साहिबा इच्छा होने पर इत्मीनान से पैर पसारकर सो सकती थीं। भीतर गुम्बज में सुन्दर झालरें लटका करतीं। बाहरी दुनिया को देखने के लिए चाँदी या पीतल की बहुत झीनी चार अंगुल की जालियाँ पर्दे में सिली रहतीं। उनसे रोशनी और हवा भला क्या आती, हाँ इच्छा होने पर रानी साहिबा उनसे बाहर की चीजों को देख सकतीं। रथ के ऊपर लाल या गुलाबी लट्ठे का पर्दा पड़ा रहता, जिसे चाँदनी कहते थे— विधवा अन्तःपुरिकाओं का पर्दा सफेद रंग का होता। दिन में भी अंधेरी रात मालूम होनेवाले रथ के भीतर

बैठाये जाने पर गौरी रोने-चिल्लाने लगती। फिर नौकरानी या माँ के हाथ में फानूस में मोमबत्ती जलाकर दी जाती, तो वह उसको देखकर चुप हो जाती। बचपन से ही उसे दीपक देखकर खुशी होने की आदत पड़ गई थी। रेगिस्तान में दचके खाने का डर नहीं था। टीलों के कारण लुढ़कने का डर अवश्य था, जिसका प्रबन्ध कैसे किया जाता था, इसे हम अभी बता चुके हैं।

मंगलपुर से मखनपुर का दस मील का रास्ता सारा रेगिस्तान का है, जिसको पार करने में तीन घण्टे लगते थे। इससे मालूम होगा कि बैल काफी तेज चलते थे। रास्ते में दो बार जानवरों को पानी पिलाकर सुस्ताने के लिए खोल दिया जाता। इसी समय परिचारकवृन्द चिलम-तम्बाकू पीते। रानी साहिबा चुपचाप रथ के भीतर बैठी या लेटी रहतीं। उनकी नौकरानियाँ एक-एक ऊँट पर दो-दो करके पीछे-पीछे चलतीं। यदि रानी को आवश्यकता होती, तो वह रथ को थपथपातीं। फिर नौकर-नौकरानी को ऊँट से उतारकर रथ के पास ले आते, और रानी साहिबा अपनी फरमाइश उनके सामने रखतीं। लेकिन अक्सर नौकरानियों की आवश्यकता नहीं पड़ती, रथ के भीतर आवश्यक कितनी ही चीजें पहले ही से रख दी जाती थीं। मिट्टी की सुराही टूट जायेगी, और रेगिस्तान में पानी अमृत है, इसलिए सुराहियाँ राँगें की होती थीं। इन भारी भरकम सुराहियों का पाना मिट्टी की सुराही जितना ठण्डा तो नहीं होता था, लेकिन तब भी भींगे कपड़े से ढँके होने के कारण काफी ठण्डा रहता था। सुराही की गर्दन पर चाँदी का खोल मढ़ा रहता और उसका यही भाग बाहर दिखाई पड़ता था। पानी के अतिरिक्त खाने की भी चीजें वहाँ भरी रहतीं। रनिवास में पान का बहुत रवाज था, पानदान भी इसके लिए वहीं पड़ा रहता। पुराने युग की ताम्बूल -वाहिकाओं का इस समय रवाज शायद बड़े राज्यों में ही रहता हो। रनिवास इस तरह जहाँ एक या अनेक रथों में आगे-आगे चलता, वहाँ पीछे-पीछे राजा या ठाकुर साहब सदलबल घोड़े पर चलते। गौरी के बाबोसा अन्धे थे, इसीलिए वह ऊँटनी (सांडनी) की सवारी करते थे। सांडनी पर आगे नौकर बैठता और पीछे बाबोसा। दस-बारह वर्ष की गौरी भी अक्सर अपने बाबोसा के आगे सांडनी पर बैठती। गर्मियों में मखनपुर की यह यात्रा तीन बजे रात ही को शुरू हो जाती, क्योंकि दिन चढ़ने पर बालू तप जाती, उस वक्त चलना बड़ा ही दुस्सह होता।

जाड़ों में दोपहर का खाना खाने के बाद एक-दो बजे यात्रा शुरू होती। मंगलपुर एक मील रह जाता। वहाँ एक पक्का तालाब था। कभी तालाब सूख भी जाता था। यहीं रनिवास थोड़ी देर के लिए विश्राम लेता। स्नान करना होता, तो यहाँ जनाना घाट तो नहीं था, लेकिन बनी हुई पक्की छतरी के किनारे कनात घेर कर पर्दा कर दिया जाता। यहीं राजरानी यदि बनाव शृंगार करना चाहतीं, तो कर लेतीं। वह यह भी जानतीं कि अब सासू के राज्य में दाखिल होना है, इसलिए उसके लिए भी मन को तैयार कर लेतीं।

■■■

५
मासी-भांजी

गौरी का अपनी मौसी कमलकुमारी से असाधारण स्नेह था। दोनों की उमर एक जैसी थी, शायद मौसी एकाध साल बड़ी थी, लेकिन रिश्ते में वह और भी बड़ी थी और समवयस्का सखी होने पर भी गौरी उसे मासी कहकर पुकारा करती।

नौसी या नाना का परिवार इस बात का उदाहरण था, कि राजस्थान में सामन्त-कुल किस तरह बनते और बिगड़ते रहते हैं। जनपुर में पिहुवा नाम का एक ठेकाना था, जहाँ के ठाकुर लठिया-वीर दुर्लभसिंह के वंशज चांचला थे। राजस्थान के राजवंशों की तरह ठाकुर-वंशों में भी सम्पत्ति का स्वामी ज्येष्ठ पुत्र होता है। आखिर मान-मर्यादा तो सम्पत्ति पर ही निर्भर करती है। यदि वह बँटने लगे, तो सौ गाँववाले मालिक पाँच पीढ़ी में पाँच गाँव के स्वामी भी नहीं रह जायंगे। छोटे पुत्रों को वही मिलता था, जो बाप दे जाता या भाई के अनुग्रह से प्राप्त होता। १६ वीं सदी में पिहुवा के चार छोटे भाइयों में तीन थे— फलसिंह, जोखसिंह और सीलूसिंह। छोटे भाइयों को शायद कुछ बीघे खेत या कुएँ मिले थे— पिहुवा का ठेकाना तीन-चार गाँवों का ही था। छोटे भाई अपनी थोड़ी-सी भूमि पर ठाट-बाट से कैसे रह सकते? वह अपनी खेती-बारी को शायद आज के भूमियों की तरह अधिया पर लगा देते और स्वयं सौ-पचास साँडनियों (ऊँट-ऊँटनियों) को पालते-चराते थे। पिहुवा का इलाका राजस्थान के मरुस्थल में था, जहाँ चारों ओर बालू ही बालू दिखाई देती, लेकिन वह ऐसी नहीं थी, कि उसमें वृक्ष-वनस्पति का कहीं नाम न हो। दूर-दूर ही सही, इस मरुभूमि में कहीं नीम, कहीं खेजड़ी, कहीं कीकड़, कहीं काँटेदार खैर के वृक्ष होते, जिनके पत्तों को ऊँट बड़े प्रेम से खाते। फलसिंह की साँडनियाँ अपने लम्बे सिर को उठाकर दूर-दूर खड़े वृक्षों की पत्तियों को चुग रही थीं और फलसिंह स्वयं एक नीम के वृक्ष के नीचे बैठे थे। इस निर्जन भूमि में पानी अमृत से भी ज्यादा मूल्य रखता है। वह घर से दीवड़ी (चमड़े की सुराही) भर पानी, दो बाजरे की रोटी

(सोगरा) और लाल मिर्च की चटनी साथ लाये थे। वृक्ष की छाया में बैठे फलसिंह न जाने क्या-क्या सोच रहे थे। छोटे भाइयों को कौन अपनी लड़की देता? इसीलिए अभी उनका ब्याह नहीं हुआ था। उनकी कल्पना भी दूर-दूर नहीं जा सकती थी। वह वृक्ष के नीचे पड़े थे। इसी समय एक साधु आया और उसने बड़े नम्र किन्तु अदीन स्वर में कहा— "बच्चा, बहुत भूख लगी है कुछ पास हो तो दे।" फलसिंह ने एक बाजरे की रोटी पर मिर्च की चटनी रखकर दे दी। साधु ने खाकर कहा — "बहुत दिन का भूखा हूँ, अभी भूख नहीं गई।" फलसिंह ने आगा-पीछा सोचे बिना दूसरी रोटी भी उठाकर दे दी। फिर साधु ने पानी माँगा और वह सारी दीवड़ी खाली कर गया। मशक का पानी भारत के दूसरे स्थानों के लिए भले ही वर्जित हो, लेकिन इस मरुभूमि ने सनातन काल से उसे शुद्ध समझा। पुरबिए राजपूत चाहे चौके के बाहर रोटी खाने में धर्म का नाश समझते हों, लेकिन राजस्थान के सबसे कुलीन राजपूत थैली में रोटी लिये जूता पहने कहीं भी घूमते उसे खा सकते हैं।

भाग जग गये — साधु ने रोटी खा, पानी पी, तृप्त हो, प्रसन्न मुद्रा में कहा — "बच्चा, जा यहाँ से उठकर सीधे पूरब की ओर चला जा। तेरा भाग जग जायगा।" कहते हैं, फलसिंह साधु की बात पर विश्वास करके अपनी साँडनियाँ वहीं छोड़ पूरब की ओर चल पड़े। भूखे-प्यासे थके-मांदे दस-पन्द्रह दिन बाद वह जसपुर पहुँच, रिसाले में भर्ती हो गये— लम्बे-तगड़े जवान थे और उस पर भी राजपूत, फिर सिपाही की नौकरी क्यों न मिलती? फलसिंह चिलम पर तार की बहुत सुन्दर जालियाँ बुनते थे। रिसाले के अफसर को उन्होंने सुन्दर तार से बुनकर चिलम दी थी। एक बार वर्तमान जसपुर-महाराजा के धर्मपिता माखनसिंह के धर्मपिता राखी सिंह घूमते हुए उसी रिसाले में आ निकले। रिसाले के अफसर ने चिलम भरवाकर हुक्का सामने रखा। राखीसिंह ने सुन्दर चिलम को देखकर पूछा "किसने बनाया है?" अफसर ने सिपाही का नाम बतलाया। फिर राखी सिंह ने फलसिंह को बुलाकर नाम-धाम पूछा। उन्होंने जवाब दिया—"मैं पिहुवा का चांचला हूँ।" राखीसिंह ने कहा—"कल ड्योढ़ी आ जाना।"

दूसरे दिन फलसिंह महाराजा की ड्योढ़ी पर चले गये। कुछ दिनों वह हुक्का भरते रहे, लेकिन राखीसिंह को यह मालूम होते देर नहीं लगी, कि यह राजपूत तरुण हुक्का भरने के लिए नहीं पैदा हुआ है। इसलिए रसोई का दारोगा बना कुछ समय बाद उन्हें अपना मुसाहिब बना लिया।

अब तक फलसिंह ने अपने दूसरे दो भाइयों जोखसिंह और सीलूसिंह को भी बुला लिया था। फलसिंह को महाराज ने जसपुर से चार मील पर अवस्थित नौला की तीस-चालीस हजार आमदनी की जागीर बकस दी। जोखसिंह को कमला और सीलूसिंह को भी सापा की जागीर मिली। इस प्रकार तीनों भाई अब ठेकानेदार ठाकुर हो गये। जसपुर के रतन बाजार में उनकी अपनी तीन हवेलियाँ हो गईं। साँडनी चरानेवालों के भाग जग गये और तीनों के परिवार रईसी ठाट में रहने लगे। बड़े भाई फलसिंह की बात को दूसरे भाई ब्रह्मवाक्य की तरह मानते, बड़ी हवेली का ही शासन तीनों पर चलता।

जसपुर का राजवंश भी कैसा था कि दर्जनों रानियों के होते भी पुत्र का मुख देखने के लिए तरसा करता। जसपुर ही क्यों, दूसरे राजवंशों और ठाकुरवंशों में भी निस्सन्तान होना कोई असाधारण बात नहीं थी। दूसरी तरफ इन चांचलों का कुल था कि तीसरी पीढ़ी में वह तीन से डेढ़-दो सौ का हो गया। गौरी की माँ शान्तिकुमारी मँझले भाई जोखसिंह की पोती थीं। सीलूसिंह की पोती कमलकुमारी गौरी की मौसी थी। दोनों एक दाँत की काटी रोटी खानेवाली थीं। उनकी हवेलियाँ अलग-अलग थीं और छः महीने की लड़की को ही जब पर्दे में डाल दिया जाता हो, तो भेंट-मुलाकात करना कैसे आसान हो सकता था? एक बार गौरी के बाबोसा अपनी बेटी को देखने आये, तो कनात घेरकर छः महीने की बच्ची को गोद में लेकर लौंड़ी ने दिखलाया। दोनों सखियाँ जब एक दूसरे के पास नहीं होतीं, तो हवेली की छतों पर चढ़ जातीं, जहाँ चारों ओर ऊँची-ऊँची दीवारें खड़ी होने पर भी किसी तरह सिर ऊपर निकाल दूर से इशारे से बातें करतीं, पर्दे से बाहर रहनेवाली अपनी नौकरानी लड़कियों से सन्देश भेजकर बुलातीं। इकट्ठी होने पर सब कुछ भूलकर दोनों रात-रात खेला करतीं।

आधी रात का खेल — कमलकुमारी के पिता चैनसिंह अन्धे थे। उनके लड़के कमलसिंह की शादी हुई। नई मामी का गौरी से प्रेम था और अपने से नौ-दस वर्ष छोटी आठ-नौ वर्ष की गौरी के साथ वह खेलना पसन्द करतीं। पर्दे की कठोरता के कारण जान पड़ता है, राजस्थान की अन्तःपुरिकाओं के वयस्क होने में भी बहुत देर लगती थी, पचीस वर्ष तक बचपन ही घेरे रहता। चाहे अलग-अलग पलंग भी बिछे रहते, लेकिन मासी-भांजी (कमलकुमारी और गौरी) एक ही बिस्तरे पर सोतीं।

नाना-नानी जब सो जाते, तो पलंग से उठकर दोनों खेलते लगतीं। खेल क्या थे? दिन में गुड़ियों के खेल और रात में किसी न किसी चीज की नकल। एक दिन दोनों पनिहारिन बनीं। आधी रात से ऊपर हो गया था, जब कि यह कल्पना दिमाग में आई। दोनों ने लहँगे के ऊपर की चुनरी का घूँघट निकाल लिया, और कहीं से छोटे-छोटे मिट्टी के घड़े ला सिर पर रखकर "जल भरन चली एक बाँकी ब्रजनारी" का अभिनय करने निकलीं। लेकिन असावधानी से दोनों के घड़े टकरा गये और उनके फूटकर गिरने की आवाज से नाना जग उठे। दोनों सखियाँ तब तक दौड़कर बिस्तर में दुबककर सो गई थीं। नानी को तुरन्त खयाल आया, कि यह काम अवश्य इन्हीं दोनों शैतान लड़कियों का है। दोनों पकड़ी गईं और उन्होंने डरते-डरते कबूल किया कि हम पनिहारिन का खेल खेल रही थीं।

गुड्डे-गुड़ियों का खेल तो सदा ही होता रहता था। एक बार दोनों सखियों ने सोचा कि हमें अपने गुड्डे-गुड़ियों का ब्याह रचाना चाहिए। गौरी के गुड्डे का नाम ईशरसिंह था और कमल की गुड़िया का नाम शिरेकुमारी। दूल्हा-दुल्हन की 'माताओं' ने जब ब्याह की बात पक्की कर ली, तो बिचली (गौरी के नाना की) हवेली से सात थाल पडले (मेवों, बताशों, कपड़ों से भरे) कन्या के घर भेजे गये। गुड़िया-दुल्हन के लिए सोने का टेवटा और छोटी मोतियों के भी कितने ही जेवर थे। बरातियों की संख्या दर्जन से ज्यादा न थी। बरात ठाट-बाट से निकली। दूल्हा-गुड्डा को काठ के हाथी पर बैठाकर थाल में रख घर की माणसा (लौंड़ी) राधा के सिर पर रखा गया था। बैंड-बाजा के साथ जाती बरात को देखकर जसपुर के इस मुहल्ले के कितनों ने तो समझा, सचमुच ही बरात है। साथ में औरतें भी गीत गाती जा रही थीं। दुल्हन की हवेली में पहुँचकर बरात का स्वागत हुआ। दूल्हा-दुल्हन कोई ऐसी-वैसी जात के थोड़े ही थे। बाकायदा पण्डित बुलाया गया, वेद-मंत्रों के साथ हवन हुआ और वर-कन्या की माताओं ने पाणिग्रहण करवाया। बरात में आनेवालियों में आठ-नौ वर्ष की माँ गौरी ही नहीं थीं, बल्कि उसकी नानी और कुछ मामियाँ भी शामिल हुईं। चावल और लापसी का सुमधुर ज्योनार हुआ। तीन दिन तक बरात कन्या के घर रही, इसके बाद दुल्हन को बिदा कर दिया गया।

गौरी बराबर तो ननिहाल में नहीं रह सकती थी, वह अपने बाबोसा के पास मखनपुर चली गई। मौसी कमलकुमारी ने आदमी भेजकर अपनी

गुड़िया को मँगवाया। दो महीने लड़की को पीहर में रखा। लेकिन गुड्डा बेचारा रो रहा था, इसलिए गौरी ने अपने नौकर दुर्गा के साथ जमाई को भेजा। जमाई की ससुराल में बड़ी खातिर हुई। दुर्गा को भी चलते वक्त पाँच रुपये बख्शीस मिले। बिदाई के साथ पन्द्रह सेर के सकरपारे मिले थे। इससे पहले गुड़िया को बच्चा भी पैदा हो गया था, जिसका भी जन्मोत्सव दादी गौरी ने बड़े ठाट-बाट से किया था। माँ के साथ वह भी ननिहाल गया था। अब लौटते वक्त उसे हाथों में सोने के कड़े और गले में सोने की हँसली पहना दी गई थी।

दोनों सहेलियों के खेल अगर एक ही तरह के हों, तो चमत्कार ही क्या था? जसपुर आने पर यह हो नहीं सकता था, कि दोनों को अलग रखा जा सके। दोनों भरसक एक ही साथ रहना चाहतीं। ननिहाल में मंगलपुर से भी कड़ा पर्दा था। मंगलपुर में तेरह-चौदह वर्ष की हो जाने तक गौरी को पर्दा करने की जरूरत नहीं पड़ी थी। ननिहाल में उसकी कड़ाई के बारे में कुछ कहना ही नहीं। लेकिन ताऊ-नाना भरतसिंह को जल्दी ही गौरी ने अपने पक्ष में कर लिया। गौरी अपनी आयु से कहीं अधिक समझदार थी। उसकी बातें बड़ी दिलचस्प होतीं। भरतसिंह की वह बड़ी लाड़ली थी। वह स्वयं राज्य के एक अफसर थे। जब कोई भाई अफसर उनके घर मिलने आता, तो अपनी दोहती (दौहित्री) की बातों की तारीफ किये बिना नहीं रहते। फिर गौरी बुलाई जाती और उससे अफसर बात करते। इस प्रकार गौरी के लिए तो पर्दा नहीं था, लेकिन कमल बेचारी को उतना सुभीता कहाँ? वह अपनी भांजी के भाग्य पर ईर्ष्या कर सकती थी।

नाक-कान कैसे छिदवाये ?— ज्यादा दिनों तक लड़की को नाक-कान छिदाये बिना कैसे रखा जा सकता था। उधर गौरी इसके लिए तैयार नहीं होती थी। कितना ही कहते, लेकिन वह रो-चिल्लाकर हल्ला मचा देती। नाना भरतसिंह जसपुर में हीरा-मोती के बड़े पारखी माने जाते थे। रतन बाजार के जौहरी भी अपनी चीजों को परखाने और दाम करवाने के लिए उनके पास जाते थे। उनके पास उनका अच्छा संग्रह भी था। नाना गौरी से कहते--"जो तू छिदा ले, तो तेरी नाक के लिए भलकदार (जड़ाऊ मोतियों) नथ गढ़ा दूँगा और कानों के लिए सुन्दर-सुन्दर बालियाँ।" गौरी को लालच हो आया, लेकिन हिम्मत नहीं होती थी कि कान-नाक छिदवाये। नानी किसी तीर्थ में गई थीं। वहाँ उन्हें पीतल के लड्डू-गोपाल

मिल गये थे। उन्हें लाकर नानी ने हवेली में एक जगह गोपालबँगला (काठ का मन्दिर) बनवाकर गोपालजी को पधरा दिया। नानी कुछ दिनों तक तो स्वयं आरती-पूजा करती रहीं, फिर एक पुजारिन रख ली गई। गौरी के दिमाग में यही खयाल चक्कर मार रहा था, कि कैसे बिना दुःख सहे भलकदार नथ और बालियाँ पा जाऊँ। गर्मियों का मौसम था। दोपहर के समय घर में लोग सो गये थे। इसी समय गौरी गोपालबँगले पर पहुँच गई। उसने देवताओं की बहुत-सी करामात की कहानियाँ सुनी थीं, जिन पर उसका पूरा विश्वास था। उसने लड्डू-गोपाल के सामने हाथ जोड़कर कहना शुरू किया—"हे गोपालजी, देख तुझसे एक बात कहती हूँ। अगर तू सच्चा है, तो मेरी सोती के कान छिदवा दीजो। मैं भलकदार नथ पहनूँगी, बालियाँ पहनूँगी और तुझे खूब कलाकन्द खिलाऊँगी। जो ऐसा नहीं किया तो मैं तुझे खूब पीटूँगी।" गौरी को क्या मालूम था कि उसकी प्रार्थना को लड्डू-गोपाल नहीं, बल्कि पीछे खड़ी उसकी नानी सुन रही हैं। नानी चुपचाप उलटे पैर चली गईं। दूसरे दिन उन्होंने सुनारी बुलवाकर गौरी से कहा—"देख, गोपालजी ने तेरा नाक-कान छिदाने के लिए सुनारी को भेजा है। तूने लड्डू-गोपाल से बिनती की थी क्या?" गौरी इनकार कैसे करती? उसे सचमुच विश्वास हो गया कि सुनारी को गोपालजी ही ने भेजा है। छिदवाने में दिल तो काँपता था, लेकिन गोपालजी के विश्वास ने उसके दिल को मजबूत कर दिया और सुनारी ने भी अपना काम बड़ी फुर्ती और चतुराई से किया। गौरी रोई जरूर, रोने से भी अधिक उसके आँसू बहे, लेकिन वह भागी नहीं। नाक-कान छिदते ही बालियाँ और नथ उसके हाथ में दे दिये गये, लेकिन कान बहुत दिनों तक पके रहे, बेचारी अधीर होते हुए भी जेवरों को पहन नहीं सकती थी। इस समय उसकी उम्र छ-सात वर्ष की होगी। नानी घाघरे-लुगरी पहनाकर अपनी नतनी को जेवर से सजाती, लेकिन अब गौरी को जेवरों से चिढ़ हो गई थी। वह उन्हें पहनना नहीं चाहती थीं और नानी से रो-रोकर कहती— "मैं तो सेठानी-सी लगती हूँ।" उस समय राजस्थान की सेठानियाँ भद्दे गहनों से लदी सामन्ती महिलाओं की नजर में बहुत हीन-रुचि की दीख पड़ती थीं। गौरी तो, यदि चुनरी-दुपट्टा बराबर नहीं आता, तो उसे फाड़ डालती थी।

मासी-भांजी की प्रीति — ननिहाल में सबसे आकर्षण की चीज गौरी के लिए उसकी मौसी कमलकुमारी थी। लेकिन लड़कियाँ तो 'चिड़िया रैन-बसेरा' की तरह मायके या ननिहाल में रहती हैं। उन दोनों को सुभीता यह जरूर था, कि जसपुर के ठाकुर होने के कारण उनकी अपनी हवेलियाँ

राजधानी में भी थीं, जहाँ उन्हें अक्सर आने का मौका मिलता था। लेकिन पीछे जहाँ गौरी को जसपुर के एक ठाकुर से ब्याह करना पड़ा, वहाँ उसकी मासी बिहार (सहरसा) के राजा से ब्याही गई। जसपुर के चकरौता के ठाकुर के लड़के सहरसा में अपने नाना के गोद गये थे। वहाँ जाने के बाद अब मासी-भांजी का मिलना कैसे हो सकता था?

एक दफा दोनों सखियाँ किसी दूसरी हवेली में गई थीं। खेलने के लिए वे बेकरार थीं, लेकिन नानियाँ-मामियाँ उन्हें बात में फँसाये हुए थीं। दोनों सखियाँ अंगुली से इशारा करती थीं। फिर कुछ सोचकर मुस्करातीं और अन्त में खुलकर हँसने लगतीं। नानी ने गौरी को चूँटी काट ली और वह 'सी' कर उठी। इसी समय मासी की आँखों में आँसू आ गये। दोनों दाँतकाटी रोटी खानेवाली जो थीं। "क्यों आँसू आया?" पूछने पर फिर हँसी आ गई। बड़ी-बूढ़ियों ने देखा कि लड़कियाँ खेलना चाहती हैं, और उन्हें खेलने की छुट्टी मिल गई।

गौरी की मासियों और मामियों की कमी नहीं थी। उसकी एक समवयस्का मासी लाज थी, लेकिन एक प्राण दो शरीर तो गौरी और कमल के ही थे। उन्हें सारी दुनिया एक दूसरे के बिना फीकी-फीकी मालूम होती।

जसपुर कुछ-कुछ भारत के प्राचीन नगरों की तरह पर बसा हुआ है। धनी-मानी लोगों को जहाँ शहर में बड़ी-बड़ी हवेलियाँ थीं, वहाँ शहर के बाहर हर हवेली के अपने सुन्दर बाग होते। नगला का बाग इसी तरह का था, जिसके भीतर तीन-मंजिला भव्य महल बना हुआ था। कमल और गौरी तीसरी मासी लाजकंवर के साथ सीढ़ी से नीचे उतर रही थीं। दोनों सखियों के दिमाग में शरारत सूझी और उन्होंने लाजकुंवर को छेड़ने का निश्चय कर लिया लाजकुंवर बेचारी क्या जानती थी? वह आगे-आगे उतर रही थी, उसके पीछे गौरी थी और सबसे पीछे कमल। लाजकुंवर की माँ छुटपन में ही मर गई थी और वह अपनी भाभी के साथ बचपन से ही जनपुर में रहने के कारण वहीं की भाषा बोला करती थी। यह भी मजाक का एक अच्छा कारण था। जब आखिरी सीढ़ी उतरने को आई, तो मासी का इशारा पाते ही गौरी ने धक्का दे दिया और लाजकुंवर हाथ के बल गिर पड़ी। उसके हाथ में हाथीदाँत की चूड़ियाँ थीं, जो पक्के फर्श से लगते ही टूट गई। शायद कुछ चोट भी लगी हो, लेकिन उसे चोट की परवा नहीं थी। वह तो चिल्ला रही थी—"ओय रे, म्हारी

चूड़ियाँ भाग्गीं।" मासी-भांजी ने "चूड़ियाँ भाग्गीं" का अर्थ समझा चूड़ियाँ भाग गईं। इस पर खूब ठहाका लगाकर हँसने लगीं। लेकिन भाग्गीं का अर्थ था भग्न हो गईं। लाजकुंवर रोती-चिल्लाती रही—"ओय रे म्हारी चूड़ियाँ भाग्गीं।" लड़की का चिल्लाना सुनकर नानी दौड़ी-दौड़ी आईं और देखकर उन्होंने दोनों शैतान लड़कियों को बहुत डाँटा। लेकिन शैतान लड़कियाँ बात बनाने में भी बहुत उस्ताद थीं। उन्होंने कह दिया- "मासी के ऊपर बन्दर झपटा, वह मेरे ऊपर गिरी और मेरे धक्के से लाजकुंवर गिर गई।"

अन्तःपुरिकाएँ दो-दो बच्चों की माँ हो जाने पर भी बच्चियों की तरह ही रहती हैं या उन्हें रहना पड़ता है, क्योंकि बच्चों के निर्दोष खेलों के सिवाय दूसरे विनोद के साधनों का मिलना उनके लिए कठिन होता है। गौरी की मामियाँ भी उसके साथ खेलना चाहतीं, लेकिन सासूजी के राज में खेलने की स्वतन्त्रता कहाँ? वे इसके लिए गौरी से सिफारिश करवातीं। एक बार गौरी की दो बच्चों की माँ, दो मामियों को खेलने की छुट्टी मिली। सावन का महीना था। युगों से झूला झूलना और सावन गाने का रेवाज था। मुसलमानों के आने से पहले जब इतना कड़ा पर्दा नहीं था और जब राजपुत्रियाँ स्वयंवर में खुले मुँह राजाओं की सभा में घूमकर जयमाला डालतीं, उस समय उन्हें और उन्मुक्त हो मनोविनोद का अवसर मिलता होगा। कालिदास और दण्डी के समय तो वे नागरिकों की सभा में नृत्य और संगीत के कौशल दिखलाकर प्रशंसा प्राप्त कर सकती थीं। लेकिन अब वह समय कहाँ? झूला झूलने के लिए हवेली के ही एक बड़े कमरे को तैयार किया गया था। कड़ियों से सूत की रस्सियाँ लटकतीं, जिस पर एक बालिश्त चौड़ा लकड़ी का तख्ता रख दिया जाता। इस तख्ते पर एक समय एक या अधिक से अधिक दो झूलनेवाली खड़ी होकर झूल सकती थीं। मामी दुबली-पतली नहीं थीं। वह तख्ते पर बैठ गईं और तीन सहेलियाँ उन्हें झुलाने लगीं। तख्ता काफी ऊपर तक पेंग मारने लगा। इसी समय कड़ी का एक कुण्डा निकल गया और तेईस-चौबीस वर्ष की हट्टी-कट्टी मामी धड़ाम से जमीन पर आ पड़ीं। चोट तो लगी ही, किन्तु उससे भी ज्यादा भय की चीज थी धड़ाम से गिरने की आवाज। आवाज होते ही नानी दौड़ी आईं। इधर तीनों सखियाँ हँसने लगीं, जिसमें गिरी मामी भी झट से उठकर शामिल हो गईं, लेकिन दरवाजे से चिल्लाहट आ रही थी, जो खोलने से जितनी ही देर हो रही थी, उतनी ही तेज होती जा रही थी। खोलने पर नानी ने दोनों बहुओं पर गुस्सा उतारते हुए डाँटना शुरू किया—"घोड़ियाँ हो रही हैं, बछेरियाँ हो रही हैं, जरा

भी लाज नहीं।"

पतंगों का खेल — जसपुर में कनखे (पतंगों के) उड़ाने का बड़ा रवाज है। राजा-रानी से लेकर सभी पतंग के खेल में शामिल होते हैं। तिमंजिले- चौमंजिले मकानों की खुली छतों के चारों ओर ऊँची दीवार खींची होने से बेपर्द होने का डर नहीं था, इसलिए सभी छतों से गुड्डियाँ आसमान में छोड़ी जाती थीं। मकर की संक्रान्ति तो जयपुर के लिए पतंगों की संक्रान्ति थी। वहाँ माना जाता था, कि उस दिन यदि कोई पतंग न उड़ाये; तो उसे पाँव (पामा या दाद) हो जाती है। गौरी के ननिहाल जैसे घरों में बच्चे, बच्चियों को पतंग खरीदने के लिए उस दिन दो-चार रुपये प्रत्येक सम्बन्धी से मिल जाते थे। उस दिन जसपुर का आकाश इन पतंगों के मारे लाल-पीला हो जाता था। पाँच बजे सबेरे ही पतंग लूटने के लिए गौरी छत के ऊपर पहुँची। उसके हाथ में एक बाँस की लग्गी में बेर की काँटेदार डाली बँधी हुई थी। एक टूटे हुए पतंग की डोर ऊपर से गुजरी, जिसे गौरी ने काँटों में फँसाकर हाथ से पकड़ लिया। पतंग बहुत ऊपर उड़ रही थी, हवा तेज थी, इसलिए उतारने पर बड़ी मुश्किल से उतर रहा था। गौरी के छोटे-छोटे हाथ दुखने लगे। उसने माँ को पुकारा। फिर किसी तरह पतंग को नीचे उतारा गया। उसमें डेढ़ सौ हाथ लम्बी डोरी निकली। पतंग आधा नीला और आधा पीला (डड्ढी-दार) था। किसका पतंग था, यह कौन बतलाता?

राजा–रानी का महल मंगलपुर हवेली से दूर था। कभीकभी तो महाराज और उनकी रानियों में पतंग लड़ाने की होड़ लग जाती और सूती तारों को कमजोर देखकर चाँदी के तार खिंचवा लिए जाते। लोग आसमान में दूर तक अपने पतंगों को चढ़ाकर उड़ाते हुए शाम हो जाने पर खम्भे में डोरी को फँसाकर छोड़ देते और इस प्रकार रात-रात भर पतंग उड़ा करते। कभी-कभी वे इस तरह छोड़ देने पर गिर भी जाते थे। पतंग उड़ाना अन्तःपुरिकाओं के मनोविनोद का एक अच्छा साधन था, किन्तु एक छत से दूसरी छत को देखना आसान नहीं था। इसलिए लड़ानेवाले या वालियाँ नहीं जान पाती थीं कि उनके कनकौवे किनसे लड़ रहे हैं।

मोन्तेसीरी की शिक्षा-प्रणाली अब जारी हुई है, लेकिन राजस्थान के अन्तःपुर की लड़कियों को जो भी शिक्षा मिलती थी, वह मोन्तेसरी प्रथा के अनुसार ही। उनकी प्रायः सारी शिक्षा खेल-खेल में ही होती, और लड़की ही नहीं, बहू हो जाने पर भी वह खेल खेला करतीं। माँसी कमल,

भाँजी गौरी और कोई-कोई मामी भी शामिल होकर खेलतीं। गर्मियों में दोपहर को नाना-नानी सो जाते, तो ढोलनियों को बुला लेतीं, और नाच-गीत की महफिल जम जाती। दरवाजा बन्द होता, जिससे कोई अनपेक्षित व्यक्ति आने नहीं पाता। राज-दरबारों में रानियों की बाँया या पातरें होतीं, जिनको कत्थक और संगीत के उस्ताद बांकायदा शिक्षा देते, ठाकुरों के यहाँ बस ढोलनियाँ ही नृत्य-गीत-विशारदा महाकलाकारिणियाँ थीं। वह गरबा नाचतीं, जो राजस्थान में डण्डियों का नाच कहा जाता। फिर दस-पन्द्रह स्त्रियाँ मिलकर चक्कर लगाते हुए घूमर नाचतीं। तोयसा और घारवा के नाच होते। हारमोनियम और ढोल के बाजे ही वहाँ सुलभ थे। ढोलनियाँ उन्हीं के सहारे पात्रों की नकल करतीं।

जिस तरह अपनी बड़ी-बूढ़ियों को नाच-महफिल लगाते देखती थीं, उसी तरह मासी-भांजी भी दोपहर को अपना दरबार लगातीं। बड़ी-बूढ़ियाँ पान के साथ जर्दा जरूर खाती थीं, फिर उसकी नकल किये बिना दरबार की शान कैसे पूरी होती। वह जब मामी या नानी को पान लगाते देखतीं, तो चुपके से चुटकी में जर्दा निकाल लेतीं। दरबार जमा रहते समय खाना नहीं हो सकता था, लेकिन उसके बाद फिर वह पान के साथ जर्दा खातीं। सिर में चक्कर आता, फिर कै करने बैठ जातीं। कभी माँ या नानी ने देख लिया, तो जर्दे को छीनकर फेंक देतीं और एकाध थप्पड़ भी जड़ देतीं।

दोनों सखियाँ तो चाहती थीं, कि उनका सारा जीवन बचपन में सिमट-कर चला आये, दोनों साथ-साथ रहें और अपनी शैतानी से दूसरों को तंग किया करें। जसपुर में बड़े नाना के लड़के की शादी हुई। बहू पहले पहल आई। ड्योढ़ी में उसे लेने के लिए कुल की सारी नारियाँ इकट्ठी हुई थीं, उस भीड़ में मासी-भांजी का प्रवेश कैसे होता? दोनों ने एक-एक आलपीन हाथ में ले ली, सोचा इसी से रास्ता निकालेंगे । उनके रास्ते में एक मामी आ पड़ी। कभी मासी कमल बड़ी सावधानी से पिन चुभाती और मामी एक ओर हो जाती। फिर गौरी की पिन उसके शरीर में लगती। वह कहती—'न जानै काई काटै?' लड़कियों की शैतानी का उसे पता नहीं लगा। लौटकर वह अपने शरीर पर हाथ फेरते कह रही थी —न जाने क्या काट रहा था। और दोनों सखियों को हँसी रोकनी मुश्किल हो रही थीं।

★ ★ ★ ★

खेल के नये-नये आविष्कारों के लिए अनन्त क्षेत्र पड़ा हुआ था। आसपास किसी भी घटना को देखकर उसके बल पर एक खेल बना लेना दोनों सखियों के बाँये हाथ का खेल था। एक मामी की छोटी सी लड़की मर गई। बेचारी उसके लिए रो रही थी। जसपुर में छह महीने के बच्चे के बराबर के मिट्टी के छोरे वहाँ बहुप्रचलित थे। दोनों सहेलियों को यह एक चमत्कारिक कल्पना सूझी। गौरी ने एक मिट्टी का छोरा खरीद मँगवाया। उन्होंने कमरे के भीतर जा दरवाजे को बन्द कर लिया। फिर छोरे की एक टाँग तोड़ उसे लिटा पास में बैठकर खूब रोने लगीं। आँसू तो निकलता नहीं था, और रोने में ओढ़नी का भींगना भी अभिनय का एक अंग था, इसलिए मुँह से थूक निकाल-निकालकर उन्होंने अपनी ओढ़नी को भिंगो डाली। उनका रोना-धोना जरा भी कम हुए बिना कितनी ही देर तक चलता रहा। नानी ने समझा, बहू के शोक में संवेदना प्रकट करने के लिए कुछ स्त्रियाँ आकर रो रही हैं। वह बहू के कमरे की ओर जा रही थी, लेकिन आवाज दूसरे कमरे से आ रही थी। जितनी नजदीक होती गई, उतनी ही आवाज तेज होती गई। सहेलियाँ दरवाजे में भीतर से जंजीर लगाना भूल गई थीं। नानी ने खोलकर देखा, तो घूँघट निकाले दोनों अपनी चुनरियाँ भिंगोये हिचकी बाँधे रो रहीं हैं, और दोनों के बीच में छोरा पड़ा है। नानी को गुस्सा भी आया, और सफल अभिनय का प्रभाव भी उनके ऊपर पड़ा था—उन्होंने बहुत डाँटा, तो दोनों ने कहा—'हम तो अपने छोरे के लिए रो रहे हैं। देखो ना, इसका पैर टूट गया, बेचारा मर गया।' इस समय दोनों सहेलियों की उमर आठ-नौ वर्ष की थी।

मामा का जवान लड़का मर गया था। नानी को उसका बड़ा अफसोस था। वह अक्सर नगलावाले बाग में चली जातीं। गौरी का मन अकेले कैसा लगता? उसने मासी कमल को बुला लिया था। उस दिन नानी के आने की उम्मीद नहीं थी, इसलिए किसी नये खेल को इतमीनान से खेलने की योजना बनी। तै हुआ, आज शराब पीने का खेल हो। दोनों सखियों ने अपनी गुड़ियों को भी सामने बैठा लिया। शराब के साथ चीखने (ठोंग) की भी आवश्यकता होती है, इसके लिए बहुत से पापड़ सेंक लिये गये और कुछ बेसन के सेव भी बाजार से मँगा लिये गये। शराब की जगह पानी में केसर डालकर बोतल में भर लिया गया। अपनी उमर की चार-पाँच और लड़कियाँ भी पान-गोष्ठी में शामिल हुईं। उनकी शराब की महफिल इतनी गरम हुई, कि पता नहीं लगा, किस वक्त नानी की बग्गी दरवाजे

पर आकर खड़ी हुई। सीढ़ियों पर नानी के खाँसने की आवाज आई, तब खतरा मालूम हुआ। लेकिन करें क्या? उस वक्त सर्दियों के दिन थे। कमरों में सफेद चद्दर के साथ रुई के गद्दे बिछे हुए थे, झट उन्होंने पापड़ों को गद्दे के नीचे दबा दिया, लेकिन नानी इतनी जल्दी आ पहुँची, कि वहाँ बोतल छिपाने का कहीं ठौर नहीं मिला। बोतल को हाथ में लेकर पीठ की ओर करते दीवार के सहारे खड़ा होने में गौरी ने त्राण समझा। शायद वह इसमें सफल भी हो जाती, लेकिन नानी पूछ-ताछ करती गौरी को पास बुला रही थीं। गौरी अपना हाथ पीछे किये आगे बढ़ने की हिम्मत नहीं करती थी। फिर नानी ही आगे बढ़ीं। इसी समय उनका पैर उस स्थान पर पड़ा, जहाँ गद्दे के नीचे पापड़ छिपाये हुए थे। उन्होंने चुर-चुर करके भेद खोल दिया। गद्दा उलटकर देखा, तो वहाँ बहुत-से-सिंके हुए पापड़ चूर-चूर होकर पड़े हैं। उनको पता लग गया, कि यह शैतान लड़कियाँ बड़ों की नकल करती होंगी, और डाँटकर पूछा—"तुम शराब तो नहीं पी रही थी?"

"नहीं, हम तो अपनी गुड़ियों को खिला रही थीं।"तो मेरे पास आती क्यों नहीं?

नानी के पास जाने के सिवाय गौरी के लिए कोई चारा नहीं था। मासी कमल भला ऐसे समय अपनी सखी को सहायता दिये बिना कैसे रह सकती थीं? उन्होंने पीछे हाथ करके बोतल को थामना चाहा, लेकिन हाथ में न आकर बोतल नीचे गिर गई। चादर पर केशर का रंग ही रंग फैल गया। नानी को सब बात समझ में आ गई। उन्होंने गुस्सा कम करके डाँट बतलाते हुए यही कहा--"इसमें छिपाने की क्या बात थी? यह शराब थोड़े ही थी?"

नकली शराब का अभिनय करते-करते एक बार दोनों सखियों को असली के अभिनय की भी इच्छा हो आई। वैसे दोनों सखियों के आग्रह के कारण घरवालों के नाक में दम था, इसलिए कभी मासी के पास भाँजी को और कभी भाँजी के पास मासी को भेज दिया जाता। लेकिन डर लगा रहता, कि यह शरारती लड़कियाँ तिमंजिले-चौमंजिले मकानों की सीढ़ियों से गिरकर कहीं हाथ-पैर तोड़ न लें। लड़की तो मिट्टी का भाँड़ा है, अगर ठोकने-ठठाने पर कहीं जरा भी खोट निकल आई, तो उसे कौन पूछेगा, इसलिए दो-तीन दिन से अधिक उन्हें आँखों से ओझल नहीं रहने दिया जाता। जब मासी को बुलाने के लिए कोई नौकरानी आती, तो

भाँजी बहुत हाथ-पैर जोड़ कुछ दे-देवाकर भी एकाध दिन और रहने के लिए राजी कर लेती। इसके लिए गौरी को कभी-कभी चमकद्वार के जागता बीर को भी सवा सेर कलाकन्द की मनौती माननी पड़ती। बीर को वैसे तो सब जगह लड्डू का ही भोग लगता है, लेकिन जसपुर में कलाकन्द की बर्फी ज्यादा प्रसिद्ध है, इसलिए चमकद्वार बीर लड्डू से अधिक कलाकन्द को पसंद करते हैं। दोनों सखियों के खेलों में भोजन बनाने का भी अभिनय शामिल था। लोहे के चूल्हे छत पर रख दिये जाते, आटा-घी, मांस-तरकारी-मसाला सब मँगा लिया जाता। खाना बनाने में मामियाँ भी सहायता करतीं। बने हुए भोजन के लिए कभी-कभी नाना भी निमन्त्रित किये जाते। नवरात्र के दिन थे, तरह-तरह के भोजन बने हुए थे। मासी कमल के पिता अन्धे थे वह सोते वक्त रात को एक चुस्की शराब पी लिया करते थे, और कभी-कभी शराब की बोतल लाकर दोनों सखियाँ ही नाना को देतीं । एक दिन उसकी इच्छा हुई, कि देखें शराब कैसी होती है। अपने नाना-नानी, मामा-मामी, माँ-बाप को रोज ही शराब पीते उन्होंने देखा था, लेकिन अब तक स्वयं चख नहीं पाया था। अन्धे नाना ने बोतल लाने के लिए कहा। दोनों ने अलमारी में से बोतल निकाली, फिर जरा-सा चुस्की में डालकर चखा। बुरा नहीं लगा। थोड़ा-थोड़ा करके दोनों एक छटाँक पी गईं। मुँह से बदबू आनी ही थी, और सिर भी घूमने लगा था। जल्दी-जल्दी लाकर उन्होंने बोतल को नाना के सामने रक्खा। नाना अन्धे थे आँख के, नाक के नहीं। उनको कमल के मुँह से गन्ध आती साफ जान पड़ी। बतेरा पूछा, लेकिन वह "ना"करती रही। पैसे का भी लोभ दिया। उन्होंने भी देखा, कि बात तो अब छिपी नहीं है, फिर साहस करके कहा—"हाँ, हमने शराब पी है।" नाना हँसने लगे, लेकिन साथ ही बहुत शिक्षा देते रहे, अब न पीना। लेकिन आचरण के विरुद्ध दी हुई शिक्षा का बच्चों पर क्या प्रभाव पड़ता है?

★ ★ ★ ★

एक बार परिवार कलाता में बाग में गया हुआ था। दोनों सखियाँ भी शामिल थीं। इस बाग में बहुत से आम, जामुन, नांरगी, अमरूद, फालसा, आँवला, आदि के पेड़ थे। फूल भी बहुत तरह के लगे हुए थे। कुएँ से बैल चरखे द्वारा पानी निकालते थे। बाग में एक तिमंजिला महल था, नहाने के लिए कई हौज थे, जिनमें बच्चों के लिए कुछ छोटे हौज भी थे। हौजों में पानी भरा रहता था। सावन के सोमवार को

'बनसोमवार' कहा जाता था। उस दिन व्रत रक्खा जाता, और केवल एक बार निरामिष भोजन, सो भी केले के पत्तों पर किया जाता। दोनों सखियाँ और भी कितनी ही लड़कियों के साथ पहले कमरख के पेड़ के नीचे गईं। पके हुए पीले-पीले कमरख डालियों में लटक रहे थे। भला ऐसी खट्टी चीज खाना किसे पसन्द आता ? लेकिन उन्हें किसी के निकाले आविष्कार का पता था। पानदान में से चूना निकालकर उन्होंने फालसे के पत्ते पर ले लिया था। चूने के साथ कमरख खाने पर उसकी खटास दूर हो जाती और वह मीठी लगने लगती। कमरखों का खाना खत्म होने के बाद अब वह एक बड़े हौज के किनारे पहुँचीं। यह बड़ों के तैरने के लिए था, लेकिन उनको क्या पता था ? किसी ने कहा—"चलो कूदकर इसमें खेलें," और एक के बाद एक धमाधम सब कूद गईं। कूदते ही ऊब-चूब करने लगीं। चिल्लाहट एकाएक बन्द हो जाने, या चिल्लाने के कारण नाना का ध्यान उधर गया। उन्होंने आदमियों को बुलवाया। जाकर कुण्ड से उन्हें निकाला गया। ठाकुरों के लिए यह घाटे का सौदा तो नहीं था, क्योंकि एक-एक लाख-लाख का खर्च करानेवाली थीं। संयोग से कुण्ड में पानी पूरा भरा नहीं था, इसलिए किसी के पेट में पानी नहीं गया, नहीं तो एकाध को गंगा-लाभ तो जरूर हुआ होता।

तीनों हवेलियों में आपस में बड़ा प्रेम था, और सावन के महीने में हर सोमवार को किसी एक हवेली में भोज रहता। इसके लिए लोग बगीचे में चले जाते। बग्गियाँ अन्तःपुरिकाओं को पसन्द नहीं थीं, क्योंकि घोड़े तेजी से दौड़ते थे और अपने पर्दे की जालियों से वह रास्ते के बाजारों, दृश्यों को जल्दी-जल्दी में देख नहीं पाती थीं। इसलिए वह बैल के सग्गड़ (रथ) को अधिक पसन्द करती थीं। दल में बीस-पच्चीस से अधिक तो स्त्रियाँ होतीं, और बच्चों की संख्या पचास से क्या कम? सबेरे सग्गड़, बग्गियाँ और दूसरी सवारियाँ हवेली से बाग के लिए चल देतीं। वहाँ रसोइये और रसोइदारिनें खीर, मालपूये, दाल, चूरमा, बाटी, कद्दू का रायता तैयार करतीं। बच्चे दरख्तों पर चढ़ते। बाग में जनाना और मरदाना अलग-अलग चार तख्ते थे, और बाहर चारों ओर ऊँची दीवार खींची गई थी, इसलिए पर्दे की ओर से सब निश्चिन्त थे। बड़े पेड़ों पर झूले पड़ते, जिस पर दो-दो अन्तःपुरिकाएँ खड़ी होकर झूलतीं और नीचे बाकी महिलाएँ खड़ी हो झूलना गातीं। बहुएँ भी झूलतीं, और लड़कियों के बारे में तो कहना ही क्या? भोजन में सबसे प्रिय चीज इस समय दूध में पका आमरस और पूड़ी को माना जाता था। खेलकर केलों के पत्ते पर परोसे खाने

को वह खाते। गौरी बड़ी चंचल और बोलतू लड़की थी। उसे लोग भी चिढ़ाना पसन्द करते थे। जब किसी हवेली से निमन्त्रण आता, तो नानी से गौरी के लिए चुपके से कह जाते। जब गौरी अपने को निमन्त्रण समझकर वहाँ पहुँचती, तो लोग कहते--"यह कौन आई है, ऐसी लड़ाकन को किसने बुलाया?"—लड़ाकन जसपुर की बोली में बिना निमन्त्रित स्त्री को भी कहते हैं। बेचारी गौरी दरवाजे के बाहर रोने लगती, और फिर प्रतिज्ञा करती--"मैं फिर कभी इस घर में नहीं आऊँगी।' लेकिन यह प्रतिज्ञा देर तक कहाँ चल सकती थी, विशेषकर जब कि वह मासी की हवेली होती।

★ ★ ★ ★

कमल की अकेली भाभी थी कमलसिंह की बहू। उनका पीहर जसपुर से दूर नहीं था, इसलिए मायके से बराबर कसार और दूसरी चीजें आती रहती थीं। दोनों सखियाँ भाभी से कहतीं— 'लाओ भाभीसा, अपने पीहर का कसार--'कसार मीठा मिला हुआ भुना आटा होता है। भाभी बाटकी भरके कसार लाकर दोनों के सामने रख देतीं। दोनों सखियाँ मुँह में कसार भरकर बोलतीं--'सा-सू' और मुँह का सारा कसार उड़ जाता। इस तरह 'सा-सू' कहकर जब एक बाटकी कसार उड़ जाता, तो फिर दूसरी बाटकी की फरमाइश करतीं। भाभी इन शैतान लड़कियों की माँग को ठुकरा नहीं सकतीं थी, और यह तीन-तीन, चार-चार बाटकी खाली कर देतीं। कमरे में गद्दे के ऊपर चारों ओर कसार बिखरी हुई थी। इसी समय मासी की माँ आ गई। देखकर डाँटने लगीं। दोनों सखियों ने कहा—'हम क्या करें? सासू के नाम पर, सारा कसार उड़ गया।' नानी ने ठण्डे दिल से समझाना चाहा--'देखों, सारे कमरे में मक्खियाँ भिनकने लगेंगी, उड़ाना है तो रास्ते की तरफ उड़ाओ।'

बच्चे भी जानते हैं, इसलिए अपने साथ अच्छे बर्ताव करने वाले के लिए प्राण देते, और जो ठीक से बर्ताव नहीं करता, उसके पास भी नहीं फटकते। बीरन मामा गौरी के बहुत प्रिय थे, और मामी भी उतनी ही प्रिय थीं। रात को वह अपने यहाँ गुड्डी (गौरी) को जरूर बुलाते, और हर रोज कोई न कोई चीज उसके लिए लाके रक्खे रहते। कभी कोई फल होता, कभी कोई मिठाई, तो कभी कोई खिलौना। उनके पिता अर्थात् 'गुड्डी' के बड़े नाना पर्दे के बहुत पाबन्द थे, और अपने छोटे-भाई को

बराबर हिदायत करते रहते—'लड़की को बाहर न निकाला करो, कोई देख लेगा। अभी ब्याह करना है।' एक दिन नाग नाना कामता गये हुए थे। नाग-नाना के रहते समय गौरी को कुछ सम्हलकर रहना पड़ता, लेकिन आज वह निश्चित हो शाम को बाहर बैठी थी। इसी समय नागसिंह आ गये। गौरी ने आवाज सुन ली, और उसने नाना भरतसिंह से कहा--'बड़े नानोसा को हवेली में मत आने दो, यह बहुत खराब हैं।' नतनी की बात सुनकर नाना ने नौकरों को आवाज दी—'जरा बाँस-डण्डा लेकर आना।' नौकरों ने समझा साँप निकला है। वह लाठी-बाँस लेकर आये। तब तक नागसिंह भी ऊपर आ गये थे। भरतसिंह ने नौकरों से कहा--"भाई को खूब पीटो, नैनी (गौरी) का हुक्म है।" फिर उन्होंने अपने भाई को बतलाया कि पर्दे में बन्द करने के उनके आग्रह को नैनी कितना बुरा मानती है। सुनकर सब लोग हँसने लगे।

बड़े नाना यदि पर्दे के कट्टरपन्थी थे, तो उनकी पत्नी अपनी छहों बहुओं के ऊपर कठोर शासन के लिए बदनाम थीं। मजाल क्या कि पुराने कायदे-कानून से बहुएँ जरा भी इधर-उधर हो जायँ। और सासें तो बहुओं का खाना उनके पास भेज दिया करतीं, लेकिन वह छहों को बुलाकर सामने खिलातीं, और खिलाने में भी चरक-सुश्रुत के पथ्यों का पूरा ध्यान रखतीं। मात्रा कम रहे, तो स्वास्थ्य ठीक रहता है, जीभ की बात मानने से तन्दुरुस्ती खराब हो जाती है। बीरन मामा और उनकी बहू को गौरी जैसी चतुर भाँजी मिली थी। बिचली हवेली के अलग-अलग कमरों में भाइयों के लड़के-बहुएँ रहा करती थीं। गुड्डी की नानी पास ही में रहती। वह बेचारी उतनी कठोर नहीं थी। गौरी वहाँ से बेसन, आटा, घी, मसाला मांस सब चीजें लेकर जाती। कहाँ खाना बनाया जाय, इसकी समस्या नहानेवाली कोठरी ने हल कर दी। मामी-भांजी बस वहीं जुटकर खाना बनाने लगतीं। मांस की गन्ध नीचे बुढ़िया के पास पहुँच जायेगी, इसलिए उसे बिना छोंक-बघार के कूकर में पकाया जाता। खाना बन जाने पर फिर मामा भी आ कभी-कभी गन्ध से बचने के लिए होटल से पका-पकाया गोश्त मंगा लेते। मामा के पास सन्देश लेकर गौरी जाती। माँ ने जैसे बहुओं के लिए खाने का कानून बनाया था, वैसे ही छहों भाई भी साथ खाना खाया करते थे। बीरन मामा 'आज पेट खराब है', या भूख नहीं हैं, कहकर अपने कमरे में चले आते, फिर तीनों साथ बैठकर खाते। हर हफ्ते दो बार यह चोरी का भोजन जरूर तैयार होता, लेकिन चोरी बराबर कैसे छिपी रहती। बीरन की अपनी बहिन की एक लड़की थी। वह एक

दिन उसी समय पहुँच गई, जबकि खाना बन-परोसकर तैयार था। उसने तुरन्त जाकर बूजीशा (नानी) के पास चुगली लगाई। लड़की भी गौरी की उमर की ही थी, लेकिन उतनी समझदार नहीं थी। उसने महाभारत करवा के छोड़ा। सास एकाएक आ धमकी और बहू को खूब डाँटने-फटकारने लगी। गौरी की प्रत्युत्पन्नमति ने कुछ काम दिया। उसने कहा—'हमने तो गुड़ियों के लिए खाना बनाया था', लेकिन वहाँ दो-चार गुड़ियों के महाभोज के बराबर भोजन तैयार था। यह कहने पर गौरी ने कहा—'साथ में खेलने-वाली लड़कियाँ भी तो हैं, उनको भी देकर खातीं हैं।' नहीं कहा ज़ा सकता, महाचण्डिका का क्रोध कुछ कम हुआ या नहीं। उन्होंने देखा, देवरानी की ओर खुलनेवाला दरवाजा इस चोरी में सहायक होता है, इसलिए उस दरवाजे में कड़ी लगवा दी। मामा के आने से पहले ही महाभारत हो चुका था। आकर उन्होंने नौकरानी को कहा--"गुड्डी को बुला लाओ।' कुँवरानी ने कहा—'उधर तो बूजीशा ने कड़ी लगवा दी है।'बीरन मामा ने अकल से काम लिया। संडासी से कड़ी को खोल दिया, पर्दा भी टाँग दिया और फिर उसके बाद कड़ी उसी तरह खुलती और बन्द होती रही, पुराना रास्ता फिर साफ हो गया। चुगलखोर लड़की से बचने के लिए अब वह सीढ़ियों के दरवाजे में साँकल बन्द कर दिया करते, और उसे पास भी फटकने नहीं देते।

मामा इछरा महाराज के अंग-रक्षक (ए० डी० सी०) थे। जब वह वहाँ चले जाते, तो सास बहू को अपने पास बुलाती। लेकिन मामी अपनी भांजी को बुलाकर आठ-नौ बजे रात तक मन-बहलाव करतीं।

★ ★ ★ ★

बीरन के एक बड़े भाई सम्हारसिंह थे। उनका स्वभाव गौरी को पसन्द नहीं था, अर्थात् वह बच्चों के साथ प्रेम करना नहीं जानते थे। जब गौरी खेल खेलती रहती, तो वह डाँटते और पर्दे से बाहर जाने का भी विरोध करते। गौरी नाना से इस मामा की बड़ी शिकायत करती—'सब मामा अच्छे हैं, यह मुझे डाँटते हैं।' नाना उसको सन्तुष्ट करने के लिए कहते—'जरा धीरज धर, वह जो नीचे लँगड़ी धोबन रहती है न, बस आने दे उसे, एक गोभी के फूल पर सम्हार को बेच दूँगा। गौरी बहुत खुश होती, कि उसके कड़वे मामा लँगड़ी के हाथ में बिकनेवाले हैं, सो भी एक गोभी के फूल पर।

चेचक के टीके का लाभ लोगों को मालूम हो गया था और अब सयाने लोग बच्चों को टीका लगवाना जरूरी समझते थे। लेकिन बच्चों के लिए वह प्रिय बात नहीं थी। नाना ने समझा, यदि मैं टीका लगवाऊँगा, तो गौरी बिगड़ बैठेगी, फिर पास नहीं आयेगी। उन्होंने सोचा— सम्हार तो पहले ही से इसके लिए कड़वा है, इसलिए उसी के जिम्मे यह काम देना चाहिए। डाक्टर को बुलवाया गया। एक अच्छा-सा कपड़ा हाथ में देकर कहलवाया गया— 'गौरी के लिए कपड़ा नाप लो, जरा जल्दी सी देना।' गौरी ने समझा, दर्जी है, अच्छा नया कपड़ा बनाके लायेगा। वह पास चली गई। डाक्टर ने कपड़ा नापने का ढोंग रचते-रचते क्षण भर में गौरी को टीका लगा दिया। वह खूब रोई और उसने नाना के पास जाकर कहा— 'सम्हार मामा ने दर्जी के पास ले जा जाकर मुझे सूइयाँ चुभवा दीं।' सम्हार मामा के साथ का बिगाड़ दृढ़ हो गया।

■■■

६
भूतों का भय

मौसी-भांजी की दोस्ती ने जसपुर में आकर्षण पैदा कर दिया था। गौरी जब मंगलपुर में रहती, तो वहाँ बाबोसा के स्थापित किये हुए हाई स्कूल के हेडमास्टर उसे पढ़ाते, लेकिन जब वह जसपुर जाती, तो पढ़े को भी बेपढ़ा कर देना पड़ता। वहाँ तीनों हवेलियों की लड़कियों को एक जोशन (जोशण) पढ़ाने आती--जोशन का अर्थ जोशी ब्राह्मण की स्त्री नहीं समझना चाहिए। अध्यापिका वस्तुतः जैन-महिला थी। वहाँ अध्यापिकाओं, को विशेषकर पुराने ढंग की अध्यापिकाओं को जोशन कहा करते थे। जोशन बेचारी ने किसी आधुनिक ढंग की पाठशाला का मुँह नहीं देखा था और न जोड़ से अधिक गणित पढ़ा था। गौरी गुणा-भाग भी जानती थी, और यह भी जानती थी, कि जोशन को चालीस तक भी पहाड़े नहीं आते। उसे पता था, कि जोशन की विद्या की गहराई कितनी है। वह बीच-बीच में कुछ टोक देती, तो जोशन कहती—"तुम मुझे पढ़ा रही हो?" इस प्रकार पाँच-छह महीने जसपुर में रहना पड़ता, मंगलपुर की पढ़ाई पर जोशन पुचारा फेर देती। जोशन काका-पापा कहते पुराने ढंग से वर्ण-परिचय कराती—"पापा पाट कड़ी। ..." और गौरी पढ़ती--"पापा पाट कड़ी। जोशन ऊपर खाट पड़ी। जोशन पाडयो हेलो। निकल भाग्यो चेलो।"

"जोशन ने हल्ला किया, तो चेली निकल भागी।"— यह बात वस्तुतः नहीं होती थी। नानी का जोर था, कि नतनी कुछ पढ़ जाय। अक्षरज्ञानशून्य होने से उन्हें क्या पता था, कि जोशन क्या पढ़ा रही है। जोशन कभी नाराज होती और कभी हँस देती। बहुत होने पर नानी से जाकर शिकायत करती, तो नानी खूब डाँटती। उन्होंने जोशन को हुक्म दे रक्खा था, कि अब अगर शरारत करे, तो उसे पीटना। जोशन एक दिन डरते-डरते पीटने को तैयार हुई, तो उसकी बाल-शिष्या ने कहा— "खबरदार, अगर मेरे सामने नजर भी उठाके देखा। तुझे पढ़ाने का भी तारीका मालूम है? न जोड़ आता न गुणा-भाग आता। आ, मैं तुझे गुणा-भाग

सिखाती हूँ।" बेचारी जोशन खीझकर बाल नोचती--"मैं राँड कहीं बेवकूफ हूँ! ऐसी लड़की तो मैंने नहीं देखी।" धीरे-धीरे चेली और गुरुवानी नें एक दूसरे को परख लिया और यह भी समझ लिया, कि साथ चलने के सिवाय छुटकारे का कोई रास्ता नहीं है। चार-पाँच साल तक गौरी जब-जब ननिहाल आती, तो वही जोशन पढ़ाती। अन्त में मुक्त होने पर गौरी को अफसोस नहीं हुआ।

गौरी बात की जिद्दी तो थी ही, लेकिन उसके हृदय में किसी-किसी के लिए बहुत कोमल स्थान था और वह असाधारण प्यार के कारण ही। मंगलपुर में बाबोसा की बात को वह ब्रह्मवाक्य मानती और जसपुर में मामा बीरन की बात को। तुलसीदास ने सच ही कहा है — "हित-अनहित पसु पंछिउ जाना।" बीरनसिंह अपनी भांजी को गुड्डी कहा करते थे और उसके साथ बहुत प्यार करते थे। गुड्डी आठ-दस वर्ष की थी, तो टाईफाइड हो गया। उस वक्त वह ननिहाल में जसपुर में थी। मौत के पंजे से तो निकल भागी, लेकिन बहुत कमजोर थी। डाक्टर ने बतलाया कि इसे सेब खिलाना चाहिए। गौरी (वीरन मामा की गुड्डी) नारंगी को बड़े प्रेम से खाती। किसमिस को भी चूना लगाकर खा जाती, लेकिन अच्छे से अच्छे सेब से भी उसका भारी बैर था। घर के और लोग जब हार गये, तो उन्होंने बीरन मामा की शरण ली। बीरन अपनी भांजी के मनोविज्ञान को अच्छी तरह जानते थे। एक सेब लाये और साथ ही जौहरी के यहाँ से जड़ाऊ का एक सुन्दर सोने का जेवर भी। गुड्डी से कहा--"सेब खा ले, बस यह जेवर तेरा हो जायेगा।"गुड्डी जेवर हाथ में ले सेब खा गई। मामा ने सलाह दी—"जेवर कोई चुरा लेगा, माँ के पास रख दे।" गुड्डी ने भली लड़की की तरह जेवर को अपनी माँ के हाथ में दे दिया। दूसरे दिन दूसरा जेवर और एक सेब लेकर मामा हाजिर हुए। गुड्डी उसे भी खा गई और जेवर को माँ के पास रख दिया। इसी तरह कई दिन तक नये जेवर के साथ नये सेब आते रहे, और गुड्डी और प्रसन्न मन से जेवर लेकर सेब खाती रही। उसने सोचा होगा, अब तो बतेरे जेवर मेरे पास हो गये हैं। किन्तु उसे क्या पता था, कि माँ के पास से जेवर रोज जौहरी के पास लौट रहे हैं, और आज उसके हाथ में आया जेवर भी जौहरी के पास पहुँच जायेगा। खैर गुड्डी इस प्रकार सेब खा- खाकर स्वस्थ हो गई। वह जेवरों के लिए मामा से लड़ नहीं सकती थी, क्योंकि जेवर तो मामा को रखने के लिए देती नहीं थी। मालूम नहीं, माँ से कैसी पटी, शायद कहा होगा--"कौआ ले गया।"

मामा बीरन और मामी उसी हवेली में बगल के कमरे में रहते थे। मामा को अपनी गुड्डी से बातचीत किये या खेले बिना चैन नहीं पड़ता था। वह रोज अपनी नौकरानी झंकारी को गुड्डी को बुलाने के लिए रात को भेजते थे। वहाँ पास की सीढ़ियों में एक नहीं, कई भूतनियाँ रहती थीं, जो कभी घूँघरू बजातीं, कभी पत्थर गिरातीं, कभी और कोई शैतानी करती। रात के वक्त नानी और माँ गौरी को भेजना नहीं चाहतीं और कह देतीं— "चुपचाप सो जा।" लेकिन जब झंकारी के पैरों की आहट मालूम होती, तो गौरी अपने बिस्तरे पर उठ बैठती। अब भला 'सो गई है' कहकर झंकारी को लौटाया कैसे जाता? दिल मसोसकर बड़े भय के साथ गौरी को भेजना ही पड़ता। वहाँ जाने पर मामा कहते—"भूतनी नाच रही थी सीढ़ियों पर। तूने देखा कि नहीं?" गौरी ने सपने में भूतनी भले ही देखी हो, किन्तु जागते तो उसने कभी नहीं देखा। वैसे भूतनियों का उसे डर नहीं था, यह बात नहीं कही जा सकती।

★ ★ ★ ★

चार-पाँच पीढ़ियों की बनी एक चौमंजिली कोठी थी, जिसके बीच में बड़ा आँगन था। इतनी बड़ी हवेली के भीतर रहनेवाले आदमियों की संख्या बहुत नहीं कही जा सकती। एक दिन नानी भी दोपहर को सो रही थीं। अभी शायद नींद नहीं लगी थी। इसी समय तीन औरतें घूँघट निकाले पास आकर बोलीं— "इधर तो यह राँड हमेशा रात-दिन सो जाती है, हमें जाने नहीं देती।" नानी एकदम चौंक उठीं और फिर उन्हें रास्ता छेंकने की हिम्मत नहीं हुई। गर्मियों के दिनों में, हमारे बहुत-से शहरों की तरह लोग आसमान के नीचे खुली छत पर सोना बहुत पसन्द करते हैं। अगल-बगल में नानी और माँ की चारपाइयाँ थीं और बीच की चारपाई में गौरी लेटी हुई थी। रात को एक-दो बजा होगा, जब कि नानी की नींद खुली। उन्हें पान और तम्बाकू खाने का बहुत शौक था। वह उठकर पान बनाने लगीं, देखा, सिरहाने की ओर कोई पंखा झल रही है। वैसे उनकी लौंड़ी पार्वती सोने में एक थी, वह चक्की चलाते-चलाते भी सो जाती थी। इस वक्त वह खड़ी पंखा झलेगी, आशा तो नहीं थी, लेकिन सोचा, क्या जाने वह आज्ञाकारिणी दासी ही इस समय सेवा में हाजिर हो। नानी को यह पसन्द नहीं आया, कि वह मेरे ऊपर पंखा झले और बच्ची को वैसे ही छोड़ दे। पान लगाकर यही कहने के लिए उन्होंने जब उधर मुँह फेरा, तो कहीं किसी का पता नहीं था। नानी ने अपनी बेटी

को जगाया, नौकरानियों को भी जगा दिया, लेकिन ढूँढ़ने पर कहीं किसी का पता नहीं लगा। हवेली में पंखा झलकर अन्तर्धान हो जानेवालियों की क्या कमी थी? कई तो ठाकुरानियाँ भूतनी होकर जहाँ-तहाँ घर में रहती थीं—एक ठाकुरानी प्रसव के समय मर गई थी, दूसरी तपेदिक से, तीसरी के दिल की धड़कन एकाएक बन्द हो गई थी। यही तीन नहीं, नौकरानियों में से भी तीन-चार अकाल-क्वलित हो भूतनी बन के हवेली में जब-तब धमाचौकड़ी लगाया करती थीं। कभी वह घूँघट निकाले छत पर टहलतीं, कभी सीढ़ियों पर धमधमाती चलतीं। सबसे नीचे की मंजिल, जिसके सामने बड़ा आँगन था, तो केवल भूतनियों के ही लिए था। वहाँ कोई न रहता था, और न रहने की हिम्मत करता था। एक दिन एक नौकरानी बाजरा कूटने आँगन में गई। दिया जलाने का शाम का वक्त था। भला यह भी कोई समय है आँगन में काम करने का? किसी भूतनी से नहीं रहा गया। उसने आकर नौकरानी की पीठ पर थाप लगाई। वह डर गई। इसके बाद वहाँ मल्लयुद्ध होने लगा, उठा-पटकी, और नौकरानी की चिल्लाहट सुनाई देने लगी। ऊपर की मंजिलों से जहाँ-तहाँ से मुँह निकालकर ठाकुरानियों और नौकरानियों ने आँगन की ओर देखा। घबराहट और चिल्लाहट साफ सुनाई दे रही थी, लेकिन किसकी हिम्मत थी, कि गोपाले की बहू को बचाने के लिए जाये? पराई आग में कूदने वाली वहाँ एक भी नहीं थी। बाहर मरदाने में सन्देश भेजा गया। जब तक लोग आवें, तब तक मल्लयुद्ध खत्म हो चुका था। गोपाले की बहू बेहोश पड़ी थी। उसकी नाक से खून निकल रहा था, मुँह के ऊपर चोट के नीले निशान पड़े हुए थे? घरवाले उसे अपने यहाँ ले गये, जहाँ पहुँचते-पहुँचते वह मर गई। हवेली में एक भूतनी की संख्या और बढ़ी।

भूतनियाँ नौकरानियों से ही मल्लयुद्ध नहीं करती थी, वह ठाकुरानियों को भी नहीं छोड़ती थीं। एक मामी के सिर पर भूतनी आने लगी। लोग परेशान हो गये। अन्त में भूत निकालनेवाले सयाने की सहायता लिये बिना कोई चारा दिखाई नहीं पड़ा। अन्तःपुर में पुरुषों का जाना सर्वथा वर्जित था। लेकिन यहाँ प्राणों का सवाल था। चुपके से सयाना बुला लिया जाता। दो दासियाँ पर्दे को पकड़कर बहू के सामने खड़ी हो जातीं। मिर्चों की धूनी दी जाती। धुँआ नाक में पहुँचते ही घबड़ाहट पैदा कर देता। कानी अँगुली पर्दे से बाहर कराई जातीं, जिस सयाना अंगुलियों के बीच दबाते हुए मन्तर पढ़ता। मन्तर और अंगुलियों के दबाने से ही नहीं बल्कि मिर्च के धुएँ से भूतनी पनाह माँगने लगती—"छोड़ दो, मैं अब

कभी नहीं आऊँगी। यह अच्छा मसालेदार मांस खाकर निकली। मुझे गन्ध लगी। मेरा मन चल गया, इसलिए मैंने पकड़ लिया।" भूतनी चली जाती। मिर्च का धुआँ देना बन्द कर दिया जाता। दस-पन्द्रह दिन में सब भूत भूतनी फिर लौट आती। असल में यह कोई ऐरी-गैरी नत्थी-खैरी भूतनी नहीं थी, बल्कि कुँवरानी की खास अपनी सौत थी। मंगलपुर या ननिहाल के ठाकुरों में एक से अधिक स्त्रियों का विवाह करने का रवाज नहीं-सा था। पहली स्त्री मर जाती या सन्तान नहीं होती, तभी दूसरा ब्याह किया जाता। मरी सौत पितरानी (देवता) बन जाती। उसके मृत्यु के दिन मीठा चावल पकाकर पित्तरानी सौत की पूजा की जाती। उसको प्रसन्न रखने के लिए सोने की मूर्ति बनाकर गले में तबीज की तरह पहनी जाती, लेकिन यदि चून (आटा) की सौत भी बुरी होती है, तो भूतनी-सौत तो और बुरी होती है। वह अपने सुख को दूसरी को भोगते देखकर कैसे आँख मूँद सकती है? बहूरानी को वही सौत हर पन्द्रहवें दिन आ जाया करती, और उस वक्त सयाने को बुलाना पड़ता। घर के मालिक ठाकुर साहब ने एक दिन सयाने को जनानी ड्योढ़ी के भीतर जाते देख लिया। उन्होंने पूँछ दिया। नौकर-चाकरों ने जवाब दिया—"बिचला कुँवरानीसा कू भूतनी आ गई। स्याणा भूतनी निकालने जावे।" ठाकुर साहब ने तुरन्त हुक्म दिया —"इसे यहीं रोक दो।" फिर अपने एक बेटे को बुलाकर कहा—"तेरी भाभी को भूतनी आई है, स्याना नहीं, तू जाकर उसे निकाल। यह ले टमटम का चाबुक, इसे खूब भिगों ले। इस समय तो वह तेरी भाभी नहीं, बल्कि भूतनी है। 'सरदारों ने मुझे भेजा है' कहकर ताबड़-तोड़ चाबुक चलाना। भाभी का मोह न करना।" देवर साहब सचमुच ही चाबुक भिगोकर भाभी के पास पहुँचे, और सरदारों का हुक्म सुनाया। बस क्या थी, भूतनी सर पर पैर रखकर भागी, और जब तक सरदार जीते रहे, तब तक उसने फिर अपनी सौत को नहीं दुख दिया।

★ ★ ★ ★

भूतनी अच्छी भी होती है, बुरी भी। मालूम होता है, महलों की भूतनी उतनी कठोर नहीं होतीं। राजस्थान के राजाओं के यहाँ लौड़ियाँ और नौकरानियाँ तो होती ही है, और आधा दर्जन रानियों का होना भी कोई असाधारण बात नहीं है। इनके अतिरिक्त अन्तःपुर की शोभा के लिए एक और भी प्रथा जारी है। यद्यपि दासता की प्रथा बहुत पहले से उठ चुकी है, लेकिन तो भी मालन, गूजरन या किसी और जात की

गरीब माँ दो-डेढ़ सौ में अपनी सुन्दर लड़की को किसी रानी के हाथ बेंच देती। रानी ऐसी लड़की को बड़े स्नेह से पालतीं, कथक और उस्ताद रखकर उसको बाकायदा नृत्य और गीत की शिक्षा दिलवातीं। मामूली नृत्य- संगीत नहीं, बल्कि शास्त्रीय कला में निष्णात करने की कोशिश करतीं। ऐसी खरीदकर पाली हुई कला-प्रवीणा तरुणियों को जसपुर में 'पर्दे की बायाँ' कहा जाता और कसौरा में 'पातर' (पतुरिया)। पूर्वी उत्तर-प्रदेश या बिहार में पतुरिया साधारण नाच-गान करनेवाली वेश्या को कहा जाता है, लेकिन राजस्थान में उसका ऐसा निकृष्ट अर्थ नहीं लिया जाता। पातरें रानियों की तरह की पर्दे में रहतीं, और राजा की नहीं, बल्कि रानी की पातर होतीं। उन्हें आजीवन अविवाहिता रहना पड़ता। रानी साहिबा अपनी पातर को खूब अच्छा खिलाती-पिलातीं। कलेऊ के लिए सबेरे ही कटोरी भर मेवा और दूध भेजतीं, सुन्दर कपड़ा पहनातीं, जेबर सारे सोने के या जड़ाऊ होते, केवल पैरों में वह सोना नहीं, चाँदी पहनतीं। पातर का काम था महाराजा साहब के अपनी रानी के पास आने पर उनके सामने नाचना-गाना। कभी-कभी किसी पातर पर राजा साहब का मन फिसल जाता, और उसे वह पासबान बना लेते, तो फिर वह रानी के दर्जे के पास तक पहुँच जाती। वर्तमान जसपुर-महाराजा के पूर्वज महाराज मानकसिंह की पाँच-छह रानियाँ थीं, और पातरों की संख्या तीन सौ। कसौरावाली बुआ के पास पन्द्रह पातरें थीं। वह अपने मायके आतीं, तो स्टेशन से जरी के पर्दे पड़े आठ-कहारों की महादोल (पालकी) के ऊपर चलकर आतीं, साथ में उनकी पातरें सजे हुए रखों पर बड़े रोब-दाब के साथ होतीं। पासबानों की सन्तान को पुत्र का अधिकार प्राप्त नहीं था। उत्तरा-धिकार तो रानी के लड़के को ही मिलता था। ऐसा न होता तो जसपुर में गोद लेने की आवश्यकता नहीं पड़ती। जसपुर में राजा के ऐसे लड़कों को 'लालजोसा', कहते, और उनको राज से जागीरें मिलतीं। जसपुर में पास- बानों के लड़के 'रावराजा' या 'बाबा' कहे जाते। रानियों को अपनी पातरों से ईर्ष्या नहीं, बल्कि स्नेह होता था, क्योंकि उनके द्वारा वह पति को अपनी ओर आकृष्ट करने की कोशिश करतीं। कसौरावली बुआ की एक सुन्दरी तथा कलानिपुण पातर रूपविलास अठारह-उन्नीस वर्ष की उमर में ही मर गई। शायर के शब्दों में "हसरत उन गुंचों पे हैं जो बिन खिले मुर्झा गये।" रूपविलास का इस संसार में रूप और विलास खतम हो गया, लेकिन वह नहीं चाहती थी, कि दूसरी उससे छीने हुए भाग्य का उपभोग करें, इसलिए वह कभी किसी पातर पर और कभी किसी

लौंड़ी पर आ जाया करती। अपनी मालकिन रानी साहिबा के प्रति उसका सम्मान अब भी पहले-जैसा ही था, और अब भी वह उनके सामने नहीं आती थी। कभी वह सीढ़ियों पर चलते अपने नूपुरों की मधुर झंकार से अपने नृत्य-कौशल का परिचय देती, कभी दूसरी सेविकाओं को आवाज देकर कहती—"दाता (मालकिन) को पर्दा कर दो। मैं आ रही हूँ।" जब किसी के सिर पर आती, और पूछा जाता, तो कहती— "अरी भेना, मैं तौह्नयाँ आई थी नूई घूमने-फिरने, यह अतर लगाये हुए थी, बस मेरा मन बस गया।" कभी किसी दूसरी के शिर पर आकर कहती—"यह बढ़ियाँ गोश्त खा रही थी, चटपटी सुगन्ध मुझे अच्छी लगी, मैं इसके साथ खाने बैठ गई। पूछ लो इससे, कितनी रोटी खाई।" पूछा जाता, तो जहाँ खानेवाली ने चार रोटी खाया होता, वहाँ दस रोटियाँ गायब मिलती। एक दिन वह नौकरानी रामी के सिर पर आ गई। बड़ी डकार ले रही थी। अन्तःपुरिकाओं ने पूछा—"रूपविलास, आज तू क्यों बड़ी डकार ले रही है?" उसने कहा—"यह बाजरे की रोटी पापड़ की तरकारी से खा रही थी। मुझसे नहीं रहा गया, मैं भी खाने बैठ गई। उतने से काम नहीं चला, तो मैंने छींके पर रक्खी रोटियों को भी खा लिया। जाकर देख लो, वहाँ की आठ रोटियाँ मैं खा गई हूँ।" लोगों ने जाकर देखा, तो सचमुच ही आठ रोटियाँ वहाँ से गायब थीं। रूपविलास बड़ी भलेमानुस भूतनी थी। वह खाने में ही शामिल नहीं होती थी, बल्कि चक्की पीसने में भी नौकरानियों को सहायता देती थी। बेचारी पातर के मक्खन से हाथों ने जीवन में कभी ऐसा परिश्रम नहीं किया था, वह दुखने लगते, तो उसकी शिकायत करती। कभी-कभी मजाक सूझता, तो सीढ़ियों पर अठलाकर चढ़ती-उतरती किसी को धक्का भी दे देती।

रूपविलास अपने जीवन से असन्तुष्ट नहीं थी, लेकिन उसकी मालकिन चाहती थी, कि किसी तरह उस बेचारी को प्रेतयोनि से बचा ले। साथ ही इससे दूसरी अन्तःपुरिकाओं की भी रक्षा होती। वह एक बार रामी पर आई, तो मालकिन ने पुछवाया—"रूपविलास, दाता फरमायें, कि तेरे को गयाजी भेज दें।" रूपविलास बहुत रोई—"दाता, मरकर भी मुझे अपने चरणों में रहने दो।" लेकिन दाता का बड़ा आग्रह था, रूपविलास को गयाजी भेज ही दें। दाता की बात को कभी जीवन भर रूपविलास ने नहीं ठुकराया था। जब वह साजसंगीत के साथ अपने मनोहर नृत्य को दिखलाती, और राजा साहब मुग्ध हो जाते, दाता अपनी पातर की इस सफलता पर फूली न समातीं, और पीछे रूपविलास पर दिल खोलकर

प्यार और सम्मान न्यौछावर करती। अठारह-उन्नीस वर्ष की उमर में ही अपने दाता की सब कृपाओं के बदले वह कहाँ तक उऋण हो सकती थी, इसलिए उसे बराबर अफसोस रहता, और दाता को अब भी प्रसन्न करने की कोशिश करती। कभी सीढ़ियों पर अपने घुँघरुओं की आवाज से अपनी नृत्यकला को दिखलाती, कभी रात की किसी सूनी जगह से अपने कोकिल कण्ठ से कोई मधुर तान छेड़ती।

लेकिन, दाता रूपविलास को गयाजी भेजकर प्रेतयोनि से छुड़ाने के लिए तैयार हो गई। बहुत आग्रह करने पर रूपविलास ने कहा—"दाता, मैं गयाजी चली जाऊँगी, लेकिन हर ठिकाने पर मुझको ले जाने वाला कहता चले—'चल रूपविलास, गया चल'।" ओझा-सयानों ने रूपविलास को मन्त्र पढ़कर एक बोतल के भीतर बन्द कर दिया और हलवाना काका को उसे गया ले जाने का काम सौंपा गया। उसे ताकीद कर दी गई थी, कि हर ठिकाने पर रूपविलास को बुलाकर चलने की बात कहते जाना, लेकिन हलवाना को बराबर याद नहीं रही। दिल्ली में रात को ठहरा। सबेरे रूपविलास को बिना कुछ कहे ही चल पड़ा। खाली बोतल को लिये गया पहुँचा, रूपविलास तो लौटकर कसौरा चली आई। दाता फिर रूपविलास को भेजने की फिकर में पड़ीं। रूपविलास के मरने पर उसके जेवर रानी के पास रह गये थे। दाता अपनी दूसरी पातर मनभावन को उसे देना चाहती थीं। रूपविलास को अच्छा नहीं लगा, कि मेरा प्रति-द्वन्द्विनी पहने। वह किसी के सिर पर आकर बहुत गिड़-गिड़ाकर बोली—"दाता, मेरे झूटने (शिरोभूषण) मनभावन को न दें।" रानी को बड़ा अचरज हुआ, क्योंकि मन की बात उन्होंने किसी से नहीं कही थी। रूप-विलास उनके मन की बात जान गई। उसके दिल को दुखाना उन्होंने पसन्द नहीं किया और जेवर अपने पास रहने दिये। कुछ समय बाद जब फिर कई अन्तःपुरिकाओं पर रूपविलास ने हाथ फेरा, तो फिर उसे गया भेजने का ख्याल आया। हलवाना दो बार खाली बोतल लेकर गया हो आया था, और खर्च भी काफी कर आया था। ऐसे गाफिल आदमी के साथ रूपविलास को भेजना अच्छा नहीं समझा गया। अब की बार हलवाना के साथ एक आदमी कर दिया गया और दोनों बोतल-बन्द गिड़गिड़ाती आँसू बहाती रूपविलास को लेकर चले। एक होता तो भूल भी जाता, लेकिन अब तो साथ जाने वाले दो थे, इसलिए हर ठिकाने पर वह कहते चलते— "रूपविलास, उठ चल, गया जी चल रहे हैं।" अब की बार रूपविलास को गया जाना पड़ा। गयाजी की सीमा के भीतर पहुँचकर

आज तक कोई भी भूत-भूतनी लौट नहीं सके। हजारों वर्षों से सारे भारतवर्ष के न जाने कितने करोड़ भूत-भूतनियाँ वहाँ पड़े हैं, रूपविलास भी अब उनमें से एक हो गई, और वह फिर लौटकर नहीं आई। न मालूम कसौरा की रानी साहिबा को इसके लिए जरा भी दुःख हुआ या नहीं।

★ ★ ★ ★

जातकों के समय से मरुकान्तार (रेगिस्तानी भूमि) भूतों के लिए बहुत प्रसिद्ध है। उस समय भी हजारों की संख्या में चलनेवाले वाणिज्य-सार्थ कितनी ही बार भूतों के फेर में पड़ जाते। एक बार कोई सार्थवाह अपने कारवाँ के साथ मरुकान्तार में जा रहा था। आगे वह भूमि आने वाली थी, जहाँ दिनों चले जाने पर भी पानी का कहीं पता नहीं था, चारों ओर केवल बालू ही बालू दिखती। सार्थ को उधर से एक दूसरा कारवाँ आता मिला। उसकी गाड़ियों के चक्कों में कीचड़ लिपटी हुई थी। लोग कमल के फूल अपने गलों में लटकाये हुए थे, कमल के पत्ते भी उनके पास थे। जलाशय के बारे में पूछने पर कहा—"पानी के बारे में क्या पूछते हो, आगे तो महासरोवर लहरें मार रहा है।" सार्थवाह ने सोचा, "फिर गाड़ियों पर मशकों में पानी भर के ढ़ोने से क्या फायदा?" पानी वहीं गिरवा वह आगे बढ़ा। वहाँ सरोवर का कहाँ पता था? सार्थ निर्जल मरुभूमि में बढ़ता चला गया, और उसके सभी आदमी और पशु वहाँ प्यास के मारे मर गये। कुछ दिनों बाद आनेवाले दूसरे सार्थों को देखने के लिए उनकी सफेद हडिड्याँ रह गईं।

ढाई हजार वर्ष पहले भी भूत इस तरह धोखा देकर सारे सार्थ को मार डालते थे। आज भी वहाँ ऐसे भूतों की कमी नहीं है। दुर्गा खवास और उपला चोबदार दोनों मंगलपुर से मखनपुर जा रहे थे। पास में घड़ी तो थी नहीं, उनको चलना चाहिए था तीन-चार बजे रात को, ठण्डे-ठण्डे रेगिस्तान में यात्रा तै करना अच्छा होता है, लेकिन वह आधी रात को ही चल पड़े। मंगलपुर से दो मील चलने पर मीलरास का गाँव आता है, जहाँ एक जोहड़ी (पोखरी) उस समय सूखी पड़ी थी। वहाँ पर आग जलती दिखाई पड़ी। दुर्गा ने कहा--"चलो वहाँ चल कर चिलम पी लें। फिर चलेंगे।" उपला ने 'हाँ' कहा। ऊँट को उधर ले जाने लगे, तो वह एक डेग भी आगे रखने के लिए तैयार नहीं था—"ऊँट अगमजानी होते हैं। बहुत मारा-पीटा, लेकिन ऊँट अपनी जगह से नहीं डिगा। उपला कुछ सयाना आदमी था। उसने कहा—"हो, कोई बात है, जभी तो ऊँट

नहीं चल रहा है।" लेकिन दुर्गा को विश्वास नहीं आया। वह चिलम पीने पर तुला हुआ था। ऊँट से उतर पैदल ही दोनों आग की ओर बढ़े, लेकिन वह जितना ही आगे जाते, आग उतनी दूर हटती जा रही थी। भूत अपने पुर्खा जातकवाले भूत की तरह चाहता था, कि दोनों को रास्ते से भटकाकर घोर कान्तार में ले जाये। दुर्गा को चिलम पीने का ख्याल छूट गया, और उसने उपला को पकड़कर कहा—"मुझे तो डर लग रहा है।" खैर, दोनों की हडिड्याँ रेगिस्तान में सफेद होने से बच गई, वह समय पर सम्हल गये।

गौरी की माँ मखनपुर से मंगलपुर जा रही थीं। गर्मियों में रात की यात्रा ही सलमाडा के रेगिस्तानों में अच्छी समझी जाती है। ठाकुरानी के रथ पर चढ़कर गाँवों से निकलने पर लौड़ियाँ कुछ दूर तक गाना गाते पैदल ही चली, फिर रथ थोड़ी देर के लिए रुका, और लौड़ियों को दो-दो करके ऊँटों पर बैठा दिया गया। दुर्गा की बहू और लौड़ियों के साथ जब पैदल रथ के पीछे-पीछे चल रही थी, तो बगीचे की छाया कुछ दूर दिखाई पड़ी। वहाँ फाटक के पास एक स्त्री आधी बैठी आधी सोई नजर पड़ी। उसने बड़ी थकावट की आवाज में नाक से कहा—"ओ जाने वाली, जारा चोल्यो टोकरा उठाती जा।" दुर्गा की बहू ने सोचा—कोई मालन है, बेचारी साग-सब्जी का टोकरा भरे जा रही है। कान्ता की नानी भी उसके साथ थी। दुर्गा की बहू को दया आ गई, अभी वह ऊँट पर बैठी नहीं थी। उसने कहा—"बेचारी कोई मालन होगी, अपना क्या बिगड़ता है जाके टोकरे को उठा दें।" कान्ता की नानी अपनी साथी तरुणी से ज्यादा तजर्बेकार थी। उसने डाँटकर कहा—"रात-बिरात इस तरह दया नहीं दिखलाया करते। जाने कौन है वहाँ प्राणों की गाहक।" दुर्गा की बहू को भी अकल आ गई और दोनों अपने रास्ते चल पड़ी। तब भी बगीचे के दरवाजे से आवाज आ रही थी—"जो मेरे पास आ जाती, तो मैं देखती, कैसे तुम मंगलपुर जाती हो।" दोनों लौड़ियाँ जवान थी, कान्ता अभी नहीं पैदा हुई थी केवल परिचय के लिए यहाँ कान्ता की नानी कहना पड़ा। ठाकुरों और राजाओं में लड़कियों के साथ नौकरानी लड़कियाँ भी दान दी जाती हैं, जिन्हें 'दायजे' कहते हैं। पाँच छोरियों पर एकाध पुरुष भी दे दिया जाता है, जिसे 'घर देना' कहते हैं। कान्ता की माँ दायजे में मंगलपुर से खलपा इसी तरह आई। उसकी नानी कामता-गढ़ से इसी तरह मंगलपुर भेजी गई और उसकी भी माँ—डखो से कामता दायजे आई थी।

रामी दायज में दी गई थी। वह जवान ही थी, जब कि प्रसव के समय मंगलपुर में मरकर गढ़ में भूतनी बनकर रहने लगी। वह बेचारी दूसरों को दुख देना नहीं चाहती थी, लेकिन यदि लोग अपने ही डरने लगे, तो उसका क्या दोष-कालू की बहू बरामदे में सो रही थी, याया और गौरी की माँ दूसरे बरांदे में सो रही थीं। इसी समय रामी आई। उसे देखकर कालू की बहू चिल्ला उठी। भागकर गई, तो देखा, वहाँ कोई नहीं है, लेकिन कालू को बहू के मुँह पर थप्पड़ के नीले-नीले दाग थे।

ऐजन एक विधवा लौंडी थी। उसके पास मालकन का दिया काफी सोने का जेवर था, जिसे वह अपनी इकलौती लड़की को देना चाहती थी। जेवर के लाभ से देवर के मन में पाप पड़ गया। ऐजन उस समय अपनी लड़की के साथ मंगलपुर आई थी। तलमाडा के कुँए बहुत गहरे होते हैं, डेढ़-दो सौ हाथ की रस्सियाँ लगती हैं, भला एक आदमी के बूते की यह बात कहाँ थी, कि वह अकेला घड़ा निकाल लेता। ऐजन की माँ, उसकी भावज और लड़की तीनों मिलकर कुएँ पर पानी भरने गई। दो तो रस्सा खींचकर ले जाने लगीं और तीसरी जगत् पर खड़ी हो घड़े के पानी को दूसरे बर्तनों में उड़ेलने लगी। ऐजन चूल्हा जलाकर खाना पका रही थी। इसी समय अकेले पाकर देवर ने आ तलवार से उसके सिर को काट दिया। सिर धड़ से बिल्कुल अलग न होकर जरा-सा लगा रह गया। देवर को जसपुर में फाँसी हो गई, और ऐजन सिरकटी भूतनी बन गई। वह इसी शकल में आती। सुखदेवा की बहू पर उसकी बहुत निगाह थी।

मंगलपुर की घटना है। गौरी की माँ और याया (बड़ी-माँ) दोनों देवरानी- जेठानी बैठी हुई थीं। जेठानी की प्यास लगी। आस-पास में कोई लौंड़ी नहीं थी। जेठानियों को प्यास से बेचैन देखकर देवरानी ने कहा—"मेरे हाथ में क्या मेंहदी लगी है, मैं पानी लाती हूँ।" वह पानी लेने घड़ोंची के पास गई। मिट्टी के घड़े में ठण्डा पानी भरा हुआ था। ढक्कन खोला और गिलास को जिस वक्त उसमें डुबोने लगीं, उसी समय देवरानीजी को ख्याल आया—"जो कहीं मोतीबाई आ गई तो।" मोतीबाई कसौरा की बुआ की पातर थी। एक बार अपनी दाता के साथ उनके पीहर आई हुई थी, उसी समय बेचारी मंगलपुर में ही मर गई और फिर लौटकर कसौरा नहीं गई। मोतीबाई का ख्याल आते ही देवरानी का दिमाग ठिकाने नहीं रहा। गिलास हाथ से छूट गया और घड़े पर गिरने से घड़ा

भी फूट गया। देवरानी बेतहासा भागकर जेठानी के पास पहुँची, और जाकर उसने सारी बात कही। जेठानी का प्यास से तालू सूखा जा रहा था, कहने लगीं —"ऐसा जानती, तो मैं ही जाकर पी आती।" वह देवरानी से कुछ ज्यादा हिम्मत ज़रूर रखती थीं, लेकिन इसमें सन्देह है, कि मोती बाई के आ जाने पर वह भी डटी रहतीं। इसीलिए वह घड़ोंची की ओर नहीं बढ़ीं और पीछे लौंड़ी ने आकर पानी पिलाया।

★ ★ ★ ★

राजस्थान में राजाओं के यहाँ जहाँ 'पर्दा की बायाँ' या पातर गाने-बजाने के लिए होती है, वहाँ ठाकुरों के रनिवास में वह काम ढोलणियाँ करती हैं, जिन्हें सम्मान के तौर पर रानी कहा जाता है। एक बार चमर-बखशा की बहू आदि तीन ढोलणियाँ संडेसा मंगलपुर आ रही थीं। दोनों के बीच में बीस-पच्चीस मील का अन्तर है। प्रसिद्ध वीर टोडर शेखावत का उदयपुर रास्ते में पड़ता था। उदयपुर में अब भूमिये रह गये हैं—भूमिये ठाकुरों के छुटभैयों को कहते हैं। ढोलणियों ने सोचा, "चलकर आज उदयपुर के भूमियों की ठाकुरानियों को गाना-बजाना सुनाये, कुछ मिल जायगा और रात को यहीं टिक जायेंगे, फिर कल चलेंगे।" उदयपुर का गढ़ कितने ही समय से खाली था। जब गढ़ के दरवाजे से ढोलणियाँ निकलीं, तो उन्होंने तीन-चार औरतों को फाटक के भीतर जाते देखा। सोचा— "शायद आकर अब ठाकुरानियाँ रहने लगी हों।" वह भी स्त्रियों के पीछे-पीछे चल पड़ी। गढ़ के भीतर जनाने महल में जाकर देखा, तो वहाँ पाँच-सात ठाकुरानियाँ घूँघट निकाले बैठी हैं। उनके हाथ में हाथी-दाँत के चूड़े भरे हुए थे। ढोलणियों ने शेखावत-पूर्वजों की महिमा के साथ ठाकुरानियों को आशीर्वाद दिया। ठाकुरानियों ने भी बहुत मीठे स्वर से कहा—"आओ रानीजी, बैठो। ढोलणियाँ बैठकर ठाकुरानियों के सामने डफला बजा गीत गाने लगीं। एक बार रंगमहल फिर डफले की आवाज और ढोलणियों के कण्ठस्वर से मुखरित हो उठा। कितनी देर तक गाना-बजाना करके अब ढोलणियों को सन्ध्या आते देख खाने-पकाने की फिकर पड़ी। ठाकुरानियों में से एक जनी उठकर कमरे के भीतर गई और एक थाल में आटा, दाल, मसाला आदि तथा काफी रुपया और मोहर रखकर ले आई। रानियों ने बहुत खुश होकर आशीर्वाद देते पल्ले को पसार दिया, जिसमें थाल की चीजें ठाकुरानी ने डाली दीं। जिस समय वह ठाकुरानी पीछे जाने लगी, तो ढोलणियों ने देखा, कि उसके पंजे तो पीछे

की ओर हैं और एँडी आगे की ओर। तीनों ने एक दूसरे को इशारा किया और उनके प्राण निकलने लगे। जल्दी- जल्दी वे वहाँ से हटने लगीं। सीधे पाँव लौटने पर डर था, कि कहीं ठाकुरानियों के रूप में वहाँ बैठी भूतनियाँ उनके गले पर न सवार हो जायँ। फाटक के बाहर आकर पल्ला खोला, तो देखा आटे की तो राख हो गई है, और मोहर-रुपये कोयले हो गये हैं। गौरी को जब यह घटना मालूम हुई तो उसे एक अच्छा प्लाट मिल गया। उसने अपनी सहेलियों को बटोरकर उसी तरह नाटक खेला। हाँ, उसमें उसने इतना और जोड़ दिया था, कि जब ढोलणियाँ आटा-मोहर लेकर चलतीं, तो भूतनी बनकर बैठी लड़कियाँ उन्हें काट खाने को दौड़ती-- टूटी चूड़ियों के लगे दाँत उन्हें डायन बना देते।

राजाओं के राजमहल बहुत पुराने हुआ करते हैं, जिनके कारण कई पीढ़ियों के भूत और भूतनियाँ उनमें बसेरा कर लेते हैं और कितनी ही बार ऐसा होता है, कि जीवित मनुष्य इन महलों को भूतों के लिए छोड़ जाते हैं, फिर उनकी बन आती है। बाँकापुर में एक पुराना किला है, जिसे जलाकोट कहते हैं। इसी के पास चौफेरा नामक बड़ा कुआँ है, जिससे शहर को पानी मिलता है। पहले तो ऊँटों से पानी निकाला जाता होगा, लेकिन अब बिजली से चलती मशीनें वह काम करती हैं। जलाकोट धीरे-धीरे भूतों का कोट हो गया। महाराजा गुलामसिंह की माँ— जो अभी जिन्दा है— उसी कोट में रहा करती थी। भूतनियों ने वृद्धा राजमाता का वहाँ रहना मुश्किल कर दिया था। ठाकुरानियाँ मिलने के लिए आतीं, तो यह मुँहजोर भूतनियाँ उन्हें सीढ़ियों पर धक्का देकर गिरा देतीं। लौड़ियों और नौकरानियों की बड़ी बुरी हालत करतीं। कभी लालटेन लिये एक कमरे से दूसरे कमरे में उनका जुलूस शुरू हो जाता और कभी नाच-रंग जम जाता। एक लौंड़ी अंधेरी सीढ़ी से उतर रही थी। उसी समय एक भूतनी ने आकर उसकी चोटी पकड़ ली और दीवार से उसके सिर को टकरा, नीचे पटक दिया। लौंड़ी बेहोश हो गई। राजमाता ने सयाने बुलाये, जिन्होंने बहुत उपचार किया, फिर वह किसी तरह बची। राज-माता रोज-रोज के इस उपद्रव को कहाँ तक सहतीं? उनके पास कोई मिलने के लिए आना नहीं चाहता। इस समय उनके पोता महाराज शामलसिंह गद्दी पर थे। दादी ने पोते से कहलाया। फिर सयाने बुलाये गये। बीच में दादी को लाजगढ़ बुलवा लिया गया। सयानों ने मन्त्र पढ़कर जगह-जगह लोहे की कीलें गाड़कर जला-कोट को भूतों-भूतनियों से साफ कर दिया।

सचमुच ही ओझे-सयाने न होते, तो राजस्थान के इन राजमहलों में जीवितों का रहना मुश्किल हो जाता। मंगलपुर के गढ़ में भी भूतनियों का भारी उपद्रव था, इसके लिए सयानों द्वारा जगह-जगह मेख गाड़ने पर ही सन्तोष नहीं किया गया, बल्कि दीवार पर स्थान-स्थान में हनुमानजी का चित्र बनवा दिया गया।

★ ★ ★ ★

जाड़े के दिन थे। यह गौरी की दादी की सास के समय की बात है। वह अन्तःपुर के निचले तल्ले पर खुली तिबारी में बैठी थीं। जाड़ों में इन बिना किवाड़ के दरवाजों को रुई के पर्दों से ढाँक दिया गया था। सिगड़ी में कोयले की आग जल रही थी। परदादी बैठी-बैठी ताप रही थीं। इसी समय घूँघरू की आवाज सुनाई दी। परदादी ने समझा, कि उनकी बहू आ रही है। उनके दरबार में बहुओं का एक पैर खड़ा होना स्वाभाविक बात थी, लेकिन यह बहू के आने का समय नहीं था। आधा पर्दा उठाकर झाँककर देखने के लिए उन्होंने नौकरानी को कहा। नौकरानी ने मुँह निकालकर देखना चाहा, तो उनके मुँह पर जोर का थप्पड़ लगा, और वह बेहोश होकर गिर पड़ी। रात के नौ-दस बज चुके थे। अन्तःपुर का ताला लग चुका था। चाभी पहरेदार सन्तरी-अफसर के पास थी। पूरा जेलखाने-जैसा प्रबन्ध था। जेलर को उस रात को खबर दी गई। ताला खोला गया, ड्योढ़ी खुली। नौकरानी जाल्या की बहू को उसी बेहोशी की अवस्था में घर भेजा गया। बेचारी छह महीने बीमार रही। जिस वक्त जाल्या की बहू की यह अवस्था हुई, उस वक्त परदादी भी चिल्ला उठी, सारा अन्तःपुर उनके आसपास जमा हो गया। वह "पाबू राठौर, पाबू राठौर" रटने लगीं। पाबू राठौर के नाम से राजस्थान के भूत भागते हैं। यह राठौर-वीर गायों की रक्षा करते हुए मारा गया था। उस समय की अनपढ़ स्त्रियों के लिए 'पाबू राठौर' का नाम भारी अवलम्ब था। जमा हुई स्त्रियों में किसी को हनुमान-चालीसा याद था, वह हनुमान-चालीसा का पाठ करने लगी।

राजपूतों के लिए भूतों का ही भारी त्रास नहीं था, बल्कि मारणमन्त्र और पुरश्चरण भी चलते रहते थे। जब छोटे भाइयों को नाममात्र का ही उत्तराधिकार मिलता, तो वह सारे को लेने के लिए क्यों न मन्त्र-तन्त्र का प्रयोग करवाते? मंगलपुर के कुएँ से कभी-कभी कानफटी सिन्दूर-टिकी बिल्ली निकलती, कभी-कभी सूइयों से बिंधा, सिन्दूर-लगा ऊँट का सिर

भी चरसे में आ निकलता। अभिचार कराकर भाई ठाकुर ईसरसिंह को निर्वंश करना चाहते थे। ठाकुर ईसरसिंह के सभी लड़के एक-एक करके मर गये। जादू-मन्तर करने वाले बिल्ली और ऊँट के सिर पर ही संतोष नहीं करते थे, बल्कि वह सींग लगानेवाले जादूगरों को इस काम के लिए भेजते, जो आसपास में "सींग लगावें, फसद खोलें" कहते घूमते। उनकी आवाज ईसरसिंह के बच्चे के कान में पड़ते हो वह मर जाते। उनके तीन-चार बच्चे इस प्रकार छह-आठ महीने तक पहुँचते-पहुँचते मर गये। लोगों ने ठाकुर साहब का ध्यान इस ओर खींचा। उसके बाद हुक्म हो गया, कि कोई सींगड़ी लगानेवाले मंगलपुर न आये। अचानक यदि कोई आ पड़े, उसके लिए नगारे की आवाज और खाली फैर करके आवाज को दबा देने की कोशिश की जाती।

बैरी द्वारा इस प्रकार के मारण को मूठ भी कहा जाता था। गौरी का भाई छह महीने का बच्चा था। वह बिछौने पर सोया था। गौरी ताजी जलेबियाँ खा रही थी। उसने अपने गोगा के मुँह की ओर देखा, फिर उसके मन में ख्याल आया—"अपने गोगा को बिना जरा-सा दिये खाना ठीक नहीं हैं।" वह उस समय तीन वर्ष की रही होगी। उसने झट एक टुकड़ा काटकर गोगा के मुँह में डाल दिया। छह महीने का शिशु उसे निगल पाता? वह टुकड़ा उसके गले में अटक गया और वह खाँसने लगा। गौरी बहुत डर गई, लेकिन खैर वह, टुकड़ा घातक सबित नहीं हुआ। लेकिन उसी रात गोगा के सोने के कमरे की खिड़की को किसी ने थप-थपाया। फिर खिड़की खुल गई और उसके द्वारा गोगा के मुँह पर टार्च की तरह रोशनी पड़ी। सुबह होते-होते गोगा चल बसा।

जादू-मन्तर और भूत प्रेत से ठाकुरों का महल परेशान था। किसी सेठ को अपने ठाकुर पर दया आई। उसे कोई महासिद्ध साधु मिल गया था। उसने महलों को इन उपद्रवों से सुरक्षित करने के लिए साधु को अपने साथ गढ़ पर ले जा उसकी खूब महिमा गाई। साधु ने कुम्हार के घर से कच्चा घड़ा मँगवाया। फिर उस पर मन्त्र किया। वहाँ बैठे लोगों ने देखा, कि घड़ा खून से लबालब भर गया। साधु ने कहा—"अब इस महल की सारी अलाबला इस घड़े में आ गई।" साधु की खूब पूजा-प्रतिष्ठा हुई। जान पड़ता है, उसने नजरबन्द करके घड़े में खून दिखलाया था, क्योंकि राजमहल के उपद्रवों पर उसका कोई प्रभाव नहीं पड़ा।

ठाकुर साहब के घर में लड़के जीने नहीं पा रहे थे बड़ी चिन्ता

थी। राजरतनी नामक एक राजपूतनी के मन्त्र-तन्त्र की बड़ी ख्याति फैली हुई थी। वह आधी रात को श्मशान जगाती और भूतों के काचे-कड़वे बच्चों तक को नहीं छोड़ती थी। राजरतनी के महलों में जाने में कोई रुकावट नहीं थी। उसने देवरानी-जेठानी को देखा, फिर बड़ी गम्भीरता से कहा—"इसकी दवा तो की जा सकती है, लेकिन उपाय, बहुत कठिन है। आधी रात को श्मशानों में ले जाकर वहाँ मन्त्र के साथ स्नान करवाना पड़ेगा।" आधी रात को रनिवास से नारियों को श्मशान में ले जाना कोई साधारण अपराध नहीं होता। दादी को बड़ी फिकर थी, कोई कुल चलाने वाला बच्चा तो होता। दो-तीन दिन तक आपस में विचार चलता रहा। अन्त में दादी ने हिम्मत करके अपने बेटे से कहा—"अपने बच्चे जीते। कुल-दीपक तो चाहिए। यह बहुत तन्त्र-मन्त्र जाननेवाली स्त्री है। बेटे के लिए लोग क्या-क्या नहीं करते? ऐसा करने में क्या हर्ज है?" लेकिन गौरी के बाबोसा ने माँ की बात मानने से साफ इनकार कर दिया और कहा—"ध्रुव-प्रह्लाद का नाम बेटों से नहीं चला।" यह तीर खाली गया। विश्वास भी पक्का नहीं था। इसलिए अन्तःपुरिकाओं ने यह निर्णय किया, कि एक बन्ध्या को राजरतनी अपने मन्त्र के बल से पुत्र पैदा करा दे, तो ठाकुरानियों के लिए कुछ सोचा जायगा। इसके लिए एक लौंड़ी राजरतनी के हवाले की गई। आधी रात को वह उसे लेकर चली। साथ में दारू की बोतल, बकरे का सिर, पेड़े तथा दूसरी बहुत-सी चीजें भेज दी गईं। कितने ही और लोग भी श्मशान के पास तक गये। स्त्री को श्मशान में आधी रात को बेला में चिता पर चौकी रखकर नँगा बैठाया गया। फिर मन्त्र पढ़कर राजरतनी ने उसको स्नान करवाया। श्मशान में चारों ओर से भूत-भूतनियाँ आवाज लगा रहे थे—"लाओ, लाओ।" डर के मारे साथ गये लोग चीखने-चिल्लाने लगे। राजरतनी ने तुरन्त दारू की बोतल से चारों ओर धार लगाई, और बलि की चीजें दी। फिर आवाजें बन्द हो गईं। चारों ओर शान्ति छा गई।

शायद राजरतनी का वह प्रयोग उस स्त्री पर सफल नहीं हुआ, क्योंकि ऐसा हुआ होता, तो देवरानी-जेठानी को श्मशान भेजने की फिर कोशिश की जाती।

■■■

७

व्रत-त्यौहार

महलों में व्रत बहुत ठाठ-बाट से होते हैं। घर की स्त्रियों को व्रत करते देख गौरी भी मचल पड़ती—"मैं भी व्रत करूँगी।" वैसे माँ पुराने विचारों की थी, लेकिन व्रत करने की पक्षपातिनी नहीं थी। एक दिन मंगलपुर में व्रत के लिए गौरी जिद कर रही थी। उसने खाना नहीं खाया और कह दिया—"मैंने तो व्रत किया है।" माँ ने पहले तो समझाना शुरू किया—"बच्चे व्रत नहीं किया करते", लेकिन जब उस पर भी नहीं मानी, तो कहा—"बुहारी (झाड़ू) के ऊपर बैठकर खा लेने से बच्चों का व्रत नहीं टूटता।" वह भादों बदी ६ की ऊबछट थी। बाबोसा ने भी बच्ची की जिद देखकर कह दिया—"करने दो।" इन व्रतों को जब छोटे बच्चे करना चाहते, तो रोजेवालों की तरह भिनसार को ही उठाकर उन्हें संहारी खिलाई जाती। गौरी को भी खिलाया गया था। दोपहर तक तो उसके बल पर किसी तरह बिताया। दोपहर को ऊबछट की कहानी सुन लेने पर पानी पीने को मिला। खाना रात को चाँद देखकर ही खाया जा सकता था। दोपहर के बाद ही गौरी को भूख लग गई, लेकिन वह व्रत तोड़ने के लिए तैयार नहीं थी, चाहे उसके लिए अँतड़ियाँ भले ही ऐंठ जायें। बाबोसा ने फरमाया—"इसका ऊजरणा (उद्यापन) आज ही करा दो।" ऊजरणा के लिए छह कुमारी लड़कियों और एक साखिया (साक्षी) लड़के को खिलाकर, व्रतवाली खाना खाती है। आज ही ऊजरणा होगा, इसका तो पता था नहीं, इसलिए दातवन भेजकर छह कुमारियों और एक लड़के को निमन्त्रण नहीं दिया गया था। उसी समय सवार छूटे और उन्होंने आस-पास के गांवों में जाकर छह कुवारियाँ तलाश की। शाम तक छह कुवारियाँ और एक लड़का इकठ्ठा कर लिये गये। इसमें जात का कोई नियम नहीं था, इसलिए मिलने में मुश्किल नहीं हुई। सूर्यास्त के समय निमन्त्रित लड़कियाँ और गौरी भी नहा-धोकर खड़ी हो गई। अब उन्हें तब तक खड़े रहकर आकाश की ओर देखना था, जब तक कि चाँद निकल न आये। लेकिन भादों का आकाश मेघ-निर्मुक्त तो नहीं होता। घड़ी गई, दो घड़ी, तीन घड़ी, चार घड़ी। आकाश में चाँद का कहीं पता

नहीं था। काले बादल छाये हुए थे। गौरी की आँखें नींद से भारी हो रही थीं। भूख लगी हुई थी और ऊपर से घण्टों खड़े रहने के कारण पैर दुख रहे थे। लेकिन वह लेटकर अपने व्रत को नष्ट करने के लिए तैयार नहीं थी। बाबोसा ने दिन भर की भूखी बच्ची को इस तरह तपस्या करते देखा। उनकी बात पर गौरी को अधिक विश्वास था। दूसरे लोग कहते, तो वह कह देती —"नहीं, मैं अपना व्रत खराब नहीं करूँगी।" उसे बहुत समझाया गया, कि मसनद के सहारे लेट जाने में व्रत नहीं टूटता। फिर दादी ने कहा—"नीचे लेटने में व्रत टूटता है, झूले पर बैठने में कोई हर्ज नहीं।"—बरसात में गौरी का झूला दो-तीन महीने तक बराबर टँगा रहता था, जो वहाँ मौजूद था। झूले पर बिस्तरा लगाकर उसे सुला दिया गया। गौरी इस समय ग्यारह वर्ष की होगी बाकी निमन्त्रिता लड़कियाँ भी तपस्या में शामिल थीं। आधी रात के करीब जाकर कहीं से बादल, हटा और चाँद का मुँह दिखलाई पड़ा। बाबोसा ने कह रखा था—"इसे चूरमा, हलवा आदि न खिलाना, पेट खाली है, नुकसान करेगा। दूध पिला के सुला दो।" गौरी को नींद के मारे कहाँ होश था। उसे यह भी नहीं मालूम हुआ, कि वह कब दूध पीकर सो गई। कुँवारियों को पकवान खिलाया गया। उन्हें एक-एक घाघरा, एक-एक ओढ़नी, एक-एक कुर्ती का कपड़ा और एक-एक रुपया दिया गया। गौरी ने ऊबछट का व्रत किया है, भगवान के पास इसके साक्ष्य देने के लिए लड़का लाया गया था। उसे भी भोजन कराकर धोती-जोड़ा, एक साफा, एक कमीज का कपड़ा, छाता-जूता और एक रुपया दिया गया। गौरी अब निश्चिन्त थी, कि उसने व्रत को ठीक से किया है, और उसका उसे फल जरूर मिलेगा। लेकिन भगवान् ऐसे बेवकूफ नहीं थे। उन्होंने देखा था, कि खड़े रहकर चाँद के देखने की प्रतीक्षा न करके वह लेट गई थी, इसलिए वह 'ऊबछट' नहीं 'लेट-छट' हो गई।

ठाकुर रूडसिंह का भी अपनी भतीजी पर बड़ा स्नेह था। वह अपने भाइयों में अधिक सुशिक्षित थे। जब नरपुर में रहते, तो गौरी को जरूर बुला लेते। बाला-किला में रहना उन्हें पसन्द नहीं था और नरपुर के दो मील पर जोड़ में उन्होंने अपने लिए एक कोठी बनवा ली थी। जोड़ में बाजार नहीं थी, इसलिए बड़े तड़के ही सवार को नाश्ते की मिठाई के लिए नरपुर भेजा जाता। कंदोई (हलवाई) कुम्हारों से फूटे-खोटे मिट्टी के बर्तन खरीद लेते, और उन्हीं में मिठाई भरकर देते रोज एक घड़ा मिठाई का आता। गौरी अपनी सहेलियों और जिनके साथ उसका नेह-नाता

था, उनके साथ नाश्ता करती। ठाकुरों के गरीब भाई-बन्द (भूमियाँ) भी जब-तब रूडसिंह के पास आते। इन बेचारों के पास भला इतने साधन कहाँ थे, कि अपने सौभाग्यशाली भाई-बन्दों की तरह नागरिक वेश और सभ्य तौर-तरीके से रहते। वह गाँव के जाटों की तरह ही गोल-गोल साफा बाँधते, बड़ी-बड़ी दाढ़ियाँ लिये ऊँटों पर चढ़कर आते, फिर किसी से "दादाजी मोजरो, तायाजी मोजरो" करते। गौरी उनकी वेश-भूषा को देखकर समझती, कि ये भी गाँव के किसान हैं, लेकिन जब ठाकुर रूडसिंह को खड़ा होकर उनके लिए सम्मान प्रदर्शित करते देखती, तो उसे समझ में नहीं आता। रूडसिंह अपने इन कम भाग्यशाली भाइयों को बैठाकर उनके साथ खाना खाने के लिए तैयार हुए, और उन्होंने अपनी भतीजी से कहा —"आ बेटा, खाना खायें।" गौरी ने कान में कहा —"आपके दादाजी के साथ खाना नहीं खाऊँगी, उनकी दाढ़ियों से गन्ध आती है।" बूढ़े दादा ने लड़की की बातें सुन लीं। उन्होंने कहा—"यह तेरा बाबा है, तो हम भी तो तेरे बाबा हैं। तेरे बाबा के पास ठेकाना जागीर है, और हमारे पास नहीं, इसीलिए हमारी दाढ़ी में तुझे गन्ध आती है।" बाबोसा ने दादा को समझाया—"यह तो बच्ची है, इसकी बात का ख्याल न करें।" फिर उन्होंने गौरी से खाने के लिए कहा, तो वह खा लूँगी, कहकर बैठ गई।

जर्दा और पान खाना ठाकुरानियों में ही नहीं, बल्कि बिना दाँत की बूढ़ी-बूढ़ी रानियों में भी बहुत प्रचलित था, यह गौरी ने देखा था। जसपुर के महाराजा राखीसिंह मर चुके थे। उनकी गोद आये माखनसिंह उस समय गद्दी पर थे। उनकी गोदमाताओं में चार-पाँच अब भी जिन्दा थीं, जिनमें एक रानी दामावतजी थीं, जिनका ननिहाल चम्पावतों में था, अर्थात् उसी कुल में जिस कुल की गौरी की माँ थीं। अब सन से सफेदबालों वाली, बिना दाँत की पोपले मुँहवाली बुढ़िया के इने-गिने दिन रह गये थे। मन बहलाव के लिए कोई ढंग होना चाहिए, इसीलिए महीने-पन्द्रह दिन पर रानी दामावतजी के यहाँ से लेने के लिए चोबदार और ढलैत रथों को लेकर आ जाते। तीनों हवेलियों की ठाकुरानियाँ रथों पर चढ़कर रानी के रावला में पहुँचतीं। जसपुर में मीलों तक रनिवास और दूसरे महल चले गये हैं। रानियों के महलों को 'रावला' कहते हैं। ये महल एक बड़े आँगन के चारों तरफ चौमंजिले-पचमंजिले होते हैं। आँगन में से बाहर जाने का एक रास्ता होता है, और जिसके निकास पर कामदार बैठते हैं। रथ से उतरकर ड्योढ़ी पर जहाँ कनातें लगी रहतीं, वहाँ मेहमान

स्त्रियाँ जमा होतीं। हर एक रानी के पास एक-दो नाजर (हिजड़ें) रहते, जो पुरुष-वेश में होते और अन्तःपुर में जाने में उनके लिए कोई बाधा नहीं थी। नाजरों में किसी जात के भी हो सकते थे। राज में उनकी कदर थी, इसलिए यदि किसी के घर हिजड़ा लड़का पैदा होता, तो उसे किसी रानी या बूढ़े नाजर को चढ़ा देते। नाजर अपने कुल की सहायता करता, और अपनी रानी के प्रभाव के अनुसार कुल के भाग्य को खोल सकता था। नाजर के अतिरिक्त नेवगणिये (नायनें) भी मेहमानों के पास आतीं, और सिर से पैर तक एक-एक चीज़ को देखकर बोलती जातीं। पर्दे के बाहर कामदार कागज पर लिखता जाता—"एक लाल चुँदरी गोटे और सल्मे-सितारेवाली, एक रेशमी घाघरा.....।" इस तरह कपड़ों में से एक-एक को लिखवाकर फिर एक-एक जेवर को हुलिया के साथ लिखवातीं। अन्तःपुर के भीतर एक महीने का पुरुष-बच्चा भी नहीं जा सकता था। आठ महीने की गर्भिणी स्त्रियों के गर्भ में कोई पुरुष न हो, इसलिए उन्हें भी भीतर नहीं जाने दिया जाता था। बच्चे वा दुधमुँहें बच्चेवालियों को अपने बच्चे को बाहर रख जाना पड़ता, जहाँ वह आकर दूध पिलातीं। मेहमान स्त्रियों के शरीर पर की एक-एक चीज की बाकायदा लिखा-पढ़ी हो जाने के बाद फिर वह रावले के भीतर घुसने पातीं। त्योहार होने पर वह रानी के सामने भेंट रखतीं। बड़े ठेकानेदार की बहू होने पर एक मुहर को रुमाल पर धर रानीसाहिबा के सामने करती, जिसे वह उठाकर रख लेतीं। फिर पाँच रुपया उनके सिर पर से घुमाकर गद्दी पर रख देतीं, जिसे नचरावल कहा जाता। नचरावल रानी के नौकरानियों का हिस्सा होता। गौरी उस समय सात वर्ष की थी, जब पहले-पहल रानी दामावत के दरबार में पहुँची। उसे पाँच रुपया नजर के दो रुपये नचरावल के लिए दिये गये। जब नजर के रुपये हाथ पर रखकर आगे करने पर रानी ने अपना हाथ बढ़ाया, तो गौरी ने रुपयों को अपने दूसरे हाथ से ढाँक दिया। सोचा-"इन रुपयों को क्यों इस दँतटुटी बुढ़िया को दिया जाय।" रानी बहुत हँसी—"यह छोरी तो बहुत उस्ताद निकली।" उसे रानी ने एक मुहर इनाम दिया।

मेहमानिनें जब वहाँ पहुँची, तो मसनद के सहारे गद्दी पर रानी बैठी हुई थीं। बड़े ठेकानेवाली ठाकुरानियों के नजर पेश करने पर वह खड़ी होकर स्वीकार करतीं। पद में समानता रखने वाली रानी के पगा लागी, बहुओं ने प्रणाम किया, लड़कियों ने हाथ जोड़े। विधवाएँ पगा नहीं लगा करतीं। वह बड़ी होने पर दूर से चुपचाप हाथ जोड़ लेतीं, और छोटी

होने पर प्रणाम कर लेतीं। राजा के दरबार की तरह रानी के दरबार में भी हर एक को पद-मर्यादा के अनुसार बैठाया जाता। कुशल-प्रश्न की बातचीत हो जाने पर फिर तरह-तरह की बातें छिड़ जातीं। सुबह को ही रानी अपने सम्बन्धियों को बुलातीं। गपशप होते ही दोपहर के खाने का वक्त आता। फिर दो हाथ लम्बे विशाल पीतल-काँसा-जर्मन सिलवर के थालों में भोजन आता। दोनों में दस-पन्द्रह तरह की मिठाइयाँ होतीं। चन्द्रकला, सूर्यकला, गुलाब–जामुन, गूंदीदाना, नुकलीदाना, मोतीचूर के लड्डू, मूँग के लड्डू आदि एक-एक दोने में रक्खे रहते। सेव, दाल-कचौड़ी आदि नमकीन चीजें भी इसी तरह दोनों थालों में रहतीं। आठ-दस प्रकार की सब्जियाँ भी होतीं। नुक्ती का रायता, पापड़, फुल्का, बटिया भी सजाकर थाल में रक्खी रहती। राजस्थान की राजपूत महिलाएँ विधवा होने पर मांस-शराब छोड़ देती हैं, अर्थात् वहाँ मांस और शराब को सौभाग्य का चिह्न माना जाता है। वह देवता से वर माँगती— 'हे महाराज, म्हारा दारू-मांस अमर कर दीजो।' एक-एक थाल पर चार-चार, पाँच-पाँच का बैठकर खाना केवल मुसलमानों का ही रवाज नहीं है, बल्कि वह राजपूतों में भी देखा जाता है। रानी दामावतजी मेहमानों के साथ खाना नहीं खाती थी। मेहमानों को निर्द्वन्द्व हो खाने का अवसर देने के लिए ही शायद ऐसा करतीं। खाना खाने के बाद मेहमान स्त्रियाँ फिर रानी के पास पहुँचतीं। चाँदी के वरक में लिपटे या ऐसे ही पान के खल्ले (बीड़े) हर एक को मिलते। रानी के मुँह में दाँत नहीं था। उनके खल्ले और जर्दे को खल के भीतर डालकर, अच्छी तरह कूटके आधे-आधे तोले की गोलियाँ बना ली जातीं, जिन्हें वह खल्ले की जगह खाया करतीं। यदि गर्मी का मौसम होता, तो रानी तरुणियों को आराम करने के लिए कह देतीं, लेकिन बड़ी-बूढ़ियों को नींद कहाँ? वह अपने सरस और नीरस जीवन की स्मृतियों की पोथी खोलकर बैठ जातीं। रानी की बायाँ थीं ही, इसलिए इच्छा होने पर उन्हें गाने-नाचने के लिए हुक्म दिया जाता, लेकिन विधवा होने से नाच-गाना बहुत संयम के साथ होता। शाम को सूर्यास्त से पहले ही मेहमानियों को फिर खाना खिलाकर बिदाई मिलती। रावला के बाहर आते फिर उस तरह तलाशी होती। नायनें शरीर को सब जगह टटोल-टटोलकर देखतीं, कहीं ऐसा न हो, कि कोई चीज छिपाकर लिये जा रही हों। कपड़ों और जेवरों के नाम ले-लेकर बोलती जातीं, जिसे कामदार कागज पर लिखता जाता। यह मेहमान का स्वागत था या फजीहत? पाठकों को आश्चर्य होता होगा, कैसे कोई आत्मसम्मान रखने वाला व्यक्ति इन सब

बातों को बर्दास्त कर सकता था? इस पर यदि नरपुर और मंगलपुरवाली ठाकुरानियाँ रानी के दरबार में हाजिर होना नहीं चाहतीं, तो इसमें आश्चर्य की क्या बात थी? रानियों को रावला क्या, एक पूरा कैदखाना था। शायद कैदखाने में भी इतनी कड़ाई नहीं होगी। कढ़ी या कोई दूसरी चीज को भीतर-बाहर जाते समय दरवाजे पर लकड़ी से टटोलकर देखा जाता, कि कोई चीज छिपाकर तो उसमें नहीं भेजी जा रही है। सालगिरह के दिन चोबदार और ढलैत रथ लेकर जसपुर में ठेकानेवालों की हवेलियों पर स्त्रियों को लिवाने के लिए पहुँचते, लेकिन न जाने पर बुरा नहीं माना जाता। ठेकाने वाले चोबदार और ढलैत को इनाम दे देते। गौरी को रावला में जाने पर सबसे प्रिय चीज जो मिलती थी, वह था नुक्ती का रायता। कटोरियों में भर-भरकर वह जितना चाहे उतना पी सकती थीं, इसलिए मासी-भांजी सब छोड़कर नुक्ती के रायते पर टूट पड़तीं। उन्होंने कितनी बार अपने यहाँ उसे बनाने की कोशिश की, लेकिन वैसा स्वाद नहीं आता था।

★ ★ ★ ★

सालगिरह— गौरी की उमर उस समय नौ-दस साल की थी। ननिहाल में जसपुर आई हुई थी। इसी समय महाराज माखनसिंह का जन्मदिन आया। दामावत-जीसा ने अपने ननिहाल की स्त्रियों को बुला लिया। गौरी भी उनके साथ गई। तमोलिया दरवाजे से गमोरी दरवाजे तक मीलों राज-महल चले गये थे। यहीं अलग-अलग रानियों और राजमाताओं (माजियों) के रावले थे। इन रावलों के भीतर पुरुष के रूप में केवल बन्दरों के मुँह देखे जा सकते थे। जैसा कि पहले कहा, रावला बड़े आँगन के किनारे चार-पाँच तल्लों का होता है। निचले तल्ले में आँगन के पास एक बड़ा तिबारा रहता, जिसमें बिना किवाड़वाले पाँच खुले दरवाजे होते हैं। शादी-ब्याह के समय इस तिबारे का इस्तेमाल होता, या किसी के मर जाने पर स्त्रियाँ यहाँ बैठकर पल्ला लेतीं—रो-धोकर स्यापा करतीं। निचले तल्ले में अधिकतर सामान और नौकरानियाँ रहती। पुराने समय में विधवाएँ भी नीचे तिबारे में उतार दी जातीं। पुराने महलों की तरह इनमें सण्डास के पाखाने का प्रबन्ध हर मंजिल पर हर एक निवास के लिए होता, यद्यपि रहने-बैठने के कमरे से दूर; किन्तु स्नानगृह का कोई प्रबन्ध नहीं था। किसी भी खाली कोठरी में स्त्रियाँ स्नान कर लेतीं। इस महाबन्दी-गृह की छत पर ऊँची-ऊँची दिवारें खिंची होतीं, जिनमें कहीं-कहीं पैर लगा

उचक कर बाहर की दुनिया को देखा जा सकता था, यद्यपि इसे बहुत निषिद्ध माना जाता था। अन्त-पुरिकाओं को केवल आसमान के तारों को ही गिनने का अधिकार था। आँगन से बाहर जाने की डोढी थी, जिस पर संगीन अपराधियों के बन्द करने के कैदखानों की तरह हथियारबन्द पहरेदार रात-दिन पहरा दिया करते। शाम को सात बजे ही एक भारी ताला लग जाता, और फिर भीतर-बाहर का आना-जाना विश्वासपात्र आदमियों के लिए भी बन्द हो जाता।

रावलों में स्त्रियों के आने-जाने के लिए सुरंगें होती थीं। सुरंग का अर्थ यह नहीं, कि रास्ता जमीन के भीतर से होता था। जमीन के ऊपर होने पर भी दिन को भी इस रास्ते में अंधेरा छाया रहता, और बिना मशाल या लालटेन के एक कदम भी आगे बढ़ा नहीं जा सकता था। बूढ़ी रानियों के लिए चार पहियेवाले घुड़ले होते, जिन्हें बहुत कुछ रिक्शे की तरह दो स्त्रियाँ आगे खींचतीं, और चार पीछे से धक्का देकर ले चलतीं। घुड़ले में गद्दा बिछा रहता, जिस पर आलती-पालती मारकर बुढ़िया रानी बैठ जाती। इन्हीं अँधेरी सुरंगों के भीतर आज रानी दामावतजी दूसरी राजमाताओं की तरह सदलबल बड़े रावले की ओर जा रही थीं। सभी रानियाँ जहाँ इकट्ठा होतीं, उसे 'बड़ा रावला' कहते। रानियाँ, राजमाताएँ (अर्थात् राजस्थान की भाषा में माजियाँ) सभी एक समय नहीं आतीं। कोई बड़े रावले में पहले पहुँचती, कोई पीछे। रानियाँ प्रायः पहले वहाँ मौजूद रहतीं। माजी के आते ही रानियाँ खड़ी हो जातीं, और सासू के पा लगतीं। उस समय महाराजा राखी सिंह की रागावत तमलावत, दामावत, छोटे लठिया आदि पाँच-छह विधवाएँ मौजूद थीं। बिछे हुए गद्दे पर अपने दर्जे के अनुसार मसनद के सहारे वह बैठ गईं। सासुओं के दाहिने गद्दे के ऊपर ही रानियों को अपनी मर्यादा के अनुसार बैठने का स्थान था। माजियों में बड़ी के आने पर बाकी खड़ी हो जातीं। अपने में वह बड़ी को जीजा कहतीं, आपस में वह हाथ जोड़कर नमस्ते की तरह मुजरा करतीं, बहुएँ पगे लागतीं या "खम्मा घणी" करतीं। दाहिनी ओर की पांती में रानियों के बैठ जाने पर उसी पांती में आगे गलीचा बिछा रहता, जिस पर पासबानें अपने पद के अनुसार बैठतीं। यह बतला चुके हैं, कि भिन्न जाति की स्त्री या पातर को रानियों के नजदीक का स्थान देकर राजा लोग उन्हें पासबान बना लेते थे। इस प्रकार माजियों के दाहिने लम्बी पांती रानी और पासबानों की होती, उसी तरह बायीं ओर ठाकुरानियों को उनके पद-मर्यादा के अनुसार स्थान मिलता। गर्मी होने पर दरबार

बाहर आँगन में लगता, नहीं तो, बड़े रावले का हाल बहुत बड़ा था, वहीं बैठने का इन्तजाम होता। जसपुर के इस दरबार से हम समझ सकते हैं, कि दिल्ली के शाही महलों में बेगमें किस तरह बैठा करती थीं।

जहाँ सभी माजियाँ और रानियाँ इकट्ठीं होतीं, उसे जसपुर की बोली में, कहा जाता—"आज सात राज शामिल हुए।" महफिल में अब नृत्य और संगीत का बाजार गरम होता। सभी माजियों और रानियों की अपनी-अपनी बायाँ (पातरें) अपना कौशल दिखाने के लिए पहले से तैयारी किये रहतीं। इन बायों के अतिरिक्त कितनी ही खालसे की बायाँ होतीं। जिन बायों की मालकिन मर जाती, उन्हें इस नाम से पुकारा जाता। बायों को रानियों की तरह ही घोर पर्दे में रहना पड़ता। उन्हें योग्य कत्थक और उस्तादों द्वारा बाकायदा शास्त्रीय नृत्य और संगीत की शिक्षा दी जाती, तरह-तरह के वाद्य सिखलाये जाते। वीणा, सितार, सांरगी, पखावज, तबला, मृदंग, ढोलक, हारमोनियम–सभी तरह के वाद्यों की शिक्षा होती। बायों को नृत्य-गीत के सिवाय और कोई काम नहीं था। उन्हें अच्छा खाना, अच्छी पोशाक और जेवर मिलता। रानियों के लिए मानो यह राजा को फँसाने के लिए बंसी थीं। वह राजा को छीनकर अपना कर लेगी, इसका भी डर नहीं था, इसलिए अपनी पातरों से रानियों के ईर्ष्या करने की सम्भावना नहीं थी।

महाराज माखनसिंह की सालगिरह थी। बाहर दरबार लगा हुआ था, जहाँ लोग नाच-गाने का आनन्द ले रहे थे। इधर बड़े रवाले में दूसरी महफिल लगी हुई थी। बायों ने तरह-तरह के नाच दिखलाये। कभी पुंगी की नाच हुई—एक कुशल बाई संपेरे की तरह अभिनय करती साँप को मुग्ध करते हुए नृत्य करने लगी। फिर दस-बीस इकट्ठा होकर घूमर नाचने लगीं। फिर दो तलवारें धार ऊपर करके रख दी गईं, और एक बाई ताल के साथ पाँच मिनट तक तलवार की धार पर नाचती रही। देखने वाली महिलाएँ आश्चर्य के साथ उसकी ओर एकटक देख रही थीं। फिर थाल में बताशे भरकर रख दिये गये। एक बाई पहले थाली के किनारे पर नाची, फिर बताशों के ऊपर फूल की तरह थिरकी। एक भी बताशा नहीं टूटा। नृत्य के साथ सुमधुर गाना हो रहा था। अन्तःपुर में पक्के गाने ही की अधिक माँग थी, और वहाँ बूढ़े उस्तादों का बड़बड़ाना नहीं था, जिसमें संगीत के नाम पर शान्त बैठी चिड़िया को भी उड़ा देने का प्रयत्न किया जाता है। बीच-बीच में शराब के प्याले चल रहे थे, जो

शराब नहीं पीती, उनके लिए शरबत और सोडा-लेमन लेकर बारिनें, नायनें, शहरियाँ घूम रही थीं। रानियाँ सभी मांस-शराब ले सकती थीं, लेकिन राजमाताओं के वह दिन बीत चुके थे। माजियों का मुँह खुला हुआ था। वह पचास से सत्तर वर्ष तक की थी, रानियाँ भी चालीस-पचास वर्ष की थीं, लेकिन उन्होंने हाथ-हाथ भर का घूँघट निकाल रक्खा था। बड़े रावले में पुरुष के नाम पर एक महीने के बच्चे की तो बात ही क्या, सात-आठ महीने का गर्भ भी नहीं था। लेकिन तब भी रानियाँ अपना मुँह कैसे दूसरी स्त्रियों को दिखला सकतीं? उनका हाथ भी ढँका हुआ था। गाने को तो वह कान से सुन सकती थीं, लेकिन नाच देखना उनके लिए मुश्किल था। ठाकुरानियों का घूँघट बित्ते भर से अधिक लम्बा नहीं था, और वह घूँघट के आड़ से सब देख सकती थीं।

बाहर की महफिल खतम करके महाराजा माखनसिंह अब सालगिरह के उपलक्ष में अपनी माताओं का चरण छूने भीतर आये। पर्दा करने वाली सभी नारियाँ वहाँ छू-मन्तर हो गईं। रानियाँ भी सासों के सामने कैसे पति के सामने होतीं, वह भी हट गईं। माखनसिंह महाराजा राखी सिंह की गोद आये थे, इसलिये राजमाताओं से मतलब था धर्ममाताएँ । गौरी को याद है, एक लम्बा मोटा आदमी, जिसके मुँह पर लम्बी-काली दाढ़ी लटक रही है। सलमासितारों के कामवाला एक लम्बा चोगा उसके शरीर पर है। तुर्रे-कलंगीवाली पेचदार पगड़ी सिर पर है। कानों में बालियाँ, गले में कण्ठा और भी बहुत से जेवर लटक रहे हैं। कमर में जरी का कमरपेटा बंधा हुआ है, जिसके पास तलवार लटक रही है। महाराजा ने माजियों के पास पहुँचकर हाथ जोड़कर प्रणाम किया, उनके सामने मुहर की नजर भेंट की। राजमाताओं ने मुहर को दूना करके अपने बेटे के हाथ में दिया। फिर सौ-सौ रुपयों की बँधी पोटली को महाराजा के सिर पर घुमाकर नचरावल की, रुपये लुटाये। महाराजा थोड़ी देर के लिए बैठ गये। तब तक के लिए बन्द हुआ नाच-गाना फिर शुरू हो गया। पातरों ने अपना नृत्य-कौशल दिखलाया। फिर दरबार बर्खास्त हुआ। पातरें नाच-गानों के अतिरिक्त ऐसे समयों में विशेष अभिनय भी करतीं। इसके बाद रानियाँ और राजमाताएँ सुरंगों से होकर अपने-अपने रावले में उसी तरह लौट गईं।

सालगिरह के समय राज्य की ओर से ठेकानों के ठाकुरों के पास थाल भेजे जाते। हर एक ठेकाने में दो थाल जाते। एक थाल कच्चा

होता है, जिसमें रंघे चावल, साबुत उबली मूँग रक्खी रहती, साथ ही डेढ़ सेर घी का एक लोटा और एक चीनी-भरा लोटा भी रहता। पक्के थाली में बीस-पच्चीस तरह की मिठाइयाँ, कई तरह की नमकीन चींजें, एक सौ एक पत्तलें मालपूये, खीर, रबड़ी, हलवा, जर्दा, केसरिया मीठा चावल, आठ-दस प्रकार की सब्जियाँ रखकर ऊपर से पत्तल और फिर सफेद कपड़े से ढाँक दिया जाता। एक-एक थाल में इतना समान होता है, कि आठ आदमी मजे से खा सकते। थाल के साथ एक चोबदार, एक ढलैत, एक चपरासी रहता, और थाल किसी स्त्री या पुरुष नौकर के सिर पर चलता। ठेकानों की हवेलियों से उन्हें इनाम मिलता। ठेकानेवाले जब जसपुर में नहीं रहते, तो भी उनके कामदार इनाम-भेंट देकर थाल ले लेते। थाल में सभी चीजें दोने में होतीं, इसलिए उन्हें निकालकर लोटा, थाल और कपड़े को आदमियों के हाथ लौटा दिया जाता।

सालगिरह के दिन राज्य के कच्चे-बच्चे सहित सभी छोटे-मोटे नौकरों-चाकरों को भी भोजन कराया जाता। उनके लिए लपसी, चावल और दूसरे भोजन बनते। ढोलणियों को एक-एक व्यक्ति के लिए आधा सेर भात, उबली मूँग-घी—बूरे के साथ तौल-तौलकर दिये जाते। राजा को बहुत खर्च करना पड़ता, लेकिन साथ ही हर एक ठेकानेदार और ओहदेदार मुँहरें भेंट देते, जिससे आमदनी भी होती। आज तो पुराने युग की रियासतें खतम हो चुकीं। पुरानी रानियों की जगह अब नई रानियाँ आ गईं जिन्होंने पर्दा को ही सात समुद्र पार फाड़कर फेंक नहीं दिया, बल्कि अब वह लम्बी वेणियों से भी नफरत करती हैं। रावलों में जाने कैसे अब सालगिरह मनाई जाती होगी !

★ ★ ★ ★

नवरात्र—दशहरा राजस्थान का जातीय त्योहार है, किन्तु उसका सम्बन्ध अन्तः पुरिकाओं से उतना नहीं है। अन्तःपुरिकाएँ नवरात्र में बड़ी ही श्रद्धा-भक्ति से माताजी की पूजा करती हैं। दीवार पर कुमकुम से त्रिशूल बना दिया जाता, यही माताजी की प्रतिकृति है। वहाँ खूब पन्नी लगी दी जाती। स्त्रियों के अपने त्योहारों में ब्राह्मणों के कर्मकाण्ड और वेद-मन्त्रों की उतनी आवश्यकता नहीं होती। सामने आग में घी डाला जाता है, जिसे जोत जगाना कहते। ठाकुरानी या रानी माताजी की पूजा करती और लौंड़ियाँ माताजी के गीत गातीं। माताजी के ऊपर कुमकुम का छीटा अँगुलियों से डालना यही पूजा है। लापसी और मिठाई का भोग लगाया जाता। माताजी

की पूजा में शराब की बोतल आवश्यक है। रोज सबेरे पूजा करते समय शराब की धार दी जाती। पूर्वी जिलों में आज कल यह धार शराब की न होकर लौंग और दूसरी चीजों से मिश्रित पानी से दी जाती है, जिसका अर्थ है असली शराब की जगह नकली शराब देकर माताजी को फुसलाना। रनिवास में स्त्रियाँ नवरात्र-व्रत रखतीं, वह नौ दिन तक एक वक्त खातीं, और उनके भोजन में माताजी का प्रिय खान-पान मांस और दारू अवश्य रहता। कितनी स्त्रियाँ नौ दिन व्रत न रहकर केवल आदि और अन्त के दो दिनों में रखतीं। नवमी के दिन लापसी और खीर का भोग लगाया जाता। पशुबलि देना पुरुषों की पूजा का अंग है, जो रनिवास में नहीं होती। लापसी सवा सेर, सवा पाँच सेर या सवा मन की तैयार की जाती। नवमी के साथ स्त्रियों की माता-पूजा समाप्त हो जाती। अगले दिन राजपूत पुरुष दशहरा की पूजा और हथियारों का प्रदर्शन करते।

दीवाली— दशहरे के दूसरे दिन से दीवाली की तैयारी होने लगती। सलमाडा में महलों की हर साल सफेदी नहीं होती, और जो दीवारें बज्रलेप की हुई होतीं, उन्हें चूना न पोतकर साबुन और सोडा से धोते, रंग करने के स्थानों में रंग करा दिया जाता। उसी दिन गर्मी और बरसात के साथी पंखों को बिदा किया जाता, और छत के पंखे खोल लिये जाते। कमरों में दरी और गलीचों का स्थान अब रुईदार गद्दे लेते। दीवाली के आने की सूचना बीराबारस (कार्तिक बदी १२) से शुरू होती है। भाई की बहन सुबह चार बजे उठकर उस दिन उबटन करती, सिर धोती। अगले दिन धनतेरस होती, जिस दिन भी स्त्रियाँ सिर धोतीं और उत्सव की वेश-भूषा ग्रहण करतीं। उससे अगले दिन रूपचौदस पड़ती। इसी दिन यदि विधि-विधान ठीक से किया जाये, तो स्त्री को मोहक रूप मिल सकता है। खूब शरीर में उबटन करके स्त्रियाँ नहातीं। नहाते वक्त उनके सामने घी का दिया जलता रहता, जिस पर महिला की आँख बराबर लगी रहती। वह दीप की ज्योत से अपने शरीर की ज्योति को बढ़ाती। उस दिन ऊँगा की दातवन की जाती। कड़वे तुम्बे का रंग सोने-जैसा होता है। आँख को वह बहुत भाता है, यद्यपि जीभ उसको बर्दाश्त नहीं कर सकती। मतीरा (तरबूजा) राजस्थान की कितनी स्वादिष्ट चीज है, और तपे रेगिस्तान में उसके खाने से कितनी तृप्ति होती है, लेकिन वह आँखों को उतना तृप्त नहीं करता, जितना कड़वा तुम्बा। इसीलिए कहावत है—

मनरंजन भूखभंजन की तिसियाँ घणी उमेद।
तन्ने झोलो मत मारो, म्हारी गडतुम्बा की बेल॥

किसी मुसाफिर ने मतीरे को आनन्द से खाकर तृषा (प्यास) को घनी तौर से हटानेवाले मतीरे को आशीर्वाद देना चाहा, लेकिन उसके मुँह से अन्तिम पद निकल आया "म्हारी गड़तुम्बा की बेल।" और मतीरे को तो झोला मार गया, लेकिन गड़तुम्बा खूब फलने-फूलने लगा। स्त्री गड़तुम्बा जैसी सुवर्ण-वर्ण होना चाहती है, लेकिन भीतर से वैसी नहीं, इसलिए पहले उसकी ओर चाव से देखकर फिर तुम्बे को एड़ी के नीचे दबाकर तोड़ देतीं। रूपचौदस का विधि-विधान इतने से समाप्त नहीं होता। नहाने के बाद खूब शृंगार (काजल-टीकी) किया जाता है, और अच्छे-अच्छे कपड़े पहने जाते हैं। उसी दिन शाम को कानी दीवाली होती है।

अगले दिन कार्तिक की अमावस्या को सभी जगहों की तरह राजस्थान में दीवाली मनाई जाती है। ठेकानों में नौकर-नौकरानियों को सूखा (बिना सिझा) चावल आदमी पीछे आधा सेर तथा घी-चीनी देते हैं—यह सलमाडा का रवाज है। मालर (जनपुर) में उसकी जगह नौकर-चाकरों को फुल्के और लापसी दी जाती है। मिट्टी के दीवों को कुम्हार दे जाता, जिन्हें पानी में रखकर ठण्डा कर लिया जाता। फिर दीवों में तेल डालकर सात बड़े थालों में सजाया जाता, जिनमें से एक-एक थाल में इक्कीस दीवे होते। फिर दीवे की पूजा होती। तब सभी जगह दीवे जला दिये जाते हैं। कमरों में, मंदिर में, छत पर, गढ़ के कंगूरों पर दीवों की दो-दो तीन-तीन पांती जगमग-जगमग करने लगती। अगर हवा कुछ तेज दिखती, तो तेल में रुई बोरकर जलाई जाती। आजकल मोमबत्तियाँ और बिजली के भी दीवे जलते हैं। दीवाली की मुख्य पूजा है लक्ष्मी-पूजा। घर के सारे जेवर रीठे और सूअर के बालों की कूँची से दिन में साफ कर लिये जाते। तोसाखाने में चौकियाँ लगा दी जातीं। दस बजे रात के करीब वहाँ एक थाल में गिन्नियाँ सजाई जातीं। एक दो या तीन, जितनी थालों में आयें, जेवरों को सजा दिया जाता। महिलाएँ सुन्दर कपड़ों पर अधिक और जेवर पर कम ध्यान देतीं, क्योंकि जेवर लक्ष्मी-पूजा के लिए सजाकर रक्खे जाते। उस दिन घर का सारा नगदनारायण और सभी आभूषण अर्थात् सारी माया यहाँ तोसाखाने में इकट्ठी रहती हैं। डाकुओं और चोरों के लिए यह बहुत अच्छा समय है। उन्हें किसी चीज के ढूँढ़ने की जरूरत नहीं। लेकिन ठाकुरों और राजाओं के तोसाखाने बन्दूकधारी सन्तरियों द्वारा सुरक्षित होते हैं। तो भी ऐसी घटनाएँ हुई हैं, जब कि दीवाली को डाकुओं और चोरों ने घर की लक्ष्मी को बटोर ले जाने में सफलता पाई। कभी-कभी जल्दी लक्ष्मी को घर में पधारने के लिए उन्होंने दीवाली की नकल की।

मालवा के मुल्तान-दरबार में किसी समय एक साधु आया। उसने कहा, मैं सारी माया को दुगुनी कर सकता हूँ। दरबार में घर भर के सारे जेवरों को एक कोठरी में जमा कर दिया। साधु तीन दिन की पूजा से जेवरों को दूना करने के लिए कोठरी में चला गया, और कह गया, कि तीन दिन से पहले इसे न खोलना। तीसरे दिन कोठरी खोली गई, तो न साधु था, न जेवर। जेवरों और मुहर-रुपयों के पास दीवार पर लक्ष्मी की तस्वीर लगा दी जाती है। दूसरे ठेकानों और राज्यों में इसका निर्बन्ध नहीं है, किन्तु जसपुर में लक्ष्मी-पूजा के समय महिलाएँ सलमा-सितारे के काले रंग के कपड़े पहनती हैं। वहाँ अगरबत्तियाँ जलाकर सारे तोसाखाने को सुगन्धित कर दिया जाता है। तेल के दिवलों की जगह आजकल मोमबत्तियों का ज्यादा रिवाज है। तब भी दो बड़े दीवे घी और तेल भरकर रख दिये जाते हैं। पहरा लगा रहता है, जिसमें वह बुझने न पाये, नहीं तो न जाने कब लक्ष्मी जी पधारें और तोसाखाने में अंधेरा देखकर उलटे पाँव लौट जायँ। लक्ष्मीजी को सलमाडा में पके हुये चावल और मूँग के ऊपर घी-चीनी रखकर भोग लगाया जाता है। मारवाड़ में उन्हें लापसी जिमाई जाती है। उस दिन महिलाएँ लक्ष्मीजी के सामने हाथ जोड़कर प्रार्थना करती हैं, लेकिन यह हाथ जोड़ने की मुद्रा पद्‌ममुद्रा न होकर भिक्षामुद्रा-पसारी अंजली-होती है। प्रसाद बाँटा जाता है, आधी रात तक गाना-बजाना होता है। जो भाग्यवती अन्तःपुर की नारी अक्षर पढ़ना जानती है, वह गोपाल-सहस्रनाम का पाठ जरूर करती है, शायद उन्हें लक्ष्मी सहस्रनाम का पता नहीं है।

दीवाली की रात के भिनसारे नौकरानियाँ उठ जाती हैं। इस समय उनका काम है दरिद्रता को घर से बाहर निकालना। घर की सारी बुहारियों (झाडुओं) को इकट्‌ठा करके दरवाजे के बाहर रख आना, बस दरिद्दर को बाहर निकाल देना है। पूर्वी जिले में सूप पीटते हुए दरिद्दर को घर से बाहर निंकाला जाता है। जनपुर में भी सूप का निकालना आवश्यक समझा जाता। राजकुलों और ठाकुरों के गढ़ों में दरिद्दर को गढ़ के फाटक से बाहर करना पड़ता है। और बच्चों की तरह गौरी की भी अपनी छोटी-सी आलमारी थी। लक्ष्मी-पूजा के लिए उसे पाँच रुपये नकद और एक रुपये के लड्‌डू मिल जाते थे। आलमारी में पाटा बिछाकर, पीला कपड़ा फैला पाँच रुपये और कागज पर बनी लक्ष्मीजी की मूर्ति रख देती। फिर अपनी माँ और ताई की देखादेखी कुमकुम के छींटे देकर लड्‌डू का भोग लगाती। तोसाखाने में जब रात भर अखण्ड दीप ज़लता, तो गौरी की लक्ष्मी क्यों

अँधेरे में रहतीं? वह चिराग जलता छोड़ आलमारी को बन्द करके चली जाती और दूसरे दिन हर साल जब आलमारी खोलती, तो लक्ष्मीजी की मूर्ति और पीला कपड़ा जला मिलता। यह दुर्भाग्य की बात थी, इसमें सन्देह नहीं।

दीवाली के दूसरे दिन रामासामा होता। प्रजा में पुरुष ठाकुर साहब के पास जाते और स्त्रियाँ भीतर ठाकुरानी के दरबार में हाजिर होतीं। ठाकुरानी पीनेवालियों को शराब देतीं। विधवाएँ शराब नहीं पी सकती थीं, उनके लिए भाँग का गिलास तैयार रहता। साथ में लक्ष्मीजी का प्रसाद लड्डू पान-इलाइची के साथ तश्तरी में पेश किया जाता।

उसी दिन अपराह्न में गोरधन (गोबरधन) की पूजा की जाती। ड्योढ़ी के सामने नायन काफी गोबर रखकर हाथ-पैरवाला सोता आदमी बना देती, यही गोरधन था। शाम के वक्त ड्योढ़ी पर कनात घेर दी जाती, और अन्तःपुर से ठाकुरानियाँ या रानियाँ गोरधन पूजने वहाँ आतीं। थाल में बिना जला घी का दीपक तथा हरे या पीले रंग के कचरे, बेर के फल, कुमकुम और पानी की घण्टी होती। इस समय बाजरे के हरे सिट्टों का लाना भी शुभ माना जाता है। पहले कुमकुम के छींटें दे गोरधन की पूजा होती, घी के दीये को जलाकर गोरधन के पेट पर रख दिया जाता, और कचरे तथा बेर बिखेर दिये जाते। फिर गोरधन की परिक्रमा कर हाथ जोड़ दिया जाता। इसके बाद पाँच-छ महीने का बछड़ा लाकर गोरधन के ऊपर खूब रौंदाया जाता, अर्थात् गोरधन की पूजा करने की सारी कसर निकाल ली जाती। पूजा हो जाने के बाद स्त्रियाँ गाती-बजाती अन्तःपुर में चली जातीं। राजस्थान में, विशेष कर सलमाडा में, हर त्योहार के दिन सासु, ननद और जेठानी के सामने पाँच रुपया रखकर पगे लागना आवश्यक समझा जाता है, जिस पर बड़ी-बूढ़ियाँ बहू को आशीर्वाद देतीं—"सीली हो, सपूती हो, बूढ़ सोहागन हो, सातपूत की माँ हो।"

मकरसंक्रान्ति—मकरसंक्रान्ति भारत के और स्थानों के हिन्दुओं में भी अपना विशेष स्थान रखती है, लेकिन राजस्थानी रनिवास में तो उस दिन से कई वार्षिक व्रत शुरू हो जाते हैं, इसलिए उसका भी महत्त्व है। भिनसारे बहू उठती है, और 'सूती सेहज जगाणा' (सूती शैया जगाना) की रसम अदा करती है। सास-ससुर मीठी नींद में सोये रहते हैं, उस समय बाजे-गाजे के साथ बहू उनके शय्याकक्ष के द्वार पर पहुँचती। दोनों उठ बैठते। उनके सामने मुहर या पाँच-पाँच रुपये रखकर मिठाई बाँटी

जाती। जेठ को भी पाँचों कपड़े तथा रुपये की भेंट दी जाती। जेठानी को चाहे घाघरा-ओढ़नी और सारे ही कपड़े रुपये के साथ भेंट किये जायँ, लेकिन उसे 'जेठानी को काँचली' (अर्थात् जेठानी के लिए चोली) देना कहते हैं। 'देवर को घेवर, और देवरानी को काँचली' भेंट की जाती। यह जरूरी नहीं है, कि सभी की भेंट-पूजा हर साल की जाय। वह एक-एक साल एक-एक की हो सकती है। ननद के सामने भेंट की चीजों के साथ चाँदी के कटोरे में खीर भरकर उसमें भेंट की मुहर डाल कर भाभी पूछती— "खूँटी चीर कटोरे नीर। बताओ बाईसा आप रो वीर।" इस पर ननद अपने भाई को बाहर से बुलाकर उसका हाथ पकड़े हुए कहती है-"खूँटी चीर, कटोरे नीर। देखो भाभी म्हारों वीर।"

मकरसंक्रान्ति का दूसरा नाम तिलसंक्रान्ति भी है। उस दिन तिलों के खाने और दान करने का बड़ा महातम है। काले-सफेद तिलों के लड्डू बना लेते हैं, जिन्हें ब्राह्मणियों और नौकरानियों में बाँटते हैं। रेवड़ी और गजक-जैसी तिलवाली मिठाइयाँ बाजार से मँगा ली जाती हैं। पूर्वी 'उत्तर-प्रदेश और बिहार में मकर-संक्रान्ति को 'खिचड़ी' कहते हैं। राजस्थान में इसे 'खिचड़ा खाना' कहते हैं। बाजरा कूटकर मूँग की दाल के साथ दोपहर को खिचड़ा बनाया जाता है, जिसके साथ कढ़ी और घी का होना भी आवश्यक है। राजस्थान वाले 'खिचड़ी के चार यार, दही-पापड़-घी अचार' के व्रह्मवाक्य को नहीं मानते। मकर-संक्रान्ति के दिन वहाँ मूली खाने में बहुत धर्म माना जाता है। शायद साग-सब्जी खाने और दान देने का भी इस दिन कभी बड़ा महातम माना जाता था, इसीलिए सामर्थ्य अनुसार बड़े लोग मालणों (कुजडिनों) का चार-चार पाँच-पाँच छावड़ा(टोकरा) साग लुटा देते हैं। उस दिन छोटी लड़कियाँ सूर्य की पूजा करती हैं— कलसी में पानी, हाथ में चावल ले सूर्य के सामने अर्घ देती हैं। कोई-कोई इस व्रत को दूसरी संक्रान्ति तक प्रतिदिन पूरा करती हैं।

बसन्त झेलणा आदि और भी कई तरह के प्रचलित व्रत हैं, जिनका उल्लेख पुराणों या दूसरों ब्राह्मण-विधियों में नहीं मिलता, यद्यपि उनके उद्यापन में दिये जाने वाले दान ब्राह्मणियों या ब्राह्मणों को ही मिलते हैं। राजस्थान की अन्तःपुरिकाओं में प्रचलित कुछ और त्योहार निम्न प्रकार हैं—

बसन्त-माघ सुदी पंचमी को वसन्तपंचमी (श्रीपंचमी) सारे उत्तर–भारत में प्रसिद्ध है। इसके उपलक्ष में कुछ पूजा आदि भी की जाती है। राजस्थान में पहले ही से जौ बो दिये जाते हैं, जिनकी उगी हुई पौधों (जोहोरी)

को थाली में सजा सिर पर रखकर ढोलणियाँ रानी या ठाकुरानी के पास आती हैं, और थाली को उनके सामने रख वहीं बैठकर गीत गाती हैं। रानियाँ-ठाकुरानियाँ कुमकुम से बसन्त की इस पौध को पूजती हैं। फिर उनमें से कुछ पत्तियों को अपने चड़ों में डाल देती हैं। ढोलणियाँ फिर बसन्त के गीत गाती हैं। पूजा करते समय थालियों में दो या पाँच रुपये यथा-श्रद्धा, यथा–प्रसन्नता रख दिये जाते हैं। बसन्त का दिन राजस्थान में फागुन की सूचना देता है। उसी दिन होली के लिए डांडा गाड़ दिया जाता है, और चंग (डफ) लेकर पुरुष धमाल (डोरियाँ) गाने लगते हैं। जिस वक्त होली का डाँडा खड़ा हुआ हो, उस समय पीहर या सासरे जाना जनपुर में शुभ नहीं माना जाता। जरूरी हो, तो होली के दिन घर से बाहर किसी धर्मशाला या और जगह बिताकर अनिष्ट के निवारण करने का प्रयत्न किया जाता है।

आँवला-एगारस— पूर्वी प्रदेशों में आँवले का महातम कार्तिक में माना जाता है, और उस समय आँवले के नीचे भोजन करना-कराना बड़े पुण्य की बात समझी जाती है। राजस्थान में फागुन बदी एकादशी को 'आँवला-एगारस' कहते हैं। वहाँ आँवले के नीचे खाने-खिलाने का कोई महातम नहीं। हाँ, कुछ दिन आँवले की पूजा जरूर करते हैं।

शिवरात्रि— फागुन कृष्णा त्रयोदशी (शिवरात्रे का)महात्योहार है। उस दिन व्रत रखकर स्त्रियाँ फलाहार करती हैं, जिसे शागार (शाकाहार) कहते हैं। आलू का हलवा, गाजर का हलवा, बादाम का हलवा— इस प्रकार तरह-तरह के हलवे बनते हैं। सिंगाड़े की पूड़ियाँ भी तैयार की जाती हैं। दोपहर के करीब शिवजी की पूजा की जाती है, जिसमें प्योंदी (कलम) वाले बेर, मूली की मोगरियाँ, शोगरी, बेलपत्र शिवजी को कुण्डी पर चढ़ाते हैं। ज्यादा भूख हो, तो पूजा से लौटते ही शागार कर लिया जाता है, नहीं तो चार-पाँच बजे भोजन करते हैं। रात को सारी रात जागरण करने का बड़ा महातम है, और इसके लिए रात-रात स्त्रियाँ भजन गाती हैं। रनिवास की महिलाएँ पर्दे के कारण शिवालय नहीं जा सकतीं, इसलिए उन्हें शिवरात्रि की पूजा रनिवास में ही करनी पड़ती है। शिवरात्रि से दूसरे दिन सबेरे माँड़ निकाला साधारण चावल पकाया जाता है। उस दिन सलमाडा-जैसे कितने ही प्रदेशों के रनिवासों में जोगनों को अन्तःपुर के भीतर नहीं जाने देते। जनपुर में उनकी गति अबाध है। जोगन के खप्पर में भात भर दिया जाता है। एक लाख का चूड़ा, गुलाबी या पीला रंगा दो हाथ कपड़ा तथा कुछ पैसे जोगन को दे दिये जाते हैं। उस दिन

मीठे या फीके चावल के खाने का महातम है।

लूर-लेना— लूर-लेना फागुन के गीत और नाच को कहते हैं, जिसका मारवाड़ की स्त्रियों में काफी रवाज है। यह फागुन के हलके-फुलके नाच और गीत शहरों और गाँवों, कुटियों और महलों में सर्वत्र होते हैं। दस-दस, पन्द्रह-पन्द्रह स्त्रियों की दो मण्डलियाँ बनकर आमने-सामने खड़ी हो जाती हैं। फिर एक मण्डली ताली बजाती कुछ कूदती हुई सामने की मण्डली के पास पहुँच उसी तरह गीत गाती, नृत्य-मुद्रा में लौट जाती हैं। दूसरी मण्डली भी वैसा ही करती है। लूर लेने की गीत फागुन में गाये जाने वाले दूसरी जगहों की गीतों की तरह अधिकतर अश्लील होते हैं। काम से निश्चिंत होकर यह नृत्य-गीत आधी रात के बाद तक होते रहते हैं। पुरुष भी इन्हें देख सकते हैं। कुँवारी लड़कियाँ अपना अलग लूर लेती हैं। वैसे लड़कियाँ, बूढ़ियाँ तरुणियाँ और प्रौढ़ाएँ इच्छा होने पर सभी इस नृत्य में शामिल होती हैं। इस समय गाये जाने वाले गीत वृन्दावनी सारंग राग की लय में होते हैं। यह कोई आश्चर्य की बात नहीं है, क्योंकि सभी रागों और रागिनियों के उद्गम जनगीत हैं। यदि सासु की दया और उदारता प्राप्त हो, तो रानियाँ और ठाकुरानियाँ भी लूर लेती हैं। हाँ, उनका गाना-नाचना कुछ धीमी गति और धीमे स्वर से होता है।

होली— फागुनी की पूर्णिमा को होली जलाई जाती है। जनपुर-जसपुर में व्यक्तिवाद ज्यादा है, और वहाँ हर घर अपनी अलग होली लगाता, लेकिन सलमाडा में ऐसा नहीं होता। एक हवेली ठाकुर के लिए गढ़ के फाटक के सामने लगती है, और दूसरी नगर या गाँववालों की किसी रेत के टीले पर। इसके लिए गोबर के गोले छेद कर पहले ही से बड़कुले सुखा लिये जाते हैं। हर एक घर के हर एक पुरुष के लिए एक-एक गोबर की गोल ढाल भी बनाई जाती है। इन गोबर के बड़कुलों की माला बना ली जाती हैं। फिर उन्हें कच्चे सूत की गोलियों (कूकड़ी) और तीन-चार हलदी की गाँठों के साथ थाल में रखकर स्त्रियाँ उस दिन होली पूजने जाती हैं। मारवाड़ में हरे गेहूँ कि बालें भी साथ ले जाती हैं। अन्तःपुर की रानियाँ ठाकुरानियाँ अपनी ओर से इस पूजा-सामग्री की नौकरानियों द्वारा होली पूजने के लिए भेजती हैं। इसी समय मर्द चंग लिये धमाल गाते वहाँ पहुँचते हैं। पूजा कर लेने के बाद होली में आग लगा दी जाती है, बड़कुलों को उसमें डाल दिया जाता है, लेकिन होली की स्थापना के लिए जो लकड़ी का (डाँडा) पहले पहल गाड़ा जाता है, उसे

सुरक्षित निकालकर अगले साल के लिए रख लिया जाता है। हलदी की गाँठ और कूकड़ी भी लौटाकर घर लाई जाती है, जो गनगौर की पूजा में काम आती है।

शीतला पूजा— गनगौर की पूजा के बारे में अन्यत्र कहा जा चुका है। इसी सोलह-सत्रह दिन की पूजा के भीतर ही चैत बदी सप्तमी को शीतला की पूजा आती है। यह वही पूजा है, जिसे पूर्वी उत्तर-प्रदेश और बिहार में 'बसियोड़ा' कहते हैं। बासी भोजन करने के कारण उसका वहाँ यह नाम पड़ा। शेखावाटी में 'वाशेड़ा' कहते हैं और दूसरी जगहों पर इसे 'शीलसातम' कहते हैं। शील का अर्थ है ठण्डा अर्थात् ठण्डा भोजन। जनपुर में यह ठण्डा भोजन चार-चार-पाँच-पाँच दिन पहले बनने लगता है, नहीं तो उसी पहली रात को गुलगुले, मीठी पूड़ियाँ, फीकी पूड़ियाँ, रोटी तथा दूसरे भोजन, पकवान बनाते हैं। सलमाडा में गुड़ डालकर साबित बाजरे का मीठा भात पकाया जाता है। इस त्यौहार का मुख्य प्रयोजन है बाल-बच्चों को शीलता या चेचक के प्रकोप से बचना। बच्चों की माँए बल्कि होली के दिन ही से बासी खाना खाने लगती हैं । बाजरे की राब (राबड़ी) बनाई जाती है। खाटी राबड़ी के बनाने का कायदा है—बाजरे के आटे को पानी में फेंट कर धूप में या चूल्हे के पास रख दिया जाता है। शाम को ऊपर का निथरा पानी निकालकर उसे उबालते हैं, फिर गाढ़े आटे को उसमें डाल देते हैं। पन्द्रह-बीस मिनट पकाने के बाद खाटी राब तैयार हो जाती है। इसे दूसरे स्थानों में खाटी लापसी या डोवाकी राबड़ी भी कहते हैं। छाछ में फेंटकर नमक डालकर इसे खाते हैं। गर्मियों में यह अच्छा मालूम होता है। बाजरे को कम पानी में भिगोकर ओखल में डाल-कूटकर उसके छिलके को दो-तीन बार फटककर भी छाछ में पकाकर खाटे की राब तैयार की जाती है। राब को रात के समय दूध के साथ और सबेरे दही या छाछ के साथ नमक डालकर खाते हैं। जनपुर में इसके बनाने में बाजरे की जगह मक्की इस्तेमाल करते हैं।

शीतला-सप्तमी के दिन स्त्रियाँ शीतला माँ के गीत गाती हैं। अन्तःपुर की लौड़ियाँ जो निरन्तर काम नहीं करतीं, बल्कि विशेष समयों पर सेवा करने आती हैं, उन्हें 'खालसे की माँणसा' कहते हैं। वह इस समय आकर आठ दिन तक बराबर शीतला माँ के गीत गाती हैं। आज चेचक के टीके के कारण शीतला माँ का पुराने युग-जैसा रोब नहीं रह गया है, नहीं तो किसी समय इस त्योहार को बड़ी गम्भीरता के साथ मनाया जाता

था। तीन पत्थर रखकर उनमें से एक को शीतला, दूसरे को ओरी (छोटी) और तीसरे को अचपड़ा मान तीनों प्रकार की शीतलाओं की पूजा गढ़ के भीतर ही हुआ करती थी। उस दिन की पूजा के लिए जो खाद्य-सामग्री तैयार होती, उसमें बाकी सबको शूचा रक्खा जाता, लेकिन राबड़ी में ओठ लगाकर उसे जूठा कर लेना जरूरी समझा जाता है। बिना नमक की एक कटोरा राबड़ी और चार रोटियाँ शीतला माँ के लिए विशेष तौर से तैयार की जातीं। तीनों पत्थरों की पूजा सबेरे की जाती। पहले उन्हें ठण्डे पानी से ठण्डा कर लिया जाता, फिर कुमकुम की बिन्दी लगा के राबड़ी, मक्खन और कच्चे दूध का भोग लगता। ठाकुरानियाँ और रानियाँ पर्दे के कारण शीतला-स्थान नहीं जा सकतीं, लेकिन उनके भी बच्चे होते हैं, जिनके लिए शीतला का भय बहुत रहता है, इसलिए पूजा में वह अनुपस्थित कैसे रह सकती हैं? वह शीतला माँ की पूजा घर में ही कर लेती हैं और साथ ही सात-आठ थालों में भोग और पूजा की सामग्री सजाकर जरी के थालपोस से ढाँक कोनों में चाँदी के झुमके लगा लौंडियों को सोने के आभूषणों और अच्छे-अच्छे कपड़ों से सजाकर थाली को उनके सिर पर रख नगाड़ों, बैण्डबाजों, निशान और पलटन के साथ गाते-बजाते शीतला के मंदिर की ओर भेजती हैं। वहाँ भी शीतला को ठण्डा करने के लिए दो-तीन मशक पानी डलवाया जाता है। शीतला या चेचक की बीमारी में रोगी को ताप बहुत सताती है, इसलिए शीतला को ठण्डा करने की बड़ी आवश्यकता होती है, इसीलिए उसे शीतला कहते भी हैं। शीतला की पूजा के बाद वहाँ रो एक-एक लोटा पानी लाकर हर एक कोठरी और कमरे में उसका छींटा लगाकर कहा जाता है—"ठण्डा झोला झोंका दीजो म्हारी माँ।" शीतला–सातम को चूल्हा नहीं जलाया जाता ठण्डा ही खाना खाया जाता है। माँ के डर के मारे दूध तक को भी गरम नहीं किया जाता। बच्चों की माताएँ डर के मारे एक-एक बात को बड़ी श्रद्धा और भय से करती हैं।

गणगौर— राजस्थान में गणगौर का त्योहार भी बड़े तड़क-भड़क से किया जाता है। यह होली से अगले दिन शुरू होकर सोलह दिन चैत सुदी तृतीया तक चलता रहता है। रात को होली जलती है, सुबह को रावलों की नौकरानियाँ ढोलणियों के साथ गाते-बजाते होली जलने की जगह जाती हैं, और यहाँ से राख लेकर उसी तरह गाते-बजाते रनिवास में आती है। पानी डालकर राख की सोलह पिण्डियाँ बनाके चौड़े मुँह के मिट्टी के बर्तन, छाबड़ी या टोकरी में रख, ऊपर की ओर कुमकुम और

नीचे काजल की टिकी लगा दी जाती है। रानियाँ और ठाकुरानियाँ अपने हाथों यह विधि करती हैं।

इसके बाद नौकरानियाँ गाते-बजाते बड़े धूमधाम से दूब लेने जाती हैं। उनके हाथ में छोटे-बड़े तीन-चार गड़वे होते हैं। किसी बाग या कुँए पर जाकर वह दूब तोड़ती हैं। निचले गड़वे में आधा पानी भरकर उसके मुँह पर दूब को सजा दूसरा गड़वा रख देती हैं। इसी तरह बाकी गड़वों को सजाकर सबसे ऊपरवाले छोटे गड़वे के मुँह पर दूब को सजाकर फूल से भर सुन्दर गुलदस्ता-सा बना देती हैं। फिर चारों गड़वों को दो स्त्रियाँ एक हीं लम्बाई-चौड़ाई और प्रायः एक ही उमर की अपने सिर पर रखती हैं। उनकी दोनों तरफ हथियारबन्द दो-दो सन्तरी चलते हैं। वैसे अन्तःपुर की नारियाँ बिना हाथ लगाये ही सचमुच गजगामिनी बन अपने गड़वों को लेकर चल सकती हैं, लेकिन गणगौर का गड़वा यदि गिर जाय, तो इसे भारी असगुन माना जाता, इसलिए वह सारे रास्ते अपने दोनों हाथों को गड़वे से लगाये रहती हैं। घण्टों ऐसा करने में उनका हाथ जरूर दुखता होगा, लेकिन क्या करें? रानी का हुक्म, और असगुन का भय। इसे कहने की आवश्यकता नहीं, कि गड़वा सिर पर रखने के लिए अन्तःपुर की सबसे सुन्दर दो परिचारिकाएँ चुनी जाती हैं, और उनके शरीर में कीमती वस्त्र और भूषण रहते हैं। ऊपर की ओर उनके बाजुओं से दो-दो हाथ लम्बे फुँदने (लूम) लटकते रहते हैं, जिनमें ताजा तासबादले का काम होता है।

अन्तःपुर के दरवाजे पर पहुँचने पर डोढ़ी (द्वार) खोलाने का विशेष गीत गाया जाता है। रास्ते में आते वक्त आगे-आगे ढोलणियाँ गीत गाती हैं और पीछे से अन्तःपुरिकाएँ बेताल का गीत सुनाती चलती हैं। डोढ़ी के भीतर जाने पर रानी साहिबा आगे बढ़कर सिर से गड़वा उतारती हैं। फिर सोलह पिण्डियों के पास पूर्व की ओर मुँह करके दीवार पर कुमकुम और काजल की सोलह टिकियाँ लगाती हैं और दोनों हाथों में दूब को झाड़ू की तरह सजाकर दूध-दही-पानी की कुण्डी में—जिसमें एक कौड़ी और एक साबुत सुपारी पहले ही से रक्खी रहती है— घोल-घोल, कर सोलह छीटें देकर पूजती हैं। यदि रानी या ठाकुरानी का अपनी सौत या जेठानी-देवरानी से बहुत प्रेम होता है और चाहती हैं, कि जन्म-जन्मान्तर तक उनका साथ न छूटे, तो इस समय गणगौर की पूजा दोनों मिलकर करती हैं। पूजा करते समय स्त्रियाँ गणगौर के गीत गाती हैं। रोज सबेरे

बिना पानी पिये गणगौर की पूजा इसी तरह चलती है। आठ दिन तक केवल राख की पिण्डियों की पूजा होती, शीलसातों (चैत बदी सप्तमी) आती, तो लौड़ियाँ कुम्हार के यहाँ काली मिट्टी लाने के लिए उसी तरह बाजे-गाजे के साथ जातीं। इस मिट्टी से दो जोड़े स्त्री-पुरुष की मूर्तियाँ बनाई जाती हैं। अन्तःपुरिकाएँ कुशल कलाकार नहीं होती, इसलिए यह मूर्तियाँ भद्दी होती हैं। यह कहने की आवश्यकता नहीं, कि एक जोड़े को शिव-पार्वती कहा जाता और दूसरे जोड़े को माली-मालन। पुरुष के सिर पर साफा-सा बाँध दिया जाता, और स्त्री के चारों ओर घाघरे की तरह कपड़ा लपेट दिया जाता। माली-मालन के शिर पर दो मुकुट बनाकर चिपका दिये जाते हैं। फिर इन दोनों जोड़ों को पिण्डीवाली टोकरी में रख दिया जाता। अब इनकी भी पूजा होने लगती है। काली मिट्टी लाने के दिन ही एक बर्तन में जौ या गेहूँ बो दिये जाते हैं, जिनको बराबर सींचते रहते। धीरे-धीरे उनके जवारे उग आते हैं। अब रात को जवारे का, सबेरे को गणगौर का गीत होता है।

तीज (चैत सुदी तुतीया) के दिन पूजा खतम होती है। अब गणगौर का जलूस निकलता है। लकड़ी की एक सुन्दर स्त्री-मूर्ति बराबर के लिए गणगौर बनाकर रक्खी रहती है। उसे चौकी पर बिठाते, कीमती से कीमती कपड़े की घाघरा-ओढ़नी पहनाते, कुर्ती-काँचली लगाते। सोने और जड़ाऊ जेवर से गणगौर को अलंकृत किया जाता है। शाम को चार बजे गणगौर के जलूस में महाराजा चार घोड़ों की बग्गी पर चलते। बग्गी में चँवर और मोरछल डुलाने वाले भी बैठ जाते हैं। गानेवाली डावडियाँ और जसपुर की प्रसिद्ध रण्डियाँ भी साथ होती हैं। जलूस जहाँ रुकता, वहीं रण्डियाँ अपना नाच-गाना दिखातीं। गणगौर शहर से बाहर ले जा वहाँ घुड़दौड़ होती। गणगौर फिर वहाँ से राजा के आगे-आगे लौटती। उसे मीठी चीजें खिलाई जातीं, नाच-गाना होता। फिर एक कमरे में गणगौर को अगले साल के लिए रख दिया जाता। जसपुर में यह यात्रा दो दिन निकलती है। गणगौर की सुन्दर मूर्ति के लिए कहावत है— "गणगौर-सा मुँह।" गणगौर उसी भूभाग में धूमधाम से मनाई जाती है जहाँ चौथी सदी ईसवी तक यौधेय आदि गणराज्य थे। क्या यह गण की इष्ट देवी का त्योहार है?

घुड़ला— शीतला-सातम की तरह चैत सुदी चतुर्दशी को घुड़ला का त्योहार मनाया जाता है। कुम्हार एक मझोले आकार चौड़े मुँह का ऐसा

घड़ा बनाता है, जिसमें चारों ओर बहुत-से छेद होते हैं। इसी का घुड़ला कहते हैं। घुड़ले के भीतर दीये को ठीक तरह से रखने के लिए मुट्ठी-दो मुट्ठी जौ या गेहूँ रख दिया जाता है। उस पर तेल-भरा दीया जलाकर रख देते हैं। शाम को रोशनी के समय अच्छे-अच्छे कपड़े और जेवर पहनकर कोई लौंड़ी घुड़ले को अपने सिर पर रखकर नगर में घूमने के लिए निकलती हैं। सारे गाँव में घुड़ला फिरता है और लोग घुड़ले में अपनी शक्ति के अनुसार रुपया-दो रुपया या पाँच रुपया डाल देते हैं। अधिक धनी सेठ लोग रानी या ठाकुरानी के घुड़ले में और भी अधिक द्रव्य रख देते हैं। अन्तःपुर में आने पर रानियाँ और ठाकुरानियाँ, राजा और ठाकुर भी उसमें रुपये डालते हैं। ठाकुरानियाँ दीये में तेल भी डालती हैं। इस तरह यात्रा हो जाने के बाद जनपुर में तो तलवार से घुड़ले की गर्दन काटकर कुएँ में फेंक देते हैं, लेकिन सलमाडा में घुड़ले के भीतर की चीजें निकालकर उसे सम्हालकर रख दिया जाता है। इस त्योहार को क्वारियों का पर्व समझा जाता है। परम्परा कहती है, घुड़ले खाँ नामक कोई मुसलमान सरदार था, जो किसी राजपूत की लड़की को हर ले जा रहा था। राजपूतों ने आक्रमण करके उसकी गर्दन काट ली। घुड़ले खाँ की औरतों ने रोते-चिल्लाते हुए कहा— "हाय! हमारा खसम बिना नाम-निशान का ही मारा गया।" इस पर राजपूतों ने उसका सिर काट लिया और कहा, कि हम इसका हर साल जलूस निकाला करेंगे, इस प्रकार तुम्हारे खसम का नाम बुझने नहीं पायेगा। कहते हैं, वही घुड़ले खाँ यह घुड़ला बन गया। इस कथानक में कुछ गलती हो सकती है, क्योंकि छेदवाले घड़ों में दीया रखकर पूजा करना भारत के और भागों में भी देखा जाता है।

आखातीज— वैशाख सुदी तृतीया की अक्षय तृतीया ही यह आखातीज है। सलमाडा में आखातीज का विशेष रवाज नहीं है, लेकिन मालर में यह सबसे बड़ा त्योहार है। इस दिन काल-अकाल भाग्य-अभाग्य के लिए सगुन लिया जाता है। वैशाख की अमावस्या के दिन राजाओं और ठाकुरों के यहाँ गद्दी के पास सातों अनाजों की कूड़ियाँ (राशि) लगा दी जाती है, जो कि आखातीज तक वैसी ही बनी रहती है। अमावस्या से ही अमल (अफीम) घोलना शुरू हो जाता है। अफीम को पानी में घोल कपड़े में रख उसे धीरे-धीरे टपकाकर छान लेते हैं। यह छना हुआ अफीम-जल या अमल पानी चाँदी की छोटी-बड़ी कटोरियों में थाल के अन्दर रख

दिया जाता है। मेवों, बताशों से भरे हुए थाल भी तैयार रक्खे जाते हैं। राजा या ठाकुर अपनी हथेली में अमल-पानी डालकर बढ़-बूढ़ों-बच्चों सबको देते हैं। नौकर तक भी अन्नदाता के हाथ से ही अमल-पानी को चाटते हैं। अमल-पान करने के बाद मुट्ठी-मुट्ठी मेवे-बताशे लोगों को दिये जाते हैं। जिस तरह राजा और ठाकुर बाहर अमलपान कराते हैं, उसी तरह अन्तःपुर में रानियाँ ठाकुरानियाँ आगत स्त्रियों को अपने हाथ से अमल चटाती हैं। खूब गाना-बजाना होता है। उस दिन खाने के लिए गेहूँ को कूटकर चने की दाल के साथ खिचड़ा पकाया जाता है। गुड़ डालकर गेहूँ की राबड़ी, गलवानी, बाटी-फुलके भी खाने के लिए तैयार किये जाते हैं। इसमें कोई व्रत या पूजा नहीं होती। बस यह खाने-पीने का पर्व है। दरबार में आये किसानों को भी गलवानी, खीच और गोली रोटी खिलाई जाती है। इन्हीं चीजों को राजा-महाराजा लोग भी उस दिन खाते हैं। सगुन लेने के लिए गाय या भैंस का गोबर लाकर लोहे या पत्थर की पंसेरी पर रख देते हैं। फिर जिस बात के लिए सगुन निकालना हो, उसके सफल या असफल होने की मनसा रखते एक लोटे को गोबर पर रखकर दबाते हैं। लोटा खाली होता है। यदि बात सफल होने वाली होती है, तो लोटा उठाने पर गोबर के साथ पंसेरी भी उठ जाती है, नहीं तो वह नहीं चिपकती। गौरी ने एक बार अपनी ननद के लिए सगुन किया था, तो पंसेरी लोटे में चिपक गई और गौरी उसे आठ-दस हाथ तक लिये फिरी। किसान लोग इस दिन अपने जानवरों और फसल के बारे में भी सुगन निकालते हैं।

निर्जला एकादशी— यह जेठ सुदी एकादशी का व्रत है, जिसे बिना मुँह में पानी डाले भूखा रहकर किया जाता है। उस दिन सलमाडा के ठाकुर और बड़े-बड़े लोग मिट्टी के ताजे घड़े के ढक्कन पर एक-एक खरबूजा और भीतर दो-दो ओले के लड्डू रख सवा बित्ता सफेद कपड़े के साथ कुछ पैसों को रखकर ब्राह्मणों को ऐसे चालीस-पचास घड़े दान देते हैं। जब बर्फ सुलभ नहीं थी, तो ओले के लड्डू मिट्टी के घड़े के पानी में डालकर बर्फवाले शरबत की तरह पिये जाते थे। निर्जला एकादशी का व्रत विधवा-ठाकुरानियाँ ही अधिक करती हैं।

देवसोवणी एगारस— निर्जला से एक महीने बाद आषाढ़ सुदी एकादशी को होनेवाली एकादशी देवसोवणी एकादशी है। उस दिन देवता सो जाते हैं, और फिर वह कातिक सुदी एकादसी को ही चार महीने बाद जगते

हैं; इसीलिए उस एकादशी को देव उठान कहते हैं। इस दिन कुँवारी लड़कियाँ अपनी गुड़ियों को पानी में फेंक देती हैं, और फिर चार महीने तक के लिए उनके गुड़ियों के खेल बन्द रहते हैं। तालाब वर्षा होने के कारण उस समय भरे रहते हैं, वह गुड़ियों को उनमें भी डालने के लिए ले जाती हैं। साथ में गेहूँ-चने की घूघरी भी ले तालाब पर जाकर खा लेती हैं। यदि तालाब में पानी नहीं रहा, तो गुड़ियों को कुओं में फेंक देती हैं। देव-सोवणी से देव-उठान तक नया चूड़ा भी नहीं पहना जा सकता।

सावन की तीज— सावन शुरू होते ही झूले लग जाते हैं। पूर्वी प्रदेशों से राजस्थान की तीज में कुछ विशेषता है। यहाँ व्रत नहीं रक्खा जाता, और गणगौर की तरह तीज की मूर्ति का जलूस निकाला जाता है। वही गणगौर की काठ की मूर्ति सावन के लहरिये कपड़े को पहनाकर तीज की बना दी जाती है। बरसात का महीना होने से तालाबों में खूब पानी रहता, जिसमें नारियल चढ़ाये जाते और तैरने-वाले लड़के कूदकर नारियल लूटते हैं। बन्दूकों का निशाना भी तीज के समय लगाया जाता है। गाना- बजाना भी उसी तरह होता है। अन्तःपुरिकायें पर्दे के कारण इसका आनन्द उतना नहीं ले सकतीं, क्योंकि उनको अपने झूले हरे-भरे वृक्षों पर न टाँग घरों के भीतर कड़ियों में लगाने पड़ते हैं। मारवाड़ में अच्छे सास-ससुर अपने बहू-बेटे को झूले पर खड़ा करके झुलाते हैं, पास में खड़ी लौंड़ियाँ गाना-बजाना करती हैं। बेटे-बहू पर निचरावल करके रुपये भी बाँटे जाते हैं। इस समय झूलकर जब कोई स्त्री नीचे उतरना चाहती है, तो उसे रोककर कहा जाता है—"अपने पति का नाम बतलाओ, तब उतरने पाओगी।" यही एक समय है, जब कि स्त्री अपने पति का नाम लेती है, तो भी बड़े कवितामय ढंग से—

"छोटी-मोटी नगरी, गढ़पत गाँव।
बापजी शाका बेटा......सिंह नाउ।"
"कोरे कागज अंग्रेजी कायदा।
वह तो यहाँ हैं नहीं, नाम लेने में क्या फायदा?"
"डब्बी, में डब्बी, डब्बी में डोरी।
अमुक सिंह नाम, मैं उसकी गोरी।"
"हाथ में गजरा, मैं करूँ अमुक सिंह से मुजरा।"

कुँवारी लड़कियाँ उस समय निम्न प्रकार से जवाब देकर उतरने पाती हैं—

"लसरक लोडी (लोढ़ी)' लसरक गाँव।
झट आवे लाडो, झट लूँ उसका नाँव।"

सावन की तीज खाने-पीने और मौज करने का पर्व है। उस दिन हलवा, लापसी तथा दूसरे तरह-तरह के पकवान बनते हैं। माताएँ अपनी लड़कियों को मिठाइयाँ और दूसरी चीजें भेजती हैं, जिसे सिंजारा कहते हैं। नई शादी होकर आई बहू के पीहर से लहरियाँ, चूनरी, घाघरा, कुर्ती-काँचली और घेवर आता है। पहली बार आने पर सिंगारा ज्यादा होता है, और सास के लिए भी कितनी ही चीजें आती हैं।

रक्षाबन्धन— सावन की पूर्णिमा को रक्षाबन्धन का त्योहार होता है, इसे मारवाड़ में राखड़ी और शेखावटी में राखी कहते हैं। बाप और भाइयों के हाथ में उस दिन राखड़ी बाँधी जाती है। पीहर भी कपड़े के साथ राखी भेजी जाती है, जो हर एक बाप, भाई और भौजाइयों के लिए अलग-अलग होती हैं। उसके साथ मिठाई और कितनी ही चीजें जाती हैं, जिसे दूना करके वहाँ से लौटाते हैं। इस दिन लड़कियाँ और ब्राह्मण राखी बाँधने के लिए आते हैं, उन्हें दक्षिणा मिलती है।

सातूड़ी तीज— भादों बदी ३ की तीज को काजड़ी तीज या बड़ी तीज भी कहते हैं। मारवाड़ में इस दिन स्त्रियाँ व्रत रखती हैं और तीज के चाँद को देखकर सत्तू खाने का महातम मानती हैं। लेकिन यह सत्तू साधारण सत्तू नहीं होता, बल्कि घी में भुने गेहूँ के आटे या बेसन में मीठा डालकर लड्डू बना लेते हैं, उसी को सत्तू कहकर खाते हैं। सत्तू के लड्डू बाँटे जाते हैं।

राजस्थान की नारियाँ और भी बहुत-से व्रत करती हैं, जिनको उनकी भाषा में 'झेलणा' (सहना) कहा जाता है। सभी झेलणे मकरसंक्रान्ति से आरम्भ होते हैं।

मौन झेलणा— सूर्य डूबने से पहले राम-राम कहकर स्त्री मौन धारण कर लेती है। आरती के समय सात-आठ बजे रात को हाथ जोड़कर चुपचाप मौन छुड़ाने के लिए किसी के सामने खड़ी हो जाती हैं। लेकिन मौन वही छुड़ा सकती हैं, जो कि उसकी विधि जानती हैं, अर्थात् उस

मन्त्र को जानती हैं, जिसके पढ़ने से मौन छुड़ाया जा सकता है। वह मन्त्र है—

> **"झालर बाज्या घण्टा बाज्या, बाज्या ताल-मजीरा।**
> **सिरीकिसनजी काँसे बैठ्या, चिड़ी-चिड़कला बाँसे बैठ्या।**
> **उठो राणी, पियो पाणी।**
> **मौनियाँ की मौन खुल्ली, बोली मुन्नी राम-राम।"**

बस मन्त्र सुनते ही मौनियाँ अपना मौन छोड़कर बोलने लगती हैं। अगर किसी दिन बीच में भूलकर बोल दे, तो उसका प्रायश्चित है एक दिन का निराहार। साल भर का व्रत कर लेने पर चाँदी का घड़ियाल-झालर, और चाँदी का डंका, चाँदी के सात सितारे बनवाकर ब्राह्मण को दे दिया जाता, और इस प्रकार व्रत का उद्यापन हो जाता है।

तारादातन झेलणा— भिनसार को, जब कि आकाश में अभी तारे होते हैं, तभी उठकर दातवन करने का व्रत 'तारादातन झेलणा' कहा जाता है। यह भी एक मकरसंक्रान्ति से दूसरी मकरसंक्रान्ति तक चलता है। अगर किसी दिन नींद नहीं खुली, और तारों के डूब जाने के बाद दातवन करना पड़ा, तो उसका प्रायश्चित एक दिन का निराहर है। साल भर निर्विघ्न व्रत समाप्त हो जाने पर चाँदी का दातवन और चाँदी के सात तारे ब्राह्मणी को देकर व्रत समाप्त किया जाता है।

सामी रोटी झेलणा— यह भी साल भर का व्रत है। सुबह दस-ग्यारह बजे गेहूँ की रोटी पर घी-शक्कर, लड्डू या दही रखकर ठाकुरानी अपने कमरे से बाहर निकलती है, और जो सामने आता, उसे रोटी दे देती है। सामने रोटी देने के कारण इस व्रत का नाम 'सामी रोटी झेलणा' पड़ा। साल भर व्रत करने के बाद उस दिन तीन सौ साठ रोटियाँ बनाई जाती हैं। हलवा, पूवा या घी-शक्कर के साथ इन रोटियों को ब्राह्मणियों में बाँट दिया जाता है।

काजलटीकी झेलणा— यह झेलणा सामी रोटी की तरह ही बहुत कठिन नहीं है। सुबह-सुबह उठाकर सात औरतों को शिर में ईंगुर की सात टिकियाँ लगानी पड़ती हैं। किसी दिन यदि संख्या कम हो जाती, तो उसे दूसरे दिन पूरा करना पड़ता है। एक मकरसंक्रान्ति से दूसरी मकरसंक्रान्ति तक यह व्रत चलता है। व्रत पूरा होने के दिन चाँदी या लकड़ी के सिंदोरे में ईंगुर (हिंगलू)रख चाँदी के सात तारों के साथ ब्राह्मणियों को दे दिया जाता है।

धर्मराजजी की बात झेलणा— यह भी एक बड़े महत्त्व का व्रत है। मरने के बाद हर एक आदमी को धर्मराज के पास जाना पड़ता है, जिनका ही दूसरा नाम यमराज है। यदि धर्मराज को पहले से सन्तुष्ट कर लिया जाय, तो नरक में जाने का भय नहीं रहता। धर्मराज की एक कहानी है, जिसे व्रत रखनेवाली स्त्री रोज सुन लिया करती है। वही धर्मराज की बात है। मरने के बाद जब यमदूत उस स्त्री को धर्मराज के सामने ले जाते हैं, तो धर्मराज स्वयं गवाह बनकर कह देते हैं—"हाँ, इसने मेरी बात सुनी है" और फिर न्यायाधीश बनकर उसे स्वर्ग में भेज देते हैं। यदि साल भर यह झेलणा बिना नागा पूरा हो जाय, तो फिर यमराज से डरने के सारे कारण खतम हो जाते हैं। व्रत पूरा करते समय छावड़ी में ज्वार भर उसे घाघरे-लुगड़ी-चूड़ी-जूती के साथ ननद या जेठ की लड़की को प्रदान किया जाता है। ननद से भी ज्यादा जेठ की लड़की का महातम माना जाता है। कहावत है- "नणद जिमाई, जेठौती आँगण आई।"— अर्थात् ननद के भोजन कराने में जितना पुण्य है, उतना जेठ की लड़की के आँगन में पैर रखने भर से हो जाता है।

बाट बुहारना झेलणा— रास्ता सबके उपयोग की चीज है, इसलिए उसको ठीक-ठाक रखना एक सामाजिक धर्म हैं। जातकों की कहानियों से पता लगता है, कि किसी समय इस देश में व्यक्तिवाद से ऊपर सामाजिक धर्म को माना जाता था। सड़क तैयार करना, पुल बनाना, पान्थशालाएँ खड़ी करना जैसे कामों को लोग बहुत चाव से करते थे। 'बाट बुहारना व्रत' भी उसी तरह की सामाजिक सेवा का एक अवशेष है। पर्दे के भीतर घुटती रानियाँ-ठकुरानियाँ बाट बुहारने के व्रत को नहीं कर सकतीं। यह काम उनकी नौकरानियाँ और दूसरी स्त्रियाँ करती हैं। बड़े तड़के ही झाड़ू लेकर घर से निकल पड़ती हैं, और अपने पास के रास्ते को कुछ दूर तक साफ कर देती हैं। यह व्रत भी साल भर का होता है। व्रत पूरा कर लेने के बाद एक बुहारी और एक छावड़ी (झाड़-टोकरी) भंगन को दे दिया जाता है।

पति के पैर-खोलना झेलणा— यह पति-पूजा एक विशेष महत्त्व का व्रत है। सुबह के वक्त जब पति बाहर जाने लगते, तो एक गिलास या कटोरी के पानी में उनके अँगूठे को डुबाकर ले लिया जाता है, जिसे पत्नी चरणामृत बनाकर पी जाती है। साल भर तक बिना नागा इस व्रत को करना पड़ता है। किसी दिन पति देवता कहीं बाहर गये हों, ऐसे

समय व्रत टूट जाय, इसके लिए चरणामृत को पहले ही से शीशी में भरकर रख लिया जाता है। साल भर व्रत कर लेने पर पति को सोने की अँगूठी, धोती-साफा आदि भेंट किया जाता है।

सास-ससुर पैर पूजना झेलणा— यह साल भर का व्रत भी मकर संक्रान्ति को आरम्भ होता है। रोज सास और ससुर को एक साथ बैठाकर बहू कुमकुम से उनका पैर पूजती है। ससुर या सास साल में किसी दिन कहीं बाहर चले जायँ, तो व्रत न टूट जाय, इसके लिए पैरों में केशर लगाकर कपड़े पर उनकी छाप उतार ली जाती है। जिस दिन दोनों में से एक या दोनों अनुपस्थित रहते, उस दिन उनके पैर की छाप की पूजा कर ली जाती है। भूल या नागा होने का मतलब है, उस दिन भोजन से वंचित रहना। व्रत पूरा हो जाने के बाद सोने की अँगूठियाँ और कपड़े सास-ससुर को भेंट किये जाते हैं।

अन्तःपुरिकाओं का जीवन कितना बन्धन का होता है, उनके घूमने की परिधि कितनी सीमित होती है, और यदि वह पतिवंचिता या उपेक्षिता हुई, तो जीवन बिताना कितना कठिन हो जाता है, इसे कहने की आवश्यकता नहीं। इसमें शक नहीं, कि समय-समय पर आनेवाले यह पर्व और त्योहार राजस्थान की चिरबन्दिनी नारियों के कष्ट को कुछ हल्का करने में सहायक होते रहे। रियासतों के खतम करने से पहले ही पश्चिमी हवा रनिवासों में घुसने लगी, और महाराजाओं के थाल अब भोजनगृह की मेज और प्लेटों में बदल चुके हैं, जहाँ कुर्सियों पर बैठे सास-ससुर और बेटी-बहू बिना किसी पर्दे और संकोच के भोजन करते हैं। इसका यह अर्थ नहीं, कि रानियों की संख्या कम की जाने का प्रयास होने लगा। वस्तुतः इस 'सुधार' का यही उद्देश्य था, कि पूर्व के विलासमय जीवन को कायम रखते हुए पश्चिम के विलासपूर्ण जीवन से वंचित न रहा जाय। इसका साकार रूप देखना हो, तो राजपूताना जाने की कोई आवश्यकता नहीं। इन पंक्तियों के लेखक ने तो मसूरी में ही उसे देख अपनी साध बुझा ली। एक तरुणी रानी कितनी ही बार सड़कों पर बिना पर्दे ही नहीं, बल्कि सिर-मुँह खोले हुए अपनी परिचारिकाओं के साथ घूमती दिखाई पड़ती हैं। उनके बाल कटे हुए हैं। मालूम होता है, कोई पाश्चात्य सिनेमा की तारिका हों, लेकिन बालों के साथ-साथ राजस्थानी घाघरा और चुनरी तथा ललाट में सिन्दूर की लम्बी रेखा का होना वह अत्यावश्यक समझती हैं। पूर्व और पश्चिम का कितना सुन्दर 'सम्मिश्रण' है। घाघरेचुनरीवाली पुरानी

महिलायें तो इन्हें देख 'चोटी-काटी' कहकर गाली देतीं। लेकिन तो भी चोटी-काटी रानी साहिबा अपने घाघरे और चुनरी का प्रदर्शन करना अत्यावश्यक समझती हैं। तारीफ यह, कि वह अपने शरीर पर साड़ी कभी-कभी आने देती हैं, किन्तु अपनी परिचारिकाओं के शरीर पर नहीं। उनका शासन चले, तो शायद कम से कम अपने वर्ग की सभी नारियों के लिए कानून बना दें, कि चोटी कटवाकर घाघरा-चुनरी को राष्ट्रीय पोशाक के तौर पर अपनायें और कभी-कभी कोट-पैण्ट भी।

■■■

८

शिक्षा-दीक्षा

राजस्थान की अन्तःपुरिकाओं के लिए पढ़ना-लिखना बिलकुल अनावश्यक चीज समझा जाता था। बड़ी-बूढ़ियाँ कहतीं-"काईं वठे कामदारो करणो है, जे बेटिया ने इत्ती पढ़ाओ।" तो भी यह मानना पड़ेगा, कि अपनी मातृभाषा में चिट्ठी-पत्री लिख लेने भर के ज्ञान को बुरा नहीं समझा जाता था। उससे बढ़ने पर 'हनुमानचालीसा' की बड़ी माँग थी, क्योंकि उसके पाठ द्वारा हनुमान्‌जी को प्रसन्न करके भूत-प्रेतों से बचने में सहायता मिलती थी। गौरी की दादी-नानी अपनी बोली में चिट्ठी लिख पढ़ सकती थीं, माता को गुणा-भाग भी मालूम था। वह 'रामचरित-मानस' का भी पाठ कर सकती थीं। माँ एक कदम बल्कि और आगे बढ़ी थीं, और वह 'गीता' तथा 'गंगालहरी' का पाठ कर लेती थीं। वर्तमान शताब्दी के आरम्भ में अपनी लड़कियों को स्कूल में भेजने का रवाज नहीं था, और जब रवाज होने लगा, तो बूढ़ियाँ कहतीं—"यह तो अपने हाथों अपनी लड़कियों को बिगाड़ना है।"

वर्ण-परिचय—६ साल की उमर में सन् १६१४ में गौरी को पढ़ने के लिए बैठा दिया गया। बाबोसा के भी अध्यापक कैलास जोशी गुरु नियुक्त किये गये। उनका वर्ण-परिचय निम्न प्रकार तुकबन्दी में शुरू हुआ—

कक्को कोट कड़ों। खख्खा खोणे चीरियो।
गग्गा गोरी गाय। घघ्घा जी को घट्टुला।
नन्ना खांणे चांदो।
चच्चो चामणो की चच्चा। छछ्छा बिद्दा पोटलो।
जज्झा जेर वांणियों। झझ्झा झाड़ की लाकड़ी।
अण्डे खण्डो चांदी।
टट्टा दोपोड़ी। ठठ्ठा ठेकर गांठड़ी।
डड्डा कूकर पूछड़ी। ढढ्ढा ढेर वाणियो।
आणे ताणे तीन लीकठी।
ततूतूतियो कान को। थथूथियो थावर।

दद्दूदियो दीवट। धधूधो धानक छोड़्या जाय।
आगे नन्नो भाग्या जाय।
पापा पाटकी । फफूफा फालिंगा।
बब्बा बाडी वेंगणियाँ। भभूभा मूछ कटार की।
मम्मा ले कसार की
जरल्या पटल्यो। रारो रींकलो।
लल्ला लाप सोआडाकी। शश्शो सोलंकी।
खख्खो खांड की। सस्सो लींडोटा।
हाहा हिंदोली। अडे तड़े दो बिंदौली।

बारहखड़ी —वर्ण–परिचय के बाद फिर बारहखड़ी अर्थात् मात्रा लगाने की कला सिखलाई जाती थी, जिसे भी संगीत के साथ रोचक बना दिया जाता था—

'कॉंवड़े क। कन्नी का। पच्छूँ कि। अग्गूँ की। एकलग के। दोलग कै। काणा कणुवत को। दुमात कन्या कौ। बिस्तीबिन्नी कं। आगे दो विन्नी कः।'

सीधो— इसके बाद जोशी जी महाराज ने सीधो पढ़ाया, जो कि संस्कृत-व्याकरण के कुछ वाक्यों का बहुत ही भ्रष्ट उच्चारण है, इतना भ्रष्ट कि असली शब्दों का पहचानना बहुत ही मुश्किल है। उच्चारण, जान पड़ता है, हर एक गुरु का अपना अलग-अलग होता था। गौरी ने गुरु से उसे इस प्रकार मीखा था—

"सीधो वर्ग समावरणाय", जो कि 'सिद्धौ वर्ण-समाम्नायः'का गुरुमुख रूप है। आगे सीधो के वाक्य थे—"चतरू-चतरू तास्य, दौसमार्‍या, देसै समाना। लेखू दूध्यावरणो। न सीस वरणो। पूरवो हँसवा। पारो दीरगा। सारो वरणा। विणज्यो नामी। इकरा देणी। संध कराणी। कादीनाउँ विणज्यो नामी। ते बिरधा पंचा पंचा। विरधानाउँ परथमदुतिया संखोसाइचा घोखाघोख पितोरणी। अनूनारा नासिका। नीनाणुनामा। आणता संता जरेलावा। रूक मिणर्शिखा सावा अयती विसारजनिया। कायतो जीभामूलिया। पाए पद-मानियो। आयो अन्तन सारो।

इसमें संस्कृत के खण्ड-मुण्ड शब्द हैं— संबाराः, पूर्वः, ह्रस्वः, दीर्घः, स्वरः, वर्णः, व्यंजनम्, कादीनाम्, घोषाऽघोषाः, अनुनासिकाः, य-र-ल-वाः, विसर्जनीयाः, जिह्वामूलीयाः, उपध्मानीयाः।

इतना पढ़ाने के बाद फिर गिन्तीं आरम्भ हुई।

गिणती— इसे भी राग के साथ पढ़ाया जाता था—

एकावली को एक। दोवावली को दो। तीये को तीन। चौके का चार। पाँचे का पाँच। छक्के का छ। सत्ते का सात। अट्ठे का आठ। नौके का नौ। एक कै बिन्दी दस। एकै एक ग्यारह। एक घड़ा पै दो बिन्दी सय।.........

फिर पहाड़ा— एक-दूं दू। दो-दू चार। तीन-दू छ। चार-दू आठ। पान- दू दस। छह-दू बारह। सात-दू चौदह। आठ-दू सोला (लोलह)। नौ-दू अठारह। दसदुणी बीस। एक-ती तैयाँ।......

पहाड़ों के बाद समैया (सवैया) आदि सिखाये जाते—

समैया— सम-समैयो, दो समैयो ढाई।.....

टेढ़ा— एक-डेढ़ो। दू-डेढ़ तीन।.........

घुँटा— घुँटे घुँट। दो-घुंटा सात। तीन-घुँटा साढ़े दस।......

पूणा— पूण पुणो। दू-पूण डेढ़। तीन-पूण सवा दो।.........

ढँचा— ढँच ढँचो। दू-ढँचो नौ। तीन-ढँचो साढ़े तेरह।.....

पूँचा— पूँच-पूँचा। दू-पूंच ग्यारह।..........

कंका— कन कन कैंयाँ। बी-बी चार। तीये- तीये नौ। चौक-चौक सोड़।...

कैलास जोशी ने वस्तुतः सीधो और सौ तक की गिन्ती सिखलाई थी। इसके बाद गौरी के गुरु स्कूल के प्रधान-अध्यापक पंडित कृष्णदास हुए। उन्होंने स्कूली हिन्दी-किताबों से गौरी को पढ़ाना शुरू किया—पहली, दूसरी, तीसरी आदि पाठावलियाँ। जोड़-बाकी, गुणा-भाग और आना-पाई का हिसाब भी सिखलाया और हिन्दी मिडल व्याकरण भी। लेकिन गौरी को बराबर मंगलपुर नहीं रहना पड़ता था। नानी अपनी बेटी और नतनी को साल में एक-दो बार जसपुर जरूर बुला लेतीं। कभी चार-छ महीने, तो कभी पूरा वर्ष जसपुर में (ननिहाल में) बीत जाता। वहाँ वही जोशण पढ़ाने आती, जिसके बारे में पहले बतला चुके हैं। जब-तब गौरी मखनपुर भी जाती, वहाँ मास्टर काहनजी उसे पढ़ाते। जसपुर में जड़ाबबाई जोशण

का पढ़ाना क्या था, पढ़ाये पर पुचारा फेरना था। तेरह वर्ष की उमर तक गौरी ने हिन्दी पढ़ना-लिखना सीख लिया। हिन्दी की पुस्तकें अब उसे समझ में आती थीं। यह १६२१ का साल था, प्रथम विश्व-युद्ध को जीते तीन साल हो चुके थे। राजस्थान के अन्तःपुरों पर भी बाहर का कुछ प्रभाव जरूर पड़ा था, लेकिन वह प्रभाव सभी जगह एक-जैसा नहीं था।

गौरी को स्वयं पढ़ने का चस्का छोटी-छोटी पुस्तकों—सती सीता, सती सावित्री- से लगा। फिर इंडियन प्रेस का महाभारत पढ़ा, राधेश्याम रामायण को भी देखा। आगे कथाओं के शौक ने उपन्यासों तक पहुँचाया।

★ ★ ★ ★

संगीत-शिक्षा— तेरह वर्ष की उम्र तक पढ़ाई हो जाने के बाद अब आगे का पढ़ना-लिखना तो गौरी अपने ही बल पर कर सकती थी, लेकिन राजस्थान के छोटे-छोटे दरबारों में संगीत की कदर थी, और वहाँ गायक, कलावन्त आया करते थे। ठेकाणों में तो नहीं, किन्तु जसपुर-जैसे राजधानियों में संगीत की शिक्षा का प्रबन्ध भी था। जसपुर में एक गुंजनखाना (संगीत-विद्यालय) था, जिसमें ढोल और ढोलणी नृत्यगीत सीखते। बाँया या रानियों की पातरें सख्त पर्दे में रहकर कौमार्य व्रत पालन करने के लिए मजबूर थीं, इसलिए वे गुंजनखाने में जाकर शिक्षा नहीं प्राप्त कर सकती थीं। उनको कत्थक और कलावन्त पर्दे में ही शिक्षा देते। गुनियों के आने-जाने के कारण दरबार के साधारण नौकरों-सेवकों को भी कितनी ही राग-रागिनियों की परख हो जाती थी। गौरी अपने बाबोसा के पास बराबर बैठी रहती, जब कलावन्त आकर अपनी कला का प्रदर्शन करते। यद्यपि खुलकर गाने का उसे कभी साहस नहीं हुआ, लेकिन सुनते-सुनते संगीत का शौक हो गया था। उसके अपने पिता ने— जो कि तरुणाई में ही मर गये थे— सितार और सारंगी की शिक्षा उस्ताद अहमद से ली थी। बाबोसा को संगीत सुनने का शौक था। गौरी को प्यार करने वाले दूसरे चचा रूडसिंह ने भी अहमद से सितार सीखा था। जब पढ़ाई-लिखाई बन्द हो गई, तो गौरी को ख्याल आया, क्यों न कुछ संगीत-विद्या ही सीखूँ। वह गाना नहीं, बाजा बजाना सीखना चाहती थी, और इसके लिए उसने बाबोसा से कहा, जो अपनी बेटी की किसी माँग को भी ठुकराने के लिए तैयार नहीं थे। किसी ने भी विरोध नहीं किया। मंगलपुर के संगीतज्ञ हणमाणा को हारमोनियम सिखलाने को कह दिया गया। हणमाणा ने गौरी को सरगम सिखलाया। मांड का राजस्थान में बहुत प्रचार होने से गौरी ने उसे भी

सीखा। फिर पक्के गाने—भैरवी, कालिंगड़ा, सारंग, पीलू, श्यामकल्याण और दो-चार ठुमरियाँ बजाना सीखा। साल भर तक शिक्षा होती रही।

गौरी जब बारह वर्ष की थी, तभी उसकी नानी मर गई, इसलिए अब ननिहाल जाना उतना नहीं होता था, लेकिन जसपुर में मंगलपुर के ठाकुर की अपनी हवेली (हौस) थी, जहाँ वह जब-तब जाकर महीनों रहती। बाबोसा भी साथ होते। बेटी के तीव्र इच्छा को देखकर बाबोसा ने जसपुर में भी संगीत की शिक्षा का प्रबन्ध कर दिया। जसपुर में साठ वर्ष के वृद्ध कमल महाराज नाम के एक बंगाली उस्ताद रहते थे। जसपुर की दूसरी चौपड़ में सरस्वती-मंदिर में उन्होंने अपनी संगीत-पाठशाला खोल रक्खी थीं, जिसमें बच्चे और वयस्क संगीत शिक्षा के लिए जाया करते थे। कमल महाराज गाते थे और बाजों में सितार और सारंगी में भी दक्ष थे। तबला स्वयं तो नहीं बजाते, लेकिन ताल बतलाते थे। कमल महाराज की जसपुर में काफी ख्याति थी। गौरी ने उनके बारे में सुना था। उसने बाबोसा और माँ से जब आग्रह किया, तो उन्होंने मान लिया। रोज तांगा भेजकर कमल महाराज को बुलाया जाता और वह दो घण्टा गौरी को अभ्यास कराते। जब-जब गौरी जसपुर जाती, कभी चार मास और कभी साल भर भी वहाँ रहती, उस समय वह कमल महाराज से संगीत की शिक्षा लेती। यह क्रम तीन-चार वर्ष तक चलता रहा। मंगलपुर में आने पर हणमाणा से भी कुछ सीखती रहती। बिलावल, भीमपलासी, खमाच, हम्मीर, तोड़ी, भैरव, वसन्त, मलार, देश, आशावरी, भूपाली, जौनपुरी-तोड़ी, मियाँ की तोड़ी, सिन्धी-भैरवी, गौड़ सारंग, बागेश्वरी, बिहाग, सोरठा, एमन जैसी बहुत-सी पक्की चीजों को अब वह हारमोनियम पर बजाती। उस्ताद गाने के लिए बहुत जोर देते, लेकिन गौरी का कण्ठ न उस्ताद के सामने और न अपने सगे-सम्बन्धियों के सामने खुलता था । हाँ, मुँह में वह गुनगुना लेती— हाँ, कभी-कभी तहखाने के भीतर जाकर दरवाजा बन्द कर अवश्य गाती। पहले कमल महाराज हाथ में सरगम लिख देते। पीछे उन्होंने हिन्दी में लिखी एक संगीत की पुस्तक दी। गौरी ने भी कई पुस्तकें मँगा लीं। उस्ताद जब तानसेन का नाम लेते, तो अपना कान जरूर पकड़ लेते, और अपनी शिष्या को भी उन्होंने हिदायत दे रक्खी थी, कि इस महान् कलाकार का नाम लेते समय उसे अपने सामने बैठा समझकर अपनी हीनता दिखलाने के लिए कान जरूर पकड़ लेना चाहिए। कमल महाराज तानसेन और दूसरे कितने गवैयों की बातें भी कहा करते थे, लेकिन इन ऐतिहासिक परम्पराओं के प्रति गौरी की रुचि नहीं थी, इसलिए वह उन्हें याद नहीं

रख सकी। सत्रह वर्ष की उमर तक इस प्रकार संगीत की काफी शिक्षा गौरी को मिली थी। वह राग-रागिनियों को हारमोनियम पर बजाती, उनकी पकड़, वादी-संवादी स्वरों तथा संगीत की दूसरी बातों को जानती। ब्याह के बाद भी जब कभी गौरी को जसपुर जाना पड़ता, तो कमल महाराज को बुलाकर उनसे कुछ सीखती। यह कहने की आवश्यकता नहीं, कि यह सारी शिक्षा घोर पर्दे के साथ होती। हणमाणा तो उस समय सिखलाने आता, जब कि बाबोसा पास बैठे रहते। जसपुर में नीचे के कमरे में एक नौकर तथा दो-तीन लौड़ियाँ बैठी रहतीं, जब कमल महाराज संगीत सिखलाने आते। गौरी की मासी भी कुछ संगीत सीखी थी, लेकिन वह ढोलणियों की मांड से आगे नहीं बढ़ी। उस समय राजस्थान के सामन्त-वर्ग की कन्याओं में गाने-बजाने का रवाज नहीं था, वैसे साधारण लोक-गीत सीखने की मनाही नहीं थी। कोई-कोई रानियाँ और ठाकुरानियाँ मांड गा लेतीं। कोई और अधिक जानकर निकलीं, तो दुर्गा तक पहुँचती, और अपनी संगीतज्ञता का परिचय देते ढोलणियों और बाँयों को कहतीं—'दुर्गा गाओ। लोक-गीत ठाकुरानियाँ गा लेती थीं। तब से अब कितना अन्तर हो गया। अब तो राजकुमारियाँ सितार आदि बाजे ही नहीं बजाना जानतीं, बल्कि कत्थक और कोई-कोई यूरोपीय नाच भी जानती हैं। मटकी, तोयसा, धारवा और घूमर-जैसे लोक-नृत्य तो प्रायः सभी ठाकुरानियाँ जानतीं थीं। मटकी अर्थात् शिर पर मटका लेकर चलने का अभिनय करते हुए नृत्य अन्तःपुर में बहुत प्रिय था। गौरी ने अपनी कसौरावाली बुआ की एक पातर से कुछ नाच भी सीखा था।

खाना पकाना— यह बतला चुके हैं, कि रानियों के लिए खाना पकाना बिल्कुल अनावश्यक चीज है, और बहुत-सी तो इस कला से बिल्कुल अपरिचित होती हैं। गौरी को खाना पकाने की बड़ी इच्छा होती थी। जब वह सर्दी के दिनों में माँ से इसके लिए आग्रह करती, तो वह कहतीं-"चूल्हे के पास बैठने पर तेरे गरम कपड़े में आग लग जायगी।"गर्मी के दिनों में कहने पर-"पसीना होकर जुकाम आ जायगा।" का बहाना धरा हुआ था। गौरी की माँ और नानी उन थोड़ी-सी ठाकुरानियों में से थीं, जो पाक-विद्या में बहुत निष्णात थीं। उनको बनाते देखते बहुत सी बातें गौरी को मालूम हो गई। कुछ बड़ी होने पर बड़ी तत्परता से वह गुड़ियों के लिए खाना पकाने लगी। उसके पास गुड़ियों के खाना बनाने के पीतल के सभी बर्तन थे, पीतल का चूल्हा भी था। मांस और बिस्कुट-केक बाहर खानसामे-बारी, नाई, दारोगा बनाते, जिनके पास बैठकर उसने इन चीजों

को बनाना सीखा। अचार-मुरब्बे, मिठाईयाँ-पकवान सभी बनाना आ गया। मालपूये गौरी को बहुत पसन्द थे। देखादेखी ही उसने एक बार मालपूआ बनाना शुरू किया, लेकिन वह घी में घोला आटा डालती, तो वह मालपूआ बनाने की जगह सीरा बन जाता। दो सेर घी बिगाड़ चुकी थी, इसी समय माँ आ गई और उन्होंने बतलाया, कि आटे में दही मिला दे। दही मिलाने पर अब मालपूआ बनने लगा। एक दिन बूआजी मंगलपुर आई थीं। गौरी ने उन्हें गाजर का हलवा बनाकर खिलाने का निश्चय किया। गाजर को घी में खूब भून लिया, फिर उसमें चीनी डाल दी। लेकिन कढ़ाई को चूल्हे पर से उतारने का ख्याल नहीं रहा, जिससे चासनी कड़ी और काली हो गई। वह कढ़ाई से इतनी चिपक गई, कि लोहे की सीखों से कुरेदने पर भी नहीं उतरी। लौड़ियों को दही बिलोते देखकर गौरी को भी बिलोने की बड़ी इच्छा होती थी। दही नहीं मिलने पर वह जंगल से झरबेरी की पत्तियाँ तोड़ लाती और हँडिया में पानी डाल मथानी से बिलोने-बनाने बैठ जाती। पत्ती से फेन निकलने लगता, जिसे वह घी मानकर गुड़ियों के लिए निकाल लेती, और पानी भी कुछ छाछ का रूप ले लेता। यह छाछ और घी गुड़ियों के काम आता।

बन्दरों का खेल— जसपुर में बन्दर बहुत हैं। राजमहल की ओर हनुमान जी की खास सेना लाल बन्दरों ने अपना दखल जमाया था। बाकी शहर में काले बन्दरों (लंगूरों) का राज था। वैसे लंगूर गाँवों और नगरों में नहीं आते, लेकिन जब उन्हें बाकायदा रोटी और चना बाँटा जाय, तो वह क्यों न नागरिक बन जायँ? गौरी एक समय जसपुर में थी, इसी समय उसकी प्रिय सखी (मांसी) के ताऊ का श्राद्ध था। तीनों हवेलियों के लोग इकट्ठा हुए थे। बन्दर हिलक गये थे, इसलिए बच्चे रोटी या भुने चने लेकर छत पर उन्हें खिलाने चले जाते। गौरी और लड़कियों के साथ छत पर गई। बहुत-से बन्दर जमा हो गये। एक छोटा-सा लंगूर का बच्चा पास में बैठकर चना खा रहा था। बाँस से धमकाया, तो और बन्दर हट गये, और गौरी ने बच्चे को दही ढाँकने के बड़े ढक्कन के नीचे दबा दिया। बन्दर इस गुस्ताखी को कैसे क्षमा कर देते? उनका रुख कड़ा देखा, तो ढक्कन को घसीट कर एक कोठरी में ले जा दरवाजे को बन्द कर लिया। सैकड़ों लंगूरों की फौज अब आक्रमण करने के लिए तैयार हो गई। वह चारों तरफ हम्-हम् करते दाँत किट-किटाने और किवाड़ खोलने का प्रयत्न करने लगे। गौरी ने सोचा था, बड़ा सुन्दर छोटा-सा बच्चा है, इसे पाल लेंगे; लेकिन लंगूरों के भारी आक्रमण की खबर देर

तक छिपाई नहीं जा सकी। नीचे से महिलाएँ ऊपर आईं, और जब उन्हें असली कारण मालूम हुआ, तो मांसी की माँ ने उसे पीटा और गौरी की माँ ने भी गौरी को कुछ थप्पड़ लगाये। बन्दर का बच्चा छोड़ दिया गया। बच्चा बेचारा ढक्कन के नीचे से निकलने के लिए कोशिश कर रहा था। दो घण्टे तक यह तमाशा रहा।

वैसे जसपुर के लंगूर अपने खिलानेवालों के लिए अब जंगली नहीं रह गये थे। शाम-सबेरे वह खाना मिलनेवाली जगहों में दस-बीस की संख्या में आ पहुँचते। गौरी उनके बीच में बैठ जाती और वे उसके हाथ से रोटी लेकर खा लेते। जसपुर के बाहर बगीचों में लंगूरों के मारे कोई फल बचना मुश्किल था। लंगूर आम तौर से किसी को काटते नहीं, लेकिन कभी-कभी कोई पागल कुत्ते की तरह रात-दिन जहाँ-तहाँ घूमता लोगों को काटता। उस वक्त राजा की ओर से ढिंढोरा पिटवा दिया जाता— "मोल्यो हिडिक गयो छै, कोई वारे मत सोजो।" पागल बन्दर का काटा आदमी कभी-कभी मर भी जाता था। राज की ओर से ऐसे बन्दर को मारने की बहुत कोशिश की जाती, लेकिन वह कुत्ते की तरह केवल धरती पर ही तो नहीं चलता।

सबसे बड़े लंगूर को 'डारका डाक्की' कहते। सभी बन्दर उससे डरते, बल्कि छुटभैये बन्दर उससे प्राण बचाकर अलग रहते। 'डारका डाक्की' की जमात में बन्दरियाँ ही बन्दरियाँ रहतीं। रोटी डालने पर पहले डाक्की खाने आ जाता और जमात की किसी बन्दर या बच्चे की मजाल नहीं थी, कि वह रोटी के पास फटके। डाक्की पहले पेट भर खा लेता, फिर वह अलग जाकर बैठता। अब जमात की बन्दरियों की बारी आती, और वह आकर हाथ से रोटी ले-लेके खातीं। खाना खतम हो जाने पर डाक्की आगे-आगे चलता, और पीछे-पीछे उसकी जमात होती। पूरी नारंगी देकर गौरी लंगूरों का खेल देखती। वह बाहरी छिलके को ही नहीं उतारता, बल्कि फाँकों के ऊपर के रेशों को भी हटाकर खाता, जिससे मालूम होता, कि बन्दर भी आदमी-जैसी अकल रखते हैं। एक बार एक लौंडी अपनी रोटी लेकर जा रही थी। डारक डाक्की छोटी दीवार पर बैठा था। लौंडी जब पास से निकली, तो न जाने उसे क्या सूझी, उसने लौड़ी की चुटिया पकड़के कान के ऊपर इतनी जोर से थप्पड़ मारा, कि कानों की बालियाँ सीधी हो गईं, और खून निकलने लग गया। लौंड़ी चिल्लाकर भागी। रात को लंगूरों का डर नहीं था, उस समय पागल होने पर ही कोई बन्दर आता।

अगर शाम के वक्त कोई बन्दर छत पर छूट जाता, तो वहीं चुपचाप बैठा सोता रहता। बन्दर आपस में एक दूसरे की जूएँ निकालकर खाते थे, यह भी गौरी जैसी लड़कियों के लिए बड़े मनोरंजन की चीज थी।

एक समय अन्तःपुर में लाल मुँहवाली एक बन्दरी और एक बन्दर पाल लिये गये थे। बन्दरी का नाम था केतकी और बन्दर का मनसुखा। केतकी इतनी हिल-मिल गई, कि वह रूड़ी और पारी दो लौंड़ियों का दूध पीती, और रात के वक्त उन्हीं के साथ सोती भी। दादी के पास कभी-कभी बैठकर वह उनके पैर का अंगूठा चूसती रहती। एक बार दादी के पास कोई सेठानी मिलने आई। सेठानी लम्बा घूँघट निकाले हुए थी। उसे दिखाई नहीं पड़ा, कि पास में केतकी बैठी हुई है। सेठानियाँ रानियों और ठाकु-रानियों का पैर पकड़कर पगे लागती हैं। जिस समय वह दादी का पैर पकड़ने लगी, जान पड़ता है, केतकी को ईर्ष्या हो गई, और वह बड़ी सफाई के साथ सेठानी की नथ निकाल मुँह में डालकर भाग गई। सेठानी ने जब नाक को नथ से खाली देखा, तो वहाँ केतकी के रहने की बात उन्हें मालूम नहीं थी, इसलिये उसने ठाकुरानी से कहा—"यहाँ कोई छोरी बैठी थी। जान पड़ता है, वही नथ निकाल ले गई।" दादी को मालूम हो गया, कि यह काम केतकी का है। उन्होंने रूड़ी और पारी को केतकी के पीछे भेजा। केतकी चाहे पेड़ के आखिरी शिरोभाग पर या और किसी दुर्गम स्थान पर बैठी हो, लेकिन जैसे ही उसकी दूध पिलानेवाली रूड़ी या पारी पहुँचकर उसे बुलाती, वह चुपके से पास में आकर दुबककर बैठ जाती। उन्होंने केतकी के मुँह में उँगली डालकर देखा तो सोना तो मिल गया, लेकिन मोतियों को केतकी ने अपने गाल के थैले में डाल रक्खा था, जिसे एक-एक करके उन्होंने निकाला और सेठानी को लाकर दिया।

अपरिचित होने पर केतकी तंग भी करती, और मनसुखा तो जरा भी छेड़ने पर काटने के लिए तैयार हो जाता। कभी-कभी केतकी को घाघरा सीकर पहना दिया जाता। थोड़ी देर पहनने के बाद वह उसे चिद्दी-चिद्दी करके फाड़ डालती, लेकिन गौरी की गुड़ियों को केतकी बिल्कुल नहीं छेड़ती थी। पास के ठाकुर की हवेली की गुड़ियों को वह जरूर मौका पाते ही उड़ा लाती और गौरी की गुड़ियों में मिला देती। कभी-कभी केतकी को सैर-सपाटे की इच्छा हो जाती तो वह नगर के फेरे करने लगती। फिर कोई गढ़ में खबर देता, तो रूड़ी और पारी बुलाने जाती।

दादी को भी केतकी बहुत मानती थी। जब उसे डराने के लिए दादी थप्पड़ मारती, तो वह रोने का स्वांग करके बैठ जाती। एक बार गौरी की जीजा बन्दनकुमारी के छिदे कान दुख रहे थे। रात को उसे नींद नहीं आती थी। माँ ने बहुत समझाया—"मैं धीरे-धीरे इन बालियों को निकाल देती हूँ, फिर तुझे दर्द नहीं होगा।" लेकिन बन्दनकुमारी इसे नहीं मान रही थी। बन्दनकुमारी रात को सो रही थी। केतकी रात को खुली रहती थी। वह बन्दनी के पास गई और उसने दो बालियाँ झट-झट निकाल दी। वन्दनी चिल्ला उठी। माँ ने केतकी की करतूत देख कहा—"मैं आहिस्ता-आहिस्ता निकालने के लिए कह रही थी, जब तो निकलवाया नहीं, और अब केतकी तेरी बड़ी हितैसिनी बन गई।"

गौरी की माँ ने एक बार मनसुखा को सिलाकर कपड़े पहना दिये। पायजामा, कुर्त्ता और टोपी पहनकर वह छोटा-सा लड़का बन गया। केतकी की तरह वह नहीं था। वह कई दिनों तक अपने इन कपड़ों को पहने फिरता रहा। केतकी कभी-कभी घोड़ों के तबेले में भी सफर करने चली जाती, और उसकी कूद-फाँद को देखकर जब घोड़े, हिनहिनाते और पैर पटकने लगते, तो वह डर जाती। केतकी दूध-रोटी खाया करती थी। मूली से उसे बहुत शौक था। दूसरे फल कभी-कभी दिये जाते। केतकी और मनसुखा आपस में ही एक दूसरे का जू निकालकर नहीं खाते, बल्कि केतकी कभी-कभी रूड़ी के बालों से भी जू निकालकर खाती। उसे अपना नाम मालूम था। एक बार माँ अपनी सास के पास नीचे जाने लगी, तो केतकी झट फुदककर उनके कन्धे पर बैठ गई, फिर उनकी ओढ़नी सिर से उतार पाखाने में डाल आई।

खेल—पण्डित कृष्णदास से पढ़ लेने के बाद गौरी को खेलने की छुट्टी मिल जाती, और वह अपनी समवयस्क लड़के-लड़कियों के साथ बाहर रेत पर या और कहीं खेलने चली जाती। आँख मिचौनी-जैसे भारत की और जगहों पर प्रचलित खेलों के अतिरिक्त राजस्थान के कुछ अपने भी खेल हैं।

लोणक्यार— रेत के ऊपर बीच में रेत की एक ढेरी रखकर वहाँ रेखा का छोर रख चक्रव्यूह की तरह तीन चार चक्कर लगा रेखा का छोर बाहर करके वहाँ भी रेखा से घेरकर रखने की जगह बना दी जाती। भीतरवाली ढेरी को 'लोण की कुड़ी' कहते, और मुँह पर के घेरे को 'डाकन की कुड्डी'। एक पैर पर घुमघुबौवे रास्ते से भीतर जाकर रेत

को उठा फिर उसी तरह पीछे लौटकर उसे डाकन की कुइडी पर रखना होता था। यदि पैर जमीन पर पड़ जाता, तो हार हो जाती।

कोर करतनी— एक लड़का या एक लड़की दूसरे के पीठ पर कान के पास अंगुली से संकेत करके बोलता-

कोर-कतरनी कोर-कतरनी, छाबुक छैया।
बोल मेरे भैया, क्या लगा मरो दोस।

दो अंगुली जोड़कर रखने का अर्थ था कतरनी और एक अंगुली का चाकू। जिसकी पीठ पर चढ़कर बोला जाता, यदि संकेत को ठीक बतला देता, तो जीत नहीं तो हार। हार का अर्थ था, उसी तरह पीठ पर बैठाकर फिर उसी तरह करना।

अन्धा भैंसा— एक लड़के या एक लड़की की आँखों को रूमाल से कसकर बाँध हाथ में लकड़ी थमा देते। फिर कहते—'अन्धो भैसों गऊ चरावे। ले-ले लाठी मारन आवे।' अन्धा लाठी से लड़कों को छूना चाहता, और जिसकी लाठी छू जाती, अब उसे अन्धा भैंसा बनना पड़ता।

खोड़ा खाती— एक लड़के या एक लड़की के एक पैर को उसी ओर के हाथ से कसकर बाँध लकड़ी थमा देते। वह लड़की से रेत में कुरेदकर कुछ ढूँढ़ती है। इस पर पूछते—

"डोकरी माई, डोकरी माई, के ढूँढे?"

"सार (लोहा) की सुई।"

"के करसी?"

"कोथली सीस्यों।"

"कोथली को के करसी?"

"टक्का घालस्यों।"

"टक्का को के करसी?"

"भैंस ल्यास्यों।"

"भैंस को के करसी?"

"दूध पीस्यों।"

फिर "दूध ना पाणी पी" कहकर उसे पीठ के बल लिटा देते। वह उठकर लकड़ी लिये लंगड़ाती दौड़ती, और उसकी लाठी जिसे छू जाती, अब उसे जपने हाथ-पैर बँधवाकर डोकरी (बुढ़िया) बनना पड़ता।

मछली खेल— एक लड़की को बीच में रखकर उसके किनारे रासलीला की तरह हाथ में पकड़े लड़कियाँ चारों ओर खड़ी होकर एक साथ पूछतीं— "मछली-मछली, कितना पानी?" बीचवाली लड़की पहले पैर की अंगुलियों को बतलाती। फिर इसी तरह सवाल पूछते, और वह पानी को घुटनों, कमर, छाती, कन्धे और फिर सिर के ऊपर कहने पर सब लड़कियाँ भाग जातीं। मछली लड़की जिसे दौड़कर पकड़ लेती, अब वह मछली बनती।

★ ★ ★ ★

गौरी उन लड़कियों में थी, जो कि खतरे के खेल खेलने में जरा भी भय नहीं खातीं। दीवानखाने के जिस कमरे में ठाकुर साहब दरबार के लिए बैठते, उसके ऊपर रोशनी के लिए खिड़की और कुछ अँगुल चौड़ी दीवार से निकली हुई मेंड थी, जिस पर पैर रखकर चलना बहुत खतरे की बात थी। गिरने पर नीचे दीवानखाने में हाथ-पैर तुड़ाने के सिवाय और कोई चारा नहीं था। गौरी उसी पर पैर रख चारों ओर घूमती। बूढ़ा राजपूत नौकर दोपहार के वक्त दीवानखाने में सोता। उसने लड़की को इस तरह घूमते देखकर सोचा, कि कहीं गिरी, हाथ टूटा, तो मुझसे भी जवाब तलब किया जायगा। बूढ़े ने बाबोसा से गौरी की शिकायत की। बाबोसा ने बुलाकर डाँटा। इस पर गौरी बूढ़े से नाराज हो गई। बूढ़ा कहीं इधर-उधर गया था। उसके साफे को उठाकर उसने एक ओर के पल्ले में कैंची से चिथड़े-चिथड़े करके रख दिया। शाम के वक्त साफा बाँधकर ठाकुर साहब के यहाँ जाना था। बूढ़े ने साफा उठाकर देखा, तो उसे मालूम हो गया, कि यह किसका काम है, और कान पकड़ा, कि अब फिर गौरी की शिकायत नहीं करूँगा। गौरी विचित्र लड़की थी। बाबोसा का डाँटना भी उसके लिए भारी दण्ड था। वह आठ वर्ष की थी, जब कि एक दिन बाबोसा के पास लेटी-लेटी उसने कहा—"बाबोसा, जो तू गुस्सा होवे, तो मुझे अकेले में कहना। लोगों के सामने न डाँटना।" बाबोसा ने अपनी माँ से कहा-"देख, इस लड़की को क्या सूझा है।" इसके बाद बाबोसा ने वैसा ही करना शुरू किया। जब कोई कसूर करती, तो गौरी को अकेले में बुलाकर कहते—"तूने यह कसूर किया। इसे छोड़ दे। नहीं तो मैं सबके सामने डाटूँगा।"गौरी तुरन्त मान ज़ाती।

माँ— गौरी की माँ बड़े कोमल स्वभाव की थीं। सात वर्ष ही सुहागिनी रहकर वह विधवा हो गई, किन्तु उन्होंने अपने बाकी सारे जीवन को इस तरह बिताया, कि नौकर-चाकर सभी उनकी प्रशंसा करते नहीं थकते थे। देवरानी-जेठानी का झगड़ा मशूहर है, लेकिन अपनी जेठानी-जिसको गौरी याया कहती— के साथ उनका असाधारण प्रेम था। चालीस वर्ष तक दोनों एक दूसरे की छाया की तरह रहीं। मखनपुर या नरपुर, मंगलपुर या जसपुर जहाँ भी जातीं, एक साथ जातीं और एक ही कमरे में रहतीं-सोतीं। कभी जरा-सा मनमुटाव उनमें नहीं देखा गया। दोनों की नौकरानियों ने भी उन्हें गुस्सा करते नहीं देखा। सन्तान के बारे में दोनों ही निपूती थीं। पुत्र के प्रति जो प्रेम होता, गौरी की माँ ने उसे दूसरों पर बाँट दिया था। सभी ठाकुरानियों की तरह ठेकाणे से माँ को खर्च के लिए गाँव मिला था। उनके अपने गाँव का जब कोई चौधरी (किसान) आता, तो और लोगों के कायदे की तरह चिट्ठी देकर बाहर बनाने-खाने का इन्तिजाम करने की जगह वह भीतर से हलवा-पूड़ी-लापसी जैसा स्वादिष्ट भोजन बनवा- कर भेजतीं। कहतीं—"इनके घर में ऐसी चीजें नहीं बना करतीं, इसलिए यहाँ खूब खिलाओ।" इसके लिए नौकरानियाँ कुरबुरातीं। उन्होंने अपने वंश को चलाने के लिए जिसे गोद लिया था, उसकी माँ भी यह पसन्द नहीं करती, लेकिन माँ अपनी आदत को नहीं छोड़तीं। रथ पर बैठा कर कहीं जातीं, रथ के चक्कों को सम्हालनेवाले साईस उनके साथ-साथ पैदल चलते। हमेशा रथ से उतरते समय वह साईसों को दो-दो रुपया दिये बिना नहीं रहती। मंगलपुर से मखनपुर बूलाने के लिए सवारी आती। उस वक्त सवारों, साईसों और ऊँट के भाड़ेवालों को छोटे-बड़े का ख्याल न कर एक ही तरह की अच्छी रोटी बनवाकर देतीं। कहने पर कह देतीं—"रोटी में क्या भेदभाव करना।" मंगलवार को दूध जमाना वर्जित था। उस दिन बचे दूध को खीर बना या और तरह खर्च कर लेते। घर में काफी दूध होता। इस बचे दूध को वह कभी साईसों को देतीं, कभी दारोगों को, कभी राजपूत-नौकरों को। इसी तरह बारी-बारी से भंगियों तक को वह दूध मिलता। कोई बिना बेटेवाला आदमी मर जाता, तो वह विधवा के पास रुपये-कपड़े भेजतीं। माँ को पहले खोरिश में पवानी गाँव मिला था, जिसे पीछे उन्होंने गाचरा से बदल लिया।

उन्हें खाना बनाना बहुत पसन्द था। बाबोसा को एक वक्त जरूर वह अपने यहाँ बनाकर खाना भेंजतीं। विधवा होने से वह मांस नहीं खाती थीं। बाबोसा ने भी मांस छोड़ दिया और पीछे वह एक ही समय

खाने लगे थे। उस वक्त तो वह अपनी अनुजबधू की रसोई का ही खाना खाते। बाबोसा के लिए बने खाने में से कितना ही बच जाता, जिसे वह नौकरों में बारी-बारी से बाँट देतीं। मखनपुर के धन्ना दारोगा के दो नालायक शराबी लड़के थे, जिनके कारण घर में बड़ी गरीबी थी। धन्ना मरा, तो फूटी-कोड़ी नहीं थी। उसकी लोगाई छूतक होने से दरबार में नहीं आ सकती थी। उसने चांचलावत लाडीसा के पास किसी को भेजकर मिन्ती की—"बेटों का तो यो हो हाल, में काई करूँ?" लाडीसा ने तुरन्त सौ रुपये भेजकर काम चलाने के लिए कहा और पीछे धन्ना का भोज लड्डुओं से करवाया।

चांचलावतजी साहब (गौरी की माँ) दिल की ही बड़ी दयावान् नहीं थीं, बड़ी बुद्धिमान् भी थीं। पति के साथ सात ही वर्ष रह पाई थीं, लेकिन दोनों में असाधारण प्रेम था। पति उनकी बात सदा मानने के लिए तैयार रहते। सिलाई-गोटे आदि का काम वह जानती थीं, और हर काम में अपनी नई करामात दिखलाना उनका स्वभाव था। अतिथि-सत्कार उन्हें बहुत प्रिय था। जसपुर के मंगलपुर-हाउस में कोई मेहमान आकर ठहरता और अपना खाना खाता, तो उसके लिए वह दही, छाछ, साग-सब्जी या और कोई चीज भेजे बिना नहीं रहतीं। गौरी की माँ की दयालुता का उदाहरण है— माँ के ननिहाल के कोई छुटभैया जसपुर में डिप्टी थे, काफी तनख्वाह मिलती थी। उन्होंने वसूल-तहसील के लिए गाँव इजारे में लिये, फिर 'ब्यापारे वसति लक्ष्मी' की बात सुनकर गल्ले की खरीद-फरोख्त में हाथ लगाया। दोनों में भारी घाटा हुआ। महाजनों ने सारी जायदाद कुड़क करवा ली और उनके पास एक थाली भी नहीं बची। घर के पाँच प्राणी और तीन नौकरानियाँ दाने-दाने को मुहताज हो गईं। यह खबर गौरी की माँ को लगी। उन्होंने जसपुर में एक मोदी को कहला दिया, कि "इन्हें जो खाने-पीने की चीज जरूरत हो, दे दिया करो।" कपड़े वह स्वयं मखनपुर से भेजती थीं। चार-पाँच साल तक वह इसी तरह सहायता करती रहीं। जब उनका लड़का कमाने लगा, तो स्वयं उन्होंने भांजी का दिया खाने से इनकार कर दिया।

मखनपुर में एक स्यामी (ब्राह्मण) रहता था, जिसकी उमर सौ वर्ष की थी। उसकी बूढ़िया भी अस्सी-नब्बे वर्ष की थी। दोनों के लड़के-पड़के नहीं थे, दो लड़कियाँ थीं, जिनमें से एक ससुराल रहती और दूसरी विधवा हो माँ-बाप के पास। बुरे महूरत का दारूण दुष्परिणाम हो सकता था,

जिसे उतारने (तारा फेरने) के लिए एक रात दूसरे के घर रहना आवश्यक था। गौरी को घोड़े पर चढ़ानेवाला गूजर, जिसे वह बाबा और उसकी बहू को माँ कहा करती थी, उसकी बहू एक रात के लिए उसी बूढ़े के घर रही। अगले दिन आकर उसने गौरी की माँ से कहा—"सौ वर्ष का गरीब बूढ़ा है। सबेरे उसके घर में खाने के लिए कुछ नहीं था। शाम को पाव भर आटा कहीं से मिला, जिसकी राबड़ी तीनों प्राणियों ने खाई। उनका कोई सहारा नहीं।" यह बात सुनकर माँ का हृदय पिघल गया। उन्होंने उसी दिन बूढ़े के घर खाने का सामान भेजा। फिर बूढ़े-बुढ़िया के लिए हर महीने तीस सेर अनाज का बंधान कर दिया और विधवा लड़की को अपने यहाँ नौकर रख लिया। तीन वर्ष बाद बूढ़ा मर गया, उसके बाद बुढ़िया को उसकी जिन्दगी भर खाना देती रहीं। इसी तरह गनेश पुरोहीत-ब्राह्मण बूढा निस्सन्तान अतएव निरवलम्ब था, उसको भी माँ बराबर खाना-पीना देतीं। माँ के मर जाने पर उसकी जेठानी गौरी की याया गनेस का भरन-पोषण करने लगीं।

मामा— बीरन मामा गौरी पर और गौरी अपने मामा पर बहुत प्रेम करते थे, जिसका सबसे बड़ा कारण यही था, कि वह गौरी के मुक्त स्वभाव में बाधक नहीं, बल्कि साधक बनते थे। नानी के भतीजे बलवन्तसिंह से भी गौरी का उसी तरह का प्रेम था। जसपुर आने पर वह गौरी के ननिहाल की हवेली के पास ही में ठहरते। ननिहाल के पर्दे के मारे गौरी का दम घुटता। दोपहर या शाम को जैसे ही मौका लगता, आँख बचाकर बलवन्त मामा गौरी को लेकर निकल पड़ते, चमकद्वार, हलवाना, राजवास-बाग और गोकुलेशजी आदि के दर्शन करा और खूब घुमा-फिराकर लौटा लाते।

■■■

६
सगाई

तेरह वर्ष की उमर में गौरी की पढ़ाई खतम हो गई। अब वह स्वयं जासूसी उपन्यास, चन्द्रकान्ता या दूसरी किताबें पुस्तकालयों से मँगाकर या खरीदकर पढ़ती। साथ ही संगीत, विशेषकर बाजे को सीखती, यह हम बतला आये हैं। चौदह वर्ष की उमर में सन् १६२२ में उसकी सगाई हुई, लेकिन ब्याह तीन वर्ष बाद हुआ। पीहर और सासरे के देशों में बड़ा अन्तर था। सलमाडा और मंगलपुर रेगिस्तान के भीतर थे, जहाँ चारों ओर बालू ही बालू दिखाई पड़ता, और वृक्षों में बबूल और दूसरी कंटीली झाड़ियाँ ही मिलतीं। पानी और वर्षा का भी वहाँ बड़ा अभाव था। लेकिन रेगिस्तान में पैदा हुई, लड़की के लिए यह जरूरी नहीं, कि वह रेगिस्तान ही में ब्याही जाय। वैसे राजस्थान के राजघरानों में तो पहले भी दूर-दूर शादी होती थी, और हाल में तो उन्होंने राजपूतों की बिरादरी को बहुत बढ़ा दिया है। उड़ीसा में मयूरभंज के भंज, पटियाला के सिख, बड़ौदा के गायकवाड़ भी अब उनके साथ रोटी-बेटी करने लगे हैं। ठाकुरों के ब्याह भी कभी-कभी दूर-दूर होते हैं, लेकिन वह अधिकतर अपने को मारवाड़, मेवाड़, मालवा, जसपुर और ब्रज तक सीमित रखते हैं। गौरी के लिए भी मालवा आदि में वर ढूँढ़ने की बातचीत चलने लगी। एक मामा ने दक्षिण में (इछरा) के एक राजकुमार से ब्याह करने का प्रस्ताव किया, लेकिन माँ को पसन्द नहीं आया। फिर जनपुर के महाराज ऊधोसिंह के साथ ब्याह का प्रस्ताव हुआ। माँ ने कह दिया— "राजा बहुत शादियाँ कराते हैं, मेरी लड़की को दुःख होगा।" गौरी की अपनी जीजी बन्दनकुमारी के पति कितनी ही बार ससुराल में आकर रहते थे, जहाँ उनका बहुत सम्मान होता था और वह अपने सास-ससुर तथा चचेरी सास गौरी की माँ के जहाँ बड़े भक्त थे, वहाँ अपने दोनों बेटों की तरह ही गौरी को तीसरा समझकर बहुत प्यार करते थे। उन्होंने भी मालवा के कई ठेकाणों को बतलाते वर का प्रस्ताव किया, लेकिन अन्त में हिम्मतसिंह मामा का सुझाव पसन्द किया गया। जनपुर राज्य में खलपा एक बड़ा ठेकाणा है, जिसमें चौदह-पन्द्रह गाँव तथा दो लाख सालाना की

आमदनी थी। खलपा जनपुर से दक्षिण पचास मील पर पड़ता है। जनपुर-राजवंश के संस्थापक जागा या जनसिंह जी पहले-पहल पड़िहारों (गुर्जर-प्रतिहारों) से छीनकर खलपा में ही गद्दी पर बैठे थे। खलपा से भिनभाल (श्रीभाल) चालीस मील ही दूर है, इसलिए यह कहने की आवश्यकता नहीं, कि प्रतापी गुर्जर-प्रतिहार-राजवंश की मूलभूमि यही थी। शायद जागाजी के आने तक उसी वंश का यहाँ राज था। पीछे जनपुर से चार मील पर अवस्थित मंगोर को ले अन्त में जनसिंहजी ने अपने नाम से जनपुर बसाया, और वही इस वंश की राजधानी बन गया। जनपुरवाले अपने को कन्नौज के अन्तिम राजवंश गहड़वाड़ के अन्तिम राजा जयचन्द की सन्तान बतलाते हैं। गहड़वाड़ों ने अपने को राष्ट्रकूट कभी नहीं कहा। लेकिन यह तो ठीक है, कि कन्नौज में वह गुर्जर-प्रतिहारों के राज्य के उत्तराधिकारी हुए और जनसिंहजी ने भी राजस्थान में प्रतिहारों की भूमि छीनकर गहड़वाड़ों का ही अनुसरण किया।

खलपा एक दूसरी ही तरह की भूमि है, जैसी भूमि की आशा राजस्थान में नहीं हो सकती। यहाँ की भूमि काली और खेती के लिए बहुत उर्बर है। पानी का कोई अकाल नहीं, और वर्षा भी यहाँ ज्यादा होती है। शायद अधिक दक्षिण में होने के कारण जनसिंह जी ने खलपा छोड़ जनपुर को बसाना पसन्द किया। जनसिंहजी के ही छोटे कुमारों में किसी को खलपा की जागीर मिली। यह कस्बा पोसी रेल स्टेशन तथा मालर जंकशन दोनों जगहों से दस मील पर है। पहियेवाली गाड़ियों के जाने का सुभीता पोसी से है। पूर्व में भी दो स्टेशन चार-चार मील पर ही पड़ते हैं, लेकिन वहाँ से रास्ते का उतना सुभीता नहीं हैं। जनपुर से पोसी मोटरलारी जाती है, और बरसात न होने पर पोसी से खलपा भी मोटर चली जाती है। रास्ते में काफी जंगल है। अपनी हरियावल और बहुधान्यता के कारण इस इलाके को छोटा मालवा कहते हैं। गर्मियों के दिन जनपुर-जैसे ही गर्म होते हैं, लेकिन रातें ठण्डी होती हैं। जनपुर से अब तो मोटर से भी जा सकते हैं, लेकिन पहले रथों या दूसरी सवारियों से जाया करते थे। रास्ते में कूसी, कछाणी, लामी, राठ की नदियाँ, गुलिया बहला (नाला) जैसे पाँच नदी-नाले पार करने पड़ते हैं। पोसी के बाहर पोसी की नदी आती है। खलपा के पास नीरपा का बहला (नाला) मिलता है।

खलपा में चारों तरफ कभी कच्चा नगर-प्राकार था, और चारों दिशाओं में एक पक्का छोड़ अब भी तीन कच्चे दरवाजे मौजूद हैं—पोसी दरवाजा,

उत्तर दरवाजा, साखरी (पक्का) दरवाजा, गोला की ओर पश्चिम में बोटी दरवाजा और पूर्व की ओर आरा दरवाजा और स्टेशन की ओर जानेवाला था। आडावला (अरवली): पहाड़ खलपा से पच्चीस-तीस मील पर है। खलपा में प्रायः एक मील घेरे का एक बड़ा तालाब है, जिसका एक घाट पक्का है। उसमें नाव चलती है, लेकिन पानी अप्रैल-मई में सूख जाता है, उस वक्त पानी सुलभ करने के लिए तालाब में चालीस-पचास कुएँ खुदे हुए हैं। उसकी मछली लोग मार लेते हैं। तालाब को मेवाड़ के पहाड़ों से पानी लाकर भरने का रास्ता बना हुआ है।

खलपा में एक हजार के करीब घर होंगे। कपड़ा, केराना, मिठाई, पंसारी आदि की चालीस-पचास दूकानों का एक बाजार भी है। यहाँ पन्द्रह-बीस घर राजपूत हैं, साठ घर श्रीमाली-ब्राह्मण। वराहमिहिर की जन्मभूमि भिन्नमाल का ही दूसरा नाम श्रीमाल है। शायद श्रीमाली वराहमिहिर के ही वंशज तथा शक ब्राह्मणों की सन्तान हैं। कुछ घर थानक ब्राह्मण के हैं। पुश्तैनी राजपरिचारक दारोगों के साठ घर हैं। बनियों में जैन ज्यादा हैं, जिनके सौ घर होंगे। तेली (घाँची) भी बहुत हैं, जो किसानी का भी काम करते हैं। माली, शरगड़े, साईस, सुनार, सुतार, खाती, नाई, धोबी, मनिहार, रंगरेज, बागवान, कलाल, पासवान आदि के भी कितने ही घर हैं। कुछ जूता बनाने वाले भाँबी (चमार) भी रहते हैं। ढोलियों के आठ-दस और कायस्थों के तीन-चार घर हैं। हर एक जाति के अलग-अलग मुहल्ले बसे हुए हैं। मुसलमानों में कितने ही घर पठान, कसाई, पिंदारे, छीपे और मनिहार हैं। ठाकुरानियों के पास गाँव की स्त्रियों के आने में कोई रोक-टोक नहीं है, पर्देवाली केवल रात में आती हैं। पहिले खलपा से ठाकुरसाहब को चौदह-पन्द्रह गाँवों से बीस-पच्चीस हजार की आय होती। खलपा की जागीर की भूमि इतनी उर्बर रहने पर भी जमीन बहुत-सी परती पड़ी हुई हैं। आदमियों की अबादी घनी नहीं है। घास बहुत होती है, और चरने का सुभीता होने के कारण एक-एक घर में पचास-पचास सौ-सौ गाय-भैसें रहती हैं। ऊँट यहाँ बहुत कम देखने में आते हैं। बरसात में काली मिट्टी ऊँटों के लिए काल भी तो है। भेड़-बकरियाँ भी यहाँ बहुत हैं। जंगलों में शिकार करने के लिए सूअर और हरिन की इफरात है। एक-एक दिन में दस-दस सूअरों का शिकार कर लेना साधारण-सी बात है। बघेरे कभी- कभी पहाड़ से भूल-भटककर चले आते हैं। खलपा के तालाबों में जाड़ों में पिन-चिड़ियाँ बहुत आती हैं।

यहाँ सबसे ज्यादा जौ-गेहूँ होता है। चौमासे में मक्की बहुत बोई जाती है। बाजरा और ज्वार उसकी अपेक्षा कम होते हैं। चावल यहाँ नहीं होता। काले-सफेद तिल, ऊड़द, मूँग, मोठ बहुत होती हैं। तरकारियों में गोभी, बैंगन, भिण्डी, तोरी, टिण्डे, टमाटर आदि होते हैं। फलों में नारंगी, अनार तो केवल ठाकुर साहब के दोनों बागों की चीजें हैं। वैसे आम, अमरूद, जामुन के फल बहुत होते हैं।

खलपा से मालवा सौ कोस माना जाता है। आबू यहाँ से दक्षिण चालीस मील पर है, लेकिन गर्मियों में आबू में जाकर रहने का रवाज नहीं है। जब गर्मी पड़ने लगती हैं, तो बाग में किसी मोलसेरी के वृक्ष के चारों ओर टट्टी लगवा दी जाती है, जिस पर पानी सींचते रहते हैं, और भीतर बैठनेवालों को ठण्डी हवा लेने का आनन्द मिलता है। बागों को नष्ट करनेवाले बन्दर इधर नहीं हैं।

पश्चिमी दरवाजे से बाहर नदी किसी समय दूर थी, किन्तु वह काटते-काटते कस्बे के नजदीक आ गई है, तो भी वर्षा में खलपा को उससे कोई नुकसान नहीं होता। हाँ, उस समय केवल औरा दरवाजा से ही लोग भीतर-बाहर आ-जा सकते हैं।

खलपा के कुछ गाँव पोसी परगना में और कुछ गोलाना में पड़ते हैं। जनपुर राज्य में पोसी, शोभन, जयसार और देशुरी हरे-भरे इलाके हैं। देशुरी के बारे में तो कहावत मशहूर है-"अठीने जोधाणे अठीने उदाणो। बीचे देशुरी री नाल।"(यहीं से जोधपुर को, यहीं से उदयपुर को, बीच में देशुरी का मार्ग है।)

खलपा में कई मंदिर हैं। अन्तःपुर से एक जैनियों का और एक श्रीकृष्णजी का मंदिर दिखाई पड़ता हैं। गढ़ के भीतर मुरलीमनोहर का मंदिर है। खलपा से पूर्व एक मील पर मालर जंकशन के रास्ते पर विनारी में माताजी का मंदिर और एक छोटा-सा तालाब है। उत्तर में भी इसी तरह एक मील पर एक मढ़िया है।

सलमाडा से खलपा की भूमि में भारी अन्तर था, यह इस वर्णन से मालूम हो जायगा। खलपा के लड़के का पता पा बाबोसा ने छुटभैयों को सगाई ठीक करने के लिए भेजा। खलपा के ठाकुर साहब बहुत सीधे-सादे और शराब में हर वक्त मस्त रहा करते थे। ठेकाने का सारा काम कामदार करते। जाने पर पच्चीस हजार रुपया टीका, चार घोड़े और कितने ही

सिरोपा देने पर ब्याह ठीक हुआ। वर ठीक करनेवाले लौटकर आये, तो माँ की गोद आये ठाकुर बालसिंह ने इतना रुपया देने में अपने को असमर्थ कहा। बाबोसा ने कहा—"अच्छा टीका का रुपया मैं दूँगा।" लेकिन गौरी की माँ ने कहा—"ठेकाणे का ठाकुर तो हमने उसे बनाया है, इसलिए रुपया उसी को देना पड़ेगा।" पीछे माँ ने आधा रुपया दिया, और आधा ठेकाणे से मिला। घोड़ों में दो सोने के जेवरों से और दो चाँदी के जेवरों से सजाये गये। ससुर के लिए सिरोपा, सिरपेच, कण्ठा आदि तैयार किया गया। इसी तरह दूसरे सम्बन्धियों के लिए दो-ढाई सौ सिरोपा तैयार हुए।

सगाई ठीक हो जाने पर अब कन्या को देखने की रसम पूरी करनी थी। वर को तो लोग देखे हुए थे। लड़की भी वर को देख ले, इसके लिए फोटो भेजने का अब रवाज हो गया है। वैसे लड़की की सम्मति बिलकुल अनावश्यक समझी जाती है, तो भी सहेलियों द्वारा उसे वर का फोटो दिखलाया जाता है। माँ-बाप यह जानना चाहते हैं, कि लड़की की क्या राय है। लड़की यदि न करे, तो समझा जाता है, कि उसे वर पसन्द है। लेकिन जैसा कि कहा, लड़की की इच्छा या अनिच्छा पर कोई बात निर्भर नहीं करती। चौदह वर्ष की लड़की साठ वर्ष के बूढ़े के गले बाँध दी जा सकती है, और कई-कई रानियों के रहते भी नये ब्याह हो सकते हैं । लड़की के सामने सगाई की बात करने पर वह उठकर वहाँ से चली जाती है, तो भी वह यह तो जानती है, कि मेरा भाग्य किसी से बँधनेवाला है। खलपा से चार आदमी और दो लौंडियाँ लड़की को देखने आईं। छ-सात वर्ष पहले गौरी ने जब अपनी जीजी के लिये यही रसम अदा करते देखा था, तो वह मचल पड़ी थी, और लोगों को बड़ी मुश्किल से मनाना पड़ा था; लेकिन आज उसे उसमें कोई खुशी नहीं हो रही थी, बल्कि भविष्य की आशंकाओं के कारण दिल धड़कता था। स्त्रियों ने लड़की को देखा। लड़की में कोई दोष नहीं था। उन्होंने पसन्द किया। फिर उन्हें अच्छे-अच्छे घाघरे-लुगड़ी के साथ इनाम दिया गया।

चौदह वर्ष की उमर ब्याह के लिए राजपूतों के इस वर्ग में छोटी समझी जाती है, इसलिए ब्याह करने की जल्दी नहीं थी, उसके लिए और तीन साल की प्रतीक्षा करनी पड़ी। टीका हो जाने के बाद इन तीनों सालों को गौरी ने स्वयं पढ़ने लिखने और संगीत-वाद्य सीखने में बिताया। मास्टर साहब देश चले गये, इसलिए कामदार के एक लड़के ने एकाध किताब अंग्रेजी की पढ़ाई। फिर हिन्दी-इंगलिश-टीचर लेकर गौरी ने स्वयं कुछ अंग्रेजी सीखने की कोशिश की, लेकिन पढ़ाई का सिलसिला वस्तुतः

यहीं खतम हो गया। वह पुस्तकालयों से कहानियों-उपन्यासों की पुस्तकें मँगाकर पढ़ा करती। 'सरस्वती' भी देखने को मिलती और अजमेर से निकलने वाला 'क्षात्र-धर्म' भी। गौरी का स्वभाव था, किसी किताब को हाथ में लेकर उसे अधूरी नहीं छोड़ना। उसकी जीजी किताबों के पढ़ने की बहुत शौकीन थी। बड़ी-बूढ़ियों में कथा-पुराण सुनने का रवाज था। सावन के महीने में कनात लग जाती और पर्दे से बाहर बैठकर पण्डित अर्थ-सहित कोई कथा सुनाते। गौरी को उसके सुनने में कोई रस नहीं आता था। सावन में यह झूले का समय था, इसलिए वह आँगन में झूलने चली जाती। दिन-रात के चौबीस घण्टे होते हैं, आठ दस घण्टे तो सोने-लेटने में काटे जा सकते हैं, बाकी चौदह घण्टों का बिताना विशेष-कर समझ-बूझ रखनेवाले व्यक्ति के लिए मुश्किल होता है। लेकिन जब उसकी दुनिया छोटी होती, तो वह अधिक विकलता अनुभव नहीं करता।

★ ★ ★ ★

झुमझुम सलमियों की पुरानी गद्दी थी। अब भी वहाँ गढ़ में पाँचों ठाकुरों की अपनी-अपनी गद्दियाँ मौजूद हैं। सलमिया सदा से बड़े अभिमानी रहते आये, और अपनी आन पर कट जाना उनके लिए कोई मुश्किल नहीं था। आज से पाँच-छह पीढ़ी पहले की बात है। एक सलमिया कुमारी बूँदी के हाड़ा राजा को ब्याही गई। बरात आई, भाँवरें फिर गईं। फिर सलमिया के दस्तूर के मुताबिक बहू रात भर के लिए जनवासे में गई। उस समय न जाने क्या समझकर दुल्हा-राजा ने अपनी नवपरिणीता से कहा— "जरा जूतों को उठा लाओ।" सलमिया कुमारी को इसमें भरी अपमान की गन्ध मालूम हुई। वह अकड़कर बोली—"जूता लाने के लिए माँ-बाप ने मुझे लौंडियाँ दी हैं।" लेकिन हाड़ा-वर भी जिद्दी था। उसने अपना रोब दिखलाते हुए फिर-फिर जूता लाने का आग्रह किया। सोहाग-रात को ही दोनों में झगड़ा हो गया। कायदे के मुताबिक बरात बिदा होते समय बहू भी बिदा हो गई। सलमिया रानी ने समझा, कि बूँदी के भीतर जाने पर मुझे बहुत तंग किया जायगा, इसलिए 'कांकड़ सीमा' के ऊपर पहुँचने पर उसने अपने डोले को वहीं रखवा दिया, और पीहर से आये नौकर-नौकरानियों ने कनातें तान दीं। सलमिया रानी से लोगों ने बहुत अनुनय-विनय की, लेकिन उसने नगर के भीतर जाने से इन्कार कर दिया, यही नहीं, बल्कि बूँदी का अन्न भी खाना उसने हराम मान लिया। वहीं पर अपने लिए एक हवेली बनवा, वह जीवन भर पीहर से ही अपने

खाने-पीने का सामान मँगाती रही। सलमिया रानी इस प्रकार अपनी आन पर डटी हुई थी। वह जरा भी झुकने के लिए तैयार नहीं थी। अन्त में बूँदी-राजा को अकल आई। कितने ही वर्षों बाद एक दिन वह रानी की हवेली में मिलने की इच्छा से गये। रानी को जब इस बात की खबर लगी, तो उसने अपनी लौंडियों को हुक्म दे दिया, कि दरवाजा न खोलना और यदि जबर्दस्ती, खुलवायें, तो तलवार लेकर कट मरना। उसने अपनी लौड़ियों को ही ऐसा हुक्म नहीं दिया, बल्कि खुद भी तलवार लेकर दरवाजे के पास खड़ी हो गई। वहीं से उसने अपने पति के साथ जवाब-सवाल किया, और पतिदेवता खाली हाथ उलटे पैर लौट गये। सलमिया रानी ने इस तरह अपनी आन पर सब कुछ सहा। किन्तु जब उसका पति मर गया, तो वह एक चिता पर उसके साथ सती हुई। बूँदी के श्मशान में दोनों के स्मारक के तौर पर दो छतरियाँ स्थापित हुईं। कितने ही समय बाद सलमिया रानी का भाई बूँदी जाते छतरी के पास से गुजरा, उस समय छतरी फटने लगी। भाई ने कहा-"बस बहिन, अब यहीं तक रहने दे।" कहते हैं, छतरी का फटना वहीं रुक गया और आज भी वह छतरी उसी तरह दिखाई पड़ती है।

यह वास्तविक घटना से काव्यमय कल्पना अधिक मालूम होती है, लेकिन यह तो निश्चित है, कि अंग्रेजों के हाथ में राजस्थान के आने से पहले, अभी भी वहाँ के राजपूत और राजपूतनियाँ अपनी आन के लिए प्राणों पर खेल जाने के लिए तैयार थे।

सती-प्रथा को अंग्रेजों ने १८३४ ई० के कानून द्वारा बन्द किया। उसके बाद धीरे-धीरे सारे भारत में स्त्रियों को चिता पर जिन्दा जलाने की क्रूर प्रथा बन्द हो गई। लेकिन जान पड़ता है, राजस्थान में इस प्रथा का जोर अंग्रेजों के आने से पहले भी बहुत कम हो गया था, क्योंकि वहाँ सती होने की कथाएँ बहुत कम सुनने में आती हैं, और सतियों के स्मारक भी कम ही मिलते हैं। जसपुर के महाराजा माखनसिंह महाराजा राखी सिंह के गोद आये थे। गोद आने से पहले उनका ब्याह हो चुका था, और पहिली रानी को जादवों के कुल की होने से 'जादौन' कहा जाता था। जादौन रानी को ब्याह के वक्त पीहर से एक हाथी मिला था। हाथी का अपने रानी के प्रति बहुत स्नेह था। जब जादौन रानी मरीं, तो उनकी अर्थी सजाकर बहुत बाजे-गाज के साथ श्मशान ले जाई गई। हाथी भी साथ में था, और उसकी आँखों से आँसू जारी थे। राजस्थान

की रानियाँ जीते-जी ही पर्दे में जकड़ी नहीं रहतीं, बल्कि मरने पर भी कनात से घेर कर उनको जलाया जाता है। रानी की चिता को जब आग लगा दी गई, तो हाथी चिघ्घाड़कर वहीं मर गया। जसपुर से आगोर के रास्ते पर, जहाँ जादौन रानी की छतरी बनी है, वहीं उस स्वामिनी-भक्त हाथी की छतरी भी है, जिसके भीतर काले पत्थर का हाथी रक्खा है।

सती की प्रथा कम भले ही रही हो, लेकिन राजस्थान में उसका अभाव नहीं था। नरपुर के पास गौरी की परदादी की सास भीमसर में सती हुई थीं। श्मशान जाते समय सतियाँ हाथ में महावर लगे हाथ की छाप गढ़ के फाटक की दीवार पर छोड़ जातीं। ऐसे छाप अभी भी कितनी ही जगहों पर देखे जा सकते हैं। जिस घर में सती पहले रहती, उसमें बराबर घी का दिया जलाया जाता।

पर्दे के कारण रानियाँ कैसे आफत में पड़ जाती हैं, इसका एक उदाहरण लीजिये। जसपुर -राज्य के सभी जागीरदारों की अपनी-अपनी कोठियाँ राजधानी में बनी हुई हैं। पाँच ही छह साल की बात है, एक बहुत बड़े जागीरदार की माँ और बीबी सिनेमा देखने जाना चाहती थीं। संयोग से उस वक्त घर की मोटरें खराब हो गई थीं, इसलिए जोड़ी तैयार की गई। दो जबर्दस्त घोड़े जुते हुए थे। चारों ओर बन्द जोड़ी को पर्याप्त नहीं समझा गया, इसलिए ऊपर से लाल पर्दा डालकर रस्सी से उसे चारों ओर से कसकर बाँध दिया गया। हवा के लिए चार अंगुल की दो-एक पीतल की झंझरियाँ मौजूद थीं, इसलिए दम घुटने का सवाल नहीं था। सास, बहू, एक दस-बारह वर्ष की लड़की और बच्चे सिनेमा देखकर रात को लौट रहे थे। नगर के फाटक के बाहर निकलते ही घोड़े बिदक गये। डर लगा, न जाने कहाँ ले जाकर जोड़ी को चकनाचूर कर दें। कोचवान ने अकल नहीं खोई और उसने धीरे से बम को निकाल दिया। घोड़े बम को लिये बेतहाशा भाग गये, लेकिन तब तक जोड़ी उलट चुकी थी। रानियाँ ऊपर-नीचे पड़ी थी, चिल्लाने की भी हिम्मत नहीं रखती थीं, आदमियों में दो ही साथ थे। बड़ी मुश्किल से उन्होंने रस्सी काटकर पर्दे को हटाया और भीतर फँसे हुए प्राणियों को कनात से घेर फाटक के पास के किसी कमरे में पहुँचाया। दूसरी मोटर आई, फिर रात को रानियाँ अपनी हवेलियों में पहुँचीं। राजस्थानी रनिवासों के पर्दे की कल्पना भी दूसरी जगहों के लोगों के मन में आनी मुश्किल है।

★ ★ ★ ★

लोग खलपा टीका देकर लौट आये। लड़कियों के जन्म में जिस तरह खुशी नहीं मनाई जाती, उसी तरह टीका के समय भी होता है। लेकिन गौरी की जीजी और बाबोसा की बुआ इस बात को मानने के लिए तैयार नहीं थे। दादी ने बहुतेरा कहा—"तुम नया रवाज चला रहे हो।" लेकिन उन्होंने नहीं माना। महल में खूब गाना-बजाना कराया। बाबोसा के शरीर-रक्षकों में एक कायमखानी (मुसलमान) राजपूत हाशिम खाँ बहुत समझदार और वफादार आदमी था। टीका ले जानेवालों में वह भी था। गौरी की माँ ने हाशिम खाँ से वर के बारे में पुछवाया, तो उस स्वामिभक्त सेवक ने कहा—"और तो सब ठीक है, वह देखने-सुनने में अच्छा है, लेकिन मुझे वह बुद्धि में कमजोर-सा जँचता है।" खलपा के ठाकुर साहब ने अपने लड़के को कुछ समय घर पर शिक्षा देकर राजस्थान के और राजवंशों तथा ठाकुर वंशों का अनुकरण करते हुए उसे पढ़ने के लिए अजमेर (म्योर कालेज) में भेज दिया। ठाकुर श्रीमानसिंह को पढ़ना बदा नहीं था। तो भी वहाँ वह कुछ साल और रह जाते, तो थोड़ा-बहुत पढ़ जाते। जनपुर के महाराज के भाई प्रसादसिंह पढ़े लिखे तो नहीं थे, लेकिन बड़े व्यवहारकुशल आदमी थे, अंग्रेजों के प्रति अत्यन्त भक्त होने के कारण वह उनके कृपापात्र भी थे। उन्हीं के कहने पर श्रीमान को अजमेर के राजकुमार-कालेज में भेजा गया था। उनकी दो-तीन साल की पढ़ाई वहीं खतम हो गई। श्रीमान अपने पिता के उस समय अकेले जीवित पुत्र थे। तीन बहिनें थीं, जो पीछे विधवा हो अपने-अपने ससुरालों में रहतीं।

ससुराल में जमाई— जब तक जीजी का ब्याह नहीं हुआ था, तब तक गौरी की बन्दनकुमारी के साथ बड़ी ईर्ष्या रहा करती थी। वह अपनी बड़ी बहिन से झगड़ पड़तीं, और बाबोसा भी छोटी लड़की का ही पक्ष लेते। लेकिन ब्याह हो जाने के बाद दोनों का प्रेम बहुत प्रचण्ड हो गया। बहिन के अब दो लड़के थे। वे दूसरी पलंग पर सोते। और दोनों बहिनें हमेशा एक चारपाई पर सोया करतीं। जीजी के पति जब-तब ससुराल आते, और उनकी वहाँ बड़ी खातिर होती। जमाई की आवभगत का ढंग राजस्थान के सभी ठाकुरवंशों और राजवंशों में एक-सा ही है। जमाई को बाग में डेरा दिलाया जाता है। शाम के वक्त हर रोज सो-दो-सौ लौंड़ियाँ और दूसरी स्त्रियाँ गीत गातीं, बाजे और बैण्ड के साथ जमाई साहब के पास जातीं। इस समय के गीत को जला (जलवा) कहते हैं। जलवा मुसलमान सुल्तानों और बादशाहों में सोहागरात के गीतों को कहा जाता

था। राजस्थान में अत्यन्त जनप्रिय राग माँड का ही इस जले में भी प्रयोग होता है। जैसे—

"जला मारूँ, में तो थारा डेरा निरखन आई हो। म्हारी जोड़ीरा जला।" बाग में पहुँचने पर जमाई की ओर से औरतों को शराब पिलाई जाती, और उन्हें सूखे सिंगाड़े तथा बताशे अंजली भर-भर के दिये जाते। थोड़ी देर में जमाई दरबारी कपड़े पहिन लेता। कमर में तलवार बाँध घोड़े या हाथी पर सवार हो जलूस के साथ गढ़ की ओर चलता। गढ़ में पहुँचकर वह मरदाना दरबार की ओर न जा सीधे अन्तःपुर में जाता। वहाँ एक बड़े कमरे में दरी-जाजम बिछा होता है, गद्दा-तकिया लगा रहता। जमाई वहाँ बैठ जाता। कमरे के एक बड़े भाग को पर्दे से घेर रक्खा जाता, जिसके पीछे सास, साले की बहुएँ तथा दूसरी पर्दानशीनें बैठ जातीं। राजस्थान का दामाद अपनी सास को कभी नहीं देख सकता, और न उसकी बोली को ही पहचान सकता। यदि कभी कोई खतरे का मौका पड़े, तो निश्चय ही, उसके पास कोई उपाय नहीं, जिससे समझ पाये, कि वह उसकी अपनी बीबी की माँ है।

जमाई के आने से पहिले सहेलियाँ और भावजें बहू को खूब सजाकर लम्बा घूँघट निकलवाकर तैयार रखतीं। बहू बार-बार इनकार करती, और नहीं चाहती, कि दूसरे के सामने अपने पति के पास जाय, लेकिन लौंड़ियाँ जर्बदस्ती उसे पकड़कर जमाई के सामने ला खड़ी करतीं। फिर जमाई से कहतीं—"हमारा बाईसा आया है, इसे ताजीम दो और हाथ पकड़कर अपने पास बैठाओ।" राजस्थान में ताजीम देने का मतलब है, सम्मान के लिए उठ खड़ा होना। वर थोड़ी देर उठना नहीं चाहता, लेकिन बार-बार कहने पर खड़ा हो ताजीम दे हाथ पकड़कर अपनी बहू को बैठाता है। यह स्मरण रखना चाहिए, कि यह बात केवल तरुण जमाई की ही नहीं है, साठ साल का बूढ़ जमाई भी ससुराल जाने पर इस सारे अभिनय को करने के लिये बाध्य है। उसी तरह उसकी साठ वर्ष की बुढ़िया बहू महीनों इस तरह का अभिनय करती रहेगी। जमाई और बहू के बैठ जाने के बाद सामने चौकी रख दी जाती, जिसके ऊपर बोतल में शराब और चुस्की या गिलास रख दिये जाते। चुस्की जान पड़ता है, संस्कृत चषक का ही बिगड़ा रूप है। यह सोने-चाँदी के टोंटीदार छोटे-छोटे बर्तन होते हैं। लौंडी फिर कहती है—"हमारी बाईसा को मनुआर दो।" उधर पर्दे के भीतर से कोई कहती—"बहुत दूर से चारणी-भाँटनी आई हैं। वह

भी मनुआर माँग रही हैं।" मनुवार का अर्थ है, सम्मानपूर्वक शराब की चुस्की या प्याले को अपने हाथ से प्रदान करना। जमाई को यह जानने में दिक्कत नहीं होती, कि पर्दे के भीतर से मनुआर की माँग कोई भाँटनी या चारणी नहीं कर रही है, बल्कि स्वयं उसकी सास या सरहज वहाँ बैठी माँग कर रही हैं। जमाई लौंड़ी के हाथ नकली भाँटनियों और चारणियों के पास मनुआर की शराब भेजता है, और पाँच-पाँच रुपये नछरावल (न्योछावर) के भी। अन्दर शराब की चुस्कियाँ खाली कर ली जाती हैं, और रुपयों में उतने ही या कुछ ज्यादा और मिलाकर जमाई-राजा के पास लौटा दिया जाता है। भाँटनियों-चारणियों को मनुआर दे देने के बाद फिर लौंडियाँ अपनी बाईसा के लिए मनुआर देने का आग्रह कर कहती हैं, कि अपने हाथ से पिलाओ। जमाई बहू के लम्बे घूँघट में हाथ डालकर चुस्की की टोंटी से उसे शराब पिलाता है। फिर लौंड़ियाँ बहू से जमाई-राजा को मनुआर देने का आग्रह करती हैं। बहू चुस्की नहीं उठाती, इस पर अपने हाथ से हाथ पकड़कर चुस्की को किसी तरह जमाई के मुँह में लगवाती हैं। आजीवन ससुराल में जमाई का यह अभिनय घोर पर्दे के भीतर बन्द अन्तःपुरिकाओं के लिए एक अच्छा मनोविनोद का साधन है, इसमें सन्देह नहीं; लेकिन अब तो राजस्थान की राजकुमारियाँ मेमों का कान काटने लगी हैं। लम्बे केशों को कटवाकर चोटीकटी बन गई हैं। यह स्मरण रखना चाहिए, कि 'मोड़ी राँड' (बालमुड़ी स्त्री) कहना राजस्थान में पहले भारी गाली समझी जाती थी। अब तो ससुराल की मनुआरों की आवश्यकता भी नहीं है। सगाई होते ही राजकुमारी अपने भावी पति के साथ घूमना, खेलना, खाना सब करती हैं।

हाँ, तो अन्तःपुर में आये जमाई की यह मनुआर आधी रात तक चलती रहती हैं। पर्दे के पीछे से स्त्रियाँ कनात में छेदकर अच्छी तरह देख नहीं सकतीं, लेकिन सुनने का उन्हें पूरा अधिकार है। शराब की चुस्कियों के साथ-साथ इस समय तरह-तरह की पहेलियाँ भी जमाई-राजा से पूछी जाती हैं। कोई कनात के भीतर से पूछती हैं—"खड़बड़ खोपा दिराओ (दिलवाओं)।" खड़बड़ा खोपा ससुर के लिए पारिभाषिक शब्द है।

कोई कहती—"कागउड़ावनी बखशाओं।" कागउड़ावनी सास को कहते हैं। यदि समझदार जमाई हुआ, तो वह भी रस लेकर जबाब देते हुए कहता है—"कागउड़ावनी जो मैं दे दूँ, तो मेरा लाड कौन करेगा?" फिर

कोई पूछती है—"केसरिया साड़ी और कुन्नन की टीकी दिराओ।" यह बहू का संकेत है। जमाई कहता है—"यदि उसे दे दूँ, तो मेरे यहाँ आने की क्या आवश्यकता थी?"

इस प्रकार बारह-एक बजे रात तक मनुआर और पहेलियाँ चलती रहती हैं। यहीं खाने का थाल आ जाता है, और एक ही थाल में दोनों भोजन करते हैं। जब जमाई का यह अभिनय बुढ़ापे तक चल सकता है, तो वर-वधू के लड़के क्या पोते भी हो सकते हैं। छोटे बच्चे होने पर वह भी माँ-बाप या नानी के पास बैठे इस तमाशे को देखते रहते हैं। गौरी के बाबोसा का एक समय इसी तरह ससुराल में स्वागत चल रहा था। बाबोसा ने ग्यारह-बारह वर्ष की गौरी को किसी बहाने उसके ननिहाल में भेज दिया। पीछे गौरी को मालूम हुआ, तो वह बहुत लड़ी—"मुझे तुमने नहीं देखने दिया। सुनते हैं, बड़ा-बड़ा तमाशा हुआ था।" इस अन्तःपुर की महफिल के बाद वहीं किसी कमरे में बहू और जमाई सोने चले जाते हैं। सबेरे उठकर जब जमाई वापस जाता है, तो सास और सरहजों को अपना मुजरा (प्रणाम) भेजता है, जिसके उपलक्ष में अन्तःपुरिकाएँ उसे पाँच-पाँच रुपया या मुहर भेजती जमाई-राजा चाहे महीने भर रहें, छह महीने या साल भर, रोज शाम को बाग में बुलौवे के लिए गाती-बजाती स्त्रियाँ जायेंगी, रोज आधी रात तक अन्तःपुर में मनुआर चलेगी, और रोज बिदाई के समय उन्हें रुपये या मुहर मुजरे के जवाब में मिलेंगे। यह मनोरंजक अभिनय शादी के दूसरे दिन से शुरु होता है, और जमाई के जीवन भर ससुराल में चलता रहता है।

★ ★ ★ ★

गौरी रूढ़ियों के विरुद्ध विद्रोह करने का भाव बचपन से ही रखती थी, लेकिन राजस्थान के अन्तःपुर के रवाज इतने कड़े थे, कि उनको हटाने का प्रयत्न पत्थर की दीवार से सिर टकराने से कम नहीं था। अभी वह समय नहीं आया था, जब कि राजकुमारियाँ बालकटी बनतीं, और मुँह खोले जहाँ चाहें तहाँ घूम सकतीं। बाबोसा ने जोड़ में एक अच्छी कोठी बनवाई थी, जिसके साथ बहुत काफी खेत और जमीन थी, जो दीवारों से घिरी थी। चौमासे के महीनों में बाबोसा जोड़ चले जाते, और प्रायः चार महीने वहीं रहते। गौरी स्वयं ही उन्मुक्त वातावरण का आनन्द नहीं लेना चाहती थी, बल्कि अपनी माँ और याया को भी उसमें सम्मिलित

करना चाहती थी। ऊँची चहारदीवारी से घिरे रहने के कारण कोठी के पीछे के बाग और खेतों में ऐसे पुरूषों के आने की सम्भावना नहीं थी, जिनके सामने अन्तःपुरिकाएँ मुँह न खोल सकती हों। रात में उधर जाना पसन्द नहीं किया जाता था, क्योंकि वहाँ बहुत साँप निकलते थे। खेत में उस समय ककड़ी और मतीरे (तरबूज) मिलते, बाजरे के सिट्टों (बालों) का होला भूना जाता। वहीं एक छोटा-सा तालाब था, जिसमें खूब नहाते। रेत के टीले तो सलमाड में सभी जगह मिल सकते हैं। इस हाते में भी कितने ही टीले थे, जिन पर गौरी और उसकी बहिन खूब खेलती-कूदतीं। जिस समय पानी से रेत भीगी होती, उस समय मंदिर बनातीं, और छोटे-छोटे लड्डू बनाकर उससे मंदिर के ऊपर कलश लगातीं। अकेले ही इन खेलों के खेलने की आवश्यकता नहीं थी। उसकी बूजी (माँ), याया और जीजी भी खेल में शामिल हो जातीं। कभी गौरी को पनिहारिन का ख्याल आता, तो वह कुएँ से पानी निकालने लगती, जिसमें माँ और याया को भी शामिल कर लेती। लेकिन सौ-सौ हाथ की रस्सी लगनेवाले कुँए से पानी निकालना उनके बस की बात नहीं थी। दो-चार हाथ में ही माँ और याया की साँस फूलने लगती, और वह हाथ खींच लेतीं। लेकिन गौरी घड़े में पानी निकाले बिना नहीं रहती, बल्कि घड़े को सिर पर रख घूँघट निकाल पनिहारिन बनकर वह कोठी के भीतर तक जाती। खेत में गवार या, मोठ की फलियाँ लगी रहतीं। उन्हें भी अन्तः- पुरिकाएँ अपनी चुनरियों के छोर में तोड़तीं, कच्चे मतीरों को भी तरकारी के लिए तोड़ लेतीं, और सब मालन बनकर अपने-अपने पल्ले में साग-सब्जी लिए लौटातीं। इस विशाल हाते के भीतर घूँघट का कहीं पता नहीं था। पुरुष वहाँ वही होते, जिनके सामने अन्तःपुरिकाओं को घूँघट निकालने की आवश्यकता नहीं थी। हाँ, वहाँ जाने के लिए भी ठाकुर साहब की इजाजत लेनी जरूरी थी, और गौरी के कहने पर बाबोसा इनकार करना नहीं जानते थे।

जसपुर में उतनी स्वतन्त्रता नहीं थी। राज्य के और ठेकानों के जागीर-दारों की हवेलियाँ नगर के भीतर हैं, वहाँ सलमियों को बाहर अपनी हवेलियाँ बनाने की इजाजत दी गई। कहते हैं, जसपुरवाले सलमियों की आन और अकड़ से डरते रहते थे, इसलिए उन्हें चमक-दरवाजे से बाहर रहने के लिए कहा गया था। इस दरवाजे से बाहर जानेवाली एक सड़क पर खलाणा, नरपुर और मंगलपुर की हवेलियाँ (हौस) पास-पास में थीं, जिनमें नरपुर के दो और मंगलपुर के दो हौस थे। इनके आगे-पीछे काफी

जमीन थी, लेकिन पीछे की जमीन का कोई उपयोग नहीं लिया जाता था, यद्यपि वहाँ कुएँ बने हुए थे, जिनके सहारे बाग या साग-सब्जी की खेती अच्छी तरह की जा सकती थी। चमक-दरवाजे से ही अलग होनेवाली दूसरी सड़क पर सिवपुर, बीमो, खलरी, दासा, मसोर के सलमिया ठाकुरों की हवेलियाँ थीं। इन हवेलियों में कोई एकमंजिला और कोई दोमंजिला थीं। खलाणावालों की कोठी तीन मंजिला थी। आगे की ओर दूब और किसी-किसी ने फूल लगा रक्खे थे। पर्दे की ठाकुरानियाँ हवेली के सामने से मोटर पर कैसे चढ़ सकती थीं? उनके लिए मोटर कोठी के पिछवाड़े जाती, जहाँ सीढ़ियों से उतरकर इनपर सवार हो जातीं। जसपुर में अपनी हवेलियों के पीछे दिन में भी अन्तःपुरिकाएँ घूम-फिर सकती थीं। यद्यपि पास की दूसरी हवेलियों से पुरुष उन्हें देखते थे, लेकिन सलमिया तो सभी आपस में भाई-बहिन होते हैं, इसलिए उसकी उतनी परवा नहीं की जाती थी। मंगलपुर की अपनी हवेली के पीछे भूरी-भूरी रेत थी, जो वर्षा में जम जाती थी। गौरी को वहाँ बैठकर खाना खाना बहुत पसन्द था। वहाँ वह कितनी ही बार अपनी सहेलियों को लेकर गिल्ली-डण्डा भी खेलने जाती। एक बार तो गिल्ली लगने से उसके पैर में बहुत चोट आ गई थी।

जसपुर में गौरी सलमियों के मुहल्ले की अपनी हवेली में रहना ही ज्यादा पसन्द करती। उसके ननिहाल चाँचल्ला की हवेलियाँ शहर के भीतर थीं, जहाँ भारी पर्दे के कारण दम घुटता था और खेलने के लिए वहाँ उतनी जगह भी नहीं थी। नगर में अगर कोई चीज गौरी को खींचकर ले जाती थी, तो वह बीरन मामा और माँसी का प्रेम था, नहीं तो वह उसे जबर्दस्त जेलखाना मानती थी।

गौरी अपने शहर के बाहरवाले घर से दो घोड़ों की बग्गी पर चढ़कर ननिहाल जाती। दो वर्दीधारी साईस पीछे, और एक वर्दीधारी कोचवान आगे बैठता। कोचवान के पास हाथ में तलवार या बन्दूक लिये एक राजपूत बैठा रहता। बग्गी के पीछे चार सवार चलते। बग्गी के ऊपर रस्सी से कसकर बँधा हुआ लाल पर्दा रहता, लेकिन गौरी को इस बग्गी की सवारी में कभी वैसा तजर्बा नहीं हुआ, जैसा कि सिनेमा देखने वाली ठाकुरानियों को एक रात हुआ था।

गौरी के बड़े बाबोसा ठाकुर रूडसिंह नरपुर गोद गये थे। उनकी गोद लेनेवाली माँ मर गई थी। इस तरह के शोक के समय कोई गाना-

बजाना नहीं हो सकता था, लेकिन बाजा बजाना तो गौरी के लिए मनबहलाव का एक बड़ा साधन था। वह उससे अपने को वंचित नहीं रखना चाहती थी। मंगलपुर के गढ़ में चार गोल-गोल बुर्ज (मीनार) हैं, जिनमें तीन-तीन मंजिलें हैं और एक पाँच मंजिल का। इन बुर्जों में छोटी-छोटी गोल-गोल कोठरियाँ हैं। गौरी अपना हारमोनियम ले पंच-मंजिलें मीनार की निचली कोठरी में चली जाती और वहाँ कितनी ही देर तक बाजा बजाते गुनगुनाती रहती।

■■■

१०
ब्याह

गौरी बाबोसा की लाड़ली बेटी थी। बाबोसा की अपनी लड़की वन्दनीकुमारी का ब्याह हो चुका था। अब घर में यही एक छोटी लड़की रह गई थी। अपना लड़का तो कोई था नहीं, इसलिए बाबोसा और गौरी की माँ अपनी लड़की के ब्याह में सारा हौसला निकाल लेना चाहते थे। एक साल पहले ही से ब्याह की बड़ी तैयारी होने लगी। बारात मखनपुर आती, इसलिए वहाँ और भी ज्यादा तत्परता देखी जाती। कुम्हारों ने ब्याह के लिए तरह-तरह के बरतन बनाने शुरू किये। मजूर जानवरों के लिए घास जमा करने लगे। मोची जूते बना-बना घर भरने लगे। कितने ही सुनार गढ़ में डेरा डाल वहाँ सोने, मोती और जड़ाऊ के जेवरों को बनाने लगे। चाँदी के बर्तनों और दूसरी चीजों के बनाने का काम ठठेरी ने लिया, जिनकी मदद के लिए सुतार (बढ़ई) वहाँ मौजूद थे। पलंग के पाये और मसहरी के डण्डे चाँदी की पत्तर लगाकर बनाये गये। एक बड़ा घड़ा (कलश) और नहाने का टब भी चाँदी का बना। तीन-चार सेर पानी अमाने लायक टोंटीदार रामसागर (झारी), बड़ा थाल, कटोरियाँ, दो बड़े कटोरे, चार प्लेटें, कई गिलास, पीकदानी, चिलमची, ढकनों सहित चार देगचियाँ, एक कड़ाही, चिमटा, चम्मच, कल्छी, चाय का सेट, टिफिन-कैरियर सभी ठोस चाँदी के बनाये गये। चौपड़ खेलने की गोटियाँ और दो सौ के करीब कौड़ियाँ, शतरंज की मुहरें सभी चाँदी की बनीं। शराब रखने की बोतल चाँदी की थी और दो चुस्कियों में एक सोने की और दूसरी चाँदी की थी। चाँदी की मूठ का एक जोड़ा चँवर, चाँदी का ही प्रसाधनबक्स था। कलम-दावात, कलमदान, सिंदोरा, सुरमादानी, सलाई, चाकू सभी चाँदी के बनवाये गये। बाल झाड़ने के लिए सूअर के बालोंवाला चाँदी की मूठों सहित ब्रुश तैयार किया गया। पलंग ढाँकने की चादर के कोनों पर लटकनेवाली कैरियाँ भी चाँदी की थीं। इस प्रकार चाँदी के बहुत से बर्तन-भाँडा और दूसरे सामान ठठेरों ने बनाये।

जेवर— दहेज में गौरी को जितना आभूषण और दूसरी चीजें मिली

उतना सभी लड़कियों को मिलता है, यह नहीं समझना चाहिए। सोने के ठोस जेवरों में सुनारों ने निम्न चीजें बनाई-हाथ के लिए एक जोड़ा बाजू, एक जोड़ा गोखरू (कंगन), जोड़ा माँसे, पौंची, हाथ के गजड़े और हाथ की आठों अंगुलियों के लिए आठ अंगूठियाँ तथा करपृष्ठ को ढाँकने के लिए हथफूल। गले से जेवरों में— आड़, हाँस (हँसली), चंदरहार, तसवीरें-मंढ़ा काँठला। सिर के लिए बिन्दी, माँग पर लटकनेवाला झोंटना, पैरों के लिए दो सौ तोले सोने के आभूषण थे, जिनमें एड़ी से आठ अंगुल ऊपर तक चढ़ाव-उतार नौ जोड़ थे, जिनके नीचे पाजेब (रमझोड़), फिर सारे पैर को ढाँकने वाला पगपान, अँगुलियों के लिए गोलिये (छल्ले), कान की टोटी और साँकली छोड़कर बाकी जेवर जड़ाऊ या मोती के थे। जो जेवर सोने के थे, करीब-करीब वही सारे मोती के भी थे। केवल हथफूल और पगपान में मोती नहीं थे। गले की सतलड़ी मोती की माला थी।

जड़ाऊ—हीरा, पोखराज, पन्ना, मानिक, लाल, नीलम आदि बहुमूल्य रत्नों से जड़ी गहने जड़ाऊ कहे जाते हैं, जो सबसे अधिक मँहगे होते हैं। पगपान और जोड़ छोड़कर बाकी सभी आभूषणों का एक रूप जड़ाऊ भी था। जेवरों में अधिकांश मंगलपुर में बने थे, मोतियों के जेवर बाबोसा ने दिये थे और जड़ाऊ में आधे ननिहाल से मिले और आधे माँ ने बनवाये थे। इसी तरह सोने के भी बाँटकर बनवाये गये थे पहले ही इसका निश्चय कर लिया गया था, कि कौन-कौन से जेवर ननिहाल से आयेंगे, इसलिए एक ही तरह के दो-दो जेवर नहीं बने। जौहरियों के यहाँ से बहुत कम जेवर लिये गये, क्योंकि लोगों की धारणा थी, कि अपने यहाँ सुनार बैठाकर जेवर बनाने में द्रव्य ज्यादा शुद्ध होता है। अँगूठियों में हीरे, पन्ने या पोखराज जड़े हुए थे। कानों की बालियाँ भी जड़ाऊ थीं। कानों के पास से सिर के ऊपर तक लटकनेवाली मोतियों की लड़ियाँ थीं। झोंटने मोतियों के थे, जिनमें जड़ाऊ चाँद था, जिससे तीन-तीन जड़ाऊ मछलियाँ लटकतीं थीं। नाक की पाँच-छह लौंगें (काँटे) भी जड़ाऊ थीं। सिर में जड़ाऊ चाँद-सूरज, बाँहों में जड़ाऊ बाजू। हँसली में अंगूठेभर का पोखराज जड़ा हुआ था। अँगूठियों में हीरे के बड़े टुकड़े थे। गौरी के लिये सोना, मोती, और जड़ाऊ जेवरों के तीन सेट बने थे। सबका दाम लाख से क्या कम रहा होगा।

वर के लिए पचास हजार के मूल्य का पन्नों का एक कण्ठा था, जो पहले गौरी के पिताजी का था। सिरपेच में जड़ाऊ हीरे आदि लगे

हुए थे। एक अँगूठी हीरे की थी। वर के कानों की लौगें भी हीरे की थीं। पैरों और हाथों के कड़े सोने के थे। वर को दी जानेवाली तलवार की मूठ सोने की तथा रत्नजटित थी। ससुर के लिए सिरपेच कीमती तैयार किया गया था, और बारात में आने वाले बीस-पच्चीस बड़े ठाकुरों ताजीमी ठेकानेदारों के लिए भी मोती या पन्ने की कण्ठियाँ तैयार की गई। सबको एक-एक सिरोपा देना था, जिसमें जरी की पगड़ी, शेरवानी के लिए बिना सिला किनखाब, एक-एक जरी का दुशाला, पायजामे के लिए सफेद कपड़ा तैयार रक्खा गया था।

यह निश्चित ही है, कि जिस तड़क-भड़क के साथ विवाह का स्वागत सत्कार होनेवाला था, उसकी तैयारी करने के लिए काफी समय की आवश्यकता है। गौरी के ब्याह में दो हाथी दिये जाने वाले थे, जिनमें से एक ननिहाल से आया था। बरातियों को अधिकार था, वह हाथी न लेकर उसकी जगह रुपया ले सकते थे। ननिहाल के हाथी को उन्होंने नहीं लिया, और जिसको ले गये, उस पर चाँदी की अमारी थी, सिर से आधे सूँड तक लटकती चाँदी की सीरी (जेवरी) थी। इसी तरह पूँछ की ओर लटकने वाली पिछौन भी चाँदी की थी। कानों में बड़े-बड़े चाँदी के बिजली बाले थे और कण्ठ में घँघरूवाला चाँदी का कण्ठा। उसी तरह पैरों में चाँदी का बाजना था। हाथी के ऊपर जरी का रेशमी झूल पड़ा हुआ था। आठ बड़ी जात के घोड़े दिये गये थे, जिनमें दो के जेवर सोने के और दो के चाँदी के थे। चोबदारों को एक छड़ी सोने की और एक चाँदी की दी गई थी। सलमाडा में कहीं-कहीं अच्छी जात के घोड़े ठाकुर लोग स्वयं पैदा करते हैं, जिन्हे ठेकानों के सवारों के लिए काम में लाया जाता है। कितने ही अच्छे घोड़े व्यापारी पश्चिम से लाते हैं। दहेज में दो ऊँट, सात भैसें, और कई गायें दी गई थीं। बैलों की जोड़ी के साथ एक रथ दिया गया था। बैलों के जेवर चाँदी के और झूल रेशमी थे। ब्याह के समय (१९२५) में अभी मोटरों का रवाज नहीं था, लेकिन छह सात महीने ही बाद जब मुकलावा (गौना) हुआ, तब एक मोटर भी वर को चढ़ने के लिए दी गई।

जैसे सुनार, ठठेरे और सुतार अपने काम में लगे थे, वैसे ही दर्जी भी बैठे कपड़ा सी रहे थे। राज और मजूर मकानों की सफेदी और मरम्मत में लगे थे। बाबोसा और गौरी की माँ के प्रति प्रजा का इतना स्नेह था, कि लोग बड़े चाव से आ-आकर शादी की तैयारी में हाथ बँटाते

थे। बरात के खाने की चीजों को देने का काम मोदियों और हलवाइयों को सौंपा गया था, इसलिए उन्हें केवल अन्दाजा बतला दिया गया था, जिसके अनुसार मोदियों ने घी, चीनी और दूसरी चीजें जमा करनी शुरू कीं। बरात में चार-पाँच मन पापड़ और बड़ी का खर्च था, जिसे घर में ही बनाना था। नायनों का काम था दाल धोना, और लौड़ियों का पीसना। नगर में बनिया-महाजनों के यहाँ न्योता दे दिया गया था। सभी घरों से स्त्रियाँ अन्तःपुर में आकर पापड़ बेलतीं और बड़ी बनातीं। सब काम गाने-बजाने के साथ होता, इसलिए गढ़ में बड़ी चहल-पहल थी।

कन्या सोलह-सत्रह वर्ष की छोटी तो नहीं होती। वह सब जान रही थी, तो भी लाज के मारे छिपने की कोशिश करती। कन्या के मन में कभी यह ख्याल आता, अब बाबोसा और माँ-याया से मिलना सपना हो जायेगा, तो वह दुःखी होती, और कभी पति के पास जाने और एक नये नगर की रानी बनने का आनन्द भी होता। गौरी और लड़कियों की तरह तेरह-चौदह साल की उमर तक अर्थात् सगाई से पहले नीचे सफेद रेशम या लट्ठे का गरारा और ऊपर कमीज पहनती। गरारा इतना चौड़ा पायजामा होता है, जो दूर से देखने में घाघरा जैसा मालूम होता है। इसी को आजकल साड़ी के विरुद्ध पाकिस्तान की स्त्रियों ने राष्ट्रीय पोशाक बना लिया है— उन्हें साड़ी में हिन्दूपन की बू आती है। गरारे और कमीज पर ओढ़नी लेने की आवश्यकता नहीं समझी जाती, इसलिए सिर नंगा रहता। लेकिन गौरी को पनिहारिन का स्वांग करने का बहुत शौक था, जिसके लिए घूँघट निकालना भी जरूरी था, इसलिए अभिनय के समय वह घाघरा-लुगड़ी भी इस्तेमाल करती। सगाई के बाद ही गरारा छोड़ने की अवस्था आ गई, और घाघरे के पहिनते ही अब शरम आने लगी। अब वह घाघरा, कमीज और चुनरी पहिनती। राजस्थान में काँचली विवाहिता स्त्रियाँ ही पहनती हैं। अब लड़कपन के खेलों में भी उसके अन्तर और चाल-व्यवहार में गम्भीरता आ गई थी, जिसे देखकर बाबोसा कहते—"अब तो तू सयानी हो गई है।" गौरी इस समय तन्वंगी किन्तु चेहरा भरा हुआ था।

राजकुमारियों और ठाकुर-कुमारियों को दहेज में कुछ लड़कियाँ भी मिलती हैं, जो दासता के युग में खरीदकर दी जाती रहीं। अब वह अपने खवासों और लौड़ियों की लड़कियों में से लेकर दी जाती। वर के साथ आये हुए उधर के खवास तरुणों में से ही चुनकर इन लड़कियों

को उसी समय ब्याह दिया जाता। कभी-कभी इन लड़कियों के माँ-बाप उनके भावी वर को देखकर पसन्द भी कर लेते, लेकिन अधिकतर इसका फैसला बरात के आने पर ही होता। गौरी को दी जाने वाली पाँचों छोरियों में से एक तो सिर्फ ढाई महीने की थी, दो पाँच-छह वर्ष की थीं और दो बारह-तेरह वर्ष की थीं। बड़ी लड़कियाँ सब जगह कहती फिरतीं, हमारा तो ब्याह होने वाला है, हमारे बींद (दुल्हा) आयेगें। उनको इसके लिए बड़ी प्रसन्नता थीं, लेकिन वैसी प्रसन्नता गौरी को नहीं थी।

अगहन (मार्गशीष, १६०८ ई०) के महीने में ही गौरी का जन्म हुआ था, और १६२५ ई० के जाड़ों में उसी महीने के शुक्ल पक्ष में ब्याह हुआ। उस साल सर्दी बहुत ज्यादा थी। ब्याह से बीस दिन पहले कन्यापक्ष की ओर से लगन की चिट्ठी खलपा भेजी गई। लगन का दिन मंजूर कराकर लगन-पत्री ले जानेवाले आदमी लौट आये। फिर पन्द्रह दिन पहले शुभमुहूर्त देखकर 'ब्याह हाथ लिया' की रसम अदा की गई। कन्या को बैठाकर पुरोहित ने पूजा कराई, फिर हलदी में रंगे पीले चावल थाल में रखवाये। उसी दिन लौंडियों ने जाकर नगाड़े की पूजा की, नगाड़े बजानेवालों के सिर में तिलक लगा उन्हें नेग दिया। इसी तरह शहनाईवालों की भेंट-पूजा की गई। अब से शाम-सबेरे रोज गढ़ के फाटक पर बाजा बजने लगे। उसी दिन मूँगधणा की पूजा की गई। बरात में लकड़ी का खर्च बहुत होने से कई गाड़ियाँ ईंधन लेना पड़ता है। इन ईंधन लदी गाड़ियों को मूँग-धणा कहते हैं। मूँगधणा पूजते वक्त बैलों और गाड़ीवान को भी टीका लगाया जाता है, भेंट दी जाती है।

'पीला चावल करने' के दिन से कन्या के बाल खोल दिये जाते हैं, वह तेल नहीं लगाती, न बाल सँवारती है। उस साल सर्दी बहुत सख्त पड़ रही थी, इसलिए शायद धोने-नहाने की हिम्मत भी न पड़ती, लेकिन यहाँ तो वह जरूरी भी नहीं समझा जाता। 'पीला-चावल' के दिन पहली घाघरा-लुगड़ी ब्याह के दिन तक चली जाती है, सिर्फ रात को उसे बदल लेते हैं, दिन में फिर वहीं घाघरा-लुगड़ी शरीर पर आ जाती है। दूसरे दिन सबेरे दातवन करने के बाद उबटन करना शुरू हो जाता है। इसके लिए बादाम की पीठी पीसकर सखियों-सहेलियों को दे दिया जाता है। उबटना अधिकतर मुँह और हाथों पर किया जाता है। उस सर्दी में उबटना कराना बेकार समझ गौरी सखी-सहेलियों को कह देती—"मुझे तो सर्दी लग रही है, तुम ही कर लो।" उस दिन से नाश्ते में पुष्टिकारक गोंद

के लड्डू, बादाम का हलवा और दूसरी स्वादिष्ट चीजें इच्छानुसार दी जातीं। चार लड़कियों को गौरी की तरह गोंद के लड्डू खाने को मिलते, लेकिन ढाई महीने की बच्ची उसे खा नहीं सकती थी, उसके लिये उसकी माँ को दूध का दाम मिला था। हाँ, इतनी कृपा जरूर की गई थी, कि उसका ब्याह उसी समय नहीं कर दस वर्ष की हो जाने पर किया गया।

पाँच लड़कियों के अतिरिक्त बाबोसा ने एक घर-परिचारक भी गौरी के लिए दिया था।

गीत के बारे में तो पूछना ही नहीं। छह महीने पहले से ही बन्ने और कामन के गीत गाये जाने लगे। चाहे घर की मरम्मत का काम हो या बड़ी-पापड़ बनाने का, बिना गीत के कोई काम नहीं होता।

यद्यपि गौरी की माँ पहले ही से मखनपुर में याया के साथ थीं, लेकिन गौरी अपनी दादी के साथ मंगलपुर से मखनपुर तब गई, जब कि शादी को एक महीना रह गया। जाड़ों का दिन था, इसलिए रेगिस्तान में तपने-मरने का डर नहीं था। दोपहर को एक बजे खा-पीकर रथ मंगलपुर से मखनपुर की ओर रवाना हुए। रवाना होने से पहले उसी दिन गौरी को ख्याल आया, कि बचपन में छज्जों पर निर्भय घूमने और कूदने का मौका अब फिर नहीं मिलेगा, इसलिए वह एक बार फिर खेल खेलने लगी। दादी ने देख लिया और कहा—"तेरी शादी होनेवाली है, जान पड़ता है, अपनी टाँग तुड़वा के रहेगी।" मंगलपुर से प्रस्थान करने के एक दिन पहले गढ़ के दूसरे ठाकुरों ने गौरी का बनौरा (विवाह-भोज) किया। उस दिन गौरी बहुत गम्भीर हो गई थी, बूढ़े ठाकुर समझ गये—"अब बन्दरी आदमी बन गई है।"

दादी के साथ गौरी पर्दे के भीतर एक रथ पर बैठी थी, और याया दूसरे रथ पर। एक-एक ऊँटों पर दो-दो लौड़ियाँ बैठीं—ऊँटों की संख्या एक दर्जन से अधिक थी। ऊटों पर बैठते ही लौंड़ियों ने ब्याह के गीत गाने शुरू कर दिये, और वह तीन घण्टे सारे रास्ते गाती रही। मखनपुर के पास पहुँचने पर कन्या-दल का स्वागत बैण्डबाजे से किया गया। ढोलणियाँ गीत गाने लगीं, नगाड़ा और शहनाई बजने लगी। एक सजी-धजी लौंड़ी सिर पर चाँदी के कलश लिये खड़ी थी। कलश में गुलदस्ते की तरह पत्तियों सहित छोटी-छोटी नीम की शाखाएँ सजाई गई थीं, जिसके ऊपर चाँदी का लोटा था। सलमाडा में आम के अभाव के कारण उसकी जगह नीम की पत्तियाँ काम में लाई जाती हैं। इसी जगह स्वागत करने के

लिए आरते के थाल में कुमकुम, पानी का लोटा, दूब और चावल रखकर लाया गया। पूरोतानी ने पर्दे के भीतर लड़की को कुमकुम का तिलक लगा चावल साट दिया। कलश में पाँच-पच्चीस, एक सौ पच्चीस, जो भी रुपये पड़े, वह लौंडियों के होते हैं। ब्याह के वक्त लौंडियों के लिए हजार-दो हजार रुपये जमा हो जाना मामूली बात हैं। आरती के थाल में पड़े रुपये पुरोहित के होते हैं। ढोलणियों और बाजेवालों को भी अलग-अलग इनाम दिये जाते हैं।

महल में नायन थोड़ा-सा दूधा मिलाकर पानी लिये बैठी थी। इसी पानी से कन्या और साथ की दूसरी औरतों के पैर पखार उसने इनाम पाया।

मखनपुर में आने के पन्द्रह दिन बाद 'ब्याह हाथ लेना' और 'पीला चांवल करना' की रसम अदा हुई। सलमियों में तेल उसी दिन चढ़ाया जाता है, जिस दिन बरात आती है। किसी समय एक लड़की की बरात नहीं आई, और उसे तेल चढ़ाया जा चुका था, इसलिए लड़की को आजन्म कुँवारी रह जाना पड़ा। इसीलिए सलमियों में रवाज पड़ गया, कि बरात जब तक न आ जाये, तब तक लड़की को तेल न चढ़ाया जाय।

★ ★ ★ ★

लड़की की ओर के सगे-सम्बन्धी ब्याह से आठ-दस दिन पहले ही आने लगे। कसौरा की बुआ, जोला की बुआ, महुरावाली बुआ, हर एक चालीस-चालीस पचास-पचास नौकर-चाकरों के साथ आईं। बिलवाले जीजा वन्दनीकुमारी के साथ नौकरों-चाकरों को लिये आये। ब्याह के तीन दिन रह गये थे, तब सारे रिश्तेदार जमा हो चुके। हर एक के साथ ऊँट, घोड़े, रथ और बहुत-से आदमी थे। जानवरों के वास्ते इसीलिए घास की पहले ही से तैयारी की गई थी। सम्बन्धी पुरुषों को धर्मशालाओं, बागों और मखनपुर के सेठों की हवेलियों में डेरा दिया गया। खाने-पीने की सारी चीजें देने के लिए मोदियों को चिट्ठी मिली हुई थी, कसाई मांस देते थे। रसोइये साथ थे, जो अपने मालिकों के लिए खाना बनाते। स्त्रियाँ अन्त:पुर में रहतीं, उनका खाना-पीना घर की स्त्रियों के साथ होता। सभी सगे-सम्बन्धी अपने नौकरों- चाकरों के साथ ढाई हजार से कम नहीं थे।

ब्याह के जब तीन दिन रह गये, तो बड़ा विनायक बनाने के लिए

गाते-बजाते लौंडियाँ कुम्हार के घर मिट्टी लेने गईं। मिट्टी लाकर तिबारे (शाल) में रख दी गई और पुरोतानी ने उससे विनायक (गणेश) की मूर्ति बना दी, जो मूर्ति की जगह लोंदा-सी मालूम होती थी। ब्याह में गणेशजी की पूजा सबसे प्रधान होती है, इसलिए कुम्हार के घर से लाई मिट्टी के विनायक पर ही सन्तोष न कर उसी दिन कारीगर आकर शाल की दीवार पर 'मायां' बना देता है। मायां का अर्थ है बीच में गणेश जी और अलग-बगल में चंवर डुलाती रिद्धि-सिद्ध। गणेशजी के सामने एक चौकी पर थाल में लड्डू और पास में ही चूहे का भी चित्र बनाना आवश्यक समझा जाता है। उस दिन नौ-दस मन लापसी और घूमरी बनाई जाती है। लापसी के लिए गेहूँ का दलिया घी में भूनकर लाल करके उसमें गरम पानी डाल दिया जाता है। गुड़ डालना होता है, तो उसे पानी में घोलकर, नहीं तो ऐसे ही चीनी डाल दी जाती है, हलवे की तरह चासनी नहीं बनाई जाती। बिना नमक का उबाला गेहूँ-चना घूगरी कहा जाता है, जिसे चीनी डालकर या फीका ही खाया जाता है। लापसी और घूगरी सारे गाँव में बाँटी जाती है, इसीलिए इतना अधिक बनाया जाता है।

रातीजगा — ब्याह की पहलेवाली सारी रात स्त्रियाँ गीत गाती जागती रहती हैं। गणेशजी के पास तिबारे की दीवार में लड़की के हाथ में महावर लगाकर छाप लगवा दी जाती है। उस दिन लड़की को सात ऐसी स्त्रियों के साथ सोना होता है, जिनका अपने पति के साथ बहुत प्रेम होता है। दूसरी स्त्रियाँ तो रसम पूरी करके चली गईं, लेकिन जीजी वन्दनीकुमारी सारी रात अपनी बहिन के साथ सोई। रातीजगा के गीत दस बजे रात से शुरू हुए, तो सुबह, चार बजे ही जाकर खतम हुए, अगले दिन सबेरे की विधि थी कुरडीपूजा। 'कुरडी' गाँव के कूड़े-करकट फेंकने की जगह (घूरे) को कहते हैं। कूड़ा-करकट रखने की जगह की पूजा न जानें किस ख्याल से आरम्भ हुई। थाल में कुमकुम, नीले सूत की लच्छी को लिये लड़की अपनी लौंडियों और सहेलियों के साथ कुरडी-पूजा करने जाती है।

बरात—बरात को सुबह ही लड़की के गाँव पहुँचना चाहिए। खलपा से वर, उसके पिता सम्बन्धी तथा तीन सौ के करीब आदमी स्पेशल ट्रेन से मालर जंकशन से चढ़कर मखनपुर पहुँचे। वर की जमात को जिस तरह बराती कहा जाता है, उसी तरह लड़की के ओर की जमात को मांडेती कहते हैं। शायद उनका मांडभात का सम्बन्ध होने से यह नाम पड़ा। बरात को बधाई देने के लिए मांडेती बड़ी संख्या में स्टेशन गये।

मांडेती के यहाँ बधाई देने के लिए वर की ओर से नाई आया। उसे चावल, लापसी घी-चीनी, साग फुलके खिलाये गये। खा लेने पर एक स्त्री ने उसकी पीठ पर मुक्का मारा, और हलदी-लिभड़े हाथ से पीठ पर छाप भी लगा दी। बधाई देने के लिए आये नाई को पाँच-पच्चीस रूपये या मुहर इनाम दिये गये।

सौ-डेढ़ सौ मांडेती बरातियों को लिवाने के लिए स्टेशन की ओर चले। बरात देखने के लिए सारी दुनिया उमड़ पड़ी। मखनपुर नगर से स्टेशन एक मील पर है। तीन सौ की बरात दूर से आई थी, और सो भी रेल से, इसलिए अपने साथ हाथी-घोड़ा, रथ लाना उसके लिए मुश्किल था। बैण्डबाजा और नाचने के लिये रण्डियाँ साथ आई थीं, बाकी सारा इन्तजाम मांडेतियों को करना पड़ा—सत्रह हाथी, बहुत-से घोड़े, ऊँट, पलटन, आदि इधर ही से किये गये थे। खूब अच्छे कपड़े-लत्ते पहने हाथियों, घोड़ों पर चढ़े बराती मांडेतियों के सामने गये। बरातियों ने सबसे ऊँचे हाथी पर वर को चढ़ाया था। उसके साथ केवल दो चँवर डुलाने वाले थे, ससुर अलग हाथी पर थे। बूढ़ों के लिए बैलोंवाले तांगे थे। कितने ही लोग घोड़ों पर और कितने ही ऊँटों पर सवार थे। नौकर-चाकर पैदल चल रहे थे। दोनों ओर के आदमियों के साथ अपार जनता शामिल हो गई थी, जिससे स्टेशन से मखनपुर तक के एक मील के रास्ते पर एक भारी ज़लूस फैला दिखाई पड़ रहा था। सबसे पहले ऊँट थे, जिन पर खाली फैर करने के लिए लम्बी नलियोंवाली पुराने ढंग को जूजर्बी (बन्दूकें) थीं। उसके बाद ऊँट पर नगाड़ा था। फिर निशान का हाथी, जिसके ऊपर एक बड़ा झण्डा लिये आदमी बैठा था। उसके पीछे नगाड़ावाला घोड़ा था। फिर घोड़े पर निशान और चाँदी-सोने की छड़ी लिये हुए पाँच-छह चोबदार चल रहे थे। बैण्ड, मश्कीबाजा, शहनाई आदि बज रही थीं। साथ में रण्डियाँ चल रही थीं। जलूस जहाँ-तहाँ थोड़ी देर के लिए ठहर जाता और वहाँ उतरकर रण्डियाँ कुछ नाच-गाना करतीं। पैदल या दूसरे लोग चल रहे थे। पचास-साठ झण्डी लगे भालावाले सवार भी थे। बाबोसा हाथी पर चल रहे थे। बरात नगर के भीतर घुस उसकी सड़कों पर चलने लगी। यह बतला चुके हैं, कि गौरी की माँ अपने दयालु और परोपकारी स्वभाव के कारण अपनी प्रजा में बहुत प्रिय थीं। पुत्र न होने के कारण उसने बालसिंह को गोद लिया था, लेकिन सभी जानते थे, कि ठाकुरानी की यही एक कन्या है। शहरवालों को किसी को कहने की भी आवश्यकता नहीं थी, पास से बरात के गुजरते ही स्त्रियाँ गाने लगीं—

कांकंड़ आया राइवर, थरहर कांप्या राज।
पूछो सिरदार बन्नीणे, कामण कुण कर्या छा राज।

मांडेती गढ़ में आ गये। बाबोसा ने अपना डेरा तम्बुओं में रक्खा था। बरात के खाने का इन्तजाम ज़नवासे में हुआ था। ग्यारह बजे के करीब बरात जनवासे पहुँची।

उधर बरात के स्वागत और जलूस का काम चल रहा था, इधर अन्तःपुर में स्त्रियाँ गाने-बजाने के साथ उसी दिन सबेरे झिलमिल की आरती तैयार कर रही थीं। हल्दी मिलाकर गूँधे आटे को सींको पर चिपकाकर उनसे पिंजड़े की तरह का एक छोटा-सा ढाँचा तैयार किया जाता है, जिसके भीतर आटे का ही दीवा रहता है। झिलमिल करने के लिए उसमें जहाँ-तहाँ गोटा-पट्टा और किरणें लगा दी जाती हैं। जिस वक्त बरात नगर में आई, उस वक्त अन्तःपुर के किसी झरोखे से भावज और सहेलियों ने गौरी को ले जाकर बरात को दिखलाया, लेकिन वह कहाँ देखना चाहती थीं? इस समय रसम के तौर पर बाजरे के दाने के बराबर अमल (अफीम) को एक घूँट शराब में मिलाकर वधू को पिला दिया जाता है, और उसके बाद उसे खाँसने-खखारने के लिए कहा जाता है।

वर की उमर कन्या से एक साल बड़ी अर्थात् अठारह साल की थी। वह न दुबला था न मोटा। लोग उसके रूप की तारीफ कर रहे थे, और वह दुलहन के कान तक भी पहुँचे बिना नहीं रह सकती थी।

चाकपूजा— तीन बजे अन्तःपुर की लौंडियाँ गाती-बजातीं कुम्हार के घर चाक पूजने गईं, जहाँ चार-पाँच ने खूब नाचा भी। कुम्हार के घर से इसी समय विवाह मण्डप के लिए आठ बड़े-बड़े घड़े (बड़बेवड़ा) लाये गये। चार सजी-धजी सुन्दरियों ने दो-दो घड़े उठाये। हर एक घड़े पर एक कुल्हड़ और एक ढक्कन थे। ऊपर-नीचे दो घड़ों को सिर पर रखकर लौड़ियाँ एक पाँती से चल रही थीं, आगे-आगे बैण्ड बज रहा था। वे घड़े को लिये तिबारे में माया (गणेशजी) के पास आईं। उधर आँगन में बीस हाथ का शमीं का एक सूखा स्तम्भ (मांडा) गाड़ दिया गया था। स्तम्भ के निचले भाग में खोदकर दीया रखने की जगह बनी थी। इसी खम्भे (मांडे) के चारों तरफ चार खम्भों के ऊपर कपड़े का शामियाना ताना गया— यह विवाह-मण्डप था। चारों खम्भों के पास कुल्हड़ों और ढक्कनों से ढँके दो-दो घड़े रख दिये गये, फिर वहाँ कन्या को ले जाकर मांडे की पूजा करवाई गई। बेचारी गौरी को दोपहर बाद पूजा करने के

अनन्तर खाना मिल जाना चाहिए था, लेकिन काम की भीड़ और उत्साह में सब स्त्रियाँ इतनी भूल गईं, कि किसी को यही ख्याल नहीं आया, कि सबेरे से भूखी दुल्हन-रानी को कुछ खाने के लिए दे दें। चौबीस घण्टे का अखण्ड निराहार व्रत रह जाना पड़ता, लेकिन आठ बजे रात जाते-जाते भूख का सहना दुल्हन के लिए असम्भव हो गया। वह रोने लगी, फिर लोगों को मालूम हुआ, और जल्दी-जल्दी उसे कुछ खिलाया गया।

चाक पूजने के बाद एक रसम थी भातियों के डेरे में भात लेने जाना। भातिये ननिहालवालों को कहा जाता है, जिनका लड़की के ब्याह में बहुत महत्त्वपूर्ण स्थान होता है। अपनी सामर्थ्य के अनुसार वह भी उतने ही उत्साह के साथ खर्च-बर्च करते हैं, जितने लड़की के माँ-बाप। गौरी के भातिये बहुत सज-धज के हाथी घोड़ों के साथ आये थे। मखनपुर आते जैसे ही सीमा के भीतर का पहला दरख्त आया, उन्होंने एक थान कपड़ा उसके ऊपर फेंक दिया। इसी तरह आगे चलते जो भी दरख्त आया, उस पर एक-एक थान फेंकते आगे बढ़े। वे अपने साथ हजार-डेढ़ हजार थाल लाये थे, जिनमें से किसी में जेवर रक्खे थे, किसी में कपड़े, किसी में मिठाइयाँ और किसी में फल-मेवा और दूसरी चीजें। रास्ते में थान उड़ाते इसी तरह वह गढ़ के पास पहुँचे। थान मलमल की चुनरियाँ थीं, जो डेढ़ सौ के करीब वृक्षों पर ओढ़ाई गईं गढ़ के फाटक पर भी एक चुनरी ओढ़ाई गई और जनानी ड्योढ़ी पर भी एक। पहले एक साफा जमाई को दिया गया, फिर भाई ने बहिन को (दुल्हन की माँ को) चुनरी ओढ़ाई। बहिन ने भाई के माथे में तिलक लगा चावल की जगह सच्चे मोती चिपकाये। एक छोटे चाँदी के लोटे में चीनी घोलकर उसमें भाई का मुँह लगवाया, फिर बहिन-भाई गले मिले, और इस प्रकार भातई का दस्तूर पूरा हुआ।

चार बजे शाम को लड़की को 'माया' के पास की कोठरी में लाकर चौकी पर बैठा दिया गया। तेल-हल्दी लगाने की विधि पूरी की गई। यह कह चुके हैं, कि सलमियों में किसी दुर्घटना के कारण हल्दी-तेल बरात के आ जाने पर ही लगाया जाता है। सात सुहागनों ने तेल-हल्दी चढ़ाई। गौरी के लिए ये सातों थीं—सौरा-वाली बुवा-रानी, जोलावाली बुवा, जीजी वन्दनीकुमारी, याया, भावज (बालसिंह की बहू), मंगलपुर के दादा होरीसिंह (पिता के चचा) की जीजी, और एक पुरोतानी (ब्राह्मणी)। एक-एक सुहागन आगे आई, और उसने एक हाथ में चूड़ी और दूसरे हाथ में दूध ले हाथों की कैंची बना जुड़े हाथों से पहले कन्या के दोनों अंगूठों को

हल्दी-मिले तिल के तेल से छुआ। फिर दोनों घुटनों, कन्धों और अन्त में ललाट को, इस प्रकार चार जगह तेल चढ़ा उसी क्रम से ललाट, कन्धों घुटनों और पैर के अँगूठों को तेल चढ़ाया। भावज ने तेल चढ़ाते वक्त मजाक करते हुए ननद के गाल में भी हल्दी-तेल लगा दिया। लड़की को चौकी पर कुर्सी की तरह पैर नीचे रखकर बैठाया गया था, इसलिए चाहे कितनी देर भी बैठना हो, उसे तकलीफ नहीं हो सकती थी। फिर बहू-सहित बालसिंहजी ने आमने-सामने बैठकर पानी डाल-डाल के मेंहदी की पत्तियाँ सील पर पीसीं, जिसे 'रंग बाँटना' कहते हैं। मेंहदी बाँटते वक्त बाकी स्त्रियाँ बैठी गीत गाती रहीं। शादी-ब्याह या कोई भी धार्मिक अनुष्ठान कोठे पर करना अच्छा नहीं समझा जाता, उसे नीचे के आँगन और तिबारे में ही किया जाता है। बहू के हाथ में इस पिसी हुई मेंहदी को देकर आगे की रसम अदा होनेवाली थी।

तेल चढ़ाने के बाद बहू के नहलाने की विधि हुई। जाड़ों में तो अवश्य ही चौदह-पन्द्रह दिन तक कन्या मुश्किल से किसी दिन नहाती है, साथ ही रोज उसके शरीर में उबटना होता रहता है; इसलिए यह स्नान सफाई की दृष्टि से भी अधिक महत्त्व रखता है। बाप-माँ (बाबोसा और याया) गठबन्धन करके दही-मिली मुल्तानी मिट्टी को पहले कन्या को लगाते हैं। बाबोसा पानी डाल रहे थे, और याया मुल्तानी मिट्टी लगा रही थी, यही 'झोल घालना' है। सिर के बालों में इस प्रकार दही-मिली मुल्तानी मिट्टी लगाई गई, उधर स्त्रियाँ गाना गाने लगीं। विधि करके बाबोसा और याया के चले जाने पर बारिन ने बालों में खूब मसल-मसलके दही-मिट्टी लगाई, उबटना किया, फिर सुगन्धित साबुन को लगाकर गरम पानी से नहलाया। अब तक चिराग जलने का समय हो गया था।

लड़की को एक चादर पहना दी गई। स्नान के बाद अब उसे वर के भेजे कपड़ों को पहनना था। सलमा-सितारा, किनखाब-जरी और गोटे लगे नौ सेट कपड़े (बरी) आये थे। हर सेट में घाघरा-लुगड़ी, कुर्ती काँचली, हाथी-दाँत के लाल रंगे चूड़े थे। चूड़े करीब-करीब सारे हाथ को ढाँकने भर के थे। केहुनी से ऊपर वाले इक्कीस चूड़े कन्धे के पास तक पहुँचते थे, कलाई में भी पाँच-पाँच चूड़े थे। इनके अतिरिक्त जड़ाऊ नथ और जड़ाऊ टेवटा ये दोनों जेवर भी थे, जिन्हें सौभाग्य का विशेष चिह्न माना जाता है। इनके साथ बताशे, पान-इतर भी आये थे। हाँ, नहला लेने के बाद चादर में लिपटी भांजी को मामा चौकी से उतारने आया, और यह रसम बीरन मामा ने अपनी प्यारी भांजी को गोदी में ले उतारकर पूरी

की। जिस दिन गौरी की शादी थी, उसी दिन बीरन की अपनी सगी बहिन की लड़की का भी ब्याह था, उनके सामने प्रश्न था, दोनों में किसकी शादी में शामिल हों। बीरन मामा का गौरी के साथ इतना स्नेह था, कि उन्होंने बिना किसी हिचकिचाहट से मखनपुर आना ही पसन्द किया। मायाँ के पास ले जाकर कन्या को कपड़ा और चूड़े बहनें, बुबा और भाभी सुहागिनों ने पहनाये। वधू के बाल उसी तरह खुले और गीले थे। जाड़ों का समय था और उस साल असाधारण सर्दी पड़ रही थी, इसलिए जिस हलके कपड़े में कन्या को रक्खा गया था, उससे सर्दी के मारे उसे बड़ी तकलीफ हो रही थी, दाँत कटकटा रहे थे। माँड़सहित पकाये चावल के पाँच लड्डू दे कन्या को मायाँ (देवता) के पास बैठा दिया गया।

★ ★ ★ ★

इधर अन्तःपुर में कन्या से उपरोक्त विधियाँ पूरी कराई जा रही थीं, उधर जनवासे से पाँच बजे बरात ब्याहने के लिए गढ़ की ओर रवाना हुई। भारी जलूस था, बाजे बज रहे थे, बन्दूकें छूट रही थीं, बीच-बीच में ठहरकर नाच-गाने भी हो रहे थे, इसलिए बरात की प्रगति बहुत धीरे-धीरे हो रही थी। सुबह और शाम को बरात के स्वागत के उपलक्ष में गढ़ से तोपें छोड़ी गईं। गढ़ के पास आ जाने पर बरात की अगवानी के लिए घराती सरदार पैदल ही पहुँचे। बारात के सरदारजी (दुल्ला छोड़कर सभी) उतरकर पैदल हो गये। गढ़ के फाटक के पास पहुँचने पर ग्यारह तोपों की सलामी दी गई। यहाँ समधी-समधी मिले, और सिरोपा तथा निछरावल दी गई। बींद (वर) का हाथी फाटक पर आया। वर ने फाटक पर बँधे तोरन को बेंत से छूकर तोड़ने की रकम अदा की। जनानी ड्योढ़ी पर आकर वह हाथी से उतर गया। ड्योढ़ी में दरवाजे के पास चौकी बिछा, गद्दी लगा दी गई थी। वर ने उस पर भी खड़ा होकर तलवार से तोरन को छूकर तोड़ने की रसम अदा की। ड्योढ़ी में कनात लग गई थी, जिसमें अन्तःपुरिकाओं पर किसी की नजर न पड़ सके। फिर सास चाँदी के थाल में झिलमिल आरती जगाये आई। उसके साथ दूसरी सात लौंड़ियों के हाथ में दीयों के सात थाल थे। सास को भी जमाई के सामने घूँघट करना जरूरी था। घूँघट के भीतर से देखकर सास ने दुल्हे के माथे में तिलक लगा सच्ची मोतियाँ चिपका दीं। मजाक करने वाली स्त्रियाँ उस वक्त दुल्हे को छेड़ भी रही थीं। कोई उसकी शेरवानी को खींचती, कोई डिबिया में कुछ रखकर उसके कान के पास खनखनाती।

आरती की थाल में इक्कीस अशर्फियाँ डाली गईं।

दुलहा चौकी पर खड़ा था। कपड़े में लिपटी कन्या स्त्रियों के बीच में छिपी थीं, जहाँ से बिना अपने को दिखाये या मुँह खोले उसने भात के पाँचों लड्डुओं को दुलहे के ऊपर फेंका। विश्वास किया जाता है, कि यदि लड्डू छाती में लगे, तो दोनों का प्रेम बहुत घनिष्ठ होगा, यदि सिर पर तो पति आजीवन पत्नी को अपने सिर पर रखेगा; यदि सिर के ऊपर से निकाल जाय, तो उसका अर्थ है वह सदा सिर के ऊपर चढ़ी रहेगी। फिर वर-वधू को भीतर ले जाकर उससे मायाँ की पूजा पीहर के पण्डित ने कराई, जिसके सामने घूँघट-पर्दे की जरूरत नहीं।

माँ-बाप ने आकर वर और कन्या के सिर पर सेहरा बाँधा। सलमाडा में जिसे सेहरा कहते हैं, उसे ही मारवाड़ में मोर-मोरी कहा जाता है। मोर वर के साफे के ऊपर बाँधा जाता है और मोरी लड़की के घूँघट के ऊपर। उस समय वर की पोशाक थी— रेशमी चूड़ीदार पायजामा, किन- खाब की शेरवानी, जरी का कमरबन्द, जरी के कमरपेटे से लटकती तलवार, गले में मोतियों और पन्नों का कण्ठा, कानों में हीरे की लौगें, पगड़ी के ऊपर कलगीतुर्रा तथा रत्नजटित सिरपेच। एक पैर में सोने का लंगर (कड़ा) और दूसरा पैर खाली था, दोनों में सलमे-सितारे का जूता था। शायद हिन्दुस्तान में कहीं पर भी जूता पहने देवता की पूजा करने का रिवाज नहीं है, लेकिन राजस्थान में वर और कन्या दोनों के जूते देवता के पूजने या किसी धार्मिक विधि के समय नहीं उतरते। सेहरा लगा देने के बाद दोनों का गठबन्धन करा उन्हें चँवरी (विवाह-मण्डप) में ले गये। गद्दीदार चौकी पर दाहिनी ओर कन्या को बैठाया गया और उसी तरह की दूसरी चौकी पर बाईं ओर वर को। दोनों पालथी मारकर बैठे। कन्या के मुँह पर बहुत लम्बा घूँघट था। आस-पास क्या हो रहा है, उसे जानने के लिए वह केवल अपने कानों से सहायता ले सकती थी।

रात के नौ बजे चुके थे, जब कि विवाह का हवन शुरू हुआ। पूरे छह घण्टे तक विवाह-विधि होती रही। बाबोसा और याया गठबन्धन करके कन्यादान करने के लिए आये। विवाह-पद्धति में दी हुई सप्तपदी आदि की शर्तें तथा विधियाँ पूरी की गईं। तीन भाँवरों में लड़की आगे-आगे थी, दोनों के चारों हाथ जुड़े हुए थे, लड़की के हाथों में वहीं मेंहदी रक्खी थी, जिसे भाई और भाभी ने अपने हाथों पीसा था। औरतें गीत

गा रही थीं। मण्डप में पुरुष भी थे। ठाकुरानियाँ पास के कमरों के पर्दे के अन्दर बैठी थीं। सर्दी गजब की थी, और कन्या के शरीर पर वही कपड़े थे, जिन्हें गर्मियों में पहना जाता है, इसलिए उसकी बहुत बुरी हालत थी। उसने पर्दे के भीतर ही भीतर पास की किसी औरत के ओढ़ने को पकड़ा, फिर अपनी दशा को कान में फुसाफुसाकर बताया, तब एक शाल लाकर उसे ओढ़ा दिया गया।

विवाहिता होने की प्रतीक नथ लड़की के नाक में डाल दी गई, जिससे उसकी नाक दुखने लगी। घूँघट का एक फायदा जरूर उसे हुआ, कि उसने नथ को निकाल कर हाथ में ले लिया। भाँवरें और हथलेवा (पाणिग्रहण) हो जाने के बाद लोगों ने जेवर और दूसरी भेंटें दी। फिर वर-वधू मण्डप से मायाँ के पास तिबारे में ले जाये गये, जहाँ दोनों ने जूता पहने ही देवता को धोक (प्रणाम) दिया। अब तक याया, माँ और कुछ दूसरी स्त्रियाँ कन्यादान देने के लिए उपवास रक्खे हुए थीं। अब लड़की का मुँह देखकर उनके मुँह को आहार मिला। इस उपवास में गर्मियों के दिन होने पर शरबत पीने को मिल जाता, लेकिन जाड़ों में वह भी नहीं मिलता, भूख से कितनों की अंतड़ियाँ ऐंठ रही थीं, इसे कहने की आवश्यकता नहीं।

अब वर के साथ लड़की के जाने का समय आ गया। माँ, याया और दादी गले मिलकर अपनी बेटी को बिदाई देने लगीं। गौरी चुपचाप सिसकती रही, लाज के मारे वह और लड़कियों की तरह खुलकर नहीं रो सकी। वर और कन्या को ले जाकर रथ में बैठा रथ के ऊपर चाँदनी (पर्दा) डालकर कस दिया गया। औरतें जला (जलवा) गा रही थीं और बैण्ड में भी जला के गीत ही बजाये जा रहे थे। फिर तोपें चलीं, जब कि तीन बजे रात को वर-वधू जनवासे के लिए बिदा हुए। वहाँ पहुँचने के बाद सबसे पहले वर-वधू के खाने का इन्तजाम किया गया। शराब और मांस तो परम आवश्यक चीजें थीं। खाने के बाद दो-चार सहेलियाँ रह गईं। ससुर (वर-पिता) ने नारियल, मेवा, अशर्फी आदि को लाकर बहू के पल्ले (खोल) को भरा। फिर वर ने स्वयं घूँघट हटाकर बहू का मुँह देखा और भी कितने ही जेवर दिये। रात के चार बजे तक खान-पान चलता रहा।

★ ★ ★ ★

गौरी के विवाह में सभी विवाहों की तरह कुछ अप्रिय घटनाएँ भी घटीं। बालसिंह गौरी के पिता ठाकुर बलवन्तसिंह की गद्दी पर गोद आये थे, इस प्रकार वह गौरी के भाई थे। उनका स्वभाव उतना बुरा नहीं था, जितना नासमझी के कारण कभी-कभी वह कर बैठते थे। इसी कारण न उनकी अपनी गोद देने वाली माँ से पटी, न बाबोसा-जैसे दयामूर्ति से। यदि उनको समझ होती, व्यवहार-कुशल होते तो ठाकुर रूडसिंह और बाबोसा भी अपनी गढ़ियों को आबाद रखने के लिए किसी और को गोद न ले बालसिंहजी के लड़के को ही लेते। उन्होंने कितने ही सम्बन्धियों को निमन्त्रण नहीं दिया था, लेकिन वह बिन बुलाये आये, क्योंकि बलवन्तसिंह की एकमात्र संतान के ब्याह में अनुपस्थित रहने के लिए वह तैयार न थे। ठाकुर रूडसिंह से अनबन कुछ दूर तक बढ़ गई। पहले तो बालसिंह ने नरपुर के ठाकुर साहब को निमन्त्रण नहीं भेजा, लेकिन रूडसिंह ने कहा—"मैं अपनी बेटी के ब्याह में जरूर जाऊँगा, मुझे निमन्त्रण की आवश्यकता नहीं।" जब यह खबर बालसिंह को मिली, तो उन्होंने कहा—"देखूँ तो कैसे रूडसिंह मेरे मखनपुर में आते हैं?" उन्होंने अपने सिपाहियों को हुक्म दिया—"तलवार-बन्दूक लेकर जाओ और जैसे भी हो, उन्हें आने मत दो।" नौकरों ने इस बेवकूफी भरे हुक्म को मानने से इनकार करते कहा— "बलबन्तसिंह के बड़े भाई को रोकने की हमारे में हिम्मत नहीं।" मखनपुर में बहुत-से कुँए सेठों के बनवाये हैं। बलवन्तसिंह ने सेठों को हुक्म दिया— "अपने कुओं से उनके घोड़ों और आदमियों को पानी मत लेने दो।" सेठों ने भी इस अनुचित हुक्म को मानने से इनकार कर दिया। इतने पर भी बालसिंह का होश ठिकाने नहीं आया, और रूडसिंह के डेरा डाल देने पर उन्होंने अपने नौकरों से कहा— "जाकर उनके तम्बू की मेखें उखाड़कर फेंक दो।" राजपूतों की मूँछ का सवाल था, मेखों का उखाड़ना बिना खून-खराबी के कहाँ सम्भव था, इसलिए नौकरों ने साफ कह दिया—"आपका आपसी झगड़ा है। हम ईसरसिंह (बाबोसा) और रूडसिंह (बड़े बाबोसा) के तम्बुओं की मेखें नहीं उखाड़ सकते।" भातवाले रिश्तेदारों ने आकर बालसिंह को बहुत समझाया, तब वह किसी तरह चुप हुए। इसी झगड़े के कारण जनवासे में लिवानेवाले आदमियों के जाने में देर हो गई, और विवाह के दूसरे दिन जहाँ सबेरे ही वधू को लौट जाना चाहिए था, वहाँ वह खूब दिन चढ़ जाने के बाद नौ बजे लौटी। थोड़ी देर तक अन्तःपुरिकाओं के पास बैठाकर उसे अलग कमरे में भेज दिया गया।

सजनगोठ— सजनगोठ स्वजनगोष्ठी का ही अपभ्रंश है। इस गोष्ठी में बराती और घराती (मंडैती) दोनों शामिल हुए। महफिल जमी, रण्डियों का नाच-गाना शुरू हुआ, जिसके लिए मरदाने के बाहर वाले आँगन में बड़ा शामियाना गड़ा था, जिसमें झाड़ लटके थे, नीचे अच्छा फर्श बिछा था। हाथी और दूसरी सवारियों पर सवार हो बराती जलूस बाँधकर गढ़ में पहुँचे। फर्श की एक तरफ लम्बी गद्दी बिछी हुई थी, जिस पर मसनद के सहारे सभी सरदार बैठ गये, अब रात के नौ बजे थे, महफिल दो बजे रात तक रही। घराती और बराती दोनों तरफ से रण्डियाँ बुलाई गई थीं, जिन्होंने महफिल में अपने गीत-नृत्य का कौशल दिखलाया। बड़े ठेकानों में रण्डियों को खाने के लिए चिट्ठी और मासिक तनख्वाहें मिलती हैं। कितनी ही दर तक इधर नाच-गाना चलता रहा, उधर पान और भोजन की तैयारी हो रही थी। पास में एक तरफ पेन्टरी लग गई थी, जिसमें खान और पान की चीजें रक्खी थीं। खानसामा और दारोगा सफेद पायजामा, ऊनी शेरवानी, चुनरिया (रंग-बिरंगे) साफे, कमरे में कमरपेटा बाँधे सेवा के लिए हाथ बाँधे खड़े थे। सरदारों के सामने सिगरेट के डब्बे रक्खे हुए थे—महफिल में हुक्के पीनेवाले अब बहुत कम ही रह गये थे। फिर ह्विस्की की बोतलें, सोडा की बोतलें पीने के प्यालों के साथ सरदारों के सामने रख दी गईं। गिलासों में शराब डाल वह दुलहा और आपस में भी एक-दूसरे को मनुआर देने लगे। निछरावलें भी प्रदान की गईं। दुलहा के ऊपर एक सौ एक, एक्कावान या पच्चीस रुपये निछरावल के दिये, दूरवाले रिश्तेदारों ने दो, पाँच, दस निछरावल में दिये। घराती-बराती भी एक दूसरे के लिए निछरावल देते रहे। निछरावल में जो रुपये मिले, उनमें से आधे नौकरों के हुए और आधे रण्डियों के। सरदार आपस में शराब पीते हँसी-मजाक कर रहे थे। रण्डियों से इस समय गन्दी गालियाँ गवाई जा रही थीं। दुलहे को जनवासे से लाते-ले जाते समय भी गालियों के गाने का रवाज था। इस समय तक खुली गन्दी गलियों के गाने का रवाज इस वर्ग में बन्द हो गया था, इसलिए अप्रत्यक्ष रूप से ही स्त्रियाँ या रण्डियाँ गाली गाती थीं।

महफिल जमें काफी समय हो गया। शराबों के दौर से भी अब छुट्टी मिल चुकी। इसी समय बड़े-बड़े थालों में भरे नाना प्रकार के भोजन लाकर सामने रक्खे जाने लगे। राजपूतों में खाने में छूतछात का रवाज उठ जाना शायद मुगलकाल की देन है। सरदारों के पास ही उसी फर्श पर दूसरी पंक्ति कायमखानी और दूसरे मुसलमान भद्रपुरुषों की भी लगी

हुई थी। वह जिस तरह पान में शरीक थे, उसी तरह खाने को भी खा रहे थे। मीठी चीजों में हलवा, कलाकन्द, लड्डू, अमर्ती, गुलाबजामुन जैसी मिठाइयाँ, जर्दा (मीठा के सरिया भात), पिस्ता-बादाम और केसर की पत्तियाँ पड़े चीनी-घास द्वारा जमाये दूध के सिकोरे थे। फुल्के, बटिये, सेब, चने की तली दाल और आठ-दस प्रकार की साग-भाजियाँ सामने रक्खी हुई थी। मांस कई प्रकार के थे। कोरमा, कबाब, शामी कबाब, सीखकबाब, कोफ्ता, कीमा, आग पर भुने सूले, कलेजी आदि कई तरह के मांस थे। विवाह के लिए बहुत-से खस्सी (बकरे) पालकर पहले ही से रक्खे हुए थे। सलभाडा के इस इलाके में शिकार का उतना सुभीता नहीं था, हाँ, मुर्गी का मांस और अण्डे का हलवा जरूर बना था। सलमिया अपने दयालु फकीर के कारण झटका नहीं, हलाल मांस ही खाते हैं, इसलिए साथ बैठकर खानेवाले मुसलमानों के लिए कोई अड़चन नहीं थी। दो बजे तक खाना और विनोद चलता रहा। शराब के मारे कितने आदमी हाल-बेहाल हो गये थे। खाना आरम्भ करने से पहले ही लौंडियाँ गीत गाती वर को भीतर बुलाने आई थीं। वर को दुलहन, छोटी साली और बच्चों के साथ खाने के लिए बैठा दिया गया। ढोलणें, लौंड़ियाँ, चारणें, भाटनें गीत गा रही थीं। उधर पर्दे में भी कन्या की सम्बन्धिनी स्त्रियाँ बैठी हुई थीं, जिनका खाना पहले या पीछे हो गया था। वर-वधू को थोड़ी शराब दी गई। गाना-बजाना हो रहा था, 'जमाई' के गीत गाये जा रहे थे। 'कामण' इस समय नहीं गाई जाती। बाहर सजनगोठ दो बजे के करीब समाप्त हुई और लोग अपने-अपने डेरों में चले गये, लेकिन भीतर वर-वधू को आधी रात तक छुट्टी मिल गई। फिर दोनों सोने के लिए अपने कमरे में चले गये।

★ ★ ★ ★

ब्याह का तीसरा दिन— सजनगोठ छोड़कर बाकी समय बरात के खाने- पीने का प्रबन्ध जनवासे ही में होता है, जिसके लिये माँड की ओर से रसोइये तैयार रहते हैं। सरदार स्वतन्त्र राजा ठहरे, अगर वह अपने नौकरों के दुःख-सुख का ख्याल करें, तो उनकी प्रभुता ही क्या? रसोइये और सब चीजें बनाकर रख लेते, फिर आधा आटा गूँधकर अंगीठी में कोयला जलाये एक-एक सरदार के कमरे के पास बैठकर इन्तजार करते रहते। फुलके को तवे पर से सीधे सरदार की थाल में पहुँचना चाहिए था। शराब के प्याले चल रहे हैं, हँसी-मजाक के फौवारे छूट रहे हैं।

रात के एक या दो बजे ठाकुर साहब का हुक्म हुआ— "खाना लाओ।" इसी समय और चीजों को रसोई से गर्मागर्म थालों में रखकर सरदार के सामने लाया जाता, और दौड़-दौड़कर तवे से उतरते फुलके थाल में रक्खे जाते। बेचारे रसाइयों को बहुत रात जाने बाद कमर सीधी करने के लिए छुट्टी मिलती। तीन सौ बरातियों में से हर एक के लिए एक शीशा, एक कंघी, एक तेल की शीशी, साबुन की टिकिया दी गई थी। बड़े सरदारों को एक-एक बड़ा तौलिया भी माँड की ओर से दिथा गया था। बड़े सरकार अब स्वदेशी पान को भूल चुके थे, वह गुड़ तथा झरबेरी की छाल से निकाली कड़ी किन्तु स्वादिष्ट शराब 'आशा' को बहुत कम ही पसन्द करते। अब राजस्थान के ठाकुरों और राजाओं को ह्विस्की, स्काच, ह्वाइटहार्स, शम्पेन, शरी मुँह लगी हुई थी, और इन कीमती शराबों को कई हजार की खरीदकर पहले ही से तैयार रक्खा गया था। आम तौर से बरात तीन दिन रह चौथे दिन बिदा हो जाती है। इन सभी दिनों में नाच-गाने की महफिल कभी जनवासे में और कभी गढ़ में होती रही, खान-पान की भी वैसी चहल-पहल रही। लेकिन, गौरी की बरात को सात दिन रक्खा गया— तीन दिन बालसिंह की ओर से, एक दिन बड़े बाबोसा रूडसिंह की ओर से और तीन दिन बाबोसा ईसरसिंह की ओर से।

भाते और बड़भाते का कन्या के ब्याह में बहुत महत्त्वपूर्ण स्थान होता है, इसके बारे में हम कह आये हैं। माँ के पीहर (ननिहाल) के सम्बन्धी भाते कहे जाते हैं। गौरी के ब्याह में उसकी नानी और दादी के पीहर के ही नहीं, बल्कि परनानी के पीहर के सम्बन्धी भी—जिन्हें बड़भाते कहते हैं—आये थे। मंगलपुरवाले घराती (सम्बन्धी) तीन दिन रहकर चले गये। जब गढ़ से बरात बिदा होने लगी, उस समय गौरी अपनी माँ, याया और दादी के साथ बाबोसा के डेरे पर चली गई। बाबोसा अपने प्रिय अनुज बलवन्तसिंह के मरने के समय से इतने दुःखी हो गये थे, कि वह प्रायः गढ़ में न रहकर तम्बुओं में रहते। अब अगले चार दिन भी बरात की महफिल उसी तरह गरम रही, तीसरे ही दिन एक और बड़ी रसम अदा की गई। गढ़ के दरीखाने में एक चबूतरे पर दहेज का सारा समान सजा दिया गया। सबको चिट्ठे में पहले ही दर्ज कर लिया गया था, इसे कहने की आवश्यकता नहीं। थाली में सभी जेवर सजाये हुए थे सभी चाँदी-सोने के बर्तन रक्खे हुए थे। एक चाँदी के पायों का और दूसरा लकड़ी के पायों का दो पलंग रक्खे थे। एक पलंग पर मखमल के और दूसरे पर रेशम के गद्दे-रजाई बिछे हुए थे। घराती,

बराती तथा नगर के सेठ-साहूकार देखने के लिए निमन्त्रित हुये थे। इसी समय भाई और दूसरे लोग अपनी शक्ति और श्रद्धा के अनुसार सलमा-गोटावाले घाघरा- लुगड़ी के साथ इक्कावन या सौ या पाँच सौ रुपये लाकर वहाँ रख रहे थे। सेठ-साहूकार भी घाघरा-लुगड़ी और रुपये-जेवर के रूप में अपनी भेंट दे रहे थे। कसौरावाली बुआ को कसौरा के राजा साहब ने वन्दनीकुमारी के ब्याह में नहीं भेजा था, लेकिन गौरी के ब्याह में उन्हें आने की छुट्टी दी थी। बुआ ने अपनी भतीजी के लिए तीस के करीब तरह-तरह के कीमती घाघरे, मोतियों का सतलड़ा हार, जड़ाऊ कंगन, जड़ाऊ काँठला आदि पाँच प्रकार के जेवर प्रदान किये। जोलावाली बुआ ने बालों में लटकाने के लिए मोती के झोंटने और जीजी वन्दनीकुमारी ने गले में पहनने के लिए रत्नजटित टूसी दी थी। जब यह सब दहेज का सामान साथ जाने लगा, तो बालसिंह ने भाइयों और महाजनों के दिए जेवरों के बक्स को हड़प लिया, लेकिन यह बात बरात के खलपा लौट जाने पर मालूम हुई।

जिस वक्त जेवरों की प्रदर्शनी हो रही थी, उसी समय अन्तःपुर में भी बिदाई की रसम अदा हो रही। आँगन में बिस्तरे के साथ लकड़ी की पलंग बिछा उस पर दुल्हा-दुलहन को बैठाया गया था। विवाह में दी गई पाँचों लड़कियाँ नीम की झारे (डालियाँ) लिये घूँघट काढ़े खड़ी थीं। ढाई महीनेवाली छोरी एक लौंडी की गोद में बैठी उसी रसम को अदा कर रही थी। सभी छोरियों की तरह वह भी लुगड़ी ओढ़े, घूँघट काढ़े और उस समय न जाने क्यों कुछ-कुछ हँस रही थी। माँ बाप, भाई-भौजाई गठबन्धन किये पलंग के चारों ओर परिक्रमा दे रहे थे। जमाई ने सास-ससुर का पल्ला पकड़ा। इस समय उसे हक था, कि हाथी घोड़ा (और पीछे मोटर) माँग सकता था। दूसरी स्त्रियाँ भी रुपया, अशर्फी और नारियल दे रही थीं। बँधी डोर (तणी) खुलवाने का यही समय था। इस समय भी वर माँग सकता था। बिदाई देते सब कन्या से गले मिलने लगे, उसके हाथ में रुपये और मुहर देने लगे। कन्या को जनवासे नहीं, बल्कि अपना पीहर छोड़कर ससुराल जाना था, जहाँ से फिर आना उसके या उसके माँ-बाप के बस की बात नहीं थी। इस समय हृदय का फटने लगना और आँसुओं का अनवरत बहना स्वाभाविक है। गौरी सिसक रही थी, उसकी हिचकी बँध गई थी, आँसूओं से कपड़े भीग रहे थे, लेकिन लज्जा के मारे वह दूसरी बिदा होनेवाली लड़कियों की तरह फूट-फूटकर नहीं रो रही थी। सलमाडा के ठाकुरों में विलाप करके रोने का रवाज

नहीं है, यद्यपि दूसरी जगह कन्याएँ विलाप करके रोती हैं। बिदाई का करुण दृश्य सचमुच इतना मर्मान्तक होता है, कि कभी-कभी दुलहे की आँखों में भी आँसू आये बिना नहीं रहता। दुलहा एक तरह मुँह करके खड़ा रहता है और गठबन्धन में बँधी दुलहन पीठ पीछे सबसे भेंट-मिलन करती है। जीजी भी आँसू बहा रही थी और याया भी। माँ के बारे में तो कहना ही क्या? गठबन्धन खोल दिया गया, फिर दोनों मरदाने में आये। दुलहन ने बाप के पैर छुये। बाबोसा ने दीनता को छिपाने के लिए अपनी अन्धी आँखों पर धूप का चश्मा लगा लिया था। वह उसी के भीतर खूब रोये। कामदार, सेठ-महाजन सब कन्या और वर को नजर देने आये। नजर में दो-ढाई हजार रुपये पड़े थे। चारों ओर अखण्ड करुण रस का शासन था। बिदाई का मिलन ही नहीं, बल्कि बैण्ड भी करुणापूर्ण 'ओलो' गीत को बजा रहा था, लौंडियाँ भी 'ओलो' गा रही थीं। सारा मखनपुर रो रहा था।

गौरी के ब्याह में तीन लाख रुपये खर्च आये, जिनमें एक लाख खाने-पीने में खर्च हुए और दो लाख का दहेज। मखनपुर ठेकाने ने एक लाख खर्च किया, माँ ने एक लाख और बाबोसा ने एक लाख।

ठाकुरों और राजाओं की बरात में दान-दक्षिणा पाने की इच्छा से बहुत-से लोग जमा हो जाते हैं। गौरी के ब्याह में वहाँ ऐसे पाँच हजार ढोली-ढोलिणें और हजार-डेढ़ हजार चारण-भाट जमा हो गये थे। जितने दिन वे वहाँ रहे उनको भोजन दिया गया। बरातियों की ओर से उनमें सात हजार रुपया बाँटा गया। कन्या-पक्षवालों ने इससे अलग उन्हें बिदाई दी। वरपक्ष से दिये पैसे को 'त्याग' कहा जाता है। रुपयों के अतिरिक्त विशेष व्यक्तियों को नीचे ताँबे, ऊपर सोने लगे हाथों के कड़े, सिरोपाव, दुशाले, घाघरा, लुगड़ी, घोड़े और ऊँट भी दिये गये।

उसके पिता और माँ के सम्बन्ध के कारण गौरी के प्रति सब लोगों का भारी स्नेह था। गौरी भी इसे जानती थी। जब कसौरावाली रानीबुआ हल्दी-तेल चढ़ाने लगी थीं, तो उसने जीजी के साथ मधुर व्यंग्य करते हुए कहा था—"देख जीजा, कसौरावाली बुआ ने तुझे तेल नहीं चढ़ाया था।"

★ ★ ★ ★

सातवें दिन शुभ मुहूर्त में जलूस के साथ बरात बिदा हो स्टेशन

गई, जहाँ बरात लेकर आई जनपुर रेलवे की स्पेशल ट्रेन खड़ी थी। दुलहन रथ में बैठी हुई थी, आसपास चँवर डुलाते पुरुष चल रहे। रात को स्पेशल के भीतर ही सोना पड़ा।

अगले दिन स्पेशल सबेरे ही चली। अगला स्टेशन नरपुर बड़े बाबोसा रूडसिंह की राजधानी थी। वहाँ पर उनकी ओर से नाश्ते का इन्तजाम किया गया था। सरदारों को नाश्ते की चीजें ट्रेन में उनके बैठने के स्थान में पहुँचाई गईं और दूसरों को मिठाइयाँ कागज के थैलों में देकर चाय के प्याले थमाये गये। चाय के बाद स्पेशल वहाँ से चली और ग्यारह बजे रात को अजमेर पहुँची। अगले दिन आधी रात को मालर जंक्शन आया, लेकिन खलपा से औरा का स्टेशन नजदीक पड़ता था, इसलिए स्पेशल आगे बढ़कर अगले दिन आठ बजे सबेरे वहाँ पहुँची। दुलहन के साथ मैंके से मंगलपुर और नरपुर के पचीस आदमी थे, जिनमें कई कामदार (अफसर) पाँच छोरियाँ (डावड़ियाँ), एक धाय और तीन दूसरी औरतें थीं।

★ ★ ★ ★

औरा स्टेशन पर बरात के लिए सवारियाँ आई हुयी थीं। जिनमें एक रथ, एक मोटर पच्चीस-तीस घोड़े, चार-पाँच ऊँट और बीस के करीब बैलों के ताँगे थे। बैलों के ताँगे को मालर के इस दक्षिणी प्रदेश गोलान में रेखला कहते हैं। सलमाडा में रेखला पुराने ढंग की उन छोटी-छोटी तोपों को कहते हैं, जिनकी नली मोटी तथा डेढ़-दो हाथ से अधिक बड़ी नहीं होती। खलपा के आदमियों ने कहा- "छोरियों को भेजो, उन्हें रेखलों में बैठा दें।" दुलहन को ख्याल आया—"कहीं रेखलों में बैठकर उन्हें तोपदम तो नहीं कर दिया जायेगा", इसलिए ननिहालवाले आदमी तखतसिंह से कहा— "मामा, रेखलों में न बैठायें, इनके घाघरे जल जायेंगे।" फिर लोगों ने बतलाया, कि रेखला यहाँ बैल के ताँगों को कहा जाता है।

दुलहन डब्बे में गुमसुम बैठी थी। पाँचों छोरियाँ बगल में नौकरों के खाने में बैठी थीं। खलपा से बरात के साथ गई आठ लौड़ियाँ भी पासवाले डब्बे में थीं। जो चार लौंड़ियाँ तुलहत के साथ फर्स्ट क्लास के कम्पार्टमेण्ट में थीं, उनमें एक खलपा की भी थी, इसलिए दुलहन को घूँघट निकालकर बैठना आवश्यक था। दुलहन के रथ को लाकर डब्बे के पास खड़ा कर दिया गया। डब्बे से रथ तक कनात लगा दी गई। बरात जब चलने के लिए तैयार हो गई। तो दुलहन को सूचना दी गई और वह जाकर रथ

में बैठ गई। रोने-धोने का काम मखनपुर से फुसावा स्टेशन तक खतम हो चुका था, अब भी मन उदास था, किन्तु आँखों में आँसू नहीं आ रहे थे।

स्टेशन से दस बजे दिन को प्रस्थान करना पड़ा। खलपा छह मील था। रास्ते में शूहाला और राखीपुरा के गाँव आये, जो दोनों ही खलपा ठेकाणे के थे। फिर बिजनी आई, जहाँ से खलपा एक मील रह गया। दुलहन को गोधूली से पहले घर में नहीं ले जाते, इसलिए दुलहन के दल को बिजनी में तम्बू लगा विश्राम करने के लिए रख दिया गया। रास्ते में चारों ओर काली मिट्टी की समतल-सी जमीन थी। सड़क बुरी नहीं थी, इसलिए दचका नहीं लगा। दुलहन के साथ रथ में जीजी वन्दनीकुमारी की छोरी सूवटी भी बैठी थी, जो करीब-करीब समवयस्का थी, और जीजी के कारण गौरी का उसके साथ विशेष स्नेह भी था। फुसफुसाकर बात करना अन्तःपुरिकाओं के स्वभाव में होता है। कठोर पर्दे के साथ भाषा की यह कला भी उन्हें आ जाती है, जिसमें बोलने में जीभ का उतना उपयोग नहीं किया जाता, जितना साँस का।

पतली छोटी-सी जाली से दुलहन बाहर की दुनिया को देखती चल रही थी। यह रेगिस्तान की नहीं, बल्कि हरियाली की भूमि थी, जहाँ वृक्ष-वनस्पति की बहुतायत थी। लेकिन दुलहन को तो अपना मंगलपुर याद आ रहा था। उसे उस रेगिस्तानी भूमि की स्मृति बहुत प्यारी लग रही थी। वह सोच रही थी—आबाद रहे सरमाडा, यदि यहाँ वृक्ष और जंगल है, तो हमारे यहाँ भी तो जगह-जगह शमी के दरख्त दिखाई पड़ते हैं।

ससुर बहुत सीधे-साधे तथा नौकरों के हाथ में खेलनेवाले पचास वर्ष के जीव थे। उन्हें शराब पीने से ही फुर्सत नहीं मिलती थी, इसलिए घर या ठेकाणे में किसी भी व्यवस्था का कायम करना उनकी शक्ति से बाहर की बात थी, जिसकी बानगी दुलहन को अपनी लौंड़ियों के साथ तम्बू के भीतर जाते ही मिली। देखा, तम्बू गन्दा है, उसमें कई फटे पेवंद लगे हैं। नीली सफेद पट्टी की दरी भी बहुत गन्दी है। उसी पर मामूली गद्दे पर मसनद रखी हुई थी। लौंड़ियों को लिये दुलहन वहाँ जाकर बैठी। उनके बीच में गौरी के गूजर बाबा की विधवा लड़की किस्तूरी भी थी, जिसकी उमर चालीस साल के करीब थी और जिसकी सूझ पर दुलहन को बहुत विश्वास था। दुलहन ने तम्बू की ओर निहारकर किस्तूरी से

कहा—"मुझे तो यहाँ के ढंग अच्छे नहीं दिखते।"

"यह कैसे कहती हैं? आपको अभी क्या दिक्खा?"

"देख लो, इसी तम्बू और दरी को, इसी से यहाँ के ढंग का पता लग जाता है।"

किस्तूरी ने हँसकर कहा —"अभी ऐसी बात किसी से न कहना।"

खलपा की लौंडियाँ इसी समय तम्बू के भीतर आ गईं। बात वहीं समाप्त हो गई और दुलहन ने उनके सामने घूँघट निकाल लिया। दुलहा-राजा भी आ गये और दोनों के लिए भोजन का थाल आया। दिन के दो बजे रहे थे, दिन होने से शराब नहीं थी। संकोच के मारे थोड़ा ही खाया गया। थोड़ी देर आराम करने के लिए मिला। ससुर को दो साल पहले लकवा मार गया था। लेकिन अब चल-फिर सकते थे। वह इन्तिजाम करने पहले ही खलपा के गढ़ में चले गये थे, जिसके बारें में एक लौड़ी ने कहा—"मेल की तैयारी करवाने पदार्‌या है अन्नदाता।" (अन्नदाता महल की तैयारी करने गया है) इन शब्दों को सुनकर बहू का मुरझाया दिल खिल उठा। उसने समझा, फटे तम्बू को देखकर मैंने जो अन्दाजा लगाया था, वह गलत था। अन्नदाता (ससुर) अच्छे महल का इन्तिजाम करने गया है।

चार बजे फिर प्रस्थान हुआ। बहू रथ में थी, और दुलहा घोड़े के ऊपर। सूवा लौंडी साथ में बैठी थी। मालर जंक्शन से ही जनपुर से आया बैण्ड लौटा दिया गया था। यहाँ अब ढोल, ताशे (झींझा) तथा नरसिंहा बजे रहे थे। खलपा फाटक के बाहर रख खड़ा कर दिया गया। पास के तालाब के किनारे बहुत-से बड़े-बड़े वट वृक्ष तथा एक बगीची भी थी। बगीची में एक शिवालय था। बहू ने आशा की थी, कि यहाँ स्वागत के लिए बैंडबाजा आयेगा। उसने ढोल, ताशे और नरसिंहा को चमारों का बाजा समझकर उसे अपने स्वागत का अंग नहीं समझा था। उसे विश्वास था, कि नगर के भीतर बैंड के साथ ही ले जायेंगे। अभी वह इसी उधेड़बुन में थी, कि ससुराल की एक लौंडी ने आकर कहा— "हमारे यहाँ पैरों में सोना ही सोना पहनकर बहू फाटक के भीतर नहीं घुसतीं, इसलिए एक पैर में चाँदी पहन लेना चाहिए।" बहू ने फुसफुसाकर कहलवाया— "मेरे पास चाँदी का जेवर नहीं है।" फिर लौंड़ी दौड़कर गढ़ में गई और वहाँ से चाँदी का कड़ा लाई। बहू ने सोचा—"इस

झारखण्ड में पैरों में सोना पहनने वाली कोई बहू नहीं आई होगी, इसलिये यह रसम अदा की जा रही है।" उसकी चिन्ता बढ़ गई। लेकिन, बात ऐसी नहीं थी। पैरों में सोना पहनने वाली बहू भी खलपा में आई थी। बहू ने एक पैर में चाँदी का कड़ा भी डाल लिया।

रथ नगरद्वार के भीतर प्रविष्ट हुआ। ढोल-ताशे आगे-आगे बजते जा रहे थे। बैण्ड की आशा अब भी खतम नहीं हुई थी, इसी समय रथ जनानी ड्योढ़ी पर जाकर खड़ा हो गया। किसी ने धीरे से कहा —"उतरिये।" चाँदनी हटा दी गई, घूँघट के भीतर से देखा, यह तो अन्तःपुर की ड्योढ़ी है। वहाँ सास खड़ी थी, एक छोटी और एक बड़ी दो ननदें, और कितनी ही ठाकुरानियाँ भी सोना, मोती, रतन के आभूषणों और सलमा-तिसारे की घाघरा-लुगड़ियों में जगमग-जगमग करती बहू का स्वागत करने के लिए तैयार थीं। सास के मुँह पर घूँघट नहीं था, दोनों ननदें भी खुले मुँह थीं। सास अपनी मर गई थी, और ससुर की यह दूसरी बीबी अट्ठाइस साल के करीब की थी। कपड़ों और चेहरे की रेखाओं को देखकर दुलहन ने समझ लिया, कि यही सासरानी होंगी। पहले सास ने आगे-बढ़कर नेत्रा (मथानी की रस्सी) से बहू को नापा। औरतें और ढोलणियाँ गीत गा रही थीं, जिनके बीच सासू ने सहारा दे बहू को उतारा। खलपा के गढ़ में बीच में बड़ा हाता, है, जिसकी दोनों तरफ जनाने और मरदाने महल बने हैं। दोनों के निवासियों के पहुँचने में सुभीते का ख्याल करके वहीं मुरली मनोहर का छोटा-सा मंदिर है। छोटी-सी छतरी और छोटी-सी कोठरीवाला यह मंदिर न खलपा के ठाकुर साहब की शान के अनुकूल था, न मुरली मनोहर के ही। वहाँ पांती से कांसे की छोटी-बड़ी सात थालियाँ रक्खी थीं। थालियों में एक-एक रोटी के ऊपर चावल-चीनी-घी पड़ा था। दुलहे ने अपनी तलवार से थालियों को एक के बाद एक रास्ते से दाहिने बाँयें खिसका दिया। जिस समय दुलहा इस प्रकार थालियों को सरका रहा था, उसी समय एक ठाकुरानी दुलहन का हाथ पकड़कर बिना भी शब्द किये थालियों को एक के ऊपर एक लगवा रही थी। फिर सातों थालियाँ उसी तरह पांती से रख दी गईं, और फिर वही क्रिया सात बार दोहराई गई। वर-वधू ने मुरलीमनोहर के सामने जाकर धोक (प्रणाम) किया।

जिस दिन दुलहन खलपा पहुँची, उसी दिन रात को रातीजगा हुआ—रात भर गाना-बजाना चलता रहा। बारह बजे रात को दुलहन को बुलाकर

लकड़ी के पटले पर गेहूँ की कुरी पर रख तेल डाले काँसे के दीये को जला दिया गया, फिर मायां के पास हाथ में मेंहदी लगा दीवार पर दुहलन से छापा करवाया गया। यह कहने की आवश्यकता नहीं, कि सलमाडा की तरह गुजरात के पासवाले इस गोलान इलाके में भी पूजा करते समय वर-वधू को जूता उतारने की जरूरत नहीं थी।

दुलहा-दुलहन अब जनानी ड्योढ़ी के भीतर घुसे। तिबारी में एक मामूली दरी बिछी हुई थीं, न वहाँ गद्दा था, न कोई और राजसी ठाट का फर्श। सलमाडा की बेटी को इसे देखकर आश्चर्य हुआ। उसे क्या पता था, कि मालर के इस दक्षिणी भाग (गोलान) में अभी संस्कृति इतनी विकसित नहीं हुई है और मालर के सभी ठेकानें सलमाडा या जसपुर के अन्य ठेकानों का मुकाबला नहीं कर सकते। बहू अपने घूँघट की ओट से जब-तब इन चीजों को देखकर अपने विचारों में मग्न हो जाती। उसके मन में तरह-तरह की आशंकाएँ प्रकट होने लगतीं। घूँघट में लिपटी होने से उसके चेहरे के भावों को कोई देख नहीं सकता था। हाथों में कन्धे के पास तक भरे हाथी दाँत के लाल चूड़े बाँह को छील चुके थे, जहाँ-तहाँ से खून बहने लगा था। गर्दन में पड़ा टेवटा गर्दन की बुरी हालत किये हुए था। रेल में तो चूड़ों और टेवटे को निकालकर रख लिया था, लेकिन रथ पर सवार होते ही फिर उन्हें शरीर में कसना पड़ा। बुरी हालत थी। इसी समय देवता रूप में खेखारा की ठाकुरानी प्रकट हुई। वे ससुर के हाथ में राखी बाँधकर धर्म-बहिन बनी थीं, इसलिए उस घर में उसका मान भी अधिक था। उन्होंने अधिकारपूर्वक स्त्रियों से कहा —"बीनणीं (दुलहन) थकी-मांदी है, अभी छोड़ो, इसे ऊपर जाकर कपड़े बदलने और आराम करने दो।" खेखारा की ठाकरानी सचमुच ही दुलहन को कोई बड़ी कृपामयी देवी-सी जान पड़ीं।

दुलहन को उसके कमरे की ओर ले जा रहे थे। वह सोच रही थी— ससुर साहब महल का इन्तिजाम करने आये थे, इसलिए महल का कोई बहुत अच्छा कमरा उसके लिए सजाया गया होगा। लेकिन, वहाँ कमरे की जगह बीच की तिबारी के दोनों छोरों पर दो छोटी-छोटी कोठरियाँ थीं। एक कोठरी में खिड़की भी नहीं थी, और दूसरे में वह बहुत छोटी-सी थी। तिबारी की एक अलंग खुली हुई थी, और दूसरी अलंग में लगी झिझरी से मुरलीमनोहर की झाँकी की जा सकती थी। खिड़कीवाली कोठरी में नीचे खादी का जाजम बिछा था। सन् १९२५ में गाँधीजी के प्रताप

से खादी की महिमा जरूर बढ़ गई थी, लेकिन राजस्थान के परम अंग्रेजभक्त ठाकुरों और राजाओं के यहाँ गाँधी की आवाज कभी नहीं पहुँच पाई। इसी छोटी-सी कोठरी में नेवार से बुना एक लकड़ी का पलंग रक्खा था, जिसके ऊपर तकिया, गद्दा, चादर, रजाई सभी सूती थे। पलंग के पास मसनद के साथ जमीरी पर एक कालीन बिछा हुआ था। कालीन और पलंग के बीच से रास्ता था। कोठरी में एक आला था, जिसमें मिट्टी के तेलवाला टेबुललैम्प रक्खा था। पलंग के पैर की ओर लोहे की चिमची (घड़ोंची) पर पानी भरा मिट्टी का घड़ा रक्खा था, उस पर ढक्कन के ऊपर एक शीशे का गिलास तथा पास में पीतल की गड़वी थी। किस्तूरी दुलहन के साथ इसी कोठरी में आई। छोरियाँ बिना खिड़कीवाली दूसरी कोठरी में जा बैठी थीं। एक छोरी रास्ते में ही गुम हो गई, बड़ा हल्ला मचा। छोरी की सास कह रही थीं—"हाय, मेरी बीनणीं गुम हो गई।" जब छोरियाँ ढाई वर्ष से पाँच महीने के भीतर की ही अधिक थीं, तो कोई दूसरे के हाथ लग जाय, इसमें आश्चर्य क्या? अपनी कोठरी को देखकर दुलहन ने किस्तूरी को कहा —"लो यह तुम्हारा डेरा है।" उसको विश्वास था, कि उसका कमरा महल में कहीं और जगह होगा। कस्तूरी पहले ही से आकर देखभाल चुकी थी, उसने समझाकर कहा —"मेरा नहीं, आपका ही कमरा है, अन्दर आ जाइये।"

कोठरी के ऊपर मेहराबदार छतरी-जैसी छोटी छत थी। दुलहन बोल उठी—"मैं तो जीती ही छतरी के नीचे नहीं बैठती" और तुरन्त बाहर निकल आई। राजस्थान में मरे राजा-रानियों या ठाकुर-ठाकुरानियों के स्मृति-चिन्ह को छतरी कहते हैं। किस्तूरी ने नई बहू को समझाते हुए बहुत नरमी से कहा —"बाहर जाने से काम नहीं चलेगा, अब तो यही घर है, यहीं रहना पड़ेगा, भीतर आ जाइये।"

बहू की आँखों में आँसू आ गये। वह जिस सांस्कृतिक वातावरण और साज-सामान के साथ रहने की अभ्यस्त थी, उसकी तुलना में खलपा का रहन-सहन बहुत निम्न कोटि की थी। उसका लड़की के मन पर क्या असर होगा, इसकी ओर माँ-बाप का ख्याल नहीं गया था। उन्होंने बस यही देखा, कि खलपा हमसे भी बड़ी आमदनी का ठेकाना है।

खैर, दुल्हन ने आँसू पोंछकर अपने कपड़े और जेवर उतारकर नये कपड़े पहन लिये। अभी तूफान दबा नहीं था, इसी समय ससुराल की

एक लौंड़ी कटोरी में दूध लेकर आई। दूध में काले तिल पड़े हुए थे, दुलहन को देखने में जूँए से मालूम होते थे। उसे वैसे भी दूध पीना पसन्द नहीं था, और यहाँ जूओं जैसे काले तिलों को देखकर तो उसे उबकाई आने लगी। लौंड़ी ने बहुतेरा समझाया—"हमारे यहाँ काले तिलों सहित दूध पीना सगुन माना जाता है, न पीने पर अन्नदाता (ससुर) हेला (नाराजी) करेंगे।" दुलहन के मन पर फटे तम्बू के समय से ही एक पर एक धक्के लग रहे थे। वह दृढ़ मनोबल की लड़की थी, इसलिए उसने ससुर के नाराज होने की परवाह न कर दूध नहीं पिया।

अभी वह कपड़े बदलकर आराम करने की सोच रही थी, कि इसी समय बुलौवा आया—"कपड़े-जेवर पहन लीजिये, नीचे बुलाया है।" बहू को बहुत बुरा लगा, और एक बार मन में आया, कि इनकार कर दें, किन्तु बुद्धि ने समझाया— ऐसा करने की गुंजाइश नहीं है।

★ ★ ★ ★

सोहागथाल— सलमाडा में सोहागथाल प्रातःकाल किया जाता है, लेकिन खलपा में उसे सायंकल करने का रवाज है। सोहागथाल वस्तुतः पराये गोत्र से आई लड़की को अपने गोत्र में मिलाने की रसम है। एक ही बड़े थाल में खाने की चीजें रक्खी जाती हैं, जिसमें से निकालकर सास, ससुर, ननदें, दुलहा और कुछ अपने कुल की दूसरी महिलाएँ तथा पुरुष सभी खाते हैं। वहाँ सब मिलाकर दस-बारह आदमी रहे होंगे। काले तिल-मिली घी-चीनी सहित लापसी रक्खी हुई थी, जिसमें से एक-एक ग्रास (कवा) निकालकर हर एक व्यक्ति दुलहन के घूँघट में हाथ डाल उसके मुँह में दे रहा था। लोग समझते थे, दुलहन खा रही होगी, लेकिन घूँघट के भीतर उसके हाथ में रूमाल थी, मुँह में डाले छोटे-छोटे कवा को वह जमा करती जा रही थी। इस तरह खा लेने के बाद फिर बहू ने अपने हाथ को बाहर कर उससे थोड़ी-थोड़ी लापसी निकालकर लोगों की ओर बढ़ा दिया, कुल नर-नारियाँ मुँह बढ़ाकर उसके हाथ से ग्रास ले रही थी। इस प्रकार सोहागथाल की रसम पूरी हुई और बहू को फिर ऊपर जाने की छुट्टी मिल गई। ऊपर चौकी लगा, दस्तरखान फैला दिया गया था, जिसके ऊपर बत्तक के आकार की टोंटी वाली चाँदी की शराब की बोतल रक्खी थी। यहाँ बहू के अतिरिक्त उसका पति और दो ननदें भी थीं। अपने घर में ब्याह होने के कारण बड़ी ननद खलपा नहीं आई थी। पहले शराब की मनुआर दी गई, लेकिन बहू ने उसे जीभ से भी लगने

नहीं दिया। सुबह को खाना खाया था, उसके बाद बस गन्ध लेना जैसा ही हुआ था। खाने में जंगली सूअर, हरिन और बकरे के कई तरह के मांस थे, साथ में पुलाव कई प्रकार की सब्जियाँ और मीठी लापसी भी थी। भोजन की मधुर गन्ध बड़ी अच्छी मालूम हो रही थी, लेकिन खाने में रास्ता दिखलाना ननदों का काम था, जो बहू के सामने शरम करती चिड़ियों की तरह जरा-जरा चुग रही थीं, ऐसी स्थिति में दुलहन कैसे पेट भर खा सकती थी। वह भूखी ही रह गई। सबने हाथ धो लिया।

ननदें चली गईं। अब सोने से पहले बड़ी-बूढ़ियों के पैर दबाने की रसम अदा करनी थी। दुलहन ने जाकर पहले सासू के पैर दबाये, फिर पद में बड़ी दूसरी स्त्रियों के भी पैर दबाये, जिसमें ससुर की धर्म-बहिन भी थी। लोगों ने जल्दी ही छुट्टी दे दी। अभी तक धैर्य न धर केवल धर्म-बहिन ने मुँह खोलकर दुलहन का मुँह देखा था, और उसके चिबुक पर हाथ रखकर लाड़ भी किया था। बाकियों को मालूम नहीं था, कि बहू सुन्दरी है या कुरूपा, गोरी है या काली।

दुलहन अपनी कोठरी में लौट आई। भूख के मारे पेट में चूहे कूद रहे थे। उसने किस्तूरी से कहा— "मुझे तो बहुत भूख लगी है।"

किस्तूरी ने अफसोस करते हुए कहा—"हमने भी तो रोटी खा ली, यदि जानती, तो रख छोड़ती।"

अब चारा क्या था? भूखी ही सो जाना पड़ा, और थोड़ी देर में नींद ने आकार क्षुधा की पीड़ा को शान्त करने में सहायता दी।

और जगहों पर जनाने और मरदाने महलों में बहुत अन्तर नहीं होता, किन्तु खलपा में दोनों दुनिया के दो छोर पर थे। तरुण पति वहाँ अपनी पत्नी के घर में ऐसे समय ही आता-जाता, जबकि बड़े-बूढ़ों की नजर न पड़े। दुलहा पहले ही चला जा चुका था, जबकि सुबह पाँच बजे किस्तूरी ने दरवाजा खटखटाकर कहा—"पगे लागने चलिये।"

बहू चूड़ा खोलकर सोई थी। रवाज के मुताबिक साल भर तक चूड़े को नहीं हटाया जाता। जल्दी- जल्दी में बिना चूड़ों के ही बहू सास के पास चली गई। बिना चूड़े को देखकर सास और लौंडियों ने कड़ी आलोचना की। खैर, सासू और दूसरी बड़ी-बूढ़ियों के ठिठुरती-ठिठुरती पगे लगी। उनके पास पैरों से जूते निकाल कर ही कमरे के भीतर जाया जा सकता था, इसलिए जोड़ों की सर्दी के कारण उस समय पैर बहुत ठिठुर रहे

थे। अभी अँधेरा ही था, जबकि पगे लागकर वह फिर अपनी कोठरी में आ गई, लेकिन सोने के लिए इतना समय कौन देता? साढ़े छह बजे फिर बहू के पास लौंड़ी आई —"चलो हाथ-मुँह धुलाने।" आँखें मलती बहू उठ खड़ी हुई। घूँघट का एक फायदा तो था, कि कोई देख नहीं सकता था, बहू ने अपना हाथ-मूँह धोया है या नहीं। जाकर झारी ले सासू और दूसरी बड़ी-बूढ़ियों के हाथ धुलवाये, दातौन करवाई, फिर लौट आई। अपने मुँह-हाथ धोने और शौच से निवृत्त होने के समय देखा, कि लम्बी छत और फिर गढ़ के कोट पर आधा फर्लांग जाने के बाद संडास मिलता है। खलपा के ठाकुर सचमुच ही कितने पिछड़े थे, वह अपने पर्दानशीलों के आराम का कोई ख्याल नहीं करते थे।

हाँथ-मुँह धो बहू ने आशा की, कि अब जलपान आयेगा। अपने साथ आई खाने की चीजें नीचे कहीं पड़ी थीं, उन्हें खोलने का हक सासू का था। सास भूल गई, कि बहू को कुछ खिलाना भी चाहिए। किस्तूरी ने खलपा की लौंडियों से पूछा—"क्या यहाँ बहू को कुछ नाश्ता देने के रवाज नहीं है।" पता नहीं रवाज तो है, लेकिन मायभा सास को इसकी क्या पर्वाह? अँतड़ियाँ ऐंठ रही थीं, लेकिन मिट्टी के घड़े से पानी लेकर हलक तर करने के सिवाय वहाँ कोई चारा नहीं था। दस बजे नीचे जाने का बुलौवा आया, फिर कपड़े-जेवर पहनकर विशेष तौर से पगे लागणी करने जाना था। बहू किसी को एक मुहर रखकर पगे लगी, किसी को पाँच रुपये या और कुछ। पगे लागने के बाद वैसी ही भूखी वहीं बैठ गई। चेहरे का रंग आधा तो फक जरूर हो गया होगा, क्योंकि अड़तालीस घण्टे से भोजन की ऐसी ही व्यवस्था चल रही थी। सासू ने घूँघट खोलकर मुँह देखा और मुँह दिखाई में एक सोने का हलका-सा काँठला दिया, ननद ने कानों के लिए छह जड़ाऊ बालियाँ देकर मुँह देखा, इसी तरह औरों ने भी मुँह दिखाई में जेवर-रुपये दिये। ठाकुरानियों की पगे लागणी हो जाने के बाद दुलहन ने अब नौकरानियों को पगे लागने की रसम अदा की। एक-एक नौकरानी को अलग-अलग पगे लागने में बहुत समय लगता, इसलिए उनके लिए पचास रुपये रखकर दोनों हाथों को जोड़ नौकरानियों की ओर चारों ओर मुँह घुमा हाथ जोड़ यह रसम बड़ी जल्दी हो गई। गौरी को नाटकों के खेल का अभ्यास यहाँ बड़े काम आया। लौंडियों को भी इस समय ठाकुरानियाँ हाथ जोड़ती हैं, और वह भी हाथ जोड़कर जवाब देती हैं। लौंडियों के बाद फिर उसी तरह इकट्ठा ही रुपया रखकर दुलहन ने ढोलणियों के भी पगे लग लिये।

इसी समय ससुरजी पैर लगवाने भीतर आये। दुलहन ने पैर छू उसे जोर से पकड़ लिया और घूँघट निकाले उसी तरह बैठी रही। ससुर ने पूछा— "क्या लेगी?" उन्होंने समझा, जेवर माँगेगी, पैसा या और कोई ऐसी चीज माँगेगी।

बहू ने अपनी लौंड़ी के कान में फुसफुसाकर कहा—"मुझे जेवर-कपड़ों की जरूरत नहीं, वह मेरे पास बहुत है, मुझे तो रहने के लिए एक अच्छा कमरा दे दें।" सुनकर ससुर हँस पड़े, फिर उन्होंने कहा—"मैं डोढ़ी के ऊपर का बड़ा दालान बहू को दूँगा, अभी दमाद उसमें ठहरे हुए हैं, उनके जाते ही बहू को उसमें रहने का इन्तिजाम कर दिया जायेगा।" फिर सास-ससुर बहू को तोसाखाने के भीतर ले गये। रसम के अनुसार बहू का हाथ रुपये-भरे थैले में डलवाकर कहा गया— "मुट्‌ठी भर लो। बहू ने सोचा, मुट्‌ठी में तो बीस-पच्चीस रुपये से भी कम आयेंगे, इसलिए जमीन पर हाथ से सरका दिया, गिनने पर दो सौ दस रुपये थे। ससुर ने हँसकर कहा—"बहू तो बड़ी चालाक निकली।" फिर घी और गुड़ से भरे कनस्तरों में बहू का हाथ डलवाया गया।

दस्तूर के पूरा कर लेने के बाद बहू को छुट्टी मिल गई, फिर थाल में खाना आया, और साथ खानेवाली ननदों ने अपने पुराने पाठ को दोहराया, जिससे फिर स्वादिष्ट भोजन का थाल सामने रहने पर भी वह भूखी ही रह गई। लेकिन किस्तूरी सजग थी। उसने अपने थाल में से खाने की कितनी ही चीजें रख छोड़ी थीं। इधर किवाड़ बन्द करके बहू ने लौंडी के थाल में रक्खे खाने को चुपचाप गले से नीचे उतारना शुरू किया, और उधर सामने की कोठरी में छोरियाँ अपना दूसरा ही अभिनय कर रही थीं। उन्हें रंग-बिरंगे घाघरे-लुगड़ी मिले थे, जेवर भी पहने हुई थीं, वह अपने जेवरों को देखकर कभी खुश होतीं, और कभी बंदरियों की तरह सजी-धजी शीशे में अपना मुँह देखतीं। सबसे छोटी छोरी किसी की गोद में पड़ी सो रही थी। कोठरी का दरवाजा बन्द करके जिस तरह बहू खाना खा रही थी, यदि उसी समय ननदों में से एक आ जाती, तो बड़ी भद्द होती। किस्तूरी की कृपा से आज तीसरे दिन पेट भरकर भोजन मिला था। वह ठण्डे फुलके और साधारण सी तरकारी स्वाद में अमृत को मात कर रही थी। पन्द्रह मिनट ही अभी बीते होंगे, कि फिर नीचे से दुलहन के लिए बुलौवा आ गया—"गाँव की औरतें मुँह देखने आई हैं, नीचे चलिये।" मन में बहुत बुरा लगा, लेकिन जाने के सिवाय कोई चारा

नहीं था। नीचे जाने पर फिर मुँह-दिखाई शुरू हुई। ठाकुरानियाँ घूँघट को अलग-अलग उठाकर बहू का मुँह देखतीं। गाँव की औरतों के लिए ननद ने घूँघट उठाया था। दूसरी बहू होती, तो आँखें मीच लेती, लेकिन गौरी ने तो पर्दे की उतनी कड़ी पाबन्दी कभी नहीं की थी, इसलिए उसने मन में कहा—"मैं भी तो उन्हें देखूँ", और वह उनकी तरफ देख रही थी। बहू के चाँद से मुखड़े की स्त्रियाँ तारीफ कर रही थीं, यदि बहू कुरूपा होती, तो वह अपने फैसले को नीरव रहकर देंती। सास को डर लग गया, जब देखा कि गाँव की स्त्रियाँ खूब नजर गड़ा-गड़ाकर बहू को देख रही हैं। उन्होंने अपनी एक छोरी (लौंडी) को फुसफुसाकर हुकुम दिया—"नून मिर्च कर लो, नहीं तो नजर लगे बिना नहीं रहेगी।" एक छोरी ने सात लाल मिर्चे, सात नमक की डलियाँ और कुछ राई मुट्ठी में ले सिर से पैर तक घुमाकर उसे जलती अँगीठी में डाल दिया। इससे पहले सासू ने नगर के देखनेवालियों को आदेश दे रक्खा था, कि देखकर मुँह की ओर जरा थू-थू- कर देना। सचमुच ही किसी भी सुन्दर चीज के लिए नजर लग जाना बड़े खतरे की चीज है, इसलिए बहू के सौन्दर्य की रक्षा करने का इन्तिजाम करना सास ने अपना कर्त्तव्य समझा था। मुँह दिखाई के बाद दुलहन को ऊपर भेज दिया गया।

खलपा आये दूसरे दिन सबेरे आठ बजे अब लठियों की कुलदेवी नागणेच्या की पूजा करने जाना पड़ा। कुलदेवी की छोटी-सी सोने की मूर्ति मायाँ (रिद्धि-सिद्धि सहित गणेशचित्र) के पास एक पेटी में रक्खी हुई थी। कुलदेवी की पूजा से पहले मुरलीमनोहर के मंदिर में जाकर राधा-कृष्ण को प्रणाम करना पड़ा। मायाँ के पास ही जल भरकर एक परात रक्खी हुई थी। जल का रंग बदलने के लिए थोड़ा-सा दूध और दही भी उसमें मिला हुआ था। यहीं कांकर-डोरड़े (विवाह-कंगन) खोलने की रसम अदा हुई। दुलहा एक हाथ से दुलहन के डोरड़े को खोल रहा था, और दुलहन दोनों हाथों से दुलहा के डोरड़े को खोल रही थी। स्त्रियाँ गीत गा रही थीं, जिसमें दोनों में से किसी के न खोल सकने पर उसके हार की घोषणा भी रो रही थी। इस प्रकार सात बार डोरड़े को खोला और बाँधा गया। परात के पानी में दोनों डोरड़ों और एक जड़ाऊ अँगूठी को डाल दिया गया। दुलहा दाहिना हाथ डालकर अँगूठी को पानी में ढूँढ़ने लगा (डोरड़ा खोलते वक्त उसने बाँयें हाथ को इस्तेमाल किया था) और दुलहन दोनों हाथों से अँगूठी ढूँढ़ने लगी। किसी एक के हाथ में आ जाने पर फिर दोनों में छीनाझपटी होने लगती। सात बार इस तरह

ढूँढ़-ढूँढ़कर निकाली गई अँगूठी अन्त में दुलहन के हाथ में पहना दी गई।

खलपा पहुँचने के दूसरे दिन परात में अँगूठी डालकर उक्त प्रकार जुआ खेलने की रसम अदा हुई। इसके बाद 'जीतादेणी' अर्थात् ग्राम-देवताओं और कुल देवताओं की पूजा हुई। इन देवी-देवताओं में कितने ही नगर की भीतर थे और कितने ही नगर से एकाध मील दूर। उनकी पूजा के लिए और चीजों के साथ शराब की बोतलें भी रख ली गई थी। भैरूँजी और माताजी को बकरे की बलि और शराब की धार दी गई। दुलहन रथ में बैठी थी और ढोलणियाँ तथा लौंड़ियाँ पीछे-पीछे गीत गाती चली आ रही थीं, आगे-आगे ढोल-तासा-नरसिंहा बज रहे थे। वर घोड़े पर चल रहा था। दुलहन को हर देवता के पास उतरने की जरूरत नहीं थीं, इसलिए पैरों को चलने की तकलीफ होने का उतना सवाल नहीं था, जितना कि पर्दे की कठोरता का। कितनी ही जगह गठबन्धन पचरंगे गोले के लम्बे सूत का होने से वर मंदिर के पास जाकर पूजा कर आता और गठबन्धन के कारण दुलहन भी उसमें शामिल समझी जाती। दोपहर तक जातादेणी खतम हो गई और दुलहन फिर लौट आई।

'जातादेणी' से लौटकर दुलहन को थोड़ी देर तो सास-ननद के पास बैठना पड़ा, फिर उसे छुट्टी मिल गई। ब्याह के भाँवरों के समय जो कपड़े-जेवर पहने गये थे, उसे हर पूजा और दस्तूर के समय पहनना पड़ता था, और उनमें कितनी ही बड़ी सासत देनेवाली चीजें थीं।

दहेज— दहेज में जहाँ तरह-तरह के कपड़े-जेवर और दूसरी चीजें दी गई थीं, वहाँ उसमें बहुत भारी संख्या में बर्तन-भाँड़े भी थे, जिनमें कितने ही चाँदी के थे, लेकिन रोज-बरोज के काम के पीतल, काँसे, जर्मन-सिल्वर, मुरादाबादी बर्तन ही ज्यादा थे। पच्चीस तो पीतल के बड़े-बड़े थाल थे, जिनके साथ सौ कटोरियाँ, पचास बड़े कटोरे भी थे। बड़े-बड़े पीतल के टोकने (चरू) और चार छोटी-छोटी टोकनियाँ (चरी), लोहे का चूल्हा, अँगीठी, पीतल की छलनी, सूप, कितने ही भगोने, देगचियाँ, कढ़ाव कढ़ाइयाँ, चिमटे कलछी माँ ने दिये थे।

तीसरे दिन दोपहर के वक्त दहेज की चीजों का प्रदर्शन किया गया। बीच में छोटी-छोटी तिबारियों के अन्तर से पास-पास अन्तःपुर में तीन चौक थे। दहेज की चीजों से तीनों चौक भरे हुई थे। गाँव के बहुत-से लोग लोगाइयाँ देखने आये। लोगाइयाँ दहेज की चीजों की जगमग-जगमग

करती मोतियों और हीरों को देखकर एकाएक कह उठतीं- "हरे-रे-रे-रे बापजी इँण दायजारों कईं देखणो? याँ तो हात (सात) पीढ़ी में एँडों दायजो नी देखियो।" खलपा के सेठ-महाजनों ने दहेज की चीजों की कीमत लगाई। शराबी सीधे-सादे ससुर कामदारों के हाथ में खेलते थे, वह उन्हें खूब लूटना जानते थे। उन्होंने ससुर का कान भरा—"जेवरों की चाभी अपने पास रखिये।" मंगलपुर के कामदार को ससुर ने कहलवाया, कि "जेवरों को तोसाखाने में रखकर चाभी हमारे पास भेज दो।" कामदारों के मन में सन्देह हो गया, उन्होंने बड़ी नरमी से कहा—"हाथी, घोड़े, उनके बहुत से जेवर, सिरोपा और दूसरी चीजें आपको दी गई हैं, वह आपकी हैं। ये जेवर-कपड़े तो हमारी बाईजी को इस्तेमाल करने के लिए दिये गये हैं, इसलिए इनको उन्हीं के पास रहना चाहिए।" उन्होंने जेवरों के बक्सों को दुलहन के पास भिजवा दिया, और कपड़ों को तोसाखाने में रखवा उसकी चाभी भी उनके पास भेज दी।

दुलहन के पहुँचने के पन्द्रह दिन बाद तक ननद और ननदोई खलपा में रहे। ननदोई वैसे अच्छे समझदार आदमी थे। कलवा राजा के छोटे भाई थे, लेकिन रियासतों में शराब और विलासिता बिल्कुल साधारण सी-बात है, जिनसे मुक्त आदमी मुश्किल से मिलते हैं। कुमार साहब ससुराल में भी बारह बजे रात तक अपने यहाँ रण्डियों का नाच कराते रहते। उनकी स्वेच्छाचारिता से कितनी दूसरी स्त्रियाँ आशंकित रहतीं। उनके बिदा होने के दूसरे दिन ससुर ने वह कमरा बहू को दे दिया।

अन्तःपुर का इसे सबसे अच्छा कमरा कह सकते हैं। था वह पुराने फैशन का, किन्तु रहनेवालों के आराम का कुछ ख्याल करके बनाया गया था, इसमें सन्देह नहीं। उसके साथ संडास (पाखना) भी था, एक कोठरी भी थी, जिसे बहू ने स्नानगृह में परिणत कर दिया। कमरा करीब बीस हाथ लम्बा और पन्द्रह हाथ चौड़ा था। बीच में मेहराबदार पत्थर के खम्भों की पांती कमरे को दो भागों में विभक्त करती थी। पीछे बहू ने खम्भों दो के ऊपर पर्दा डाल एक कमरे को दो कमरों के रूप में परिवर्तित कर दिया। छत पत्थर की पट्टियों की थी। कमरे के एक बाजू में प्रायः तीस हाथ लम्बी, बारह हाथ चौड़ी खुली छत थी, जिसके तीन ओर छोटी-छोटी दीवारें और गढ़ के दरवाजे की ओर बड़ी दीवार खिंची थी। पहले जो कोठरियाँ और तिबारी मिली थी, वह अब भी दुलहन के हाथ में थी। उनमें जाने के लिए कमरे के एक ओर के दरवाजे से दो सीढ़ियाँ

उतर छोटी-सी छत पर पार करनी पड़ती थी। दोनों कोठरियों में अच्छी कोठरी को गौरी ने किस्तूरी को दे दिया, और दूसरी कोठरी में छोरियों को रख दिया। कमरे के दो तरफ दो दरवाजे थे। उनके अतिरिक्त भी दरवाजों के बराबर से ही दो तरफ में तीन-तीन खिड़कियाँ थीं, जिनसे एक ओर मुरलीमनोहर के मंदिर को देखा जा सकता था। दूसरी तीन खिड़कियाँ गढ़ के दीवार की तरफ थीं। कमरे की छत के ऊपर जाने के लिए पक्की सीढ़ी बनी हुई थी।

स्नानवाली कोठरी में ही दीवार में आलमारी लगी थी, जिसमें बहू ने अपने जेवरों और कपड़ों के बक्सों को रख दिया। कमरे में कुछ खुले आले भी थे। फर्श पर सफेद-लाल धारीवाली दरियाँ बिछी थीं, जिनके ऊपर जाजम नहीं था। एक पुराने ढंग का काम किया हुआ लकड़ी का सोफा और दो गद्दीदार कुर्सियों के अतिरिक्त मसहरी सहित एक काठ का पलंग वहाँ बिछा हुआ था। एक गोल और एक चौकोर दो मेजें भी थीं, जिनमें एक पर बहू ने अपने ग्रामोफोन को सजा दिया और दूसरे के ऊपर पुरुष-प्रमाण दो दर्पणों में से एक को रख दिया। कमरे के सजाने के लिए बहू के पास बहुत-सी चीजें थीं। अगले कुछ दिनों में लगकर उसने अपनी लौंड़ियों की मदद से कमरे को खूब सजा दिया। लाल मखमल पर सलमा-सितारे के कामवाली गद्दी-तकिया (मसनद) भी एक ओर लग गई। सोलह और बारह बत्तियों वाले दो सुन्दर झाड़ छत से टाँग दिये गये और उपयुक्त स्थान पर आठ मोमबत्ती की हँड़ियाँ भी लटका दी गईं छत और दीवारों पर हलका नीला रंग किया हुआ था, जो इस सजावट में बुरा नहीं लगता था। साथ लाये कपड़े से खिड़कियों और दरवाजों पर पर्दे बनाकर लगा दिये गये। चार गुलदस्ते भी फूलों के साथ जहाँ-तहाँ रख दिये गये। दरियों के ऊपर सफेद चादर बिछ गई। पलंग के ऊपर रेशमी और दूसरी अच्छी चादरें, तकिये, रजाई आदि रख दिये गये। पीहर से हाथ की गेसबत्तियाँ आई थी, रोशनी का काम देने लगीं। बहू के कमरा सजाने की खबर भला गढ़ में फैले बिना कैसे रहती? सबसे पहले अन्तःपुरिकाओं का ध्यान उधर आकृष्ट हुआ। सास बेचारी बड़े सीधे-सादे स्वभाव की थीं, सच्चे अर्थों में भोली-भाली थीं, सौतेली होने पर भी उसमें ईर्ष्या या छल-कपट नहीं था। सजे कमरे को देखकर वह बोल उठीं— “थाणां बाप तौ इत्ती चीजां दीदी, जण हजा (सजा) लियो। म्हाणो बाप तो काई नी दीदो, काण हूँ हजाती।” वह समझती थीं, कि बहू को मायके से बहुत-सी चीजें मिल गई हैं, इसलिए उसने अपने कमरे को सजा लिया।

उन्हें यह मालूम नहीं था कि घी, पूरा आटा दे देने पर भी बन्दर माल-पूड़ा नहीं बनायेगा, वह उसमें सिर्फ लोट-पोट करेगा। जनाने के बाद खबर मरदाने में पहुँची। ससुर आये देखने, और देखकर उन्होंने बहू की बड़ी तारीफ की। बचपन से ही गौरी को चीजों के सजाने का शौक था, इसलिए उसकी परिमार्जित रुचि की चमत्कार वहाँ देखा जा रहा था। ठाकुर साहब के बाद उनके कामदार (अफसर) और दूसरे भी देखने आये, उनके लिये कितनी ही बार बहू को अपना कमरा छोड़ पहले वाली कोठरी में चला जाना पड़ता।

★ ★ ★ ★

सीधी-सादी सास के लिए किसी पर रोब-दाब असम्भव बात थी। एक तरह खलपा का सारा परिवार ही भोले-भालों का था। सौतेली सास की अपनी कोई औलाद उस समय तक नहीं थी, एक लड़का बहू के ब्याह लाने के ग्यारह महीना बाद पैदा हुआ। मृत सौत की लड़कियाँ उनकी नाक में दम किये रहतीं। बेचारी को यह जानकर सन्तोष था, कि पराये घर की हैं, चली जायेंगी तो मैं चैन की साँस ले सकूँगी। लेकिन उनको यह डर बराबर बना रहता, कि कहीं नई बहू भी बेटियों-जैसी न आ जाये। बहू उन्हें बहुत अच्छी मिली थी। वह बहुत समझदार थी, साथ ही सासू के भोलेपन को जानकर उनकी नाराजगी और कड़वे वचन को मन में नहीं लाती थी। कुछ कहतीं, तो जवाब नहीं देती। कभी वह गुस्से में कह देतीं—"इनके बाप की तो खोज (जड़)खतम हो गई है, इसलिए दहेज दे दिया।" कभी कुछ और अपमानजनक बातें भी बोल देतीं। बहू चुप रह जाती। रोज मुँह-हाथ धुलाने, पगे लागी करने और पैर दबाने के लिए जाती। दो-चार दिन सास का मुँह सूजा रहता या कुछ बड़बड़ा देती। फिर बहू के चुप रहने का प्रभाव पड़ता और खुल उठतीं —"बीनणीं, मैं थाने जिण दिन कियो मन्ने हिकाय (सिखाय) दीदी। थाँ भला माँबापारी बेटी हो, जेंणउ थाँ जवाप नी दीदो।" बेचारी अकल के साथ कान की भी कच्चीं थीं और अन्तःपुर में आग लगानेवालों की कमी नहीं थी। बहू से प्रसन्न होकर कभी बोल उठतीं—"था माणें चोखा आया, चंचला-वतशा भले बेटी जणी।"

राजस्थान की हजारों अन्त:पुरिकाओं की तरह सासू भी पति की उपेक्षा की मारी थी। पति बराबर शराब में चूर रहते, दो जनपुरी रण्डियाँ

उनके दरबार में नौकर थीं, और रखेलियों के बारे में कहना ही नहीं। फिर ठाकुर साहब को क्या पड़ी थी, कि अपनी ठाकुरानी की ओर ध्यान देते? सुना है, चीन के सम्राटों के अन्तःपुरों में दर्जनों रानियाँ और सैकड़ों नहीं, हजारों अन्तःपुरिकाएँ रहती थीं। रानियों के साथ न्याय भी किया जाता तो भी उनके पास सम्राट के आने की बारी साल में दो-चार ही बार आती। देश-विदेश से सौगात में आई सुन्दरियों को तो पहले ही दिन सम्राट् अच्छी तरह देख पाते थे, उनके बाद जब अन्तःपुर में एक बार उन्हें भेज दिया गया, तो उनको याद रखना भी सम्राट के लिए असम्भव था। रानियों और अन्तःपुर की सुन्दरियों के चित्र सम्राट् के पास रक्खे जाते, और उस दिन वह जिसको पसन्द करते, उसके महल में जाते। दरबारी चित्रकार की बड़ी बन आती थी। वह किसी के चित्र को बिगाड़ के बना देता और किसी को और भी अधिक सुन्दर चित्रित कर देता। इसके लिए चित्रकार को रानियाँ बड़ी-बडी रिश्वतें देती थीं। राजस्थान के अन्तःपुरों में भी कुछ ऐसा ही रवाज था। चित्र तो पेश नहीं किये जाते थे, किन्तु किसी खास महल में भेजने की प्रेरणा देना मुँह लगे मुसाहिबों के हाथ में था। इसके लिए वह बाकायदा रिश्वत लेते थे। सासू हर आठवें-पन्द्रहवें दिन बीस-पच्चीस रुपये किसी मुसाहिब को इसके लिए देतीं। बहू के सामने अपने दुःखों का रोना रोते कहतीं—"थारा होरा (ससुर, सौरा) मन्ने कइं हुक (सुख) दीदो?"

यही नहीं कि पति-पत्नी के सम्बन्ध में मधुरता पैदा करने के लिए रिश्वत दी जाती, बल्कि कोई चीज लेनी हो, तो उसमें भी मुसाहेब मोल-भाव करते थे। नत्थू खाँ ससुर का मुँह लगा आदमी था। एक बार उसने नई बहू के पास सन्देश भिजवाया—"मैं आपके लिए सबसे अधिक हाथ-खर्च ठाकुर साहब से दिलवा दूँगा, यदि सौ रुपये और एक घाघरा-लुगड़ी दे दें।" बहू के लिए यह नया तजर्बा था। उसने अपने गुस्से को दबाकर कहलवा भेजा—"मैं इस घर में आई हूँ, घाटा होगा तो घाटा भोगूँगी, नफा होगा तो नफा; मुझे हाथ-खर्च की जरूरत नहीं। अपने घर के काम के लिए मैं रिश्वत नहीं देना चाहती।" सासू ने जब यह बात सुनी, तो बोल उठीं—"थे तो बीनणी' हुँसियार हो, म्हाणा कनेऊँ तो आठवें-दसवें दिन पचीहबीह ले लेवैं, थारा होराने माएँ मेलवा रा।" सचमुच ही अपनी बीनणी की यह हुशियारी उन्हें बड़ी चमत्कारपूर्ण मालूम हुई। खलपा के महल में आते ही बहुत जल्दी बहू का रोब-दाब जम गया। इसका कारण यही था, कि वह साधारण अन्तःपुरिकाओं जैसी दूसरों के हाथों में खेलने

वाली नहीं थी। वह अपनी बुद्धि का पुरा उपयोग कर सकती थी, जो उसे काफी परिमाण में मिली भी थी। अगर वह आधे परिमाण में उसके अर्धांग को भी मिली होती, तो क्या कहना ?

सासू बेचारी एक दिन बैठी नायन का इन्तजार कर रही थीं। कह रही थीं—"कैसे करूँ, नायन नहीं आई, नाखून कटवाना था।" बीनणी ने झट कह दिया—"कैंची मँगवा दें, मैं काट देती हूँ।"नायन तो कभी-कभी कच्चा नख भी काट देती होगी, और बीनणी ने बड़ी सफाई के साथ नाखून काट दिये। इसके बाद तो सासू ने यह सेवा अपनी बहू को दे दी। नायन और लौंडियाँ बाल गूँथते वक्त ठीक से न कर बाल को ऊपर-नीचे खिसका देती थी। बीनणी ने एक दिन देखा, तो उसे पसन्द नहीं आया और उसने अपने हाथों से सासू के बालों को गूँथ दिया। इसके बाद यह भी सेवा सासू ने बीनणी के जिम्मे कर दी। सासू का समय कैसे कटता, यदि हँसी-दिल्लगी न होती। गौरी के साथ आई लौंड़ी सूवटी बड़ी हँसमुख थी। सासू उसके साथ बराबर हँसती रहतीं। बीनणी का स्वभाव बराबर हँसते रहने का नहीं था, जब वह हँसने लगती, तो सासू तुरन्त कहतीं—"आज तो बीनणी भी हँसी।" शाम के वक्त चिराग जलते समय दीपक के प्रकाश में सुन्दर मुख देखना शुभ शकुन माना जाता है। चिराग जलते ही सासू बीनणी के चेहरे से घूँघट हटाकर कहतीं—"आओ, लाओ मूँड़ो (मुँह) दिखाओ, रोशनी आई, थानों मूँड़ों मने चोखो होवे।"

अगहन में बहू ससुराल आई थी। दो महीने बाद फागुन आ गया। फागुन के महीने में पति-पत्नी के सोने के कमरे में ताला लगाने का रवाज राजस्थान के अन्तःपुरों में ही नहीं, दूसरे घरों में भी है, जो एक अच्छा-खासा मनोरंजन का साधन है। ससुर शराब पीते-पीते एक बार लकवा के शिकार हो चुके थे। अब फिर उन्होंने अति करनी शुरू की थी, जिसके कारण लकवे का दौरा दुबारा हो गया और वह चल-फिर नहीं सकते थे। रात के वक्त सासू दो घण्टे के लिए अपने पति से मिलने जातीं। डॉक्टर ने सख्त मनाही कर दी थी, कि ठाकुर साहब को एक बूँद भी शराब न दी जाय, लेकिन सासू अपने पति की निर्बलता को जानती थीं। वह अपने साथ छिपाकर शराब की बोतल जरूर ले जातीं। किवाड़ के छेदों से दूसरी स्त्रियाँ देखतीं, सासूँ अपने हाथ से प्याले में शराब भरकर पति को पिला रही हैं। वह स्वयं भी रोज शराब पीती थीं। जब बहू पैर दबाने जाती, तो देखती, पास में चौकी पर बोतल और गिलास रक्खा हुआ है।

बहुत प्रसन्न होकर कभी-कभी वह कह उठतीं— "वीनणी, तो दारू पीओ। बीनणी जवाब देती—"मैं तो नई पीऊँ हुकम।" फिर सासू कहतीं— "थोड़ी-घणी तो लोईच।" और फिर बहू कहती- "आप अपने हाथ से बिगाड़ रही हैं, मैं फिर शराब पीना सीख जाऊँगी।" सासू की फिलासफी थी—"कुछ नहीं, सीख जाओ तो क्या? खलपा जैसा धनी ठेकाणा है, फिर पैसे की क्या कमी ?"

★ ★ ★ ★

एक दिन सास-ससुर अपने कमरे में थे। इस समय की ताक में पहले ही से बहू और दूसरी स्त्रियाँ थीं पहले ही इन्तजाम कर लिया गया था, कि कहीं और रास्ते से निकल न जाये। रात के दो बजे सास के कमरे में होते समय ताला लगा दिया गया— वैसे रवाज तो है, सुबह चार पाँच बजे का ढोलणियों और डावड़ियों (लौंड़ियों) का गाना सूचित करता, कि दोनों अब जेलखाने के बन्दी हैं। बहू ने ताला लगाते ही ढोलणियों और डावड़ियों को वहाँ बैठा दिया था। वह शृंगाररस की अश्लील गालियाँ गाने लगीं। जब तक ससुर कह न दे कि हम गोठ (बड़ा भोज) देंगे तब तक ताला नहीं खुल सकता था। इधर शयनागार के दरवाजे के बाहर ढोलणियाँ और डावड़ियाँ गीत गा रही थीं और उधर नीचे ढोली नगाड़े पीट रहे थे, अर्थात् सारे शहर को बतलाया जा रहा था, कि इस वक्त ठाकुर और ठाकुरानी के ऊपर ताला लग गया है। ससुर ने बाग में गोठ देने का वचन दिया। दो-तीन दिन बाद वहाँ बड़ा भोज हुआ, जिसमें ढ़ाई-तीन सौ आदमी शामिल हुए। मांसाहारियों के लिए कई तरह के मांस, पुलाव और शराब तैयार थी, घासाहारियों के लिए खीर, मालपूआ तथा और मधुर भोजन बने थे। मालर के इस कोने में यह एक दूसरी ही धरती है, यह इसी से मालूम होगा कि वहाँ के कुओं में आठ- दस हाथ से अधिक लम्बी रस्सी नहीं लगती। वर्षा में तो पानी और भी नजदीक आ जाता है और तीन-चार हाथ की रस्सी से काम चल जाता है। बाग के कुएँ में अरठ (रहट) चल रहा था, जिसके ऊपर घड़लियों की माला घूमती पानी को ऊपर ला रही थी। कुँए से पानी एक हौज में भरा जाता था, जहाँ लोग डोलचियों में रंगवाला पानी तैयार कर रहे थे। गोठ के साथ फागुन की गेर (फाग) खेलना कैसे छोड़ा जा सकता था? ससुर ने बहू को भी गेर खेलने के लिए बुलाया। वह कुर्सी पर बैठा दिये गये थे। बहू ने पानी में थोड़ा केसर मिलाकर उनके पैरों पर

डाल गेर खेलने की रसम अदा दी। लौंडियाँ दो-तीन घण्टे गेर खेलती रहीं। दोपहर और शाम को भी बाग में ही भोजन हुआ, और रात को सब लोग गढ़ में लौटे।

फागुन की अमावस्या के बाद की पंचमी को खलपा में 'ऊँटापाचम' कहते हैं। उस दिन से बाकायदा गेर (फाग) खेली जाने लगती है। गढ़ के विशाल हाते में एक लकड़ी गाड़ दी जाती है, जिसके ऊपर ढोल टाँग देते हैं, और वहीं पास में नगाड़े रक्खे रहते हैं। आठ बजे से गेर शुरू होती। उससे पहले ही ठाकुर और उनके कुमार तथा कामदार चूड़ीदार पायजामा, शेरवानी और सिर पर रंग-बिरंगे साफे बाँधकर गेर खेलने के लिए तैयार हो जाते। अखाड़े में अपने हाथों में दो-दो दण्डियाँ लेकर सब पहुँचते। ढोल और नगाड़े बजने लगते, और ताल पर डण्डी का नाच शुरू होता। सान्मतवर्ग के पुरुषों का इस तरह लोकनृत्य में शामिल होना बतलाता है, कि गोलान में कृत्रिम सभ्यता का पूर्णतया प्रवेश अभी नहीं हो पाया था। डांडियों का नाच गोलान से आगे सौराष्ट्र में भी देखा जाता है। बीच-बीच में ढोलियों और नाचनेवालों को शराब भी मिलती, और दर्जनों आदमी ताल पर नाच करते रहते। वैसे कुछ इस तरह के नाच सलमाडा में भी होते हैं, लेकिन वहाँ वह इतने ताल के साथ नहीं होते, जिससे उतने आकर्षक नहीं होते, वह गोलान के सामने सचमुच गँवारू-से-मालूम होते। इसकी कमी को वहाँ स्त्री का स्वांग भरकर लोग पूरा करना चाहते। सलमाडा से अधिक अच्छा तो गेर-रमना (फाग खेलना) मालर (जनपुर) में होता। बहू, सास और दूसरी अन्तःपुरिकाएँ अपने कमरों में बैठी खिड़की से इस नाच को अच्छी तरह देख सकती थीं, क्योंकि क्रीडांगन रनिवास के पास ही में था। गेर रमने के समय बहुत चहल-पहल रहती थी।

होली के दिन आधी रात के बाद तक गेर हुई। जिस वक्त पुरुष नीचे गेर खेलते, उस समय स्त्रियाँ या तो बैठी-बैठी उसे देखा करतीं या उसके बाद या उसी समय बहुत अश्लील गानों के रूप में फाग गातीं। होली के दिन स्त्रियों और पुरुषों दोनों को अश्लील गालियाँ गाने के लिये छूट थी। होली जल जाने के अगले दिन नगरवासी और गाँववासी 'रामा-सामा' करने के लिए ठाकुर साहब के दरबार में आते। हर एक जाति की अलग-अलग मण्डली होती, जो अपने साथ बजाने के लिए चंग लिये आती। जो शराब पीते, उन्हें ठाकुर साहब की ओर से शराब दी जाती,

जो नहीं पीते, उन्हें गुड़ या मिठाई मिलती। उस दिन किसी के घर में साल भर का लड़का होता, तो उसका ढाँढ कर-बच्चे को चौकी पर बैठा चार बाँस के टुकड़ों को आड़े-बेड़े छत की तरह बना कुछ गाते हुए इस छत पर चोट लगाते, इसी को 'ढाँढ करना' कहते हैं। इसके लिए पकवान भी बनाया जाता और गाना-बजाना भी होता।

होली के बाद की पंचमी को 'गेर-पाँचम' कहते। इस दिन गाँवों में बड़ा उत्सव मनाया जाता। एक-एक बिरादरी के स्त्री-पुरुष अपने-अपने टोले-मुहल्लों में इकट्ठा होकर रंग के पानी की गेर खेलते। पुरुषों के हाथों में अबीर के पानी डोलचियाँ होतीं, जिसे वह स्त्रियों पर फेंकना चाहते और स्त्रियों के हाथ में डण्डे और कपड़ों के बने कोड़े होते। जब पुरुष डोलची का पानी फेंकने के लिए नजदीक आते, तो स्त्रियाँ कोड़ों और डण्डों से उनकी खबर लेतीं। इस तरह की होली ब्रज में भी होती है, यह हमें मालूम है। गोलान में यह होली 'गेर-पाँचम' से दो दिन आगे 'सील-सातम' तक चलती रहती है। होली के दूसरे दिन भी यह गेर खेली जाती है, किन्तु वह उतनी जबर्दस्त नहीं होती, जैसी कि इन तीन दिनों में। गेर खेलने का रवाज जनपुर में भी है, जिसमें महाराज और महारानियाँ भी शामिल होती हैं। वहाँ भी पुरुषों के हाथ में डोलचियाँ और स्त्रियों के हाथ में कपड़े के कोड़े होते हैं।

होली के उत्सव को सम्मिलित (पंचायती) मानने का भी गोलान में रवाज है। एक जाति के लोग आपस में विशेष चन्दा करते हैं, जिससे शराब-मांस या खीर-मालपूआ की तैयारी होती हैं, फिर सब फाग खेलते तथा भोज करते हैं। गोलान में तेलियों को घाँची कहा जाता है। खलपा में वह तेल पेलने का भी काम करते हैं, और खेती का भी। घाँची और घाँचिनें गेर-पाँचम को गेर खेलने गढ़ में आती। गढ़ में बड़े-बड़े कढ़ावों में अबीर का पानी भर दिया जाता, फिर वही डोलची से रंग फेंकना और डण्डों से खबर लेने का विनोद चलता। उन्हें पीने के लिए शराब दी जाती, और बिदाई के समय हर एक आदमी को गढ़ से गुड़ भी मिलता।

गौरी को पीहर से आये तीन महीने से ऊपर हो रहे थे। गनगोर के उपलक्ष में मंगलपुर से सिंजारा लेकर, कुठ ठाकुर और कामदार आये। जसपुर में घेवर भेजने का बड़ा रवाज है। साथ में दो मन घेवर भी मंगलपुर से आया, और मोती-चूर के लड्डू बहुत-से यहीं बनवा लिये गये।

ससुर और दामाद के लिए सिरोपाव, लहरिया साफा थे और सास और ननद के लिए घाघरे-लुगड़ी। ठाकुर के छुटभैयों के लिए भी सिरोपाव और घाघरा-लुगड़ी आई थी। बहू के पीहर से क्या-क्या चीजें आई हैं, इसे नागरिकों को भी दिखलाना था, इसलिए सभी चीजों को थालों में सजा लौंडियों के सिर पर रख गाते-बजाते सारे नगर में जलूस निकला। पीछे मिठाइयाँ भी गाँव में बाँटी गईं।

जोलावाली बुआ की लड़की की शादी सिंही के राजा से होनेवाली थी। जोलावाली बुआ के पिता को कोई पुत्र नहीं था, इसलिए गौरी के पिता बलवन्तसिंह जी गोद गये थे। बुआ का अपनी भतीजी पर बड़ा प्रेम था। बाबोसा भात लेकर आनेवाले थे। बुआ ने जब भतीजी को लड़की के विवाह में बुलाया, तो वह कैसे इनकार कर सकती थी? शादी अजमेर से होनेवाली थी, इसलिए गौरी को ससुराल से बिदा हो अजमेर जाना पड़ा।

■■■

११

मुकलावा (गौना)

जोलावाली बुआ की लड़की सजनकुमारी—जिसे लोग अक्सर बापूलाल कहकर प्यार से पुकारते थे—गौरी से तीन महीने बड़ी थी, लेकिन गौरी भी उसे जीजा न कहकर बापूलाल के नाम से पुकारती थी। दोनों में पहले ही से परिचय और प्रेम था। खलपा के दो आदमियों के साथ गौरी अजमेर के लिए रथ में बैठ स्टेशन की ओर रवाना हुई। वही गीत, ढोल-तासे गाँव के बाहर तक पहुँचाने आये। औरा में फर्स्ट क्लास का डिब्बा रिजर्व था। वहाँ ११ बजे ट्रेन मिली और शाम को पाँच बजे अजमेर पहुँची। जोला के ठाकुरों का अजमेर में अपना मकान करमगंज में था। उनकी जागीर ब्रिटिश-भारत के अन्तर्गत अजमेर के जिले की सीमा मिलती थी। बल्कि केलरी गाँव का आधा अंग्रेजी में था और आधा जागीर में। जोलावाले जानावत थे। लड़की का ब्याह सिंही के राजा से हो रहा था, यह कह आये हैं। शायद बरात के आराम के ख्याल से जोला छोड़ अजमेर में ब्याह करने का निश्चय किया गया था। लड़की सत्रह-अठारह साल की थी, और घर पर रहकर उतनी ही पढ़ी-लिखी थी, जितना कि गौरी। नरपुर में अपनी नानी के पास वह अक्सर रहा करती थी, बुआ भी अपनी माँ के पास जब-तब जाती रहतीं।

गौरी ब्याह के आठ दिन पहले अजमेर पहुँची थी। अगले दिन से ही ब्याह का विधि-विधान शुरू हो गया। शादी से एक दिन पहले बाबोसा आ गये, और शादी के दिन उन्होंने भात पहिराया। बाबोसा के साथ ब्याह के बाद गौरी भी मंगलपुर चली गई। शादी-ब्याह के रीति-रवाजों में कुछ बातों में भेद रहने पर भी राजस्थान के ठाकुरों और राजाओं में वह एक-जैसे हैं। उन्हें फिर यहाँ दोहराने की आवश्यकता नहीं। अन्तर इतना ही था, कि यहाँ ठाकुर-कुमारी का ठाकुर-कुमार से नहीं, बल्कि राजा से ब्याह हो रहा था।

अजमेर में रहते ही गौरी को चिट्ठी और आदमी से कुछ खलपा की अप्रियंकर खबरें मिली थीं। राजशाही का ही छोटा रूप है ठाकुरशाही। राजाओं और ठाकुरों के हाल तक चले आये रीति-रवाज वही थे, जो भारतवर्ष में दो-ढाई हजार वर्ष पहले भी मौजूद थे, विशेषकर स्त्री-पुरुष के सम्बन्ध के। व्यवस्था ऐसी जबर्दस्त, वातावरण इतना विषैला, कि असाधारण आदमी ही उससे ऊपर उठ सकता है। भीतर से बाहर तक बहुत निचले दर्जे के खुशामदी स्त्री-पुरुषों का घेरा रहता है। पराये की कमाई की लाख-लाख की राशि वहाँ मुफ्त में आती है, जिसमें आग लगाते रहना राजाओं और ठाकुरों का काम है। इस राशि में से जैसे हो तैसे लूटने के लिए चारों ओर गिद्ध और गिद्धनियाँ जमा हो जाती हैं। उनमें आपस में इस बात की प्रतिद्वन्द्विता चलती है, कि कैसे अन्नदाता ठाकुर और अन्नदाता ठाकुरानी को झूठी-सच्ची सुनाकर अपना उल्लू सीधा किया जाये। इतना ही नहीं ठाकुरों, राजाओं और उनके पुत्रों को हर तरह से चरित्रभ्रष्ट करना वह अपने लिए लाभ की बात समझते हैं। राजस्थान के राजपूतों में—विशेषकर पैसे वालों में—शराब पानी से अधिक महत्त्व नहीं रखती, और स्त्री-पुरुष दोनों बेरोक-टोक उसे पीते हैं। स्त्री के सम्बन्ध में राम नहीं दशरथ उनके आदर्श हैं। कई स्त्रियों को ब्याहना और उनसे भी अधिक को पातर या लौंड़ी बना के रखना उनके लिए बिल्कुल सनातन धर्म है। दूसरी गाँव या नगर की सुन्दरियों को बिगाड़ना या कुछ समय के लिए रख लेना भी वहाँ बिल्कुल बुरा नहीं समझा जाता।

बुरी खबर पाने के बाद गौरी अपने बाबोसा के पास मंगलपुर गई थी। वहाँ जाने पर भी पन्द्रह दिन तक कोई चिट्ठी नहीं आई, तो उसकी चिन्ता और बढ़ गई। माँ ने खलपा आदमी भेजा। उसने जाकर देखा, बात ठीक थी, ठाकुर-कुमार रास-लीला में लगे हुए थे। यद्यपि अपने बाप की तरह वह न जनपुर से रण्डियाँ बुलवाते, न स्त्रियों को ही उनके पास गढ़ में पहुँचाया जाता, लेकिन बात खुली-सी थी। मंगलपुर के आदमी को पता लगने में देर नहीं हुई। उसने ससुर के द्वारा अंकुश लगवाने की कोशिश की, लेकिन ससुर ने साफ कह दिया—"यह कोई नई बात नहीं है। सरदारों के लड़के तो ऐसा किया ही करते हैं। शिकार के लिए जाकर भी शादी कर लाते हैं।" ठाकुर को क्या दोष दिया जाये और क्या उनके लड़के को, जब कि कुएँ में भी भाँग पड़ गई हो। राजस्थान के सारे सामन्तवर्ग में ऐसे ही आचरणशास्त्र को माना जाता हो, तो किसी नवतरुण के लिए कैसे खैरियत मनाई जा सकती है—

यौवनं धन-सम्पत्तिः प्रभुत्वमविवेकिता।
एकैकमप्यनर्थाय किमु यत्र चतुष्टयम्।।

अभी चौथी चीज (प्रभुत्व) के आने में कुछ देर थी, क्योंकि पिता जिन्दा थे, लेकिन वह अब मृत्यु की प्रतीक्षा में ही मानो शय्याशायी हो गये थे।

आदमी ने मंगलपुर में जाकर सारी बात बतलाई। बाबोसा ने सोचा—"शायद पत्नी के पास रहने से ठाकुर-कुमार रास्ते पर आ जायें। पास में प्रिया स्त्री के न रहने से भी लोग पथभ्रष्ट हो जाते हैं।" उन्होंने यही अच्छा समझा, कि लड़की का मुकलावा (गौना) जल्दी कर दिया जाये। आदमी भेजकर इन्होंने कुँवरसाहब को ससुराल में बुलवाया। वह वहाँ पन्द्रह दिन रहे। यद्यपि बुद्धि में तेज नहीं थे, किन्तु साधारणतया अच्छे तरुण मालूम होते थे। बहुत पीछे जाकर उन्हें बाप की तरह अधिक शराब पीने की आदत हुई, जिसे प्रौढ़ावस्था का दुर्व्यसन कह सकते हैं। वह दृढ़ मनोबल के नहीं थे, फिर ऐसा आदमी दरबार के वातावरण में कैसे अपने पैर को जमाकर मजबूती से खड़ा रह सकता था। पत्नी ने पति से पूछा, पहले उन्होंने झूठी बात बनानी चाही, किन्तु पीछे स्वीकार करते हुए कहा—"अब ऐसा नहीं होगा।"

मुकलावे में भी पीहर से कितनी ही जेवर मिले। चाँदी-पीतल के बहुत-से बर्तन दिये गये, जो अब की बार दो-दो की जगह एक-एक थे। अब की सास-ससुर दामाद के साथ अपनी लड़की को भेजते समय दिल में उतना उत्साह नहीं रखते थे। उनके मन में तरह-तरह की आशंकाएँ उठती रहतीं थीं। ऐसी आशंकाओं के दर्जनों उदाहरण उन्होंने अपनी आँखों देखे थे। अन्तःपुर की बहुत कम ही ऐसी नारियाँ होंगी, जो कि आजीवन चिन्ता की भट्ठी में न सुलगती हों। सौ में दस से ज्यादा ऐसी सौभाग्यशाली नहीं थीं, जिनका जीवन दुःख-चिन्ता-विमुक्त बीता हो। यदि गौरी साधारण बुद्धि की लड़की होती, तो अपने आसपास की हर एक चीज को विधि का विधान मानकर चुपचाप स्वीकार करने के लिए तैयार हो अपने जीवन को किसी न किसी तरह कम चिन्ता के साथ बिता सकती थी; लेकिन मुश्किल यह था, कि गौरी उनमें से नहीं थी। वह समझदार थी। बचपन से ही अपने व्यक्तित्व को स्वतन्त्र रखने और समझने का स्वभाव उसको हो गया था। वह किसी चीज को बाप-दादों के समय से आई समझकर आँख मूँदकर मानने के लिए तैयार नहीं थी। ऐसी स्त्री के लिए राजस्थान

का अन्तःपुर घोर नरक के सिवाय और कुछ नहीं हो सकता।

★ ★ ★ ★

जून १६२६ में गौरी फिर खलपा पहुँच गई। कुमार को वह बहुत दोषी ठहरा नहीं सकती। उनका अपनी पत्नी के साथ फिर पहले ही जैसा बर्ताव और प्रेम था। शराब या स्त्री दोनों हथियारों को इस्तेमाल करके अपने प्रभुओं और प्रभु-पुत्रों को बिगाड़ने की ताक में दरबारी रहते ही हैं। शादी से पहले ही खुशामदियों ने कुमार को स्त्रियों के फन्दे में फँसाने में सफलता पाई थी। पिता भी इस बारे में निरंकुश थे, इसलिए वह बेटे को किस मुँह से समझा सकते थे ? बाप यदा-कदा रण्डियों को बुलाते, बेटा तो उतना भी नहीं कर रहा था। बेचारी सास ने भी सारी बातें खोलकर बतलाई, अन्तःपुर की और स्त्रियों से भी सारी बातें मालूम हो गईं।

कुमार ने कहा—"अब ऐसा कुछ नहीं होगा।" लेकिन, ऐसा कुछ न होने देने के लिए जिस प्रखर बुद्धि और दृढ़ मनोबल की आवश्यकता है, उसका उनमें सर्वथा अभाव था। जैसा कि पहले कहा, शराब पीने का उनको व्यसन नहीं था, और न वह गढ़ में रासलीला करने के पक्षपाती थे, जिसमें पिता का रहना भी बाधक था। कोई ऐसा काम न था, न शौक, जिसके द्वारा वह अपना दिल-बहलाव कर सकते। पढ़ाई पहले ही छुड़ा दी गई थी, और स्वतः पढ़ने को उनको शौक नहीं था। शरीर से स्वस्थ और शिकार के शौकीन थे—सूअर का शिकार उन्हें बहुत पसन्द था। जाड़ों में दोपहार को ही आठ-दस घोड़ों और कुछ ऊँटों के साथ वह सात-आठ कोश दूर के उन जंगलों में चले जाते, जहाँ जंगली सूअर रहा करते। खबर पहले ही आ जाती कि अमुक स्थान पर सूअरों का झुण्ड है। आदमी और बड़े-बड़े सफेद सिन्धी कुत्ते सूअरों के घेरने का काम करते। घिरे हुए सूअरों को पास का सवार भाले का शिकार करना चाहता। कितनी ही बार सूअर घोड़ों को उछाल देते, कभी-कभी घोड़ों को घायल भी कर देते, घोड़ा मुँह के बल गिरता, तो सवार भी जमीन पर आ पड़ता। बड़ी-बड़ी खाँगोंवाला नर-सूअर पेट फाड़ने के लिए हमला करना चाहता, लेकिन सूअर का शिकार ऐसा-वैसा आदमी करने थोड़े ही जाता है। सवार झट खड़ा होकर सूअर पर भाला चलाता, दूसरे सवार भी मदद के लिए आ जाते, और सूअर का काम तमाम कर देते। घिर जाने पर सूअर फिर पीछे हटना नहीं चाहता, वह सामने आकार गुर्राते

हुए प्रहार करना चाहता है। कुमार को कभी सूअर के प्रहार से घायल होने का मौका नहीं मिला, किन्तु उनके एक-दो साथियों को चोट लगी थी। उनके लिए दस-दस, बारह-बारह सूअरों का एक-एक दिन में शिकार कर लेना मुश्किल बात नहीं थी। कभी-कभी सूअर का माँस नमक-मसाला लगाकर वहीं आग पर शूल (सीख) में गूँथकर पकाया जाता और कभी-कभी उसे निर्धूम आग में भुजा जाता। शिकारी के यह प्रिय भोजन हैं। शिकार से कभी-कभी कुमार साहब नौ-दस बजे रात को लौटते। पास के गाँवों में विश्नोई किसान रहते थे, वह इनके पास भी कभी-कभी खाना खा लेते।

घुड़सवारी और शिकार के अतिरिक्त कुमार टेनिस भी खेला करते, शतरंज भी खेल लेते, किन्तु गीत और नृत्य में उनकी विशेष रुचि नहीं थी। गर्मियों में दोपहार को सो जाते। संक्षेप में मनबहलाव के उनके पास यही साधन थे। जब तक पिता थे, तब तक जल्दी मुँह-हाथ धोकर उनके पास पहुँचते। जब स्वयं ठाकुर हो गये, तो सात-आठ बजे तक उनकी नींद नहीं खुलती। फिर मुँह-हाथ धो कुछ नाश्ता कर बाहर चले जाते और लोगों से बातचीत करते। इसी समय कभी-कभी अदालत में बैठकर मुकदमा भी देखते और खाने के लिए ग्यारह-बारह बजे अन्तःपुर में आ जाते। शादी के तेरह मास बाद ही कुमार के पिता मर गये, और फिर वह अपने ठेकाने के परम स्वतंत्र ठाकुर बन गये।

■■■

१२

ससुर की मृत्यु

ससुर पहले ही से खाट पकड़े हुए थे। लकवा के कारण वह उठ-बैठ नहीं सकते थे। जो कोई काम होता, चारपाई पर पड़े-पड़े करते। वह अपने दरबारी खुशामदियों के हाथ में खिलौना से अधिक कुछ नहीं थे। मुसाहिब जैसा उन्हें सिखला देते, बस उसी को ठीक समझने लगते। मुकलावे के बाद खलपा में आने पर बहू को उनके वास्तविक रूप का अधिक परिचय मिलने लगा। बहू ने ससुर की कृपा से अच्छा कमरा पाया था, जिसे उसने खूब सजा लिया था। दरबारी चाहते थे, कि बहू भी अपनी सास की तरह उनकी भेंट-पूजा किया करे। यदि वह ऐसा कर सकती—और ऐसा करना सामन्ती धर्म के बिल्कुल अनुकूल था—तो शायद उसे उतनी कठिनाइयों में नहीं पड़ना पड़ता। किसी दरबारी ने ठाकुर साहब से कहा —"हमारे यहाँ सात पीढ़ी से कोई ठाकुरानी या कुँवरानी मरदाने किले में नहीं रही। इस कमरे में बहू को रखना ठीक नहीं है।" ससुर के मन में बात बैठ गई, उन्होंने तुरन्त हुकुम भेजा—"बीनणी को कहो, कि कमरा खाली करके दूसरी कोठरी में चली जाय।" ससुर का हुकुम पाते ही कमरे को बन्द कर बीनणी उसी पुरानी कोठरी में चली जाती। शाम तक कोई समझा देता, या न समझाने पर भी आँख बचाकर पति-पत्नी फिर रात के लिए अपने कमरे में जाते। कमरे की दरियाँ मैली हो गई थी, वर्षा के दिन थे। बहू ने अपनी लौंडियों को कहा, कि छत की मोरियों को रोक लो और उसी पानी में दरियों को धो लो। मोरियों को रोकने से छत पर काफी पानी जमा हो गया। उसी में धो ली गई। वर्षा बन्द हो गई। मोरियों को खोलने पर नीचे जोर से धार गिरने लगी। किसी ने ठाकुर साहब से जाकर कहा—"इस तरह छत पर पानी रोकने से महल गिरे बिना नहीं रहेगा।" ठाकुर ने कहा—"ठीक कह रहे हो, यह महल गिराने के लिए थोड़ी ही बने हैं! जाकर बीनणी से कहो, कि अब उस कमरे में न रहा करे।" फिर बीनणी कमरा बन्द कर पहलेवाली कोठरी में चली गई। शाम को फिर लौट आने की इजाजत मिल गई। सावन का महीना था। झूला झूलने का गौरी को बहुत शौक था। कसौरा

की बुआ हर साल उसके पास झूला डालने के लिये पचरंगी रस्सा भेजा करती थीं, अब के उन्होंने उसे खलपा भेजा था। गौरी ने अपने कमरे की छत से एक झाड़ हटा ली, और वहीं झूला डाल दिया। किसी ने जाकर ससुर से कहा—"महलों में कुँवरानी ने हिंडोला बाँध लिया है, इससे तो कड़ी टूटकर गिर जायेगी, मकान नष्ट हो जाएगा।" ठाकुर साहब ने तुरन्त कहा—"महल गिराने के लिए थोड़े ही बने हैं, जाकर कह दो, बीनणी कमरे से दूसरी कोठरी में चली जाय।" फर्माबर्दार बीनणी सुसर का हुकुम पाते ही दूसरी कोठरी में चली गई, लेकिन शाम को फिर उसे अपने कमरे में आने की इजाजत मिल गई।

मुकलावे में आने के बाद दो महीने तक ही गौरी भली-चंगी रही, यद्यपि मानसिक चिन्ताओं ने इस समय भी उसके हृदय को जर्जर कर रक्खा था, ऊपर से ससुर का यह लक्षण था। वह ससुर को जब-तक देखने जाया करती। एक दिन उसने आकर अपनी सहचरी किस्तूरी से कहा भी—"बूढ़ा अब मरने ही वाला है।" इस पर किस्तूरी ने कहा—"तुम्हारा बचपन अभी गया नहीं है।" दो महीना बीतते-बीतते गौरी को बीमारी ने आ घेरा। जब-तब खून की कै होने लगी। दवा से कोई फायदा नहीं हो रहा था। पीहर के आये कामदार (अफसर) ने ठाकुर साहब से कहा—"कुँवरानीसा को दवा के लिए या तो मंगलपुर भेज दीजिये या जनपुर में अच्छे डाक्टर से इलाज करवाया जाय।" ठाकुर ने सलाह मानकर बहू को जनपुर भेजने का निश्चय किया; लेकिन पति को साथ भेजना पसन्द नहीं किया, क्योंकि मुसाहिबों ने कान में जड़ दिया—"अभी से यदि कुँवर साहब और कुँवरानी साहिबा एक दूसरे से इतना मिलकर रहेंगे, तो फिर आपके हुक्म में नहीं रहेंगे, इसलिए कुमार को बहू के साथ जनपुर नहीं भेजा।" पच्चीस-तीस आदमियों की जमात—एक कामदार, आठ-दस धाबाई, खानसामा, पाँचों छोरियाँ, किस्तूरी, बुआ के यहाँ से आई लौंडी रामी-सभी जनपुर साथ गईं। वहाँ गौरी सागर के पास खलपा की अपनी हवेली थी। खलपा में नवीनता का प्रवेश बहुत पीछे से हुआ, इसीलिए वहाँ के महलों और मकानों के बनाने में आराम का बिल्कुल ख्याल नहीं रक्खा गया था। यहाँ हवेली में ऊपर केवल एक कमरा था, जो अनेक खिड़कियोंवाली दालान-जैसा था। पास में ही पाखाना था, इसलिए कोई उतनी तकलीफ की बात नहीं थी। अबकी बार जनपुर जाना था, इसलिए पोसी और मालर जंक्शन के बीचवाले स्टेशन पर गाड़ी पकड़ी गई। जनपुर पहुँचते-पहुँचते रात के नौ बज गये थे। हवेली और ठेकाने

के कारबार को देखनेवाला वकील रहता था। जनपुर में आकर गौरी को बहुत अच्छा लगा, निर्बुद्धि ससुर के दिन भर चार तरह के हुकुमों से अब वह मुक्त थी। अगले दिन ही महिला-डाक्टर आकर कुँवरानी को देख दवा देने लगी, लेकिन जो फायदा हुआ, उसका अधिक श्रेय दवा की अपेक्षा यहाँ का अपेक्षाकृत मुक्त वातावरण था।

कुमार साहब को पत्नी के साथ जाने से रोक दिया गया था, लेकिन यह छिपकर एक दिन अपनी मोटर में जनपुर चले आये। हवेली के एक भाग में सपरिवार परागमल वकील रहता था, जो जादूघर में रखने लायक आदमी था। बात-बात में सिर पीटना उसकी आदत थी। कुँवरानी अपने कमरे में हारमोनियम बजा रही थीं। उनकी नजर नीचे की ओर गई, देखा वकील अपना मत्था कूट रहा था। पता लगा—"कुँवरानी का बाजा बजाना उसकी समझ में घर घालने का पहला कदम था।" कुँवरानी ने जबाब दे दिया—"सिर कूटने दो, हमें इसकी परवाह नहीं।" लड़कपन से ही गौरी को ऐसे लोगों के चिढ़ाने की आदत थी, इसलिए वह वकील को सिर कूटने का अधिक से अधिक मौका देती। हारमोनियम की आवाज पर जिस दिन वकील ने सिर कूटा था, उसी दिन शाम को खलपा से कुँवरसाहब आ, अपनी पत्नी के पास जाने लगे। पराग जनानी ड्योढ़ी पर बैठ गया और कहने लगा—"मैं तो अन्दर जाने नहीं दूँगा, कुँवरानी साहिबा का इलाज हो रहा है, उनके पास जाने देना उनके स्वास्थ्य के लिए खराब होगा।" थोड़ी देर के लिए कुँवर साहब रुक गये, लेकिन ऊपर जाने की एक दूसरी भी सीढ़ी थी, इसलिए वह उधर से ऊपर चले गये। परागमल बड़बड़ाता सिर कूटता रह गया। परागमल साठ वर्ष की उमर को पहुँच रहा था। इस आयु ने भी उसने चिड़चिड़ेपन को बढ़ा दिया था। शायद वह मिडल तक भी नहीं पढ़ा था, लेकिन रियासतों में उस समय ऐसे वकील दुर्लभ नहीं थे।

★ ★ ★ ★

चार-पाँच दिन बाद खलपा से खबर आई, कि सासू को देवर जनमा है। फिर खबर आई, ठाकुरसाहब (बापजीसा या ससुर) को अबके जीभ पर लकवा मार गया—डाक्टर मना करते रह गये, लेकिन ठाकुर शराब छोड़ने के लिए तैयार नहीं थे, और ठाकुरानी उनके पास शराब पहुँचाने से बाज नहीं आती थीं।

कुँवर साहब ने सोचा, रेल से उतरने-चढ़ने की जगह यहाँ से सीधे मोटर पर खलपा चले चलें। परागमल फिर सिर कूटने लगा—"बाप रे बाप, जनानी सवारी है। मोटर का क्या ठिकाना, कहीं रास्ते में बिगड़ जाये, फिर कहाँ ठौर-ठिकाना लगेगा।" कुँवर साहब को अपना विचार बदलना पड़ा और उन्होंने नौकरों से कह दिया—"रेल से पोसी जाओ, वहाँ मैं मोटर लेकर पहुँचा रहूँगा।" पोसी में कोई परागमल-जैसा सिर कूटनेवाला नहीं था, इसलिए कुँवरसाहब अपनी पत्नी को मोटर पर बैठाये तीन बजे खलपा पहुँच गये। गौरी अब अपने ससुर को अन्तिम बार देखने आई थी। उसके प्रिय बाबोसा रूडसिंह के मरने और बीमार होने की खबर आई थी, लेकिन वह खुद बीमार होने के कारण वहाँ नहीं जा सकी।

खलपा पहुँचकर पति-पत्नी सीधे अपने कमरे में जा सो गये। गौरी सबेरे सास को देखने आई और छोटे देवर के हाथ में एक अशर्फी देकर मिली। सास वैसे काली नहीं थीं, लेकिन उनका विश्वास था, कि उबटना करने से रंग और गोरा होता है, इसलिए वह अपनी बहू को भी उपदेश दिया करती थी—"उबटना कर लिया करो, इसमें रंग निखर आता है।" प्रसूति-गृह में रहते भी वह रोज उबटना करवातीं, लेकिन नहातीं, कभी नहीं। प्रसूति-घर ऐसी कोठरी को चुना जाता, जिसमें कोई खिड़की न हो, दरवाजे पर भी मोटा पर्दा लगा दिया जाता, जिसमें हवा और रोशनी का प्रवेश न हो। दिन के समय भी वहाँ तेल का दीया जलता रहता, नहीं तो कोई चीज दीख न पड़ती। बीनणी ने अपने देवर को माँ का दूध पीते देखा। जब उबटन लगाकर नहाने की जरूरत नहीं समझी जाती, तो दूध पीते बच्चे के मुँह में भी उबटन लग जाये, तो क्या आश्चर्य? सासू मेसाल के झाला ठाकुरों के वंश की थीं, इसलिए बच्चे की सुरक्षा के लिए अपने मायके के टोटके को कराये बिना कैसे रह सकती थीं? बच्चा पैदा होने पर एक बकरे को सात बार घुमाकर लड़के के ऊपर वारा गया। प्रसूति-गृह नीचे था। छत के ऊपर शुभ कृत्यों का होना बुरा समझा जाता है, इसलिए सासू नीचे उतर आई थीं। बच्चा पैदा होने का जगह फर्श तुड़वा कर गड्डा बना वहीं जीते-जी बकरे को दफना ऊपर से गरमागरम लापसी डालकर चूने-सीमेंट से फर्श को बन्द कर दिया गया। बकरा बेचारा घुट-घुटकर मर गया, लेकिन बच्चे के दीर्घायु होने के लिए उसकी बड़ी आवश्यकता थी।

आठवें दिन माँ और बच्चे को प्रसूति-गृह से बाहर निकालने का महूरत आया। आज सूर्य की पूजा, और उससे पहले माँ और बच्चे को नहलाया जाना जरूरी था। कुँवर साहब ने अपनी पत्नी से जोर देकर कहा—"तुम नीचे मत जाना।" भला बहू ऐसी गुस्ताखी कैसे कर सकती, वैसा करने का फल होता, सासू से बराबर के लिए बैर मोल लेना। उसने पति को समझाया—"न जाने पर बूजीसा को बुरा लगेगा। गाँव नगर की लुगाइयाँ सारी आयेंगी, और मैं नहीं जाऊँगी, तो क्या कहेंगी ?" लेकिन कुँवर साहब जिद्द पर थे—"मेरा यह हुकुम है, यदि मेरी बात नहीं मानोगी, तो मैं फिर अन्दर नहीं आऊँगा।" गौरी वस्तुतः अन्तःपुर के लिए नहीं पैदा हुई थी। वह आँख मूँदकर किसी भी बुद्धिहीन हुकुम को मानने के लिए तैयार नहीं थी। उसने कह दिया—"नहीं आना, अगर आपकी यही मर्जी है।" वह नीचे पहुँची। देखा, उसे मना करनेवाले कुँवर साहब स्वयं माँ-बच्चे की छोड़ी हुई चारपाई पर बैठे हैं। पुत्र के दीर्घायु होने के लिए यह भी आवश्यक था, कि प्रसूति-गृह की चारपाई को खाली नहीं रखा जाये, इसलिए कुँवर साहब को ले जाकर वहाँ बैठा दिया गया था। आँगन में चौकी बिछा दी गई। माँ जेवर तथा पीली घाघरी-लुगड़ी पहिनकर अपने नवजात बच्चे को गोद में लिये लम्बा घूँघट काढे चौकी पर बैठीं, यदि पिता उठने लायक होते, तो गठबन्धन करके उसी चौकी पर बैठते। बहू ने सास के आगे पाँच रुपये रखकर पगे लागने की रसम अदा की। आँगन में स्त्रियाँ जच्चा गा रही थीं।

अब सास और बहू हर रोज बीमार ठाकुर साहब को देखने जाया करतीं। जीभ में लकवा मार गया था, इसलिए वह बोल नहीं सकते थे। पहले से शरीर भी उनका दुबला हो गया था। बच्चा जब पन्द्रह दिन का हो गया, तो सास ऊपरी कमरे में आ गई। पुष्टई के लिए सोंठ-अजवाइन मिला पकवान खातीं। बतीसे की खींची शराब भी पुष्टिकारक होती है, सुनकर उसे भी पीतीं। मांस तो तरह-तरह का बनता ही था।

★ ★ ★ ★

गौरी ने देखा, ससुर की हालत दिन पर दिन गिरती जा रही है। वह थोड़ी-सी खिचड़ी या दूध मुश्किल से खा लेते थे। उनकी सफेद बड़ी-बड़ी मूँछें अब भी पहले जैसी थी, किन्तु आँखें फटी-फटी सी दिखाई पड़ती थीं। पोसी या जनपुर से डाक्टर आकर देख जाते, लेकिन दवा एक वैद्य की हो रही थी। जिस दिन ससुर को मारना था, उस दिन दस बजे

सास-बहू उन्हें देखने गईं। सास ने जोतिसी ब्राह्मण से पूछा—"चन्द्रमा कैसे हैं ?" बेचारी को इतना ही मालूम था, कि चन्द्रमा के बुरे होने से अनिष्ट होता है। जोतिसी ने कहा—"आज की रात अगर निकल गई, तो फिर कोई खतरा नहीं।"सास जिस वक्त जोतिसी से पूछ रही थी, उसी समय बहू घोड़े के बालोंवाले चँवर से ससुर के ऊपर की मक्खियाँ उड़ा रही थीं। ससुर बहू की ओर न जाने क्या-क्या सोचते देख रहे थे, जीभ उनके बस में नहीं थी, इसलिए कुछ कह नहीं सकते थे। शायद सोचते थे—"मुझे ऐसी भलेमानुस बहू मिली, लेकिन मैंने उसकी कदर नहीं की।" या सोचते होंगे—"ऐसी लायक बहू मेरे आवारा-से बेटे के मत्थे पड़ी, न जाने वह इसके साथ क्या बर्ताव करेगा।" बहू अपने घूँघट की ओट से ससुर की फटी-फटी आँखों को देख रही थी। उसे विश्वास हो चला था, कि अब वह बचने को नहीं।

दोपहर का खाना खा लिया गया। मखनपुर से माँ ने कनस्तर भरके तला हुआ बकरे का माँस भेजा था। तला मांस महीने भर तक नहीं बिगड़ता, उसे सिर्फ गरम करके खाने की आवश्यकता होती है। आज ही कनस्तर खाली हुआ था। पूस महीने की सर्दी थी, मकरसंक्रान्ति आने में तीन दिन रह गये थे। बच्चा एक मास का हो गया। बहू बूजीसा (सासू) के पास गई। संक्रान्ति के दिन ब्राम्हणियों को दान देने के लिए वह दर्जिन से धर्म की चोलियाँ सिलवा रही थी। सासू को कुछ दस्त लग रहे थे। उन्होंने कहा—"बीनणी, तुम यहाँ जरा बैठों, मैं टट्टी हो आऊँ।" इसी समय रानी ने आकर गौरी से कहा—"ठाकुर साहब को तो गीता सुनाने लगे हैं। गीता सुनने का मतलब ही था, अब यम के दूत सामने आ पहुँचे हैं। सासू के आने की प्रतीक्षा किये बिना बहू सीधे अपने कमरे में चली आई। उसे प्यास लगी हुई थी, उसने रामी को गिलास में पानी भरके लाने के लिए कहा। शाम का छह बजे का समय था, सर्दी तेज थी, एक सिगड़ी जल रही थी, जिसके चारों ओर बैठी छोरियाँ आग ताप रही थीं। गौरी भी निगड़ी के पास पानी पीने के लिए खड़ी हो गई। गिलास साफ कर अभी पानी भर रही थी, कि मरदाने से पुरुषों के रोने की आवाज आई। ऐसे समय मालर में धाड़ मारकर रोना पुरुष भी करते थे। रोने का कोलाहल सुनकर सिगड़ी तापतीं छोरियाँ रोने और उठकर उसके चारों ओर दौड़ने लगीं। किस्तूरी ने किसी तरह समझा-बुझाकर छोरियों को बैठाया। कुँवरसाहब को भी जब यह खबर लगी, तो वह भी अपने कमरे में इधर से उधर दौड़ने लगे। बहू नीचे जाने

लगी। किस्तूरी ने कहा—"सादे ढंग की ओढ़नी ओढ़ लें।" एक बार तो बहू पहली ओढ़नी फेंककर नंगे सिर ही चल पड़ी, वह इतनी बेसुध हो गई थी। फिर ख्याल दिलाने पर ओढ़नी ओढ़ लिया। उधर पति के मरने पर अब सास को छह महीने के लिए एक कोने में कैद होने का समय आ गया था, लेकिन सास कह रही थीं—"मैं तो तब बैठूँगी, जब सोताखाने की चाबी मेरे हाथ में आ जाय।" बेचारी विधवा सोच रही थी, चाहे उपेक्षिता ही सही, किन्तु पति के रहने पर पैसे-कौड़ी की तो तकलीफ नहीं रहती थी। अब सौत का लड़का न जाने कैसा बर्ताव करे। "इस समय जब कि ठाकुरसाहब अभी-अभी मरे हैं, इस तरह चाबी के लिए आग्रह करना ठीक नहीं है"—इस तरह समझा-बुझाकर लोगों ने उन्हें छह महीने के लिए एक अँधेरी कोठरी में रख दिया। दरवाजे पर पर्दा अगले दिन सबेरे डाला गया। ठाकुरानी जानती थीं, कि छह महीने तक कोठरी की चौकठ से भी कदम बाहर नहीं निकालना जिन्दा मौत है। उनको मालूम नहीं, कि उनके साथ समय ने बहुत दया की है। अगर यह घटना सौ-डेढ़ सौ वर्ष पहले घटी होती, तो लोग उन्हें छह महीने के लिए कोठरी में नहीं बन्द करते, बल्कि अगले ही दिन चिता पर रखकर जला आते।

भीतर-बाहर सब जगह रोना-धोना शुरू था, किले में ही नहीं, सारे नगर में भी। जिन्होंने आटा गूँध लिया था, उसे न पका कुत्तों को दे दिया। चूल्हे की आग बुझा दी गयी, सभी जगह शोक छा गया। गढ़ में जनाने और मरदाने आँगनों में लकड़ी जला दी गई। गौरी देख रही थी—जलती आग के किनारे बैठी स्त्रियाँ जोर-जोर से रो रही हैं। ठाकुर साहब ने अपने कुल की तथा रिश्ते में चाची लगनेवाली विलाप करने में सबसे आगे थीं। छाती कूटने या बाल नोचने का रवाज नहीं था, केवल विलाप और आँसू बहाना शोक प्रकट करने के लिए पर्याप्त समझा जाता था। हर एक नर-नारी मृत ठाकुर के प्रति अपनी भक्ति और प्रेम दिखलाने के लिए रोदन और विलाप में होड़ लगाये हुए था। गौरी को जोर से रोने की आदत नहीं थी। घूँघट के भीतर वह कितने आँसू बहा रही है इसका किसको पता था। रामी ने गिलास माँजने में देर कर दी, नहीं तो उसका कंठ तो तर हो जाता। इस वक्त उसका गला सूखा हुआ था, उसमें काँटा का चुभ रहा था। रामी ने इलायची देकर प्यास का इलाज करने की कोशिश की। आँगन में रोना-चिल्लाना मचा हुआ था। एकान्त कोठरी में बैठी सासू भी रोदन कर रही थीं। ऐसे समय में नवविधवा

का हाथ स्त्रियाँ पकड़ रखती हैं, और ध्यान रखती हैं, कि कहीं स्त्री शोकावेग में सिर न फोड़ ले। रात भर इसी तरह रोना-धोना चलता रहा। रामी और किस्तूरी बहू को घेरकर बैठ गईं, और वह इसी तरह बैठी-बैठी सो गईं।

सबेरे ससुर के शव को बैकुण्ठी में बैठा दिया था। मरने के तुरन्त ही बाद उन्हें बीरासन कर दिया गया था—बायाँ घुटना जमीन पर था और दाहिना खड़ा। बायाँ हाथ बाँये घुटने पर था, दायें हाथ में तलवार थी, सिर पर पाग और शरीर पर शेरवानी थी। आँखों को मुँदवाया नहीं था, इसलिए वह पथराई-सी दीख पड़ती थी। गले में मोतियों की माला और कानों में मोतियों की बालियाँ थीं। सबेरे बहू को धोक (प्रणाम) दिलवाने के लिए ससुर के पास ले जाया गया। बहू सिर नवाते वक्त वहाँ जा बेहोश हो गई, और लौड़ियाँ वहाँ से उठाकर किसी तरह उसे जनानी ड्योढ़ी में लाई, तब उसे होश आया। सास की चूड़ियाँ निकालकर बैकुण्ठी पर रख दी गईं थीं, लेकिन उन्हें धोक देने के लिए वहाँ नहीं ले जाया गया।

अर्थी (बैकुण्ठी) को लोगों ने अपने कन्धे पर उठाया। साथ में बाजा बज रहा था। ठाकुरसाहब के गोड़े कोतल चल रहे थे, बेटे के ससुराल से मिले हाथी पर बैठ रुपये, अठन्नियाँ, चवन्नियाँ लुटाई जा रही थीं। तालाब के पास ले जाकर वहाँ खलपा के ठाकुर को बैठा दिया गया। पुराने ठाकुर आग में भस्मावशेष होने को तैयार थे और पुत्र मुखाग्नि दे जागाजी की पुरानी गद्दी पर नया ठाकुर बनकर बैठने के लिए तैयार था।

जिस समय बैकुण्ठी दरवाजे से बाहर जा रही थी, उसी समय नायनें पानी ला रही थीं। मरने का सूतक घर भर को लगता है, सिलिए जलशुद्धि की आवश्यकता थी। उनकी कोठरी में सासू को पहले नहलाया गया, फिर बहू ने उसी चौकी पर नहाया, जिस पर सासू ने नहाया था। इस प्रकार बारी-बारी कुल की स्त्रियों ने वहीं स्नान किया। लौंड़ियाँ रोती-रोती तालाब में नहाने के लिए गईं, और उसी तरह रोती हुई लौटीं।

सासू बहुत सीधी-सादी निश्चल स्त्री थी। बहू से वह प्रसन्न थीं, और उसके सामने खुलकर अपने दिल की बात कहने से बाज नहीं आती थीं। दूसरे दिन जब बहू मिलने आई, तो सास ने कह दिया—"मैंने क्या सुख देखा था, जो रोऊँ।" सचमुच ही जीवनभर उपेक्षिता रहने वाली

अन्तःपुरिकाएँ कैसे हृदय से पति-भक्ति कर सकती हैं ? ताली की तरह भक्ति भी एक हाथ से नहीं बजती, सामन्त अपनी पत्नियों से चाहते हैं, कि वह सीता-सावित्री की तरह उनकी पूजा करें, लेकिन वह अपने दिल को नहीं टटोलते, अपने गरेबान में मुँह डालकर नहीं देखते। वह नित्य नई-नई स्त्री चाहते हैं, दर्जन-आधी-दर्जन सौतों को ले आकर भी सन्तुष्ट न हो अपने हरमों को सुन्दरियों से भरना चाहते हैं। उनमें कुछ तो शायद एक ही रात उनके कामुकता-पूर्ण प्रेम को पाने में सफल होती हैं। इतने से भी सन्तोष न करके चर गाँव-नगर की तरुणियाँ को ढूँढ़ते फिरते हैं। वहाँ की शायद ही किसी स्त्री की इज्ज़त बिगड़े बिना रहती। यह सब देखते हुए अन्तःपुर में कैसे कोई पतिब्रता रह सकती है। इसी डर से तो अन्तःपुरों को जबर्दस्त कैदखाना का रूप दे रक्खा गया है, वहाँ के बच्चे रूप में भी पुरुषों का प्रवेश निषिद्ध है। बाहर भेजने में उससे भी कड़ा इन्तजाम किया जाता है, जितना कि फाँसी की सजा पाये कैदी का। सचमुच तलवार के हाथों जिन्हें संयम का पाठ सिखलाया जाता हो, वह मन से कैसे अपने असंयमी पति में अनुरक्त रह सकती है? मालिक जानमाल का मालिक है। जान से भी वह मार सकता है, कौन उसके खिलाफ न्यायालय तक खबर पहुँचाने के लिए तैयार होगा? पत्नी अपने पति के हाथ से उठाकर दिये पर ही जीवन-यापन कर सकती है। पति यदि पत्नी को भूखा नहीं मारता, तो इसे उसकी उदारता समझनी चाहिए। मरने से जीना अच्छा है, तभी तो प्राणिमात्र को अपना जीवन-प्रिय है। लेकिन बहुत-सी अन्तःपुरिकाएँ जीवन से मरने को अधिक पसन्द करती हैं, और वह सती प्रथा की बातें हसरत भले दिल से सुनतीं। जीते चिता पर बैठकर जलने में तकलीफ जरूर होती, लेकिन वह पाव-आध घण्टे का जलना था, यहाँ तो सारे जीवन भर जलते, अपमान सहते दिन और घड़ियाँ काटनी हैं। संस्कृत के पुराने काव्यों से प्राचीन काल में अन्तःपुरों के जीवन का हमें पता लगता है। उस समय भी रानियों की स्थिति बहुत बेहतर नहीं थी। वे परम भट्टारक को खुश रखने के लिए स्वयं कोई नई तरुणी को सौगात के तौर पर अपने पति के पास पेश करतीं। आज तक के अन्तःपुरी में पातरें बनाकर सुन्दरियों को अपने पास रख रानियाँ यदि राजासाहब के मन को अपनी तरफ खींचना चाहती हैं, तो इसमें वह कोई नई बात नहीं कर रही हैं। वह अन्तःपुर में अगर जन्मी है, तो लड़कपन से ही चारों ओर अपने आसपास यही सब देखती रही हैं। यदि कोई सौभाग्यशालिनी अन्तःपुर से बाहर पैदा हुई, और वह अन्तःपुर में

पीछे प्रविष्ठ हुई, तो वह भी समझ लेती है, कि उसकी भलाई इसी में है, कि अन्नदाता की हर एक इच्छा में सहायक होना ही हमारे लिए कल्याण-कर है, इसीलिए वह पत्नी का रूप छोड़ कुटनी बनती है। यह दोष सामाजिक है, इसलिए व्यक्ति पर हम उसी के अनुसार उसका भार डाल सकते हैं।

ठेकाने के ठाकुरों या राजाओं की मृत्यु पर शोक-प्रदर्शन बहुत व्यापक रूप से किया जाता है। ससुर के मरने पर बहू के पैर के सोने के आभूषण हटाकर उनकी जगह चाँदी से पहना दिये गये। हरा, नीला, काशनी रंग को पक्का कहा जाता है। शोककाल में पक्के रंग का कपड़ा नहीं पहना जा सकता। सोहागिन सफेद रंग के कपड़े को नहीं पहन सकतीं। पीला, लाल आदि कच्चे रंग का कपड़ा पहनना उसके लिए निषिद्ध है। गले में टेवा, नाक और कान में लवंग सोहागिन के लिए पहनना अत्यावश्यक है, इसलिए बहू भी पहने रही। अपनी मालकिन के लिए जैसा परिधान विहित या निषिद्ध है, वही उनकी छोरियों और डावडियों के लिए भी है। सास की डावडियों के हाथ बिल्कुल छूँछे (डूँडे) हो गये थे, वह विधवा थीं—मानो उनका ब्याह मृत सरकार से ही हुआ था।

शोक मानने के लिए हित-सम्बन्धी आने लगे। नये ठाकुर सफेद धोती, सफेद कुर्ता, मलमल का सफा लगाये थे। जूते की जगह अब वह खड़ाऊँ पहनते थे। विवाह में पहने जाने वाले बिनोटे जूते ही और वह भी विवाह के समय ही देवपूजा के समय पहने जा सकते हैं, बाकी समय आम हिन्दुओं की प्रथा के अनुसार उन्हें भी नंगे पैर ही देवता के स्थान में जाना पड़ता है। सभी नौकरों को शोक-प्रदर्शन के लिए सफेद साफे ठेकाने से मिले थे, सफेद धोती-कुर्ता वह अपने घर का पहनते थे।

श्मशान से दाह-कर्म और स्नान करके लौटे, भाई-बन्द अपने नये ठाकुर के साथ आँगन में आये। एक बार फिर वहाँ रोना-काँदना शुरू हो गया। बाहर शृंगार-चौक में लम्बा चौकोर चबूतरा था, जिस पर जागा ने अपने भुजबल से पहले गोलान पर अधिकार करके राज्याभिषेक पाया था। उसी चबूतरे के ऊपर उसी के नाप की दरी बिछ गई, सफेद गादी और मसनद लग गई। गादी पर मसनद के सहारे नये ठाकुर आसीन हुए, उनकी दोनों तरफ मुसाहिब अपने-अपने पद के अनुसार बैठे। सामने गोल लड़की की कटोरी (कसरिया) में सूखा अमल (अफीम) और डिब्बे में सुंघनी रक्खी हुई थी, हुक्का भी तैयार था। लोग इच्छानुसार अमल खाते, संघुनी सुँघते

या हुक्का पीते थे। बारह दिन तक—जब तक कि छूतक रहा—यह मनुआर होती रहती। आम तौर से दाग देनेवाले को यहाँ अछूत नहीं समझा जाता। वह सबको छू सकता है, और उसे दूसरे भी छूते हैं। हाँ, ब्राह्मण उसके हाथ का छुआ नहीं खाते और न वह देवता के स्थान में जाकर पूजा कर सकता है। रोज श्मशान में क्रिया करने जाना पड़ता, वहाँ जमीन पर पानी का एक घड़ा रक्खा रहता। पीपल के पेड़ में घंट टाँगने का रवाज गोलान में नहीं है। पूजा करते समय एक आदमी आग तथा दूसरा घी का लोटा और दूसरी चीजें लेकर साथ जाता। बारह दिन तक दाग देनेवाले को ही जमीन पर नहीं सोना पड़ा, बल्कि अन्तःपुर में सभी जमीन पर सोते रहे। लौंडियाँ और नौकरानियाँ पक्के फर्श पर लेटतीं, सास अपनी कोठरी में स्थंडिलशायिनी थीं ही, और बहू कोठरी के बाहर वहीं जमीन पर सोती। पूस-माघ का महीना था, जाड़ा खूब पड़ रहा था, इसलिये आँगन में कभी-कभी आग भी जला ली जाती।

श्मशान-यात्रा के सारे दिन बहू नीचे से ऊपर नहीं आ सकी। अगले दिन चिराग बल जाने के बाद उसे ऊपर जाने की छुट्टी मिली। कामदारों के यहाँ से खाने के लिए दाल-रोटी बनकर आई। लेकिन वस्तुतः वह खाने के लिए नहीं थी। बहू ने दाल में उँगली डालकर मुँह लगा थाल से पोंछ दिया, और रोटी में ग्रास तोड़कर वहीं रख दिया, बस खाने की रसम अदा हो गई। दूसरे दिन भी खाना नहीं मिला। बेचारी पाँच से बारह वर्ष को छोरियाँ भूख के मारे तड़फड़ा रही थीं। खट्टी कढ़ी पड़ी थी, जिसे उन्हे दिया गया। छोरियाँ कह रही थीं—"कठों (कैसे) मर ग्यो बाप-जीसा, भूखाँ मर ग्या में तो।" किस्तूरी को भूख की बात कहने पर उसने कहा—"कढ़ी तो पड़ी है। बहूरानी ने कहा—"वही ला, पानी तो पीऊँ।" बाहरी स्त्रियों के आने पर घूँघट लगाना जरूरी था, उधर बहू का दर्द के मारे सिर फटा जा रहा था। बहू को मालूम था, कि सासू की भी हालत भूख के मारे बुरी होगी, इसलिए उनकी छोरियों से कह दिया, कि बूजीसा दूध पीनेवाले बच्चे की माँ है, उनको भूखे रखना अच्छा नहीं है। इस पर उन्हें सोंठ के लड्डू और दूसरी तैयार चीजें खाने को मिलीं। सासू ने रोम-रोम से धन्यवाद देते हुए कहा—"थाणों भलो वहिजो बीनणी (तुम्हारा भलो हो बहू)।"

बारह दिन तक रोना-काँदना रहा, यद्यपि वह पहले दो दिनों की तरह लगातर नहीं होता था। जब भी कोई स्त्रियों का झुण्ड पुछार करने

के लिए आता, तो अन्तःपुर में कोलाहल मच जाता। खैरियत यही थी, कि चिराग जलने के बाद उसे बन्द कर दिया जाता। फिर छमासी श्राद्ध हो जाने के समय तक रोज सबेरे उठकर एक बार अवश्य रोदन-क्रन्दन होता, और विशेष व्यक्तियों के आने पर तो वह साल भर तक करना पड़ता।

अभी तक घर का चूल्हा जला नहीं था। तीसरे दिन मरदाने रसोड़े में रोटी और सब्जी-दाल बनी। अन्तःपुर में एक ब्राह्मण को जिमाना पड़ता, जिसके लिए बीनणी स्वयं अपने हाथ से चार प्रकार की सब्जियाँ, एक मीठा पकवान और रोटी बनाती—ससुर के अन्तिम दिनों में भी बीनणी अपने हाथ से खिचड़ी पकाकर भेजती थी। ब्राह्मण के लिए भोजन बनाते समय बहू सास के लिए चार फुलके बना देना नहीं भूलती। बहू दयावती न होती, तो बेचारी नवविधवा को नमक पड़ी खट्टी राबड़ी ही मिलती। बीनणी शाल ओढ़ लेती, और कटोरदान में फुलके और दूसरी चीजें डालकर सास के पास पहुँचाकर ही सतुष्ट नहीं होती, बल्कि वहीं दरवाजे पर पहरेदार बनकर बैठ जाती। सास का स्वभाव विचित्र था—बहुत सीधी-सादी, लेकिन अपने या अपने बच्चे के सिवाय किसी के दुःख को दुःख नहीं समझती थीं। उनका नौजवान भतीजा मर गया, जिसकी मृत्यु की खबर सुनकर दूसरों के भी आँसू बरबस निकाल आये, लेकिन सासू की आँखा में आँसू कहाँ? हाँ, यदि कभी स्वयं बीमार होती, या बच्चा बीमार पड़ता, तो देवताओं की मिन्नत माँगती फिरतीं, उन पर प्रसाद चढ़ातीं। गरीब-दुखियों को देखकर द्रवित क्या होती, वह तो उल्टे उन्हें डाँटने-फटकारने के लिए तैयार हो जातीं। सास की एक छोरी अस्सी वर्ष की बुढ़िया थी, जिसकी बहू उसे बासी-कुसी ठण्डी रोटियाँ देती थी। बेचारी के दाँत भी नहीं थे, इधर गढ़ में सौ-डेढ़-सौ गायें और चालीस-पचास भैसें थी। गोलान की गायें दोनों वक्त मिलाकर चार-पाँच और भैसे सात-आठ सेर दूध दे दिया करती हैं—भैसें हरियाने जैसी नहीं थी, कि एक भैंस से तपाया सेर पक्का घी रोज निकल आता। घर में रोज एक कनस्तर घी होता था। छाछ की वहाँ क्या कमी थी? बेचारी बुढ़िया छाछ माँगने आती, तो सास अपनी छोरियों को हुकुम देतीं—"केसरियाजी को छाछ मत डालो।" सास के सीधे-सादे स्वभाव को देखकर बीनणी को बहुत दिनों तक उनके सामने अपने मुँह को बन्द रखने की आवश्यकता नहीं पड़ी। वह बुढ़िया को छाल दिलवा देती, तो सास कहतीं—"बीनणी को दया घणी आवे।" और तो और, वह अपने घड़े से किसी को पानी भी नहीं देती थीं। भला ऐसी स्त्री के

हितमित्र कै हो सकते थे? उनकी अपनी छोरियाँ भी मालकिन के साथ मेंल नहीं रखती थीं। आगे की बात है—एक बार बीनणी अपने पति के साथ जनपुर से मोटर में खलपा आई। रास्ता दो घण्टे का था, किन्तु गाड़ी बीच में पंक्चर हो गई, इसलिए दस बजे चलकर दो बजे पहुँचना पड़ा। बहू ने अपने पति से कहा—"आज तो हम बूजीसा के यहाँ का खाना खायेंगे।" मुहलगी होने से उसे विश्वास था, कि बूजीसा टालमटोल नहीं करेंगी, लेकिन उसका पति बहू से कहीं अधिक अपनी सौतेली-माँ को जानता था। उसने ताना मारते हुए कहा—'हाँ, बूजीसा अभी गरमागरम खाना भेज देंगी, फिर खाँ लेना।" "मैं जाती हूँ कहने।" वह सीधे सास के पगे लगने गई। फिर कहा-"आज तो आपके यहाँ ही खाना खायेंगे, बनवा दो।" सास ने कहा—"म्हारे कन कठों आवे खाणा। म्हारे तो म्हारे लायक आवे। थाने खवाई दूँ, तो म्हारे कीकर हजे?"

"हुकम, एक दिन में क्या बिगड़ता है।" बहू कितना ही कहती रही, लेकिन सास नहीं पसीजी। वैसे जहाँ तक अपने खाने-पीने का सम्बन्ध था, वह सूमड़ी नहीं थीं। अपने लिए अच्छा खाना बनवातीं, चाहे पास में कोई बच्चा ही क्यों न बैठा हो, लेकिन उसको भी एक ग्रास देना नहीं जानतीं। उस दिन बीनणी को अपनी रसोई में खाना बनवाना पड़ा, फिर पति ने व्यंग्य करते हुए कहा—"आ गया न गरमागरम बूजीसा का खाना?"

"मुझे तो ऐसा ही विश्वास था।"

तीसरे दिन शाम को कामदारों के यहाँ से खाना बनकर भीतर आया था। दूसरों के लिए दो-तीन मन की चावल-मूँग की खिचड़ी बाहर बनी। बीनणी की छोरियों के लिए वह खिचड़ी रात के ग्यारह बजे भीतर भेजी गई। छोरियाँ बचेरी मन मारे खट्टी कढ़ी पीकर बैठी थीं। खिचड़ी आते ही जगाने पर वह उस पर टूट पड़ीं। बीनणी की एक स्पेनियल कुतिया रूबी थी। उसके गले में चाँदी के घुँघरू बँधे हुए थे। ससुर ने मरने के दिन भी दूसरे दिनों की तरह वह अपने घुँघरू बजाती फिरी। शोक में रूबी का घुँघरू बजाना अच्छा नहीं था, इसलिए बीनणी ने बहुत समझाते पीठ सलहाते हुए कहा—"रूबी, यहाँ बैठी रहना, बापजी मर गये, अब घँघरू नहीं बजाना।" सचमुच ही क्या रूबी ने समझ लिया? वह फिर घूँघरू बजाती नीचे गई।

दाह कर्म के अगले दिन से भिनसार को ही चार बजे व्यासिन (ब्राह्मणी) आकर लोगों को जगाती—'उठो पल्लारों (रोने का) बगत वहि ग्यो (हो

गया)।" उसी समय उठकर औरतें रोना-धोना शुरू करतीं, लेकिन यह दस-पाँच मिनट में खतम हो जाता। उसके बाद बहू हाथ-मुँह धोने ऊपर चली जाती, जहाँ ब्राह्मण के लिए रसोई बनाना पड़ता। रोने-धाने में बीनणी भी जाकर बैठती, लेकिन उसके मुँह से न बकार निकलती और न आँखों से आँसू। खैर, आँखों के आँसू को छिपाने के लिए घूँघट का वरदान मिला था, लेकिन मुँह से जरा भी न चिल्लाना अच्छा नहीं कहा जा सकता था। वैसे बीनणी को अपने ससुर के मरने की बहुत शोक हुआ था, इसका प्रमाण उसने उसी दिन बेहोश होकर दे दिया था, जिस दिन कि वह ससुर के शव को अन्तिम बार पगे लगने गई थी। रामी ने अपनी समवस्यका मालकिन से अधिक बुद्धिमानी दिखलाते हुए कहा—"बना, तुम भी कुछ तो किया करो, शब्द नहीं निकलेगा, तो लोग क्या कहेंगे?" "आज शब्द निकालूँगी।" कह कर बहू के जवाब दिया। उस दिन जब पुछार करनेवाली कुछ स्त्रियाँ आईं, तो बहू के रोदन-स्वर निकाला, लेकिन उसी समय उसे अपने इस अभिनय पर हँसी आ गई। व्यासिन ने समझा, बहू का रोना रूक नहीं रहा है, वह प्रथा के अनुसार रोकने के लिए आई— "खमा करो बापजी।"व्यासिनी की बात सुनकर हँसी और भी बढ़ गई। वह छत-सात बार आकर उसी तरह चुप कराने का प्रयत्न करती, लेकिन हँसी रुकती ही नहीं थी, घूँघट के भीतर हँसना हो रहा है या रोना, इसका किसी को पता नहीं था। पीछे किस्तूरी ने अपने मालकिन से कहा—"आज तो बना, बहुत रोईं।"

"मेरा तो हँसना रुक नहीं रहा था, घूँघट ने लाज रख ली।"

बीनणी बचपन में चाहे कितना ही सफल अभिनय करती हो, किन्तु यहाँ वह उसमें असफल रही। बड़ी-बड़ी छोरियाँ (लौंड़िया) और दूसरी स्त्रियाँ जब घूँघट निकालकर रोदन-कन्दन करतीं, तो बीनणी की भी पाँचों छोरियाँ घूँघट निकालकर बैठ जातीं— यह मालूम ही है, कि सबसे बड़ी दो छोरियाँ बारह-तेरह वर्ष की थीं, दो पाँच-छह की और एक बारह महीने से कुछ ही अधिक की। बीनणी को जो पीहर से घर मिला था, उसका घरवाली भी दस-बारह वर्ष की ही थी। छोरियाँ सबके साथ घूँघट निकालकर बैठ तो जातीं, बेचारियों पै रोया नहीं जाता। एक दिन मालकिन ने अपनी छोरियों से कहा—"तुम चुपचाप न बैठा करो, जैसे दूसरी रोती हैं, वैसे तुम भी रोया करो।" उस दिन सचमुच ही यह छोटी-छोटी छोरियाँ रोने-धोने में सबसे आगे बढ़ गई। यद्यपि घूँघट खोलकर देखा जाता है, तो वहाँ

आँसू का कहीं पता नहीं लगता। वह रोती ही जा रही थीं। स्त्रियाँ बहुतेरी समझातीं, रुकने के लिए कहतीं, किन्तु वह नही मान रही थीं। बहुत जोर देने पर उन्होंने कहा—"म्हारी बाईसा कहे, जद ठहरां म्हें तो (हमारी बाई साहब कहें तब हम रुकेंगी)।" व्यासिन ने आकर बाईसा से कहा—"आप ही सिम्हालो, वे नहीं रुकने की।" बाईसा ने जाकर कहा, तो वह चुप हो गई। छोरियों का अभिनय बहुत सफल रहा।

ससुर के मरने के चार-पाँच दिन बाद कुँवारी ननद ननिहाल से और ब्याही अपने ससुराल से आ गई। उस दिन बहू को भी सचमुच बहुत रोना आया, आँखों से बहुत आँसू निकले।

जब तक बारह दिन पूरे नहीं हुए, दोपहार को ऊपर खाना खाकर नीचे जो जाती, तो बहू को चिराग जलाने के बाद ही लौटने की छुट्टी मिलती। पुछार करने के लिए आसपास के ठेकाणों की ठाकुरानियाँ भी रथों पर चढ़-चढ़कर आईं। शोक के समय मोटर में बैठना निषिद्ध था, अथवा यह कहिये, कि रथ में बैठना ही विहित था। चाहे सर्दी से सर्दी क्यों न हो, लेकिन गोलान की तरफ अपने साथ बिस्तरा लाने का रवाज नहीं है। बिस्तरों का इन्तजाम पहले से करके रखना पड़ता। अधिक की जरूरत होती) तो गाँव के घरों से रालियाँ (गुदरियाँ) मँगा लेते। आई हुई स्त्रियाँ चारपाई पर सो सकती थीं, उनके लिए भूमि पर सोना जरूरी नहीं था। उनमें से कोई सबुह आकर शाम को चली जातीं, और कोई दो-तीन दिन रह भी जातीं। अन्तःपुर का रसोड़ा अभी जला नहीं था, इसलिए बाहर के रसोड़े से खाना थालों में भरकर डेरे-डेरे भेजा जाता। बड़ी-बूढ़ी ठाकुरानियों का पैर दबाने के लिए बहू को जाना पड़ता। सभी बहू के शील-सौन्दर्य से प्रसन्न होकर प्यार करतीं, और पास बैठातीं। बड़ी-बूढ़ियों से बोलना मना था, इसलिए वह प्रौढ़ाओं के ही सामने मुँह खोल सकती थीं।

जिस समय बूढ़े ठाकुरसाहब को जीभ में लकवा मार गया, उस समय वकील परागमल और कामदारों ने देखा, कि कामों से नाराज होकर कहीं हमें नये ठाकुर निकाल न दें इसलिए उन्हों बूढ़े ठाकुर से एक वसीयत लिखवाई। बूढ़े ठाकुर हाथ से लिख नहीं सकते थे। इसलिए कागज पर उनके अँगूठे का निशान करवा लिया, और साथ ही उनके बेटे से भी उसी कागज पर दस्तखत करा लिया। तरुण ने उसी दिन जाकर अपनी बहू से इस बात को बतलाया। बहू उनसे कहीं अधिक चतुर थी। उसने

पूछा—"कागज में क्या लिखा है ?" कुँवरसाहब ने बिना पढ़े ही कागज पर दस्तखत कर दिया था, इसलिए बहू ने उन्हें भेजकर कागज को भीतर मँगवा लिया। पढ़ा तो मालूम हुआ, कि अब तक ठेकाने को नोंच-खसोटकर खानेवाले कामदारों ने यह लिखवा लिया है, कि दस साल तक नये ठाकुर उन्हे उनके पद से नहीं निकालेंगे। ससुर एक लाख सोलह हजार का कर्ज छोड़कर मरे थे।

बारह दिन पूरे हुए। मृतक-भोज का दिन आया। कामदार कह रहे थे, कि श्राद्ध-भोज को छह महीने बाद के लिए रख छोड़ा जाय, तब तक हाथ में रुपये आ जायेंगे, लेकिन भावी ठाकुरानी ने कहा—"इस वक्त श्राद्ध के लिए लोग आ रहे हैं, ऐसा करने पर वह हमें क्या कहेंगे ? बेटा बड़ा सयाना है, कोई नाबालिग नहीं है, कि बहाना करके छुट्टी मिल जायेगी।" बहू के जोर देने पर श्राद्ध करना पड़ा। कुछ पैसा कर्ज लिया गया, कुछ तोसाखाने से जेवर बेचे गये। क्रिया-क्रर्म हुआ, बारहों गाँव जीम गये।

बारहवें दिन दोपहार को विधवा के पूरे कपड़े दिये गये। अभी तक सोहाग के चिन्ह उनके शरीर से उतार लिये गये थे। विधवा का बाना पहनाते समय सोहागिन ठाकुरानियों और कुँवरानियों को बाहर भेज दिया गया। रसम के अनुसार सासू के पीहर से विधवा की पोशाक—छींट का काला घाघरा, लम्बी आस्तीनवाली कुर्ती, मलमल की कांचली, काली ही ओढ़नी आई। उनकी डावड़ियों को भी लम्बी आस्तीन की कंकरेजी कांचली, कंकरेजी लुगड़ी मिली थी। गोया रावण के लंका से काली पोशाकवाली कोई पलटन आ गई थी। छोटी-छोटी छोरियाँ इस काली पलटन को देखकर डर जाती थीं। रोते-पीटने सबने कापड़ा पहना, और पहले के कपड़े दूसरों को दे दिये।

तेरहवाँ दिन सोग भगाने का था। सलमाड़ा में बेटे के ससुराल वाले लोग सोग भगाने की रसम अदा करते हैं, खलपा में यह काम जमाई करता है। मंगलपुर वाले भी आये थे, लेकिन कण्ठा के कुँवर साहब जमाई ने इस इस रसम को अदा किया। उसी शृंगार-चौक पर बिछी गद्दी पर कुँवर साहब को बैठा दिया गया, ब्राह्मण ने उनके सिर पर सफेद पाग बाँध तिलक लगा दी, ढोलबाजे बजे और इस प्रकार नये ठाकुर के गद्दी पर बैठेने की घोषणा हो गई। नये ठाकुर अन्दर माँ के पास चरण छूकर पैर लगने गये। माँ ने पच्चीस नहीं, पाँच देकर बेटे का सम्मान

किया। गद्दी पर बैठने में पटरानी का कोई रवाज नहीं, इसलिये अधिकार में बहू का हाथ नहीं होता। इसी दिन मांस और दारू सामने लाकर रखा गया—मांस-दारू का परित्याग सोग का चिन्ह हैं। ननदों ने अपनी भावज नई ठाकुरानी को बहुत जोर दिया, कि आज तो खूब दारू पीना ही होगा। उनहोंने चुस्की में दारू भरकर पिला भी दिया। पीने के बाद नशा होने लगा। गौरी यद्यपि अपनी माँ और बाबोसा से बहुत दूर थी, लेकिन उसको डर था, कि कहीं किस्तूरी लिख न दे। नशे में मालूम हो रहा था, आँखें बाहर निकली जा रही हैं। रामी से कहने पर उसने घूँघट हटा देखकर कहा—"कहीं आँखें नहीं निकल रही हैं, सो जाओं।" बहूरानी सो गई। उनकी नींद सबेरे ही जाकर खुली। बाहर दिन तक सोग मनाते हुए सासू का पग भी नहीं लगा जाता, तेरहवें दिन से बहू फिर अब रोज सासू के पग लगने लगी।

नये ठाकुर के गद्दी पर बैठने पर अवस्था काफी बदली देखी। वैसे पहले भी बहू का रोब अन्तःपुर पर था, लेकिन सास-ससुर के मुँहलगी छोरियाँ (लौंड़िया) जो पहले अपनी शान में रहती थी, और बहू की परवाह नहीं करती थी, अब वे चापलूसी करती पीछे-पीछे फिरने लगीं। उनके इस ढंग को देखकर नई ठाकुरानी को बड़ी हँसी आती। यद्यपि तेरहवें दिन सोग भगा दिया गया था, लेकिन उसके अगले ही दिन से छमासी श्राद्ध तक के लिए मांस-दारू बन्द हो गया। चाँदी के आभूषण और पक्के रंग के कपड़े ही पूरे छह मास तक पहनने पड़े।

छमासी श्राद्ध के लिए पीहर से पाँच-सौं रुपये और दामाद के लिए सिरोपाव, बेटी के लिए भी कांचली-कुर्ती, घाघरा-लुगड़ी आये।

■■■

१३
परम स्वतन्त्र न सिर पर कोई

पिता-ठाकुर के मरने के बाद अब उन्नीस वर्ष के नये ठाकुर परम स्वतंत्र थे। ससुर के मरने के दो-एक महीने बाद ही गौरी ने मंगलपुर से कामदार बुला लिये जिन्होंने ठेकाणे का हिसाब-किताब देखना शुरू किया। भनक तो पहले ही लग गई थी, कि वकील और कामदार सदा शराब में डूबे और रंगरेलियाँ खेलते बुद्धि से वंचित बूढ़े ठाकुर को आँख मूँदकर लूट रहे हैं। बहीखाता देखने पर पता लगने लगा कि कर्ज के कागज महाजनों को लिखकर दे दिये गये, लेकिन कितना ही रुपया बही में जमा नहीं हुआ। पूछने पर कामदार कहते—"हमें क्या मालूम, ठाकुरसाहब ने ऊपर से ऊपर ही किसी को सबक दिया होगा।" कर्ज में महाजनों को जो गाँव लिख दिये गये थे, उनके लिए शर्त थी, कि दस वर्ष के भीतर यदि कर्ज देकर न छुड़ाये गये, तो वह महाजनों के हो जायेंगे। ठाकुर साहब बिना देखे, बिना पढ़े ही जो भी कागज आता, उस पर दस्तखत कर देते।

छमासी श्राद्ध हो जाने के बाद ठाकुरानी (गौरी) अपने बाबोसा रूडसिंह की मृत्यु की पुछार करने नरपुर जाकर एक सप्ताह रही, फिर मंगलपुर चली गई। लेकिन ठेकाणे की हालत देखकर वह दो दिन से अधिक वहाँ न ठहर खलपा चली आई। अब कोई रोक-टोक करने वाला नहीं था, इसलिए नये ठाकुर अपनी ठाकुरानी के साथ मोटर द्वारा जनपुर जाने के लिए स्वतन्त्र थे। वहाँ मामोसा (हिम्मतसिंह) भी हिसाब-किताब देखने तथा नये ठाकुर को कायदा-दस्तूर सिखलाने में सहायता करते। सबसे पहला प्रहार परागमल के ऊपर हुआ, वह सबसे बड़ा खाऊमल भी था। वैसे औरों ने भी खूब रुपये बनाये थे। परागमल को हटाकर एक योग्य व्यक्ति शिव लालजी (बी० ए०, एल० एल० बी०) को वकील बनाया गया। उनके नीचे काम करने के लिए एक नया कामदार नियुक्त हुआ। हिसाब-किताब देखने पर अब कर्ज बेबाक करने का इन्तजाम करना था। खलपा में अधिकतर जमीन बँटाई पर थी। १९२७-२८ में अनाज का भाव सस्ता

था, इसलिए आमदनी चालीस-पचास हजार से अधिक नहीं थी। सबसे बड़े महाजन पोसी के माखनचन्द थे, उन्हीं से चालीस हजार और लेकर छिटपुट कर्ज को बेबाक कर दिया गया। सूद पहले दो सैकड़ा मासिक था, महाजन जानते थे, कि झगड़ा या मुकदमा करने से फायदा न होगा, इसलिए वह नौ सैकड़ा सालाना पर राजी हो गये। उनके कर्ज की किस्त कर दी गई। जनपुर-दरबार के सलाना रुपये कितने ही सालों से नहीं गये थे, जिसके कारण ठेकाणे पर तीस हजार रुपये चढ़े हुए थे। बजट बनाया गया, जिसमें पन्द्रह हजार ठेकाणे का खर्च रक्खा गया। दस हजार राज को और दस हजार माखनचन्द को किस्त करके हर साल देने का निश्चय हुआ। ठाकुर साहब के लिए तीन सौ रुपया मासिक हाथ-खर्च मिला, जिसमें से ही उन्हें अपने चार-पाँच खास नौकरों को भी वेतन देना था। बहू के हाथ-खर्च के लिए ससुर ठाकुर पहले ही चौदह कुएँ और उनके खेत दे गये थे, जिनसे उन्हें दो-ढाई हजार रुपया मिल जाता था, लेकिन बहू को इन रुपयों की परवाह नहीं थीं, उसे मंगलपुर से काफी रुपया मिलता रहता था।

साल भर में सभी बेईमान कामदार निकाल दिये गये। शिवलाल वकील सबसे बड़े अधिकारी नियुक्त हुए। ठाकुर साहब को मजिस्ट्रेट का अधिकार था। वह छह महीने की जेल और पाँच सौ रुपया जुर्माना कर सकते थे। जेलखाना देकर कैदी को जनपुर भेजा जाता। अदालत के पेशकार लालनाथ बनाये गये। सबसे बड़े कामदार रंगराज लोना नियुक्त हुए।

नये ठाकुर साहब में भी कितनी ही पैतृक निर्बलताएँ मौजूद थीं। इतनी समझ नहीं रखते थे, कि दरबारियों और चापलूसों की बात के ऊपर उठ सकें। शराब वह नहीं पीते थे, लेकिन उसके संग का दूसरा व्यसन उनमें भरपूर था। फजूलखर्च भी ज्यादा थे, यद्यपि कितने ही साल तक—जब तक कि ठाकुरानी का जोर चलता रहा—वह कर्ज नहीं चढ़ाते रहे। दूकान पर जाकर या बाजार से आने पर नौकरों से पूछते—"तुम्हें कौन सा कपड़ा चाहिए।" फिर कोई क्यों कम दाम का कपड़ा पसन्द करने लगा। उनके लिए अन्धा-धुन्ध कपड़ा खरीदकर ले आते। यदि फजूल-खर्ची के लिए कामदार रोकता, तो कहते—"इसे हटाओ।" वह काम कहाँ तक सीखते, न काम खुद करते और न दूसरों को करने देते। कितने ही दूसरे समवस्यक ठाकुर इसी समय बापों के मरने से स्वतंत्र हो गये थे, जिनकी जनपुर चण्डाल-चौकड़ी बन गई थी। कमान, झलमल,

बलारा, किमोरा जैसे ठेकाणों के ऐसे ही तरुण ठाकुर अपनी मोटरों में ह्विस्की की बोतलें और रण्डियों को बैठाये सैर-सपाटे करते फिरते। कभी-कभी आधी रात को आकर वह खलपा के ठाकुर को ले जाते, फिर तीन-चार बजे वह घर लौटते।

अब वह स्त्रियों के पीछे भी पागल होने लगे। लेकिन अभी इनकी आँखों में इतना शील था, कि सब काम अपनी पत्नी से छिपाकर करते थे। जब ठाकुरानी जनपुर में होती, तो वह खलपा चले जाते, और खलपा होती, जो जनपुर। एक दिन दो बजे ठाकुरानी अपने मामाजी के पास गई थीं। ठाकुरसाहब ने कह दिया था, कि छह बजे गाड़ी भेज दूँगा। छह बज गया, लेकिन गाड़ी नहीं आई। मामी ने खाने के लिए कहा, तो इनकार तो नहीं किया, लेकिन सोच रही थी, कि घर लौटना है। सात बजे एक नौकर ने आकर छोरी से कहा—"तीन बजे ही ठाकुर साहब यहाँ से रवाना हो गये। उनके साथ ड्राइवर मजीद और शिकारी बन्दूक के सिवाय और कोई नहीं है" ठाकुरानी घर लौटीं। उसको बड़ी चिन्ता हुई, न जाने कहाँ पति देवता गये होंगे, कोई खतरा तो उनके सिर पर नहीं आया। उसी रात खलपा आदमी भेजा, दूसरे दिन आदमी ने आकर खबर दी और तीसरे दिन ठाकुरसाहब खुद चले आये।

अब यह रोज का काम हो गया, पाँच-चार दिन भी आँखों को गीला किये बिना ठाकुरानी को नहीं रहना पड़ता।

जिस दिन वह अपना मनमाना काम करने जाते, उस दिन पहले ही चिड़चिड़े हो जाते, जिसमें पत्नी कुछ समझाने-बुझाने की हिम्मत न करे। उनके इर्द-गिर्द के दो बदमाश मुसाहिब निकाले जाते, तो न जाने कहाँ से चार पैदा कर लेते। मुसाहिबों के रंग-ढंग ही से मालूम होता, कि आज ठाकुरसाहब कहीं रण्डी के साथ जाने वाले हैं। नौकरों और दूसरों पर उनका अन्धाधुन्ध खर्च भी वैसे ही चलता रहा। जब बिल आता, और उनसे कहा जाता, तो कह देते—'अबकी बिल चुका दो, फिर इतना खर्च नहीं करेंगे।" उनका सबसे अधिक खर्च रण्डियों पर था, यद्यपि नाच-गाने से उनको कोई प्रेम नहीं था। पैसे के लिए वह जब अपनी बहू से कहते, तो वह इनकार नहीं कर सकती थी। यदि अपने पैसों को ठाकुरानी ने इस तरह बरबाद करने के लिए न दिया होता, तो पन्द्रह वर्ष बाद उनके पास डेढ़-दो लाख रुपये जमा हो गये होते, लेकिन वह पति से अधिक अपने पैसों को नहीं समझती थी। हाँ, ठाकुर इतने पतित नहीं

थे, कि ठाकुरानी के जेवरों को बेचकर मौज उड़ाते। उन्होंने सिर्फ एक बार मोटर खरीदने के लिये सौ तोला जेवर लिया था। ठाकुरानी के नाम से वह जौहरियों या बाजारों की जो चीजें खरीदते, वह उनकी रण्डियों के पास जाता। साखर्ची और फजूलखर्ची दोनों उनमें थी। एक बार ठाकुरानी मौजूद नहीं थी, बजाज तरह-तरह के कपड़े उठवाये कोठी पर पहुँचा, और ठाकुरसाहब ने पन्द्रह सौ रुपये के कपड़े खरीद लिये। वह कपड़े इस तरह के थे, जिनकी न साड़ी बन सकती थी, न लुगड़ी।

एक बार जसपुर में किसी बारात के सिलसिले में गये थे। वहाँ कोई रण्डी नाचने आई थी। बस फिर क्या था। उसे बुलाना शुरू कर दिया। मोटर भेजकर उसे मँगवाते, और शिकार का बहाना करके उसे साथ लेकर चले जाते। एक बार रण्डी को पहुँचाने अजमेर गये, तो वहाँ आठ सौ रुपये की साड़ियाँ खरीदकर उसे दे दी। यह भी कहना पड़ेगा, कि गरीबों के लिए भी उनमें दया थी, और सामने आ जाने पर उन्हें भी कुछ दिये बिना नहीं रहते। हाँ, अच्छे आदमियों की संगत उन्हें पसंद नहीं थी, और बुरों से वह बहुत खुश थे।

पहले पहल ठाकुरानी को उनके शिकार के लिए जाने पर बहुत डर लगा रहता— कहीं सूअर पेट न फाड़ दे। खलपा से रण्डी ले जाने मोटर-ड्राइवर आया। उससे ठाकुरानी ने ठाकुर साहब का कुशल-मंगल पूछा। ड्राइवर पीहर का था। उसने सब बात बतला दी। उसी दिन जनपुर के महाराज उसी तरफ रास्ते में मछली का शिकार करने गये थे। वह खलपा की मोटर देख लेंगे, तो बुरा होगा, यह समझकर ठाकुरानी ने खाली ही मोटर लौटा ले जाने के लिए कहा। मोटर रात के दस बजे खलपा पहुँची। ठाकुर साहब बड़ी बेकरारी से खिड़की की ओर देख रहे थे। खाली मोटर देखकर गुस्से से पागल हो गये और न ओढ़ना लिया, न ओवरकोट, स्लीपिंग सूट को ही पहने मोटर पर बैठ उन्होंने ड्राइवर से कहा—"चलो अजमेर।" पोसी में पानी पीने के बहाने पीहरवाले ड्राइवर ने उतरकर ठाकुरानी को तार दे दिया—"अजमेर की तरफ जा रहे हैं।" दो दिन अजमेर में रहे, फिर तीसरे दिन ड्राइवर का तार मिला—"खलपा वापस जा रहे हैं।" ठाकुरानी अपने भाग्य पर रोती, लेकिन ऐसे भागोंवाली वह अकेली नहीं थी। राजस्थान के अन्तःपुरों की यह आम बात थी। कभी वह दो-दो दिन खाना छोड़ देती, कभी घण्टों आँसू बहाती रहती, कभी भगवान् को मनाती, कि ठाकुरसाहब को सुबुद्धि दें। लेकिन, ठाकुरसाहब

का ढंग वही रहा। जब खर्च-बर्च के लिए दबाव डालती, या बहुत समझाने, बुझाने की कोशिश करती, तो ठाकुरसाहब बोल उठते—"मैं साधु होकर निकल जाऊँगा।" ठाकुरानी को ख्याल आता, फिर मुझे दुनिया क्या कहेगी, वह चुप हो जाती।

ठाकुरसाहब में अभी इतनी शक्ति नहीं थी, कि अपने अनुचित कामों के लिए भी जिद्द करते, इसलिए समझाने पर दब जाते। लेकिन, कहाँ तक हर वक्त आदमी सामने रहेगा। जब ठाकुरानी कुछ दिनों के लिए मंगलपुर जाती, तो किये-कराये पर पानी फिर जाता। पीहर का राजपूत काम सम्हालने के लिए बुलाया गया था। वह अच्छी तरह काम कर रहा था और ठाकुरानी का अनहित देख नहीं सकता था। एक बार ठाकुर साहब ने जनपुर में रण्डी बुलवाई। आदमी ने रोक लगाना चाहा, इस पर ठाकुर साहब ने नाराज होकर हुकुम दिया—"बारह घण्टे के अन्दर खलपा छोड़कर चले जाओ।" ठाकुरानी लौटकर आई, और उस फौजदार के अभाव में काम को चौपट देखा। ठाकुर साहब ने कहा—'उसी को बुला लो।" खर्च अर्न्च-धुन्ध तो था, लेकिन अभी कर्ज बढ़ाने की बात नहीं हुई थी। अपने तीन सौ रुपये मासिक हाथ खर्च को वह मनमाने खर्च में लगा देते, साथ ही पत्नी से भी पैसे ले जाते। पति के कपड़े तथा नौकरों की तनख्वाह का व्यय भी ठाकुरानी को अपने पास से पूरा करना पड़ता।

★ ★ ★ ★

राजस्थान के ठेकाणे के ठाकुर साधारण तालुकदार या जमींदार नहीं थे, यह तो इसी से मालूम होगा, कि उनके पास अपनी पुलिस होती थी। खलपा में पुलिस के सोलह सिपाही और एक अफसर था। बूढ़े ठाकुर न उनको वर्दी देते, न उन्हें कवायद-परेड सिखलाने का कोई प्रबन्ध करते। नई ठाकुरानी ने इसे पसन्द नहीं किया। उन्होंने जनपुर से एक पुलिस इन्स्पेक्टर बुलवा सिपाहियों को कवायद-परेड और अफसर को काम-काज सिखलवाया। ठेकाणे के पुलिस के लिए वर्दी बनवा दी, और अब वह भिखमंगों की जगह सचमुच पुलिस जैसे दिखाई पड़ते।

धरमादे में भी खलपा में औकात से ज्यादा दो हजार नकद और बहुत सी जमीन दी हुई थी। उसमें भी नई ठाकुरानी ने सात-आठ सौ रुपये वार्षिक की बचत करवाई। ठाकुर अपने गाँव या जमीन में से

बखसीस कर सकते थे, जिसे पानेवाले की सात पीढ़ी भोग सकती थी, और फिर चाहने पर उसे लौटाया जा सकता था। अगर किसी ठेकाणे पर महाराजा नाराज हो जाते, तो उन्हें ठेकाणे को खालसा करके जब्त करने का अधिकार था।

जहाँ ठाकुरानी ने कर्ज और प्रबन्ध में सुधार किया, वहाँ आराम से रहने के लिए पुराने ढंग के मकानों में भी कुछ सुधार करने की आवश्यकता समझी। कर्ज का बोझ भारी था, और नए मकान बनवाना बुद्धि की बात नहीं थीं, इसलिए पुराने मकानों में ही कुछ परिवर्तन-परिवर्द्धन करके उन्हें आधुनिक ढंग का बनवा दिया। खलपा के अपने पुराने कमरे के ऊपर ठाकुरानी ने अपने हाथ-खर्च के रुपये से एक हवादार कमरा बनवाया, जिसके सामने टीन का बरांडा लगवा दिया। चौमासे में यहाँ रहना अधिक सुखद था। पहले कमरे के भी दरवाजों में शीशे लगवा खिड़कियाँ काँचवाली कर दीं। नये कमरे की बगल में पाखाने के लिए कोठरी बनवा दी। मरदाने में भी इसी तरह दो नये कमरे, टट्टी और गुसलखाने लगवा दिये। जनपुर की हवेली में भी कमरों की कमी नहीं थी, छत-दीवारें भी मजबूत थीं। हाँ, रोशनी-हवा का कोई इन्तिजाम नहीं था, वह और वह बेढंगे तौर से बने थे। पुराने कमरों में परिवर्तन करके दरवाजों और खिड़कियों में शीशे लगवा शयनकक्ष और ड्राइंगरूम के तीन कमरे तैयार हो गये। स्नान-गृह को भी तोड़कर नया-सा कर दिया गया। ऊपर के कमरे की बगल में एक बंगला खड़ा कर दिया गया, जिसमें एक कमरा और स्नानगृह था। यहाँ मकान में बिजली थी, किन्तु नल दूर रहने से नहीं आ सका था। ऊपर के कमरे के पास ही एक रसोईघर और एक भण्डार का कमरा भी बनवा दिया। सारे मकान की ठीक से मरम्मत करवा दी। नीचे के तल्ले में भी एक रसोईघर और एक भण्डारघर बनवा दिया। परागमल का परिवार जिन कमरों में रहता था, अब उनकी कायापलट हो गई थी। बाहर की घोड़सार बदलकर नौकरों के लिए कमरा तैयार हो गया। वहीं रसोईघर भी बन गया। बग्घीखाने की मरम्मत करके उसे मोटर-गाराज का रूप दे दिया गया।

खलपा की हवेली जनपुर शहर के बहुत मौके के स्थान पर है। घण्टाघर और गिर्दीकोट बाजार उसके पास है, जमीन काफी है, छोटे-बड़े तीन आँगन हैं। सड़क के पास भीतर-बाहर छह सात कमरे किराये पर चढ़ते हैं। बड़े आँगन में चार-पाँच नीम के वृक्ष हैं। यदि कोशिश की

जाती, तो आँगनों को फुलवारी और बगीचे के रूप में परिणत किया जा सकता था। बड़े आँगन में सात खण्ड की पक्की बावड़ी है, लेकिन उसका पानी हमेशा गन्दा और सड़ा रहता। पम्प से सारे पानी को निकलवाकर कीचड़ यदि साफ करा दी जाती, तो पानी उतना गन्दा नहीं रहता, लेकिन किसको फिकर थी ? नई ठाकुरानी भी उसमें कुछ करने में असमर्थ थीं ? क्योंकि वह बावड़ी नाजिर (हिजड़ा) जी के साझे में थी, यदि खर्च में नहीं, तो कम से कम सफाई करने देने में उनकी सहमति आवश्यक थी। बावड़ी में कभी-कभी डूबकर भी लोग मरे थे और सौ-दो-सौ वर्षों के अपने जीवन में उसने न जाने और भी कितनी चीजें अपने आँखों देखी होंगी, जिनसे हवेली के इतिहास पर कुछ प्रकाश पड़ सकता था। अब तो बावड़ी सिर्फ वायु को अपनी दुर्गन्ध से दूषित करने भर का काम कर रही थी। पीने का पानी गौरीसागर से आता और नहाने-धोने का भी वहीं से मशकवाला ले आता। हवेली में यहाँ और खलपा दोनों जगहों पर मकानों में नये सिरे से पर्दे, फर्नीचर और सजावट की गई।

नई ठाकुरानी बहुत हाथ-पैर मारतीं, कि ठेकाणे में व्यवस्था कायम हो जाये, लेकिन ठाकुर साहब के कारण वह बनती-बिगड़ती रहती। खलपा जैसे चापलूस आदमी कहीं नहीं देखे गये, शायद यह कहना अत्युक्ति होगी। हाँ, ठाकुरानी कह सकती थीं, कि सलमाडा से यहाँ के लोग ज्यादा खुशामदी थे। कामदार के लोग पैर दबाते, यह उतनी बात नहीं थी। वह जानते थे कि किस्तूरी और दूसरी लौंडियाँ ठाकुरानी की कृपापात्र हैं, लोग उन्हें 'बेहणजी' कहते नहीं थकते, उनके बच्चों को उठाये फिरते। मंगलपुर के हर एक आदमी की बड़ी खुशामद करते। ठाकुरानी को इस बात का पता लगे बिना नहीं रहता, वह इसे पसन्द नहीं करती थी, और उन्हें बुलाकर कहतीं—'तुम क्यों इतनी खुशामद करते हो। जो कुछ बात हो, आकर सीधे मुझसे कहो। इस तरह खुशामद करके हमारे नौकरों को मत बिगाड़ो।" लेकिन वहाँ तो बहुत पुराने समय से आदत बिगड़ी हुई थी। नत्थू खाँ और दूसरे मुँहलगे मुसाहिब एक-एक सीढ़ी चढ़ने का एक-एक रुपया धरवाकर बूढ़े ठाकुर साहब के पास किसी को अर्ज करने के लिए जाने देते। एक दारोगा (खवास) ने दूसरे दारोगा की स्त्री घर में डाल ली थी। मेसाल, मालर और गोलान के लिए यह बिल्कुल मामूली सी बात थी। लेकिन जान पड़ता है, दारोगा ने मुसाहिबों की भेंट-पूजा अच्छी तरह नहीं की, इसलिए जब मामला बूढ़े ठाकुर के पास गया, तो दारोगा को गाँव से निकल जाने का हुकुम हुआ। पीछे जातिवाले उसे लेने को

राजी हो गये, अब ठेकाणे को राजी करना था। एक दिन छत्ता दारोगा ने आकर एक लौंड़ी से कहलवाया—"अन्नदाता के लिए यह तीन सौ रुपये भेंट करता हूँ, मुझे गाँव में आने की इजाजत दिलवा दो।" नौकरानी ने जाकर यह बात ठाकुरानी से कही। ठाकुरानी ने रुपये को लौटा देने के लिए कहते हुए छत्ता से कहलवाया—"हम पूछ-ताछकर जैसा उचित होगा, वैसा करेंगे, लेकिन रुपये लेकर न्याय की जगह अन्याय या अन्याय की जगह न्याय करना हम ही करने लगेंगे, तो न्याय की क्या आशा हो सकती है?" पीछे पूछ-ताछ करने पर मालूम हुआ, कि उसका अपराध कोई ऐसा संगीन नहीं है। उसे गाँव में रहने की इजाजत मिल गई।

ठाकुरानी होने पर भी खलपा के लोग उन्हें कँवराणीसा ही बराबर कहते रहे। सभी लोग उनसे बहुत खुश थे, लेकिन पहले के लूट-मार करनेवाले सिरपीट कर कहते—"हमारा तो खोटा दिन आ गया" दूसरे उत्तर में कहते—"चोर चोरी करे था, धनी जग गया, इसमें कौन-सी बात।"

कँवराणीसा का ढंग-दस्तूर ऐसा था, कि बिना कड़ाई दिखलाये भी नौकर अनुशासन को मानने लगते थे। त्योहार के दिनों में आदमीजनों को लापसी और फुलके बाँटे जाते—हर एक आदमी को चार फुलके और पाव भर लापसी दी जाती। सासू बाँटने का काम करवातीं, तो मछुवाटोली सी लग जाती, और बहुत हल्ला होता। सासू बेचारी हल्ले-गुल्ले को दबा नहीं सकती थी। कँवराणी जब आकर सासू के पास बैठ जातीं, तो हल्ला-गुल्ला बिलकुल खतम हो जाता। फिर वह कहती— "बीनणी से तो डरपनी आवै। माणा कणे योंहीज लड़तीं राँडाँ।" जब कँवराणीसा ठाकुरानी बन गई, तब भी यह काम वह सासू से ही करवाती, ताकि सासू को मालूम हो, कि उनका अधिकार अब भी पहले जैसा ही है।

पति के मरने पर सासू साल भर कालकोठरी में बैठी रही, फिर वह उन्हीं काले कपड़ों में दो महीने के लिए पीहर चली गई। लौटने पर अब कँवराणी को मुँह धुलाने के लिए सासूजी के पास सबेरे हाजिरी देने की जरूरत नहीं थी, लेकिन नौ बजे वह पगे लगाने जरूर जातीं। सासू विचित्र औरत थीं। बाहर नहाने के लिए बैठ जातीं। मालूम होता, उनके अपने हाथ-पैर है ही नहीं, मानो मूर्ति बैठी है। लौंडियाँ उनको अपने हाथों से नहलातीं। ऐसे समय पहुँचने पर कँवराणीसा अपने हाथ से पानी डालतीं। सासू का अपनी छोरियों पर ही नहीं, बल्कि सभी नौकरानियों पर भी शासन करने का पूरा अधिकार था। पहले तो ससुर के मुँहलगी डावड़ियाँ

सासू को तृणवत् समझती थीं, लेकिन अब नई ठाकुरानी का रुख देखकर वह भी सासू से अदब करतीं। सासू खुश होकर कहतीं— "म्हारे तुहमत कोई नि, डावाड़ियाँ थारे होरा कने (ससुर के पास), दूतियाँ खावतीं (चुगली करतीं।) मने रुवाँन-रुवाँनने छोड़तीं।"

सास एक बार पीहर चली गई थीं, इसी समय गनगोर आई। उस समय दरोगन, धोबिन, नायन, रंगरेज जैसी कमीन स्त्रियों को एक-एक काँचली बाँटी जानी थी। सास साठ काँचलियों में सबको भुगता देतीं, लेकिन अबकी कँवराणीसा बाँटने बैंठी, और जो भी स्त्री आई, उसे उन्होंने एक काँचली दे दी। इस प्रकार दो सौ काँचलियाँ बाँट दीं। काँचलियों की वहाँ कमी नहीं थी, पाँच हजार कांचलियाँ हर वक्त जमा रहती थीं। लापसी और फुलके तो आधों तक ही पहुँच सके, और फिर दुबारा बनवाकर बाँटना पड़ा। दूसरे साल जब फिर वहीं त्योहार आया, तो सासू मौजूद थीं। जिसको पिछले साल काँचली मिली थी, वह फिर माँगने आई, तब सासू को बहू की साखर्ची का पता लगा। उनके कहने पर बहू ने कहा—"अब आपकी मर्जी है, जैसा चाहे वैसा करें।" सास ने साठ काँचलियों में ही भुगता दिया।

खल्पा में जब किसी सेठ-महाजन के यहाँ ब्याह होता, तो बहुत सी लापसी, दुकड़ियों में भरकर घी, बड़े-पापड़ के लोयों के साथ गढ़ में भेज देते। दुकड़ियाँ बड़ी-बड़ी परातों को कहते हैं, जिनमें दो कड़े लगे रहते हैं। नई ठकुरानी इन सब चीजों को अपने सास के पास भेज देतीं सासू बहुत खुश होतीं, क्योंकि अब वह ठाकुर-माता भर रह गई थीं, लेकिन नई ठाकुरानी अपनी सासू का आदर बढ़ाना चाहती थीं। महाजनों के यहाँ से आई हुई चीजों को फिर कमीनों में बाँटने के लिए दरबान जाकर गाँवों में आवाज देता—"तेवार हैं, गढ़ में आइजो, हैड रावणों सब लोग।" मंगलपुर से भी माँ प्रायः बहुत सी चीजें भेजा करतीं। ठाकुरानी उसे भी अपने सास के पास भेज देतीं। गौरी को कढ़ी बहुत पसन्द थी। माँ अपने यहाँ से कढ़ी बनवाकर खलपा भेजती। रेल के स्टेशन से पाँच मील ही जाना था, इसलिए कढ़ी के पहुँचने में देर नहीं होती। सासू इस आदर से बहुत खुश होतीं, लेकिन कभी-कभी खीज भी जातीं—"आप तो महारानी साहब बनकर ऊपर बैठ जावै और मैं बाँटती फिरूँ।" जब बहू कहती— "हम तो बड़ा समझकर आपके पास भेजते हैं" तो सासू कह बैठतीं—"हूँ माथा-फोड़ कठा तक (कहाँ तक) करूँ, म्हारे को कचरो होई जावे।"

कचरा साफ करने के लिए बहू अपनी छोरियों को भेज देती। अधिकतर वह अपनी बहू की उदारता पर प्रसन्न ही रहतीं। बूजीसा अब विधवा थीं, इसलिए शराब-मांस उनके लिए निषिद्ध था, और उनका निरामिष भोजन अलग रसोई में बना करता। कभी-कभी बहुत खुश होतीं, तो वह गिनकर पाँच-सात पकौड़ियाँ भेज देतीं।

सासू के एक लड़की हुई थी, जो पहले ही मर गई थी, अब एक लड़का था। उनकी छोरियाँ उन्हें सिखलातीं—"बापजी, कोई जन्तर-मन्तर करवा दो, जिसमें कवराणी को बच्चा न हो, फिर राजपाट तुम्हारे पुत्र को ही मिलेगा।" सासू को यह बात बड़ी पसन्द आई और वह बराबर जन्तर-मन्तर बनवाया करतीं। एक बार बड़े तड़के ही उनकी छोरी ने टोना-जादूवाला कच्चा सूत बीनणी के दरवाजे में बाँध दिया। यह सूत सात कच्चे तारों में बाँटकर बना था और उसमें सात ही गाँठें लगी थीं। बीनणी की लौंडी ने जब आकर कहा, तो बीनणी ने जाकर अपने हाथ से उस धागे को नोचकर फेंक दिया। लौंड़ियाँ कहती ही रह गई—"बापजी ऐसा न करो।" लेकिन बीनणी को ऐसे कामण (जादू-टोने) में विश्वास नहीं था। वह कह देती—"सासू के पास पैसे फालतू हैं, तो उन्हें कामण कराने दो, मुझे डर नहीं।" फिर जब कभी कँवराणीसा का सिर भी दुखने लगता, तो नौकरानियाँ कहतीं—"बूजीसा ने कामण करवा दिया, इसीलिए सिर दुखै।"

उग्रपुर में ब्याही छोटी ननद अपने पीहर आई थी। लौंडियों ने ननद को सिखलाना शुरू किया—"आपकी भाभी तो कुछ ख्याल नहीं करतीं, लेकिन सासू हाथ धोकर उनके पीछे पड़ी हैं, बराबर कामण कराती रहती हैं।" ननद को अपनी सौतेली माँ का यह आचरण बहुत बुरा लगा। सौतेली माँ की छोरी रोड़की पहले तो बूढ़े ठाकुर के समय में उनकी मुँहलगी होने के कारण सौतेली माँ को नाकों चने चबवाती थी, अब वह उनकी मुँहलगी हो गई थी, और कामण कराने-धराने में उसी का बहुत हाथ था। ननद ने रोड़की का ड्योढ़ी के भीतर आना बन्द करा दिया। कँवराणीसा को मालूम नहीं था। अब वह अपने सासू के पगे लागने गई, तो वह जोर-जोर से रो रही थीं। पूछने पर मालूम हुआ, सासू के ख्याल में रोड़की की ड्योढ़ी कँवराणीसा ने बन्द करवाई है। जब कँवराणीसा ने इसके बारे में अपने को निर्दोष कहा, तो सासू झट—"हमारे सामने भोली बनी हो ?" कहकर ड्योढ़ी से बाहर की ओर जाने के लिए दौड़ पड़ीं। उनका ख्याल था, मैं जनानी-मरदानी ड्योढ़ियों से भागकर बाहर चली जा-

ऊँगी, तो ठाकुरों की शान चली जायेगी। खैर, कँवराणीसा पैर पकड़ कर उन्हें लिवा लाईं। रोड़की को भी उसी समय भीतर बुलवा लिया, तब जाके सासू शान्त हुईं। रोड़की को कुँजी मिल गई। एक दिन वह खाना बनाने के लिए नहीं आई। बूजीसा बिना खाये ही रह गई। कँवराणीसा ने जब अपनी लौड़ी से कारण पूछा, तो उसने बताया—"रोडियाजी नहीं आया, इसीलिए नाराज हो गई हैं।" कँवराणीसा तुरन्त अपने सासू के पास गई। वह अपने छोटे से लड़के को लिये दरवाजा बन्द करके लेटी हुई थी। बहुत खटखटाया, लेकिन जवाब नहीं मिला । "कावाड़ खुलाओ, हुकुम" कहने पर जवाब दिया—"मूँ तो नी खोलूँ (मैं तो नहीं खोलू)।" बहू भी वहीं जाड़े-पाले में दरवाजे के पास बैठ गई, और कहा—"मैं भी नहीं जाऊँगी।" खैर, सासू ने दरवाजा खोल दिया। बहू थाल में भोजन लेकर आई थी, लेकिन अब सासू ने कहा—"मूँ तो नी खाऊँ।" समझा-बुझाकर किसी तरह खिलाया।

उग्रपुरवाली ननद को अपनी भाभी ठाकुरानी का सास के सामने इतना दबना पसन्द नहीं आया। उसने अपने भाई को कहा—"वह तो कामण करती फिरती है, और भाभीसा खुशामद करती उसके सिर को आसमान पर चढ़ाये हुए हैं।" ठाकुर साहब के मन में बात आ गई और उन्होंने मुँह सुजा लिया। मुँह सुजा लेना उसके लिए मामूली बात थी। बहुत पूछने पर कहा—"कुछ नहीं है।"

"कुछ तो है ही।"

"हम क्या है, तुम्हारे लिए तो जो कुछ हैं माँजी साहब हैं।"

'माँजी साहब मेरे और आपके सबके हैं। मैं माँजी साहब को अच्छी तरह जानती हूँ लेकिन जो उनका मन न रखूँ, तो लोग क्या कहेंगे ? यही न कहेंगे, कि यह ऐसे घर आई, कि सास-ननद का मन भी नहीं रखती। कहेंगे, वह सौतली सास हैं, इसलिए उसका अपमान करती रहती है। वह तो जो हैं सो हैं ही, क्या हमें भी उनके बराबर होना चाहिए?"

ठाकुरसाहब को अपनी पत्नी की बात युक्तियुक्त मालूम हुई और वह शान्त हो गये।

एक बार सासू अपने लिए भुजिया (पकौड़ी) बनवा रही थीं। चूल्हे में से फुलझड़ी की तरह चिनगारियाँ उड़ रही थीं। बहू टेनिस की गेंदों को अपने कमरे के भीतर थापी से मार-मारकर यों ही खेल रही थी।

एक बार गेंद उछला, तो वह जाकर तस्वीर में मढ़े कांच में लग गया, और वह टूट गया। किसी ने टूटे शीशे को देख लिया। रात को अन्तःपुर में कानोंकान खबर उड़ गई—"माँजी साहब के कामण कराया, जिससे बीनणी के कमरे में काँच तिड़क गया।" यह खबर बहू से पहले सास के पास पहुँची। सास नाराज होकर अनसन-पाट्टी लेके बैठ गईं। बहू को मालूम हुआ, तो उसने जाकर समझाया—"मैं तो यह बात भी नहीं जानती थीं, गेंद तो मेरे हाथ से जाकर शीशे में लगा था। सब झूठी तोहमत लगाती हैं, मैं नहीं मानती।"

सासू प्रसन्न होकर बोलीं—"था झूट नी बोलों। था हदाई हाच बोलो। थाणीं नबदा हदाईज योंइज माथाफोड़ कीदा।" सास को अपने बहू के सच बोलने पर पूरा विश्वास था।

एक बार फिर सास टोटके-टोने के फेर में पड़ीं। खाने की चीज़ में डालने के लिए कागज की पुड़ी (पुड़िया) में कोई चीज देकर नौकरानी को रसोईघर में भेजा। दहेज में बीनणी को मिला बारह-तेरह वर्ष का लड़का रसोईये के पास था, खाना बनाना सीखने के लिए बीनणी ने उसे खानसामे के पास रख छोड़ा था। लड़के के आकर अपनी मालिकन के पास कह दिया। बीनणी कामण को तो नहीं मानती थी, लेकिन क्या जाने जहर न हो, जिससे बिना मौत मरना पड़े, इसलिए उसने अपनी एक लौंडी को रसोईघर की ओर भेजा और स्वयं खिड़की से देखा, कि सासूजी की लौंड़ी के हाथ में कोई चीज है। छीना-झपटी में पुड़िया फट गई, और उसमें से सोडा जैसी सफेद चीज जमीन पर गिरकर बिखर गई। उस चूरन को लाकर लौंडी ने अपनी मालकिन को दिया। मालकिन ने इसका किसी से जिक्र भी नहीं किया, हाँ, उन्होंने अपने खानसामा गोदू को कह दिया, कि खाना बनाते समय अधिक होशियार रहा करे।

गौरी को ऐसी स्थिति में इस समय गुजरना पड़ रहा था, जिसमें राजस्थान की सैकड़ों अन्तःपुरिकाओं को पीढ़ियों से गुजरना पड़ा था। हाँ, यह भेद अवश्य था कि उनमें से अधिकांश इसे अपना भाग्य समझकर उसके सामने सिर नवाने के लिए तैयार थीं।

सास के स्वभाव की झलक पहले हम दिखला चुके हैं। बुद्धि में बहुत पिछड़ी होने के साथ-साथ स्वार्थ की मात्रा उनमें बहुत ज्यादा थी। यद्यपि अपने पति के पास उनका उतना मान नहीं था, लेकिन तो भी

सौतले बेटे और दोनों बेटियों को भरसक दुःख देने की कोशिश करती थीं, जिसके कारण वह पहले ही से उनके विरोधी हो गये थे। बच्चा होने के बरस दिन बाद ही उनके पति मर गये, लेकिन लड़केवाली होते ही उन पर सनक सवार हो गई, कि कैसे मेरा लड़का ठाकुर की गद्दी पर बैठे। अपने पति को बस में करने के लिए उन्होंने बहुतेरे मारन-मोहन-उच्चाटन करवाये, किन्तु उसका कोई फल नहीं हुआ। बहू इसका बहुत ध्यान रखती थी कि सासू को यह ख्याल न होने पाये, कि मैं सौतेली सास हूँ। लेकिन फिर भी कुत्ते की पूँछ टेढ़ी ही रहा करती है। जब नई ठाकुरानी ने मकानों में हेर-फेर किया और कुछ नये कमरे बनवाये, तो वह व्यंग्य करती बहू से कहतीं —"के तो गीतणाँ, के तो हीतणाँ (या तो गीतों से नाम फैलता है, या भीतों से)।" बहू के सामने तो इतना व्यंग्य करके रह जातीं, लेकिन दूसरी के सामने कहतीं—"म्हारे लालूज बैठई (इन इमारतों में तो मेरा बेटा ही बैठेगा)।" शायद उनको विश्वास था, कि वह मन्तर-तन्तर से सौतले बेटे का चिराग गुल कराने में सफल होंगी। आगे सौतले बेटे को दो ब्याह कराने के बाद भी कोई संतान नहीं हुई, किन्तु सास का मन्तर तो चलता नहीं दिखाई पड़ा। अब तो ठेकाणे और जागीरें ही खतम हो रही हैं, फिर लालू किस गद्दी पर बैठेगा। बहू सब देखती सुनती रहती, और सासू की बेवकूफियों पर सिर्फ हँस देती।

कामण करके भेजी पुड़िया जब पकड़ी गयी और उनकी डावड़ी की ड्योढ़ी बन्द हो गई, तो सासू को डर लगने लगा और उन्होंने फिर कामण करने को एक तरह से बन्द कर दिया। उनका मन कभी ज्वार पर रहता और कभी भाटे पर। नाखुश होतीं तो टेढ़ी-मेढ़ी बातें करतीं, और खुश होतीं तो मीठी-मीठी। बहू के भाग्य पर ईर्ष्या करते हुए कहीं—"तुम्हारा तो हुकुम चल रहा है, मेरे को तुम्हारा ससुर कभी पूछता भी नहीं था।"

बहू के अन्तःस्थल में कितनी आग सुलग रही है, इसका उनको क्या पता था?

■■■

१४
मौज और महफिलें

ब्याह के बाद गौरी को एक भी महीना ऐसा याद नहीं, जब कि वह खलपा में सुख से रही हो। पति के आचरण के कारण उसके हृदय में हमेशा चिन्ता की आग सुगगती रही। उसकी दो सगी ननदें थीं, मन बहलाने के लिए बारी-बारी से उनमें से किसी एक को वह बुला लिया करती। बड़ी ननद उतनी खराब नहीं थी। वह भी बेचारी किस्मत की मारी थी। उसका पति कण्ठा राजा का भाई खूबसूरत था, समझदार था, लेकिन साथ ही भारी शराबी और लम्पट भी था। जब उसके सामने शिकायत की जाती, तो कहता—"मेरे लायक बहू नहीं मिली, यदि वह वैसी होती, तो मैं कभी बाहर नजर भी न डालता।" ननद कहती—"मुझे कोई सुख नहीं।" पति की शिकायत भी करती, लेकिन साथ ही कहती—"मर्द तो ऐसे हुआ ही करते हैं, कैसे भी हो, अपने को तो उनका मन रखना ही पड़ता है।" ननद बेचारी शिक्षा से वंचित थी, और जो बातें आँखों से देखती, या कानों से सुनती, उससे उसको विश्वास था, कि स्त्रियाँ तो सदा से पुरुषों के हाथ की खिलवाड़ रहती आई हैं।

गौरी भी उसी समाज में पैदा हुई, उसकी शिक्षा बहुत नहीं हुई थी, और न उसे देशान्तर में जाकर दुनिया देखने-भालने का मौका मिला था। लेकिन वह जन्म-जात स्वतंत्र प्रकृति की स्त्री थी। बचपन से ही पुरानी रूढ़ियों को बिना ननु-नच किये वह मानने के लिए तैयार नहीं थी। अपनी परिचित शक्ति के अनुसार गुप्त या प्रकट उन रूढ़ियों को तोड़ने के लिए तैयार रहती। उसे यदि स्त्री-स्वातन्त्र्य की बातें पसन्द थीं, तो यह किसी बाहरी प्रेरणा के कारण नहीं था। हाँ, धार्मिक कथाओं और जीवनियों ने उसे जासूसी उपन्यासों तक पहुँचाया, फिर साधारण उपन्यासों से होते सामाजिक प्रगति की समर्थक जो भी पुस्तक मिलती, उसे वह पढ़ जाती। सामन्त- समाज में स्त्री को इस प्रकार हाथ-पैर बाँधकर मर्द-भेड़ियों के सामने पटक देना उसे नहीं पसन्द था। वह कभी एक तरफ तो मनुष्यरूपी चतुष्पदों को वीभत्स महफिलें लगाते, और स्त्री को चुप रहकर सब कुछ

सहने के लिए बाध्य देखती, तो दूसरी ओर महाप्रभु अंग्रेजों की स्त्रियों को पुरुष के समकक्ष को स्वच्छन्द विहरते भी देखती। उसका मन कहता —'ऐसा क्यों ?'' ब्याह के एक-दो साल बाद जब उसकी सारी आशाओं-अभिलाषाओं पर पानी फिर गया, तो मन और विद्रोही हो गया। स्त्री की दीनहीन स्थिति पर वह घण्टों सोचा करती। एकाध पुस्तकों में स्त्री के पक्ष का समर्थन देखकर वह ऐसी पुस्तकों को ढूँढ-ढूँढ़कर पढ़ने लगी। अँग्रेजी में उसकी गति नहीं थी, नहीं तो शायद उसे और भी विशाल जगत् के जानने का मौका मिलता। तो भी १६२७ के बाद से वह ऐसी पुस्तकों को ढूँढ-ढूँढ़कर पढ़ने लगी, जिनमें स्त्रियों के अधिकारों का समर्थन पाया जाता था। ब्याह के तीन-चार वर्ष बीतते-बीतते उसके विचार बिल्कुल स्पष्ट हो गये। अपने मन की पीड़ा कहिये, या पथ-प्रदर्शन पाने की इच्छा, उसे आत्मतोष केवल पुस्तकों में मिलता था। उसके वर्ग की स्त्रियाँ को मानतीं —''पति को हक है, वह अपनी स्त्री को मार भी सकता है।'' राजमाता जैसी विलायत हो आई अंग्रेजी बोलने-चालनेवाली स्त्रियाँ भी नहीं कहतीं, जो कि उनकी अनपढ़ बहनें मानती थीं। भला उनके सामने अपने मन के भावों को खोलने की हिम्मत गौरी को कैसे होती ?

छोटी ननद अधिक खोटी थी। उसका पति भलेमानुस था, इसलिए कह सकते हैं कि वह अन्तःपुरिकाओं की अपेक्षा अधिक सौभाग्यवती थी। जब वह खलपा आती, तो बेचारी भाभी उसके लिए अपने हाथ से अच्छी-अच्छी खाने पीने की चीजें तैयार करतीं। वह नहीं चाहती थी, कि मेरी नन्द समझे उसकी माँ नहीं है। लेकिन वहाँ इसका कोई ख्याल नहीं था। वह बराबर भाई के पास चुगली लगाती, कभी सास के साथ झगड़ा बढ़वाने की कोशिश करती। उसका पति बहुत पूजा-पाठ में रहता। उसने अपनी स्त्री को भी एक पीतल के वंशीधर को दे दिया था, और पत्नी भी अपने पति की तरह भक्ति में लीन दिखलाने की कोशिश करती।

★ ★ ★ ★

अन्तःपुरिकाओं की कठोर चाँदनी, जबर्दस्त कैदखाने की जिन्दगी के भीतर क्या हो रहा है, इसे देखकर गौरी को कहीं से आशा की किरण नहीं आती दिखलाई पड़ती थी। झलमल में उसकी माँसी लाजकुँवर ब्याही थी। उसका पति एक नम्बर का शराबी और व्यभिचारी था, लेकिन पत्नी को वह कठोर से कठोर पर्दे में रखता था। मोटर में काले शीशे लगे

हुए थे, कोई बाहर का आदमी भीतर बैठी ठाकुरानी को देख नहीं सकता था, लेकिन इस पर भी जब पत्नी मोटर पर कहीं जाती, तो मोटी चाँदनी लगवा देता। पत्नी इसे कोई असाधारण बात नहीं समझती। ठाकुर साहब अपने दुर्व्यसनों के कारण मौत के पास पहुँचने लगे। डाक्टरों ने कहा, शराब और मांस छोड़ दो, तभी जान बचेगी। ठाकुर ने जब शराब-मांस छोड़ दिया, तो सोचा एक कदम और आगे क्यों न चलें ? और नेपाल के उन्नीसवीं सदी के आरम्भ के महाराजा रणबहादुर की तरह छोटे-मोटे निर्गुणानन्द बनने की सोची। उन्होंने जनपुर से डेढ़-दो मील पर अव्यस्थित अपने गढ़ के भीतर कुटिया बनवा, शराब-मांस छोड़कर दोनों हाथों में माला ले सिर पर किसानों जैसा साफा और घुटनों तक की धोती पहन ली। लेकिन वह बिलैया-भक्ति ज्यादा दिनों तक नहीं चली। ठाकुरों की पान और गान की गोष्ठियाँ होती, उस समय सभी मदिरा और मदिरेक्षणा का आनन्द लेते, फिर झलमल के ठाकुर अपने को वंचित कैसे रखते ? डेढ़-दो वर्ष के बाद ही वह फिर अपने वर्ग की गोष्ठियों में शामिल होने लगे, फिर जसी अपने गानों और नाचों से, और रामकवार अपने सुन्दर मुँह से उनका आराधन करने लगीं। महफिलों के लिए जनपुर में सबसे अधिक सुभीता था। वहाँ समवयस्क तरुण ठाकुरों की चण्डाल चौकड़ी आसानी से जमा हो सकती थी, और महफिल बारी-बारी से कभी किसी के यहाँ कभी किसी के यहाँ जमती। सबेरे ही ठाकुर साहब हुकुम देते— "आज गाना और खाना है, बड़े-बड़े सरदार आ रहे हैं, छोटे बापजी (महाराज) ऊधो सिंह के अनुज अमितसिंह भी आनेवाले हैं।" छोटे बापजी महाबिगड़े सामन्तों में से थे। भला जब सरदारों की महफिल हो, तो पहले ही से खाने-पीने की तैयार क्यों न हो ? सबेरे ही से तरह-तरह के खाने बनने लगते। ह्विस्की की बोतलें कम न हो जायँ, उसके लिए पेन्ट्री में उन्हें पहले ही भर दिया जाता।

★ ★ ★ ★

खलपा की हवेली में आज महफिल हो रही थी। अन्तःपुरिकाओं को भी कौतहूल होता ही है। वह यह तो जानती ही थीं, कि उसमें रण्डियाँ नाचती हैं, शराब की बोतलें ढलती हैं, लेकिन आदमी को सुनने मात्र से सन्तोष नहीं होता, वह आँखों से देखना भी चाहता, चाहे वह दृश्य कितना ही अप्रिय और वीभत्स क्यों न हो। हवेली में एक ऐसा कमरा था, जिससे हाल में होती महफिल को देखा जा सकता था, यदि

वार्निश किये हुए शीशे की बाधा हटाई जा सके। यह मुश्किल नहीं था, नाखून से कुरेदकर जरा-से शीशे को साफ कर लिया जा सकता था। वैसे होता, तो शायद गौरी अपने को समझा भी लेती, लेकिन ऐसे समय कई और अन्तःपुरिकाएँ भी भोजन के लिए निमन्त्रित थीं। तरुण सामन्तिनियाँ यह देखने के लिए उत्सुक रहतीं, कि हमारे लायक पति महफिलों में क्या करते हैं। उनकी उत्सुकता के बढ़ाने के लिए भुक्तभोगिनियाँ अपनी आप बीतियों से प्रेरणा देने के लिए भी तैयार थीं, इसलिए वार्निश किये हुए शीशों में कई जगह नाखून के छोटे-छोटे प्रकाश-छिद्र बनाये गये और ठाकुराणियाँ हाल की ओर देखने लगीं। कुर्सियाँ पड़ी थी, जिन पर सरदार जमकर बैठे थे, प्याले और सिगरेट की डिबिया पास रखी हुई थी। बैरे दौड़-दौड़कर बोतलें ला रहे थे, और सोडे के साथ शराब ढाल-ढालकर सामने रख रहे थे। नाच शुरू हो गया। रंगीने सरदारों को इश्किया गजलों के सिवाय दूसरे गीत क्यों पसन्द आने लगे ? जसी अपने मधुर कण्ठ से कामोत्तेजक गीतों को गा रही थी, अपने नृत्य और भाव-भंगी से तरुण सामन्तों के मन को उत्तेजित कर रही थी, लेकिन वह सुन्दर नहीं थी, उमर भी उसकी चालीस वर्ष की हो चुकी थी। लेकिन, उसका हाथ बटाने के लिए रामकँवार जैसी दूसरी सुन्दर बानवधुएँ वहाँ मौजूद थीं। वह आगे बढ़कर आदाब बजातीं, शराब के प्याले को हाथ में लेकर मनुवार देतीं, और फिर अपने हाथ से प्याले को ठाकुर के मुँह में लगा देतीं। आम तौर से यह रहस्यमय महफिलें एक उमर के तरुणों की होती, लेकिन सालगिरह या और किसी उत्सव के समय महफिलों में सभी उमर के सरदार शामिल होते। उस समय थोड़ा संयम रखने की आवश्यकता पड़ती। बड़े सरदारों के आने पर ठेकाणे के वकील साहब और दूसरे बड़े कारपरदाज भी पेन्टरी के दरवाजे के बार कुर्सी डाल कर बैठ जाते, और इस बात का ध्यान रखते, कि इन्तिजाम में कोई त्रुटि न होने पाये। बड़े-बूढ़े सरदार आधी रात से पहले ही खा-पी और नाचने-गाने का आनन्द ले चले जा़ते। जिसके साथ प्रबन्ध के लिए वहाँ बैठे वकील साहब जैसे अफसर भी अपने घरों का रास्ता लेते। अब सारी रात तरुण-सामन्तों की होती। शराब और गाने के बाद खाने का समय आता। उस समय चन्द्रमुखी रण्डियाँ अपने हाथ से ग्रास उठाकर सरदारों के मुँह में देतीं। कभी रामकँवरी एक सरदार की कुर्सी के बाजू पर बैठ, उनसे मीठी-मीठी बातें करती, शराब की घूँट पिलाती, या मुँह में मांस का स्वादिष्ट ग्रास डालती फिर वह दूसरे सरदार के पास जाकर वही अभिनय करती। बोतलों की बोतलें

उड़ाई जातीं, लेकिन सरदार इतने अभ्यस्त थे, कि कभी उन्हें गिरते-पड़ते नहीं देखा जाता। हाल से उठाकर कभी कोई सरदार एकान्त कमरे में चला जाता, तो दूसरे मजाक करते उसके पीछे जा दरवाजे का शीशा तोड़ डालते। सबेरे के वक्त आम तौर से शीशे टूटे मिलते, फर्श गन्दे हो गये रहते। शीशे के पीछे से झाँकती अन्तःपुरिकाएँ इस वीभत्स दृश्य को देखकर एक दूसरे से कहतीं—"एणारा लक्खण तो देखो, भूढ़ इनारा मांजना में (इनकी हालत तो देखो, धूल है इनकी इज्ज़त पर)।" कभी एक भौजाई अपनी ननद को कहती—"आपणा आपां कई एड़ी बी नई हैं। (हमारी तो इन रण्डियों जैसी भी कदर नहीं है)।"

बहुत पीछे की बात है। अब ठाकुरानियों में कोई-कोई इन अत्याचारों को मौन रहकर देखने-सुनने के लिये तैयार नहीं थी। एक तरुण ठाकुरानी ने दुराचार के लिए अपने पति को फटकारा। इस पर उसने उसे पीट दिया। तरुण ठाकुरानी ने फिर मुँह को रोका नहीं, और कितनी ही बार पिटती रही। ऐसी ठाकुरानियाँ सबसे पहले चाहती हैं, कि राजस्थान की जागीरदारी-प्रथा जड़मूल से नष्ट हो जाये, ताकि वहाँ के सभी मानव-पशु जमीन पर आ जायें। उक्त तरुण ठाकुरानी ने अपनी ममेरी-बहिन से कहा था— "जीजा, कभी सुन लेना, एक दिन आवेगा, कि मैं इसे इतनी बुरी तरह से पीटूँगी, कि यह भी याद करेगा।" हाँ, इस तरह के भाव पिछले आधे दर्जन वर्षों से आने लगे हैं। उसी तरुण ठाकुरानी की माँ ऐसी अवस्था में कहती—"पति के साथ पत्नी की क्यों लड़ाई हो ? एक हाथ से ताली थोड़े ही बजती है। यदि पत्नी चुपचाप रहे, तो सब ठीक हो जायेगा।" कैसी गाँधी जी की सत्याग्रही-शिक्षा सैकड़ों पीढ़ियों से इन अन्तःपुरिकाओं को मिलती आ रही है।

★ ★ ★ ★

अन्तःपुरिकाएँ घुल-घुलकर सदियों नहीं सहस्राब्दियों से मरती आई हैं। कमार के ठाकुर की एक पत्नी पहिले ही थी। वह फिर दूसरी सौत ब्याह लाये। यह कहने आवश्यकता नहीं, कि सामन्त अपनी विवाहिता स्त्रियों पर ही सीमित कभी नहीं रहा करते। हाँ, व्याहता स्त्रियाँ अपनी जात की होती है, और ठाकुर के उत्तराधिकारी इन्हीं के लड़के हो सकते हैं, इसलिए दूसरी कामिनियों से उनकी स्थिति कुछ बेहतर जरूर होती है। ठाकुरानी की सौत अधिक होशियार निकली। उसने ठाकुर को अपनी पहली सौत से मिलना-जुलना बन्द करा दिया। हाथ-खर्च जो सौत को

मिलता था, उसे भी वह न देख सकी, कुछ दिनों बाद उसे भी बन्द करवा दिया। बड़ी सौत एक अच्छे बड़े ठेकाणे की कन्या थी, ब्याह में पीहर से बहुत-सा जेवर मिला था। यदि जेवर न होते, तो बेचारी को भूखों मरना पड़ता। ब्याह के समय उसे कई छोरियाँ मिली थी, लेकिन वह इतनी छोरियों को खिला कैसे सकती ? अन्त में दो छोरियाँ ही उसके पास रह गई। ठाकुर ने सन्तान के लिए तीन शादियाँ कीं, लेकिन बच्चा किसी से नहीं हुआ। मझली ठाकुरानी की भी शायद छोटी सौत वही अवस्था करती, लेकिन वह पहले ही चल बसी। हाथ-खर्च बन्द हो जाने पर बड़ी ठाकुरानी ने जनपुर तक धावा मारा। वकीलों ने आशा दिलाई, कि दरबार आपके साथ इन्साफ करेगा, और ठाकुर साहब को खर्च के लिए पैसे देने पड़ेंगे। लेकिन ढाढ़स दिलाने का केवल यही परिणाम हुआ, कि उसके पास जेवर के रूप में बचे संबल में से भी कुछ वकीलों के पेट में चला गया। एक ही नाव में बैठे सामन्त एक दूसरे के खिलाफ क्यों सहायता देने लगे ? अगर एक दो-परित्यक्ता ठाकुरानियाँ हाथ-खर्च पाने में सफल हो गई, तो सबके ऊपर वही आफत आयेगी, सबका घर बिगड़ के रहेगा। दरबार से यही हुकुम हुआ—"जाओ अपने पीहर, या गाँव में जाकर बैठ जाओ। भली ठाकुरानियाँ यहाँ दौड़ी-दौड़ी नहीं फिरा करतीं।" बेचारी ठाकुरानी की कहीं सुनवाई नहीं हुई। पास के जेवर कितने दिनों तक साथ देते, अब भूखों मरने की नौबत आ रही थी, लेकिन इसी समय करुणामूर्ति मौत ने अपमानपूर्ण जीवनान्त से उसे बचा लिया।

जनपुर की आजकल की दादी राजमाता साधारण कुल की कन्या थीं। उनके रानी बनने पर पीहरवालों का भी भाग्य जग गया। उन्होंने अपने भाई और भतीजे की कई-कई शादियाँ कराई। उनका भतीजा करनसिंह सुन्दर तरुण था। पर्दे की शादी में रूप-कुरूप का पूरी तौर से पता नहीं लगता, इसलिए उसका ब्याह ऐसी लड़की से हुआ, जो सुन्दर नहीं थी। कृष्णकन्हैया ने पहली स्त्री को बहिन कहकर ठेकाणे में भेज दिया। फिर दूसरी शादी की, उसकी सूरत उतनी बुरी नहीं थी, किन्तु बेचारी भोली-भाली थी। वह भी तरुण ठाकुर को पसन्द नहीं आई। रानी अपने भतीजे की तीसरी शादी करवाने पर उतारू हुई। रानी साहबा के अपने ससुरकुल के छुठभैयों में—जिन्हें महाराज कहा जाता है—एक की लड़की से भतीजे की देखादेखी थी। लठियों की औरतें भारियों से पर्दा नहीं करतीं, क्योंकि भारी राजामाता के कुल के थे। लठिया भारियों को अपने से नीच समझते

हैं, इसलिए महाराज अपनी लड़की को राजमाता के भतीजे को देने के लिए तैयार नहीं थे, किन्तु महारानी जोर दे रही थी, कौन इनकार करके उनके कोप का भाजन बनता ? दोनों का ब्याह हो गया। लड़की के भाई तक भी ब्याह में शामिल नहीं हुए—यह सोडा-लेमन दे माला पहना देना जैसा ब्याह था। इस ब्याह के हुए छ-सात वर्ष ही हुए हैं। बड़ी बीबी की ननद जनपुर के स्वर्गीय सरदार प्रसादसिंह के नाती की बीबी थी, वह अपने भावज की हालत पर दया करके उसे अपने पास बुला लिया करती। कभी-कभी सीढ़ियों पर उसकी अपने पति से मुलाकात हो जाती, तो वह बिना पीटे नहीं रहता। इस झंझट से बचने के लिए उसने अपनी बड़ी बीबी को गाँव में भेज दिया। फूफा महाराज ने उसे दो गाँव देकर जागीरदार बना दिया था। अब बड़ी बीबी का काम था, नौकरानी की तरह मर-मरकर काम करना। मझली बीबी को इतनी सासत सहने की जरूरत नहीं पड़ी, क्योंकि सौत के आते ही वह पागल हो गई, और थोड़े दिनों बाद मर गई। लोग सन्देह करते थे, कि उसे कुछ खिलाकर पागल कर दिया था।

महारानी के सगे भाई काहनसिंह का भाग्य भी बहिन के भरोसे जग गया। बहिन की शादी से पहले ही काहनसिंह की एक शादी हो चुकी थी। महारानी-ननद को वह सीधी-सादी भावज कैसे पसन्द आती ? उन्होंने अपने भाई की दूसरी शादी करवाई। नई बीबी कड़ी थी, वह उसे अपने पति के सामने भी आने नहीं देती थी। बेचारी ननद महारानी के पास पड़ी रहती। उसे दस रुपये महीने हाथ-खर्च के और रोटी के टुकड़े रसोई से मिल जाते। महारानी का ननिहाल भी चाँचलावतों में था, इसलिए वह गौरी को बाईसा कहा करती। उनकी देखादेखी दूसरी अन्तःपुरिकाएँ भी उसी नाम से पुकारतीं, और चाल-व्यवहार, समझ-बूझ के कारण आदर भी करतीं। गौरी जब कभी चाँचलावत राजमाता के पास मिलने जाती, तो अपने कमरे के बरांडे में परित्यक्ता भावज भी मिल जाती। वह बड़े आग्रह- पूर्वक गौरी को पकड़कर अपने कमरे में ले जाती—"आजो बाईसा, हमारा भी दुखड़ा सुन लो। अपना दुःख मैं या तो तुमसे कहती हूँ, हिम्मत-सिंह की बहू से या बावड़ीवाली से, बस पेट की बात तुम तीनों से ही कहूँ, जिसमें यह बाहर न जाने।" गौरी उसके दुखड़े की बड़ी सहानुभूति के साथ सुनती। आखिर वह भी कुछ सीमा तक भुक्त-भोगिनी थी। इस सहानु- भूति के लिए ठाकुरानी गौरी की बहुत खातिर करती—"पान लाती हूँ, थोड़ा जल पी लो।" कभी-कभी दोनों की बात करते देख सौत आ जाती, तो तीखी नजर डाले चली जाती, और पीछे पूछती—"मोटी क्या

बात कर रही थी ?" गौरी बहाना बना देती—"अपनी दोहती (नतनी) की बात कर रही थी।"

नतनी की माँ से भी बड़ी करुण कहनी थी—

काहनसिंह की बड़ी बीबी की लड़की का ब्याह दासा के ठाकुर कमल सिंह से हुआ। सामन्तों के सभी दुर्गुण ठाकुर कमलसिंह में थे। महारानी को अपनी भतीजी के पति के यह लक्षण मालूम हुए तो उन्होंने बहुत फटकारा, और कहा—"हम तुम्हारा ठेकाणा जन्त करा देंगे, और तुमको कहीं का नहीं रहने देंगे।" ठाकुर कमलसिंह को यह बात बहुत बुरी लगी, और उसने अपनी स्त्री से कहा—'मैं इस जीने से मरना पसन्द करता हूँ, मैं अपने को खतम कर देना चाहता हूँ।" स्त्री दुराचारी पति के सहवास से भी अधिक भयंकर अपने वैधव्य को समझती थी, इसलिए उसने कहा—"यदि मरना ही है, तो मुझे क्यों दुःखसागर में डुबोकर जाना चाहते हो।" ठाकुर ने कहा—"अच्छा तो आ बैठ जा, पहले तुझे परलोक भेजकर मैं भी आता हूँ।" पिस्तौल लेकर ठाकुर ने अपनी स्त्री को पहले मार दिया, फिर अपनी आत्महत्या कर ली। दोनों की लाश एक साथ चिता पर जली। गौरी ने उसी की तरफ इशारा करके कहा था—"अपनी दोहती (नतनी) के लिए बेचारी रो रही थी।" लेकिन छोटी सौत जानती थी। उसने जवाब दिया—"आप तो बात को टाल देती हैं, दूसरी तो मेरे पास दूतियाँ (चुगुली) खाती हैं।" दासावाले सलमिया थे, गौरी के ससुर की माँ वहीं की थी, और उसकी बहिन वन्दनकुमारी का लड़का भी वहीं ब्याहा गया था।

वैसे सारे राजस्थान में नाच और शराब की महफिलें होती हैं, लेकिन जैसी हीन दर्जे की नंगी महफिलें जनपुर में होतीं, वैसी गौरी ने न ननिहाल में देखी, न मायके में ही। ठाकुरों में एक से अधिक ब्याह बिल्कुल साधारण-सी बात थी। कभी-कभी ऐसा पति भी देखा जाता, जो अपनी सभी पत्नियों को एक नजर से देखता। कभी-कभी सौतें भी आपस में प्रेम करती देखी जातीं। जनपुर से दो-तीन मील पश्चिम में पुरी ठेकाणा है। वहाँ के ठाकुर की दो पत्नियाँ थीं। बड़ी से जीवित सन्तान न होने पर उन्होंने दूसरी शादी की, जिससे दो लड़के और एक लड़की हुई। छोटी ठाकुरानी हर तरह कोशिश करती, कि ठाकुर उसकी बात में पड़कर बड़ी बीबी को सतावे।। वह कहती—"यदि यह यहाँ रहेगी, तो मैं पुरी में नहीं रहूँगी, वह मेरे बच्चों को जादू-टोना करती है।" ठाकुर डाँटकर कहते—

"मेरी तो वह पहली स्त्री है, अगर तुम अलग रहना चाहो, तो सामान भेज देता हूँ, अपनी अगल रसोई कर लो, कभी-कभी तुम्हारे यहाँ आकर भी खा लूँगा।" पति को एकान्त में पाकर दोनों एक दूसरे की शिकायत करतीं, लेकिन वह उनकी बातों में नहीं पड़ता।

यही बात आपा के साठसाला ठाकुर की थी। उनकी भी दो बीबियाँ थीं, और दोनों को वह एक नजर से देखते थे। जहाँ तक कि जिस तरह का कपड़ा एक के लिए बनवाते, वैसा ही दूसरे के लिए भी बनवा देते। दोनों सौतों में भी बहुत प्रेम था। दोनों अपने पति के साथ इक्ट्ठा बैठकर खातीं। यह सौहार्द इतना बढ़ा हुआ था, कि दोनों पत्नियों ने अपने अलग-अलग शयनकक्ष नहीं रखे थे। दोनों में इतना प्रेम था, कि यदि उनमें से कोई एक अपने पीहर जाती, तो दूसरे का भी उसके साथ जाना अनिवार्य था।

ऐसी ही आदर्श सौतें भूपसिंह मामा की दोनों बीबियाँ थीं। यदि उनमें कोई बीमार पड़ जाती, तो दूसरी रातों सेवा करती। सन्तान दोनों की नहीं हुई थी। जसपुर में उस साल प्लेग आया था, लोग नगर को छोड़कर बाहर चले गये थे। गौरी के मामा के कुल के लोग भी कलाता बाग में जाकर पड़े थे। दोनों सौतें गौरी की नानी के साथ चौपड खेलतीं। बड़ी सौत के पासे ज्यादा आते, जिससे उसकी गोटियाँ गल जातीं, छोटी सौत मजाक करते हुए कहती—"देख काकीसा, हमारी सौत तो लेती ही जावे, बर्जू हूँ, कि कम पासे जाल, लेकिन नहीं मानती।" दूसरी सौत इसे सुनकर हँस देती। बचपन में गौरी अपनी मासी के साथ भूपसिंह मामा की दोनों बहुओं की नकल उतारा करती, उनका मधुर सम्बन्ध उसे पसन्द आया था, लेकिन आगे चलकर उसकी भी सौत आई, लेकिन भूपसिंह की बीबियों जैसी नहीं, बल्कि ऐसी ज़िसने उसके जीवन को बहुत कड़वा बना दिया।

★ ★ ★ ★

नरपुर के तीसरे ठेकाणे के स्वामी ठाकुर काहनसिंह बड़े शराबी और भारी लम्पट थे और स्वभाव में भी विचित्र। सलमाडा में साँपों की बहुतायत है। काहनसिंह को साँपों के पालने का बड़ा शौक था। वह पूँगी (बीन) बजाता साँपों को नचाता। उसके पास पाँच-सात जीवित साँप बराबर रहा करते। उसकी दो ठाकुरानियाँ और दो पासबानें थी। ठाकुरानियाँ अगर

कुछ झगड़ा करतीं, तो वह ले जाकर एक साँप उनके गले में डाल देता। बेचारी डर के मारे चुप हो जातीं। अपनी दोनों बीबियों को झगड़े से बाज रखने के लिए काहनसिंह के पास साँप बहुत बड़े हथियार थे। रात को वह नगर में निकलता, तो किसी के घर में घुस जाता। जूते खाते रहना उसके लिए मामूली-सी बात थी। स्त्रियाँ रात के वक्त शौच के लिए बाहर जातीं। उस समय यदि कोई झूठी भी खबर दे देता, कि काहनसिंह आ गया है, तो चारों ओर भगदड़ मच जाती। काहनसिंह के कुल की एक लड़की ससुराल से घर आई थी। उसने उसे दावत दी, बहुत-सी लौंड़ियाँ भी आई। ऐसे समय वह लौंड़ियों को छेड़ने से बाज नहीं आ सकता था। उसने नौकरानी से कहा—"मंगलपुर की छोरियों से कहो, कि डोढ़ी पर कोई सन्देश लेके आया है।" अन्तःपुरिकाएँ ताड़ गई। उन्होंने एक साठ वर्ष की बुड्ढी लौंड़ी को डोढ़ी में भेजा। काहनसिंह सीढ़ी के कोने अँधेरे में छिपा खड़ा था। उसने जब बूढ़ी छोरी को पास से जाते देखा, तो हँसते हुए बोल उठा—"यह राँड़ तो मेरी भी दादी निकली।"

काहनसिंह को अपने ही खूब शराब पीकर मस्त होने में आनन्द नहीं आता था, बल्कि अपने हाथी को भी शराब पिलाकर मस्त करके उस पर बैठकर घूमने में आनंद आता। वह गोरा छरहरा आदमी था। उसकी मूछें और आँखें भी भूरी थी। वह बाल बड़े-बड़े रखता, और आँखों में सुरमा लगाये बिना नहीं रहता। नंगे हाथी पर सूँड़ की ओर से चढ़कर पूँछ की ओर उतरना और पूँछ की ओर से चढ़कर सूँड की ओर उतरना उसे भला लगता था। कभी-कभी वह अच्छा गुलाबी रेशमी कपड़ा पहिनकर सँपेरा जैसा बन जाता, और फिर पूँगी बजाते साँपों को नचाता। जब वह शराब पिलाकर मस्त किये हुए हाथी पर बाहर निकला होता, तो रूडसिंह बाबोसा बहुत डरते—"क्या जाने अपने मस्त हाथी को हमारे हाथी से लाकर न भिड़ा दे, और हमें बेमौत ही मरना पड़े।" काहनसिंह की रुचि भी विचित्र थीं। उसकी दोनों पासबानों (रखेली पत्नियों) में सीतिया की बहू सुन्दर नहीं थी। उसके बड़े-बडे दाँत थे, बोलते समय ओठों पर पर थूक लिपट जाता था। दाँतों को सुन्दर बनाने के लिए उसने सोने की चोपें मढ़ रक्खी थीं। ठाकुर निस्सन्तान मर गया और उसका ठेकाणा रूडसिंह बबोसा के ठेकाणे में मिल गया। बड़ी ठाकुरानी पति के मरने के थोड़े ही दिनों बाद मर गई। चार-पाँच वर्ष बाद बाद छोटी भी मर गई। पासबानें अब भी मौजूद हैं। सीतिया की बहू को जब पूछा जाता—"तू क्या सोचकर पासबान बनने गई?" तो वह जवाब देती—'मेरा करम

फूट गया, मुझे लालच हो आया, कि पासबान बनकर ठाकुरानियों की तरह मैं भी पैरों में सोने का ज़ेवर पहनूँगी, उनके पास ठाकुरानी जैसी बनकर बैठूगी।"

सभी अन्तःपुरों में एक ही तरह की हवा, एक ही तरह की आह और कराह है। सभी अन्तःपुरिकाओं का एक ही सा दम घुटना, अमानुषिक, अप्राकृतिक अत्याचार और दुर्व्यवहारों का शिकार होना देखा जाता है, इसीलिए तो सदियों तक वह चुपचाप सारे अत्याचारों को बर्दाश्त करती आ रही है, लेकिन जब मध्यान्ह का सूर्य आकाश में चमक रहा हो, तो अन्तःपुरिकाएँ कितने दिनों तक असूर्यम्पश्या बनी रहेंगी ?

■■■

१५
भक्ति का नशा

गौरी के ब्याह के बाद के दो-तीन साल बड़े कष्ट के गुजरे। एक तरफ ठाकुर साहब की पुरानी आदतों के कारण वह सुलगती रहती। ठेकाणे के प्रबन्ध में कुछ थोड़ा ठीक-ठाक करती तो, इसी समय ठाकुर साहब उस पर लीपा-पोती कर देते। बीमारी से तबाह हो रही थी, इसी बीच ससुर मर गये। उसके बाद फिर उसने पहले जैसा जोर किया। अब शारीरिक और मानसिक दोनों प्रकार की पीड़ाओं के कारण गौरी की दशा बहुत बुरी हो गई थी, इसे कहने की जरूरत नहीं। किसी के सामने दुःख कहकर अपना दिल हलका करने का उसे कोई अवसर नहीं था। एक तो ऐसी सहृदया स्त्री वहाँ थी नहीं, दूसरे इसे वह अपने आत्म-सम्मान के खिलाफ समझती। वह सोचा करती, सोचते-सोचते कभी सारी रात बीत जाती। एक क्षण कोई उपाय सूझता और दूसरे क्षण बुद्धि उड़ बेकार बतला देती। निराश के उस निविड़ तिमिर में कहीं पथ का पता नहीं था। माँ बड़ी सहृदया थी, औरं वह अपनी बेटी को जब-तब बुला लिया करती, लेकिन माँ स्वयं दुखिया थी। उसके सामने अपना दुःख कहकर उसे और दुःखी बनाना गौरी को अभीष्ट नहीं था। दूसरे स्रोतों से यदि कभी उन्हें भनक लग जाती, और वह पूछ बैठती, तो बेटी टालमटोल कर देती। वह बाबोसा से भी नहीं कहती, यद्यपि वैसा हितैषी और सहृदय पुरुष मिलना मुश्किल था। जब दिल का भार बहुत बढ़ जाता, और एकान्त मिलता तो गौरी किवाड़ भेड़ चारपाई पर पड़कर खूब रोती। कभी किवाड़ लगाने का अवसर न मिलने पर चादर ओढ़कर आँखों से सावन-भादों बहाती। कोई मिलने वाली आकर जब दरवाजा खटखटाती, तो वह पहले जाकर मुँह धोती, फिर बहुत प्रयत्न करके मुँह पर हँसी लाने की कोशिश करती। धीरे-धीरे इस कला का उसे काफी अभ्यास हो गया था, फिर आगन्तुकों के पास इस तरह बातें करती, मानो चेहरे पर सदा प्रसन्नता बनी हुई थी। उस जनसंकुल अन्तःपुर में वह परम एकान्तिनी थी, यह एकांत जीवन को और भी असह्य कर देता था।

मानसिक और शारीरिक पीड़ाएँ उसे ऐसी अवस्था में पहुँचा रही थीं, जहाँ डर था, वह पागल न हो जाये। अभी बुद्धि थोड़ा-बहुत काम करती थी, इसलिए सबेरे ही चेतने का उसे ख्याल आया। गर्मियों का दिन था। गोलान की गर्मियाँ मालर जैसी कड़ी तो नहीं होती, लेकिन तो भी गर्मियाँ ही थीं। मालर की अपेक्षा यहाँ वृक्ष अधिक थे, किन्तु जब हृदय शून्य हो, तो वह भूभाग भी सूना-सूना-सा मालूम क्यों न होता ? सोचते-सोचते गौरी को ख्याल आया—शायद भगवान् मेरी सहायता करें। मंगलपुर के करोड़पति सेठ देवीदास सर्राफ आर्यसमाजी थे। वह बाबोसा के पास अक्सर बैठकर धर्म-चर्चा किया करते। गौरी के शिक्षक मास्टर कृष्णदास भी आर्य समाजी थे, इसलिए उनकी बातों को बचपन से ही सुनने के कारण मीरा या और स्वर्गीय भक्तिनों के पथ पर एकान्त रूप से चलने में उसके सामने मानसिक बाधाएँ थीं। सभी अन्तःपुरिकाएँ और परिचारिकाएँ जादू-टोने को खूब मानतीं, भूत-प्रेत से बहुत डरतीं, लेकिन गौरी का उस पर विश्वास नहीं था। तो भी उस अथाह चिन्ता-सागर में डूबते समय तृण का सहारा भी समझ में बड़ा मालूम होता था। बचपन की सुनी आर्यसमाजी बातों के कारण मंदिर में उसका विश्वास नहीं था, और न वह मूर्ति रख सकती थी। मंगलपुर में उसे किसी पंडित ने गायत्री-मन्त्र दे दिया था, गायत्री-मन्त्र की महिमा वह आर्यसमाजियों के मुँह से भी सुन चुकी थी, इसलिए उसने सोचा, शायद गायत्री-जप से ही मेरा निस्तार हो। इसका यह अर्थ नहीं, कि भक्त प्रह्लाद या ध्रुव की मनोरंजक कथाएँ उसे पसन्द नहीं थीं। लेकिन यह निर्णय करना उसके लिए मुश्किल था, कि भगवान् साकार है या निराकार। तो भी मीरा के गीतों ने गौरी के हृदय में कृष्ण में भक्ति पैदा कर दी थी। शायद १६२८ या १६२६ का साल था, जब कि गर्मियों में भक्ति का भूत गौरी के सिर पर सवार हुआ। वह सबेरे पाँच बजे ही उठ जाती, और नहा-धोकर कालीन की आसनी पर आलथी-पालथी मारकर बैठ जाती, कभी-कभी पीछे से दोनों हाथों को ला, पैर के अँगूठे को पकड़कर बद्ध पद्मासन बैठती। पहले उसके मुँह से निकलता—'ओं नमो नारायणाय, भगवते वासुदेवाय'' फिर गुनगुनाती--

शान्ताकारं भुजगशयनं पद्मनाभं सुरेशं,
विश्वाधारं गगनसदृशं मेघवर्ण शुभांगम्।
लक्ष्मीकान्तं कमलनयनं योगिभिर्ध्यानगम्यं,
वन्दे विष्णुं भवभयहरं सर्वलोकैकनाथम्।।

उसके बाद फिर समझने में कुछ सुगम से श्लोक पढ़ती—

त्वमेव माता च पिता त्वमेव,
त्वमेव बन्धुश्च सखा त्वमेव।
त्वमेव विद्या द्रविड़ं त्वमेव,
त्वमेव सर्व मम् देवदेव।।

इसके बाद अपनी अँगुलियों पर ही वह एक सौ आठ बार गायत्री का जप करती—

ओं तत् सवितुर्वरेण्यं, भर्गो देवस्य धीमहि।
धियो यो नः प्रचोदयात्।

गौरी अपने जान बड़े गद्गद् हृदय से भगवान् की भक्ति कर रही थी, लेकिन 'त्वमेव माता' वाले श्लोक को छोड़कर जो प्रार्थना के वाक्य उसके मुँह से निकलते थे, उनका वह अर्थ भी नहीं जानती थी। दस-पन्द्रह मिनट ही में यह पूजा समाप्त हो जाती। उसे इतनी जल्दी समाप्त नहीं होना चाहिए, यही ख्याल कर उसने फिर अर्थ सहित गीता के एक अध्याय का पाठ भी शुरू कर दिया। अब भी वह पर्याप्त मालूम होता था। इसी वक्त उसे अपने बचपन की याद आई। उसकी जीजी वन्दनकुमारी के पति धर्मभीरु पुरुष थे। वह रोज सन्ध्या-हवन किया करते। ससुराल में आने पर भी उनका यह नित्य-नियम जारी रहता। गौरी अपने बहनोई की लाडली थी। वह भी उनके पास नहा-धो के बैठ जाती। सुनते-सुनते कितने ही गलत-सलत मन्त्र भी उसे याद हो गये थे। कुछ को उसने जीजा से पूछकर याद कर लिया था। अब उसने भी सन्ध्या के साथ हवन करने का निश्चय कर लिया। उसने चाँदी का एक छोटा सा हवनकुण्ड बनवाया, चाँदी ही का चमसा, चीमटा तथा पंच-पात्र भी बनवा लिये। होम के लिए आम और चन्दन की लकड़ी मँगवा लेती। लड़कियों को छोटा करने के लिए पास में बसला भी रख लिया। चन्दन की लकड़ी सुगन्धित सामग्री का काम देती, इसलिए हवन-सामग्री की जरूरत नहीं थी, वह सिर्फ घी की आहुतियाँ देती, कभी-कभी पंचमेवा भी आग में डाल देती। हवन वह गायत्री-जप के बाद किया करती थी। एक छोरी को सबेरे ही नहाकर बावड़ी या तालाब से शुद्ध जल लाने के लिए भेजती, और उधर हवन की सुगन्ध छत या घर से फैलती। अन्तःपुर के सभी लोगों को मालूम हो गया था, कि ठाकुरानी भक्तिन हो गई है। सासू का जादू-मन्तर पर

विश्वास अधिक था, लेकिन पूजा-पाठ उनकी शक्ति से बाहर की चीज थी। हाँ, बहू का नया ढंग देखकर व्यंग्य करती हुई वह कभी-कभी बोल उठतीं— "बीनणी पूजा भी करै।" हवन-सन्ध्या का यह ढंग सात-आठ वर्ष तक रहा।

यदि पुराने विचारों वाली होती, तो इसमें शक नहीं, सगुन उपासना के बहुत से तरीकों को अपना सकती थी, लेकिन बुद्धिवादिनी और बचपन के संसर्गों के कारण उसके लिए वैसा करना मुश्किल था। एक साल पुष्कर में उसने कार्तिकवास भी किया। वहाँ के विशाल तालाब में वह नहा जरूर लेती थी, किन्तु देवमन्दिरों में पूजा करने की जगह सन्ध्या-हवन और गीता-पाठ द्वारा अपनी भक्ति भगवान् के सामने दिखलाती। तुलसी-रामायण को उसने आदि से अन्त तक पढ़ा था, लेकिन पीछे तो वह बालकाण्ड से अयोध्याकाण्ड तक ही रह जाती, और उसे भी भक्ति के लिए नहीं, बल्कि मनोरंजन कथा के तौर पर पढ़ती। हाँ, इस भक्ति-काल में वह स्वयं हारमोनियम बजाकर अपनी लौंडियों से सूर और मीरा के गीत गवाकर सुनती। सुखसागर और प्रेमसागर का भी उसने पारायण किया। यह कह चुके हैं, कि भगवान् सगुण है या निर्गुण, इसके बारे में कोई फैसला देना गौरी की शक्ति के बाहर की बात थी। बचपन की सुनी-सुनाई आर्यसमाजियों की तर्क-सम्मत बातें उसे बतलातीं, कि भगवान् निराकार हैं, लेकिन फिर दूसरे यह भी बतलाते, कि निराकार भगवान् को ध्यान में लाने के लिए मूर्ति की आवश्यकता होती है। इसके लिए वह कृष्ण का चित्र रखना पर्याप्त समझती थी। कभी-कभी उसका मन कह उठता—"जो कहीं भगवान् दर्शन देते।"

भक्ति का वेग इन सात-आठ सालों में भी बराबर एक-सा नहीं रहता था। सन्ध्या-हवन, गायत्री-जप, गीता-पाठ करने पर भी मन नहीं लगता था। पीछे तो यह सब क्रियाएँ यन्त्रवत् होने लगी थी। साधु-सन्तों में भी मन्दिरों और देवताओं की तरह ही उसकी विशेष आस्था नहीं थी। भक्ति करने वाले सगे-सम्बन्धियों से वह पूछती—"भगवान् का दर्शन कैसे हो? भगवान् कहाँ है ?" जवाब मिलता "अपने अन्दर देखो।"

★ ★ ★ ★

उसके जीजा (मालवा) के कँवरसाहब बड़े धार्मिक विचारों के आदमी थे, वह वृन्दावन गये हुए थे। वहाँ उन्हें एक भगवान् का भगत मिल

गया। लोग कहते थे—"वह पहुँचे हुए सिद्ध हैं, भगवान् का उनको दर्शन हुआ है।" इन सबसे बढ़कर श्रद्धा पैदा करने की बात यह मालूम हुई, की बहू लखनऊ के कायस्थ-भक्त साथ ही एम० ए० पास भी है। जीजा की उनके प्रति बड़ी भक्ति हो गई थी। उनके आग्रह पर आकर भक्तराज राजस्थान के अन्तःपुरों में भी भक्ति की गंगा बहाने लगे। जब वह आते, तो पर्दा लग जाता। अन्तःपुरिकाएँ पर्दे के पीछे बैठ जातीं। भक्तराज का सबसे ज्यादा जोर था, कि भगवान् पति-भक्ति द्वारा मिल जाते हैं, जैसे कि वह सावित्री को मिले थे। सोहागिनों को वह कहते—"पति की मूर्ति का ध्यान करो।" वह आँख मूँदकर अपनी श्रोतृमण्डली की अन्तःपुरिकाओं से कहते—"आँख मूँदकर अपने पति का ध्यान करो। पहले दूसरी-दूसरी मूर्तियाँ ध्यान में आयेंगी, फिर धीरे-धीरे पति की मूर्ति स्पष्ट दिखाई देगी" गौरी भी वहाँ बैठकर ध्यान करने की कोशिश करती। उसकी जीजी भी कभी-कभी ध्यान में पति का दर्शन करती, लेकिन सबसे अधिक दर्शन जीजी की देवरानी को होता। गौरी को कोई दर्शन नहीं होता। लखनवी भक्तार ने सख्त मनाही कर दी थी, कि सत्संग में पासवान स्त्री न आने पाये। पासबान साधारण लौड़ियों में से राजा या ठाकुर की कृपापात्र बनी हुई स्त्री होती है, उसके दिल में भला पतिव्रत धर्म का बीज कैसे अंकुरित हो सकता था, इसीलिए सत्संग में उसकी उपस्थिति ध्यान में बाधक हो सकती थी। भक्तराज अपने उपदेशों में राम और कृष्ण की महिमा गाते, मीरा की अनन्य भक्ति की प्रशंसा करते, सीता-पार्वती-अनुसूया की कथाएँ कहते यह हृदयस्थ करना चाहते, कि स्त्री के लिए पति ही एकमात्र देवता है। निश्चय ही ठाकुरों के सामने उनके उपदेश का ढंग दूसरा होता होगा। वहाँ वह लिंगभेद करके उसी उपदेश को दोहराते नहीं कह सकते थे, कि पुरुष के लिए पत्नी ही एकमात्र देवता है। ऐसा कहने पर शायद एक भी ठाकुर उनके सामने सिर झुकाने के लिए तैयार न होता। ध्यान धरने की बात करते समय वह बीच में जमीन पर हाथ पटक-पटककर पूछते—"दर्शन हो रहा है, या नहीं?" यदि "नहीं" की आवाज आती, तो कहते—"फिर आँख बन्द करो।" फिर कोई कहती —"ध्यान धरो, अपने आप तुम्हारा सिर पति के चरणों में झुक जायेगा।" सचमुच ही जीजी की देवरानी की तरह कुछ और भी स्त्रियाँ थीं, ध्यान करते-करते जिनका स्वयं सिर झुक जाता और वह ध्यानागत पति-मूर्ति को धोक करने लग जातीं।

गौरी को दर्शन कभी नहीं हुआ। लेकिन, एक के दर्शन न कराने से भक्तराज की क्या क्षति हो सकती थी ? उन्हें लोग जसपुर भी ले

गये, दासा भी ले गये, राजस्थान के और ठेकाणें और राजधानियों में भी उनकी आवभगत होती थी। भक्तराज गर्व से पुरुषों को कहते—"हम तुम्हारी स्त्रियों को पतिभक्ति सिखला रहे हैं।" अभी भी शायद भक्तराज राजस्थान की अन्तःपुरिकाओं को पति-भक्ति सिखलाने में लीन हैं। दासा के ठाकुर ने जनपुर की राजमाता तक महात्मा के यश को फैलाया। स्वामी जी (भक्तराज) राजमाता द्वारा निमन्त्रित हो जनपुर में उनके भाई के यहाँ ठहरे। राजमाता रोज भक्तराज के दर्शग करने और उपदेश सुनने जातीं, भक्तराज को भी महलों में बुलाती। सचमुच ही राजमाता का सिर ध्यान में उपस्थित हुए पति के सामने झुकने लगा था।

बहुत पीछे की बात हैं, जब गौरी नास्तिकता की तरफ बढ़ चुकी थी। स्वामीजी बहुत कोशिश करते, कि वह भी ध्यान में आये पति के सामने सिर झुकाये। लेकिन ध्यान में न पतिदेव आते थे, न सिर झुकता था, इसमें बेचारी गौरी का क्या दोष था ? जीजी के लड़के को कहते सुनकर स्वामीजी भी गौरी को मौसी कहकर पुकारते। एक बार उन्होंने पूछा—"मौसीजी, पति से अलग रहकर सुखी हो या दुःखी ?"

"मैं तो सुखी हूँ, महाराज!"

"तेरी जबान से ऐसी बात कैसे निकलती है? तुझे तो रोना आना चाहिए।"

"मैं अधीर होकर रोऊँ भी, तो भी, रोती के पास देवता नहीं आयेगा।"

स्वामीजी ने जमीन पर हाथ पटककर कहा— "बड़ी होशियार औरत है।"

स्वामी पैंतालीस-पचास वर्ष के बहुत दुबले-पतले-से आदमी थे। धोती और खद्दर का कुर्ता पहनते थे। उनकी बड़ी-बड़ी मोछें थीं, जो चेहरे के रोब में वृद्धि तो नहीं करती थी। जान पड़ता है, उन्हें कुछ मेस्मेरिज्म के गुर मालूम थे, जिनके बल पर अन्तःपुर की भोली-भाली स्त्रियों और कितने ही सीधे-सादे ठाकुरों को भी दर्शन कराने में सफल होते थे। दासा के ठाकुर साहब ने अपने छोटे भाई को स्वामी के पास सत्संग और आचार सीखने के लिए भेजा था। कुँवर साहब बड़े बिगड़े हुए आदमी थे। उनके साथ गौरी के पथ पर आरूढ़ उनकी पत्नी भी गई थी। दुश्चरित्र, दुष्ट पति के प्रति उसके मन में जरा भी श्रद्धा नहीं थी। स्वामीजी जब सत्संग में उस पर प्रभाव न डाल पाते, तो कठोर वचन से काम लेने लगते,

जिसका जवाब वह भी उसी तरह टेढ़े शब्दों में देती। स्वामी ने लड़की की शिकायत उसकी मौसी गौरी से करते हुए कहा—"वह अपने पति को कुछ नहीं मानती, ऐसी नहीं करना चाहिए।"

गौरी ने इस पर स्वामी के सामने दो टूक कह दिया—"आप एम० ए० पास हैं। मुझे आपसे कभी ऐसी उम्मीद नहीं थी। आप उसके पति को भली प्रकार जानते हैं, कि वह कितना आवारा है। पहले अपने सदुपदेश से उसे राम बनाइये, फिर उसकी पत्नी को सीता बनाने की आशा रखिए।"

गौरी के माकूल जवाबों को सुनकर स्वामी ने एक दिन तरुण कुँवर से कहा—"परमराज, तेरी मौसी बड़ी समझदार है। मैं कान पकड़ता हूँ, अब फिर इसे नहीं फटकारूँगा।"

आखिर जो लोग "दुनिया ठगिये मक्कर से, रोटी खाइये घी-शक्कर से" के महामन्त्र को मानने वाले हैं, वह लोगों को रिझाना भी अच्छी तरह जानते हैं। वह नहीं चाहते, कि बुद्धिवादी बिल्कुल ही उनके विरोधी बन जायें, इसलिए कभी किसी की बुद्धि की प्रशंसा कर देना भी उनके हथकण्डों में से एक है।

जनपुर की राजमाता ने स्वामीजी को बुलाया था। उनकी कृपा से उनके मृत पति के दर्शन द्वारा भगवान् का दर्शन भी हुआ। स्वामी अपने सत्संग में आँखें मींचकर बहुत गद्‌गद् स्वर में गाता—"कित गये हो खेवन-हार।" उस समय उसकी आँखों से अविरल अश्रुधारा बहने लगती। अन्तःपुरिकाएँ पर्दे के भीतर नहीं, बल्कि भक्तराज के सामने बैठी होतीं। इस करुण दृश्य को देखकर उनके ऊपर भी प्रभाव पड़े बिना नहीं रहता। सत्संग बड़े जोर का होता। भक्तराज जानते थे, कि भक्ति का आवेग एक-सा बराबर नहीं रहता, इसलिए उतार से पहले ही वहाँ से चल देना चाहते थे। राजमाता ने बहुत आग्रहपूर्वक कहा—"महाराज, दो-चार दिन और बिराजे"। भक्तराज विरक्त साधु नहीं, बाल-बच्चे वाले थे, और सन्तानों के बारे में भगवान् को उनके ऊपर बड़ी कृपा थी। चलते समय राजमाता ने दो हजार नगद और छ-सात सौ रुपये की एक साड़ी भक्तराज की पत्नी के लिए भेंट की थी।

★ ★ ★ ★

भक्ति के नशे के समय पूजा-पाठ गौरी की जारी थी। भगवद्-दर्शन

की लालसा भी थी। वह 'कल्याण' भी मँगाती थी, जिससे आधुनिक ध्रुवों और प्रह्लाद की बातें भी उसे मालूम होती थी, लेकिन भगवद्-दर्शन के लिए ऐसे लोगों के भुलावे में अधिक नहीं पड़ती थी। उसके लिए वह किताबों के पन्ने उलटती। लेकिन कहीं से भी कोई आशा की किरण आती नहीं दीख पड़ती, न मन में शान्ति ही आती। पूजा-पाठ में उसके बीच-पच्चीस मिनट से अधिक नहीं दीख लगते, लेकिन वह पुस्तकों के पढ़ने में अपना सारा समय लगाना चाहती। ठाकुर साहब जब घर में होते, तो कभी बात करते, कभी शतरंज खेलते। उनके अन्तःपुर से बाहर जाते ही गौरी के हाथ में पुस्तक आ जाती। भक्ति का भूत सवार होने पर भी बुद्धि-प्रधान होने से गौरी बहुत दूर तक नहीं जा सकती थी। अब भी वह कभी-कभी अपने पति के साथ शिकार में जाती। मांस को उसने कभी नहीं छोड़ा। इस समय जिन धार्मिक पुस्तकों को वह पढ़ती थी, उनमें रामतीर्थ, विवेकानन्द के उपदेश और रामकृष्ण परमहंस की जीवनी भी सम्मिलित थीं। इन पुस्तकों के हाथ में आने पर रामायण और प्रेमसागर जैसी पुस्तकें उसको फीकी लगने लगीं। रामकृष्ण की जीवनी के पुराण जैसे गपोड़ों से विवेकानन्द के उपदेश उसे अच्छे लगते थे, और उससे भी स्वामी रामतीर्थ के प्रेम और भक्ति भरे उपदेश प्रिय मालूम होते। मीरा, प्रह्लाद और ध्रुव के सम्बन्ध की छोटी-छोटी पुस्तकें उसके मन को बहुत दिनों तक अपनी तरफ नहीं खींच सकीं। अपनी चिन्ताओं को भुलाने के लिए उसने उपन्यासों का पारायण भी शुरू कर दिया था। उसके प्रिय उपन्यासकार थे रवीन्द्रनाथ ठाकुर, प्रेम चन्द और शरत् चन्द चट्टोपाध्याय। 'सोहागरात' जैसी पुस्तकें भी उसने पढ़ी। पुस्तकें कितनी ही खुद खरीदकर मँगाती, और कुछ को पुस्तकालयों से लेती। सबेरे चाय के बाद आठ बजे पुस्तक हाथ में लेती, यदि बहुत बड़ी नहीं हुई, तो ११ बजे तक एक उपन्यास खतम कर डालती। खाना खाने के बाद यदि अकेली रही, तो दूसरी किताब लेकर चार-पाँच बजे तक पढ़ती रहती। सर्दी के दिनों में रात को भी पुस्तकें पढ़ा करतीं। ठाकुर साहब अपने रंगीले जीवन में रहते, इसलिए गौरी के लिए एकान्त समय दुर्लभ नहीं था। कभी-कभी तो वह रात को पढ़ते-पढ़ते पाँच बजा देती—'दाखुंदा' जैसी चार-पाँच सौ पृष्ठों की पुस्तक को पूस के महीने में एक रात में करीब-करीब खतम कर दिया था— केवल पाँच पृष्ठ रह गये थे कि आँखें झपने लगीं।

बेटी का चिन्तामय जीवन बाबोसा से छिपा नहीं था। वह कभी-कभी दामाद के साथ बेटी को मंगलपुर बुला लेते। इस समय ठाकुर का ढंग

थोड़ा-सा बदल जाता। गौरी कुछ निश्चिंत सा जीवन बिताने लगती, लेकिन यह निश्चिन्तता वहाँ भी देर तक नहीं रह पाती। एक दिन ठाकुर ने अपनी ससुराल में भी वहाँ की रण्डी रामकँवार को बुलवाया। उनके प्रस्ताव पर रण्डी ने कहा—"अन्नदाता, मैं तो माफी चाहती हूँ। जो सरदारों को पता लग गया, तो मेरी तनख्वाह बन्द हो जायेगी।" रामकँवर ने इस बात को बाबोसा से भी जाकर कह दिया। बाबोसा ने अपने कर्मचारी हाशिम खाँ को भेजकर दामाद को समझाने की कोशिश की—"ऐसा करना ठीक नहीं है। लोग सुनेंगे तो क्या कहेंगे।" हाशिम खाँ ने बहुत नरमी और नम्रता के साथ बात कही थी। तो भी दामाद साहब रूठकर ससुराल से भागने के लिए तैयार हो गये। बाबोसा ने जाकर उन्हें बहुत कह-सुनकर मनाया। दामाद साहब रह तो गये, किन्तु हाशिम को वह क्षमा करने के लिए तैयार नहीं थे। पीहर में गौरी को पर्दा करने की आवश्यकता नहीं थी, और वहाँ लोगों के रहने के समय भी वह बाबोसा के पास चली जाया करती थी। पतिदेव ने हुकुम दिया—"तुम तब तक बाबोसा के पास मत जाया करो, जब तक कि हाशिम वहाँ से बाहर न चला जाये।" इस पर गौरी ने जबाब दिया—"सबके रहते मैं केवल हाशिम को बाहर जाने के लिए कैसे कह सकती हूँ ? ऐसा कहने पर लोग क्या कहेंगे।" इस पर भी पतिदेव नाराज हो गये। नाराज होना-रूठना उनके लिए मामूली सी बात थी, ऐसा मौका बाराबर ही निकल आता। वह चाहते थे, दिन में भी पत्नी उनके साथ रहे, लेकिन अभी तो नया जमाना आया नहीं था, और मंगलपुर तो और भी इस बात में सनातनी था। जब पत्नी आने में संकोच प्रकट करती, तो वह फिर गाल फुला बैठते।

दामाद का मन बहलाने के लिए बाबोसा (१६३३ में) पन्द्रह-बीस दिन तक अपने गाँवों में साथ-साथ ले गये। दामाद साहब को लोगों ने नजरें दीं, जिसमें तीन हजार रुपये मिले। राजपूतों और कायमखानी कामदारों ने दामाद को सिरोपाव भी दिये। सब मिलाकर ससुराल में रहते समय गौरी को अपने पति से उतना परेशान नहीं होना पड़ता। लेकिन वह बराबर ससुराल में तो रह नहीं सकते थे। खलपा आने पर फिर वही बात और ज्यादा जोर से दुहराई जाती। गौरी ने सोचा शायद रोक लगाने से जोर बढ़ता है, इसलिए उसने रोक हटा दी। लेकिन उसका फल कोई अच्छा नहीं हुआ। वैसे तो पहले वह आँख बराबर रण्डियों और दूसरी औरतों को बुलाते थे, अब वह जनपुर में रहते समय पत्नी के ऊपर रहते

भी नीचे की मंजिल में उन्हें बुला लेते। व्याधि असाध्य थी, इसमें सन्देह नहीं।

★ ★ ★ ★

गौरी कई सालों से बीमार चली आई थी, उसका स्वास्थ्य गिरता जा रहा था। आखिर सलाह हुई कि नसीराबाद के डाक्टर तारा के पास चिकित्सा करवाई जाय। इसके लिए १९३३ में गौरी नसीराबाद जाकर डाकबँगले में ठहरी। माँ, वकील शिवलाल और कुछ दूसरे नौकर-चाकर भी साथ थे। डाक्टर तारा के कहने पर आपरेशन कराया गया। पत्नी इस अवस्था में थी, लेकिन पतिदेवता को इसकी कोई चिन्ता नहीं थी। उनकी महफिलें गरम रहती थीं—'रण्डियाँ नाचती थीं, शराबों की बोतलें खनखनाती थीं। आपरेशन का घाव भी भरा नहीं था, कि ठाकुर साहब एक दिन मोटर पर आये। वहाँ आकर देख-भाल क्या करते ? वह अज़मेर से हजार- बारह सौ की चीजें अपनी प्रेमिकाओं को देने के लिए खरीदकर लौट गये। माँ को दामाद का यह स्वभाव बहुत दुःखद मालूम होता था। बेचारी को उनकी महफिलों का कुछ पता नहीं था।

गौरी को अपना जीवन नीरस और दुर्भर मालूम होने लगा था। डाकबँगले के भीतर ही आपरेशन का इन्तिजाम किया गया था। बेहोशी के लिए क्लोरोफार्म सूँघते समय वह भगवान् से प्रार्थना भी कर रही थीं—"हे भगवान् मैं ऐसी बेहोश हो जाऊँ, कि फिर न उठूँ।" अपने दुःखमय जीवन में आत्महत्या का ख्याल गौरी को बराबर आता रहता, लेकिन उसे आत्महत्या का कोई सरल उपाय नहीं मालूम था। कभी सोचती—यदि आत्म हत्या की कोशिश करूँ और सफल न होऊँ, तो लोग हँसेंगे। हीरे की कनी चाटकर मरने की बात उसने सुनी थी, लेकिन हीरे को अपने जेवरों में वह पहना करती थी, उसे विश्वास नहीं था, कि इस काँच जैसी चीज को चाट लेने पर आदमी मर सकता है। उसने सोचा—"इसे पीसकर चूरा बना लूँ, फिर खा लेने पर शायद मौत आ जाय।" लेकिन इस पर भी उसे विश्वास नहीं होता। अफीम खाना राजस्थान में आम बात है, और वह दुर्लभ भी नहीं है, लेकिन उसे भी वह पूरे विश्वास के साथ पी नहीं सकती थी। कुएँ में डूबकर मरने का ख्याल इसलिए छोड़ना पड़ता था, कि वहाँ से मेरी लाश को न जाने कैसी सूरत में निकालेंगे। नदी में डूबकर वह जाने को वह ज्यादा पसन्द करती थी, लेकिन एक

बार ऋृषिकेश में जमादार ने कहा— "बहती हुई लाश आई है।" गौरी उसे देखने के लिए उतावली हो गई। जाकर देखा—लाश फूली हुई थी, चमड़ी गल गई थी, कई जगह से मच्छियों ने उसे खा भी लिया था। अपनी लाश की ऐसी दुर्गति कराना गौरी को पसन्द नहीं था। कभी-कभी वह पहाड़ से कूदने को भी सोचती। कभी मन में आता— भागकर ऐसी जगह चली जाऊँ, जहाँ किसी को खबर भी न लगे, लेकिन फिर माँ-बाप के नाम का ख्याल आता। आत्महत्या का वह सबसे सरल तरीका चाहती थी, किन्तु किसी अमोघ औषधि का उसे पता नहीं था, न यही जानती, कि वह कैसे मिलेगी।

जीवन बड़ी बहुमूल्य चीज है, यह बात गौरी नहीं समझ सकती थी। वह तो किसी मूल्य पर भी जीवन से पिण्ड छुड़ाने के लिए तैयार थी। उसे यह पता नहीं था, कि जिस जीवन को वह तुच्छ समझती है, उससे दूसरों का उपकार हो सकता है। दुनिया में बहुत से अभागे बच्चे-बच्चियाँ हैं, गौरी अपने जीवनरूपी जल से सींचकर उनको जीवनदान दे सकती है, गरीबों की सेवा कर सकती है, बीमारों की सुश्रूषा कर सकती है, या अपनी जैसी अभागी अन्तःपुरिकाओं को दीर्घ कारा से मुक्त करने के लिए मैदान में खड़ी होकर उनके अत्याचारी पुरुषों को ललकार सकती है। वह आग की मशाल हाथ में लेकर इन सड़े-गले अन्तःपुरों को जलाकर भस्म कर सकती है। जब आदमी को अपने प्राणों का मोह नहीं, तो वह क्या नहीं कर सकता ? जिस जीवन को वह तुच्छ समझ रही थी, उससे वह बारूद के चूर्ण का काम ले सकती थी। निराशा में पड़कर लाखों अन्तः पुरिकाओं ने आज तक अपने प्राण छोड़े, या अधःपतन का रास्ता लिया। गौरी जैसी बुद्धिवादिनी, उच्चाशया महिला के लिए यह दोनों ही रास्ते वांछनीय नहीं हो सकते थे। उसे तो दूसरों के लिए रास्ता दिखलाने की जरूरत थी। यह अवश्य है, कि राजस्थान भारत का सबसे पिछड़ा और गया-बीता भूभाग है। वह उसके रास्ते में भयंकर बाधा उपस्थित करता, लेकिन इससे क्या ? यदि तुम्हें अपने जीवन का उत्सर्ग करना ही है, तो किसी अच्छे उद्देश्य को अपने सामने रखकर उसे छोड़ो— सफलता मिले या न मिले, उसकी परवाह मत करो—"यत्ने कृते यदि न सिध्यति कोऽत्र दोषः।" राजस्थान की स्थिति भी अब वही नहीं है।

जब पूजा-पाठ और भक्तिभाव से मन को शान्ति और सन्तोष नहीं मिला, तो वह अपने आप धीरे-धीरे छूटने लगी। सन्ध्या-हवन भी छूट

गया। गीता का पाठ भी बन्द हो गया। कहीं सुना या पढ़ा था, कि अजपाजाप और षट्चक्र के ध्यान से मनको शान्ति मिलती है, भगवान् का दर्शन होता है। उस पर भी कुछ समय खर्च किया। शरीर के भीतर से भिन्न-भिन्न भागों में अवस्थित चक्रों में बतलाये हुए देवताओं का ध्यान किया, लेकिन कोई लाभ नहीं हुआ। श्रद्धालु कह सकते हैं, कि कोई ठीक गुरु नहीं मिला, लेकिन शायद दूसरों के लिए कुछ ठीक गुरु भी गौरी के लिए कच्चा ही उतरता, क्योंकि वह श्रद्धाप्रधान नहीं, बल्कि बुद्धि प्रधान थी। जनपुर में स्वामी महानन्द की बड़ी पूजा होती थी। वह स्त्रियों में पर्दा करता था। बाहर घूमते समय कोई स्त्री सामने न आ जाय, इसके लिए आँखों में पट्टी बाँधकर चलता था। अन्तःपुरों में भी उसके उपदेश की बड़ी धूम थी। जब वह वहाँ पहुँचता, तो तुरन्त आवाज दी जाती— "सभी एक कमरे में हो जाओ, महाराज पधार रहे हैं।" महाराज के पधारते ही भेड़-बकरियों की तरह अन्तःपुरिकाएँ और परिचारिकाएँ एक कमरे में बन्द कर दी जातीं। किसी-किसी की इच्छा महाराज के दर्शनों की होती, तो वह उसी तरह दर्शन कर पाती, जैसे कभी अलाउद्दीन ने पद्मिनी का दर्शन पाया था— शीशे में दर्शन करने के लिए अन्तःपुरिकाएँ गौरी से भी कहतीं, किन्तु उसका जवाब था—"जब वह हमसे छिपना चाहता है, तो हम क्यों उसका दर्शन करने जायें।" राजमाता की बहिन कहती— "श्रद्धाभक्ति से महाराज के उपदेश सुनो।" गौरी जवाब देती— "जब इस आदमी का मन इतना कमजोर है, कि वह अपनी आँखों पर पट्टी लगाकर चलता है, तो इसके उपदेश से हमारा हृदय कैसे मजबूत हो सकता है?" लेकिन यही समय था, जबकि राजस्थान में महानन्द की ठाकुरों, राजाओं और अन्तःपुरिकाओं पर भी भारी धाक थी। वह पहुँचा हुआ सिद्ध था, साथ ही धर्म के उद्धार के लिए ठाकुरों और राजाओं के स्वार्थों का भारी रक्षक बना हुआ था। वह गाँधी के जीवित रहने को देश और धर्म के लिए घातक समझता था। उसके भक्त महात्मा गाँधी की हत्या पर अपने हृदयोल्लास को प्रकट किये बिना नहीं रहे। गोडसे भी वहाँ कितने ही समय तक रहा था। महात्मा की हत्या पर डर के मारे महानन्द और उसके बहुत से चेले ठाकुर कितने ही समय तक छिपते-फिरते रहे।

भक्ति के लिए प्राणों तक न्योछावर करने के लिए भी तैयार गौरी को इन सात-आठ वर्षों में बहुत से कड़वे-मीठे तजर्बे करने पड़े। अन्त में श्रद्धा उसका साथ छोड़ने लगी। उसे इसमें भी भारी सन्देह मालूम होने

लगा, कि ईश्वर नाम की कोई चीज दुनिया में है भी। सोचने लगी, धर्म और भक्ति ढोंग के सिवाय और कोई चीज नहीं हो सकती। लेकिन यह सब विचार उसके अपने अशान्त हृदय को अवलम्ब कैसे दे सकते थे? जीवन की समस्याएँ "तन्न, तन्न" कहकर हल तो नहीं की जा सकतीं।

■■■

१६

निर्बुद्धियों की पौध

पितामहों से चली आती मानसिक वरासत या आनुवंशिकता (बपौती) के लिए व्यक्ति को कैसे दोष दिया जाता है ? आनुवंशिकता एकमात्र उसका कारण नहीं है, इसमें सन्देह नहीं और आनुवंशिकता से एक बार बुराई अगर आ जाये, तो उसमें परिवर्तन नहीं हो सकता, यह भी ठीक नहीं, क्योंकि एक ही पिता-माता की सन्तानों से सन्तानोत्पत्ति हमारे यहाँ होता नहीं। तो भी यह तो कहना ही पड़ेगा, कि आम तौर से राजा और ठाकुर परिवारों में जो हीन आनुवंशिकता की प्रधानता देखने में आती है, उसमें परिवर्तन हो जाता, यदि कुलीन लड़कियों का ख्याल छोड़कर साधारण किसान-पुत्रियों को अन्तःपुरिका बनाते, लेकिन वहाँ तो आग्रह है — रानी या ठाकुरानी को अवश्य कुलीन होना चाहिए। पासबान के तौर पर दूसरी जात की साधारण स्त्री भी अन्तःपुरिका बनाई जा सकती थी, किन्तु उसकी सन्तान को ठाकुर या राजा बनने का अधिकार नहीं था, इसलिए आनुवंशिकता में शुभ परिवर्तन लाया कैसे जा सकता है ?

खलपा में सात पीढ़ी से ऐसे ही लड़के-लड़कियाँ पैदा होते रहे, जिनको बौद्धिक-सम्पत्ति बहुत कम मिली थी। इसका अपवाद केवल तीन-चार पीढ़ी पहले के ठाकुर सामसिंह ही थे। वह बड़े योग्य थे। खलपा के ठाकुर-कुल में जो भी कोई स्मरणीय चीज देखी जा सकती थी, वह ठाकुर सामसिंह की बदौलत ही। अंग्रेजों ने प्रसन्न होकर उन्हें रायबहादुर की पदवी, एक किरच और एक पिस्तौल भी प्रदान की थी। जब कोई वायसराय जनपुर आता, तो खलपा के ताजीमी सरदार उस किरच और पिस्तौल को लगाकर सलामी देने जाते, और उनको इस बात का बड़ा अभिमान था, कि उस किरच को देखते ही वायसराय अपनी टोपी उतारकर सलामी लेता। ऐसा होने पर वह अपने को धन्य-धन्य क्यों नहीं समझते। केवल पिता की ओर से ही अल्पबुद्धिता की वरासत नहीं मिलती थी, बल्कि जान पड़ता है, खलपा की ठाकुरानियाँ भी चुनकर कुछ इसी तरह की मत्थे मढ़ी जाती

थीं। गौरी की अपनी सास उसके ब्याह से सात वर्ष पहले मर गई थी वह भी इसी तरह की भोली (बुद्धिहीना) थी। सौतेली-सास की बात बतला ही आये हैं। ससुर भी वैसे ही थे, और तीनों ननदों में एक से एक बढ़-चढ़कर बुद्धिहीनता की प्रतियोगिता करने के लिए तैयार थीं— तीसरी ननद तो उन सबमें बाजी मार ले गई थी।

★ ★ ★ ★

तीसरी ननद के जनमने के दो-तीन घण्टे बाद ही उसकी माँ मर गई थी। तब तक खलपा के ठाकुर साहब ने दूसरा विवाह नहीं किया था। बच्ची को बारह-तेरह दिन किसी दूसरे का दूध पिलाकर खलपा में न रख नानी के पास उग्रपुर के ठेकाणे देसार में भेज दिया गया। गौरी की शादी के समय वह सात वर्ष की थी और अधिकतर ननिहाल में रहती थी। वह मालरी न बोल मेसाली भाषा बोलती थी। ननिहाल में बिना माँ या बाप की लड़कियों का रहना राजस्थान में साधारण सी बात है। नानी-नाना और मातुलकुल प्रायः उनके साथ अच्छा बर्ताव करता है, शायद ही कोई मामी हो, जो भेदभाव रखती हो। अक्सर यही देखा जाता है, पुरुष इसमें शक नहीं, सर्वतन्त्रस्वतन्त्र होने से स्त्रियों के जीवन को नरक बना देते हैं, लेकिन कभी-कभी इसका अपवाद भी मिलता है, जब कि स्त्री अपने सामन्त पति को रुला-रुला छोड़ती है।

ननद अब पन्द्रह साल की हो गई थी। उसके ब्याह की बात-चीत चल रही थी। बीच-बीच में वह कभी-कभी अपनी भाभी के पास थोड़े दिनों के लिए आ जाती। भाभी को चिन्ता हुई—पराये घर जाना है, इसलिए कुछ सीख-गुन लेना जरूरी है। ब्याह के दो वर्ष रह गये थे, उसी समय गौरी ने उसे ननिहाल से बुला लिया। उसे अक्षर भर पढ़ाये गये थे। वह चिट्ठी भी नहीं लिख सकती। यह भी नहीं जानती थी, कि एकान्नी में चार पैसे होते हैं। उसे अपने पास जनपुर में रख, पढ़ाने के लिए एक मास्टरनी रख दी। वह कुछ भी नहीं पढ़ सकी। मास्टरनी से गौरी ने अलबत्ता उर्दू सीख लिया। लेकिन, ननद बेचारी क्या करे, उसको कोई चीज याद नहीं होती थी। जहाँ तक राजवंशों और ठाकुरवंशों का संबंध है, सलमाडा, बांगर, जसपुर, मालर, मेमाल, मालवा और गुजरात एक ही प्रदेश हैं। उनमें आपस में बराबर ब्याह-संबंध होता आया है। ननद का ब्याह गुजरात के (धरहा) के राजा के परिवार में होने की बातचीत

हुई। ससुर जसपुर के महाराज माखनसिंह के साले थे और जसपुर में उच्च-कर्मचारी रह चुके थे। उनके पास खूब पैसा था। लड़के की माँ ने कहा—"मैं तो लड़की को देखकर ब्याह करूँगी।" भाभी ने इसे स्वीकार कर लिया। वह अपनी ननद को लेकर अजमेर गई और उधर धरहा के मारूसिंह झामा की ठाकुरानी भी लड़की देखने अजमेर पहुँची। ननद के भाग्य का फैसला होने वाला था, इसलिए भाभी को बड़ी चिन्ता थी। "एक तो करेला दूसरे नीम पर चढ़ा"की कहावत थी—मेसाल राजस्थान में सबसे पिछड़ा प्रदेश समझा जाता है, वहाँ के उच्चकुल चाल-बात में बहुत ही उजड्ड और अक्खड़ माने जाते हैं। ननद वहीं पाल-पोसकर बड़ी हुई थी। उसे साड़ी भी पहननी नहीं आती थी, इसलिए भाभी ने यही उचित समझा कि जातीय (मारवाड़ी) पोशाक पहनाकर ले चलें। देखने में लकड़ी बुरी नहीं थी, और न उसका स्वास्थ्य ही खराब था। खूब समझा दिया, कि तुम वहाँ बोलना नहीं। बोलने पर पर्दाफाश हो जाता। खैर, घाघरा-चुनरी और अपने कीमती जेवरों को पहनाकर भाभी धड़कते दिल से ननद को बैठक में ले गई। चाय आई और तश्तरी में मिठाई भी। सास ने तश्तरी की मिठाई पहले भाभी के सामने की, उसने एक ले ली, वहाँ उपस्थित दूसरी ठाकुरानी ने भी एक निकाल ली, मास्टरनी ने भी एक लिया। जब तश्तरी सत्रह वर्ष की ननद के सामने गई, तो उसने तश्तरी को ही पकड़ लिया। वह उसे छोड़े ही नहीं। भावज का मुँह फक हो गया। उन्हें मालरवालों की कहावत सब मालूम होने लगी — "गदहिया बनाना हो, तो लड़की को मेसाल भेज दो।" भावज ने सम्हलकर ननद को कहा—"तुमें जो जरूरत हो, ले लो", यह कहकर उसकी प्लेट में एक मिठाई रख दी। खैर, ननद ने प्लेट छोड़ दी। सास को कुछ खटका तो हुआ, लेकिन चेहरा-मुहरा अच्छा देखकर उन्होंने समझ लिया, कि शायद लड़की अपरिचित के सामने घबरा गई। अभी तक लड़की ने एक बात भी मुँह से नहीं निकाली थी। कहीं वह गूँगी न हो, इसलिए उसने भाभी से कहा—"इसे बुलवाओ तो।" भाभी ने डरते-डरते 'बाईसा' कहकर पुकारा। ननद ने उत्तर दिया—"कई भाभीसा (क्या है भाभी जी)।" वह आगे नहीं बोली। जवाब बहुत माकूल था। सास ने अपनी भावी बहू को पसन्द कर लिया।

फिर लेने-देने की बात शुरू हुई। यदि लड़की का बाप काफी रकम देने में असमर्थ है, तो वह अपनी लड़की का ब्याह नहीं कर सकता। ससुर ने टीका की बातचीत होने पर कहा—"हम टीका नहीं लेंगे, केवल

वर के लिए हीरे का सिरपेच, हीरे की अँगूठी, मोती-मणिका का एक बढ़िया कण्ठा और सिरोपाव, तथा ससुर और उसके एकाध नजदीकी भाई बन्दों को अच्छा सिरोपाव दे देने से काम चल जायेगा।" खलपा से दस-ग्यारह आदमी वह सभी चीजें लेकर जब टीका चढ़ाने गये, तब ससुर ने त्योरी बदल दी और कहा—"ऊपर से तेरह हजार रुपया और दो, तब हम तिलक लेंगे।" वहाँ से इस बात का तार आया। ठेकाणा तो कर्जदार था, वहाँ कहाँ इतने रुपये रक्खे थे। खैर, वकील शिवलाल ने दस हजार रुपये अपने पास से और तीन हजार कर्ज लेकर भेजे, तब तिलक चढ़ी। ब्याह से पन्द्रह-बीस दिन पहले वरपक्ष के आदमी आये, और उन्होंने कहा, कि हम सब जेवर देखेंगे और हर एक को तोल-तोलकर अन्दाज लगायेंगे। जेवर इतना कहाँ रक्खा हुआ था ? भावज ने अपना जेवर आदमियों को दिखला दिया और आदमियों ने उसे तौल भी लिया। वह खुश होकर चले गये। ब्याह की सब बात पक्की हो गई।

ननद बे-माँ-बाप की लड़की थी। भावज को बड़ी फिकर थी, कि कोई ऐसी बात न हो, जिससे लोग समझें कि बिना माँ-बाप की लड़की के ब्याह में भाई और भावज ने कुछ भी हौसला नहीं दिखलाया। ठाट-बाट से ब्याह करने का निश्चय कर लिया गया, चाहे उसके लिए ठेकाणे का कुछ भी क्यों न हो। ब्याह जनपुर में होता तो बहुत सुभीता था, लेकिन खलपा में ही करने का निश्चय करना पड़ा, और तब सामान जनपुर से मँगाया गया। महीने भर पहले से ही लारियाँ सामान ढोतीं दिन में चार-चार फेरा लगाने लगीं। वहीं से तम्बू-शामियाने मँगवाये गये और सभी तरह की खाने-पीने की चीजें भी आईं। जेवर-कपड़ा छोड़ बीस हजार खर्च आया, जिसमें तीन हजार तो ह्विस्की पर खर्च हुए। वकील शिवलाल और कामदार मानूराम इन्तजाम पर लगे। कई नजदीकी सम्बन्धी भी हाथ बँटाने आये, जिनमें रोमे के ठाकुर भी थे।

औरा गुजरात-अजमेर रेलवे लाइन के ऊपर है। बरात वहाँ समय पर पहुँची और समय पर ही वह खलपा भी आ गई। बरात की शोभा के लिए जसी और रामकंवार जनपुर से नाचने आई थीं। महफिल लगी। जनपुर के कितने ही ताजीमी सरदार और दूसरे गणमान्य सज्जन महफिल में बैठे हुए थे। भावज काम में बड़ी व्यस्त थी, लेकिन इस वक्त सोचा, छत पर से चलकर जरा महफिल को देखें। वह ऊपर चली गई। इधर विवाह-मण्डप में बींद और बीनणी बैठाये गये थे। तुम्हें ही कन्यादान देना

है, यह बात गौरी से पहले नहीं कही गई थी। उसे क्या मालूम था, कि लोग चारों ओर उसे ढूँढ रहे हैं। अन्तःपुर का एक-एक कोना ढूँढ लिया गया लेकिन ठाकुरानी का कहीं पता नहीं था। उग्रपुरवाली ननद कहने लगी—"जेवर-कपड़े पहने थी, कहीं भाग तो नहीं गई।" यह गौरी के ब्याह के दस वर्ष बाद (१९३५ ई०) की बात है। यद्यपि गौरी का जीवन जर्जर हो गया था, और वह जीवन से ऊब गई थी, लेकिन जेवर पहने भाग जाने का ख्याल वैसी ही स्त्री कर सकती थी, जो कि भाँग वाले कुएँ में पैदा हुई हो। संयोग से कोई छोरी भी शायद महफिल देखने के ख्याल से ही छत से ऊपर आई, वहाँ उसने अपनी अन्नदाता को देख लिया। उससे सारी बात मालूम हो गई, और भावज ने दौड़ी-दौड़ी नीचे जा ननद का कन्यादान दिया। ब्याह हो गया। बरात जनवासे चली गई। उसे तीन दिन तक रक्खा गया। रोमे के ठाकुर ने भी वाहवाही लेनी चाही। उन्होंने कहा— "हम अपने यहाँ बरात के लिए चाय-पार्टी करेंगे।" प्रबन्धक तो वह ही थे, और भण्डार में चाय-पार्टी के लिए काफी अधिक सामान बच रहा था। उन्होंने कामदार से कहा—"जल्दी-जल्दी में हम चीजें नहीं मँगा सकेंगे, इसलिए लारी पर यहीं से सामान भेज दो।" सारा सामान खलपा से गया और रोमे के ठाकुर ने अच्छा परमुण्डे फलाहार कराया।

हाँ, बरात के बिदा होने से पहले वरपक्ष ने जब दहेज की चीजें देखीं तो उन्होंने कुछ चीजों की कमी बतलाई—चाँदी का विशाल स्नानपात्र (जंगाल, कुण्डी) नहीं था, चाँदी का एक घड़ा भी नहीं था। इसके बाद जड़ाऊ जेवरों की माँग की। गौरी जानती थी, कि सूची में लिखी एक-एक चीज को लिये बिना बराती जान नहीं छोड़ेंगे, इसलिए उसने उग्रपुर से जड़ाऊ जेवर भी मँगवा लिये थे। ठेकाणे के कर्ज के ख्याल से सोचा था, जितना ही कम खर्च हो उतना ही अच्छा। जड़ाऊ जेवरों का दाम भी नहीं दिया था, सोचा था यदि नहीं देना पड़ा तो जौहरी जेवर लौटा लेगा। गुजराती ठाकुर भी कम चंट नहीं थे। जब वह जेवरों को माँगने लगे, तो खलपा के ठाकुर को "क्या करें" यह सूझ नहीं पड़ रहा था। वह अपनी ठाकुरानी के पास पहुँचकर रोने लगे—"अब तो इज्ज़त गई, जेवर तो हमने मँगाया नहीं।" ठाकुरानी ने कहा— "तुम उसके लिए कोई अंदेसा न करो, सब चीजें संजोई रक्खी हैं।" उन्होंने जेवर की पेटी निकालकर दे दी, तोसाखाने से चाँदी का जंगाल और घड़ा भी निकालकर दे दिया। बरात दुलहन को लेकर खुशी-खुशी बिदा हुई।

बाईजी गुजरात में अपने ससुराल गई, उनके लच्छन एक-एक करके खुलने लगे। सास छाती पीटकर कहने लगी —"मेरी लड़की के बराबर की ठाकुरानी ने मुझे ठग लिया, मेरे गले में कण्ठी बाँध दी। मैं तो कभी ऐसी नहीं ठगी गई थी। सलमिया बड़ी चंट होती हैं।" लेकिन अब तो कण्ठी गले बँध गई थी। उलाहना देने पर भावज कह सकती थी—"मैंने तो ननद को दिखला दिया था, और तश्तरी पकड़ते वक्त कुछ लच्छन भी प्रकट हो गये थे, तुमने तो रुपयों के लालच से सब कुछ किया।"

तीन-चार महीने ससुराल रहकर ननद अपने मायके आई। खलपा से जो लौंड़ियाँ साथ आई थी, वह वहाँ की सारी बात कहती थी। ससुरालवाले बड़े धनी थे। उनका महल धरहा के शिवपुर गाँव में था। महल के एक कमरे में चाँदी का झूला पड़ा हुआ था, दूसरे में सोने का। पति इंगलैण्ड में पढ़कर आया था, और उसे ऐसी बहू मिली थी। बहू टट्टी में गई, तो वहीं ससुराल में मिली हीरे की अंगूठियों को निकालकर खेलने लगी और वहीं छोड़ भी आई। पीछे जमीदारिन ने लाकर दे दिया। उसे किसी बात की सुध-बुध नहीं थी, इसलिए सास बहू को जेवर पहनाने में संकोच करने लगी। गौरी ब्याह से पहले अपनी ननद को कहती—"पढ़ लो, तुम्हारे सुसराल में लोग पढ़े-लिखे हैं, बींद विलायत पढ़ के आया है।" उस समय ननद छोरियों से कहती—"भाभीसा पढ़ने को कहती हैं, म्हारा तो बींद हमें पढ़ायेगा। वह विल्लायत पढ़ के आया है।"

ननद आधी पागल तो पहिले ही से थी, इसलिए उसके बारे में छोरियों ने जो-जो बातें बतलाई, उनके लिए आश्चर्य करने की जरूरत नहीं। दोपहर के समय जब भाभी किताब लेकर पढ़ने बैठती, तो ननदरानी छोरियों के पास चली जातीं और वहाँ उनके साथ मिलकर गेहूँ चुनतीं, या किसी छोरी के सिर से जुएँ निकालतीं। भावज शरम के मारे गड़ी जाती—"बाहर की कोई स्त्री आयेगी, तो ननद को देखकर यही कहेगी, कि बिना माँ की लड़की है, इसलिए भावज उससे छोरियों की तरह काम लेती है।" ननद को कितना ही समझाती, लेकिन उसको उसकी कोई पर्वाह नहीं थी। नहाने से ननद को सबसे अधिक चिढ़ थी, और जब तक भावज पास बैठ नहीं जाती, तब तक वह नहाती नहीं। भोली-भाली ननद की मेसाली भाषा को सुनकर अन्तःपुरिकाएँ लोटपोट हो जातीं। जब वह पूछतीं—"बाईसा, रसोई में क्या- क्या बना है?" तो ननद जबाव देती —"दार-झोर (दाल-गोश्त), कोरो-मूरो (कुम्हड़ा-मूली)।" जब उनसे

पूछते, कि तुम्हारे खाने के लिए क्या बनवायें; तो बड़ी प्रसन्नता के साथ कहती— "लोणरा चौका (नमकीन चावल)।" उसकी बातें हँसानेवाली होती थीं, और आधी-आधी रात तक उससे बात करते अन्तःपुरिकाएँ आनन्द लेती रहतीं। वह कभी अपनी भाभी को आठ वर्ष का कहती और अपने को तीस वर्ष की और कभी कुछ और। काम सीखने का यह हाल था, कि सूई में डोरा डालना भी उसके लिए असम्भव था। कोई खाना बनाना नहीं जानती। हाँ, नाच-गाना और छोरियों की तरह ही कर लेती और वह बुरा नहीं होता। इधर ससुराल में तीन-चार महीने रहकर वहाँ के भी दो-एक नाच-गाने सीख आई थी। भाभी के कहने पर ननद तीन छोरियों को लेकर घूम-घूमकर गुजराती नाच दिखलाती। मालरी-गुजराती मिला हुआ एक गाना भी गरबा की तरह चक्कर में घूमते गाती—"में तली तम केम आई, म्हारो री हजारी ढोलो।" ढोला-मारू की प्रेम-कथा राजस्थान में इतनी प्रसिद्ध है, कि कृष्ण कन्हैया की तरह ढोला भी पति का पर्याय माना जाता है। बारह-बारह बजे रात तक नाचते-हँसते रहना उसके लिए मामूली बात थी। जब उससे सास के बारे में भाभी पूछती, तो जबाब देती— "सास तो राँड खोट्टी है।" और अपने पराक्रम को बड़े अभिमान से बखान करती—"एक बार सास दूध औटती मुझसे झगड़ रही थी, मैं एक लकड़ी लेकर दौड़ी, तो वह चुप हो गई।" सचमुच ही लौड़ियों ने दौड़कर पकड़ लिया, नहीं तो मालरी बहू गुजरातन सास का सिर फोड़े बिना न रहती।

एक बार भाभी अपने ननिहाल जसपुर में ननद को भी लेकर गई। वहाँ मामी— हिम्मतसिंह की बहू ने ननद के ढँग को देखकर अपनी भाँजी से कहा —"हेवो बना, आपरा हेङ हाऊ ने णणदां एडा क्यों है (हाँ जी बेटी, आपकी सब सास और ननदें ऐसी क्यों है)?" गौरी ने मामी से कहा—"यह बात तो आप मामोसा से पूछें। उन्होंने ही तो मुझे उस कुल में ले जाकर पटक दिया, उस समय तो आप सब हाँ-हाँ करते रहे, और अब मुझे अकेली को सब भुगतना पड़ रहा है। गौरी के ब्याह कराने में सबके अधिक हाथ मामा हिम्मतसिंह का था, यह पहले कह आये हैं। ननद को थोड़ी देर भी देखकर आदमी समझ जाता, कि वह कैसी है। वह हँसती, तो हँसती ही रह जाती। उसकी आँखें भी देखने में पागलों-जैसी मालूम होतीं।

दूसरी बार ससुराल जाने पर ननद को एक लड़का हुआ, उसके बाद ससुर मर गया और घर के मालिक कुँवरसाहब हुए। फिर एक और

लड़का हुआ, जिसके बाद सास भी मर गई। पति बुरा नहीं था। वह सब कुछ जानते हुए भी भाग्य पर सन्तोष करने के लिए तैयार था, और अपनी पत्नी को अच्छी तरह रखने की कोशिश करता। छ-सात वर्ष तक दूसरी शादी नहीं की, फिर उसने दूसरी शादी कर ली। इधर ननद के पीहर ने भी अब स्नेहमयी भाभी के ऊपर एक दूसरी ही तरह की सौत आ गई थी, जो अपनी ननद के साथ बड़ा बुरा बर्ताव करती थी। ननद अपने दोनों बेटों को गुजरात में सौत के पास छोड़कर पीहर में ही अक्सर रहने लगी। और नई भाभी अपनी ननद को नौकरानियों की तरह ही रखती, उन्हीं में मिलकर वह काम करती, उन्हीं का खाना उसे दिया जाता। ससुरालवाले पगली बहू को क्यों अपने पास बुलाने लगे ? वह बेटों को भी उसके पास नहीं भेजते थे। नई भाभी बहुत दुःख देती, तो ननद कहती—"हमें बड़ी भाभीसा के पास भेज दो, मैं उनके पास जाऊँगी।" १६५० में ननद के पति के मरने का तार आया। उस समय क्वार के नौरते हो रहे थे। खबर होने पर त्योहार की चहल-पहल रोकनी पड़ती, इसलिए सौत भाभी ने तार को दबा दिया और नौरतों के बाद भी ननद को बिना बतलाये ही चुपचाप भाई-भावज ने ससुराल भेज दिया। बेचारी को मालूम नहीं था, कि वह अब विधवा है। उसके साथ-साथ लौड़ियों को भी विधवाओं के कपड़ों के साथ भेज दिया। अब खलपा के गढ़ में दामाद के मरने का शोक मनाया जाने लगा। नवविधवा के "कोने में बैठने" की विधि पूरी होने पर फिर ननद को खलपा बुला लिया गया। लेकिन भावज दूसरे की बला को अपने सिर लेने के लिए तैयार नहीं थी, और उसने ननद को बिना बुलाये ही ससुराल भेज दिया।

★ ★ ★ ★

ननद की शादी में कर्ज और बढ़ गया। शिवलालजी अपने दस हजार रुपयों का ब्याज नहीं लेते थे लेकिन कर्ज तो अदा करना ही था। उधर ठाकुर साहब का भी खर्च अन्धाधुन्ध चल रहा था। न ठाकुरानी उनके ऊपर अंकुश रखती, न कामदार कुछ समझा-बुझा सकते। अच्छे-अच्छे कामदार ठेकाणे की यह अवस्था देखकर वहाँ रहना नहीं चाहते थे। गौरी कभी जनपुर, और कभी अपने मायके जाकर दिल के दुःख को कम करना चाहती, किन्तु खलपा तो जाना ही पड़ता था। अब ठाकुर साहब रण्डी को लिये नीचे के कमरे में पड़े रहते, उनकी आँख से लाज-शर्म धुल गई

थी। ठाकुरानी को पहले उनके आचार बिगड़ने की चिन्ता थी, जब उसमें वह कुछ फेर-बदल नहीं कर सकीं, तो कपाल ठोंककर भवितव्यता के सामने सिर झुकाया। ठाकुर साहब की यह हरकत अब रोजमर्रा की साधारण सी बात होकर रह गई। वह जो अन्धाधुन्ध खर्च कर रहे थे, उससे ठेकाणे के डूब जाने का डर था। गौरी कभी-कभी सोचती—"क्या जाने दूसरा ब्याह हो जाने पर ठीक हो जायँ।" इतना होने पर भी ठाकुर साहब ठाकुरानी के साथ अच्छी तरह हँसते-बोलते, उनके पास आकर चाय-नाश्ता करते, खाना खाते। नीचे के कमरे में ठकुरानी की यदि कोई चीज छूट जाती, तो ठाकुर साहब उसे किसी को बखशीश दे डालते। वैसे वह इतने पतित नहीं थे, कि अपनी पत्नी का जेवर चुराकर खर्च कर डालते। यह कह चुके हैं, कि उनको गाना-नाचना देखने का शौक नहीं था, यद्यपि उनके पास जो जनपुर की रण्डियाँ आती थीं, वह खूब गाना-नाचना जानती थीं। कुछ सालों बाद तो उन्होंने जनपुर की एक रण्डी को अपने पास रख लिया, जिसे अपने हाथखर्च का तौन सौ रुपया महीने-महीने दे दिया करते। उनकी कामुकता को एक प्रकार का रोग ही कहा जा सकता है। कोई सुन्दरी हो या असुन्दरी, उनको इसकी पर्वाह नहीं थी, उन्हें तो नई-नई स्त्रियाँ चाहिये थीं। वैसे चेहरा देखने से वह निर्बल-बुद्धि के नहीं मालूम होते थे, रोबदार भी थे, लेकिन जब बोलने लगते, तो बोलते ही चले जाते और उस समय उनकी बुद्धि का थाह लग जाता। सिर्फ एक माँ के पैदा भाई और उसकी तीन बहिनें तक ही नहीं, बल्कि सौतेली सास से जो कँवर साहब पैदा हुए थे, वह तो चेहरा देखने ही से मूर्खावतार मालूम होने लगते। जान पड़ता था, विधाता जब सारी दुनिया को बुद्धि बाँट चुके थे, तब खलपा का ठाकुर-परिवार उनके पास पहुँचा था, और शायद कानी अँगुली में जो थोड़ी-बहुत बुद्धि लिपटी रह गई थी, उसी को चीरकर उन्होंने छिन्टा दे दिया। ससुर और सौतेली सास को अश्लील से अश्लील गानों के सुनने का बहुत शौक था। वह कह-कहकर ऐसे गानों को गवाते, और बहुत खुश होकर उसे सुनते थे। इसकी व्याख्या मनोविज्ञान ही कर सकता है। यौन मनोविश्लेषण के लिए राजस्थान के सामन्त-कुलों में बहुत सी सामग्री मिल सकती है, उसके किसी हैवलाक एलिस की जरूरत है।

मालर के ठेकाणों में ठाकुर को फौजदारी मुकदमों के देखने का भी अधिकार था, लेकिन कानून से कोरे ठाकुर और उनके कामदार कैसे ठीक

इन्साफ कर सकते थे ? जनपुर-दरबार ने ठेकाणों को हुकुम दिया—"मुकदमों के देखने के लिए या तो बी०ए०, एल०एल०बी० पढ़ा आदमी रक्खो, नहीं तो राज्य अधिकार छीनकर अपनी तरफ से अफसर नियुक्त करेगा।" औरा के ठाकुर के अपने यहाँ अफसर रख भी लिया था। रोमे ठाकुर को ख्याल आया, कि अकेले अफसर रखने में खर्च बहुत आयेगा, अच्छा हो यदि रोमे और खलपा मिलकर एक आदमी को रक्खें। इसके पीछे उनके मन में 'परमुण्डे फलाहार" करने की इच्छा भी काम कर रही थी। रोमे के ठाकुर औरा से गये थे, इसलिए दोनों एक वंश के थे। एक दिन जनपुर में गौरी के पास दोनों ही ठाकुर जनपुर आये। औरा के ठाकुर देवर लगते थे, इसलिए उनके सामने कोई पर्दा नहीं था। उन्होंने भाभी से कहा—"काकोसा (रोमे ठाकुर) आपसे बात करना चाहते हैं।" अभी तक ससुर के सामने बहू के जाने का रवाज नहीं थी, इसलिए गौरी ने औरा के ठाकुर से कहा—"आप ही पूछ ले, वह क्या फरमाते हैं।" ठाकुर ने अपने चचा से पूछकर बतलाया— "रोमे और खलपा मिलकर फौजदारी दीवानी अंफसर रक्खें, तो खर्च कम पड़ेगा।" यही नहीं, बल्कि उन्होंने एक आदमी भी इसके लिए ठीक कर लिया था, जिसकी बहुत बड़ी तनख्वाह देने की आवश्यकता नहीं पड़ती। जब आदमी का नाम गोगा सिंह बतलाया गया, तो गौरी को और भी ज्यादा अरुचि हो गई। गोगासिंह पहले उसके अपने पिता के यहाँ नौकर था। पिता के मरने पर वह किसी दूसरे ठेकाणे में चला गया, और अपराध के लिए उसे जेल भी जाना पड़ा। जेल से छूटने पर उसे जनपुर राज्य से निष्कासित कर दिया गया था, वह वहाँ लौटकर नहीं जा सकता था। ऐसे आदमी को रोमे के ठाकुर साहब दोनों ठेकाणों का अफसर नियुक्त करना चाहते थे। दरबार ने कानूनदाँ अफसर नियुक्त करने के लिए कहा था, और रोमे ठाकुर साहब के उम्मीदवार को अच्छी तरह दस्तखत भी करने नहीं आता था।

ठाकुरानी ने यह भी कहा, कि अगर अफसर रखना ही होगा, तो खलपा अकेला एक अफसर रख सकता है। क्योंकि वह बड़ा ठेकाणा है। फिर औरा के ठाकुर से उसने कहा—"आप चचा-भतीजा ही क्यों न सम्मिलित कामदार रख लेते।" साथ ही ठाकुरानी ने यह भी कहा—"मुझसे पूछने की आवश्यकता नहीं" खलपा के ठाकुर साहब नाबालिग नहीं है, आप उनसे ही पूछ लें। मैं सम्मिलित कारमदार के पक्ष में नहीं हो सकती, क्योंकि खलपा और रोमे के बीच चौबीस मील का अन्तर है,

एक ही अफसर दोनों जगहों के मुकदमों को कैसे सम्हाल सकता है। आने-जाने में उसके लिए मोटर और पेट्रोल का भी बहुत खर्च आयेगा। यदि आप दोनों सम्मिलित अफसर नहीं रख सकते तो खलपा के लिए तो और भी मुश्किल है। मालर की कहावत है 'शामिल में तो होली होवै।' साझे में सत्यानाश का ही काम किया जा सकता है।" औरा के ठाकुर ने कहा—"भाभीसा, आप बात ठीक कह रही हैं।" रोमे के ठाकुर ने जब यह उत्तर पाया, तो खड़े होकर पैर पटकते हुए उन्होंने ठाकुरानी को सुनाकर कहा—"मैं जानता हूँ, सलमियों की लड़कियाँ बड़ी जबर्दस्त होती है, लेकिन मैं भी देखूँगा।" रोमे के ठाकुर बड़े पैमाने पर चाय पार्टी को दोहरा नहीं सके, इसके लिए उनको गुस्सा होना ही चाहिए था। खलपा के ठाकुर ने भी अपनी पत्नी से राय ली, तो उन्होंने कहा—"यदि ठेकाणे को डुबाना चाहते हो, तो साझे का अफसर रक्खो, नहीं तो सीधा जबाव दे दो। रोमे कोई जनपुर-दरबार नहीं है। वह हमारा क्या बिगाड़ सकते हैं ?" ठाकुर ने भी जब यही जबाब दिया, तो रोमे के ठाकुर ने कहा—"तू तो औरत का मँजूर (गुलाम) हैं।"

ठाकुर साहब के स्वभाव में भी समय के साथ भारी परिवर्तन होता गया। पहले उनको खाने-पीने का कोई शौक नहीं था, ठण्डी रोटियाँ भी दी जाती, तो खा लेते, लेकिन जब लम्पटता की ओर पैर अधिक बढ़ा, तो पहला परिवर्तन यह हुआ, कि किसी स्त्री के पास से लौटने के बाद वह खानों में नुकताचीनी करने लगते —'अमुक राँड यह लाई है, मैं तो इसे नहीं खाऊँगा।" 'फलानी राँड इस मांस में चमचा हिला रही थी, मैं तो इसे नहीं खाऊँगा।' कितने ही समय बाद दूसरा परिवर्तन यह हुआ, कि अब काम-तृप्ति के बाद लौटाने पर वह बड़े प्रसन्न दिखाई देते। उनको पैर दबवाने का भी मर्ज था। पैर दबाये बिना नींद ही नहीं आती थी, और फिर फारमाइश रात-रात भर पैर दबाने के लिए होती। बेचारी ठाकुरानी दो-तीन घण्टे तक तो पैर दबा लेती, लेकिन फिर नींद आने लगती, इस पर पलंग के पास कुर्सी रखकर अपनी छोटी-छोटी छोरियों को बारी-बारी से पैर दबाने के लिए बैठा रखती। ठाकुर साहब चाहते, कि इस काम के लिए तरुणी छोरियों को भेजा जाय। जब छोटी छोरियों को नापसन्द करते, तो ठाकुरानी बुढ़िया लौंड़ियों को भेज देतीं। ठाकुर झुंझलाकर कहते —"तुम बड़ी रुस्तम हो।" अन्तःपुर में अपनी पत्नी की छोरियों पर हाथ न सफा कर सकने के लिए उनको क्रोध आता, लेकिन सौतेली माँ की छोरियाँ बनी थीं, उनमें से एक तो इतनी गन्दी थी, कि उसके सिर पर

लाया पानी पीने का मन नहीं करता था, उसके बालों में जुएँ भरे हुए थे; लेकिन, ठाकुर को इसकी पर्वाह नहीं थी, वह तो स्त्रियों के बारे में समदर्शी थे। पुजारिन की सुन्दरी बहू भी उन्हें पसन्द थी, और कुरूपा से कुरूपा अन्तःपुर की लौंडी भी। गाँवों में कोई भी जाति कोई भी कुल की विवाहिता या अविवाहिता स्त्री हो, वह तो "प्रार्थयामि नवाँ नवाँ" का महामन्त्र जपते थे। उनकी ऐसी फारमाइशें सामान्य अन्तःपुरिकाओं के लिए कोई असाधारण बात नहीं थी, लेकिन दुर्भाग्य से उन्हें ऐसी ठाकुरानी मिली थी, जो उनकी सभी तरह की इच्छाओं को मानने के लिए तैयार नहीं थी। वह उस पर गुस्सा होते, दाँत पीसते, लेकिन अन्त में कुछ करने के लिए तैयार नहीं होते थे, क्योंकि उसके लिए उनके पास हिम्मत और बुद्धि नहीं थी। हाँ, अपने नौकरों और कामदारों पर गुस्सा जरूर निकालना चाहते थे, और रंज होते ही तुरन्त हुकुम दे देते—"बारह घण्टे के भीतर हमारे यहाँ से निकल जाओ।" फिर ठाकुरानी उन्हें ठण्डे दिल से सोचने के लिए कहती—"इस तरह नौकरों को रखना-निकालना अच्छा नहीं है। इससे ठेकाणा चौपट हो जायेगा, प्रबन्ध खराब हो जायेगा, यदि कोई कसूर करे, तो उसे सजा दीजिये, वह इस्तीफा दे तो उसे मंजूर कर लीजिये।"

ठाकुर फिर ठण्डे पड़ जाते।

★ ★ ★ ★

अभी ठाकुर साहब ने दूसरी शादी नहीं की, इसी समय सासू बीमार पड़ीं। आपरेशन करने की जरूरत थी, इसलिए उन्हें जनपुर ले जाया गया। आपरेशन साधारण था, लेकिन वहाँ कुछ दिनों तो अस्पताल में रहना ही था। वह अपने भोलेपन का परिचय अस्पताल में भी देते। नरसों से पूछा करतीं—"तुम्हारा ब्याह हुआ है ?"

"हम शादी नहीं करते।"

"तो थाने रोटियाँ कमाने कुण धालहीं (तो रोटियाँ कमाकर कौन देगा) ?"

"हम अपनी रोटी आप कमा रही हैं, आपको दीखता नहीं है?"

"एड़ी कमाई हूँ कि है थोड़ी होवै (ऐसी कमाई से कोई बरकत थोड़ी ही होती है)।"

वहाँ कभी अतर लगा दिया करतीं, कभी अपने बिछौने पर फूल बिछवा लिया करतीं। नरसें उनके विचित्र स्वभाव को देखकर बहू से कहतीं — "ऐसी सास के पास रहना बड़ा मुश्किल है। आपको तकलीफ होती होगी।"

बहू को एक सास से क्या शिकायत हो सकती, वहाँ तो सारा पारिवारिक जीवन ही दुस्सह था। सासू अपने जेवर और पैसे कलमदान (सन्दूकची) में रखकर अपने साथ ले जाने वाली थी। जब अस्पताल जाने का समय आया, तो बहू ने कहा—"आप इन्हें कहाँ अस्पताल में ले जायेंगी? कमलदान तो तोसाखाने में रख दें।"

"थे राख लो तो (तुम रख लो तो) ?"

"वहाँ अस्पताल में गुम हो जावे तब ?"

"वठे म्हारे कन्ने रहई (वहाँ हमारे पास रहेगा)।" खैर, समझाने-बुझाने पर तोसाखाने में रखने के लिए तैयार हो गई। जानती थीं, आपरेशन बेहोश करके होगा, इसका डर लग रहा था, लेकिन सबसे बड़ी चिन्ता उनको अपने जेवरों की थी। उन्होंने बहू से कहा—"हमारा यह जेवर और जो जेवर पीहर में पड़ा है, उसको भी तुम हमारे लालू को दे दोगी, इसकी सौगन्ध खाओ।"

बहू ने मन में हँसते हुए कहा—"क्या आपका मेरे ऊपर विश्वास नहीं है ! मेरे पास अपना जेवर बहुत है, आपकी एक कील भी इधर-उधर नहीं जाने पायेगी।"

—"नी ओ, यों तोथाणे माथे विसवास है, पण फेर बी थाणी म्हारी सौगन काड़ जाओ (नहीं, यों तो तुम्हारे ऊपर मेरा विश्वास है, तो भी मेरी सौगन्द खा जाओ)।"

मैं झूठी नहीं हूँ। जो झूठी होती, सो सौगन्द खा लेती, लेकिन तो भी आपके विश्वास के लिए सौगन्द करती हूँ कि लालजीसा (देवर) को सारा जेवर दे दूँगी।"

सौगन्द सुनकर सन्तोष की साँस लेते हुए सासू ने कहा— "हमैं मूँ मरूँ, तो होरी मरूँ (अब मैं मरूँगी तो अच्छी तरह मरूँगी)।"

आपरेशन अच्छी तरह हो गया, फिर एक दिन सासू को अपने जेवरों

की चिन्ता हुई, क्या जाने सौगन्द खाकर भी बहू ने रख लिया हो। उन्होंने कहा—"म्हारो कलमदान लेता आइजो।"

बहू ने समझा, सन्दूकची को लाने की क्या जरूरत है, इसलिए उसने कहा—"चाबी दे दें, मैं निकाल के लाती हूँ।"

सासू ने तुरन्त कहा—"चाबी तो नी दूँ।"

"इतनी सौगंद करी, तो भी आपको विश्वास नहीं है।"

लेकिन सासू इतनी जल्दी विश्वास करने वाली नहीं थीं। वह समझ रही थीं, कि जब तक चाबी इनके पास है, तभी तक जेवर सुरक्षित हैं। उन्होंने चाबी नहीं ही दी। बहू कमलदान ले आई, सासू ने उसमें पैसा या दूसरी चीजों की जितनी जरूरत थी, उतनी निकालकर ताला लगा दिया। बहू की ईमानदारी और उसकी सेवा पर सासू बहुत प्रसन्न थीं, इसलिए पाँच रुपये निकालकर बहू की ओर बढ़ाते हुए उन्होंने कहा—"थे म्हारी नौकरी ही की दी। था दारूँ त घणा नी पीवां, पण आज ईणा रुपया री दारू मँगाईने ने पीजो। (तुमने मेरी अच्छी तरह सेवा की। तुम बहुत दारू-शराब तो नहीं पीती, किन्तु आज इन रुपयों से दारू मँगाकर पीना)।"

बहू को मजाक की सूझी, उसने कहा-"चाकरी तो की, लेकिन उससे क्या, आप मेरी माँ हैं, मेरा धर्म था सो किया। पाँच रुपये की तौ मैं दारू नहीं पीती, यदि पिलाना हो तो, ह्विस्की ही मँगवा दें।"

"कई लागे विस्कीरो (ह्विस्की का क्या दाम लगता है) ?"

"बस यही पच्चीस-तीस रुपया।"

"नी बा, एडी मैंगी तो नी मँगाऊँ।"

"तो मैं भी दारू नहीं पीऊँगी" कहकर बहू ने रुपया नहीं लिया। इसे कहने की आवश्यकता नहीं, कि पाँच रुपयों के अपने पास से न जाने का सासू को बड़ा सन्तोष हुआ।

जब सासू अपनी लौंडियों-बाँदियों को किसी काम के लिए पैसा देतीं, तो उनके दस पग जाने पर फिर बुलाकर कहतीं— "मैं इत्ताइज दीदा (मैंने इतना ही दिया)?" और उसके पैसा हाथ में लेकर गिनतीं। वह फिर दस-पन्द्रह कदम जाती, और फिर उसे बुलाकर वैसे ही पूछकर पैसे गिनतीं। दो-दो तीन-तीन बार गिने बिना वह लौंडियों को जाने नहीं देतीं।

बाजार में सौदा मँगाती, तो लानेवाले से पूछतीं—"कायें थूँ बीच में तो पैया नी राखिया ? हाच बोलजो, होगन 'काड़ी ने (क्यों तूने बीच में तो नहीं पैसा रख लिया ? सच बोल, सौगन्द खाकर कह)।" उससे सौगन्द कराती। डावड़िया बेचारी बहू के पास आकर रोतीं—"नी लायें तो मरैं, लावें तो म्हाणों तेल पाड़े (नहीं लावें तो मरें, और लावें तो हमें तंग करती हैं)।"

सास की बड़ी तोंद निकली हुई थी। तोंद निकलने लायक ही चीजें वह खूब डटकर खाया करती थीं। एक दिन एक डावड़ी ने अपने अन्नदाता से कहा—"आपरेशन से आपका शरीर बहुत अच्छा हो गया है।" सुनते ही वह उठकर बहू को एकान्त में ले जाकर बोलीं—"बीनणी, हात लाल मिरच आउखी हात लूँणरी काँकरिया मँगाईने म्हारे माथे बारी दो (बहू, सात साबित लाल मिर्च और सात नमक की डालियाँ मँगाकर हमारे सिर पर वार दो)।" अगर यह लूण-राई का टोटका नहीं किया जाता, तो निश्चय बी बुरी नजर लगी थी, इसलिए सासू दुबली होने लगती, और न जाने उनके ऊपर क्या-क्या आफत आती। बहू ने वह चीजें लाकर बारी, फिर ले जाकर चूल्हें में डाला। अभी भी सास के मन को सन्तोष नहीं हुआ था। उन्होंने आते ही बहू से पूछा—"चूल्हे में डालने पर गन्ध आई कि नहीं ?" विश्वास किया जाता है— वस्तुतः नजर लगी होने पर तो बारी हुई चीज को आग में डालने से गन्ध नहीं उठती। बहू ने कह दिया—"नहीं बूजीसा, जरा भी गन्ध नहीं आई।" इस पर सास बोलीं— "देखा बहू, मैंने लूण-राई करवा ली, नहीं तो यह राँड मुझे खा ही जाती।"

सास की लौंड़ी चीज खरीदने गई। लौटकर मालिकन के सामने हिसाब देने लगी, तो दो पैसे कम हो गये। फिर क्या था, सास लड़ने लगीं— "म्हारा दो पैसा ला तू, खाइगी (मेरा दो पैसा ला, तू खा गई है)।"

लौंड़ी ने झगड़े की जगह यही अच्छा समझा, कि दो पैसा लौटा दें, लेकिन उसके पास छुट्टा पैसा नहीं था। वह बड़ी नम्रता से गिड़गिड़ाकर कह रही थी —"बापजी, म्हारे कन्न खुला पैया नी।" लेकिन सास इतनी देर तक प्रतीक्षा थोड़े ही कर सकती थीं। उनके दोनों पैसे इसी वक्त मिलने चाहिए। दो घण्टे लड़ती रहीं, इसी समय बहू आ गई, तो वह उससे उलाहना देती बोलीं—"देखो नी ओ बीनणी, आ राँड रोडकी, म्हारा

दो पैया खाइगी (देखो नहीं बहू, यह राँड रोडकी हमारे दो पैसे खा गई)।" रोडकी बेचारी हाथ जोड़कर बिनती करने लगी —"मैंने पैसा नहीं खाया, छुट्टा पैसा नहीं है, पैसा होते ही मैं दे दूँगी।" बहू ने सोचा, जरा हिसाब करके देखें। हिसाब किया, तो पैसे ठीक खर्च हो गये थे, और एक पाई भी रोडकी के जिम्मे नहीं थी। बहू ने सास को समझा दिया। रोडकी जान बची और उसने रोम-रोम से आशीर्वाद दिया।

एक-एक पैसे का हिसाब लेने से यह नहीं समझना चाहिए, कि सास खाने-पीने में कंजूसी करती थीं। उनकी साग-सब्जी में जब तक दो अँगुल घी ऊपर न तैरता हो, तब तक वह खाती ही नहीं थीं। बहुत खा लेने पर कभी-कभी पेट-दर्द होना स्वाभाविक था, इस पर कह उठतीं—"रावलाँ रो दोस होई ग्यो" (रावल अर्थात् मृत-पति ने कुछ कर दिया है)। उनके विश्वास के मुताबिक और पूर्वजों की तरह मरकर उनके पति भी पितर (प्रेत) होकर कभी-कभी गढ़ के अन्तःपुर में फेरा देते रहते हैं। नजर लगती, तो लूँण-राई करातीं, लेकिन रावलों के दोष का निवारण इस प्रकार नहीं होता। घिडोंची के पास चूने के बने नाड़े (गड़हे-से) होते हैं, जिसमें गेहूँ जौ बोकर पास की दीवार में काजल से काला साँप अंकित कर दिया जाता। पितर यहीं रहते हैं। सासूजी रावलों का दोष हो जाने पर वहाँ पर नारियल और मिठाई चढ़ा कर उनकी प्रसन्नता प्राप्त करके पेट-दर्द हटातीं। पैसे-पैसे का हिसाब तो वह बहुत करती थीं, लेकिन लोग भी खाना-खूब जानते थे। अप्रैल-मई-जून के गर्मी के तीन महीने में वह रोज बादाम और मिश्री की ठण्डाई पिया करती थीं, और उस पर तीन सौ रुपया खर्च कर डालतीं, नौकरानियाँ तीन सौ का हिसाब बनाकर दे देतीं, चाहे सौ-डेढ़-सौ ही खर्च हुआ हो। मालकिन तीन सौ रुपया दे देतीं। बूढ़ी ठाकुरानी अब भी जीवित हैं। जागीरदारी उठने का सारे राजस्थान के जागीरदारों और ठेकाणेवालों में हाहाकार मचा हुआ है, लेकिन बूढ़ी ठाकुरानी का कहना है—"अपणा ठेकाणा कठे जावे, नी जावे। राव जागा-जीरी छँवरी रोप्योड़ी है" (अपना ठेकाणा कहाँ जा सकता है, नहीं जायेगा। राव जागाजी की यह स्थापित हुई छावनी है)।" सासू को बुढ़ापे में क्या, जीवन भर चिन्ता नहीं रही। उन्हें न सिलाई आती न बुनाई ! पोथी-पत्रों से तो उनको कोई मतलब ही नहीं है। नौकरानियाँ समय पर आकर काम करके चली जाती हैं। विशाल महल में अकेली रहती हैं, तो भी वह कभी अकेलेपन की शिकायत नहीं करतीं। वह चुपचाप किसी जगह बैठी

रहतीं, कभी लेट जातीं, और कभी टहलने लगतीं। उन्हें बात करने के लिए किसी दूसरे की आवश्यकता नहीं, अपने आप से खूब बात कर लेती हैं, और अकेली बैठी हँस भी लेती हैं। पास में बादाम या चना भूना रक्खा रहता है, जिसे बीच-बीच में मुँह में डालती हैं। किसी ने उनके मुँह से यह नहीं सुना, कि आज मेरी तबियत नहीं लग रही है। आठ बजे उनको नाश्ता चाहिए, जिसके लिए रात की ठण्डी बटिया रक्खी रहती है। लेकिन, सूखी बटिया पर वह सन्तोष करने वाली नहीं हैं। उसके साथ दही, मक्खन या कड़कड़ाया थी और बूरा भी चाहिए। बारह बजे उनका मध्यान्ह भोजन होता है। विधवा होने से वह मांस नहीं खातीं, लेकिन इनकी सागसब्जी में दो अंगुल घी बहना चाहिए, नहीं तो वह कहती हैं—"राँड चोरी ली दो, म्हारे पेट में नी जावादे (राँड ने चुरा लिया, हमारे-पेट में नहीं जाने देती है)।"बुखार उधर लगा हुआ है, और उधर फरमाइश है—"भुजिया (पकौड़ी) बनाके लाओ, बादाम का हलवा जल्द लाओ।" बहू कहती, आपका पेट खराब हो जायेगा, बुखार में ऐसी गरिष्ठ चीज नहीं खानी चाहिए, तो वह कह देतीं—"मने बुखार चड़े, जरे भावड़ आये (मुझे बुखार जब चढ़ता है, तो खाने की इच्छा होती है)।" चाहे कुछ भी हो, लेकिन वह एक दिन भी बिना खाये नहीं रह सकतीं। बहू कभी कह देती—"हुक्म (सरकार), आजकल गर्मी के दिनों में बीमारी का डर है, इसलिए सबको कह रक्खा है, कि एक-एक फुलका कम खावें।" लेकिन वह इसके लिए तैयार नहीं थीं। "मुझसे भूखा नहीं रह जाता"—यही उनका जवाब होता।

अपने बच्चे को छ-सात महीने तक तो उन्होंने अपना दूध पिलाया, उसके बाद गाय या बकरी का दूध पिलाने लगीं। आध सेर दूध गरम करवा लेतीं, फिर बोतल में डालकर उसके मुँह में लगा देतीं, और सारे दूध को पिलाकर छोड़तीं। बच्चे का पेट फूलकर कुप्पा हो जाता, लेकिन वह कहाँ जान छोड़नेवाली थीं। किसी की बात मानने के लिए तैयार नहीं थी। पीछे तो बच्चे की आदत ऐसी हो गई, कि वह आधा सेर दूध घट-घट पी जाता। उनसे कहा जाता, दो-तीन घण्टे का फर्क देकर दूध पिलाना चाहिए, लेकिन वह मानने वाली नहीं थी। थोड़ी देर दूध पिलाये हुआ कि फिर दूध औटने के लिए आग पर रख उसको भी बोतल में डालकर बच्चे के मुँह में लगा देतीं। दूध से ही उन्हें संतोष नहीं होता, बल्कि पत्थर घिस-घिसकर कितने ही बादामों को भी चटाती रहतीं। एक

बार उनको ख्याल आया, बच्चे का नाखून अपने हाथ से काट दें। लेकिन नाखून तो कभी काटा नहीं था, इसलिए नाखून के साथ चमड़ी भी उन्होंने उतार दी। उस वक्त बच्चा दो-तीन वर्ष का था खून बहाने लगा, तो अँगुलियों पर पट्टियाँ बाँध दी। भाभी ने देवर से पूछा, तो उसने कहा—"भाव नख कतरिया, म्हारी ओंगडियाँ कटगीं (माँ ने नाखून काटा, मेरी अँगुलियाँ कट गई)।" देवर चार-पाँच वर्ष का था, एक दिन भाभी ने उससे कहा—"आओ, खाना खा लो।"

देवर ने कहा—"मैं तो नी खीऊँ (मैं तो नहीं खाता)।"

"क्यों नहीं खाते?"

"म्हारा भावा कूटे (मेरी माँ मारेगी)।"

"नहीं कूटेंगी।"

इस पर देवर ने बात खोलते हुए कहा—"भाभीसा कई चीज देवे, तो खाइ जो मत, थने जेर दे देही (भाभीसा कोई चीज दें, तो मत खाना, तुझे जहर दे देंगी।"

यह सुनकर भाभीसा को होश आ गया, और उसने कान पकड़ लिया, कि फिर खिलाने-पिलाने का आग्रह नहीं करूँगी, नहीं तो यदि कोई बीमारी लगी, तो सासू मुझे ही बदनाम करेंगी। इसके बाद भाभी अपने यहाँ देवर को पानी भी नहीं पिलातीं।

खलपा में देवर ने वर्णमाला और पहाड़े पढ़ लिये थे। अब वह सात-आठ वर्ष का हो गया था, और आगे पढ़ाने की जरूरत थी। बहू ने सास से पूछा—"आपकी मर्जी हो, तो देवर को चौपहिया के स्कूल में पढ़ने के लिए बैठा दें।" जनपुर से तीन-चार मील पर अवस्थित चौपहिया में पुराने राजा के चचा प्रसाद सिंह ने जागीरदारों और बड़े राजपूतों के पढ़ने के लिए छात्रावास-सहित एक स्कूल खोला था। लेकिन सास अपने बेटे को दूर कैसे भेजतीं ? उन्होंने कहा—"म्हारी छाती हेटाऊ म्हारे टाबर ने नी काढूँ (अपनी छाती के नीचे से अपनी सन्तान को नहीं निकालूँगी)।"

इस पर बहू ने कहा—"नहीं निकालोगी तो यह पढ़-लिख नहीं पावेंगे, यह हमको गालियाँ देंगे कि भाई-भावज ने हमें किसी लायक नहीं बनाया।" काफी समझाने-बुझाने के बाद एक दिन सासू अपने पुत्र लाजसिंह को स्कूल में बैठाने के लिए राजी हुई। चौपहिया में उसे भरती करा दिया

गया। वहाँ के सभी विद्यार्थी मेस में भोजन करते थे। लाजजी की सेवा के लिए एक नौकर रख दिया गया था। दस वर्ष से ऊपर वहाँ पढ़ता रहा, लेकिन दिमाग में तो गोबर भरा था, मैट्रिक भी नहीं पास कर पाया। पीछे पंजाब की परीक्षा में अपने नाम से किसी दूसरे को बैठाकर मैट्रिक पास किया।

■■■

१७

सौत आई (१९४०) ई०

ब्याह के बाद वर्ष बीतते गये, किन्तु वह जल्दी-जल्दी कैसे बीतते ? दु:ख और चिन्ता की घड़ियाँ महीनों और वर्षों के बराबर होती हैं, यद्यपि बीत जाने पर उनका अस्तित्व स्वप्न-सा मालूम होता है। गौरी ठाकुर के सुधरने की आशा करती थी। हर साल ख्याल आता, शायद इस साल ठीक हो जायँ, लेकिन "मर्ज बढ़ता गया ज्यों-ज्यों दवा की।" एक तरफ दाम्पत्य जीवन काँटों की सेज बन गया था, दूसरी ओर ठेकाणे का कोई प्रबन्ध ठीक से चल नहीं पाता, न कोई अच्छा आदमी टिकता। किये-कराये पर इस तरह पानी फिरते देख गौरी का भी उत्साह ढीला पड़ जाता था। वह खलपा कम, जनपुर में ज्यादा रहती और जसपुर तथा मंगलपुर में भी जाकर घावों को भरने की कोशिश करती। बाबोसा और माँ कितनी बार बेटी-दामाद को अपने यहाँ बुला लिये करते। एक बार गौरी के जीजा-जीजी भी आये। बूढ़े ठाकुर अपने दोनों बेटियों और दोनों दामादों को बम्बई आदि की सैर कराने ले गये। सोचा होगा, दूसरी बेटी और उसके पति के मधुर सम्बन्ध के कारण शायद छोटे दामाद पर भी कुछ प्रभाव पड़े, लेकिन व्यसन जब राजरोग के रूप में परिणत हो जाय, तो उसके हटने की क्या आशा हो सकती है? यात्रा से लौटने पर ठाकुर कभी जनपुर भी आ जाते, किन्तु अधिकतर खलपा जाना पसन्द करते। वैसे अब उनके मनमानी करने में उतनी बाधा नहीं थी। पत्नी चाहती थी, कि वह प्रसन्न रहें। मृत सास की बूढ़ी डावड़ियाँ कहती रहतीं—"इतने दिन ब्याह हुए हो गये, कोई सन्तान नहीं। वंश चलाने के लिए दूसरा ब्याह हो जाना चाहिए।" ननदें भी आने पर इसके लिए जोर लगातीं। यदि ससुर जिन्दा होते, तो इसमें शक नहीं कि बेटे का दूसरा ब्याह कबका हो गया होता। ठाकुर में दोष ही दोष नहीं थे, गुण भी थे। यौन निर्बलता उनमें थी, लेकिन वैसे वह अपनी पत्नी से खुलकर मिलने में आनाकानी नहीं करते। दूसरे ही लोगों ने नहीं, बल्कि जब गौरी ने भी दूसरा ब्याह करने के लिए कहा, तो उन्होंने साफ इनकार करते हुए कहा—"जिन्दगी भर आराम से रह लेना चाहिए। मरने के बाद कौन गद्दी सम्हालेगा, इसकी

परवाह नहीं करनी चाहिए।" उनको सचमुच ही सन्तान की इच्छा नहीं थी। लेकिन गौरी के मन में होता था, शायद दूसरी बहू के आने पर हालत में सुधार हो जाय, या कम से एक और भी दुःख सुख में साथ देने के लिए तो आ जायेगी। उसे अपने एक-दो सम्बन्धियों की सौतों का उदाहरण देखने को मिला था, जिसके पारस्परिक प्रेम को देखकर स्त्रियाँ ईर्ष्या करती थीं। वह समझती थी, उसे भी उसी तरह की सौत मिल जायेगी, जो दुःख की जगह सुख और सन्तोष का कारण बन सकती है। ठाकुर साहब के बार-बार इनकार करने पर भी गौरी इस फिकर में थी, कि कहीं अच्छी लड़की मिले, तो ब्याह करा दूँ। सौतेली सास के नीम सी कड़वी होने पर भी उसने अपने दिल में उसके प्रति मैल नहीं आने दिया था। वह सोचती थी, सौत के लिए मेरे दिल में ईष्या नहीं होगी, तो क्यों बिगाड़ होगा। जनपुर के महाराजा ऊधोसिंह की दादी बुआ बामा में ब्याही थीं। उनको किसी से मालूम हुआ, कि गौरी अपने पति का दूसरा ब्याह कराना चाहती है। उनके पूछने पर गौरी, ने, "हाँ" किया, फिर बुढ़िया ने कहा—"मैं तो अपनी ओर से नहीं कहती, किन्तु यदि तेरी इच्छा हो, तो मेरे सगे- सम्बन्धियों की एक लड़की यहीं पर है, तू देख ले। मैं इस बात का विश्वास दिलाती हूँ कि यदि वह तेंरा मन नहीं रखेगी, तो मैं उसे अपने पास रख लूँगी, और ससुराल नहीं जाने दूँगी। बुढ़िया जिस वक्त यह प्रस्ताव रख रही थी, उसी समय गौरी को राजस्थान की प्रसिद्ध कहावत याद आ रही थी—

"सौत बुरी सूली भली, नितहि छिपावै नैन।
सौत बुरी काचा चून की, आध बटावै पीव।"

वह बुढ़िया की बात सुनकर लड़की को देखने गई। लड़की स्वभाव में भली मालूम हुई, लेकिन रंग थोड़ा साँवला था। बुढ़िया के पूछने पर गौरी ने कहा—"ठीक हैं, मैं उनसे भी पूछकर जवाब दूँगी।" यह खबर राजमाता को भी लगी, उन्होंने मजाक करते गौरी से कहा—"मैं सुन्यों के थाँ होक देखता फिरो हो (मैंने सुना है, तुम सौत देखती फिरती हो)?" गौरी ने कहा—"हाँ, देखी तो।" "कैसी लगी?" "ठीक है, जरा काली है।" राजमाता ने हँसते हुए कहा—"यही सौत अच्छी होगी।"

ठाकुर के पास पूछने पर उन्होंने ऐसी लड़की से ब्याह करने से इनकार कर दिया।

★ ★ ★ ★

जब मालूम हो गया, कि ठाकुर और ठाकुरानी दूसरे ब्याह के लिए तैयार हैं, तो फिर राजस्थान के अन्तःपुरों में लड़कियों की क्या कमी थी ? कितने ही राजमहलों में तो आजन्म कुमारियाँ बैठी रहती हैं। कुल भी चाहिए, और धन भी, साथ ही दहेज के लिए उसी के अनुसार पीहरवालों के पास पैसा होना चाहिए। ये तीनों बातें नहीं बैंठें, तो, लड़की का ब्याह कैसे हो सकता ? लेकिन बुढ़ापे में कदम रख लेने तक भी कोशिश तो यही की जाती है, कि लड़की किसी के मत्थे मढ़ दी जाय। राजपूताने की बाईस रिसासतों में दासा भी एक है, वहाँ के राजा की बहिन बनोरा के कुँवर (राजानुज) से ब्याही थी। बनोरा के मृत महाराज की बहिनों में से कई कुँवारी थी, जिनमें एक तो चालीस को पहुँच गई थी। उसका भाग्य ही समझिये, जो दौड़ में वह औरों से आगे बढ़ गई। उसकी न अपने भाई से पटती थी, न आठ सौतेली माओं से— अपनी माँ मर चुकी थी। भाभियों से भी पटती नहीं थी। सदा अकेले रहती थी। किसको मालूम था, राजमहल में उससे कुछ कम ही उमर की किन्तु काफी बड़ी तेरह कुँवारियों के रहते उसे पति का मुँह देखने का सौभाग्य प्राप्त होगा। राज इतना पैसा दे नहीं सकता था, इसीलिए पितृकुल में कुँवारी रहते ही उन राजकन्याओं को अपना जीवन समाप्त करना था। भाईबन्द, हित-कुटुम्बी कोशिश करते रहते थे। दासावालों को भी राजकुमारी के ब्याह की चिन्ता थी। वह भी लड़के की फिकर में थे। औरा-ठाकुर की बहन दासा ब्याही थी, और रोमे-ठाकुर औरा का चचा था। रोमे पहले ही जलाभुना हुआ था, इसलिए वह भी चाहता था, कि खलपा के ठाकुर से ब्याह हो जाय, तो मैं गौरी से बदला ले सकूँगा। चारों ओर-से खलपा के ठाकुर के कान में ब्याह का मन्तर पढ़ा जाने लगा, बड़े-बड़े सब्जबाग दिखलाये जाने लगे। दासा का राव बनोरा की राजकुमारी के ब्याह के लिए रोमे आया हुआ था। सिखा-पढ़ाकर ठाकुर के खलपा भेज दिया। वह सबेरे नौ-दस बजे ठाकुर के पास पहुँचा। राव बात करना अच्छा जानता था। उसने भोले ठाकुर के सामने राजकुमारी के शील-गुण का इतना बखान किया, कि उन्हें बिल्कुल पसन्द आ गई। फिर अपनी पत्नी के पास जाकर क्हा—"तुम ब्याह करने की बात कर रही थी, वनोरा की बहिन के लिए आदमी आया है।" पत्नी ने कहा—"फोटो भी लाया है ?"

"फोटो तो नहीं लाया, किन्तु अच्छी बतलावै।"

"मैं तो देखकर कहूँगी, कहीं बूजीसा (सौतेली-सास) जैसी न आ जावे।"

"नहीं, लड़की अच्छी है, मैंने स्वीकृति भी दे दी है।"

जब स्वीकृति दे ही दी, तो और क्या कहा जा सकता। लड़कियों की उमर बतलाने का कायदा नहीं है, और न उसे पूछा ही जा सकता है, लौड़ियों को भेजकर दिखवाया जा सकता था, लेकिन ठाकुर को इसकी आवश्यकता नहीं मालूम हुई।

पुरी के ठाकुर और ठकुरानी गौरी के साथ विशेष स्नेह रखते थे। उनको पता लगा, तो उन्होंने समझा, कि शायद ठाकुर अपनी स्त्री से छिपाकर ब्याह कर रहे हैं, इसलिए उन्होंने अपनी ठाकुरानी को भेजा। गौरी ने कह दिया—"मुझे मालूम है, और मैं भी सहमत हूँ। "हिम्मतसिंह मामा की बीबी भी आई। गौरी के ब्याह में सबसे हाथ हिम्मतसिंह मामा और उनकी ठाकुरानी का था। उन्होंने आकर खलपा के ठाकुर को बहुत समझाया— "हम भी तुम्हारे रिश्तेदार हैं, इस तरह दूसरा ब्याह करना ठीक नहीं है, घर बिगड़ जायेगा। बहुत समझाया-बुझाया, और ठाकुर ने उनके सामने कह भी दिया—"मैं नहीं ब्याह करूँगा।" लेकिन यह सब ऊपरी मन से ही था। रोमे के ठाकुर दासा के राव आदि ने मिलकर उनको ब्याह के लिए बिल्कुल तैयार कर लिया था।

जसपुर में मामा अनन्तसिंह की लड़की की शादी थी। गौरी को न्योते में जाना था। इसी समय खलसा-ठाकुर का ब्याह भी तै हुआ। उन्होंने पाँच-छ दिन पहले ही गौरी को नौकर-चाकर और वकील साहब शिवलाल को देकर भेजते हुए कहा—"चलकर अजमेर में ठहर जाना। ब्याह करने जा रहा हूँ, वहाँ से मैं भी अजमेर में मिलूँगा।" गौरी मोटर पर अजमेर चली, और ठाकुर साहब रचाने ब्याह बनोरा गये। तीन दिन में ब्याह, बिदाई और खलपा में कुलदेवों की पूजा की रसम अदा कर बहू को लिवाये वह सुबह नौ बजे अजमेर आ पहुँचे।

गौरी की छोरियाँ रसोई बना रही थीं एक नौकर रसोईघर में बैठा था, दूसरे बाहर गये हुए थे। गौरी सोफा पर पड़ी-पड़ी किताब पढ़ रही थी। इसी समय नीचे से किसी ने आवाज दी—"चाँदनी लाना, पर्दा करना है।" गौरी के कानों में ये शब्द आये, लेकिन उसको ख्याल आया, शायद कोई रिश्तेदार ठाकुरानी आई होंगी। अजमेर में कई रिश्तेदार रहते थे। नौकर चाँदनी लेकर नीचे चला गया। थोड़ी देर में सीढ़ियों पर घुँघरू की आवाज सुनाई दी। गौरी ख्याल करने लगी—शायद छोरी गेंदी की बहिन

आ रही है। ठाकुर स्वयं नीचे रह गये थे, इसलिए भी गौरी को पता नहीं लग सका। जरा सी देर में सोफे पर लेटी-लेटी गौरी ने दरवाजे में गुलाबी सलमे-सितारे की पोशाक पहने मुँह खोले किसी स्त्री को देखा। उसके साथ दो छोरियाँ भी थीं। गौरी सोचने लगी— यह कौन सी ठाकुरानी होगी। उसने किताब को छाती पर रखकर उसे ध्यान से देखना शुरू किया, लेकिन कुछ ही क्षणों में स्त्री ने जल्दी-जल्दी पास आ गौरी के दोनों हाथों को पकड़कर उठाते हुए कहा—"जीजा, क्या मुझसे नाराज हो गई ?" अब गौरी को ख्याल आया। वह सौत को ध्यान से देखने लगी। चेहरा बतला रहा था, कि वह प्रौढ़ा स्त्री है, चालीस नहीं तो पैंतिस की जरूर होगी। उसका माथा चौड़ा और ऊँचा था, नाक छोटी और चिपटी थी, आँखें भी छोटी-छोटी थीं, कद ठिगना और रंग गेहुँआ था। शरीर न पतली न मोटी, किन्तु सुडौल नहीं थी— पेट कुछ निकला हुआ, सीने से कमर मोटी थी। नवागता को बात करने में जरा भी संकोच नहीं था। अन्तःपुरिकाओं के लिए यह नई-सी बात थी।

उसने झट उठाकर गौरी को खड़ा कर लिया, फिर लौंडियों से कहा—"उन्हें बुला लाओ।"तीन दिन की ब्याही स्त्री में इतनी फुर्ती अन्तःपुरों में दुर्लभ थी, इसमें सन्देह नहीं। ठाकुर साहब ऊपर आकर पास खड़े हो गये। दुलहन ने मजाक में उन्हें धक्का दिया, और उनके शरीर के लगने से गौरी के पैर उखड़ गये और वह सोफे पर बैठ गई। ठाकुर को भी पसन्द नहीं आया, और उन्होंने कहा—"ऐसी क्या बेवकूफी करती है।" दो-तीन मिनट बाद ठाकुर वहाँ से चले गये।

गौरी को अब सौत के साथ शिष्टाचार दिखलाना था। सबसे पहले खाने-पीने की बात पूछी—"आप मांस खाती हैं ?"

"खाती हूँ, लेकिन झटके की।"

"यहाँ तो हलाल मांस बन रहा है।" यह कहकर गौरी ने नौकरानी को हुकुम दिया—"सिक्ख होटल से झटके का पकाया मांस ले आओ।" सौत सब तरह का मांस खाती थी, लेकिन वह झूठ बोलने में सिद्धहस्त थी।

अप्रैल-मई के गर्मियों के दिन थे। ब्याह के जेवर-कपड़े उस वक्त तकलीफ देते होंगे, यह ख्याल करके गौरी ने कहा—"आप कपड़ा बदलकर स्नान कर लें, बहुत गर्मी है।"

वह कपड़ा बदलने चली गई। थोड़ी देर में लौंड़ियों जैसे कपड़े को पहनकर आई— उसके सिर पर गोदे की ओढ़नी थी। गौरी ने सोचा—"बेचारी की माँ नहीं है, भाई-भौजाई क्यों अच्छा कपड़ा देने लगे?" सौत चन्द ही मिनटों में ऐसा बातव्यवहार करने लगी, जैसे वर्षों से साथ रही हो। एक सिगरेट का केस ले आकर वह अपनी सौत से बोली—"इसे खोल दें, तो आपकी चतुराई समझूँ ?" गौरी ने चारों ओर घुमाकर देखा, एक ओर एक छोटी सी कील दिखाई पड़ रही थी। यह मालूम करने में उसे कठिनाई नहीं हुई, कि इसी के दबाने से डिब्बा खुलता है। उसने कील दबा दी और डिब्बा खुल गया। सौत के सामने गौरी ने अपनी चतुराई साबित तो कर दी, लेकिन जीवन में अपनी चतुराई को साबित कर सकेगी, यह तो आनेवाले दिन बतलायेंगे। खाना तैयार हो जाने पर गौरी ने सौत की डावड़ियों से कहा—"खाना ले आओ।" इस पर सौत ने कहा—"काई हुक्म, दारू नी आरोगी (क्यों सरकार, शराब नहीं मँगवायेंगी) ?"

"मेरे पास तो दारू नहीं है।"

इस पर सौत ने झट कहा—"हमारे साथ है, बनोरा की दारू।"

"पीती हों, तो मँगवा लें।"

देशी शराब की बोतल भी आ गई, ठाकुर साहब भी पहुँच गये। उन्होंने शराब की बोतल देखकर कहा—"दारू कहाँ से आ गई ?"

"बोंरा की है"—सौत के बोलने में कुछ अक्षरों का उच्चारण नहीं होता था, इसीलिए वह बनोरा की जगह बोंरा कहती।

गर्मी के कारण शराब के साथ गिलास में बर्फ भी डाल दी गई। छोटी सौत पहले अपनी बड़ी सौत को देने लगी। उसने कहा—"गर्मी का मौसम और दुपहरी भी है। ऐसे समय तो वैसे ही पीना नहीं, फिर मेरी तो शराब पीने की आदत भी कम है।"

ठाकुरसाहब ने कहा—"थोड़ा तो पी लो, सगुन के लिए ही सही।"

गौरी ने मजाक करते हुए कहा—"हाँ, क्यों न पीऊँगी, आज मुझे बहुत खुशी भी है।"

इस पर सौत के झट कह दिया—"खुश क्यों होने लगी, मैं जो सौत आई हूँ।"

गौरी ने गिलास को ओठों में लगा लेना ही अच्छा समझा, लेकिन उसी समय सौत ने धक्का दे दिया और कुछ शराब मुँह में चली गई। ठाकुर और उनकी बीबी ने कुछ ही शराब पी, लेकिन नई दुलहन तो बोतल पर बोतल उड़ेल जानेवाली थी। इन चन्द घूँटों से उसका क्या बनने वाला था ? लेकिन इस वक्त उसने अपने ऊपर संयम किया। ठाकुर ने अपनी नई बहू को समझाते हुए कहा—"यह बहुत अच्छी है, तुम्हें बहुत अच्छी तरह रक्खेगीं, मेरी सासू भी बहुत भली हैं, वह मुझे बेटे की तरह प्यार करती हैं।"

खाना खाने के बाद ही सौत ने बहुत आग्रह पूर्वक कहा—"आप अपना जेवर दिखलायें।" जान छुड़ाना मुश्किल हो गया। दिखला दिया। देखकर उसकी आँखें चौंधिया गईं। उसके पास कान की सिर्फ दो हीरे जड़ी लौंगें थीं, जो भी उसने अपने हाथ-खर्च से बनवाया था। गौरी को ख्याल आया—"बेचारी बे माँ की लड़की, कौन इसे जेवर कपड़ा देता।" आवेग में आकर उसने अपना जड़ाऊ लटकनदार मोतियों का कण्डा पहिना दिया। बहू अपने ऊपर संयम रखना जानती ही नहीं थी, उसने तुरन्त आग्रह किया—"चलें सिनेमा देखने"। बनोरा में सिनेमाघर नहीं था, लेकिन राजकुमारी ने इन्दौर में जाकर कितनी ही बार सिनेमा देखा होगा। बड़ी सौता ने बहुत कहा,—"यहाँ पर्दे का इन्तिजाम नहीं है, अजमेर में हमारे बहुत रिश्तेदार हैं, कोई देख लेगा, तो कहेगा कि बिना पर्दे सिनेमा देखने गई।" उसकी जिद्द देख गौरी ने ठाकुरसाहब की ओर मजाक करते हुए कहा— "ओओ करमापति, इधर आइये, इन्हें सिनेमा दिखला लाइये। मैं नहीं जाऊँगी, बुआ या मौसी के लड़के आ जायेंगे, मुझे पहचान लेंगे।" सौत का नाम करमा था, इसलिए गौरी ने अपने पति को करमापति करके सम्बोधित किया। पति पर्दे के पक्षपाती नहीं थे। मोटर में ले जाते वक्त कितनी बार वह पर्दा हटवा देते। उन्होंने वकील साहब को बुलवा सिनेमाघर में बक्स रिजर्व कराने का हुकुम दिया। वकीलसाहब से बड़ी ठाकुरानी पर्दा करती थीं और छोटी ने तो पहिले ही दिन पर्दा खोल दिया था। दोनों ठकुरानियों को लेकर ठाकुरसाहब सिनेमा देखने गये। खैरियत हुई, कि कोई परिचित नहीं मिला।

जनपुर के शिवलालजी ने मंगलपुर तार देकर नई शादी के बारे में सूचित कर दिया था। माँ को बहुत दुःख हुआ। उसने खबर पाते ही खाना छोड़ दिया। परिणाम को जितना वह समझती थीं, उतना उनकी

लड़की नहीं समझ रही थी। शाम के वक्त खाने में बनोरा की देशी शराब की जगह ह्विस्की की बोतल मँगवाई गई। तीन दिन ठाकुरसाहब दोनों बीबियों के साथ अजमेर में रहे, और वहाँ के आनासागर, फतेहसागर और दूसरी दर्शनीय जगहों को दिखलाते फिरे। फिर वह नई बीबी को लेकर मोटर पर खलपा के लिए रवाना हो गये, और बड़ी बीबी जसपुर के निमन्त्रण में चली गई। गौरी की मोटर अजमेर से जसपुर की ओर बढ़ रही थी, और उसका मन पीछे की ओर भाग रहा था—"स्त्रियाँ ठाकुर साहब की नई शादी के बारे में पूछेंगी, तो मैं क्या जबाव दूँगी। अच्छा होता, कि किसी से भेंट न होती।" मन जसपुर जाने के लिए बिल्कुल नहीं करता था, लेकिन पीछे लौटा भी नहीं जा सकता था। तीन दिन तक सौत के साथ रहने का मौका मिला था। उसके स्वभाव और बात-व्यवहार को देखकर निश्चित हो गया था, कि इसके साथ नहीं पटेगी। करमा बड़ी बातूनी बड़ी चंचला, बिल्कुल निरंकुश थी। ऐसी जबर्दस्त स्त्री के सामने ठाकुर साहब जैसा दब्बू आदमी कैसे सिर उठाकर रह सकता था। गौरी समझती थी, कि सौत में समझ की कमी है, लेकिन यह उसकी गलती थी। करमा में व्यावहारिक बुद्धि उसकी अपेक्षा कहीं अधिक थी। राजकुमारी होने का उसे अभिमान भी था, और उसके कारण भी वह अपने ठाकुरपुत्र पति पर धौंस जमाती थी। वह बड़ी ढीठ थी। खलपा में पहिली बार रहते वहाँ से गौरी के चाँदी के थाल और कटोरियाँ अपने साथ लेती आई थी। यहाँ वह अपनी लौड़ियों से कह रही थी—"देखना, थाल सम्हाल के लाना।" लौंड़ी (गेंदी) थाल को पहचान गई। उसने अपनी मालकिन से कहा— "बाईसा, बर्तन तो हमारे ही हैं। इसे इस तरह कहने में शर्म नहीं आती।" आते अभी दो दिन भी नहीं हुए, कि उसने सब चीज की खोज-खबर लेनी शुरू की— "ठेकाणे पर कितना खर्च हैं ? कौन-कौन काम करने वाले हैं ?" गौरी ने अपने पति की ओर संकेत करते हुए कहा— "इनसे पूछ लो। मुझे क्या मालूम।" गौरी को सौत की एक-एक चेष्टा ठीक नहीं जँचती थी। उसने वकील साहब की राय पूछी। शिवलालजी बेचारे गम्भीर आदमी थे, कैसे तुरन्त अपनी राय देते। उन्होंने कह दिया— "ठीक ही है। इनके कारण आपकी तबियत लग जायेगी।"

ठाकुर साहब ने अपनी बड़ी बीबी को जसपुर भेजते हुए हिदायत की— "वकील साहब को तुरन्त लौटाना, और जसपुर से जल्दी चली आना।"

इस पर गौरी ने जबाब दिया—"मुझे बाबोसा मंगलपुर बुला रहे हैं, वहाँ जाकर दो महीना तो जरूर रहना है।"

गौरी को अब खलपा की फिकर नहीं थी। फिकर के लिए एक दूसरी चीज चली आई थी, इसलिए उसने कुछ दिन निश्चिंत हो पीहर में रहना पसन्द किया। अभी सौत के लिए उसके दिल में ईर्ष्या नहीं पैदा हुई थी, लेकिन उसकी चेष्टाओं से दिल को भारी धक्का लगा था। उसका मन भीतर ही भीतर किसी अदृश्य आशंका से विचलित हो रहा था।

★ ★ ★ ★

गौरी जसपुर पहुँची। देखा, माँ का चेहरा बिल्कुल उतरा हुआ है। मामियाँ भी बड़ी चिन्ता प्रकट कर रही थीं। माँ का दुःखी चेहरा देखकर गौरी मन में कह रही थीं—"माँ, यदि तू मुझे न जन्म देती, तो आज यह दुःख तुझे न झेलना पड़ता।" ननिहाल के ब्याह में उसका मन नहीं लगा। हमेशा पति के नये ब्याह के सम्बन्ध में हर एक स्त्री के चेहरे पर प्रश्न-चिन्ह बनते देखकर उसे बड़ी शर्म आती। ब्याह खतम होते ही वह माँ के साथ जसपुर के ही नरपुर हौस में चली गई। वकील साहब को लौटा दिया, क्योंकि अभी जल्दी उसे पतिगृह में लौटना नहीं था। महीने भर वहीं रही। डावड़ियों में से किसी ने कह दिया और माँ को पता लग गया, कि बेटी ने एक कण्ठा अपनी सौत को दे दिया। उन्होंने गौरी से कहा—"तुझे कौन सी खुशी हुई, कि कण्ठा दे आई। तू पागल है पागल।" गौरी को भी दुःख यद्यपि अभी वह मात्रा में बहुत कम था। माँ का चेहरा बिल्कुल उतरा-उतरा था। माँ आसाधारण सुन्दरी थीं, और इसे उमर में भी उनका सौन्दर्य बहुत कुछ बना हुआ था। बेटी के भविष्य का ख्याल करके उनके चेहरे पर हर वक्त चिन्ता और दुःख की रेखाएँ खिची रहतीं। खाना खाने बैठतीं, तो पानी पी-पीकर किसी तरह एक पतला फुलका गले के नीचे उतारतीं। गौरी को यह देखकर बहुत आत्मग्लानि होती बबोसा की चिट्ठियों पर चिठ्ठियाँ आ रही थीं। जसपुर से माँ-बेटी मंगलपुर गईं। वहाँ भी वहीं आशंका और शर्म—"तुम असफल नारी निकली, तुम अपने पति का मन नहीं रख सकी, इसलिए तो उसने दूसरा ब्याह किया।" लेकिन जब ओखल में सिर पड़ गया, तो मूसलों के गिनने की क्या आवश्यकता ? गौरी अभी उतनी दार्शनिक नहीं हुई थी, कि समझती—"काल सबसे बड़ी शक्ति है, वह सभी चीजों को भुलवा देता है. बस सात दिन धीरज धरना चाहिए।" बाबोसा ने दामाद के दूसरे

ब्याह की कोई चर्चा नहीं चलाई लेकिन उनका चेहरा भी बहुत उदास था। उनके आसपास के बैठे मुसाहिब भी मातम कर रहे थे, मानो गौरी मर गई हो, लेकिन गौरी को अभी भविष्य का आभास पूरा नहीं मिला था, इसलिए वह हँसती रही।

मंगलपुर पहुँचने के बाद ही खलपा से तार आया—"आदमी लेने के लिए जा रहे हैं।" बाबोसा ने तार दिया—"अभी आदमी न भेजो।" लेकिन दो-तीन बार तारों द्वारा सवाल-जवाब होने के बाद एक दिन चार-पाँच आदमियों के साथ शिवलाल जी आ गये। गौरी बहुत अधिक चाहने पर भी मंगलपुर में एक महीने से अधिक नहीं रह सकी।

ठाकुर नई पत्नी के साथ जनपुर की अपनी हवेली में थे, वहीं गौरी भी आ गई। भण्डार की चाबी गौरी के पास थी। नई सौत ने उसकी कोई परवाह नहीं की, और आते ही ताला तोड़कर सामान निकलवा लिया। पुरी की छोटी ठाकुरानी को खाने के लिए बुलवाया गया था। उन्होंने चाँदी के बर्तनों को देखकर कहा--"यह तो सालमियाँजी के हैं, आपके दायजे के नहीं हैं।" सौत ने स्वीकार किया और यह भी कि ताला तुड़वाना अच्छा नहीं था। पुरी की ठाकुर की बहिन ने कहा—"आपको ऐसा नहीं कहना चाहिए था।" पुरी की ठाकुरानी ने मंगलपुर चिट्ठी लिखकर गौरी को सूचित करते हुए लिख भी दिया था, कि आकर अपना समान सम्हाल लो। गौरी को यह खबर पाकर भी जनपुर जाने की जल्दी हो गई थी।

★ ★ ★ ★

ठाकुर साहब के साथ दोनों बैठकर खाना खातीं। नई सौत में चाहे कुछ दोष भी थे, पर वह लड़ने-झगड़नेवाली नहीं मालूम होती थी। एक साल तक दोनों सौंते साथ-साथ रहीं, उनमें कभी झगड़ा नहीं हुआ। अजमेर में ही गौरी ने कह दिया था—"मैं तुम्हें सौत की तरह नहीं, बल्कि बहन की तरह मानूँगी। बस, यदि ध्यान रखना, कि बाहरवाले हम पर न हँसे।" नई ठाकुरानी नाचना अच्छा जानती थीं। ढोलणियाँ बाजा बजातीं, और दोनों सौंते अन्तःपुरिकाओं में बहुप्रचलित सुन्दर नाचों को नाचतीं, कभी रेडियो और ग्रामोफोन पर भी वह नाच करतीं। सौत ने बहुत आग्रह किया, कि बड़ी ठाकुरानी भी पति के पास रहने के अपने अधिकार को जरूर स्वीकार करे, लेकिन उन्होंने एहसान लेना नहीं चाहा।

जनपुर में सिनेमा के भीतर पर्दावाली रनिवास की स्त्रियों के बैठने का विशेष इन्तिजाम था। मानूराम सानी छोटी स्थिति से बढ़कर करोड़पति सेठ हो गया था, राजस्थान में उसकी जगह-जगह कोठियाँ थीं। जनपुर में उसका एक सिनेमाघर भी था। एक बार दोनों सौतें सिनेमा गई थीं, और पर्देवाली जगह में बैठी। थोड़ी देर बाद दरवाजेवाली स्त्री ने ट्रे में दो गिलास ह्विस्की लाकर कहा—"सानीजी ने आपके लिए भेजा है।" बड़ी ठाकुरानी ने सानी का नाम सुना था, लेकिन उसके साथ कोई परिचय नहीं था। समझा, शायद गलती से गिलास उनके सामने आये हैं, और इस बात को नौकरानी से कह दिया। नौकरानी गिलास को लौटाकर ले गई और थोड़ी देर बाद फिर लौटकर बोली "खलपावाली दोनों सरकारों के लिए भेजा है।" इस पर छोटी सौत ने कहा— "रख लें।" गौरी ने एक गिलास को लौटा ले जाने के लिए कहा, तो उसने उसे भी रख लिया। दोनों गिलास सामने रक्खे थे। पीने में तो परहेज नहीं था, किन्तु मद्यपान का प्रदर्शन गौरी के लिए बुरा मालूम हो रहा था। उसके जोर देने पर सौत के गिलासों को कुर्सी के पास नीचे रख लिया और वह पियक्कड़ दोनों गिलास चढ़ा गई। इन्टर्वल अभी नहीं हुआ था, इसी समय छोटी सौत उठ खड़ी हुई। बड़ी ने समझा, बाथरूम में जाती होगी। इन्टर्बल हुआ, फिर खेल दुबारा शुरू होने का वक्त आया, लेकिन सौत नहीं लौटी। गौरी को डर लगा कि शराब बहुत पी ली थी, कहीं लुढ़क न गई हो। उसने जाकर गुसलखाने में देखा, किन्तु वहाँ कोई नहीं था, फिर दरवाजेवाली को पूछा, तो मालूम हुआ कि सानीजी से बात कर रही है—दरवाजेवाली ही सानीजी को बुला लाई थी। सानी लम्पटता के लिए बदनाम था, इसलिए गौरी को यह सुनकर बहुत आश्चर्य भी हुआ। उसने जाकर आड़ से देखा दरवाजे के बाहर सानी खड़ा था, और दरवाजें में खड़ी उसकी सौत बहुत घुल-घुलकर उससे बात कर रही थी गौरी चुपके से उलटे पैर लौट आई। उसके मन में तूफान मचा हुआ था, आखिर वह उसके पति की पत्नी थी, घर भर कि इज़्ज़त एक थी। सामने सिनेमा के रजतपट पर वह चलती-फिरती तस्वीरें देख रही थी, लेकिन उसने मन पर तरह-तरह की चिन्ता की तस्वीरें घूम रही थीं। खेल खतम होने में जब दस-पन्द्रह मिनट रह गये, तो सौतरानी आ गई। गौरी ने पूछा—"कहाँ गई थी?"

"गुसलखाने में गई थी, जरा तबियत खराब-सी है।"

"मैं तो गुसल खाना देख आई, सोचा शायद नशे के कारण कहीं गिर न गई हो, लेकिन वहाँ आपको नहीं देखा।"

इन शब्दों को सुनकर सौत का मुँह एकदम फक हो गया। गौरी ने चेहरे के इस परिवर्तन को देख लिया, और उसे अपने सन्देह पर विश्वास हो गया। उसके बाद करमा कितने ही समय तक अपनी सौत के सामने बहुत सहमी-सहमी रहती। लेकिन गौरी ने इस घटना का जिक्र किसी से नहीं किया। यह ठीक है, कि रनिवासों में बहुत सख्त पर्दा होता है, स्त्रियों को बाहरी पुरुष की छाया से भी बचाने की कोशिश की जाती है, लेकिन जेलखाने में भी तो कड़ा पहरा होता है, राजनीतिक बन्दियों को बाहर से किसी तरह का सम्पर्क स्थापित करने नहीं दिया जाता, किन्तु क्या जेल-अधिकारी अपने लक्ष्य में सफल होते हैं ? अन्तःपुर के पर्दों की भी यही हालत है। आजन्म कुँवारियाँ आजन्म ब्रह्मचारिणी नहीं होतीं। जब सारा वातावरण अश्लीलता और कामुकता के भीषण दृश्यों से भरा हो, तो वहाँ निग्रह कैसे चल सकता है।

दो महीना जनपुर में रहने के बाद खलपा जाने का विचार हुआ। ठाकुरसाहब अपनी दोनों पत्नियों में समदर्शिता बरतना चाहते थे। उन्होंने दोनों के लिए एक तरह के कपड़े बनवाये और दोनों के लिए एक-एक मोटर दी। वकील साहब ने दूरदर्शिता दिखाते हुए एक मोटर का लाइसेंस बड़ी ठाकुरानी के नाम कर दिया, नहीं तो शायद आगे चलकर उस पर भी छोटी सौत अपना हाथ साफ करती।

■■■

१८
माँ की मौत

दूसरे ब्याह के बाद ठाकुरसाहब की सालगिरह का दिन आया। उन्होंने अपनी दोनों बीबियों के लिए एक ही तरह की सलमा-सितारे का घाघरा-लुगड़ी बनवा दिया। इससे पहले वह अपनी पत्नी को घाघरा-लुगड़ी देने की जरूरत नहीं समझते थे। जरूरत क्यों समझते, जब कि खुद उसके पास से पैसा माँगते रहते। सालगिरह के लिए नौकरों को साफे ठेकाणे से मिले, किन्तु नौकरानियों की लुगड़ी ठाकुरसाहब ने अपने हाथ-खर्च से खरीदी। नाच-गाने की खूब महफिल हुई, तरह-तरह के मांस और पकवान बने। सौत ने बड़ी ठाकुरानी से कहा—"आप तो जेवर पहनती नहीं, मुझे पहनने के लिए अपने जड़ाऊँ दे दें।" बड़ी ठाकुरानी ने अपनी सौत को खूब पहना-ओढ़ा दिया। सालगिरह के उपलक्ष्य में बड़ी बहू भी थोड़ी नाची, छोटी बहू तो शराब में भूत बनकर खूब नाचती रही। नाचते-नाचते उसे कै होने लगी। पीछे वह नशे में बेहोश होकर पड़ रही।

सास का निवास अन्तःपुर में अब दूर हो गया था, क्योंकि अदालत लगने वाले कमरे के ऊपर जो नये कमरे बने थे, उनमें अब ठाकुर और उनकी दोनों ठाकुरानियों रहने लगी थीं। यदि नजदीक होता, तो शायद बड़ी ठाकुरानी सास का हाथ-मुँह घुलाने और पैर दबाने बराबर जाया करतीं। गौरी अब दो-चार दिन बाद ही सास के पास जाती। सौत भी कभी-कभी चली जाती, लेकिन वह सेवा करने वाली बहू नहीं थी। सास बड़ी बहू के साथ सहानुभूति दिखाते हुए कहती—"बीनणी, थारे दुख होइ ग्यो। ये हात हूँ एड़ा काम क्यों कीघा (बहू, तुम्हें दुख हो गया। तुमने अपने ही ऐसा काम क्यों किया)?"

ब्याह के साल भर तक अभी सौतों का सम्बन्ध बुरा नहीं हुआ था। ठाकुर-साहब दोनों से हँसते-बोलते और खाना भी दोनों के साथ बैठकर खाते, दोनों के साथ समान बर्ताव करते।

सालगिरह मनाकर सप्ताह बाद फिर वह जनपुर चले आये। उस साल बीच में दो बार बड़ी ठाकुरानी अपने मायके हो आई। यद्यपि सौतों के बीच में अभी कोई मनमुटाव नहीं हुआ था, लेकिन छोटी ठाकुरानी के लच्छन जल्दी ही खुलने लगे। वह जरा-जरा-सी बात में अपनी छोरियों को पीटती। छोरियाँ रोती-चिल्लाती आगे-आगे भागतीं, और वह गाली देती पीछे-पीछे डण्डा लिये दौड़ती। उसकी चीख नीचे अदालत में बैठे लोगों तक पहुँचती। पीटते वक्त वह इसका ख्याल नहीं करती, कि कहीं मर्म-स्थान पर घाव न लग जाये। खून निकाल देने भर से ही सन्तोष नहीं करती, बल्कि वह आहत को लालमिर्च के चूरे घाव में डालकर तड़पाती। गुस्सा आने पर आठ-आठ दस-दस की बच्चियों के देह में दियासलाई की कीली जलाकर चिपका देती। पीहर में वह अपनी एक लौंडी की जान से मार आई थी। पीटते-पीटते सन्तोष नहीं आया, वह उसे पटक कर छाती पर बैठ मुँह पर थप्पड़ मारने लगी। इस पर भी सन्तोष नहीं हुआ, तो पकड़कर गला दबा दिया और लौंड़ी वहीं ठण्डी हो गई। जब कोई लौंड़ी उसके हाथ धुलाती, तो अकारण भी वह उसके गाल में चींटी काट-काटकर खून निकाल देती।

जब मार के मारे लोहू-लोहान लौड़ियाँ चिल्लातीं, तो बड़ी ठाकुरानी से रहा नहीं जाता, और वह उन्हें छुड़ाने के लिए आती। इस पर करमा रुखे स्वर में कहती—"आप बीच में न पड़े।" मारने के लिए कारण-अकारण की कोई आवश्यकता नहीं थी। उसकी जूती पड़ी हुई हो और किसी लौंड़ी का पैर उस पर पड़ जाये, कि उसकी शामत आ गई। किसी चीज के लिए एक लौंड़ी को भेजती। अभी वह रास्ते ही में होती, कि जल्दी के मारे दूसरी को भेजती, फिर तीसरी को, और अन्त में देर करने का बहाना करके उन्हें पीटने लगती। उसके साथ जो डावड़ियाँ आई थीं, उनमें से एक लँगड़ी भी थी, जिसे पीहर में ही किसी दिन नाराज होकर उसने सीढ़ियों पर से ढकेल दिया, और बेचारी की एक टाँग हमेशा के लिए टूट गई। वस्तुतः सौत को पीहर से लौड़ियाँ नहीं मिली थीं, बल्कि मालन, ब्राह्मणी, भीलनी जैसी कुछ नौकरानियाँ दी गई थीं। वह इतनी निर्दयतापूर्वक मार खाने के लिए तैयार नहीं थी, इसलिए पीछे एक-एक करके सभी भाग गईं। करमा बड़ी खूँखार औरत है—इस बात का हल्ला जल्दी ही सारे गढ़ में हो गया। खलपा में साठ घर दारोगा थे, लेकिन कोई उसके यहाँ नौकरी बजाना नहीं चाहता था। तुलसी नाम की एक ब्राह्मण-विधवा राजकुमारी के साथ आई थी। एक दिन किसी बात पर

नाराज होकर उसे पीटने लगी। तुलसी जोर-जोर से चिल्ला रही थी। छोरियों ने बड़ी ठाकुरानी से कहा, तो वह छुड़ाने गयीं। बेचारी की टट्टी निकल आई थी, लेकिन तब भी अभी छोटी ठाकुरानी का गुस्सा शान्त नहीं हुआ था, वह पीटती ही जा रही थी। बड़ी ठाकुरानी ने फटकारा—"यह इंसानियत, नहीं है, ऐसा भी क्या मारना।" तुलसी को बहुत चोट लगी थी, इसलिए बड़ी ठाकुरानी ने अपनी दो छोरियाँ गेंदी और रोहणी को मालिश करने का हुकुम दिया, इस पर सौत ने गुस्से में आकर कहा—"आप मेरी नौकरानियों को बिगाड़ना चाहती हैं, मालिश कराके उनके साथ हमदर्दी दिखलाती हैं।" वह आदमियों पर ही बेदर्दी से हाथ नहीं छोड़ती थी। उसके पास दो छोटी-छोटी कुतिया थीं, जिनको भी वह इसी तरह पीटती थी। छः सात महीने के बाद सौत पीहर गई, लेकिन वहाँ उसे कौन पूछने वाला था। हफ्ते बाद वह लौटकर फिर चली आई।

★ ★ ★ ★

बेटी के भावी दुःख की आशंका से गौरी की माँ बहुत चिन्तित हो उठी थी, वह खाना भी ठीक से नहीं खातीं। माँ की इसी अवस्था के कारण गौरी दो बार वहाँ हो आई थी। इधर बीमारी कुछ और बढ़ गई थी। बाबोसा की चिट्ठी आई, फिर तार भी आया, इसलिए मंगलपुर जाना जरूरी था। गौरी की दहेज में मिली चीजें खलपा में थी। यद्यपि सौत पर उसे विश्वास नहीं करना चाहिए था, क्योंकि उसकी हथ-चलाकी प्रकट हो चुकी थी, लेकिन अभी गौरी का उस पर इतना अविश्वास नहीं हुआ था। चाँदी के बरतन और दूसरी चीजों के साथ-साथ अपने कपड़े, सोने के सारे और कुछ मोतियों के जेवरों को भी वहीं छोड़ वह जनपुर से मंगलपुर चली गई। वकील शिवलाल ने ब्याह के चार महीने बाद ही अपने पद से इस्तीफा दे दिया था। जब ठाकुरसाहब की फजूल-खर्ची और बढ़ गई थी, और कर्ज तेजी से बढ़ने लगा था। वकील साहब उसे रोकने में असमर्थ थे, इसलिए वह नहीं चाहते थे कि ठेकाणे को कर्ज में डुबोने की बदनामी में उन्हें भी शामिल किया जाये। उन्होंने अपने पद को छोड़ते हुए ठाकुरसाहब से कहा—"वैसे मैं सेवा करने के लिए तैयार रहूँगा लेकिन मैं अब जिम्मेदारी नहीं ले सकता।" ठाकुरसाहब अपनी ज्येष्ठा पत्नी को मोटर पर पोसी तक पहुँचाने आये। वहाँ से वह छोटी ठाकुरानी के साथ खलपा लौट फिर दोनों बनोरा जा, दस-पन्द्रह दिन बाद वापस आये। पोसी से गौरी मंगलपुर चली गई। बड़ी ठाकुरानी के हट जाने

पर अब रोमे के ठाकुर को मौका मिला। उन्होंने खलपा के ठाकुर को बुलाकर खूब मौज दिया। दोनों का आना-जाना शुरू हुआ। खलपा प्रथम श्रेणी के ताजीमी सरदार का ठेकाणा था, जिसमें कभी पचासी गाँव थे, पीछे कुछ भूलों के कारण दरबार ने कितने ही गाँवों को छीन लिया, और अब उसके पास बारह गाँव रह गये थे। पोलका, खलपा, औरा, आमोर, आसणिया, मीराज, राढ़पुर जैसे आठ जनपुर के प्रथम श्रेणी के ठेकाणे थे। रोमे तीसरी श्रेणी का छोटा सा ठेकाणा था। रोमे का ठाकुर चाहता था, खलपा का प्रबन्ध मेरे हाथ में आ जाय, तो फिर चैन की बंशी बजे। उसे सलमिया ठाकुरानी से डर लगा रहता था, इसलिए वह ठाकुर को भड़काता रहता—"इस सलमिया लड़की से होशियार रहना। वह बड़ी जबर्दस्त है। तुम्हें नाकों चने चबवायेगी।" चार-पाँच महीने तक दोनों ठाकुरों में बड़ा मेल रहा।

उधर मंगलपुर में माँ की हालत खराब होती जा रही थी, इसलिए उसे दवा कराने के लिए जसपुर लाना पड़ा। वहाँ नरपुर हाउस में वह ठहरी थीं। सासू और दूसरों की चिटिठ्यों से मालूम हुआ, कि सौत ने खलपा में पहुँचकर ताला तोड़ सारी चीजें ले लीं। हाथी के हौदे, छड़ी तथा बरतनों की चाँदी को गलाकर बेच दिया, सोने के जेवरों में भी थोड़े-से को रखकर बाकी को गलवा डाला। उसे डर लगा, कि यदि पहली ही शकल में रहेंगे, तो शायद सौत दावा करेगी। गौरी को यह खबर मिलने पर दुःख तो हुआ, लेकिन वह बीमार माँ को छोड़कर कैसे जा सकती थी ? जो होना था, वह तो गया था, अब वह जाकर भी करती क्या ? करमा ने सोना-चाँदी सबको सानी के पास रख दिया था, जिसे छोटी ठाकुरानी ने अपना धर्मभाई घोषित कर रक्खा था। यह भी पता लगा, कि सानी के पास खूब भोज-पार्टियाँ हो रही हैं। भला, ऐसे ऐश-जैश में पड़े ठाकुरसाहब नौ महीने तक अपनी बड़ी स्त्री को एक भी चिट्ठी न लिखें, तो इसमें आश्चर्य क्या ?

गौरी अब अपनी बीमार माँ की सेवा में लग गई। इसी समय माँ की आँखों में दर्द होने लगा, जिसकी चिकित्सा के लिए उसे दिल्ली लाना पड़ा। वहाँ आँखों का आपरेशन हुआ। महीने भर रहने पर आँखें अच्छी हो गईं लेकिन और बीमारी अभी पहले ही जैसी थी। माँ को फिर जसपुर वापस लाया गया। बाबोसा और याया बराबर जसपुर आते-जाते रहते। याया तो अपनी देवरानी के पास से हटाना नहीं चाहती थीं।

बहुत दिनों तक वैद्य और डाक्टरों की दवा करने पर भी जब कोई फायदा नहीं हुआ, तो बाबोसा माँ को मंगलपुर ले गये। पहले जोड़वाले महल में ठहरे। माँ में बैठने-उठने की ताकत नहीं थी। उन्हें कुर्सी पर बैठाकर ले जाया जाता। जोड़ पहुँचने पर माँ ने कहा—"मुझे नहला दो।" बेटी ने स्वयं बाल धोकर नहलाना चाहा, लेकिन माँ ने कह दिया—"मैं डावड़ियों से करा लूँगी।" चौकी पर बैठाकर अभी बाल ही धो पाया था, कि माँ बेहोश हो गई। डावड़ियाँ दौड़ी-दौड़ी बेटी को बुलाने आईं। वहाँ पहुँचने तक वह होश में आ चुकी थी। माँ को नहलाकर पलँग पर लिटा दिया गया। डाक्टर साथ था, दवाई दी। जोड़ में दो-तीन दिन रहने के बाद मंगलपुर चलना ही अच्छा समझा गया। खुली ट्रक में पलँग पर लिटाकर माँ को रख दिया गया। ट्रक को बहुत धीरे-धीरे चलाया गया। हालात गम्भीर देखकर नसीराबाद से डाक्टर तारा को भी बुला लिया गया, लेकिन दवा का कोई असर नहीं दिखलाई पड़ रहा था।

दीवाली करीब आ रही थी, नवम्बर का महीना था, जाड़ा थोड़ा-थोड़ा शुरू हो गया था। इस इलाके में साल में एक ही फसल होता है। नीचे धरती जल नहीं देती, इसलिए फसल आकाश के भरोसे ही करनी पड़ती। बाजारा, मूँग, मोठ की खेती होती है। बरसात के दिनों में तो यह रेगिस्तान फसलों से ढँक जाता है। मतीरा, काकड़ी, कचरे जैसे फल, मतीरी आदि तरकारियाँ भी इस बालुकाभूमि में दिखाई पड़ती हैं। नवम्बर में अब फसलें कट चुकी थीं, बाजरों की बालों को काटकर कड़वी को अभी भी खड़ा रख छोड़ा गया था। रेत में जगह-जगह तरकारी के काम आनेवाले भुँगा, फूँबी, भूडली (छत्रक) अपना सफेद सिर निकाले झाँक रहे थे—इनकी सब्जी में अण्डे जैसा स्वाद होता है। रेगिस्तान में कहीं-कहीं छोटी-छोटी पहाड़ियों की तरह चालीस-चालीस हाथ ऊँचे ठीबे (टीले) खड़े थे, जिनके ऊपर बिना पत्तें की हरी-हरी सींखोंवाले फोगों के दो-दो तीन-तीन हाथ ऊँचे पौधे खड़े थे। दूर-दूर तक जगह-जगह शमी, केर, नीम के वृक्ष दिखलाई पड़ते थे, जिनके भीतर कहीं-कहीं पीली बालू देखी जा सकती थी। घासें अब पीली पड़ गई थीं। फसल के कट जाने से गाय-भैंस, भेड़-बकरियाँ और ऊँट खुले चर रहे थे। कचरे पीले पड़कर मीठे हो गये थे, और लोग तरकारी के लिए उनकी माला बनाकर सुखाने की तैयारी कर रहे थे। बहुत-से खलियानों से अनाज उठ गया था, लेकिन कुछ खलिहान अब भी उठे नहीं थे। पशुओं और पक्षियों से बचाने के लिए गाड़े गये मचान (डोंचे) अब खाली हो गये थे। और जहाँ खेतों में अभी तक आदमियों

की आवाज सुनाई देती थी, वहाँ निर्जन बालुका भूमि निकलती आ रही थी, तो भी वनस्पतियों के अवशेष अभी जहाँ-तहाँ मौजूद थे। बरसात की वर्षा के कारण रेत दबी हुई थी, और हवा के तेज न होने से बालू में लहरें नहीं पड़ी थीं। टीबों के पास कहीं-कहीं काली मिट्टी वाली तलैयाँ भी थीं, जिनमें अभी पानी देखा जा सकता था। इन तलैयों में मेंढक-मेंढकियाँ थीं, यद्यपि मछलियों की सम्भावना नहीं थी।

किसानों का काम अभी खतम नहीं हुआ था। उन्हें अभी खलिहान का काम पूरा करना था, कड़वियों को काटकर जमा करना था, फिर जानवरों के चारे की चीजों को बालू के भीतर दबने से पहले ही इकट्ठा कर लेना था। इसीलिए यहाँ वाले दीवाली के दिन नहीं, बल्कि होली पर वह अपने घरों की लिपाई-पुताई करते हैं। मंगलपुर शहर में लोग अपने मकानों की सफाई में लगे हुए थे। गढ़ में भी एक ओर दीवाली की सफाई हो रही थी, और दूसरी ओर ठाकुरानी की बीमारी से उदासी छाई हुई थी।

दीवाली के दो-चार दिन ही पहले गौरी के मामा अगमसिंह मर गये। उसी के आसपास सिरोहीवाली बुआ की लड़की मर गई। माँ की बीमारी के कारण गौरी नहीं जा सकी, और उसने दुर्गा की बहू को श्राद्ध में भेजा। जाते वक्त उससे कह दिया था, कि कलयुगिया के यहाँ से टपोरियाँ (हरी मिर्चों का अचार), जसपुर के मशहूर मालपुये और दूसरी चीजें लेती आना। लेकिन ये चीजें तब मंगलपुर पहुँची, जब कि उन्हें खाया नहीं जा सकता था।

माँ की तबियत दिन-पर-दिन खराब होती जा रही थी। उन्हें ऊपर के कमरे में रक्खा गया था, जिसमें हवा और रोशनी अच्छी तरह मिल सके। कई महीनों की बीमारी के कारण माँ दुबली हो गई थीं, लेकिन अभी उनकी हड्डी-हड्डी नहीं निकली थी। अन्तिम दिन से दो दिन पहले दोपहर को माँ ने कहा—"बाल धोकर मुझे नहला दो।" छत पर चौकी पर बैठाकर बेटी माँ का बाल धो रही थी। माँ के मन में तरह-तरह के विचार पैदा हो रहे थे। अपनी एकलौती बेटी की सेवाओं से प्रसन्न होकर कहा— "बेटी, तुने मेरी बड़ी सेवा की, तू सदा सुखी रहेगी।" फिर कुछ सोचकर कहा—"तेरा कोई कुछ बिगाड़ नहीं सकेगा।" यह तो भविष्य के गर्भ की बात थी, लेकिन माँ की बीमारी का कारण तो आखिर वही बेटी की सौत आने की चिन्ता थी। नहलाकर बेटी बाबोसा के पास खाना

खाने गई। माँ को बेटी अपने हाथ से पाउडरवाला दूध बनाकर ग्लूकोस के बिस्कुट के साथ चार बार दिया करती। गौरी जल्दी-जल्दी कुछ ग्रास मुँह में डालकर ऊपर आई, तो माँ ने कहा—"मुझे नीचे के कमरे में लो चलो।" उसे कुर्सी पर बैठाकर बिचली मंजिल के कमरे में लाया गया।

★ ★ ★ ★

उस दिन सुबह डाक्टर से पहले वैद्य आया। माँ ने बेटी से कहा—"मेरे लिए दूध बना दो।" वह बिल्कुल साधारण तौर से बातचीत कर रही थी। वैद्य ने नब्ज देखने के बाद बाबोसा से कहा, कि आज नब्ज अच्छी नहीं है। बेटी घबरा न जाये, इसके लिए उन्होंने उसे धीरज धराते हुए कहा—"वैसे तुम्हारी माँ की तबियत ठीक ही है, लेकिन आज गोपाष्टमी है, उनके हाथ से कुछ पुण्य करा देना अच्छा है।" पुण्य कराने के लिए बाबोसा ने अपने पास से दो हजार, माँ के हाथ-खर्च से एक हजार, और याया के पाँच-सौ रुपये छुवाये। बेटी जान रही थी, कि यह गोपाष्टमी का नहीं, अन्तिम दान है। उसे सारी दिशाएँ सूनी-सूनी मालूम हो रही थीं, और कटि के नीचे का अपना शरीर निष्प्राण हो गया सा मालूम होता था। डाक्टरों ने पायरिया बतलाकर दाँत निकलवा दिये थे, और उसकी जगह नकली बत्तीसी लगवा दी थी। दान करा देने के बाद नौ-दस बजे तबियत कुछ ठीक मालूम होने लगी। राजपूतनी रसोईदारिन खाना बना रही थी। माँ को अपनी बेटी की बड़ी चिन्ता थी, उन्होंने रसोईदारिन से कहा—"गौरी के लिए गोभी-आलू-मटर-टमाटर डालकर अच्छी तरकारी बना दो। बेटी चिढ़ न जावे, उसे बीकानेरी रोटियाँ बहुत पसन्द हैं। तुलसी से कहो, कि उसके लिए बीकानेरी रोटियाँ बना दें।" बीकानेरी रोटियाँ परतदार परोठों की तरह बनती है, और उन्हें पकाकर घी में अच्छी तरह चुपड़ा जाता है। वह खाने में बहुत मुलायम और स्वादिष्ट होती हैं। बीकानेरी रोटियाँ और तरकारी तैयार हो जाने पर माँ ने गौरी से कहा--"तुम माँ बेटी दोनों मेरे सामने बैठकर खाओ।" लेकिन उस स्थिति में याया या बेटी के मुँह में ग्रास कैसे जाता ? माँ समझती थी, बेटी खूब प्रसन्नता के साथ भोजन का स्वाद ले रही है, लेकिन वह ग्रास तोड़-तोड़कर मुँह हिलाती उसे कोटरी के पीछे दबाती जा रही थी। पड़ोसी ठाकुर जयसिंह काका आकर बोले—"भाभी आज तबियत कैसी है ? माँ ने मुँह पर प्रसन्नता लाते हुए कहा—"ठीक है लालजीसा, मरना तो है ही अब।"

चार बजे शाम को माँ अपनी जेठानी से अलग बात कर रही थी—'मरना तो है ही, केवल आपकी बेटी की फिकर है, लेकिन आप और जेठसीसाँ हैं, इसलिए मुझे किसी बात की चिन्ता नहीं।''

अन्तिम घड़ियाँ नजदीक आती मालूम हो रही थीं। गीता सुनाने के लिए पंडित आया। ठाकुरानी स्वयं भी गीता-पाठ किया करती थीं, इसलिए वह समझ गई, कि कौन-सी पौथी का श्लोक पढ़ा जा रहा है। गीता सुनाने का मतलब था, यमदूत दरवाजे के भीतर आ गये हैं। लेकिन उन्होंने बिना भी कुछ चिन्तित हुए कहा—"क्या गीता सुनाने लग गये? क्या समझते दो कि मैं बेहोश हूँ ?"

गीता सुनाई जाने लगी। बेटी ने इसी समय पूछा—"माँ, दूध लाऊँ ?"

"अब दूध नहीं चाहिए।"

बेटी ने दिल को दबाकर फिर कहा—"पान दूँ ?"

"मुँह से बत्तीसे निकाल दे।"

बत्तीसी निकालने के लिए बेटी ने हाथ बढ़ाया, लेकिन अभी दाँत निकाल नहीं पाई थीं, कि वह स्वयं बेहोश हो गई। उसे पास के कमरे में ले जाया गया, और माँ के लिए आये डाक्टर अब बेटी का उपचार करने लगा।

चिराग जल गये, माँ के कमरे में बाबोसा, काकोसा, डाक्टर, वैद्य और कितने ही दूसरे आदमी बैठे थे। दस बज गये। माँ में अभी भी बेहोशी का लक्षण नहीं दिखाई देता था। वह ठीक से बातें कर रही थीं। बाबोसा ने अपनी अनुज-वधू को ढाढ़स देते हुए कहलाया—"गौरी की फिकर मत करो।"

इस पर माँ ने जबाब दिया—"आप हैं, तो फिर मुझे क्यों फिकर हो ?"

याया ने पूछा—"मैं कौन हूँ ?"

"भाभीसा।"

दूसरों के बारे में भी पूछा। उनके भी नाम और चेहरे को वह पहचानती थीं। बेटी के बारे में पूछने पर जेठानी को कहा—"आपकी बेटी है।"

इस तरह बातचीत करते आधी रात बीत गई। एक बजे के समय जबान कुछ लड़खड़ाने लगी। तुलसी का पत्ता और गंगाजल दिया गया। बेटी वहीं गद्दी पर निर्जीव-सी पड़ी थी। अब माँ को उठाकर नीचे तिबारे में ले गये, लेकिन लड़की वहीं रही, उसके पास डाक्टर-वैद्य और दूसरे कितने आदमी बैठे रहे। उसने रजाई ओढ़ लिया था। डेढ़-दो बजे माँ को अन्तिम स्नान करा रहे थे, उसी समय एक हिचकी आई और प्राण-पखेरू उड़ गये। पड़ोसन चाची ने कहा—"भाभीसा, आप दोनों जैसी देवरानी-जेठानी सारे सलमाडा में नहीं दिखलाई पड़ी।" कीचड़ में कमल पैदा होता है। सामन्तवर्ग गन्दा, बहुत बुरी तरह का गन्दा कीचड़ है, इसमें शक नहीं, लेकिन उसमें भी कभी-कभी कोई कमल उग आते हैं, माँ वैसा ही कमल थीं। उनके हृदय में सबके लिए अपार दया थी। वह सबका हित करना चाहती थीं। इस तरह की सती-साध्वी, दयाशीला महिलाएँ इतिहास में और इस वर्ग में भी कभी-कभी और भी हुई होंगी, जिन्होंने अपने दुःखपूर्ण जीवनभर अपनी शक्ति के अनुसार दुखियों के बोझों को हलका करने की कोशिश की, और फिर अन्त में बालू के ऊपर के पद-चिन्ह की तरह लुप्त हो गई। शान्तिकुमारी की शिक्षा-दीक्षा ऐसी नहीं हुई थीं, कि वह दुनिया के दुःखों की जड़ों तक पहुँचती, और अपने को भूलकर उन्हें हटाने में आनन्द अनुभव करती। दार्शनिक और आदर्शवादी बुद्धि न पाने पर भी उनका हृदय करुणापूर्ण था, क्या यह कम था ?

अँधेरा रहते ही आसपास के ठाकुरों और बिरादरीवालों को सूचना देने के लिए सवार छूटे। लोग आने लगे। माँ के दत्तक पुत्र बालसिंह के पास तीन दिन पहले खबर दी गई, तो उन्होंने कहला भेजा—"मैं मोटर भेजता हूँ, यहीं मखनपुर उन्हें भेज दें।" भला ऐसी बीमारी में उन्हें कैसे मोटर में भेजा जा सकता था ? मृत्यु के दिन बालसिंह आये भी तो शराब में चूर। ऐसे आदमी को देखकर बाबोसा कैसे सन्तुष्ट हो सकते? उन्होंने उसे हाथ ही नहीं लगाने दिया, और अपने गोद लिये लड़के से दाह-कर्म करवाया। बाबोसा बुखार में थे, इसलिए वह श्मशान तक नहीं जा सके। वह गढ़ के दरवाजे के पास वाले मंदिर तक गये। वहीं अन्धा सरदार अपनी अनुजवधू के लिए खुलकर आँसुओं की धार बहाने लगा, उसकी सारी धीरता और गम्भीरता के बाँध टूट गये। आठ-नौ बजे अर्थी श्मशान की ओर चली, साथ में बाजा बज रहा था, कोतल घोड़े चल रहे थे, रुपये-पैसे लुटाये जा रहे थे। दामाद के पास भी तार दिया गया था, लेकिन उनको आने की फुरसत नहीं थी, और न इसकी ही फुरसत

थी, कि किसी आदमी या लौंड़ी को पुछार के लिए भेज देते। नराधम इस वर्ग में अधिक आसानी से मिल सकते हैं, इसलिए इन दोनों ठाकुरों के इस समय के बर्ताब से आश्चर्य करने की आवश्यकता नहीं। सहस्राब्दियों से लोगों का खून चूसकर मोटा हुआ यह वर्ग इन्सानियत के गुणों को अपने में लाने में असमर्थ है। अपभ्रंश के महाकवि के इस वर्ग के लिए ठीक ही कहा था—

चमरानिलेहिं उड्डेउ गुणाइं।
अभिसेक धोयउ सुजनतननाइं।

आज से हजार वर्ष पहले पुष्पदंत के अनुसार चँवर डुलाने से इनके गुण उड़ गये, और अभिषेक के जल ने इनकी सुजनता को खतम कर दिया। इस वर्ग से दूसरी आशा ही क्या की जा सकती थी ? अच्छा ही हुआ, जो आज यह वर्ग नामशेष हो रहा है। धर्म के नाम पर, जाति और संस्कृति के नाम पर, डाकुओं और हत्यारों से गठबन्धन करके अपने अस्तित्व को कायम रखने के लिए चाहे यह वर्ग कितना ही हाथ-पैर मारे, लेकिन अब उसके दिन फिर लौट नहीं सकते।

शाम को पड़ोस की चाची छाछ और भोजन लेकर आईं। गौरी ने समझा, यदि मैं खाऊँगी, तो बाबोसा या याया चौबीस घण्टे से उपवास करते आज भी निराहार रह जायेंगे, इसलिए उसने कटोरी भर छाछ मिली बाजरी की रावड़ी पी ली।

■■■

१६
हृदय-हीनता

दाह-क्रिया हो जाने के दूसरे दिन बाबोसा ने माँ के दुःख में जलती गौरी को धीरता धराने के लिए पास बुलाया। गौरी का हृदय विदीर्ण हो रहा था, खासकर बाबोसा के पास जाने पर तो वह बिल्कुल छटपटाने लगा, लेकिन अपने कातर बनकर दूसरों को दुःखी करना उसे पसन्द नहीं था। बाबोसा ने कुछ ही शब्द कहे थे, कि गौरी ने उन्हें सन्तुष्ट करते हुए कहा—"अपने स्वार्थ के लिए मैं माँ के और जीने की कामना कर सकती थी, लेकिन माँ के लिए यह अच्छा नहीं होता। उसका तो आपके सामने ही मरना अच्छा था। आपके बाद भी अगर वह बैठी रहती तो बालसिंह जैसे बेटे के राज्य में उसे तिलतिल जलना पड़ता।"

चार-पाँच दिन बाद बहिन वन्दनकुमारी अपने पति के साथ आ गई। दोनों बहिनें साथ रहतीं, साथ ही सोतीं। गौरी के हृदय को भारी अवलम्ब मिला। नीचे आँगन में शोक मनाती स्त्रियाँ रोदन-क्रन्दन करतीं, जहाँ गौरी को न जाने देने के लिए बाबोसा ने हुकुम दे रक्खा था। यद्यपि दाहकर्म मंगलपुर में हुआ था और श्राद्ध भी वहीं होने जा रहा था, लेकिन बालसिंह भी अपनी गोदवाली माँ का श्राद्ध किये बिना कैसे मुँह दिखाते, इसलिए श्राद्ध दोनों ही जगह हुआ। कलंक को धोने के लिए बालसिंह ने कुछ और उदारता दिखलाते हुए मखनपुर, नरपुर और लोखर (पाण्डवों के तीर्थ) के तीन गाँवों की ब्रह्मपुरी (महाभोज) कराई। बारह दिन बाद खलपा के ठाकुरसाहब का तार आया, कि मैं बीमार हूँ। खैर, यह तो पता लग गया, कि दामाद साहब अभी दुनिया में हैं। गाँवों में छूटे सवारों से सूचना पाकर नरपुर, मंगलपुर और मखनपुर तीनों ठेकाणों के सभी गाँवों के पुरुषों ने दाढ़ी-मूँछ मुड़ाकर ठाकुरानी के प्रति अपनी श्रद्धा दिखलाई, और अपने यहाँ के कुँए और तालाबों पर पानीवाड़ा किया।

गौरी माँ की सेवा में इतनी तल्लीन थी, कि वह सोना भी भूल गई थी। माँ की चारपाई के पास रात को भी वह किताब लिये बैठी रहती।

वह किसी काम को लौंड़ियों पर नहीं छोड़ना चाहती थी। उस समय तो थकावट नहीं मालूम हुई, किन्तु अब उसका शरीर बिल्कुल शिथिल हो गया था।

ठाकुर के बारे में जो खबरें आई थीं, उससे गौरी ने यही अच्छा समझा, कि इस वक्त चली जाय। उसके साथ लौंड़ियों और उनके बच्चों के अतिरिक्त कुछ राजपूत भी गये। जीजा-जीजी फुसावा तक साथ रहे। जसपुर में अपनी कार थी, जिस पर चढ़कर गौरी जनपुर चली गई। यद्यपि वकील शिवलालजी ने ठेकाणे से इस्तीफा दे दिया था, लेकिन वह गौरी को अपनी सेवाओं से वंचित नहीं रखना चाहते थे। बाबोसा ने उन्हें कह दिया था, कि गौरी के हाथ-खर्च वाले गाँव का काम तो आपको ही करना होगा। कार जनपुर में खलपावाली हवेली में जा लगी। उस दिन सानी को भोज दिया गया था। सौत गुसलखाने में शृंगार-पटार में लगी हुई थी, ठाकुर साहब शाला में बैठे थे। मोटर की आवाज सुनकर उन्हें मालूम हुआ, कि सेठ जी आ गये। वह स्वागत के लिए बाहर दौड़ आये। देखा, बड़ी ठाकुरानी हैं। उन्होंने बाबोसा के कुशल-मंगल के बारे में पूछा। मंगलपुर से आये मर्द उनके साथ बैठक में चले गये, ठाकुरानी सीढ़ियों पर चढ़ती अपने कमरे की ओर गई। सौत को भी सेठ के आने का सन्देह हुआ था, इसलिए वह भी उतावली हो बाथरूम से निकल आई। सामने जेठी सौत को देखकर उसका फूल-सा खिला चेहरा कुछ मुर्झा गया। उसे शिष्टाचार के लिए भी यह कहने की जरूरत नहीं मालूम हुई कि माँ के मरने में मेरी संवेदना है। हाँ, उसने यह जरूर पूछा—"आपकी तबियत ठीक तो है ?"

थोड़ी देर में सेठ अपनी रखेली और ड्राइवर भी अपनी रखेली के साथ आ गये। सब बैठक में चले गये। सौत ने पुछवाया, कि खाना ऊपर खायेंगी या नीचे महफिल में ? अभी माँ को मरे एक ही पखवारा हुआ था, महफिल में गौरी का खान-पान कैसे हो सकता था ? पराये पुरुषों और उनकी रखेलियों के साथ रंग-रलियाँ मचाने की बड़ी ठाकुरानी की आदत भी नहीं थी। उन्होंने कहला दिया—"मुझे आज नहीं खाना है।" उनकी छोरियों, उनके बच्चों और साथ आये जनों—पन्द्रह-बीस आदमियों को खाना खिला दिया गया। बैठक में ह्विस्की की बोतलों पर बोतलें खुल रही थीं, खान-पान की खूब चहल-पहल थी, ठहाके मारे जा रहे थे, हा-हा ही-ही हो रही थी। मंगलपुर वाले राजपूतों ने ऐसी महफिलें

नहीं देखी थीं। हल्ला-गुल्ला सुनकर उनको आश्चर्य हो रहा था, सोच रहे थे— "दोनों सौतें लड़ तो नहीं गई।" छोरियों से पूछने पर उन्होंने बतलाया, कि नीचे महफिल हो रही है। बूढ़े राजपूत ने इस पर कहा—'बाबा, मैंने तो ऐसी महफिल दुनिया में कोई देखी नहीं।" दो बजे रात तक आनन्द-मौज, नाच-गाना होकर महफिल बर्खास्त हुई—आज छोटी ठाकुरानी ने अपने नृत्य का कौशल खूब दिखलाया था।

सुबह भी ठाकुर साहब अपनी बड़ी पत्नी के पास कुशल-मंगल पूछने नहीं आये। दोपहर को इधर-उधर नजर डालते चोर की तरह सीढ़ियों पर चढ़ने लगे। चार ही पाँच सीढ़ियाँ चढ़े थे, कि नीचे से छोटी ठाकुरानी के पीहर के नौकर ने पुकारा—"आपको बुला रही हैं।" ठाकुर साहब ने कहा—"अभी आता हूँ।" एक कदम और आगे बढ़े, इसी वक्त फिर आवाज आई—"पहले यहाँ आइये।" ठाकुर की हिम्मत नहीं थी, कि कदम अगली सीढ़ी पर रखते, वह उलटे पैर लौट गये। पिछले कितने ही महीनों में सौत ने ठाकुर को अँगुलियों पर नचाने लायक बना लिया था, यह साफ-साफ दिखलाई पड़ रहा था। ठाकुर उस समय जो सीढ़ियों से लौटकर गये, तो फिर बड़ी ठाकुरानी के पास नहीं आये।

तीन-चार दिन तक बड़ी ठाकुरानी को नीचे से खाना बनकर आता था, और मंगलपुरवालों को भी खाना दिया जाता था। फिर एक दिन सौत के पीहर के नौकर ने आकर उस कमरे के जाजम को उठा लिया, जिसमें मंगलपुर वाले राजपूत ठहरे थे। सुबह का खाना दे दिया गया, दोपहर बाद ठाकुर और उनकी छोटी बहू मोटर पर चढ़कर सिनेमा देखने निकल गये। रसोइये ने बड़ी ठाकुरानी को कह दिया—"शाम का खाना यहाँ नहीं बनेगा, हमें ऐसा ही हुकुम है।" गौरी ने दोपहर को खाने का सब सामान मँगवा लिया और छोरियाँ ऊपर खाना बनाने में लग गईं। यह विचित्र अनुभव था, और बहुत ही दुःखदायक। इतनी जल्दी बात यहाँ तक पहुँच जायेगी, इसकी उसे आशा नहीं थी।

इसके बाद गौरी के पास मिलने के लिए जब स्त्रियाँ आतीं, तो ठाकुर साहब के द्वारा दरवाजे पर बैठाये दो नौकर उन्हें यह कहकर रोक देते, कि भीतर जाने का किसी को हुकुम नहीं है। ठाकुरानियों के लिए रोक नहीं थी। खलपा की हवेली बहुत लम्बी-चौड़ी थी, उसका एक हाता बहुत बड़ा था। उसी मुहल्ले में सौ-डेढ़-सौ मुसलमान, लोहार रहते थे। भोज करने के लिए उनके पास कोई बड़ा स्थान नहीं था। प्रसाद वकील

के समय मुश्किल से और सो भी पैसे लेकर उन्हें बड़े हाते में भोज-भाज करने की इजाजत देता, लेकिन गौरी की ठकुराई में अवस्था दूसरी थी। वह समझती थी, खाली जगह पड़ी है, यदि वह इसका उपयोग ले लें, तो हमारा क्या बिगड़ता है। लोहारों को अपने काम के लिए हर वक्त यह आँगन मिल जाया करता था। लोहार और लोहारियाँ सभी बड़ी ठाकुरानी के बड़े भक्त थे। माँ के मरने की खबर सुनकर लोहारियाँ जब पुछार करने आईं, तो उन्हें भी ठाकुर साहब के आदमियों ने रोका, लेकिन वह कब मानने वाली थीं, वह जानती थीं, कि यहाँ जनपुर में खलपा के ठाकुर साहब की कुछ भी चलने वाली नहीं है। वह यह कहकर भीतर चली गई—"देख्या वाणी माजन (रंग-ढंग) है तो वाइज छाछ बेचणवाली।" गौरी भी अपने लिए एक-दो दूध देनेवाली भैंसे मँगवाकर जनपुर में रखती थीं, और काम से फाजिल जो छाछ होता, उसे मुहल्ले की लोहारियों को ऐसे ही बाँट दिया करती। सौत छाछ का दाम वसूल करने लगी थी, इसलिए लोहारियों ने उसे छाछ बेचने वाली ठाकुरानी नाम दे रक्खा था। खलपा में खबर गई, तो जहाँ से भी कितनी ही स्त्रियाँ चलकर ठाकुरानी के साथ संवेदना प्रकट करने के लिए जनपुर आईं, उनके लिए भी कड़ी मनाही की गई। गौरी ने उन्हें खाना खिला रास्ते के लिए पैसा देकर उसी दिन लौटा दिया। खलपा से जो पुरुष संवेदना प्रकट करने के लिए आये, उनमें से एक के हाथ पकड़कर ठाकुर के आदमियों ने जूते लगाने शुरू किये, इस पर मंगलपुर वालों ने आकर उन्हें छुड़ाया।

★ ★ ★ ★

अब सौत हर तरफ से तंग करने पर उतारू थी। वह चाहती थी, कि नाकों में दम होकर उसकी सौत यहाँ से भाग जाये। मंगलपुर के मर्द जिस वक्त खाना खाने बैठते, उसी वक्त वह हल्ला करवाती— "ठाकुरानी बाहर जा रही हैं, इसलिए पर्दे के लिए पुरुषों को यहाँ से हट जाना चाहिए।" बेचारे खाना छोड़कर अलग हो जाते, और करमा निकलने में घण्टों लगा देती। छोरियों को आने-जाने में भी बहुत बाधा डालती, गालियाँ देती रहती, लेकिन अपनी छोरियों की तरह उनके ऊपर हाथ उठाने की उसकी हिम्मत नहीं होती थी।

उग्रपुरवाली ननद के पति मर गये। बरस दिन की काल-कोठरी (कोणा) छोड़कर वह भाई के पास जनपुर चली आई थी और नीचे ही ठहरी हुई थी। संवेदना प्रकट करने के लिए गौरी भी नीचे उतरकर उसके

पास गई, तो बहिन ने व्यंग्य करते हुए कहा—"आपने क्यों नीचे आने की तकलीफ की ?" मैंने भूल की"—कहकर दिल से भी गौरी ने अपनी भूल स्वीकार की। ठाकुर साहब ने अपने आठ-नौ वर्ष के भाँजे को ऊपर भेजा, जिसने आकर कहा— "मामीसा, मामूसा जन्मपत्री मंगावै हैं।" गौरी ने ठाकुर साहब की जन्मपत्री दे दी। लड़का फिर ऊपर आकर कहने लगा—"और भी जन्मपत्री मंगावै।" लेकिन वहाँ तो एक ही जन्म-पत्री थी, और जन्मपत्री कहाँ से देती। वैसा कह देने पर लड़का फिर तीसरी बार आकर कहने लगा—"छोटी मामीसा की तस्वीर मँगाते हैं।" सौत की तस्वीर गौरी मंगलपुर भूल आई थी, इसलिए कह दिया—"मैं मँगाकर दे दूँगी।" सौत ने गौरी के कई हजार के जेवर और चाँदी-सोने की चीजें ताला तोड़ करके ले लिया था, इसके बारे में तो कुछ नहीं,-लेकिन अजमेर में जो कण्ठी उसे गौरी ने दी थी, उसे भाँजे के हाथ भेजकर सौत ने कहलवाया—"यह अपनी कण्ठी रख लो, और हमारी पानों की डिबिया दे दो" गौरी ने डिबिया देते हुए कहा—"कण्ठी मैंने वापस लेने के लिए नहीं दी थी, लेकिन यदि वह रखना नहीं चाहती, तो मजबूर हूँ"—कहकर कण्ठी उसने रख ली।

सौत और ठाकुर साहब गौरी को हवेली में रहने देना नहीं चाहते थे, क्योंकि उनकी महफिल खुलकर जमने नहीं पाती थी। अकल के अन्धे ठाकुर साहब और उसकी चालाक छोटी बहू का सबसे गहरा दोस्त था सेठ सानी। पान-गोष्ठियों में ठाकुरानी मुक्त होकर अपना नृत्य- कौशल दिख-लाती और सेठ से निछरावल प्राप्त करती। गौरी के रहते उसके लिए पूरी स्वतन्त्रता नहीं थी। पहली बार सिनेमा में जाने के समय जो दृश्य देखा था, उससे गौरी को उन महफिलों का रहस्य मालूम हो गया, जिसे सौत भी जानती थी। सेठ कितने और ठाकुरों का सर्वस्व हरण कर चुका था, और अब खलपा के ठाकुर को भी कौपीन पहनाना चाहता था। यह खबरें बाबोसा के पास भी पहुँचीं, और भी उन्होंने और कुछ हट्टे-कट्टे आदमी मंगलपुर से भेज दिये। सलमाडा के इन एक दर्जन मजबूत आदमियों के सामने ठाकुर के दो-तीन मरियल आदमी झगड़ा करने की हिम्मत कैसे कर सकते थे ? छोटी ठाकुरानी लौंडियों की मार-पीट में बहुत तेज थी ही। उसके मार के कारण टाँग टूटी छोरी खलपा के एक दारोगा के साथ भागकर जनपुर ही में किराये के मकान में रहती थी। उस दिन एक दूसरी छोरी पर मार पड़ी। उसने अपने पति से सलाह कर ली, और वह दो बजे रात को हवेली से निकलकर लँगड़ी छोरी के पास चली

गई। ठाकुर साहब ने पुलिस में रिपोर्ट करवाई, कि हमारा पाँच हजार का जेवर लेकर भाग गई। छोरी और उसके मर्द को पकड़कर कोतवाली में ले गये, और साथ ही ठाकुर के भी दो-तीन आदमियों को बुलवा मँगाया। छोरी के शरीर पर बहुत जगह मार के नीले दाग पड़े हुए थे। उसने अपने घावों को दिखलाकर कहा, कि ठाकुररानी बहुत बेदर्दी से मारती हैं, इसीलिए मैं जान बचाकर भाग आई। पुलिस ने छोरी और उसके पति को छोड़ दिया और ठाकुर के आदमियों को हवालात में बन्द कर दिया। ठाकुर को खबर लगी, तो उन्होंने पुलिस को पैसे देकर किसी तरह अपने आदमियों को छुड़वा मँगवाया।

ठाकुर साहब अपनी छोटी स्त्री की बात में आकर बड़ी ठाकुरानी को जो तकलीफें दे रहे थे, उसकी खबर दूसरे ताजीमी सरदारों और रिश्तेदारों को मिले बिना नहीं रही। पोसी-ठाकुर तो सीधे फटकारते हुए कहते—"रे डप्पोल (मूर्ख), थोड़ी तो अकल रख, क्यों अपने घर को डुबाता है, और क्यों उस मूर्ख स्त्री की बात में पड़ा है ?" गौरी के विवाह कराने में जिनका सबसे ज्यादा हाथ था, वह हिम्मत सिंह मामा भी ठाकुर को बहुत समझाते, लेकिन "मूरख हृदय न चेत, जो गुरु मिलहिं बिरंचि सम।"

बाबोसा बार-बार चिट्ठी लिखकर गौरी को चले आने के लिए लिखते, लेकिन वह मैदान छोड़ कायर बनने के लिए तैयार नहीं थी। उसने लिख दिया—"मुझे आपने जिस घर में दिया है, मैं तो वहीं रहूँगी, यहाँ से नहीं हिलूँगी।" खलपा-ठाकुर जानते थे, कि उनकी बड़ी बीबी जनपुर में अनाथ नहीं है। महाराजा के ए० डी० सी० उसके नजदीकी और पक्षपाती हैं, उसका मामा दरबार में बहुत रसूख रखता है, जो समय-समय पर स्थानापन्न जज का काम करता है। सेठ के साथ इतनी बेतकल्लुफी भी ठाकुरों के वर्ग में अच्छी नहीं समझी जाती, इसलिए भी ठाकुर खलपा में बहुतों की सहानुभूति खो बैठा था। उसके कह देने पर गौरी हवेली छोड़कर नहीं जा सकती थी। सेठ को भी महफिल फीकी होने का बहुत अफसोस था, इसलिए उसने अपने एक बँगले को किराये पर देने के लिए मंजूर किया और ठाकुर साहब अपना सामान वहाँ भेजने लगे। जाते समय उन्होंने बहुत-से कमरों में ताले लगवा दिये और जिसमें कोई ताला खोलकर भीतर न चला जाय, इसके लिए उन पर लिखकर कागज की चिटें (चेपें) लगा दीं। आँगन में छोटी ठाकुरानी कागज की चिट काट रही थी, ठाकुर साहब उस पर नाम लिख रहे थे और ननद लेई लगा रही थी। मरदाने

के सभी कमरों में चिटें लगाई गईं। गौरी की लौंड़ियों की टट्टी पर भी चिट लगा दी गई। जाड़ों के दिन थे, एक कोठरी में नहाने-धोने के लिए जलते चूल्हे पर पानी से भरा देग रक्खा था, उसके दरवाजे पर भी चिट लगा दी गई। गौरी ने जिस कोठरी में ईंधन की लकड़ियाँ भरवा रक्खी थीं, उस पर भी चिट लगा दी गई, जिस कमरे में सारी हवेली की बिजली की स्विच थी, उस पर भी ताला और चिट लग गई। शाम को जब बत्ती जलाने के लिए स्विच दबाई गई, तो वह जली नहीं। खैर, शहर था, मोमबत्ती और लालटेन मँगाने में देर नहीं हुई।

अगले दिन हिम्मत सिंह मामा को खबर लगी, तो आये। वह बहुत दुःखी थे, अपनी भाँजी की इस अवस्था को देखकर कह रहे थे— "मैं ही वह पापी हूँ, जिसने अपनी भाँजी के भाग्य को बिगाड़ा।" फिर उन्होंने और पोस के ठाकुर ने भी कहा, कि कल हम सब दरवाजों को खुलवा देंगे। पोस-ठाकुर ने महाराजा ऊधोसिंह के पास हँस-हँसकर खलपा के ठाकुर की सारी बेवकूफियाँ सुना दीं, और कहा कि किस तरह सलपुर भागने से पहले वह सभी दरवाजों में चेपें लगा गया है। महाराजा ने अपने छोटे भाई से कहा, कि ठाकुर के आदमी को बुलाकर उसके सामने ताला खुलवा चेपें हटवा दो, यदि ताला न खोले, तो उसे तोड़वा देना। महाराजा के अनुज ठाकुर के आदमी के साथ हवेली में गये। "ताला खोलो" कहने पर ठाकुर के आदमी ने कहा— "मेरे पास चाबी नहीं है।" लोहारों का तो मुहल्ला ही था, ताला तोड़ दिया गया, बिजली के लिए अलग स्विच लगवा दी गई। सब कमरों को घूमकर रामानुज ने देखा, वहाँ न एक भी दरी थी, न एक फर्नीचर, केवल एक कमरे में मिट्टी का एक बड़ा-सा घड़ा था। उन्होंने उसे देखकर ठाकुर के नौकर से कहा— "यह लो अपना धन, इसी के लिए चेपें लगवाई थीं ना ?" ठाकुर साहब सेठ को रिझाने के लिए अपनी छोटी बहू के साथ दूसरी जगह चले गये, खलपा की हवेली अब गौरी के हाथ में थी। जिस वक्त कलह बहुत जोरों पर थी, और उसकी खबर मुहल्ले के लोहारों और दर्जियों को मिली, तो उनके पंचों ने ठाकुर साहब के हवेली में रहते समय ही आकर ठाकुरानी से कहलवाया— "हम सदा सेवा के लिए हाजिर हैं, जिस वक्त भी हमारी जरूरत हो, हमें हुकुम दें।" ठाकुरानी का यह सहानुभूतिपूर्ण बर्ताव ही था, जिसके कारण यह अशिक्षित, सीधे-सादे मुसलमान, लोहार-दर्जी उनके लिए प्राण देने को तैयार थे। सौत ने और छोटी सौतों को बड़ी सौतों को दबाकर रखते देखा था। वह समझती थी, कि मैं भी वैसा कर सकूँगी;

लेकिन, वह नहीं जानती थी, कि उसके लिए काफी बुद्धि उसमें नहीं हैं, और न उसकी सौत दूसरी सौतों जैसी मन और शरीर से बहुत दुर्बल है। बाबोसा मंगलपुर बुला रहे थे, हिम्मत सिंह मामा अपनी जनपुर की हवेली में आने के लिए कह रहे थे, लेकिन गौरी अपनी प्रतिज्ञा पर दृढ़ रही, और उसे नहीं, बल्कि उसकी सौत को वहाँ से भागना पड़ा। आठ महीने जनपुर में रहने के बाद बहिन के बड़े लड़के के देहान्त होने पर गौरी बलमू चली गई। बलमू से लौटने के बाद बाबोसा के बार-बार के आग्रह को मानकर उनसे मिलने वह मंगलपुर भी गई। बाबोसा बहुत कह रहे थे—"हम जोड़वाली कोठी तुझे लिख देते हैं, या अगर जसपुर की हवेली पसन्द हो, तो उसे तेरे नाम कर देते हैं, यू यहीं आकर रह। लेकिन गौरी सौत को पीठ नहीं दिखाना चाहती थी, और न यही चाहती थी, कि आगे चलकर गोदवाले भाई उसे कहें—"इसको अपने घर ठिकाना नहीं लगा, तो हमारी कोठी लेकर बैठ गई।" दो महीना मंगलपुर रहकर उसे फिर जनपुर आना पड़ा।

जनपुर की हवेली में यद्यपि नौकर-नौकरानियाँ थीं, लेकिन उसे अनुपस्थित देखकर ठाकुर साहब वहाँ के सारे फर्नीचर और दूसरी चीजों को उठवा ले गये। इसकी खबर वकील साहब और मामाजी ने अपनी चिट्ठी में लिख भेजी। आने पर गौरी ने देखा, सभी कमरे खाली हैं, मेज-कुर्सियाँ गायब हैं, रेडियो का भी पता नहीं है। एक कोठरी की ओर उनकी नजर नहीं पड़ी थी, इसलिए वहाँ तीन दरियाँ और छतवाले बिजली के तीन पंखे बच रहे थे। बिजली का झाड़ भी उठ गया था। सलपुर में ठाकुर-ठाकुरानी को सेठ जिस तरह नंगा नचा रहा था, महफिलें कर रहा था, उसके कारण ठाकुर की सब जगह बड़ी बदनामी हो रही थी। ढोलणियाँ आतीं, गाना गातीं, बाजा बजातीं, ठाकुरानी ह्विस्की के नशे में मस्त हो नाचती, सेठ सौ-सौ रुपये की निछरावल देता। महफिल वाले शराब में मस्त हो, गिलासों को इधर से उधर फेंकते, और तरह-तरह की कुचेष्टाएँ करते। यह ऐसी बातें थी, जो अकल के कोरे ठाकुर के बंगले के भीतर तक ही बंद नहीं रह सकती थीं।

★ ★ ★ ★

हवेली से इस तरह निकल जाने का सौत को बहुत मलाल था। वह चाहती थी, कि हवेली को बेंच दें, फिर देखें सलमिया-ठाकुरानी कहाँ रहती

है। ठाकुर ने हवेली को एक लोहार के हाथ बेंच देना चाहा, लेकिन महाराज के हुकुम से वह उसे बेंच नहीं सका। महाराज ने कहा— "जब तक बड़ी ठाकुरानी हवेली में रहती हैं, तब तक तुम उसे बेंच नहीं सकते, फिर हवेली तुम्हारी है, इसके लिए राज की ओर से मिला पट्टा दिखलाओ।" पट्टा कहाँ था ? उसके अभाव में वह राज की ओर से मिली भेंट भर मानी जा सकती, बेंचने का अधिकार ठाकुर को नहीं हो सकता था। यह देखकर ठाकुर और उनकी छिछोरी ठाकुरानी का मुँह छोटा-सा हो गया।

पीछे महारानी ने पूछा--"तुम्हें बंगले में रहना पसन्द है या हवेली में?" गौरी को पुराने ढंग की हवेली से नये ढंग का बंगला अधिक पसन्द था। यह कहने पर महारानी ने कहा—"कोई किराये का बंगला देख लो, किराया हम ठेकाणे से दिलवायेंगे।" गौरी ने रामबाड़ा मुहल्ले में नेली के सन्दर बंगले को सपन्द किया, जिसका किराया सौ रुपया मासिक था। गौरी उसी में चली गई। खलपा को किराया और बिजली-पानी का टैक्स देना पड़ता। इसके बाद ठाकुर को अपनी हवेली बेचने की छुट्टी मिल गई। अकल के अन्धों, गाँठ के पूरों की जो अवस्था होती थी, वही ठाकुर की भी हुई। इतनी अधिक जमीन और इमारत रखने वाली हवेली को उन्होंने अस्सी हजार में बेंच दिया। इसे कहने की आवश्यकता नहीं, कि इसमें से कुछ हजार सेठ की पाकेट में गये। फिर सेठ ने एक लाख पन्द्रह हजार में एक बंगला खरीदवा दिया, जो उस बँगले का आधा भी नहीं था, जिसे कि गौरी ने सौ रुपये मासिक किराये पर लिया था, और जिसे कुछ दिनों बाद चालीस हजार में खरीद भी लिया। नये बंगले के खरीदवाने में भी कई हजार सेठ की जेब में गये। छोटी ठाकुरानी की कीर्ति चारों ओर छा गई थी। उसने बहुत कोशिश की, कि महारानी के पास पहुँचे, लेकिन वह बदनाम हो चुकी थी, इसलिए महारानी उससे नफरत करती थीं।

महाराजा ऊधोंसिह मर गये, साल भर बाद जनपुर भी राजस्थान में विलीन हो गया। खलपा ने किराये का रुपया देना बन्द कर दिया, ठाकुर और उनकी दूसरी बीबी बदला लेकर बहुत खुश होगीं, लेकिन अब उनके सामने तो खलपा के सारे ठिकाणे के हाथ से चले जाने की समस्या खड़ी हो गई थी, सेठ भी उन्हें अच्छी तरह मूँड़माँड़ चुका था।

ठाकुर साहब ने एक मोटर अपनी बड़ी बीबी को भी खरीदकर दे दी थी। सौत इस फिकर में थी कि कैसे उसे ले लिया जाय। यदि गौरी

मंगलपुर जाती उसे अपने साथ न ले गई होती, तो इसमें शक नहीं, और चीजों की तरह मोटर भी ठाकुर साहब अपने यहाँ ले जाते। जबर्दस्ती लेना सम्भव नहीं था, क्योंकि गौरी के साथ मंगलपुर के कितने ही मजबूत आदमी भी थे। अपने दोस्तों की सलाह से अकल के अन्धे, गाँठ के भी खोटे ठाकुर ने अपनी बड़ी बीबी पर इस बात का मुकदमा दायर कर दिया, कि जबर्दस्ती हमारी मोटर रख ली है। अदालत से बयान लेने के लिए बड़ी ठाकुरानी के पास आदमी आया, और ठाकुरानी ने जो सच्ची-सच्ची बात थी, कह दी। शिवलालजी पहले ही से कुछ जानते थे, इसलिए उन्होंने लाइसेन्स भी बड़ी ठाकुरानी के नाम ले लिया था। ठाकुर की कीर्ति जनपुर में सब जगह फैली थी ही, अदालत ने उनका मुकदमा खारिज कर दिया।

★ ★ ★ ★

खलपा के पुराने सभी कामदार धीरे-धीरे हट गये। जनपुर से गये अफसरों ने इस्तीफा दे दिया और खलपावालों को नौकरी से निकाल दिया गया था। अब सारा कारोबार ठाकुर के दोस्त सानी ने अपने हाथ में ले लिया था। उसने अपनी तरफ से कामदार रक्खे। ठाकुर-ठाकुरानी जितना ही पागल हों, जितना ही अधिक खर्च करें, उतना ही अधिक वह सेठ के हाथ में बँध रहे थे, इसलिए खर्च-बर्च कराने में सेठ ने बड़ी उदारता दिखलाई। छ महीने पहले खरीदी मोटर में कोई दोष निकालकर कम दाम में अपने फर्म द्वारा बिचवा देता, और तड़क-भड़कवाली नई मोटर बड़े दामों में खरीदवा देता। तीन महीने में रेफ्रीजेटर को भी बदलवा देता। ठाकुरानी को इच्छा प्रकट करने भर की देर थी, और उनके लिए गहने और कपड़े मौजूद रहते। अपनी बड़ी सौत के जेवरों में से भी काफी उसके पास थे। छोटी ठाकुरानी का सेठ छोड़ और किसी पर विश्वास नहीं था। सेठ को उसने अपना भाई बना रखा था। सेठ खलपा भी जाता, वहाँ भी शराब-नाच की महफिलें गर्म होतीं। ठाकुरानी अपनी डावड़ियों को कहकर भाई के लिए गन्दी से गन्दी गालियाँ गवातीं—गन्दी गाली सुनने में ठाकुरानी को बड़ा आनंद आता। वस्तुतः सामन्ती जीवन आमतौर से अब गन्दे कीड़ों का जीवन था, मानवता को दबाकर वहाँ पशुता प्रधानता प्राप्त किये हुए थी। मनुष्य को पशुता की तरफ जाने से रोकने के लिए जितनी मात्रा में संस्कृति की आवश्यकता है, यदि वह उतनी न मिले, तो वेश-भूषा और बाहरी तड़क-भड़क आदमी को मनुष्य नहीं रहने देती। राजस्थान के ठाकुर तलवार अब भी समय-समय पर कमर में लटकाते हैं,

लेकिन यह केवल राजपूती-शान का प्रहसन भर है। अंग्रेजी राज्य ने उन्हें हर तरह की विलासिता के लिए मुक्त छोड़ दिया था, और साथ ही खर्च के लिए निश्चित आमदनी भी रहने दी थी। अब उनके आराध्य थे आहार-निद्रा-भय-मैथुन। वह पश्चिमी विलासिता को जितना ही अपने स्वामियों और गुरुओं के सत्संग में आकर सीखते जाते, उतना ही उनका खर्च बढ़ता जाता, जिसकी वजह से उनकी आमदनी अपर्याप्त होती जाती। ऐसी अवस्था में यदि ठाकुरानियाँ भाई या देवर (लालजीसा) बने सेठों के सामने नाचतीं-गातीं, उन्हें हर तरह से रिझातीं, तो इसमें आश्चर्य ही क्या? सामन्त-शाही के इस अन्तिम गढ़ में भी तलवार के मूल्य से पैसे का मूल्य बढ़ गया था, इसलिए सामन्ती ऐंठ कैसे चल सकती थी? खलपा में 'भाई' के लिए डावड़ियाँ गन्दी-गन्दी गालियाँ गातीं, वहाँ के लोग में चर्चा होती— "यह अच्छा भाई हैं, जो कि बहिन उसके सामने ऐसी गाली गवाती, उसके सामने शराब में बदमस्त होकर हाव-भाव करती नाचती है !" जब शराब पीकर करमा बेसुध हो जाती, तो 'भाई' और उसका ड्राइवर कोमलांगी के शरीर में हाथ लगा उसे चारपाई पर ले जाकर लिटा देते। सेठजी अपने 'सदाचार' के लिए कई रियासतों में बड़ी ख्याति प्राप्त कर चुके थे, अपने दारोगा-ड्राइवर की स्त्री पर उनका विशेष अनुराग था। ड्राइवर ने इसे घाटे का सौदा नहीं समझा था, और उसने अपने लिए अलग रखेली रख ली थी। सेठ ने उसको मालामाल कर दिया था, इसलिए यदि वह अपने नाम से सेठजी की रखेली को घर में रक्खे, तो कौन घाटे का सौदा था ?

ठाकुर और ठाकुरानी गौरी के हाथ-खर्च को बन्द करने के लिए बड़े इच्छुक थे, लेकिन कोई उपाय नहीं चलता था। दरवाजों में चिटें लगवाईं, वह भी उखाड़ फेकी गईं, हवेली बेंचने में भी उनकी बात नहीं चली, मोटर का मुकदमा करके हार गये, इसलिए उन्हें आशा नहीं थी, कि अदालत का दरवाजा खटखटाने पर फैसला उनके अनकूल होगा। जनपुर में पाँच सौ घर हिन्दू-मुसलमानों ढोलणियों के हैं, जिनका काम है दरबार और ठाकुरों के पास जाकर गाना-नाचना। "खिसियानी बिल्ली खम्भा नोचे" की कहावत के अनुसार और कुछ नहीं चला, तो ठाकुर साहब ने ढोलणियों से कह दिया— "यदि तुम बड़ी ठाकुरानी के यहाँ नाचने-गाने जाओगी, तो हम तुम्हें अपने यहाँ नहीं आने देंगे।" ढोलणियों ने कहा— "हम तो कमीन हैं, अपने पेट के लिए हमें सभी जगह जाना पड़ता है।" दोनों ने फिर कहा—"तुम दस्तखत करके दे दो, कि हम वहाँ नहीं जायेंगे,

तभी हम तुम्हें अपने यहाँ आने देंगे।"

"हमने उनका बहुत नमक खाया है, हमसे यह नहीं होगा कि अब वहाँ जाना छोड़ दें।"

ढोलणियों ने अब ठाकुर साहब के यहाँ जाना छोड़ दिया, तो वहाँ दूसरी ढोलणियाँ बुलाई जाने लगीं। पहली ढोलणियों को लुभाने और चिढ़ाने के लिए सेठ से नई ढोलणियों में सौ-सौ दो-दो-सौ रुपये इनाम बाँटे। जब यह खबर गौरी को मिली, तो उसने ढोलणियों से कहा— "अगर तुम वहाँ जाओ, तो मैं नाराज नहीं हूँगी। अपनी रोजी के लिए तुम वहाँ भी जाओ, या यहाँ नहीं आओ मुझे इससे कोई अप्रसन्नता नहीं होगी।"

ढोलणियों ने कहा—"हम शहर में चार घर और कमा खायेंगे, लेकिन आपका चौखट नहीं छोड़ेगे।"

नाच-शराब के समय ढोलणियाँ ठाकुर साहब के दरबार में उपस्थित रहतीं। सेठ, ड्राइवर दोनों की रखेलियाँ, ठाकुर और ठाकुरानी कैसी-कैसी रासलीलाएँ करते, वह सब देखती रहतीं। ठाकुर शराब के प्रेमी नहीं थे, लेकिन सेठ उन्हें उसमें भी निष्णात करना चाहता था, और वह भी कभी-कभी पीकर लुढ़क जाते। ब्रह्मा ने अकल से वंचित तो कर ही दिया था, ऊपर से शराब पीकर अब उनको क्या सुध-बुध रहती ? उन्हें यह भी पता नहीं था, कि राजधानी में उन पर और उनकी स्त्री पर कितनी थू-थू हो रही है। राजमहल में रानियाँ और ठाकुरानियाँ पूछतीं—"तुम्हारी सौत की यह-यह बातें ठीक हैं ?" तो गौरी अपनी अज्ञानता प्रकट करती। उसे सुनने की इच्छा भी नहीं होती, इसलिए बहुत-सी बातों से सचमुच ही वह अपरिचित थी। ठाकुर के पुराने लँगोटिया यार दूसरे ठाकुर लोग इतनी दूर तक जाने के लिए तैयार नहीं थे, इसलिए उन्होंने अब उनका साथ छोड़ दिया, और सेठ ही उनका सब कुछ था। लेकिन यह एक ठाकुर की बात नहीं थी, बीसवीं सदी के दूसरे पाद में पहुँचते-पहुँचते ऐसे ठाकुरों और राजाओं की कमी नहीं रह गई थी, जो अब नाममात्र के अन्नदाता थे, और उनका सब कुछ सेठों के हाथ में था। रानियों और ठाकुरानियों के कितने ही 'भाई' और देवर सेठों में थे। सामन्ती रोबदाब और सदाचार की दीवार बड़ी तेजी से ढहती जा रही थी। कर्ज के बोझ से दबी जाती पुराने युग की यह गुड़ियाँ सेठों के हाथ का खिलौना बनती जा रही थीं। अंग्रेजों के रहते समय थोड़ा-सा अंकुश भी था, लेकिन उनके हटने के

साथ जब दिल्ली के देवता सेठों की वंशी पर नाचने के लिए तैयार थे, उनकी कुन्जी इन धरनासेठों के हाथ में थीं, तो राजस्थान की छोटी-बड़ी गुड़ियों के बारे में क्या कहना ? सेठों को अफसोस इसी बात का हो सकता है, कि रियासतों के विलयन और जागीरों के उच्छेद के बाद जिस तरह उनकी तूती चारों तरफ बोलती है, उसका आनंद वह अधिक दिनों तक नहीं ले सकते। लाल आँधी आने के लिए तैयार है, और युगों से चली आती जाति-प्रथा सेठों को अपने घर में किसी राजकुमारी या ठाकुर कुमारी से ब्याह करके रखने की इतनी जल्दी इजाजत नहीं दे सकती। अगर इंगलैंड की तरह यहाँ भी पाँच-सात पीढ़ियों का मौका मिलता, तो इसमें शक नहीं है, कि रनिवासों की लाडलियाँ सेठों के घरों की शोभा बढ़ाती, और श्वेतरक्त की यहाँ भी उसी तरह छीछालेदर होती, जैसी यूरोप में हुई।

★ ★ ★ ★

रोमे के ठाकुर साहब ठाकुर का दूसरा ब्याह कराने में सबसे आगे थे। उन्होंने समझा था, कि इस तरह वह बड़ी ठाकुरानी का मान-मर्दन करते ठेकाणे का सारा प्रबन्ध अपने हाथ में कर लेंगे, लेकिन उनकी बहुत दिनों नहीं चली, क्योंकि ठाकुर-ठाकुरानी के अन्धाधुन्ध खर्च के लिए वह रुपया नहीं दे सकते थे। छ महीने होते-होते रोमे-ठाकुर दूध की मक्खी बना दिये गये, और सारा कारबार सेठ के हाथ में चला गया। रोमे की ठाकुरानी और महाराज ऊधोसिंह की रानी का पीहर एक ही जगह था, इसलिए दोनों में बहुत मेल था। ठाकुरानी राजमहल में आती, तो गौरी से भेंट होती। एक दिन वह पास में बैठी देखकर बोलीं— "यह खलपा के ठाकुर की बहू हैं क्या ?"

गौरी ने भी व्यंग्य करते हुए कहा—"लोग ऐसा ही कहते हैं, मुझे तो नहीं मालूम।"

रोमे की ठाकुरानी काकी-सास थीं और उनकी सहानुभूति भी अब अपने पति की तरह ही गौरी के लिए थी। वह संवेदना प्रकट करते हुए बोली— "थारा होक तो चोखा कोई नी। थाणे घणे तकलीफां दीं (तुम्हारी सौत कोई अच्छी नहीं, उसने तुम्हें बहुत तकलीफ दी)।"

गौरी ने जवाब में कहा—"यह काकोसा का प्रताप है।"

"बीनणी, वह पछतावै हैं, थारोई फिकर कर हैं।"

"मेहरबानी हैं काकोसा की, कम से कम अब तो मेरी फिकर करते हैं।"

★ ★ ★ ★

करमा की बात बहुत चल रही थी, इसका अर्थ यह नहीं कि वह ठाकुर साहब को उनके पुराने जीवन से रोक सकी। हाँ, सेठ की वह कृपापात्र थीं, और खजाने की कुंजी सेठ के पास थी, इसलिए ठाकुर भी उसके हाथ से बाहर नहीं थे। करमा शायद ठाकुर पर नियन्त्रण करना चाहती भी नहीं थी। ठाकुर जितना ही बिगड़ते जावें, उतना ही सेठ और ठाकुरानी की पाँचों अँगुली घी में थीं, इसीलिए खलपा-ठाकुर ही क्या, दूसरे ठाकुरों और राजाओं की भी कर्ज और विलासिता को दबाकर अपने हाथ में रखने के लिए सेठ वारुणी और बारबनिताओं का प्रयोग खुलकर करते।

उग्रपुर से खलपा-ठाकुर का इतना ही रिश्ता था, कि उनकी परित्यक्ता पत्नी वहाँ की महारानी की मौसेरी बहिन थी। ठाकुर के कृपालु सेठ का एक मित्र उग्रपुर में भी भारी प्रभाव रखता था, और खुद सेठ सानी की भी और राजधानियों की तरह उग्रपुर में भी अपनी कोठी थी। उग्रपुर का सेठ भी धन के बल पर सामन्तिनियों के साथ रासलीला रचाने में कम नहीं था, दोनों सेठों की मैत्री से लाभ उठाकर ठाकुर और ठाकुरानी एक दिन उग्रपुर की यात्रा पर निकले। महारानी को खबर दी गई, कि खलपा के ठाकुर और ठाकुरानी आ रहे हैं। वह समझी— "मेरी मौसेरी बहिन आ रही है" इसलिए आने के समय उन्होंने अपने मामा हिम्मतसिंह के लड़के गोविन्द को कार और आदमियों के साथ स्टेशन भेज दिया। उनकी मौसेरी बहिन कभी उग्रपुर नहीं आई थी, इसलिए उन्होंने बड़ी प्रसन्नता के साथ भाँजे से कहा— "गोविन्द खलपा वाला बेन आया, तू वणारे हामो जा, मेलाँ ले आ।"

गोविन्द बहिन को महल में लाने के लिए स्टेशन गया। वहाँ ट्रेन में ठाकुर साहब मिले। उनसे कुशल-मंगल पूछकर गोविन्द ने कहा—"मैं जरा जीजा (बहिन) से मिल आऊँ।" जाकर देखे, तो जीजा का कहीं पता नहीं, वहाँ तो कोई दूसरी बैठी है। पूछने पर मालूम हुआ, कि यह तो जीजा की सौत है। उसने स्टेशन से महारानी को टेलीफोन किया।

हुकुम आया—"उन्हें ले जाकर गेस्ट-हाउस (अतिथि-भवन) में ठहरा दो।" जब ठाकुरानी आ गई, तो उसके साथ शिष्टाचार तो दिखलाना ही था। जनपुर की ठाकुरानी होते हुए भी करमा को कभी वहाँ के महल में जाने का सौभाग्य प्राप्त नहीं हुआ था। जब कोशिश करके भी वहाँ प्रवेश नहीं हो सका, तो उसने अँगूरों को खट्टा कहना शुरू किया —"मैं वहाँ जाना ही नहीं चाहती।" सौत के सम्बन्धन से उग्रपुर के महलों का दरवाजा उसके लिए खुल गया। महारानी उसे अपने साथ रावलजी के अन्तःपुरवाले दरबार में भी ले गई। करमा में कोई संयम तो था नहीं, जीभ उसकी फर-फर चलती। उसने वहाँ जाते ही चटपट रावलजी को चचा बना लिया, और किसी का संकेत पाने से पहले ही ठाकुरानियों के बैठने की ऊँची जगह पर जा बैठी। रावल ने शराब पीने के बारे में पूछा, तो झट कह दिया— "मैं तो देशी (आसा) नहीं पीती, ह्विस्की पीती हूँ।" रावल के दरबार में ह्विस्की की क्या कमी थी, और खलपा की ठाकुरानी आधे चौथाई प्याले से तृप्त थोड़े ही होनेवाली थी, वह पीकर उसी दिन हाहा-हीही करने वालियों में शामिल हो गई।

इतना ही तक होता तो भी गनीमत। गेस्ट-हाउस में उग्रपुर का सेठ अपने दारोगा-ड्राइवर के साथ आता, वहाँ भी पार्टियाँ और महफिलें जमने लगीं। शराब के लिए रावलजी का भण्डार खुला हुआ था, लेकिन ठाकुर-ठाकुरानियों के साथ सेठों की इतनी स्वतन्त्रता अच्छी नहीं समझी जा सकती। ठाकुरानी को उग्रपुर का सत्कार बहुत अच्छा लगा, और वह वहाँ दो-दो बार आई, यद्यपि इसके फलस्वरूप उसके पति पर उग्रपुर में भी जनपुर की तरह ही थू-थू होने लगी।

■■■

२०

अन्नदाता-युगल

उग्रपुर की महारानी जनपुर की महारानी की मामी-सास लगती थीं। दोनों राजवंशों में अच्छा सम्बन्ध था। एक बार रावल अपनी रानी और दूसरे नौकरों-चाकरों के साथ स्पेशल ट्रेन से जनपुर गये। साथ में चालीस-पचास डावड़ियाँ (बायाँ) और बहुत से नौकर-चाकर थे। स्पेशल ट्रेन में गेहूँ और गेहूँ के आटे की बोरी, घी-चीनी आदि ही से सन्तोष नहीं किया गया, बल्कि गेहूँ की बोरियाँ और आटा पीसने की चक्की भी दूसरे खाने-पीने के सामान के साथ एक डब्बे में रक्खी थी। जनपुर में रावल का उनके योग्य ही सत्कार हुआ। उग्रपुर-महारानी और जनपुर-महारानी की भेंट मुलाकात बराबर होती रहती। वहाँ गौरी भी प्रायः मौजूद रहती। उग्रपुर की महारानी ने अपनी मौसेरी-बहिन से कहा— "वह तो दो बार हो आई, तू तो आती ही नहीं। हमारे साथ चल।" गौरी ने कहा— "जैसी आपकी आज्ञा।" इसी समय जनपुर-महारानी आ गईं, और उनसे भी उग्रपुरवाली ने कहा—"हमारी बहिन की सौत तो दो बार हमारे यहाँ हो आई, अब की छुट्टी दिलाओ, तो मैं बहिन को अपने साथ ले जाऊँ।" उग्रपुर-महारानी ने यह सोचकर कहा था, कि बहू के जाने के लिए सास से आज्ञा लेने का काम जनपुर-महारानी कर देंगी। लेकिन उन्होंने इसकी जरूरत न समझते हुए कहा—"मामीसा, आपे उण उरडा बेगण ने क्यों बुलाई (आपने इस उर्द-बैगन को क्या बुलाया)?"

उग्रपुर-महारानी ने कहा—"मैंने कहाँ बुलाया, वह तो अपने आप दो बार हो आई।" फिर उन्होंने पहली बार 'उरडाबेगण' के स्टेशन पर लाने के लिए कार भेजने की कहानी सुनाई। जनपुर-महारानी ने कहा—"घेली राँडराने कई पुछावणें हो, आप त ले जाओ (उस राँड–सास–से पूछने की क्या आवश्यकता, आप अपनी मौसेरी बहन को ले जाइये)।"

उग्रपुर की यात्रा महारानी के साथ हुई, जिसका बयान करने के पहले यह बतला दें, कि उग्रपुर की महारानी अपनी मौसेरी-बहिन के साथ "मेलाँ गया" (रावलजी के पास गई) तो गोविन्दसिंह की बहू ठाकुरानी—

गौरी की मामी—ने दरबार की नजर और भेंट करके 'खम्मा घणी' करी। गौरी भी घूँघट निकालकर रसम अदा की। नजर के रुपयों में कुछ और मिलाकर लौटा देने का रवाज है। उसके बाद महाराणा ने पूछा—"यह कौन है ?" महारानी ने जबाब दिया—"हुकम, म्हारे मामीसा की बेटी बेन है खलपावाला।" रावली ने इस पर कहा—"वह तो घूँघट नहीं निकालती थी, यह ऐसा क्यों करती है ?"— इस पर महारानी ने गौरी से कहा— "अन्नदाता ने हुकम बक्सा है, घूँघट मत निकालो।" लेकिन गौरी को शरम आती। फिर शराब आई, तो गौरी वैसे भी शराब कम पीती थी, और यहाँ तो उसे लज्जा भी घेरे हुए थी। यह देखकर रावलजी ने कहा— "बणारे तो कठेइज शरम नी है, मारा हूँ अच्छी तेरे बाताँ करता, मेन-मने काको बी बणाई दो (उसे तो कोई शरम नहीं थी, मुझसे भी अच्छी तरह बात करती, उसने मुझे चचा भी बना लिया)।"

उग्रपुर राजस्थान में पुराने रूढ़ियों में सबसे ज्यादा जकड़ा था, जनपुर उसकी अपेक्षा बहुत आगे बढ़ा हुआ था। उग्रपुर की महारानी को जनपुर-वाली के सम्पर्क में आकर कुछ ज्यादा देखने-सुनने की आजादी थी। जब महारानी की मोटर आगे-आगे चलती, तो उसे चारों ओर से बन्द रखकर ही सन्तोष नहीं किया जाता, बल्कि ताला बन्द करके अपनी मोटर ले डोढ़ीदारी भी बराबर पीछे-पीछे रहता। महारानी की मोटर किधर जानी चाहिए, और किधर नहीं जानी चाहिए, इसकी जिम्मेदारी डोढ़ीदार मोला के ऊपर थी। एक दिन जनपुर की महारानी ने सोचा, कि आज मोला को खूब छकाना चाहिए। ड्राइवर को उन्होंने सिखला दिया, कि मोला की मोटर दूसरी सड़क पर मोड़ ले जाना। दोनों महारानियों की मोटरें आगे-आगे चलीं, पीछे-पीछे मोला की मोटर थी। किसी चौरास्ते पर मौका पाकर दूसरी मोटर और सड़क पर चली गई, और मोला की मोटर कितनी ही देर तक दूसरी सड़क पर दौड़ती रही। आगे जब महारानी की मोटर दिखाई नहीं पड़ी, तो मोला बहुत घबराया। ड्राइवर ने कहने पर उत्तर दिया— "मुझे क्या मालूम, जनपुर छोटा-सा कस्बा थोड़े ही है, न जाने कहाँ चली गई। आज तो कोई पार्टी का प्रोग्राम भी नहीं।" मोला को कोई अकल नहीं थी। उसने मोटर को रानीबाग ले जाने के लिए कहा, जहाँ पर कि रावलजी ठहरे हुए थे। उस समय रावलजी के पास जनपुर के कितने ही सरदार बैठे थे। इसी समय घबड़ाया हुआ मोला आकर बोला— "अन्नदाता, बड़ो हुकम, गजब वहि ग्या (अन्नदाता, आज्ञा, गजब हो गया)।"

रावलजी ने कहा—"कई हुयो रे ?"

"महाराणीसारो पत्तो नी है (महारानी साहब का पता नहीं है)।"

"हाते कोण है (साथ में कौन है) ?"

"जनपुर माराणीसा है, हुकम।"

इस पर सन्तोष की साँस लेते हुए रावल ने कहा—"पाछै कई डर है रे (तो फिर क्या डर है) ?"

जनपुर के ठाकुरों को वहाँ अपनी हँसी रोकना मुश्किल हो गया था। अन्तःपुर में जब यह बात पहुँची, तो महारानी और दूसरी ठाकुरानियाँ हँस-हँसकर खूब मजाक उड़ाती रहीं।

पहले ही निश्चय हो गया था, इसलिए गौरी भी अपनी मौसेरी बहिन के साथ उग्रपुर गई। उसके साथ तीन लौंड़ियाँ और तीन-चार नौकर थे। स्पेशल ट्रेन में एक सैलून रावल का था, एक महारानी का, फिर दर्जे के मुताबिक सरदारों के फर्स्ट-सेकेण्ड क्लास के डब्बे थे। नौकरों-नौकरानियों के लिए कितने ही तीसरे दर्जे के भी डब्बे थे और एक डब्बे में सामान रक्खा हुआ था। महारानी का सैलून बाहर से किस रंग का था, यह नहीं मालूम, किन्तु भीतर से उसका रंग भूरा था। वहाँ सोफा और कुछ कुर्सियाँ थीं, दो पलँग भी पड़े हुए थे। खिड़कियों में तेहरे आड़ लगे हुए थे, जिनमें से एक सूराखदार कमल के फूल लकड़ी में बने हुए थे। चाबी घुमाने से वह सूराख बन्द होते और खुलते, हवा का एकमात्र रास्ता यही सूराख थे, और इन्हीं सूराखों के जरिये बाहर की चीजें भी देखी जा सकती थीं। अन्तःपुरिकाओं को कुँजी के छेद जैसे सूराख से भी देखने का अच्छा अभ्यास होता है, इसलिए वह इतने बड़े सूराख से भी बाहर की चीजें देख सकती थीं। खिड़कियों के बाहर सीकचे लगे हुए थे, और सैलून के दरवाजे में ताला बन्द था। इसे कहने की आवश्यकता नहीं कि सामान्त अन्तःपुरिकाओं पर उससे भी कड़ा ध्यान रखते हैं, जितना कि जेलवाले किसी भयंकर कैदी पर। महारानी के साथ दो उग्रपुर की ठाकुरानियाँ और मौसेरी बहिन के अतिरिक्त छ-साथ बायाँ (डावड़ियाँ) थीं। वैसे सैलून में काफी आराम का प्रबन्ध था, बाथरूम भी था, टब नहीं था, किन्तु शावर के स्नान का प्रबन्ध था। आठ बजे स्पेशल-ट्रेन रवाना हो पाँच बजे उग्रपुर पहुँच गई। खाना बनाने का प्रबन्ध ट्रेन में था। दीवाली के कुछ ही दिन पहले यात्रा हो रही थी, इसलिए गर्मी नहीं थी, तो भी

पंखे लगे हुए थे, बत्तियाँ भी थीं। रास्ते में भोजन के समय थाल लगकर महारानी के पास आ गये।

जब ट्रेन जनपुर से चली, तो अन्तःपुरिकाएँ फूलवाले छेद से बाहर देखने की कोशिश करने लगीं। गौरी ने अपनी ओर की खिड़की को खोल दिया। महारानी ने कहा—"बैन, खिड़की मती खोलो।"

गौरी ने बड़ी नरमी के साथ कहा—"जंगल है, यहाँ शहर थोड़े ही है। जनपुर की महारानी जब बाहर जाती हैं, तो ऐसे स्थानों में खिड़की खोल देती हैं। हाँ, बाहर गर्दन निकालकर नहीं देखना चाहिए।"

जनपुर-महारानी जब ऐसा करती हैं, तो उग्रपुर-महारानी भी वैसा क्यों न करें, यह सोचकर उन्होंने कहा—"तो बैन, मारी बारी बी होली दो।"

फिर क्या था, सभी खिड़कियाँ खोल दी गई। ताजी हवा जब भीतर आई, तो वह गद्‌गद् होकर कहने लगी—"हरे, कैड़ी हवा आवै है। मैदान दिखै है। हाउ लागी र्‌यो है।" महारानी ने ताजा हवा का आनंद लेते हुए कहा—"बैन, मैं तो इत्ता बरसा में आज-इज सौगन भाँगी है।"

गौरी ने अपनी सफलता पर इत्मीनान दिखलाते हुए कहा—"आप खूब बाहर मैदान देखें, हवा खायें। स्टेशन से पहले सिगनल आयेगा, उस समय मैं खिड़कियाँ चढ़ा दूँगी।" इसके बाद उग्रपुर तक खिड़कियों के खोलने और चढ़ाने का काम गौरी ने अपने जिम्मे ले लिया। स्टेशन आने पर खिड़कियाँ बन्द होतीं, नहीं तो खुली रहतीं। गौरी ने सोचा, शायद उन्हें स्टेशन देखने की लालसा हो, इसलिए कहा कि यदि स्टेशन देखना है, तो दो पर्दों को हटाकर केवल जालीवाले पर्दे को रक्खें, इस पर महारानी ने कहा—"आपन हटे पड़े तो (यदि हम दीख जायें तो)?"

गौरी ने समझाकर कहा—"अन्दर जब अँधेरा रहता है, तो जाली से बाहर वाला आदमी भीतर के आदमी को नहीं देख सकता।"

इस पर भय करते हुए महारानी ने कहा—"नी बेन, अन्नदाता ने मालूम वहि जावे, तो नाराज वहि जावे।" उन्होंने स्टेशन पर उसे देखने की कोशिश नहीं की।

महारानी के साथ चलने वाली ठाकुरानियों में एक ब्रह्मसम्बन्धवाली थीं, अर्थात् उसने नाथद्वारा के वल्लभ कुलवाले गोस्वामीजी से मन्त्र लिया था। सैलून में सब खाती-पीती थीं, लेकिन वह बेचारी टुकुर-टुकुर देखती

रहती, खाने की बात तो अलग, वह पान भी नहीं ले सकती थी, केवल जर्दा मिली हुई सुपारी कभी-कभी मुँह में डाल लेती। "ब्रह्म-सम्बन्ध 'लीदो है' सुकान्तजी बाजी, रोटी नी खावो, तो फल मँगाई दूँ"— कहकर महारानी ने ठाकुरानी को कुछ खिलाना चाहा, इस पर ब्रह्मसम्बन्धियों ने कहा—"नी हुकम, रेल में नी खाउँ, हिनान कीदा बिना नी खाउँ।" बेचारी सारे रास्ते भूखी रही, रात को भी उसे खाना नहीं मिला, दूसरे दिन जाकर अपने हाथ से बनाकर उसने खाना खाया। वह भगवान् के भजन खूब गाती थी, गला भी उसका बड़ा सुरीला था।

यद्यपि उग्रपुर स्टेशन पर ट्रेन पाँच बजे पहुँच गई थी, लेकिन कनातें, चाँदनी लगाकर अन्तःपुरिकाओं को उतारने में काफी समय लगा। मारी जंक्शन में उनके लिए चाय आ गई थी, इसलिए भूख की कोई चिन्ता नहीं थीं। स्टेशन से आगे-आगे रावलजी की मोटर चली, पीछे-पीछे महारानी की और दूसरों की मोटरें। स्वागत के लिए डावड़ियाँ, मंगल-गीत गा रही थीं। उग्रपुर में पातरों का रवाज नहीं है। वहाँ नाच-गाने का काम बायाँ करती हैं, जिनको कि दूसरी जगह डावड़ियाँ कहते हैं। महारानी साहिबा के महल में पहुँचते-पहुँचे चिराग जल गये थे, उन्हें रावलजी के पास जाना था, इसलिए जल्दी करनी थी।

★ ★ ★ ★

महारानी का निवासकोष्ठ पुराने महल के एक बड़े कमरे में कुछ थोड़ा-सा परिवर्तन करके तैयार किया गया था। पचास हाथ लम्बा, पन्द्रह हाथ चौड़ा एक लम्बा हाल था, यही उनका ड्राइंगरूम, बैठका, शयनकक्ष और भोजनकक्ष था। इसमें एक तरफ एक दरवाजा था, कई शीशे और जालीवाली बड़ी-बड़ी खिड़कियाँ, थीं, दरवाजे के बाहर आठ हाथ लम्बा, आठ हाथ चौड़ा एक छोटा सा आँगन था। वहाँ पास में एक कोठरी थी, जो स्नान-गृह, परिधान-गृह का काम करती, और इसी में शीशा लगी जेवर-कपड़े रखने की आलमारियाँ थीं। हाल को सजाने की बहुत कोशिश की गई थी, छत से झाड़-फानूस, गोले, हँडियाँ, और एक बिजली का पंखा लटक रहा था। मोमबत्तियों की जगह अब झाड़ों और हँड़ियों में बिजली जलती थीं। हाल में कोई सोफा नहीं था। एक ओर एक गोल मेज थी, जिसके किनारे चार कुर्सियाँ पड़ी थीं। फर्श पर दरी नहीं, एक जाजम बिछा हुआ था, जिसमें दीवार के सहारे पाँच हाथ चौड़ा लम्बा गद्दा बिछा हुआ था, एक

चाँदी का पलँग झरोखे के पास था, कुछ और मेजें थीं, जिन पर बड़े-बड़े दर्पण रखे हुए थे। दीवारों पर नीचे-ऊपर चार पाँती तस्वीरें थीं, जिनमें नये पुराने रावलों के रंगीन चित्र थे, जसपुर-जनपुर के महाराजाओं की भी तस्वीरें थीं, और महारानी के पति की तो वहाँ हर तरह की आधे दर्जन से अधिक तस्वीरें थीं। यह तस्वीरें कमरे को सजाने का काम नहीं दे रही थी, बल्कि मालूम होता था वह तस्वीरों का गोदाम है। पुस्तक का कहीं नाम-निशान नहीं। दीवारों पर शेर, बाघ, हरिन आदि के सिर लगे हुए थे, मेज पर भुसभरा हुआ एक बाघ रक्खा था। जैसे रानियाँ जेवर में लदी रहती हैं, उसी तरह इस हाल की दीवारें भी तस्वीरों और सिरों से लदी हुई थीं। छोटे आँगन के पास ही सीढ़ियाँ थीं, जिससे चढ़कर एक दूसरे कमरे में जाया जा सकता था, जहाँ महारानी ने अपनी मौसेरी बहिन का बास करवाया था। कमरा अच्छा आरामदेह था, उसमें फ्लस का बाथरूम भी था। फरनीचर में दो पलँगें थीं, मेज-कुर्सी नहीं थीं, इसकी जगह जाजम पर एक कालीन बिछा हुआ था। एक झरोखा पल्ला तालाब की ओर खुलता था, जिससे बाहर का सुन्दर दृश्य दिखलाई पड़ता था।

महाराज की दो रानियाँ थीं, एक अबोरवाली, जो कि यही गौरी की मौसेरी बहिन थी, और छोटी रानी खुलमावली थीं—खुलमा जनपुर में एक ठेकाणा है।

पहुँचते ही महारानी को हड़बड़ी मच गई, जब सुना—"मेलाँरी खिड़की खुलवाबारी है।" उन्होंने अपनी बहिन के आराम के लिए जल्दी-जल्दी हुकुम देकर तैयारी करनी शुरू कर दी। साढ़े पाँच बजे वह शृंगार-कोठरी में चली गई। लौंड़ियाँ पास में सहायता देने के लिए तैयार थीं, लेकिन अधिकतर सजाने का काम इस साठ वर्ष की बुढ़िया को खुद करना पड़ा। उसके बाल सफेद हो गये थे, लेकिन खिजाब ने उन्हें काला बना दिया था। पहले उन्होंने साबुन से मुँह धोया, फिर मुँह पर कोई मुखराग लगाया, तौलिया से पोंछते ही गोरा चेहरा निकल आया। आधुनिक मेकअप अभी उग्रपुर के रनिवास में दाखिल नहीं हुआ था, नहीं तो चेहरे पर पड़ी झुर्रियों को काफी हटाया जा सकता था। कुर्ती-काँचली पहनकर महारानी दर्पण के सामने जमीन पर बैठ गईं; सिंगार-दान और जेवरों की पेटी पास में रक्खी हुई थी। कुर्ती-काँचली में अतर लगाकर उन्हें महका दिया गया था। पहला जमाना होता, तो लौंड़ियाँ बाल गूँथने के समय ही उनमें बोर

(सिर-फूल) लगा देतीं, लेकिन अब कुछ नवीन बातें भी स्वीकार की जाने लगी हैं। बाल को पहले पटिया बनाकर फिर उस पर बोर लगाया। बीच में अन्नदाता की तस्वीर थी। अन्नदाता की तस्वीर के बारे में मत पूछिये। एक सेट तो महारानी के पास सारे आभूषण ऐसे थे, जिसमें अन्नदाता की सैकड़ों तस्वीरें जड़ी हुई थीं। महारानी ने बोर लगा गोल चक्कर सजाया, सिर में मोती की लड़ियाँ इतनी पहनीं, जिनसे बहुत-सा बाल ढँक गया। कान में, साँकली सहित मच्छी लटकाई गई। मोती के झूँटने भी झोंटों में शोभा देने लगे। हाथों को आठ अँगुल तक तरह-तरह के आभूषणों से भर दिया गया। आभूषण एक ही तरह के रोज नहीं पहने जाते, और न उनको मिलाकर पहना जाता । एक दिन सारा शरीर सफेद जड़ाऊ आभूषणों से ढँका रहता। दूसरे दिन खाली मोतियों के आभूषण होते, तीसरे दिन लाल-मणियों की बहार होती, चौथे दिन सारे शरीर पर हरे-भरे पन्ने चमकते, पाँचवें दिन अन्नदाता के चित्रों का आभूषण शरीर पर सजाकर दिखलाया जाता, कि महारानी का रोम-रोम अन्नदाता की भक्ति से भरा है। सोना लौंडियों का जेवर समझा जाता। वैसे कभी-कभी महारानी भी पहन लें, तो उसमें हरज नहीं माना जाता। पैरों में तो अधिकतर सोने ही के जेवर महारानी पहनतीं। गर्दन में सारी छाती को ढाँके हुए हार, नेकलस, टूसी, कँठला आदि भूषण डाले गये। दसों अँगुलियों में जड़ाऊ अँगूठियाँ और छल्ले थे। हाथपान दूसरे आभूषण के मेल का ही पहना गया। महारानी के सिर में चमकती हुई जड़ाऊ बिदियाँ चिपक नाक में जड़ाऊ काँटा शोभा देने लगा। आँखों में फिर सुरमा भरा गया, जिसने कोटर-लीन पुतलियों को भी और भी गहराई में डालने में सहायता की। पैरों और हाथों में मेंहदी तो सौभाग्यवती महारानी के लिए हमेशा ही होनी चाहिए। फिर घाघरा-लुगड़ी पहनी, लौंड़ियों ने उस पर अतर मल दिया। महारानी सज-धजकर बिल्कुल मूरत-सी बन गई, उनके लिए सिर-हाथ हिलाना भी मुश्किल था। डेढ़ घण्टे के परिश्रम के बाद वह साठ वर्ष की उमर में केवल दस वर्ष की कमी कर सकीं। चेहरे पर झुर्रियाँ वैसी ही थीं, आँखों के गड़हे-मौजूद थे, ओंठ और दाँत भी उसी दिशा की ओर संकेत करते थे। महारानी न मोटी थीं न पतली, कद में कुछ ठिगनी थीं। प्राचीन और अर्वाचीन शरीर-प्रसाधनों में कितना अन्तर है। निश्चय ही आधुनिक मेकअप महारानी को तीस वर्ष की तो अवश्य बना सकता था, लेकिन "कापर करों सिंगार" वाली बात थी। रावल जो जन्म से ही षण्ढ थे, यह जानते हुए भी न जाने क्यों बेटी के बापों ने अपनी

लड़कियों को उनके चरणों में न्योछावर कर दिया ? ऐसा होने के कारण बल्कि रानियों को सजाने की ज्यादा चिन्ता रहती है, क्योंकि रांवल अपनी तृप्ति केवल नजरों से कर सकते थे।

सिंगार उधर हो रहा था और इधर बीच-बीच में खबर आती जा रही थी "मेलारी खिड़की खुली है।" जल्दी-जल्दी सिंगार-कोठरी से निकल-कर महारानी ने पग आये बढ़ाया। कोई सिर खुली या विधवा स्त्री आकर असगुन न कर दें, इसलिए एक लौंड़ी आगे-आगे पुकारती जा रही थी— "कोई हामे मत आइजो, मेला पधारे (कोई सामने मत आओ, महारानी साहिबा महल की ओर पधार रही हैं)।" खिड़की खुल गई थी, इसलिए बुढ़िया हँसती जा रही थी। खिड़की तक पहुँचने में दो सौ गज से अधिक रास्ता पार करना था, वहाँ कहीं पर सीढ़ियाँ थीं, कहीं अँधेरा रास्ता था और अँधेरी सुरंग भी थी। कुछ डावड़ियाँ आगे-आगे जा रही थीं, कितनी ही ठाकुरानियाँ और डावड़ियाँ पीछे-पीछे भगी आ रही थीं। आखिर में दीवार पर 'धर्मादित्य' का लांछन आ गया। उग्रपुर के रावल को धर्म का आदित्य कहा जाता, साथ ही उसकी प्रतीक यहाँ दीवार पर काँच की किरणों से घिरे एक गोलमुख सूरज को दीवार पर बनाके रक्खा गया था। उसकी बगल में ही चार-पाँच सीढ़ियाँ चढ़ने के बाद 'पीतम-निवास' आ गया, जिसमें रावल निवास करते थे। यह भी एक लम्बा सा हाल था। गद्दी-मसनद लगी हुई थी। धर्मादित्य का अर्धांग बिल्कुल सूखा हुआ था, इसलिए वह हिल-डोल नहीं सकते। पहले ही उन्हें उठाकर गद्दी पर बैठा दिया गया था। मसनद में वह इतने छिप गये थे, कि केवल सिर भर दिखाई पड़ता था। महारानी घूँघट निकालकर आगे गईं, हाथ में आँचल पकड़कर खड़ी-खड़ी 'खम्मा घणी' करके वह रावलजी के पास में बायें बैठ गईं। रावलजी ने महारानी के अभिवादन का कोई जवाब नहीं दिया। फिर ठाकुरानियाँ आगे बढ़कर अन्नदाता को 'मुजरा वारना' करने लगीं (पँजों के बल बैठकर दोनों हथेलियों और सिर को जमीन पर रख प्रमाण कर खड़ी हो दोनों हाथों को कनपटियों में लगाकर वारना देना), इसी तरह तीन बार देवता के सामने प्रणाम भी। ठाकुरानियों के प्रणाम का जवाब अन्नदाता हाथ जोड़कर देते। इस समय ठाकुरानियाँ धोक देती मुजरा-वारना कर रही थी, उस वक्त "किंकिणि-कंकण-नूपुरधुनि" से वायुमण्डल मुखरित हो रहा था। महारानी को अपने पति के सामने जमीन पर सिर और हथेली रखकर धोक देने की जरूरत नहीं होती।

बगल में महारानी के बैठ जाने के बाद दूसरी ठाकुरानियाँ भी अपने पद के अनुरूप पाँती से बैठ गईं। रावलजी के सामने चाँदी की एक छोटी-सी चौकी लाकर रख दी गई, फिर लकड़ी की सन्दूक बगल में रक्खी, गई, जिसके भीतर बढ़िया शराब पुराने शीशों में रक्खी थीं। रावल ने कहीं से एक कुँजी निकालकर कलमदान खोल चाबी दे दी। संदूक खुल गई। फिर शराब को निकालकर अपने हाथ से एक गिलास में डालकर महारानी की तरफ बढ़ाया। महारानी ने खड़ी होकर 'खम्मा घणी' कहकर गिलास को हाथों में ले शराब को पी लिया। महारानी के खड़े होते ही दूसरे ठाकुरानियाँ भी अपनी गिलासों को जमीन पर रखकर सम्मानार्थ खड़ी रहीं। महारानी ने बैठकर गिलास को रख दिया। अब पानगोष्ठी आरम्भ हो गई। डावड़ियाँ शराब की बोतलें लिये हुए उनको दे रहीं थीं, सोडा की बोतलें भी वहाँ मौजूद थीं। रावल अब शराब नहीं पीते, लेकिन उनके कारण रानियों और ठाकुरानियों के पीने में कोई बाधा नहीं थी। सबके सामने एक-एक तश्तरी में कबाब, सूले या दूसरी तरह के मांस रक्खे हुए थे, विधवाओं के लिए भंग का शरबत और मिठाइयाँ तथा पकवान मौजूद थे। बेचारी ब्रह्मसम्बन्धवाली ठाकुरानी वहाँ मल्लू बनकर चुपचाप बैठी थीं। गौरी शराब पीना नहीं चाहती थी। आसा को रंग से पहचाना जा सकता था, इसलिए उसने अपनी गिलास में सोडा डालकर फूल (सफेद) शराब पीने का अभिनय किया। मौसेरी-बहिन का पहिले रावलजी से परिचय कैसे हुआ, इसे हम पहले लिख चुके हैं। पानगोष्ठी के समय डावड़ियाँ अपने नाच-गाने से मनोरंजन कर रही थीं, लेकिन रावल महफिलों के शौकीन नहीं, वह यह सब रसम के लिए ही करते थे। आठ बजे के करीब जब खाने का थाल आनेवाला था, इसी समय कलमदान सामने (सन्दूकची) रख दी गई। रावल ने निकालकर चाभी दे दी। ठाकुरानियों को खुले सैलून में जाने का हुकुम हुआ। भीतर मामूली गद्दा बिछा हुआ था। वहाँ कोई फर्नीचर या कीमती चीज नहीं थी, न जाने क्यों उसकी चाभी इतनी हिफाजत से रक्खी गई थी। सैलून में भेजने का मतलब यह था, कि ठाकुरानियाँ वहाँ जाकर इच्छानुसार पान और भोजन करें। कायदा यह था, कि सैलून में जाते वक्त अपने गिलास और तश्तरी को ठाकुरानियाँ स्वयं लेती जायें। किसी ठाकुरानी ने गौरी को खाली हाथ जाते देखकर जब कहा, तो गौरी ने कहा—"हमारे यहाँ तो डावड़ियाँ गिलास और तश्तरी उठाती हैं, हम नहीं उठायेंगे।" फैशन में जनपुर उग्रपुर का पथ-पदर्शक था, इसलिए दूसरी ठाकुरानियाँ भी तश्तरी और गिलास वहीं छोड़कर सैलून में चली

गई। अबसे जनपुर का रवाज उग्रपुर में भी स्वीकृत हो गया। सैलून में जाकर जिनको और भी शराब पीना था, वह और भी पीती रहीं। इधर रावल और महारानी के सामने थाल आया। रावल सिर्फ एक छोटा सा फुलका खा सकते थे, रानी बेचारी की शामत थी। पतिव्रता ऐसे अल्पाहारी पति के सामने अधिक फुलके कैसे खा सकती थीं ? साथ ही अब वहाँ आकर रात भर पति के पास ही रहना था, इसलिए खाना मिलने की कोई आशा नहीं हो सकती थी; इसके लिए वह पहिले ही से खाना खाकर आती होंगी, इसे कहने की जरूरत नहीं। खाना खतम होते ही रावल को उठाकर किसी ने पलंग पर पटक दिया। महारानी अपने वस्त्राभूषण को उतारकर लौंड़ियों की मदद से उसे ठीक से रखने में डेढ़ घण्टे तक लगी रहीं।

रात बिताकर सबेरे पाँच बजे ही वह अपने निवास-स्थान में लौट आईं। अब सजने-धजने की आवश्यकता नहीं थी, लौंड़ियाँ पेटियों में जेवर-कपड़े लिये पीछे-पीछे आईं और महारानी आगे-आगे। यह अच्छा है, कि उग्रपुर में साढ़े छ बजे ही नाश्ता मिल जाता है, और नौ बजे भोजन भी आ जाता है; इसलिए रानी को अगर रात को भूखा भी रहना पड़ा हो, तो भी बहुत तकलीफ की बात नहीं थी।

* * * *

गौरी एक दिन उग्रपुर के आसपास के महलों को देखने गई। पिछले साढ़े तीन सौ वर्षों में जब हर रावल ने अपने महल बनवाने के शौक को पूरा किया हो, तो महलों की क्या कमी ? पल्ला तालाब से आगे फूलसर आता है। वहीं पर ललित-प्रसाद नामक उग्रपुर का बहुत सुन्दर महल है। महल नये ढंग का बना होने से बहुत आरामदेह है। जसपुर-जनपुर की महारानियाँ जब आतीं हैं, तो यहीं उन्हें टिकाया जाता है। शीशमहल भी देखा, यहाँ का सारा फर्नीचर काँच का है—काँच के ही सोफे, काँच की ही कुर्सियाँ, काँच की ही मेजें और काँच के ही पलंग। वहाँ से 'सखी-बाग' में गई। शाहजादा खुशाब (पीछे शामिल) बाप से बागी होकर जब उग्रपुर आया था, तो वह और उसकी लौड़ियाँ इसी महल में ठहराई गई थीं, इसीलिए इसका नाम सखी-बाग पड़ गया। यह सुन्दर महल है। नहाने के लिए यहाँ पुष्करिणी है, जिसे चेबचा या हौज कहते हैं। उस दिन इस महल में महारानी, ठाकुरानियाँ और उनकी सेविकाएँ जल-विहार

के लिए आई थीं। महारानी तैरना जानती थीं, उनकी साथिनी में से भी अधिकांश तैर लेती थीं, किन्तु कुछ ऐसी भी थीं, जो तैरना नहीं जानती थीं, और डुबाऊ पानी होने से कुण्ड में उतरने में डरती थीं। उन्हें घसीट कर पानी में ले जाना मनोरंजन का अच्छा साधन था, इसलिए अन्तःपुरिकाओं को पकड़-पकड़कर ले जाने में आनंद आता था। महल की परिचारिकाएँ कहतीं—“आज राणीसा चेबसा में अँगोल्यो पदराई (आज रानी साहिबा कुण्ड में स्नान करने पधारीं)।” यह केवल स्नान नहीं था। अन्तःपुरिकाओं में से किसी ने घाघरे को समेटकर पहन रक्खा था, किसी ने साड़ियों का काछ बाँधी थीं, किसी ने अण्डरवियर पहना था, इसका अर्थ यह हुआ, कि जिसके लिए कृष्ण को चीर-हरण लीला दिखानी पड़ी, वह बात अब यहाँ नहीं रह गई थी। बीच-बीच में तैरना और स्नान करना और बीच-बीच में बायों के हाथ से मद्यचषक को लेकर कण्ठ-सिंचन भी चलता रहा। वहाँ छतरी बनी हुई थी, जहाँ से कूदकर अन्तःपुरिकाएँ जल-क्रीड़ा करतीं।

बहुत देर तक जल-क्रीड़ा चलती रही।

बाहरी महलों के देखने के अतिरिक्त नगर के महल शंकर-भवन और शर्व-भवन भी देखे, वहाँ सजावट अच्छी थी। वह पुराने महल हैं, इसलिए आराम के साथ रहने के आधुनिक सुभीते काफी प्राप्त नहीं हैं। युवरानी इन्हीं महलों में रहती हैं। राजस्थान के कितने ही राज्यों में जो नाम पड़ जाता है, उस पद से ऊपर उठने पर भी बना रहता है, जैसे जनपुर की महारानी को तब भी युवरानी कहा जाता, जब कि वह महारानी हो गईं, और उसके बाद पति के मर जाने पर राजमाता हो जाने के समय भी युवरानीसा ही उनका नाम रहा। पुराने महलों में छतों पर नहाने के लिए छोटे-छोटे हौज हैं, जिनमें आजकल नलों द्वारा पानी ले जाया गया है।

पल्ला सरोवर के बीच में जयभवन और जयमन्दिर नामक महल बने हैं। एक दिन वहाँ अन्तःपुरिकाएँ गईं। अन्तःपुरिकाओं के आने पर पुरुष नामधारी कोई जन्तु भीतर नहीं रहना चाहिए, इसलिए वहाँ केवल रानियाँ, ठाकुरानियाँ और बाँदियाँ ही थीं। एक ठाकुरानी हाथ धोने गई। सीढ़ियों पर से उसका पैर फिसल गया और वह जेवर से लदी-फदी पानी में घड़ाम से जा गिरी। अन्तःपुरिकाओं ने चिल्लाना शुरू किया—“अरे राम, अरे राम डुबिया रे।” इतनी अकल आई, जो स्वयं ठाकुरानी को पकड़ने नहीं गईं, नहीं तो उस दिन पल्ला में कई सदा के लिए जल-क्रीड़ा करने

चली जातीं। पास ही कोई गाँव की मजदूरिन खड़ी थी। उसने आवाज सुनी, और जाकर झट से पानी में घुस चोटी पकड़कर किनारे निकाला। ठाकुरानी ने थोड़ा पानी पिया था। रानीसा घबरा गई थीं। खैर लिटाकर मुँह से पानी निकाला गया, बेचारी जलपरी बनने से बच गई।

इस महल में नीले मखमल का पर्दा था, सभी गद्दियाँ भी नीले मखमल से ढँकी थीं। एक मोटर और एक मोटर-बोट मेहमानियों के घूमने के लिए हर वक्त तैयार रहता था, और उनका उन्होंने पूरा फायदा उठाया।

★ ★ ★ ★

दीवाली के दूसरे दिन गोरधन-पूजा होती है। नारणपुर अपनी गोरधन पूजा और अन्नकूट के लिए बहुत मशहूर है। महारानी ने अपनी पाहुनी दोनों बहिनों को कितनी ही ठाकुरानियों, लौड़ियों और नौकरों के साथ मोटर पर चढ़ाकर नारणपुर भेज दिया। ठाकुरानियाँ छ-सात थीं, जो पर्दे और तालेवाली तीन खाने की मोटर में बैठकर गईं। दो लारियों में लौड़ियाँ थीं। नौकर अलग लारियों पर थे। जमात सुबह ही रवाना हो गई। पहले रास्ते में एलीशजी का दर्शन किया, फिर आगे बढ़ी। नारणपुर के दर्शन के लिए जाना था, इसलिए भजन-गीत के बिना यात्रा कैसे हो सकती थी ? बाजी और दूसरी ठाकुरानियाँ धीरे-धीरे भजन गा रही थीं, लेकिन मोटर की भड़भड़ाहट और खिड़कियों की फड़फड़ाहट में गाने की आवाज बाहर नहीं जा सकती थी। बाजी और दूसरी ठाकुरानियों ने गौरी से भी कहा—"तुम भी भजन गाओ, नारायणजी का बड़ा महातम है।" गौरी और उसकी बहिन ने कह दिया—"हमें तो भजन नहीं आता, हम तो आप लोगों के भजन को सुन करके ही पुण्य कमायेंगी।"

रावलजी ने सनातन तरीके से पर्दे का बहुत कड़ा इन्तिजाम नहीं कर सकने पर अपनी पाहुनियों से कह दिया था—"काँग्रेस का राज है, पर्दे का उतना इन्तजाम नहीं हो सकता, कोई पर्वाह नहीं, चली जाओ।" यह कहने पर भी मोटर के काले शीशों के बाहर काला पर्दा पड़ा ही, और अन्तःपुरिकाओं के बैठने के खाने में ताला लगाकर तीसरे खाने में प्रहरी बैठे। नारणपुर में मंदिर के पास ही एक बड़े मकान में अन्तःपुरिकाओं का दल उतरा। फिर एक के बाद एक दर्शन और झाँकी शुरू हुई। सबेरे के वक्त गोरधन-पूजा थी। एक जगह गोबर के भारी ढेर का गोरधन (गोवर्धन) बना हुआ था। कृष्ण की तरह मोर-मुकुट पहने सजे-धजे ग्वाले

बड़ी सुन्दर तथा शृंगार की हुई चालीस-पचास गायों को लेकर आये। चारों ओर भीड़ घेरे थी और ग्वाले गायों को भड़का रहे थे। डर लग रहा था, गायें कहीं किसी के पेट में सींग न चला दें। गायों से गोबर्धन को रौंदवाकर ग्वाले चले गये और स्त्रियों ने गोबर्धन के गोबर को लूट लिया। नारण के गोरधन के गोबर को घोलकर यदि पी लें, तो वन्ध्या को पुत्र हो जाता है। थोड़ी देर बाद स्त्रियों ने हल्ला किया—"चलो अमुक झाँकी है, दर्शन करने चलो।" भीड़ का क्या ठिकाना ? लाखों आदमी उस दिन वहाँ जमा हुए थे। सीढ़ियों पर सटे हुए कितने ही नर-नारी खड़े थे, पीछे से धक्का लगा, तो जैसे पहाड़ से टूटी चट्टान गिरे, उस तरह आदमियों का पाँती ऊपर से नीचे वालों पर गिरी, खैरियत यही हुई, कि कोई दबकर मरा नहीं। एक झाँकी के खतम होते ही थोड़ी देर भी विश्राम नहीं कर पाये थे, कि दूसरी झाँकी के दर्शन का हल्ला हुआ और सब बापजी के दर्शन के लिए चलीं। आठ-नौ वर्ष की कान्ता ने भी दर्शन करने के लिए जिद्द की। ठाकुरानियाँ घूँघट काढ़े हुए थीं, किन्हीं का घूँघट पाँच-छ अंगुल का था और किन्हीं-किन्हीं का हाथ-हाथ भर का। एक पतली सुरंग में घुसकर जाना था। उस भीड़ और धक्के में एक साथ चलना कैसे हो सकता था ? दोनों बहिनों ने हाथ में हाथ कसके पकड़ लिया था, इसलिए वह एक साथ रह सकीं। ब्रह्मसम्बन्धिनी बाजी का पता नहीं लगा, वह किधर गई। कान्ता उस भीड़ में पिस रही थी। उसे एक लौंड़ी ने अपने कन्धे पर रख लिया। वह रो रही थी। मना करने वालियों ने कहा—"और करेगी दर्शन ?" बहुतों के पैर जमीन पर से उठ गये थे, और वह जनसमुद्र में तैरती स्वर्ग की ओर बढ़ रही थीं। लोगों ने अपने जेवर खोल रक्खे थे, नहीं तो पाकिटमारों के लिए इससे अच्छा मौका नहीं मिल सकता था। भीड़ पास पहुँच गई, लेकिन अभी नारणजी का पट नहीं खुला था। जैसे ही पट खुला; आदमियों का रेला भीतर की ओर जोर से चला। पारी बुढ़िया पुण्य लूटने के लिए उस रेले में बही चली जा रही थी। गौरी ने यह कहते उसकी लम्बी चोटी पकड़कर पीछे घसीटा—"क्या मरने जा रही है ?" गौरी को तो मुकुट के भी दर्शन नहीं हुए, लेकिन यदि कहती कि दर्शन नहीं हुए, तो उस धक्के में फिर ढकेली जाती, इसलिए उसने कह दिया–हमें तो नारणजी का दर्शन हो गया। ठाकुरानियाँ और बायाँ हाथ जोड़े नारणजी से प्रार्थना कर रही थीं—'ए नारण धणी, हे बापजी, म्हाणा अन्नदातारो राज पाछौ आइजो। अणा कांग्रेस्याँ राँडराँरो कालो मूँडो करीजो, बापजी ओ।" उन्हें क्या मालूम

था, कि नारणजी के बापजी भी उतर आवें, तो भी अब अन्नदाता का राज लौटाने वाला नहीं है। डेरे जाकर ज्यादा आराम नहीं करने पाये थे, कि फिर साथवालियों ने किसी झाँकी के दर्शन के लिए हल्ला किया। गौरी ने अबकी साफ इनकार कर दिया—"बस एक बार दर्शन कर लिया, वही बहुत है।" साथ वाली कहने लगीं—"आपके लिए ही तो हमें भेजा है।" कोई यह भी कह उठी—"ए माँ, आपरे तो भगती कोईनी।" गौरी ने कह दिया— "तुम्हारी चाहे जो मर्जी करो, मैं तो अब भीड़ में जाकर मरने के लिए तैयार नहीं।" दोनों बहिनें और एक लौड़ी भी रह गई। किन्तु बुढ़िया पारी सबसे पहले स्वर्ग जाने के लिए तैयार थी। वह धक्कम-धुक्का में किसी तरह मंदिर में पहुँची। एक बुढ़िया ठाकुरानी धोक (प्रमाण) देने के लिए झुककर कहने लगी थीं—"हे बापजी.....," किन्तु बात न समाप्त होते ही भीड़ उसके ऊपर आ पहुँची। साथ-वालियों ने बड़ी मुश्किल से काकीसा को दबने से बचाया। इस झाँकी के बाद लौटकर मिठाई, पूड़ी, दही, साग का भोजन हुआ। ब्रह्मसम्बन्धिनी बाजी ने फल खाकर दूध पिया।

अन्नदाता ने कह रक्खा था, कि भिंगों की लूट अवश्य दिखलाना।

भिंगों की लूट का देखना उतना आसान नहीं था। अपार जनता उमड़ी हुई थीं, रात के दस बज रहे थे, जब कि अन्नकूट लूटने के लिए भिंग-भिंगनियाँ आये। बिजली की रोशनी से रात का दिन हो रहा था। अन्तःपुरिकाओं को बैठकर देखने के लिए एक कोठा मिल गया। लेकिन वहाँ तक पहुँचने में भी कम आफत नहीं थी। कान्ता भी देखने जा रही थी, दिन का रोना उसे भूल गया था। पास जाने वाली किसी स्त्री के कपड़े में उसका कर्णफूल उलझ गया, जब कान खींचा, तो वह जोर से चिल्लाने लगी। खैर, स्त्री को रोककर किसी तरह उसे छुड़ाया गया, लेकिन उसके कान से खून बहने लगा। वहाँ कमरे में बैठने के लिए दरी बिछी हुई थी, एक कुर्सी भी रक्खी थी, जहाँ से बैठकर अन्नकूट की लूट को देखा जा सकता था। अन्नकूट मानो चावल का पहाड़ था। उस दिन चार सौ मन चावल इसके लिये पकाया जाता है। इतना चावल पकाना आसान नहीं है, इसलिए बहुत सा कच्चा चावल ही नीचे रखकर ऊपर से भाप निकलते गरम भात को डाल देते हैं, इस तरह भात का एक पहाड़ तैयार हो जाता है। पहले अन्नकूट को चटाइयों से ढाँक रक्खा गया था, फिर भोग लगाया गया। आधी रात हो चुकी थी, जब कि फाटक का

एक किवाड़ खोल दिया गया, कोई चार हजार भिंग और भिंगनियाँ धक्कम-धुक्का करते आये। भिंगों ने गर्दन में चादर बाँधकर पेट के सामने झोला बना रक्खा था, और भिंगनियों के सिर पर बड़े-बड़े छाबड़े थे। फाटक खुलते ही सीटी बजाते, हल्ला करते भिंग अन्नकूट की ओर झपटे। पुलिस चाहती थी, कि वह थोड़ा-थोड़ा करके आवें, लेकिन वह उनको भी ढकेलकर भीतर चले गये। भिंग चावलों को अपने जोलों में भर-भरकर भिंगनियों के पास ला उनके छावड़ों में डालकर फिर भात लूटने के लिए चले जाते। मिट्टी के बड़े-बड़े घड़ों में दाल, कढ़ी और दूसरी चीजें भरकर रक्खी हुई थीं। एक भिंग ने कढ़ी का घड़ा उठाकर सिर पर रक्खा, तो वह फूट गया और उसके सारे शरीर पर कढ़ी पड़ गई। बिजली के प्रखर प्रकाश में उसका काला शरीर अब पीला दीखता था। चावलों की लूट में पाँच भिंग गिर गये, और वह कुचलकर वहीं निष्प्राण हो गये। उनकी लाशें जब निकाली जाने लगीं, तो पहले तो अन्तःपुरिकाओं को मालूम हुआ, कि काला झोला भरकर लिये जा रहे हैं, लेकिन जल्दी ही मालूम हो गया, कि पाँच भिंग दबकर मर गये। ठाकुरानियाँ कहतीं—"एबा, बापजीरा मंदिर में मरिया हीदा हुरग गया परा।" गौरी ने कहा—"यदि बापजी के मंदिर में मरने से सीधे स्वर्ग जाने को मिलता है, तो चलें अपने भी स्वर्ग को।" सुकान्ताजी बाजी और पारी बुढ़िया को बहुत कहा गया, कि चलो सरग जाने का इतना अच्छा मौका नहीं मिलेगा, लेकिन वह वहाँ जाने के लिए तैयार नहीं थीं, कहने लगीं—"नारण धनी यहीं बैठी-बैठी के कोई मौत दे दें, तो अच्छा।"

रात को एक-डेढ़ बजे भीड़ हटी, तब अन्तःपुरिकाएँ कोठे से उतरकर अपने टिकने के स्थान में जाकर सो रहीं। अगले दिन कमारी भी दर्शन करने जाना था, जो नारणपुर से चार-पाँच मील पर है। रास्ते से थोड़ा हटकर कामरी से एक मील पहले ही रावसागर का बहुत बड़ा सरोवर है। वहाँ भी रावल के महल बने हुए हैं। पत्थर के सुन्दर काम की हुई गुम्बददार छतरियाँ सरोवर के किनारे खड़ी हैं। आठ बजे पहुँच अन्तःपुरिकाओं ने वहाँ स्नान किया, इधर-उधर घूमकर सरोवर को देखा, फिर वह कामरी चली गईं। यहाँ उतनी भीड़ नहीं थीं, इसलिए मंदिर में दर्शन अच्छी तरह हुआ। लौटकर नारणपुर में मध्यान्ह-भोजन कर जमात चिराग जलते उग्रपुर लौट आई। अन्नकूट का दर्शन गौरी जैसी कम भक्ति रखने वाली स्त्रियों के लिए जिन्दगी भर के लिए एक बड़ी शिक्षा थी। जितना

धक्का खाना पड़ा था, उसके कारण तीन दिन तक उनके सारे शरीर का हाड़-हाड़ टूटता रहा।

★ ★ ★ ★

दीवाली नजदीक आ रही थी, इसलिए मेलाँ (महलों) से गाँव तक की झोपड़ियों को साफ-सूफ करके लक्ष्मी के स्वागत की तैयारी होने लगी थी। उग्रपुर के पुराने महल पक्के ही नहीं हैं, बल्कि कितनों की गचें सीमेंट जैसी हैं, जिन्हें धो देने से काम चल जाता है। झाड़-फानूस भी कपड़े से पोछे जा रहे थे, चित्रों और जानवरों के मुण्डों से ढँकी दीवारों को बिल्कुल साफ करना आसान नहीं था, लेकिन उन पर भी पुचारे फेरे गये। दूसरे रनिवासों में ऐसे समय में अन्तःपुरिकाओं को अलग करके पुरुष ही सफाई करने के लिए आते हैं, लेकिन उग्रपुर के रनिवास में शायद दूध पीने वाला लड़का ही जा सकता है, इसलिए सारा काम स्त्रियों (बायाँ) को करना पड़ता है। उस दिन महारानी साहिबा भी काम में लगी हुई थीं। बहिन ग्यारह बजे तक नहीं आई, तो उन्होंने बुला भेजा और आने पर कहा—"क्यों नहीं आई?" बहिन ने जवाब दिया—"आप काम में लगी हुई थीं, इसलिए नहीं आई।"

"तू तो मेहमान नहीं है।"

नीचे उस बड़े हाल के फर्श को समेट लिया गया था और वहीं सन्दूक और दूसरे सामान रक्खे हुए थे। कीमती कपड़ों में भी धूप लगवाना था, जेवरों को भी साफ करके रखना था। जब हर रोज नये-नये कपड़े और नये-नये आभूषण पहनने जरूरी थे, तो उनकी बीस-पच्चीस सन्दूकें हो, तो अचरज करने की क्या जरूरत? जिस वक्त सौत ने गौरी के कीमती कपड़ों और जेवरों पर हाथ साफ किया, उस वक्त उसे दुःख हुआ था, लेकिन उसका भी अपना एक दर्शन है, जो कि बहुत कुछ "गतं न शोचामि" के आधार पर है; इसलिए महारानी के सामने फैले हुए जंजाल को देखकर वह मन ही मन कह रही थी—"अच्छा हुआ जो मुझे मुक्ति मिल गई।" अब उसके पास उतने ज्यादा कपड़े सुखाने के लिए नहीं थे। बायाँ सफाई का काम करते हुए मिलकर गीत गाती थीं, मेहनत को हलका करने के लिए यह सबसे पुराना तरीका है। इसे कहने की आवश्यकता नहीं, कि उग्रपुर के रनिवास के सभी तरीके बहुत पुराने हैं। जसपुर, जनपुर ही नहीं, राजस्थान के कसौरा जैसे छोटे-छोटे रजवाड़ों में भी अन्तःपुर में बायों

या पातरों को नृत्य और संगीत की बाकायदा शिक्षा दी जाती, और वह पक्के गानों और पक्की नाचों में निष्णात होती हैं। आखिर, अन्तःपुर के भीतर जब रण्डी का नाच नहीं कराया जा सकता, तो रनिवास में विराजते महाराजा साहब के मनोरंजन के लिए कोई उत्कृष्ट मनोरंजन तो होना ही चाहिए। यद्यपि उग्रपुर की बायाँ पक्का गीत नहीं, बल्कि लोकगीत गा रही थीं; लेकिन उनका गला बहुत सुरीला था, गाने में सुर-ताल भी था, जिसके कारण गाना बहुत मीठा लग रहा था।

महारानी खुद भी काम कर रही थीं। चीजों को इधर से उधर रखने या झाड़ने-पोछने में वह बायों से पीछे नहीं रहना चाहती थीं, शायद छोटी महारानी का स्वभाव इससे भिन्न हो। बड़ी महारानी जहाँ साठ वर्ष से ऊपर की थी, वहाँ छोटी उनकी आधी उमर से भी कम की थी। किसी समय बड़ी महारानी ने रावल को नाराज कर दिया था। भला कोई स्त्री वैसी पुरुष को कैसे पसन्द कर सकती है ? राजस्थान के राज-कानून में इसके लिए कोई गुंजाइश नहीं थी, कि प्रत्यक्ष-पुंस्त्वहीन पुरुष ब्याह न कर सके। कहीं बात-बात में महारानी के मुँह से निकल गया—"मेरे बाप ने मुझे तुम्हारे जैसे आदमी के हाथ में दे दिया।" रावल वैसे बुरे आदमी नहीं, बल्कि उनको बहुत भद्र पुरुष कहा जा सकता है। यदि वह बाल्य से ही पुंस्त्वहीन थे, तो इसमें उनका कोई दोष नहीं। उनका बर्ताव छोटे-बड़े सबसे बहुत अच्छा और अकृत्रिम होता था। महारानी के कहने पर उनको दुःख हुआ। चाहे वह एक इन्द्रिय से हीन हों, लेकिन उन्हें एक अभिन्न संगिनी की आवश्यकता तो थी, और राजस्थान में ऐसे सामन्तबापों की कमी नहीं थी, जो अपनी लड़की ऐसे महाप्रतिष्ठित व्यक्तियों को दे दें। रावल ने दूसरी शादी कर ली। दूसरी रानी का आदर भी बड़ा, लेकिन पीछें उसे भी इस ब्याह के लिए बड़ा अफसोस हुआ, और उसने असहयोग कर दिया। अब भी बड़ी महारानी अपनी छोटी सौत के लिए झरोखा खुलवाकर महलों में आने के लिए सन्देशा भेजती हैं, रावल भी उसकी दिलजोई करना चाहते हैं, लेकिन वह इसके लिए तैयार नहीं, बुलाने पर भी नहीं आती। कभी कहती मेरी तबियत खराब है, तो कभी कोई दूसरा बहाना कर लेती। सभी जानते हैं, कि यह बहाना है। दोनों सौतें कभी ही आपस में मिलती हैं, वैसे उनका आपस में झगड़ा नहीं है। छोटी के न आने के कारण बड़ी महारानी को अब रोज "महलाँ जाना पड़ता।" इसके लिए रोज डेढ़-दो घण्टा सिंगार करना पड़ता और रोज यदि पहले

से खाकर न जायँ, तो रावल की देखादेखी एक फुलका खाकर भूखों रहना पड़ता।

रावल का निवास पीतम-निवास जनाने और मरदाने का सम्मिलित दरबारघर है। पहले वहाँ रावल को घेरे सरदार लोग बैठे शराब पीते रहते। रावल के सीधे-सादे स्वभाव से सभी लोग फायदा उठाना चाहते। कोई कहता—"अन्नदाता, फलानी चीज बखसाओ।" कोई किसी और चीज को माँगता। रावल के सामने स्पष्टवक्ता दरबारी कह देते—"आपने सरदारों को मँगता बना दिया है, यदि आप देने से इनकार करते, तो ये लोग बराबर भीख माँगने के लिए तैयार न रहते।" जब रनिवास की खिड़की खुलने को होती, तो सरदार चले जाते, फिर दरबार पुरुषमय की जगह स्त्रीमय बन जाता। अब महिलाओं के कोमल कण्ठ से 'खम्मा घणी' की मधुर ध्वनि रावल के कानों में पड़ती। इसका यह मतलब नहीं, कि महिलाओं से बातचीत करने में रावल को अधिक रस या आसक्ति थी। अनासक्ति योग तो उन्हें प्रकृति ने ही सिखला दिया था। ठाकुरानियाँ रावल को कैसे मुजरा करतीं, यह बतला आये हैं। नजर भेंट करते समय ताजीमी सरदार की ठाकुरानी के कुछ विशेष अधिकार थे। वह भेंट की चीज अपनी दाहिनी हथेली में रखकर रावल की पहली हथेली से जोड़ देती, फिर रावल दूसरे हाथ से पकड़कर ठाकुरानी की हथेली से भेंट की मोहर या रुपया अपने हाथ में उड़ेलकर उसे बद्धपद्म जैसा बना देते। साधारण ठाकुरानियों के भेंट वह हाथ से उठा लेते।

महारानी अपनी बोली में चिट्ठी लिख सकती थीं, वह रामायण भी पढ़ लेतीं, लेकिन उनको पढ़ने का कोई शौक नहीं था। पूजा में श्रद्धा तो है, लेकिन उसमें भी उनका श्रम और समय ज्यादा नहीं लगता। जाड़ों के दिन आये थे, और उस समय रोज नहाना उनके लिए आवश्यक नहीं था। 'मेलाँ' (महलों) से लौटकर हाथ-मुँह धो साधारण कपड़ा पहिन लेतीं। इसी समय बायाँ चौकी लाकर उस पर पूजा की सामग्री रख देती। उसी गद्दे पर महारानी बैठ जातीं, उसका मुँह झरोखे की ओर होता। आमला माता उग्रपुर के रनिवास की कुलदेवी हैं, जिनका चित्र पूजा के लिए वहाँ मौजूद होता। महारानी गद्दे पर आलथी-पालथी मारकर बैठ कुमकुम का बिंदु माथा पर लगा देतीं, फिर घी के दीये को आरती की तरह दो-तीन बार घुमा देती, एक कटोरी में मेवों का भोग भी रख देतीं, फिर बैठकर आँचल पकड़े हाथ जोड़ माता के पगें लागतीं। बस पूजा हो गई, न

माला फेरना था न कोई-स्रोत-पाठ करना। हाँ, माता जी की पूजा के बाद पाँच सुहागिनों के पगे लागना अत्यावश्यक था, क्योंकि इसी के पुण्य से वह चिर-सौभाग्यवती रह सकती थीं। पाँचों की संख्या पूरी करने के लिए वहाँ उपस्थित लौंडियाँ, पद में छोटी या बड़ी ठाकुरानी, या गौरी की तरह छोटी बहिन भी शामिल कर ली जातीं। चिराभ्यस्त बायाँ नपे-तुले शब्दों में आशीष देतीं—"आपरो चूड़ों-चूनड़ी अम्मर वहि जाजो, यो जोड़ी है एलीशजी, अम्मर कर दीजो।"

कभी-कभी महारानी चाय पीकर पूजा करतीं, और कभी पूजा करने के बाद चाय पीतीं। इस समय वह साथ चाय पीने के लिए अपनी मेहमान-बहिन को नहीं बुलातीं, उसके लिए चाय, टोस्ट बिस्कुट आदि चीजें ऊपर चली आतीं। उग्रपुर में भोजन बहुत जल्दी तैयार हो जाता, और नौ बजे ही थाल बाहर के रसोड़े से ड्योढ़ी पर चला आता। वहीं से आवाज लगाते—"ए बायाँ, राणीसारो थाल पदराइजो-ो-ो।" बायाँ दौड़कर वहाँ पहुँचती, और सफेद कपड़े से ढँके थाल को सिर या हाथ पर ले आती। रावल और महारानी के थाल को रसोइया मुँह पर बिना कपड़े की पट्टी बाँधे ड्योढ़ी पर नहीं ला सकता। आगे ले जाने वाली बायों को पट्टी बाँधने की जरूरत नहीं। थाल यद्यपि नौ बजे ही पहुँच जाता, लेकिन महारानी उसे जब इच्छा होती तब खातीं। अक्सर उनका भोजन दस-ग्यारह बजे होता।

खाने के साथ शराब रात के समय भले ही आवश्यक समझी जाती, लेकिन दिन को उसकी आवश्यकता नहीं होती। यदि महारानी या उनके साथ खाने वाली ठाकुरानियों को पीने की इच्छा होती, तो वह शराब मँगा देतीं। जब सारे राजस्थान में ह्विस्की का राज्य था, तो उग्रपुर में उसका बायकाट कैसे होता ? लेकिन तब भी वहाँ ह्विस्की की अपेक्षा घर की बनी आसा या फूल का बहुत अधिक प्रचार था। मेसाल में मौवा (महुआ) के दरख्त बहुत होते हैं, शराब बनाने में मौवे को इस्तेमाल किया जाता है। पन्द्रह-बीस दिन तक महुए का पास डाल देते हैं, जब मादकता आ जाती है, उसे भट्टी पर चढ़ाकर अरक निकाल लेते हैं। रंग लाने के लिए पहले मिस्री मिला देते और पीछे अरक में केसर डाल देते हैं, इसी शराब को 'आसा' कहते हैं। रंग न डालने पर अरक का रंग शुद्ध स्फटिक जैसा सफेद होता, इसी को 'फूल' कहते हैं। उग्रपुर में शराब का पीना बहुत अधिक प्रचलित है। सारे राजस्थान की तरह बनिया-ब्राह्मण स्त्री-पुरुष

आम तौर से मांस-शराब नहीं खाते-पीते, लेकिन बाकी जातियों में सभी पीते हैं। गरीब औरतें भी कपड़े गिरवी रखकर शराब पीती हैं। उग्रपुर के रनिवास में बायों का ज्यादा जोर है। महारानी के साथ वह बहुत खुलकर बात करती हैं, जिसका यह अर्थ नहीं, कि वह उनके सामने सम्मान प्रदर्शित करने में त्रुटि करती हैं। हाँ, लौंड़ी नहीं, बल्कि सखी की तरह वह महारानी के साथ हँसती-खेलती हा-हा ही-ही करती रहती हैं। दूसरे रनिवासों या ठाकुरानी-निवासों में दो डावड़ियाँ भी हों, तो आपस में झगड़े बिना नहीं रहतीं, उग्रपुर के रनिवास में सौ-सवा-सौ बायाँ हैं, गौरी ने अपने दो महीने के निवास में वहाँ एक दिन भी उन्हें लड़ते नहीं देखा। दूसरे दरबारों से उग्रपुर की बायों को बहुत ज्यादा काम करना पड़ता है। बायाँ और ठाकुरानियाँ बार-बार महारानी के ऊपर 'अन्नदाता पिरथीनाथ' की बौछार किये रहतीं।

खाने के थाल मेहमानियों और महारानी के चाँदी के होते, और कटोरियाँ भी चाँदी की। दूसरी ठाकुरानियों के वह पीतल या किसी दूसरी धातु के भी हो सकते थे। महारानी और रावल के थाले के नीचे पत्तल का होना जरूरी था—शायद वह प्रसाद की स्वतन्त्रता के लिए वन-वन घूमने के जीवन का अवशेष था। थाल में कटोरियों में उड़द और मूँग की दो प्रकार की दाल होतीं, साथ ही आठ कटोरियों में रसालू, पालक आदि के साग भी होते। एक रस वाला और एक सूखा दो प्रकार का मांस भी होना जरूरी था। मसालेदार मांसोदन (सोइता) के साथ एक नमकीन मांसवाला पुलाव भी रहता। लड्डू, हलवा, खीर, मालपूआ जैसी मिठाइयों में से कोई एक चीज जरूर रहती। दाल-बाटी, चूरमा और दूसरी चीजें भी रोज बदल-बदलकर बना करतीं। फुलके और बटिया चुपड़े और रूखे भी होते। बटिया के लिए पहले मोन डालकर आटे को गूँधा जाता, फिर उसे तवे पर सेंककर घी में डुबाकर निकाल दिया जाता। एक थाल में इतना खाना होता, जिससे दो आदमियों का पेट भर जाता। महारानी का बचा हुआ खाना बायाँ खातीं। बायों के लिए खाना खल्ले (बड़े दोने) और दोनों में आता, जिसमें माँस, सब्जी, दाल, मसालेदार खिचड़ी और आठ रोटियाँ होतीं। मेहमान-डावड़ियों को मिठाई भी मिलती। मेहमान-नौकरों और नौकरानियों की खातिर करने में कोई कसर नहीं उठा रक्खी जाती। महारानी अपनी बहिन को भी पास बैठकर खिलाना चाहतीं, लेकिन उसे यह अच्छा नहीं लगता, कि मैं तो चाँदी के थाल में खाऊँ, और दूसरी ठाकुरानियाँ काँसे-पीतल के थालों में। महारानी कहतीं—"यह तो यहाँ

का रवाज है।" सचमुच ही सदियों के रवाजों को कैसे टाला जा सकता है ?

पौ फटने से पहले ही महारानी मेलाँ से लौटकर आतीं, तब तक ठाकुरानियाँ उठ जातीं। ब्रह्मसम्बन्धवाली ठाकुरानी का गला भी बहुत सुरीला था, और उन्हें सूर तथा मीरा के बहुत से पद याद थे। बायों में भी कितनी ही अच्छी गानेवाली थीं। प्रातःकाल सबकी इच्छा होती, कि कुछ गाना सुने। सूरदास के पद खूब राग से गाये जाते थे। राजस्थान मीरा की भूमि है। कभी यहीं के महलों में वह महान् गायिका अपने मधुर पदों से आकाश को गुँजाती रही होगी। मीरा को भला कैसे भूला जा सकता था। गौरी ने बायों और सुकन्ताजी बाजी से कहा—"मीरा मस्तानी के भी एक गीत गायें।" उन्होंने मीरा के पद गाये, लेकिन आवाज इतनी धीमी कर दी, कि ऊपर के कमरे से वह दूर न जा सके। बाजी ने कारण बतलाते हुए कहा—"रानीसा सुन लेंगी, तो नाराज होंगी। मीरा अपने पति से बागी थीं, और महारानी परमपतिभक्ता हैं, इसीलिए वह नहीं चाहतीं, कि पति-विद्रोहिणी मीरा के पद वहाँ गाये जायँ।" महारानी साहिबा हद से ज्यादा अपने को पतिभक्ता दिखलाना चाहती थीं। एक बार उन्होंने जोश में आकर पति का अनादर कर दिया था, जिसके कारण सौत आ गई, उसी समय से उन्होंने कान पकड़ा और पतिव्रत धर्म का अखण्ड व्रत ले लिया। इसके लिए चरम श्रेणी की खुशामद आवश्यक चीज है, जिसमें बुढ़िया बड़ी पक्की निकली। रावल के मुँह से कोई बात निकलने नहीं पाती, कि वह पहले ही से हाथ जोड़े "बड़ो हुकम" कहने के लिए तैयार रहतीं। यदि हाथ में शराब की गिलास रहतीं, तो भी "बड़ो हुकम" कहते दूसरा हाथ भी गिलास से लग जाता। गुड़ियों जैसे इस खेल को देखकर गौरी का बहुत मनोरंजन होता और वह मजाक करती हुई अपनी ममेरी-बहिन से कुछ हँसी की बात कह देती। ममेरी-बहिन उसको मना करते हुए कहती—"तुम तो अन्नदाता के सामने घूँघट निकाले बैठी रहती हो, तुम्हारे हँसने-मुस्कराने को भी कोई नहीं देख सकता, और मैं बिना घूँघट की वैसा करने पर मारी जाऊँगी।"

दरबार में रावल की पोशाक बहुत सीधी-सादी होती, सिर पर लहरिया पगड़ी, जिस पर हीरा या पन्ना का एक लम्बा सिरपेच लगा रहता। इसके अतिरिक्त उनके शरीर पर कोई आभूषण नहीं होता। जाड़ों में वह गरमकोट पहनते, पैरों में मामूली पायजामा और मोजा होता।

प्रकृति की ओर से पुंस्त्व-वंचित रावल वैसे बड़े मधुर स्वभाव के थे। वह मेहमानों के खातिर-तवाजा का बहुत ध्यान रखते, यदि हिल-डोल सकते तो न जाने क्या करते। सैकड़ों बूढ़ी, प्रौढ़ा और तरुण लौंड़ियाँ अन्तःपुर में रहतीं, उनमें से एक-एक से अलग-अलग दुःख-सुख की बात पूछते। बुढ़ियों से पूछते—"फलानी, तुम्हारी बहू अच्छी तरह से तो रखती है, सब अच्छा है न ?" चार-पाँच साल के लड़के अन्तःपुर के बीच में भी आ सकते थे। रावल के पास बच्चे और लड़कियाँ बिना रोक-टोक चली जातीं, उनको वह अपने हाथ से मिठाइयाँ बाँटते। प्रतिष्ठित मेहमान और मेहमानियों से यदि ज्यादा हाल-चाल पूछते, तो उनके लिए यह कोई विशेष बात नहीं थी। वह कभी-कभी छोटे बच्चों की वहीं गद्दे पर मल्ल-युद्ध कराते। रावल जब महल से बाहर घूमने के लिए निकलते, तो रोज सौ रुपये की इकन्नियाँ भुनाकर नौकर साथ लिये चलता, जिन्हें वह बाँटते रहते।

★ ★ ★ ★

शिकार– रूप-चौदस आई, दीवाली हुई, दूसरे भी त्योहार हो गये। इनके करने का ढंग प्रायः वही था, जैसा कि राजस्थान के दूसरे दरबारों में होता है। दीवाली के बाद शिकार का समय आ गया। पुरानी प्रथा के अनुसार दो महीने रावल को शिकार में बिताने थे। मेसाल के गद्दी के असली मालिक भगवान् एलेश माने जाते हैं, रावल तो अपने को उनका दीवान समझते हैं, इसलिए वह शिकार में तभी जा सकते थे, जब कि एलेश की आज्ञा मिले। एक दिन सदल-बल रावल मोटर से एलेश की ओर चले। साथ में सौ-डेढ़ सौ लौंड़ियाँ और कुछ ठाकुरानियाँ भी थीं, दो-तीन सौ ठाकुर और दूसरे परिचायक़ थे। रसोइये सब सामान लेकर पहले ही एलेश चले गये थे। पहलभर दिन चढ़े आगे-आगे रावल की मोटरें चली, फिर महारानी की मोटर। उसके बाद दूसरी कितनी ही लारियाँ और मोटरें थीं। महारानी अधिकतर कार में नहीं, बल्कि विशेष तरह की लारी में चलतीं। लारी में तीन खाने होते, जिनमें अगले खाने में ड्राइवर की सीट रहती। बीच के खाने में लम्बाई में दो सीटें होतीं, जिन पर छ जने बैठ सकते थे, उसके पीछे उसी तरह दो लम्बी और सीटें होतीं, जिनमें रक्षि-पुरुष रहते। पर्दा भयंकर था। काले शीशों के ऊपर से काले पर्दे लटकाये थे। न रानियाँ-अन्तःपुरिकाएँ बाहर की चीज देख सकतीं, और न बाहर वाले उन्हें देख सकते। इस खाने का दरवाजा पीछे वाले

खाने में खुलता था। रानी और अन्तःपुरिकाओं के बैठ जाने पर इस दरवाजे में ताला लगा दिया जाता और फिर तीसरे खाने में इन चिरबन्दिनियों के रक्षक बैठ जाते। महारानी बड़े सरल स्वभाव की थीं, चलते वक्त "तुम भी चली आओ" कहकर कइयों को बुला लेतीं, और जब सीट में जगह नहीं होती, तो अपने खड़ी रह जातीं। दो लौंड़ियाँ सीटों के नीचे बैठ जातीं। साँस लाने के लिए हवा का रास्ता केवल छत में एक छोटा सा जालीदार सूराख था। उस तालाबन्द लारी के लुढ़क जाने पर अन्तः-पुरिकाओं को मरने के सिवाय कोई रास्ता नहीं था।

रावल ने एलेश की पूजा कर आज्ञा लेने के वास्ते फूल चढ़ाया। यदि फूल एलेश पर न टिककर गिर जाये, तो इसका अर्थ समझा जाता, कि भगवान् ने शिकार में जाने की आज्ञा दे दी। एलेश ऐसे बने हैं, जिस पर शायद ही कभी फूल टिक जाता हो, और कुछ ऊँचाई से विशेष स्थान पर गिराने से तो वह वैसे भी नहीं टिक सकता। फूल नीचे गिर गया, उसे उठाकर रावल ने अपने पाग में खोंस लिया। भोजन तैयार हुआ, यहाँ मांस नहीं बना, केवल मीठा और दूसरा निरामिष भोजन था। खा-पीकर रावल राजधानी लौट आये।

दो-तीन दिन बाद ज्योतिषियों ने शिकार का शुभ महूरत निश्चित किया था। उस दिन रावल, महारानी और उनका सारा दल शिकारी पोशाक में था। रावल ने हरी पाग और हरा कपड़ा पहना। महारानी की घाघरी भी हरी थी। सरदारों को राज्य की ओर से हरी पागें और डावड़ियों को हरी लूगड़ी मिली थीं। ठाकुरानियाँ गोटा लगी हरी लूगड़ी में सजी थीं। इसे कहने की आवश्यकता नहीं है, कि सब्जपरी बनी महारानी के शरीर पर कम जेवर नहीं था। शिकार में सौ-डेढ़ सौ आदमी, कितने ही हाथी-घोड़े थे। हाँकावाले भी बहुत थे, जिनके हाथों में भाले थे। हाँका करने के लिए ढोल और दूसरे बाजे भी साथ में थे। पल्ला ताल के किनारे-किनारे मोटरें जंगल की ओर चलीं। एक छोटी पहाड़ी के ऊपर दो मंजिला शिकार-गाह (मोर, ओदी) थी। मोटरें वहाँ तक गईं। आखिरी रास्ता मोटर के लिए अच्छा नहीं था। महारानी और उनकी साथी अन्तःपुरिकाएँ मोर के ऊपरी मंजिल पर चली गईं, और नीचे रावल अपने चन्द मुसाहिबों के साथ उतारे गये। सड़क के पास चार हाथी थे, जिन पर हथियारबन्द सरदार बैठे थे। जंगल में हाँका हुआ। लोगों ने हल्ला करना शुरू किया। ढोल की आवाज चारों ओर गूँजने लगी, सबसे पहले जंगल के लाल और

काले मुँहवाले बन्दरों ने इस घनघोर घोष को सुनते ही एक डाली से दूसरी डाली पर कूदना शुरू किया। कुछ देर बाद सामने वाली पहाड़ी से एक बाघिनी नीचे की ओर निर्द्वन्द्व मस्तानी चाल से उतरती आई। बीच-बीच में वह बेपर्वाही से अगल-बगल झाँक लेती थी। ओदी में किसी को साँस की आवाज निकालने की भी आज्ञा नहीं थी ऊपर महारानी भी अपनी बन्दूक सम्हाले बैठी थी, नीचे रावल और उनके मुसाहिब उसी तरह तैयार थे। बाघिनी तीस गज पर आ गई। इसी समय एक साथ कई गोलियाँ दागी गईं, लेकिन उसे एक भी नहीं लगी। यह छलाँग मारती हाथियों के पास से निकल गई। हाथीवालों को उसका पीछा करने का हुकुम हुआ, लेकिन वह कहाँ हाथ आने वाली थी ? वह एक नाला फाँदकर जंगलों से ढँके पहाड़ में घुस गई! सूअर का शिकार तो बिल्कुल सुलभ था, इसलिए खाली हाथ लौटने की आवश्यकता नहीं थी।

पाँच-छ बजे शाम को फिर रावल का दल महल में लौट आया। शिकार की सफलता पर सरदारों और अन्तःपुरिकाओं ने नजर निछरावल कीं। आज शराब का भी विशेष आयोजन था और नाचने-गाने का भी। शिकार का मांस दूसरे दिन बना। सूअर की चर्बी (साटो) का सोइता, मसाला लगाकर सेंकी हुई पसली का माँस (सूला), सभी अच्छी तरह तैयार किया गया और अगले दिन शाम के वक्त शिकार का उत्सव-भोज हुआ।

आठ-दिन बाद फिर उसी ओदी में शिकार करने के लिए रावल गये। उस दिन एक चरख (लकड़बग्घा) निकला, जिसे ओदी के नीचे गोलियों ने बेध दिया। चाहे किसी की गोली से भी शिकार मरे, लोग तो यही कहते—"अन्नदातारी गोलियों मरियो।" उस दिन एक काफी तगड़ा चीता भी 'अन्नदातारी गोली" का शिकार बना। गौरी कई बार महारानी के साथ शिकार में गई, उसे बाघ का शिकार देखने का मौका नहीं मिला, लेकिन जिस तरह से शिकार किया जाता था, उसमें रावल और महारानी के लिए खतरे की कोई बात नहीं थी। वह तो पहले से ही पक्की बनी सुरक्षित ओदियों में बैठ जाते, हाँ हाँकावाले या पीछा करने वाले सरदारों पर कभी-कभी मुसीबत आती। एक बार एक हाथी ही बेकाबू हो गया, जिससे पेड़ों में लगकर एक सरकार के दाँत टूट गये।

★ ★ ★ ★

शिकार के समय का अधिक समय रावल जलसागर नामक विशाल

सरोवर के तट पर बिताते। यह कई मील लम्बा-चौड़ा सरोवर पहाड़ों के बीच में एक बड़ा बाँध बाँधकर बनाया गया है। यहाँ पर बाकायदा महल बना हुआ है, और नये जमाने में बना होने के कारण उग्रपुर के महलों से ज्यादा सुखद है। जब महीने-दो महीने के लिए वहाँ जाकर रहना हो, तो रोज-रोज के श्रृंगार को बदलते रहने के लिए महारानी को बीस-पच्चीस बड़ी-बड़ी सन्दूकों में जेवरों और कपड़ों को ले जाना जरूरी ही था। एक पूरी लारी ने उनकी श्रृंगार लारी का काम दिया। बायों के भी नाचने-गाने के समय थे। फिर उसी तरह रावल की मोटर आगे-आगे चली। असगुन न होने देने के लिए पहले से इन्तिजाम कर लिया गया था, इसे कहने की जरूरत नहीं। हाथी-घोड़े, बहुत सी लारियाँ और कई सौ आदमियों ने वहाँ जाकर जंगल में मंगल कर दिया। सरदारों के रहते समय दरबार में नाचने के लिए उग्रपुर से रण्डियाँ बराबर आती रहतीं। उग्रपुर को राजस्थान में विलीन हुए दो वर्ष बीत चुके थे, और अब राज्य का सारा कोष रावल के हाथ में नहीं था। उनके पद का उपहास करते कितने ही लोग "महाराज.......र्ख" कह दिया करते, लेकिन राजस्थान के अन्य सामन्तों और राजाओं की तुलना में रावल शील-स्वभाव में देवता थे, यह निश्चित है। उन्हें अपनी पेंशन के अतिरिक्त मेहमानों पर खर्च करने के लिए पाँच हजार मासिक ही मिलता था, लेकिन वह पूर्वजों के समय से चले आते खर्च को कम करने के लिए तैयार नहीं थे। कहा करते— "मुझे अब कितना दिन जीना है, मैं तो उसी तरह से अपना खर्च-बर्च रखूँगा।" उनका खर्च पहले ही जैसा उदारतापूर्वक चलता। रावल के उत्तराधिकारी उनके गोद लिए हुए युवराज को भविष्य की फिकर चाहिए, रावल तो पुराने उदार रवाजों में से एक को भी छोड़ने के लिए तैयार नहीं।

उधर रावल का डेरा जलसागर पर पड़ा, और दूसरी ओर शिकारों की खबर लेने के लिए लोग छूटे। दो-तीन दिन बाद शिकार की खबर आई। पता लगा 'कलका का मोर' नामक शिकारगाह के जंगल में बघेरा है। खबर मिलते ही मोटरें उस मोर की ओर रवाना हुई चारों ओर खूब हरे-भरे ऊँचे पहाड़ थे। अन्त में जिस पहाड़ी के ऊपर मोर (शिकारगाह) थी, उस पर मोटर को सीधे चढ़ना पड़ा। गौरी को डर लग रहा था, कि किसी समय भी मोटर यदि जरा भी फिसली, तो फिर किसी एक की भी हड्डी जुड़ी नहीं रह सकती। यहाँ मोर दो अलग-अलग पहाड़ियों पर थीं, एक में महारानीजी अपनी साथिनों के साथ बैठीं, दूसरी मोर तक मोटर नहीं जा सकती थी, इसलिए रावल को तामदान पर उठाकर ले

गये। हाँका पड़ा। बघेरा जंगल से निकला। रावल ने बन्दूक चलाई और साथ ही तीन-चार और भी गोलियाँ छूटीं, बघेरा वहीं ढेर हो गया।

उस साल शिकार कम थे, सूअर भी उतने अधिक नहीं मिले थे, तो भी हर दूसरे-तीसरे रावल शिकार के लिए निकला करते। कभी वह खाना खाकर जाते और कभी खाना और शराब साथ में रहती।

जलसागर में जल विहार के लिए 'ईश्वर-विमान' स्टीमर था। कानवेस का पर्दा करके भीतर महारानी ठाकुरानियों के बैठने का स्थान, बाहर रावल के दरबार की जगह बनाई गई। अन्दर रनिवास में ढोलणियाँ गा रही थीं, बाहर मरदाने में रण्डियाँ नाच रही थीं। मांस-शराब स्टीमर पर साथ थे। उग्रपुरवाले नारणपुर जैसे परम् पवित्र वैष्णव तीर्थ-स्थान में जाने पर भी अपने मांस-दारू को ले गये बिना नहीं रहते। उस दिन जलसागर में खूब जल-विहार होता रहा। जगह-जगह टेढ़ी-मेढ़ी पहाड़ियों और उनके टापू का चक्कर काटते 'ईश्वर-विमान' घूमते-घूमते शाम को चिराग जलने के वक्त लौट आया। रावल एक ही दिन जल-विहार के लिए गये, लेकिन महारानी और उनकी मेहमान बहिन को वह आग्रह करके बराबर जल-विहार के लिए भेजते रहे।

जलसागर के पास जंगल के भीतर गंगाप्रासाद और हरिप्रासाद जैसे कितने ही महल बने हुए हैं। रावल स्वयं तो वहाँ जाने के लिए उत्सुक नहीं थे, लेंकिन वह अपनी मेहमान-महिलाओं को दिखलाना चाहते थे। इन महलों तक मोटर नहीं जाती, जीप भी मुश्किल से कुछ ही दूर तक जाती, और अन्त में हाथी का सहारा लेना पड़ता। गौरी अपनी मगेरी बहिन, ब्रह्मसम्बन्धिनी सुकान्ताजी बाजी, दिल्ली की एक महिला डाक्टर तथा एक डावड़ी के साथ मोटर में निकली। १९५१ का सन् था। दुनिया में जो उथल-पुथल मची थी, उसे देखते हुए रावल भी समझ रहे थे, कि अब दूसरों के लिए पुरानी पाबन्दियों को लादने का प्रयत्न करना ठीक नहीं है। उन्होंने हुकुम दे दिया था, आगे पर्दा करने की जरूरत नहीं। मोटर ने कुछ दूर ले जाकर पाँचों महिलाओं को उतार दिया। वहाँ एक बहुत बड़ा हाथी सवारी के लिए मिला। अच्छा-सा हौदा कसा हुआ था, जिससे लुढ़कने का डर नहीं था। लौंडी-सहित चारों महिलाएँ हाथी पर बैठीं जैसे ही हाथी उठने लगा, वैसे ही महिलाएँ चिल्ला उठीं। वह समझने लगीं, अब सबकी सब गेंद की तरह उछलकर नीचे पड़नेवाली हैं। उन्होंने पास के झण्डे को पकड़कर किसी तरह अपने को सम्हाला। गौरी को

छोड़कर बाकियों ने कभी हाथी की सवारी नहीं की थी। रास्ता बहुत संकरा था। एक पहाड़ था और दूसरी तरफ जलसागर का सीधा खड़ा तट। हाथी जब-तब चिघाड़ मारता, तो महिलाओं के प्राण निकलते लगते। वह अपने पास के दरख्तों की डालियों को तोड़ता चलता, और कभी-कभी इतना तिर्छा हो जाता, कि उसका पैर नीचे खड्ड की बारी से दो-एक अंगुल ही दूर रह जाता। यदि वहाँ से वह फिसल पड़ता, तो पाँचों महिलाओं और महावत को योगियों की मौत बिल्कुल सुलभ थी, लेकिन अभी वह ऐसी मौत के लिए लालायित नहीं थीं। आगे कहीं पर हाथी लीद करने लगा, धमाधम की आवाज आई, महिलाएँ और घबराई, सोचा कहीं पहाड़ तो नहीं टूट रहा है। उस भयंकर परिस्थिति में ब्रह्मसम्बन्धिनी ठाकुरानी कहती— "हू-हू-हू, हे नारण धनी, हे नारण धनी।" उस महिलामण्डली में गौरी ही ऐसी थी, जो कि मृत्यु के बारे में विदेह बनी हुई थी। वह नारण की भक्तिन से कहतीं—"सुकान्ताजी, आप तो बहुत धर्म-पुण्य करती हैं, भगवान् को भजती हैं, आपने ब्रह्मसम्बन्ध लिया है, लेकिन आप हमें सरग नहीं ले जा सकतीं। मैं आपको सरग की ओर ले जा रही हूँ।" गौरी को इस तरह मजाक सूझ रहा था, और उधर भक्तिन का हार्टफेल होने लगा था। डाक्टरनी का मुँह तो बिल्कुल लाल हो गया था। थोड़ी दूर जाने के बाद हाथी ने चिघाड़ना बन्द कर दिया, लेकिन डालियों को वह बराबर तोड़ता रहा। अन्त में धैर्य का बाँध टूट गया, और गौरी को छोड़कर सभी से सत्याग्रह कर दिया। 'हवाप्रासाद' सात मील और दूर था। वहाँ जाने की भला किसमें हिम्मत थी। सब गंगाप्रासाद के पास ही उतर गईं। महावत बहुतेरा कहता रहा, लेकिन उन्होंने एक नहीं मानी, और हाथी को वहीं से लौटा दिया। यह कहने पर, कि यहाँ नाहर-बघेरे बहुत हैं, महिलाओं ने जवाब दिया—"नाहर हमें भले खा जायँ, लेकिन हम तो हाथी पर नहीं लौटेंगे।" महावत ने यह भी कहा—"अब रावल का नहीं, काँग्रेस का राज है, कहीं भील मिल गये, तो जेवर-कपड़ा छीन कर मार डालेंगे।" महिलाओं में एक छोड़ सबका मत यही था, कि वह फिर हाथी पर बैठने वाली नहीं हैं। गौरी को मंगलपुर में हाथी पर चढ़कर जाने का लड़कपन ही से अभ्यास था, इसलिए उसे कोई डर नहीं था। बीच-बीच में जब वह समझाने की कोशिश करती, तो चारों आगबबूला बन जातीं, और उसकी बात भी सुनने के लिए तैयार नहीं होतीं। जलसागर का महल उस जगह से दिखलाई पड़ रहा था, इसलिए भी महिलाओं की हिम्मत हो रही थी। लौंड़ी पगडण्डी के रास्ते से परिचित थी, और हाथी

के आये रास्ते को छोड़ वह इसी रास्ते उतरती मोटर के पास पहुँच राजमहल लौट आई। महावत ने राजपूतनियों की वीरता की कथा पहले ही सुना दी थी। उस दिन शाम के वक्त रावल के दरबार में पहुँचने पर अन्तःपुरिकाओं ने बहुत रस ले-लेकर आज की साहस-यात्रा की बात को कई-कई बार सुना। इसके बाद तो रावल आग्रह पर आग्रह करते, कि 'हवा प्रासाद' जरूर देख आओ। हाँसी-मजाक उड़ानेवाली उग्रपुर की ठाकुरानियों में कितनी हिम्मत है, इसका पता भुक्तभोगिनी ठाकुरानियों को मालूम था, इसलिए उन्होंने रावलजी से अर्ज किया—"यदि अन्नदाता यहाँ की ठाकुरानियों को हमारे साथ कर दें, तो हम जायँगी।" जब अन्नदाता ने ठाकुरानियों को 'हवाप्रसाद' देख आने के लिए आग्रह किया, तो उनका चेहरा बदल गया, और बहुत आग्रह करने पर उन्होंने साफ कह दिया—"चाहे हमें अन्नदाता जलसागर में धक्का देकर फेंक दें, तो भी हम हाथी पर चढ़कर हवाप्रसाद जाने के लिए तैयार नहीं।"

जलसागर महल से दो-तीन मील पर पहाड़ी के ऊपर एक चबूतरा बना हुआ है, जहाँ से इस कृत्रिम महासरोवर का बड़ा सुन्दर दर्शन होता है। वह इतना विशाल मालूम होता है। जैसे कोई सचमुच सागर हो। वहाँ से उसका परला कूल नहीं दिखाई पड़ता। रावल भी अपनी मेहमान महिलाओं को अधिक से अधिक चीजें दिखलाना चाहते थे, इसलिए उन्होंने अन्तःपुरिकाओं को वहाँ भेजने का प्रबन्ध किया। चबूतरे पर तम्बू लग गया। स्वादिष्ट सूअर का मांस, कई तरह के भोजन और शराब लेकर महारानी अपने मेहमानों, बायों और पचास-साठ नौकरों के साथ मोटर पर वहाँ पहुँचीं। आज वहाँ वनभोज का निश्चय हुआ था। जलसागर चाहे आदमी के हाथों का बना हो, किन्तु अपनी विशाल जलराशि के कारण वह एक तीर्थ भी हो गया है। वहाँ महिलाओं ने स्नान किया, और नारियल चढ़ाकर जलदेवता की पूजा की। चौतरे पर महारानी की महफिल लगी। पहले शराब, फिर भोजन हुआ। लौंड़ियों को शराब की थोड़ी भी मात्रा अधिक कर देने से नशा चढ़ जाता है। बल्कि यह कहना चाहिए, उनके लिए नशा शराब में नहीं, बल्कि पेट में होता है। जिस वक्त वह अपनी स्वामिनी को रिझाना चाहतीं, उस समय वह नशे में बदमस्त होने का अभिनय सफलतापूर्वक कर सकतीं। गाना-बजाना भी हुआ, हँसी-मजाक भी, कई घण्टे आमोद-प्रमोद में बिताकर मोटरें राजमहल लौट आईं। रावल ने अपनी रानी से पूछा—"थारी बेन ने चोंतरो पसन्द आयो ?" महारानी ने हाथ जोड़कर तुरन्त जबाब दिया—"घणोज आयो।" और साथ ही यह

भी कहा, कि "सलमिया कन्याएँ मंगल को मांस नहीं खातीं, लेकिन आज हमारी बहिन को चौतरा, सागर और वनभोज इतना पसन्द आया, कि उसने मांस भी खाया।"

एक दिन रावल की सवारी फिर शिकार के लिए चली। मोटरों पर चढ़कर मील भर पर अवस्थित शिकारगाह में ग्यारह बजे पहुँच गये। यहाँ भी दुमंजिले मकान बने हुए थे, जहाँ रोज सूअरों के सामने अनाज डाला जाता—"आओ" की आवाज देते ही पहले तो मोर और कबूतर दाना चुगने के लिए आ गये, फिर अपने बच्चों-कच्चों को लिये सूअरियाँ और सूअर आये। कुछ सूअर बड़े-बड़े थे, उनकी सफेद-सफेद खाँगें बाहर निकली हुई थीं। रावल और महारानी पास-पास कुर्सी पर बैठे बन्दूक साधे तैयार थे। साथ की महिलाएँ पास में खड़ी थीं। रावल और महारानी की गोलियों से दो सूअर मारे गये, बाकी भाग निकले। दन्तैले सूअर मृत्यु से निर्भय होता है। प्राण-संकट आने पर भी वह पीठ दिखाकर भागने की जगह डटकर लड़ता है। किन्तु लोहे के सीकचों और पत्थर की दीवारों की आड़ में सुरक्षित बैठ बन्दूकधारी से बेचारा क्या लड़ता? किसी दन्तैल ने वीरता दिखलाते हुए अपनी सूअरियों से कहा था—

तूं जा भूँडण रिवछड़ै, म्हें जाऊँ धणठट्ट।
मैलाँ रोवाऊँ कामणी, के मांस बिकाऊँ हट्ट।

बच्चों के लिए भूँडणियाँ (सूअरें) भगीं जरूर, लेकिन बेचारा सूअर महलों में कामनियों को नहीं रुला पाया, और उसने अपने प्राणों से हाथ धोये। शिकारगाहों में ही उस दिन खान-पान हुआ, और शाम तक लोगों के साथ रावल-रानी महल में लौटे।

★ ★ ★ ★

एक दिन बघेरे की खबर आई। सुबह ही अन्नदाता ने हुकुम दिया-- शिकार में चलना है, सब लोग तैयार हो जाओ। रावल तो नौ बजे ही खाना खा लेते। वह खाकर लेट गये। महारानी भी चाहती थीं, कि खाने से निबट लें, लेकिन उनकी बहिन ने कहा—"यहाँ से खाना ले चलकर वहीं जंगल में खायेंगे, बड़ा आनंद आयेगा।" सलाह मानकर टिफन-बक्सों में सब तरह के भोजन और शराब की बोतलें रख दी गईं। बारह बज गये, लेकिन रावल अभी सो ही रहे थे। रानी ने कहा— "अब क्या

करें ?" किसी-किसी ने खाने की सलाह दी, लेकिन फिर उनकी लालबुझक्कड़ बहिन ने कहा—"अब इतनी देर ठहरे, तो थोड़ा और ठहर जायँ, अन्नदाता तो उठने ही वाले हैं।" इस प्रकार रानी और अन्तःपुरिकाएँ बिना खाये-पिये दो बजे तक प्रतीक्षा करती रहीं। फिर रावल उठे, मोटरें शिकारगाह की ओर रवाना हुईं। शिकारगाह में ऊपर-नीचे-सामने गोली छोड़ने के लिए बने छेदों (शहतीरों) से जाड़े की ठण्डी-ठण्डी हवा आ रही थी। अन्तः-पुरिकाओं ने शराब से भरी गिलासों को इन छेदों में रख दिया, जिसके कारण वह और ठण्डी हो गई, और ठाकुरानियों ने पीते समय जीभ चटकारते हुए कहा—"आज तो ठण्डी-ठण्डी दारू घणेइज हौ लाग्यो।" सब ठाकुरानियों को ठण्डी शराब बढ़िया लग रही थीं, लेकिन बेचारी ब्रह्म सम्बन्धिनी ठाकुरानी केवल मुँह देखती रह गई। वहाँ दो ओदियाँ थीं, और रावल अन्तःपुरिकाओं की ओदी से अलगवाली में शिकार के लिए जा बैठे थे। इधर खाना चल रहा था, उधर हाँकेवाले चिल्लाते हुए बाजा बजा रहे थे, कुत्ते जंगलों में दौड़ रहे थे। वैसे होता, तो बघेरे के लिए कुत्ते रसगुल्ले से भी अधिक मधुर होते हैं, लेकिन इस वक्त को उनके ऊपर प्राणों की पड़ी थी, वह कुत्तों को क्यों छेड़ने लगे ? हाँकेवालों में हर एक को एक रुपया इनाम दिया जाता है, जिसके लोभ से वह स्वयं बड़ी संख्या में आ जाते। आवाज नजदीक आ रही थी, इसी समय एक चीता जंगल से निकला और एक सरदार की गोली के लगने से वहीं ढेर हो गया। चीते को उठाकर शिकार-मण्डली लौटी। दस्तूर के मुताबिक रावल ने आज के शिकारों को अन्तःपुरिकाओं के देखने के लिए भीतर भेजा। अन्तःपुरिकाओं ने देखा, कि चीते के दाँतों के बीच में अब भी एक कचरा (जंगली ककड़ी) पड़ी हुई है, जिससे न जाने किस ख्याल से उसने मुँह में दबा रक्खा था, जब कि प्राणान्तक गोली उसके शरीर में लगी। एक बड़े सूअर का भी शिकार हुआ था, उसे भी देखने के लिए भीतर भेजा गया था। बीरन मामा की बीबी को सूअर का मांस बहुत पसन्द था। रानी और दूसरों को मजाक सूझी। उन्होंने कहा—"मामीसा, आपको सूअर बहुत पसन्द है, कितना बड़ा सूअर है, जरा इस पर हाथ रखकर बैठ जायें, तो फोटो खींच लिया जाय।" बेचारी बात में आ गई और जैसा भाँजियों ने कहा, वैसे ही दोनों हाथों को रखकर सूअर के पीछे बैठ गई। खींचा हुआ फोटो रावल के सामने पहुँचा, और वह मजाक करते हुए अपनी ममेरी-सास से कहने लगे—"मामीसा, आपको सूअर इतना पसन्द है, कि उसे कच्चा ही खाने के लिए बैठ गई ?" सभी अन्तःपुरिकाएँ

हँस पड़ी। मामी बहुत लज्जित हो कहने लगी—"मैंने अपनी भाँजी से ऐसी आशा नहीं रक्खी थी। इसने मुझे धोखा दे दिया।"

ब्रह्मसम्बन्धिनी ब्राजी साठ वर्ष की बुढ़िया विधवा थीं। जन्तर-मन्तर और दवाइयाँ खाते-खाते उन्होंने अपने स्वास्थ्य को खराब कर लिया, लेकिन कोई लड़का-लड़की नहीं हुई। ब्रह्मसम्बन्ध लेकर अब वह नारणजी की भक्ति में लगी हुई थीं। मनचली अन्तःपुरिकाओं को मजाक के लिए उनसे अच्छा आदमी कहाँ मिल सकता था ? हाथी पर चढ़ने के दिन उनकी जो हालत हुई थी, उससे पहले रानीजी की दोनों मेहमान बहिनें कहतीं—"बाजी, पानी पीने को दो।" बाजी जब तक स्नान न कर लें, तब तक किसी खाने-पीने की चीज में हाथ नहीं लगा सकती थीं, वह कैसे पानी देतीं? इसलिए कुछ आश्चर्य की मुद्रा में मीठे स्वर में कहतीं—"ए बा, लाड़ीसा हुकम, मू तो हिनान की दोड़ी कोई नी (....मैंने तो अभी स्नान ही नहीं किया)।" दूसरा मजाक था, दोनों बहिनें उनका हुकुम लेकर गीत गाने लगतीं—

सुकान्तजी बाजी खेले सिकार, ए तो घणा सिकारी रे।
ए तो नाहर मारे रे सूर खावे रे, सुकान्तजी बाजी घणा रिझालू रे।
ए तो घणा रसीला रे....।

बेचारी वैष्णवी रानी जहाँ जातीं, वहाँ चली जाती थी, लेकिन उससे और हिंसा से क्या सम्बन्ध ? वह हँसती हुई दोनों बहिनों से कहती—"एबा, क्या मनें पापोदड़ा भेड़ी करो (क्यों मुझे पाप लगाओ)।"

रावल के अन्तःपुरी दरबार में सब मांस खाते, शराब पीते, जो नहीं खाती वह मिठाइयाँ और भाँग से तृप्ति-लाभ करतीं, लेकिन बाजी सिर्फ मुँह देखती रहतीं। सर्दी के दिन थे, तो भी मेलाँ से लौटने पर रात को वह ठण्डे पानी से नहातीं, और पहले के तैयार रक्खे खाने को खातीं, नहीं तो रात को बनाती, फिर पान खातीं। दोनों बहिनें उनके सामने मजाक करने के लिए बैठी रहतीं। कभी चौके में आने की भी धमकी देतीं। वह जानती थी, कि हमारा चौका तो बीस कोस का है, और बाजी का बीस अँगुल का भी नहीं। यदि वह भीतर चली जाती, तो बाजी बेचारी को भूखों ही रात-काटना पड़ता, इसलिए वह चौके के भीतर नहीं जाती थी। कभी कहतीं—"बाजी, आप तो बहुत पुण्य का काम करती हैं, आपके लिए ज़रूर विमान लेने के लिए आयेगा, हमें भी एक-एक पाया

पकड़ा देना, जिसमें हम पापिनें भी आपके साथ स्वर्ग चली चलें।''

दोनों बहिनें बाजी को बहुत चिढ़ातीं, लेकिन यदि कुछ देर वह उनके पास न जातीं, तो ढूँढ़ते-ढूँढ़ते कमरे में आ पहुँचतीं। बाजी का शिकार-गीत अधिक दिनों तक कैसे छिपा रह सकता था। किसी ने महारानी के पास खबर पहुँचाई, फिर महारानी ने बाजी से कहा—''मैं तो समझती थी, कि आप पुण्य करती हैं, आपको तो शिकार का भी शौक है।'' इस पर बाजी कुछ खीज दिखाते हुए कहतीं—''क्या करूँ अन्नदाता, दोनों बहिनें सारे दिन शिकार गाती रहती हैं।'' वैसे बाजी समझदार औरत थीं, लेकिन अपने एकान्त नीरस जीवन को केवल भक्ति से ही तो सरस नहीं बनाया जा सकता, इसलिए उन्हें इस तरह का विनोद बुरा नहीं लगता था। रात को रावल के दरबार से जब लौटतीं, तो महारानी के वहीं रह जाने के कारण अन्तःपुर में अब अपना राज था। यहाँ एक स्वतन्त्र दरबार लगता, जिसमें किसी एक रावल या महारानी की प्रधानता नहीं होती। नातिप्रौढ़ाएँ, ठाकुरानियाँ, बहुत सी डावड़ियाँ और बाजी भी इस दरबार में शामिल होतीं। बाजी का गला बड़ा सुरीला था, और बायों में गुलबदन, सुकान्ता रानी कोकिलकण्ठी थीं। बाजी केवल भक्ति के पद गातीं। कभी नरसिंह मेहता के पद को अलापतीं—

''मोड़ो आयो रे गिरधारी, ले जा गाँठ तिहारी।
तेने सगरी बात बिगाड़ी।''

अथवा—

मोहन मोटो रे, भक्तारा भीडु।
काइं थारी टोटो रे। मोहन०
चोर-चोर के माखन खायो, ओगुन खोटो रे।

बाजी और गुलबदन भी बिना साज के ही गाती थीं, लेकिन उनका गाना बेसुर-ताल का नहीं होता था। बीच-बीच में बाजी के शिकार के भी गीत गाये जाते और हँसी-मजाक के फौवारे छूटते। दोनों बहिनें शराब का अभिनय करते पानी का गिलास हाथ में लेकर बाजी के सामने खड़ी हो जातीं, और कहतीं—''लो सुकान्तजी बाजी मनुवार लो।'' बाजी का पीहर उग्रपुर में था, और ससुराल जनपुर में। जनपुर में भी दोनों बहिनों के पास बाजी का आना-जाना बहुत होता था, इसीलिए जब दोनों बहिनें कुछ समय नहीं दिखाई पड़तीं, तो वह कहने लगतीं—''आप दोनों बेना

नी देखों, म्हारा हिया फूटवा लागी जावै।" इसी यात्रा में जलसागर में अनादिकाल से अन्तःपुरिकाओं के लिए बन्द खिड़कियाँ दोनों बहिनों के प्रयत्न से खोल दी गईं, इसमें बाजी की मदद बड़ी सहायक हुई थी। बाजी अपनी रसोई आप बनाती थीं, इसलिए उनके पास सभी बर्तन और सामान थे। खिड़कियाँ खोलने के लिए जब चीमटा माँगा, तो बाजी ने कहा—"रानीसा नाराज हो जायँगी।" किन्तु दूसरे ही क्षण वह चीमटा लेकर आ गईं और जलसागर की तरफ की खिड़कियों को खोल दिया। दोनों बहिनों ने कहा—"बाजी हम आज जेल तोड़ रही है, बड़ा कसूर है।" इस पर बाजी ने यह कहकर सन्तोष कर लिया—"ए बा, थे जाणो दोनों बेनाँ।"

जलसागर में शिकार, वनभोज और हँसी-मजाक में समय बीत जाता था। इनके अतिरिक्त बायों का एक काम था टूटे जेवरों की रसमिल गई। मोतियों को अलग-अलग करके उनकी लड़ियाँ पिरोना। छोटे-बड़े सात तरह के छेदों वाली सात छोटी-छोटी कटोरियाँ थीं, जिनमें मोतियों को डालकर उन्हें उनके आकार के अनुसार छाँट लिया जाता, फिर एक-एक आकार की मोतियों की अलग-अलग लड़ियाँ गूँथी जातीं।

■■■

२१

बाबोसा भी चले गये !

बड़े चाचा अर्थात् बाबोसा दुनिया में गौरी के सबसे बड़े हितैषी थे। वह अपनी भतीजी को अपनी पुत्री से भी ज्यादा प्यार करते थे। जब उनकी अनुजवधू मरी, उसके साल-डेढ़-साल के भीतर ही उनका बड़ा नाती, दामाद और अन्त में बेटी भी मर गई। एक के बाद एक इन भयंकर आघातों की उनके मन पर भारी चोट पड़ी। बाहर अपनी मर्मव्यथा का प्रदर्शन न करते हुए भी भीतर से उनका मन व्याकुल रहता, जीवन नीरस मालूम होता। वह चाहते कि अपनी भतीजी को बराबर पास रखें, लेकिन यह सम्भव न था। फिर भी साल में तीन बार उसे जरूर अपने पास बुलाते।

माँ के मरने का आघात गौरी पर भी बहुत सख्त पड़ा था। जीजी के मरने पर वह मंगलपुर गई। वहाँ उसे बुखार आने लगा। बुखार ६६-१०० डिग्री तक रहता जब पन्द्रह दिन तक वह लगातार रहता दिखाई पड़ा, तो बाबोसा को फिकर पड़ी। अपने नगर, नरपुर तथा लखनपुर के भी डाक्टरों को दिखलाया। उन्होंने कहा—"शायद तपेदिक हो।" गौरी की मानसिक स्थिति ऐसी थी, कि वह इस बीमारी से दुःखी होने की जगह प्रसन्न थी। इस दुःखमय जीवन में तिल-तिल जलते जीने से क्या फायदा ? तपेदिक भी आदमी को घुला-घुलाकर मारता है, इसका उसे ख्याल नहीं था। फिर जसपुर के डाक्टर को दिखलाया गया। उसने कहा— "टी० बी० का अभी पता नहीं हैं।"

बाबोसा इतने सन्तुष्ट रहने वाले नहीं थे। वह नहीं चाहते थे कि उनकी प्यारी बेटी भी इतनी जल्दी दूसरे प्रियजनों का अनुसरण करें। वह कहते—"क्या सभी मेरे सामने ही मरेंगे, और नेत्रहीन होने पर भी अपने हृदय को वज्र बनाकर मैं यह सब-कुछ सहने के लिए बना रहूँगा?" बाबोसा ने भतीजी को दवा कराने के लिए बम्बई भेजने का निश्चय किया। वकील साहब को बुलाया, उनके साथ दो बाँदियों और छ-सात नौकरों के साथ गौरी को बम्बई भेज दिया। वहाँ डाक्टर देशमुख और डाक्टर विलिमो-

रिया—जैसे प्रसिद्ध डाक्टरों से दिखलाया गया, एक्स-रे कराया गया, किन्तु टी० बी० का कहीं नामोनिशान नहीं था। डाक्टरों ने बतलाया— "बुखार का कारण टी० बी० नहीं, बल्कि कोई भारी सदमा है, जिसकी प्रतिक्रिया यह बुखार है। इन्हें बम्बई की खूब सैर करायें, सिनेमा दिखायें और हर तरह से खुश रखने की कोशिश करें।" गौरी डेढ़ महीने समुद्र के किनारे वास कर बम्बई की सैर करती, सिनेमा और दूसरे मनोरंजनों से दिल बहलाती रही। फिर वर्षा आ गई, इसलिए उसे पूना ले गये। बुखार अब भी छूटा नहीं था। डेढ़ महीना पूना में रहकर फिर सब लोग बम्बई चले आये। यहाँ एक दिन बुखार १०३ डिग्री तक पहुँचा। गौरी को कुछ घबराहट-सी मालूम हुई, उससे बैठा नहीं जा रहा था। थर्मामीटर लगाने पर पता चला कि बुखार १०३ डिग्री है। उसे आराम करने के लिए लिटा दिया गया। तीन दिन बुखार इतना ही रहा। जब कुछ कम हुआ, तो उसे मंगलपुर ले आये। यहाँ कुछ दिनों टेम्परेचर ६६ डिग्री रहकर नार्मल हो गया। बाबोसा ने आराम की साँस लीं, क्योंकि अब टी० बी० का भय नहीं रहा।

प्रियजनों के मरने के बाद तीन-चार वर्ष तक बाबोसा उसी तरह अपनी नीरस जिन्दगी को बिताते रहे। इसके बाद एक दिन गौरी को उनकी चिट्ठी मिली—"तबियत खराब होने से मैं जसपुर जा रहा हूँ, तू भी आ जा।" जब तक अनुजवधू जिन्दा थी, तब तक बाबोसा उसी के हाथ का बनाया भोजन करते थे। उसके मरने के बाद जब तक भतीजी उनके पास रहतीं, वह उसके हाथ का खाना पसन्द करते। लड़कपन से ही बाबोसा के सामने सबसे अधिक जिसकी सिफारिश लगती, वह गौरी थी। इस समय जिन लोगों पर बाबोसा नाराज होते, वह गौरी के पीहर आने का इन्तजार करते रहते। लेकिन अब गौरी अपनी जिम्मेदारी समझती थी, इसलिए बाबोसा से बिना असली हाल पूछे, वह किसी के लिए सिफारिश करने को तैयार नहीं होती थी। फिर भी बाबोसा उसकी बात रखने के लिए कितनों को माफ कर देते थे।

बाबोसा के जसपुर पहुँचने के चार-पाँच दिन बाद ही गौरी भी वहाँ पहुँच गई। पता लगा, मूत्रनाली में कैन्सर हो गया है। रेडियो-इलाज होने लगा। प्रसिद्ध डाक्टर सेन उनकी दवा करते थे। डाक्टर सेन से पूछने पर जब उन्होंने कैन्सर कहा, तो गौरी को भारी धक्का लगा, और वह बेहोश-सी हो गई। डाक्टर ने उसे देखकर बतलाया—"इनका हृदय कमज़ोर

है, इन्हें ऐसे समय के लिए बराबर अपने साथ कोरामिन रखना चाहिए।" उसी दिन से गौरी का दुर्बल हृदय जरा भी आघात पहुँचने पर विकल हो जाता और उसके होश उड़ने लगते। वह अपने पास बराबर कोरामिन रखने लगी।

लेकिन गौरी तो अपने बाबोसा की सेवा-सुश्रूषा करने आई थी, वह अपनी परवाह क्यों करने लगी ? खानसामे का बनाया भोजन बाबोसा को हजम नहीं होता था, बेटी के हाथ का बनाया भोजन उन्हें खाने में भी अच्छा लगता और हजम होने में भी। इसमें मनोवैज्ञानिक कारण भी था और उससे भी अधिक था गौरी का उनके हाजमे की अवस्था देखकर खाने की चीजों को तैयार करना। जब वह देखती कि दस्त साफ हुआ है, तो पूरा खाना देती; यदि कब्जियत मालूम होती, तो आधा खाना ही खिलाती। बाबोसा का भी बेटी के हाथ के खाने पर इतना विश्वास हो गया था, कि जब वह किसी सहेली के आग्रह पर सिनेमा या और कहीं जाने के लिए इजाजत माँगती, तो वे कहते—"मेरे दूध-चाय का अन्दाज बताकर जाना।" खाने में उन्हें गेहूँ का दलिया, मधु, नमकीन चावल, मूँग के आटे की कढ़ी-जैसी हल्की चीजें दी जाती। बाबोसा के शयनकक्ष की बगल के ड्रेसिंग-रूम को ही रसोईघर में परिणत कर दिया गया था, जिस पर अँगीठी रखकर गौरी उनके लिए खाना बनाती। बाबोसा कमरे में अक्सर टहला करते। जीवन के अंतिम चार महीनों में ही उन्होंने चारपाई पकड़ी। कभी-कभी उनकी तबियत कुछ ठीक हो जाती, तो गौरी महीने बीस दिन के लिए जनपुर चली जाती। बाबोसा इतना वियोग भी सहने के लिए तैयार नहीं थे। यद्यपि उनका नाती पद्मराज बराबर रहकर अपने नाना की सेवा करता, वह दो बच्चों का बाप था, तो भी बाबोसा उस पर विश्वास न करते हुए कहते—"यह तो बच्चा है!"

रियासतों के विलयन का काम होने लगा था। राजस्थान में सब जगह घबराइट छाई हुई थी। ऐसे समय कोई भी मुल्ला-महन्त राजस्थानी गुड़ियों का धर्म के क्षेत्र में ही नहीं, बल्कि राजनीति के क्षेत्र में भी गुरु बन ठेकानेवाले जागीरदारों की अपने आसन्न भविष्य की चिन्ता से फायदा उठाता। महानन्द नाम का एक ढोंगी साधु इस समय उनका पथप्रदर्शक बन गया था। बाबोसा ने जलसिंह के लड़के भरतसिंह को गोद ले लिया था। इसमें शक नहीं, यदि उनके अनुज बलवन्तसिंह के लिए गोद ले लिया हुआ व्यक्ति भलामानुस होता, तो बाबोसा भी उसे ही अपना उत्तरा-

धिकारी बनाते। भरतसिंह वैसे बुरा नहीं था, लेकिन महानन्द की पूँछ बनकर भटकने से उसे फुरसत नहीं थी, इसलिए कभी-ही-कभी बीमार बाबोसा की सेवा में आता। बाबोसा की बीमारी में खर्च भी ज्यादा हो रहा था। भरत के बाप के हाथ में ठेकाने का कारबार था। वह नहीं चाहते थे कि भारी रकम डाक्टरों और दवाई में स्वाहा हो। जसपुर रहने में खर्च ज्यादा पड़ता था, इसलिए वह चाहते थे कि बाबोसा को मंगलपुर ले जाकर दवा करायें। डाक्टर सेन बीमारी की गम्भीरता को जानते थे, इसलिए वहाँ ले जाने की सलाह नहीं दे रहे थे।

★ ★ ★ ★

एक दिन चिराग जलते गौरी जसपुर बाबोसा के पास पहुँची। बाबोसा की तबियत कुछ ज्यादा खराब हो गई थी। बेटी की आवाज सुनते ही बाबोसा ने कहा—"मेरी बेटी आ गई, अब मेरी तबियत ठीक हो जायेगी।" डाक्टर सेन ने पूछा—"वह मंगलपुर ले जाने के लिए तो नहीं आई हैं ?" इस पर बाबोसा ने कहा—"यह मेरी गोद की नहीं, बल्कि अपनी लड़की है।"

बाबोसा को मालूम था कि खर्च को कम करने के ख्याल से ही उन्हें मंगलपुर ले जाने पर जोर दिया जा रहा है। गौरी फिर डाक्टर के परामर्शानुसार पथ्य देने लगी। कैन्सर भीतर-ही भीतर अधिक बढ़ गया, जिसके कारण उन्हें अब बुखार भी आने लगा था। गौरी चार बार पथ्य देती। दूध को एक उफान देकर बोतल में डाल ठण्डे पानी में रख देती और उसी दूध को उन्हें पिलाती। कभी उबले अण्डे या आमलेट भी खाने को देती। लेकिन अब हालत सुधरने की कोई आशा नहीं रही थी। डाक्टर ने आपरेशन कराने की सलाह दी, लेकिन वह बड़े खतरे की चीज थी, इसलिए बाबोसा और गौरी नहीं चाहते कि केवल एक डाक्टर के ऊपर भरोसा करके इतना जोखिम उठाया जाय। वह इसके लिए बम्बई जाना चाहते थे। दत्तक का बाप सोचने लगा, बम्बई जाने पर तो हमारा दिवाला निकल जायेगा। लेकिन दूसरा कोई चारा नहीं था। खर्च कम करने के लिए गौरी उस समय बाबोसा के साथ बम्बई नहीं गई। नाती मच्छराज और दत्तक पुत्र भरतसिंह उनके साथ गये।

बम्बई में डाक्टरों ने देखकर कहा—"कैन्सर बहुत भीतर तक फैल गया है, आपरेशन के सिवाय अब कोई चारा नहीं है।" एक बार आपरेशन

निश्चय भी हो गया और गौरी के पास जसपुर में आने के लिए तार भी आ गया, किन्तु फिर जोखिम से डरकर दूसरे तार में खबर आई—"हम यहाँ से जसपुर लौट रहे हैं।" रेल में बैठाकर उन्हें ले आने लगे। नरपुर में उनका पेशाब बन्द हो गया और भारी पीड़ा होंने लगी। किसी तरह सदलपुर होते उन्हें जसपुर ले आये। अब तुरन्त आपरेशन करने के सिवाय और कोई रास्ता दिखाई नहीं पड़ा। उसी दिन गौरी को तार मिला—"आपरेशन हो गया, तुरन्त आओ।" वह रात के बारह बजे ही मोटर द्वारा जनपुर से रवाना हुई और सुबह अजमेर में खाना खाने के लिए जरा-सा रुककर फिर वहाँ से चलकर पाँच बजे शाम को जसपुर पहुँच गई। अभी तक बाबोसा की पत्नी गौरी की याया मंगलपुर में ही थी। बेटी को आई देखकर बाबोसा बड़े खुश हुए। कहने लगे—"यह बेटी नहीं, मेरा छोटा भाई है। दूसरा कौन इसकी तरह मेरी खोज-खबर ले सकता है?" दो दिन बाद याया और दूसरे लोग भी जसपुर पहुँच गये। आपरेशन होने के बाद बाबोसा ने सात महीने की और जिन्दगी पाई।

बाबोसा इस वक्त दुमंजिले पर रहते थे। वहीं उनके लिए खाना बनता था। छत पर फूस का छप्पर खड़ा कर दिया गया था। उसी के नीचे गौरी उनके लिए भोजन बना देती। उस दिन नमकीन चावल बनाने के लिए उसने घी में प्याज सुर्ख करके पानी डाला, तो छन्न-से ज्वाला निकली और छप्पर में आग लग गई। वह बहुत तेजी से बढ़ी नहीं, तो भी सारे छप्पर के जलने का खतरा तो था ही। याया को छोटी घण्टी में आग बुझाने के लिए पानी लाते देख गौरी खतरे की बात भूल गई और उनके भोलेपन पर जोर-जोर से हँसने लगी। आग लगने पर लोग रोते हैं और यहाँ ठहाके की हँसी हो रही थी, जिसे सुनकर बाबोसा को भी आश्चर्य हुआ। जल्दी-जल्दी भिश्ती मशक में पानी लेकर आया और आग बुझा दी गई। उस दिन बाबोसा को खाना एक घण्टे बाद मिला।

३० जनवरी, १९४८ को दिल्ली में महात्मा गाँधी की निर्मम हत्या की गई। बाबोसा की तबियत उस समय खराब थी, और धीरे-धीरे वे भी मृत्यु के नजदीक जा रहे थे। गौरी उस समय दूध लेने गई थी। लौटकर देखा, तो कोई आदमी बाबोसा के सामने खड़ा कह रहा था—"महात्मा गाँधी को एक दुष्ट ने गोली से मार डाला" गौरी दूध का गिलास लिये अपने पैरों पर खड़ा नहीं रह सकी। वह सोफे पर बैठ गई। बाबोसा ने कहा—"बहुत बुरा किया।" उनका दत्तक पुत्र वहीं पर खड़ा था।

उसने कहा—"बहुत अच्छा किया। हमने तो इसकी खुशी में ५ रुपये की मिठाई बाँटी है !"

गौरी को यह बात सह्य नहीं हुई। उसने गुस्से के स्वर में कहा--"महानन्द जैसे ढोंगी के पीछे-पीछे तुम दौड़ रहे हो, और यहाँ एक सच्चा महात्मा था, जिसके मारे जाने पर तुम मिठाई बाँट रहे हो ?"

"साले ने सबको खराब कर दिया....."—कहते हुए तरुण ठाकुर ने राजस्थान के अपने वर्ग की ओर से उद्‌गार प्रकट किया।

बाबोसा को बहुत बुरा लगा। उन्होंने कहा—"दुश्मन के मरने पर भी दो बूँद आँसू बहाते हैं, फिर यह तो वह आदमी था, जिसने हमारे देश को गुलामी से निकाला। किसको मालूम था कि अंग्रेज यहाँ से जायँगे? यह इसी आदमी का प्रताप था, और तुम उसी के मारे जाने पर खुशी मना रहे हो ?"

बाबोसा के कैन्सर की चिकित्सा होते बरस-भर हो गया था, लेकिन उसके अच्छा होने की कोई सम्भावना नहीं थी। वह दिन-पर-दिन भीतर-ही-भीतर और भी बढ़कर भयानक होता जा रहा था। राजस्थान का सामन्त वर्ग भी भारत के शरीर में उसी तरह का भयंकर कैन्सर है, और उसका सबसे बढ़िया इलाज यही हो सकता था कि आपरेशन करके जड़-मूल से उसे निकाल दिया जाता। लेकिन गाँधीजी के उत्तराधिकारियों ने इस वर्ग को उच्छिन्न करने की जगह जीवन-दान देना पसन्द किया। जिन लोगों का छुपा हाथ गाँधीजी की हत्या में था, उसमें ये सामन्त विशेष स्थान रखते थे। गोडसे को रजवाड़ों में सबसे अधिक आश्रय मिला था, और विलयन के बाद से तो हम देखते हैं कि ये सामान्त सौराष्ट्र और राजस्थान में हत्यारे डाकुओं की मदद से अपने खोये अधिकार को लौटाना चाहते हैं। इस सामाजिक कैन्सर को एक क्षण के लिए भी रखना खतरे से खाली नहीं है। पुराने जमाने की सड़ी-गली चार गुड़ियों को बनाये रखने के लिए हजारों आदमियों के जान-माल खतरे में डालना कहाँ तक ठीक है? उस दिन सुलह और शान्ति कराने के लिए आये चार किसानों को पाँच सवार गोली मारकर रफूचक्कर हो गये, उन्हें कोई नहीं पकड़ पाया ? क्यों नहीं पकड़ पाया ? इसलिए कि ठेकानेदार अब भी अपने गढ़ों में उनको शरण दे सकते हैं, अपनी भारी सम्पत्ति से उनकी हर तरह से मदद कर सकते हैं। सबसे पहले इनके हथियारों को छीनना चाहिए था,

सबसे पहले इनके विष-दन्त को तोड़ना चाहिए था; लेकिन दिल्ली के देवता कैन्सर की चिकित्सा मरहमपट्टी से करना चाहते हैं !

खैर, महात्मा गाँधी के निधन की खबर देकर जब आदमी चला गया और जब गौरी बाहर के सोफे से उठकर भीतर जाने लगी, तो दत्तक के पिता जलसिंह काका ने उसे बुलाकर कहा—"इनकी तबीयत और भी खराब होती जा रही है, हवा-पानी बदलने के लिए अच्छा होगा कि हम इन्हें मंगलपुर ले चलें। यदि यहाँ कुछ हो गया, तो बहुत मुश्किल होगा।"

गौरी जानती थी, कि यह सब खर्च कम करने का बहाना है। वह यह भी जानती थी, कि चिकित्सा का जितना सुभीता जसपुर में है, उतना मंगलपुर में नहीं होगा। जलसिंह ने गौरी की सिफारिश से बाबोसा को जाने के लिए राजी करना चाहा; लेकिन उसने कह दिया—"डाक्टर यहाँ से ले जाने की सलाह नहीं दे रहे हैं, डाक्टर सेन यह भी बतला रहे हैं कि यहाँ रहकर वे आठ महीने जीते रह सकते हैं, लेकिन यदि यहाँ से गये, तो दो महीना भी उनके लिए जीना मुश्किल होगा। ऐसी हालत में मैं कैसे बाबोसा से मंगलपुर चलने के लिए कह सकती हूँ?"

आखिर में कह-सुनकर लोगों ने बाबोसा को मंगलपुर जाने के लिए राजी किया। बाबोसा समझ रहे थे कि अब महाप्रयाण के दिन बहुत दूर नहीं हैं। वकील साहब बाबोसा के कहने पर ही गौरी के संरक्षक बने थे। पति ने जिस तरह अपनी बड़ी पत्नी को बाट का भिखारी बनाना चाहा था, उससे रक्षा करने में सबसे अधिक जिस पुरुष ने काम किया, वह यही शिवलाल वकील थे। उन्होंने ठेकाने के वकील की आमदनी पर लात मारी, किसी के कहने-सुनने की परवाह नहीं की और बराबर इसी बात की कोशिश की कि दुःख और निराश से भरे गौरी के जीवन में थोड़ा भी आराम मिले। बाबोसा जानते थे, कि उनके बाद गौरी का जो पुरुष सबसे ज्यादा हितैषी है, वह यही वकील साहब हैं। गौरी आड़ में से सुन रही थी, जब बाबोसा अपने हृदय के भावों को वकील साहब के सामने उड़ेल रहे थे—"मैं अब नहीं जीऊँगा। गौरी के लिए तुम्हारे-जैसा हितैषी कोई नहीं है। जहाँ तक हो सके, इसकी मदद करना।" कहते-कहते बाबोसा अपने को सम्हाल नहीं सके। उनकी आँखों से आँसुओं की धारा बहने लगी। शिवलाल उदार-हृदय वृद्ध सामन्त की आँखों से निकलते आँसुओं को देखकर अधीर हो गये। आँखों से वंचित वृद्ध वकील के करुणापूर्ण चेहरे को नहीं देख रहा था, लेकिन उसके हृदय से कोई बात

छिपी नहीं थी। उसी दिन बाबोसा मंगलपुर के लिए रवाना होने वाले थे और गौरी जनपुर जाने वाली थी। बाबोसा उस दिन गौरी के सिर पर हाथ रख बहुत देर तक रोते रहे। उन्हें अफसोस हो रहा था, कि मैं अपनी बेटी को असहाय छोड़ रहा हूँ। वह जानते थे, अन्तःपुरिकाएँ कितनी अबला हैं !

होली से पहले ही बाबोसा मंगलपुर पहुँच गये। दस-पन्द्रह वर्ष पहले वहाँ की होली बड़े गन्दे ढंग से हुआ करती थी। होली के जलूस (डाकी) बड़े ही घृणित रूप में निकलते थे और लोग गालियाँ बकते थे। होली की डाकी को बन्द कराने में बाबोसा का काफी हाथ था। उसकी जगह अब अच्छे गीत गाते जलूस निकलते थे। बाबोसा ने कहा—"होली के जलूस को अच्छी तरह निकालना चाहिए और रामा-सामा के लिये खर्च करने में कोई कोताही नहीं करनी चाहिए।" होली अच्छी तरह बीत गई।

सातवें दिन (सीलसातम) को बासेड़ा आया। उस दिन बाबोसा की तबियत खराब हो गई। जनपुर तार देने पर ही सन्तोष न करके बाबोसा ने आदमी भेजा कि जाकर मेरी वायली को मेरे पास ले आओ। तार मिलते ही गौरी जनपुर से मोटर से रवाना हुई। तीस मील की चाल से चलकर पाँच घण्टों में वह अमरपुर पहुँची। खाना खाकर वह तुरन्त जसपुर के लिए रवाना हुई। वैसे जसपुर से जल्दी रिजर्व डब्बा मिलना आसान नहीं था, लेकिन उस दिन तड़ाक-फड़ाक काम हो गया। उसी समय पद्मराज भी आ गये और वे भी मौसी के साथ डब्बे में बैठ गये। पद्मराज ने कहा कि मौसी अब खिड़की बन्द मत करो। वे जानते ही थे, कि सामन्तों का युग खतम हो गया, अब अन्तःपुरिकाओं को खिड़की बन्द और ताला बन्द करके रखना अधिक दिनों तक सम्भव नहीं हो सकता। रात के ढाई बजे गौरी की ट्रेन डनगढ़ पहुँची। आदमियों को ले जाने के लिए वहाँ मोटर और लारियाँ आई हुई थीं। डब्बा कट गया था। इतनी रात को मंगलपुर जाने की सलाह नहीं हुई, यद्यपि गौरी उड़कर वहाँ पहुँचने के लिए तड़फड़ा रही थी। उसने बड़ी घबराहट में बाबोसा की तबियत के बारे में पूछा। लोगों ने कहा—"वैसे ठीक हैं, किन्तु जबान कुछ मोटी पड़ गई।" यह सुनकर वह बहुत अधीर हो उठी, लेकिन दो घण्टे कटे डब्बे में ही विश्राम करने के लिए मजबूर थी। फिर साढ़े चार बजे चलकर एक घण्टे में मंगलपुर पहुँच गई।

धड़कते हुए दिल से गौरी ने जाकर बाबोसा के पैर छुये। बाबोसा की जबान एक दिन पहले ही से बन्द हो गई थी, लेकिन जब उन्हें बेटी के आने की खबर मिली तो हाथ का स्पर्श होते ही वह एकाएक बोल उठे—"बायली !" लेकिन बायली में अब बोलने की ताकत नहीं थी। मुँह खोलने का मतलब था चीत्कार निकलना। इसलिए उसने अपने ऊपर बहुत जोर देकर संयम करना चाहा। बूढ़े की आँखों की जोत तो वर्षों से लुप्त हो गई थी। वह अपनी बायली और उसके स्वर से ही पहचान सकता था, और बायली मुँह खोलकर बाबोसा को और दुःखी करना नहीं चाहती थी। बाबोसा की बन्द जबान फिर खुली—"तेरी तबियत ठीक तो है?" फिर भी बायली बोल न सकी। उसको रोना आ रहा था। बूढ़ा फिर बोला—"बायली !" लोगों ने भी कहा और गौरी को भी ख्याल आया, इसलिए बूढ़े के फैले हुए हाथ के नीचे उसने अपने सिर को कर दिया। सरदार सिर पर हाथ रखे रोने लगे। पाँच दफे उनके मुँह से आवाज निकली थी। लोग आश्चर्य करते थे, लेकिन मन का भी शरीर पर काबू होता है और मनोवेग के सामने शरीर की इस तरह की बन्दिशें अक्सर टूटती देखी गई हैं। बाबोसा कोई बात कहना चाहते थे; किन्तु वे जानते थे, भरतसिंह वहीं बैठा है, इसलिए कुछ नहीं बोले। पद्मराज ने भी नाना के पैरों में हाथ लगाया और लोगों ने नाम बतलाया, तो वे केवल 'हाँ' कहकर रह गये। वह कुछ देर सोते रहे। लोग आसपास बैठे हुए थे। फिर गौरी ने कहा— "खाना लाऊँ?" बूढ़े ने कहा—"क्या बायली ने बनाया है?" 'हाँ' सुनने पर उन्होंने ले आने के लिए कहा। बायली ने दूध-दलिया ला अपने हाथ से उनके मुँह में चम्मच द्वारा डालना चाहा। लोग ताज्जुब करने लगे, जब बूढ़े ठाकुर ने कहा—"मैं तो बैठकर खा-ऊँगा।" मसनद के सहारे उन्हें बैठा दिया गया। ग्यारह बजे दिन का समय था। बाबोसा का यह अन्तिम भोजन था। गौरी ने चम्मच भरकर उन्हें मुँह में जब दिया, तो उन्होंने गर्दन हिलाकर कहा—"बू बायली खवावै?" बायली ने 'हाँ' की। दो-चार चम्मच खिला देने पर कहा—"मेरे हाथ धुला दो।" बायली ने कहा—'आपका हाथ जूठा नहीं है।" इस पर उन्होंने कहा—"मेरे मुँह पर हाथ फेर दो।" फिर वह लेट गये।

गौरी जिस दिन सुबह पहुँची थी, उसी के दूसरे दिन रात को बाबोसा मरे। नौ बजे रात का समय था, जब उनकी हालत कुछ-कुछ खराब होने लगी। गौरी वहीं पास में बैठी थी। उन्होंने पानी माँगा। वह पानी लेने गई। लोगों ने कहा कि गंगाजल भी मिला दो। महाप्रयाण के समय गंगाजल

यात्री का बहुत भारी संबल है। जल मुँह में पड़ने लगा। लोगों ने कहा— "बाईसा दे रही हैं।" उन्होंने दो-तीन चम्मच जल अपनी बायली के हाथ से पिया, फिर बैठने के लिए हाथ का संकेत किया। उनके फैले हुए हाथ को देखकर बायली उनके नीचे बैठ गई। दो घण्टे तक वह अपने हाथ को बायली के सिर पर रखे रहे। अपने बाबोसा की इन अन्तिम घड़ियों की किसी बात को कहना गौरी के लिए इन पंक्तियों के लिए नोट लिखवाते समय सहज नहीं थां। उसका गला बार-बार रुँध जाता था। वह बुद्धिवादिनी महिला है, लेकिन न-जाने क्यों भावुकता इतनी कूट-कूटकर उसके हृदय में भरी है। खैर, बाबोसा फिर नहीं बोले। वह उसी तरह सिर पर हाथ रखे रहे। गौरी की आँखों से आँसू बह रहे थे। डर था, कहीं वह बेहोश न हो जाय। जलसिंह काका ने बहाने से उसे हटाना चाहा— "यहाँ कीर्तन होगा, तुम पर्दे में चली जाओ।" गौरी गिड़गिड़ाकर कहती रही— "मुझे यहीं बैठी रहने दीजिए; जब तक ये हैं, तब तक अलग न कीजिए।" दो-तीन बार आग्रह करने पर वह यह कहकर वहाँ से चली गई कि कीर्तन खतम होते ही मुझे बुला लेना।

वह ऊपर जाकर अपनी चारपाई पर लेट रही, किन्तु आँसू आँखों में नींद के लिए जगह थोड़े ही देने वाले थे। रात के एक बजे किसी ने दरवाजा खटखटाया। गौरी जल्दी से दौड़ी। किसी ने कहा—"डाक्टर साहब ताश मँगा रहे हैं, तबियत ठीक है।" उसने समझा, अब बाबोसा की तबियत ठीक हो गई है, इसीलिए खेलने के लिए ताश मँगाया है। इसी आशा में वह सोई रही। बाबोसा तो चार बजे ही चल बसे थे !

लौंड़ी ने देर करते देखकर गौरी से कहा— "उठो, हाथ-मुँह धो लो।" वह हाथ-मुँह धोने के लिए जल्दी करने लगी और एक मिनट भी देर किये बिना बाबोसा के पास जाना चाहती थी। अभी वह अच्छी तरह हाथ भी नहीं धो पाई थी कि नीचे से रोने-पीटने की आवाज सुनाई दी। वह वहाँ से भगी, लेकिन पहला कदम रखने से पहले ही उसकी चेतना साथ छोड़ने लगी। चार ही कदम चलने पर छत के ऊपर वह बेहोश होकर गिर पड़ी। सिर फूटा नहीं, लेकिन चोट के कारण सूज गया। घण्टे भर वह वहीं बेहोश पड़ी रही। लौंड़ियाँ उसे उठाकर चारपाई पर ले गई। होश आने पर वह तड़फड़ाने लगी—"अब भी एक बार बाबोसा का कोई मुँह दिखा देता !" लोग इधर गौरी के उपचार में लगे हुए थे, वह आँखों से आँसू बहा रही थी और उधर भिनसार से ही सवार छूटे

हुये थे और भाई-बन्द तथा बाबोसा के प्रिय प्रजाजन अपने ठाकुर की श्मशान-यात्रा की तैयारी कर रहे थे, दस बजे उन्हें 'भस्मान्तं शरीरं' करना था।

★ ★ ★ ★

अब तक मंगलपुर गौरी को कुछ दूसरा ही दिखाई पड़ता था। साल में तीन बार बाबोसा के आग्रह पर वहाँ आने पर उसे बहुत सन्तोष और आनन्द मिलता था। पति के उपेक्षिता, पति-कुल से वंचिता गौरी का एकान्त जीवन हमेशा जलता-सा जीवन था। जब वह मंगलपुर की रेतीली भूमि में आती, तो उसके हृदय पर शीतलता छा जाती। उसे मालूम होता, वह मंगलपुर की राजा या उपराजा है। लोग अपनी-अपनी प्रार्थनाएँ ले उसे घेरे रहते, और वह भी दुखियों और असहायों के साथ क्रियात्मक सहानुभूति दिखा लेने में आत्म-तोष पाती। बाबोसा चले गये। गौरी को मंगलपुर अब बिल्कुल पराया मालूम होने लगा। बाबोसा के न रह जाने पर अब वह सचमुच अपने को अनाथ अनुभव करने लगी।

दत्तक पुत्र भरतसिंह ने बाबोसा का दाह किया। लोग नहा-नहाकर तीन बजे श्मशान से लौट आये। भरतसिंह के पिता जलसिंह के यहाँ से भोजन बनकर आया, क्योंकि बाबोसा की हवेली में अभी चूल्हा नहीं जल सकता था। गौरी की चाची (भरतसिंह की माँ) खाना लेकर आईं, लेकिन गौरी के गले के नीचे एक भी ग्रास कैसे उतर सकता था? उसने थोड़ी-सी छाछ पी ली। याया अब 'कोने' में बैठा दी गईं, उनकी वैधव्य-दीक्षा होने लगी। गौरी हृदय से ही अशक्त नहीं थी, बल्कि उसको डर था कि अगर खड़ी होकर चलने का प्रयत्न करेगी, तो गिर जायेगी। मार्च का महीना था। सर्दी अभी भी खतम नहीं हुई थी। याया बेचारी अँधेरी कोठरी में पर्दे के भीतर रो रही थीं। आठ-नौ बजे रात को हिम्मत करके गौरी अपनी याया (चाची) के पास गई। घण्टा-भर माँ बेटी दिल गला-गलाकर रोती रहीं। माँ के मरने के लिए संसार इतना सूना नहीं मालूम हुआ। बाबोसा ने नये कमरों को बनवाते समय एक कमरा गौरी और उसकी जीजा बन्दनी के लिए बनवा दिया था। दोनों बहिनें बराबर एक साथ रहना चाहतीं। बाबोसा जब गौरी को बुलाते, तो उसी समय बन्दनी को भी बुला लिया करते। बाबोसा के स्नेह की छत्रछाया में रहकर दोनों बहिनें करीब एक ही समय बिदा हो जातीं। अब गौरी की वह प्यारी बहिन

भी वर्षों से सदा के लिए उसे छोड़कर चली गई थी।

बहुत देर तक रोते रहना अच्छा न समझकर चाची गौरी को वहाँ से उसके कमरे में ले गई। याया के सोने के कमरे में जाने की गौरी को हिम्मत नहीं होती, यद्यपि वह अब खाली पड़ा था। उस कमरे की खिड़कियों से गढ़ दिखलाई पड़ता था और वह स्थान भी, जहाँ बाबोसा बैठा करते थे। पुरानी स्मृतियाँ जाग उठतीं और जो दृश्य सामने खींचता, उसका मन में लाना भी गौरी के लिए असह्य हो जाता। बहुत रात बीते तक वह आँसू बहाती कपड़ों को भिगोती रही। फिर किसी वक्त नींद आ गई, जितने कुछ समय के लिए उसे दुःख-सागर से बाहर कर दिया।

सबेरे भाँजा पद्मराज आया। नाना की मृत्यु पर उसे भी बहुत दुःख था। वह भी प्रियजनों के वियोग का मारा हुआ था। उसने बड़े भाई को मरते देखा था, माँ के मरने पर आँसू बहांये थे, पिता के वियोग को दिल पर पत्थर रखकर सहा था। पद्मराज को देखकर गौरी को थोड़ी-सी तसल्ली हुई। दोपहर को भरतसिंह ने भाँजे को खाना खाने के लिए बुलाया, लेकिन पद्मराज जानता था, यदि मैं साथ न खाऊँगा, तो मौसी भी भूखी रह जायेगी। इसलिए वह मौसी के साथ ही खाना चाहता था। इस पर दोनों भाई दानसिंह और भरतसिंह ने भी आकर साथ ही खाना खाया। पद्मराज मौसी का मन बहलाने की बड़ी कोशिश करता, और जब तक वह बैठा रहता, तब तक मन बहला भी रहता।

श्राद्ध वैसे राजस्थान के सनातनधर्मी सामन्तों के लिए एक अनिवार्य क्रिया है। सनातनियों और आर्यसमाजियों में मृतक-श्राद्ध के लिए भारी विवाद हुआ करता था, लेकिन आर्थिक बातें धार्मिक विश्वासों से भी बढ़कर होती हैं। आपत्-काल होने पर श्राद्ध को दूसरे समय के लिए उठा रखने का रवाज था। सामन्तों को ब्याह और श्राद्ध में घर फूँकना पड़ता था। ब्याह के लिए तो भीतर-बाहर की भारी मजबूरियाँ थीं, लेकिन हाथ खाली का बहाना करके वह श्राद्ध को कुछ समय के लिए उठा रख सकते थे। धीरे-धीरे उन्होंने श्राद्ध के वृहत् आयोजन को भी छोड़ दिया। बाबोसा के मरने पर श्राद्ध के खर्च का सवाल आया, लेकिन ठाकुर जलसिंह को डर लगा कि बायली बाबोसा के श्राद्ध के लिए जोर देगी। उन्होंने गौरी से पुछवाया—"बाईजी से पूछो कि अब श्राद्ध की प्रथा उठ गई है, तुम्हारी क्या मन्शा है ?" गौरी को यह विश्वास नहीं था, कि श्राद्ध में दिया-दिवाया बाबोसा के पास पहुँच जायगा; लेकिन वह यह जानती थी, कि मृत पुरुष

के प्रति अपनी श्रद्धा दिखाने का यह एक साधन है। वह चाहती थी कि श्राद्ध के रुपयों से बाबोसा के स्मारक-रूप में कोई परोपकारी संस्था स्थापित कर दी जाय। शायद चाची भी गौरी का मन लेने के लिए कहने लगीं— "देखो बना, यो काई रवाज चाल्या है, जे सब जण कइ रया है के सराध नी कराँ। आपाँरो चोखो नी लागे।" उन्होंने यह भी कहा, कि हम दूसरों के श्राद्धों में खाकर आये हैं, उसका बदला भी तो चुकाना है। चाची की बात आधे मन से हो रही थी, यह गौरी को भी मालूम था। उसने कहा—"यह तो आपके घर की बात है। जैसी इच्छा हो, करें। मैं तो बहिन-बेटी हूँ, कैसे कह सकती हूँ कि श्राद्ध करना ही चाहिये।"

गौरी उसके लिए कोई आग्रह नहीं करेगी, यह सोचकर श्राद्ध नहीं किया गया। शोक में पूछ-ताछ करने के लिए जो आते, उन्हें खाना खिला दिया जाता। जिस तरह ब्याह में पीली चिट्ठी भेजकर सगे-सम्बन्धियों को निमन्त्रण दिया जाता, उसी तरह श्राद्ध में फाड़ी चिट्ठी द्वारा निमन्त्रण भेजा जाता है। वह चिट्ठी नहीं गई, इसलिए भारी संख्या में श्राद्ध में शामिल होनेवाले लोग नहीं आये। बारहवें दिन सुखसेज, (शय्या-दान) की गई। आँगन में निवार के पलँग पर गद्दा, चादर, तकिया, रजाई रखकर राजपुरोहित को मुँह ढाँककर सुलाया गया और पास में खाने के सारे बर्तन— जिसमें चाँदी का थाल, रामसागर, लोटा आदि भी शामिल थे—ही रखे गये। इस प्रकार अन्तःपुर के आँगन में आकर बाहर के सरदारों को शय्या की परिक्रमा करते पाँ-पचीस चढ़ाने का अवसर मिला और बहुएँ भी परिक्रमा करके पलँग के पायों जो पकड़कर उसे हिलाने पाईं। पुरोहित के उतर जाने पर पलँग और दूसरे सामान के बाहर निकालते समय अन्तःपुर की स्त्रियाँ रोने लगीं।

तेरहवें दिन शोक मानने का विशेष दस्तूर करना था, वह भी हो गया। गौरी को मंगलपुर काट खाने दौड़ता था। इसलिए उसने चाचा जलसिंह से जाने की इजाजत माँगी। गौरी को सचमुच यह मालूम हो रहा था कि यदि मैं और यहाँ रहूँगी, तो रोते-रोते पागल हो जाऊँगी। सेकेण्ड या फर्स्ट क्लास का डब्बा प्रयत्न करने पर भी नहीं मिला, फिर जनपुर तक के लिए सैलून रिजर्व किया गया। उसी दिन पद्मराज के साथ वह रेल से रवाना हुई। जनपुर तक मौसी-भाँजे साथ गये। वहाँ से भाँजा मालवा की ओर गया और मौसी वहीं रखी अपनी कार पकड़कर जनपुर चली गई।

बाबोसा बहुत उदार थे। ऐसे आदमियों के पास बहुत धन जमा नहीं हो सकता। उनके पास चालीस-पचास हजार रुपये थे, जिनमें से कुछ उन्होंने अपने नाती को दिया और बहुत-सा अपने नौकरों में बाँट दिया। दो-तीन वर्ष पहले बाबोसा ने गौरी को एक चाँदी की ईंट दी थी, जिसे बेचने पर पाँच हजार रुपया मिला। मरते समय उन्होंने दो चाँदी की ईंटें गौरी को और दो पद्मराज को दीं। वे जेवरों और रुपयों में से भी गौरी को देना चाहते थे, लेकिन उसने नहीं लिया—"आपने बहुत कुछ मुझे दिया है, और लेकर मैं क्या करूँगी ?" बाबोसा जानते थे कि सम्पत्ति अब भरतसिंह के पास जायेगी और मेरे जीवन-भर सेवा करने वाले राजपूतों के साथ उनका बर्ताव उतना अच्छा नहीं होगा। ठेकाने में राजपूत नौकरों को तनख्वाह की जगह पर खेत दे दिया जाते थे, जिसे वह आधी बँटाई पर किसानों को जोतने के लिए दे देते और उन्हें काफी अनाज मिल जाता। काँग्रेस का राज्य स्थापित हो चुका था, राज्यों और जागीरों के दिन भी इने-गिने रह गये, तो भी बाबोसा चाकरी के लिए दी हुई, भूमि को ऐसे नहीं छोड़ना चाहते थे, कि उनके उत्तराधिकारी जमीन को छीन लें। जसपुर में जब वह बीमार थे, उसी समय उन्होंने जमीन के सौ-सवा-सौ पक्के पट्टे लिखवाये। दूसरे ठेकानेवाले ठाकुरों ने जोर दिया—"आप ऐसा न करें; नहीं तो हमारे सभी राजपूत नौकर पट्टा करने के लिए कहेंगे और ठेकाना उजड़ जायेगा।" राजपूतों की सभा करते फिरने वाले भरतसिंह ने तो बाबोसा के साथ पट्टे पर हस्ताक्षर तक करना अस्वीकार कर दिया, लेकिन बाबोसा को इसकी कोई परवाह नहीं थी। उन्होंने कहा—"मैं वचन दे चुका हूँ, भरतसिंह चाहे हस्ताक्षर करे या न करें, मैं तो पट्टा दूँगा।" भरतसिंह ने गौरी पर बहुत जोर दिया, कि वह बाबोसा के बख्शीश करने में हस्तक्षेप करे, लेकिन वह इसके लिए तैयार नहीं हुई। हाँ, भरतसिंह जिन दो राजपूतों पर नाराज थे, उनके पट्टों को थोड़े दिन के लिए रुकवा अवश्य दिया। बाबोसा यह विश्वास नहीं कर सकते थे कि जो पट्टा बाँट रहे हैं, वह ठीक हाथों में पहुँच जायेगा। इसलिए उन्होंने गौरी के हाथ से पट्टों को बँटवाया। अन्त में जब अपने पास के जेवरों का वितरण करते समय वह गौरी को भी देने लगे और उसने इनकार करते हुए कहा कि—"मैं स्वार्थ के लिए बाबोसा की सेवा नहीं कर रही हूँ।" बाबोसा ने इतना ही कहा—"तू पागल है, छोरी।" बाबोसा ने पद्मराज को चाँदी की दो ईंटों के अतिरिक्त हीरे के बटन, कण्ठे आदि भी दिये। किन्हीं-किन्हीं नौकरों को तीन-तीन चार-चार हजार रुपये भी मिले। मंगलपुर

के जो डाक्टर चौबीसों घण्टे उनकी सेवा में रहते, उन्हें रुपयों के अतिरिक्त काफी जीवन का पट्टा कर दिया। सचमुच बाबोसा अपने मरने के पहले इतनी सुगन्ध बिखेर गये, जिससे उनके ठेकाने के गाँवों और नगरों में बहुत दिनों तक उनकी सुकीर्ति फैलती रहेगी। बाबोसा गाँधीजी के निधन-दिन के एक-डेढ़ महीने बाद मरे थे।

■■■

२२
फिर ठाकुरसाहब

खलपा के ठाकुर भोलेभाले, बुद्धि के कच्चे, लेकिन हृदय के दुष्ट नहीं थे। उनकी कमजोरियों से पूरा फायदा उठाने के लिए सेठ मानूराम सानी और खलपा की छोटी ठाकुरानी ने आपस में गठबन्धन किया था। उन्हें बिगाड़ने के लिए दोनों पूरी तरह से कोशिश करते। कभी-कभी इस बन्दीखाने से निकल भागने की भी ठाकुर साहब को इच्छा होती, लेकिन उनके चारों तरफ ऐसे आदमियों को रख छोड़ा गया था, दो उन्हें हिलने-डोलने देना नहीं चाहते। सेठ ने पुराने ड्राइवर को हटाकर एक नया ड्राइवर रख दिया था। ठाकुर साहब पोसी का बहाना कर एक दिन अपनी कार में बैठकर भाग निकले और जनपुर में वह शाम के पाँच बजे पहुँचे। बड़ी बीबी के बंगले पर जाने में उनको संकोच हो रहा था, समझते थे, वह फटकारकर भगा देगी, यद्यपि उनका यह सोचना बिलकुल गलत था। वह सीधे गौरी के मामा हिम्मतसिंह की कोठी पर गये। मामा का अपना पुत्र नहीं था, उनके छोटे भाई और उनके लड़के बाहर गये हुए थे। ठाकुर साहब आकर चबूतरे के ऊपर कुर्सी पर बैठ गये, मोटर चौक में खड़ी रही। छोटे बच्चों को पास बुलाकर उन्होंने कहा—"मामीसा से कहो, कि खलपा का ठाकुर मुजरा भेजते हैं।" मामी को यह बात सुनकर एक बार बहुत आश्चर्य हुआ, यद्यपि इस ब्याह में उनका और उनके पति का ही सबसे बड़ा हाथ था, लेकिन गौरी की तरह उसके मामा-मामी को भी ठाकुर साहब भूल गये थे। मामा के मरने पर भी उन्होंने उसी तरह मुँह नहीं दिखाया, जिस तरह सास और बाबोसा के मरने पर। बच्चों को समझा कर मामी ने कहा, कि उन्हें जाने न देना, और कहना कि घर के लोग बाहर से आ रहे हैं। देवर का बेटा बली और उसका छोटा भाई गोविन्द दोनों उग्रपुर से आये हुए थे। सरदार बाहर गये हुए थे, देर भी हो सकती थी, इसलिए मामी को डर लगने लगा, कि कहीं ठाकुर साहब चले न जायँ। घर आये सजन को वह नहीं जाने देना चाहती थीं, आशा करने लगी थीं, कि क्या जाने गौरी का भाग्य फिर पलटा खाये। लेकिन, ठाकुर साहब जाने की मंशा से नहीं आये थे।

चिराग जलते समय तक सरदार कोठी पर आ गये। उधर खलपा के ठाकुर साहब ने भी यह कहकर मामी को दिलासा दे दी—"मैं रहने के लिए आया हूँ। लेकिन मैं किस मुँह से सलमिया के बँगले पर जाऊँ, इसलिए मुझे साथ लेकर पहुँचा दो।" मेरे ससुर का परिवार दामाद को ऐसे कैसे छोड़ सकता था? उन्होंने कहा—"ऐसे नहीं जाना होगा, यहीं आपको खाना खाना होगा।" ठाकुर साहब को इस तरह निश्चिन्त बैठाकर गोविन्द मोटर ले अपनी बुआ के बँगले पर गया। अप्रैल का महीना था, गौरी छत पर लेटी हुई थी। इसी समय मोटर की गनगनाहट सुनाई दी, और एक छोरी ने आकर कहा— "ठाकुर बलीसिंह आये हैं।" गौरी तरह-तरह का अनुमान दौड़ाने लगी—"रात को क्या काम है, कोई बीमार तो नहीं हुआ।" मामीसा ने बेटे को कह दिया था, कि असली बात मत बतलाना, इसलिए बली ने बहाना बनाते हुए कहा—"सजन (बेटे) की सालगिरह है, बहुत-से लोग निमन्त्रित हैं, तुम्हें भी चलना होगा।"

गौरी ने कुछ आश्चर्य करते हुए कहा—"सालगिरह पर तो मामीसा सुबह ही कहलवाती थीं, आज तो मुझे खबर भी नहीं दी।"

बली ने यह कहकर सन्तुष्ट कर दिया—"खबर देनेवाला दूसरे कामों के कारण भूल गया, फिर माँ को मालूम हुआ, तो बहुत नाराज हुईं, और उन्होंने मुझे भेजा है। बुआ, तुम्हें चलना ही होगा।"

जब तक गौरी को बैठाकर मोटर चलने नहीं लगी, तब तक बली ने असली बात नहीं बतलाई फिर बली ने धीरे-धीरे कहा—"छोटे-बड़े में लड़ाई हो गई है, इसीलिए माँ बुला रही है।"

गौरी को ख्याल आया, कि दोनों ममेरे भाइयों में कुछ अनबन हो गई है, इसलिए उसने कहा—"छोटे-बड़े भाई कभी लड़ पड़ते हैं, इससे क्या ?"

अभी भी गौरी को असली बात न समझते देख बजरंग ने कहा—"खलपा में लड़ाई हो गई है, जीजाजी वहाँ से चले आये, और हमारे यहाँ बैठे हैं। उनका नाम लेने पर तुम नहीं आओगी, इसीलिए मैंने असली बात नहीं कही।'

★ ★ ★ ★

गौरी नाराज अवश्य थी, लेकिन वह पति के भोलेपन को जानती

थी, इसलिए सारे तिरस्कार और उपेक्षा को सहते भी वह उसे अपना शत्रु नहीं समझती थी।

मामी ने दामाद के स्वागत में खूब भोज की तैयारी की थी ढोलणियाँ खूब गाना-बजाना कर रही थीं ; ठाकुर साहब ने गौरी से कहा—"मैं हमेशा के लिए उसे छोड़कर चला आया हूँ; यदि वापस जाना होता तो आता ही नहीं।" उसी रात को बारह बजे वह अपनी चिर-उपेक्षिता पत्नी के साथ उसके बँगले पर चले आये। वह सभी चीजों के लिए उतावले हो गये थे, और उसी समय वकील साहब को बुलवाने के लिए कह रहे थे। गौरी ने कहा—"वकील साहब सोये होंगे, इस समय जगाना अच्छा नहीं।" फिर भी उन्होंने नहीं माना। उसी रात को वकील साहब बुलवाये गये। ठाकुर ने उनसे कहा—"देखो वकील साहब, उस चाण्डालन ने मेरा क्या हाल कर दिया ?" वह शायद यह बतलाना चाहते थे, कि छोटी बहू ने दुःख दे-देकर उनके स्वास्थ्य का सत्यानाश कर दिया। गौरी को यह बात सुनकर हँसी आ गई, क्योंकि ठाकुर के स्वास्थ्य पर कोई बुरा प्रभाव देखने में नहीं आता था। वकील साहब से उन्हें बात करते छोड़ गौरी जाकर सो गई।

दूसरे दिन सुबह को बात करते समय गौरी ने कहा—"यहीं क्यों नहीं चले आये ?"

"मैं कौन से मुँह से आता ? मैंने तुम्हें कितना दुःख दिया ?"

"मुझे दुःख दिया सो दिया, लेकिन माँ, बाबोसा, हिम्मतसिंह मामा की मृत्यु पर तो आना चाहिए था ?"

ठाकुर साहब तो दूसरों के हाथ की कठपुतली थे। सेठ और छोटी ठाकुरानी ने कब उन्हें भली संगत पाने का मौका दिया ?

ठाकुर साहब खलपा से भागते समय सिर्फ शरीर पर के कपड़े, एक टार्च और एक बन्दूक के अतिरिक्त जेब में सौ रुपये लेकर आये थे। जेब के रुपयों को तो उन्होंने मामाजी के हवेली में ही नौकरानियों को बख्शीश दे डाला। उनका हाथ तो खुला था। अगले ही दिन मंगनीमल कामदार को बुलाकर उन्होंने कहा—"हम भोज देंगे, रुपये का बन्दोबस्त करो।" वकील साहब से भी रुपये का बन्दोबस्त करने के लिए कहा था, किन्तु वह ऐसे आदमी को कैसे कर्ज दिलाते ? बहिन के ब्याह में बिना सूद पर दस हजार रुपये उसने दिये थे, जिसमें से तीन हजार अभी

लौटे नहीं थे। उन्होंने समझाकर कहा–मैं ठेकाणे का कामदार नहीं हूँ, पैसा कहाँ से ला सकता हूँ।" खैर, मंगनीमल ने कुछ रुपये लाकर दिये। तीसरे दिन आनंद भोज हुआ। बहुत से हित-मित्र सरदार और ठाकुरानियाँ बुलाई गयीं, खूब अच्छा भोजन, शराब और नाच-गाना हुआ। सभी इस पुनर्मिलन पर बहुत प्रसन्न थे, ठाकुर साहब भी बहुत उल्लसित थे। अगले दिन उन्होंने कहा–"घर में रक्खा यह रेफ्रीजेटर अच्छा नहीं है, इसकी जगह हम नया लायेंगे।"गौरी ने बहुतेरा कहा—"अच्छा है, काम चल जाता है।" तो भी वह नहीं माने।

उनके भाग आने पर सेठ कैसे निश्चिन्त रह सकता था ? सोने की चिड़िया हाथ आई थी, जिसके सहारे मुफ्त में वह भी मौज उड़ा लेता था, ठेकाणे को खूब लूट रहा था। उसके साइकिल-सवार दिन में चार-चार, पाँच-पाँच बार गौरी के बँगले का फेरा देने लगे। ठाकुर साहब सानी कंपनी में ही गये, क्योंकि और जगह कर्ज कहाँ मिलता ? वहाँ से वह बाहर सौ का एक रेफ्रीजेटर और बाहर सौ का छतवाला पंखा खरीद लाये। खाने के लिए भी करमा की शिकायत करने लगे—"वह मुझे भूखों मारती थी, डावड़ियों के हाथ का खाना खिलाती, जिसमें कोई स्वाद नहीं था।" बेचारी छोटी ठाकुरानी खाना बनाना भी तो नहीं जानती थी, कैसे अच्छा-अच्छा भोजन बनाकर खिलाती ? उन्होंने पानी और राई में बने मिर्च के अचार को खाने की इच्छा प्रकट की, और कुछ विशेष सब्जियों और मांस की भी।

ठाकुर साहब चार-पाँच दिन इसी तरह रहते रहे। सेठ के आदमी बुलाने के लिए आते, लेकिन वह जाने के लिए तैयार नहीं थे। एक दिन एक साइकिल-सवार ने आकर ठाकुर साहब के हाथ में चिट्ठी दी—"एक अमेरिकन साहब आया हुआ है, उसको खाना दिया जा रहा है, आप भी खाने पर आइये।" ठाकुर साहब ने "मानूराम सानी साला अमेरिकन के भोज में खाना खाने आयेगा, मैं वहाँ नहीं जाऊँगा" यह कहकर टाल दिया। दूसरे दिन सेठ के आदमी ने आकर कहा—"मानूरामजी कहते हैं, कि वहाँ चले गये, तो कोई बात नहीं, लेकिन मेरे कर्ज का हिसाब कर जावें।" ठाकुर साहब ने यह कहकर साइकिल वाले को बिदा कर दिया, कि इसका ज़वाब मैं फिर दूँगा।

वकील साहब को बुलाकर उन्होंने कहा –"साले का कर्ज है, एक लाख का इन्तिजाम कर दें, जिसमें उसका कर्ज बेबाक करके छुटकारा ले

लें।" वकील साहब ठाकुर के मन की अवस्था को जानते थे, इसलिए भी इतनी जल्दी कैसे मान लेते, कि उनका मन हमेशा के लिए ठीक हो गया है। उन्होंने कह दिया—"ठेकाणे का इन्तिजाम आपके हाथ में है, इतनी रकम मेरे कहने पर कौन देगा ?"

अभी भी विश्वास का वातावरण पूरी तौर से स्थापित नहीं हुआ था, लेकिन जिस किसी को भी पुनर्मिलन का सभाचार मिलता, वह हर्ष प्रकट किये बिना नहीं रहता। राजमाता को मालूम हुआ, तो उन्होंने गौरी को बुलाकर उसके गले में माला पहनाई, और कहा, कि अब फिर उन्हें सेठ के हाथ में जाने न देना।

★ ★ ★ ★

एक दिन फिर सेठ का आदमी आकर बोला—"सेठ सिर्फ पाँच मिनट के लिए अपनी कंपनी में बुला रहे हैं।" सेठ से इस पाँच मिनट के लिए कामदार मँगनीमल को पाँच हजार रुपया इनाम देना तै हुआ था, इसलिए उसने समझा-बुझाकर ठाकुर साहब को वहाँ आने के लिए राजी कर दिया। ठाकुर साहब चलते समय अपनी बीबी से कह गये—"आज खाने के लिए सफेद कोरमा और बेसन के पकौड़े बनवाना।" लेकिन गौरी को विश्वास हो गया कि अब गये, सो गये। थोड़ी ही देर बाद जीप आकर बँगले के सामने खड़ी हुई, और एक आदमी ने खबर दी, कि अमेरिकावाले साहब के साथ ठाकुर साहब भी शिकार पर जा रहे हैं, इसलिए कार, बन्दूक और कपड़े मँगवा रहे हैं।"गौरी ने बहुत आशा नहीं बाँधी थी, लेकिन तब भी दुःख तो हुआ ही, जब चीजों को निकालकर उसने बाहर भिजवाया।

अमेरिकन साहब के साथ शिकार यही थी, कि सेठ ने जनपुर की दो रण्डियों और ह्विस्की की बोतलों को साथ ले मोटर पर बैठा ठाकुर साहब को सीधे आबू पहुँचाया। तरकस में जितने अधिक बाण हों, उतना ही असफल होने का डर कम रहता है, इसलिए सेठ ने छोटी ठाकुरानी को भी आबू बुला लिया। छोटी ठाकुरानी के ऊपर भी उन चन्द दिनों में ऐसी-ऐसी घटनायें घटीं, जिनकी चोट उनके जीवन भर मिटने वाली नहीं थी। ठाकुर साहब के हाथ से निकलने की बात सुनते ही उन्हें भय लगा, कि अब तो वह बड़ी सौत के साथ खलपा आ जायेंगे, और जैसे मैंने हर एक चीज को अपने हाथ में समेट लिया, वैसे ही अब सारी

चीजें हाथ से निकल जायेंगी; इसलिए उसने सभी जेवरों, चाँदी-सोने के बरतनों और दूसरी बहुमूल्य चीजों को लारी पर लादकर कामदार के हाथ सेठजी के पास भेज दिया। अनाज जो पड़ा हुआ था, उसे भी जैसे-तैसे भाव पर पोसी में भिजवाकर बेंचवा दिया। खाना पकाने के बरतन यहाँ तक कि गद्दा, होल्डाल तक को भी उसने नीलाम करवाके पैसे बना लिये। सिर्फ अपने खाने-पकाने भर के लिए बरतन और कुछ सामान रह गया। एक ठाकुरानी मेहमान आई, तो नौकरानी के यहाँ से बरतन मँगवाना पड़ा। उसने सोचा, अब अगर बड़ी सौत आ भी जाय, तो उसे खाली घर भर मिलेगा।

आबू रहते ही समय सेठ का आदमी गौरी के पास आया, कि रेफ्रीजेटर और पंखा मँगा, रहे हैं। गौरी ने कह दिया—"ठाकुर साहब की चिट्ठी लाओ, तभी मैं दूँगी।" न ठाकुर साहब की चिट्ठी आई और न यह चीजें सेठ की दुकान में लौटकर गईं।

आबू में दो महीने मौज करके सेठ उन्हें लिये उग्रपुर पहुँचा। वहाँ ठाकुर साहब को अपेंडिसाइट का भयंकर दर्द होने लगा। वह गेस्ट-हाउस में छटपटा रहे थे, और उधर सेठ के जमाई द्वारा दिये गये भोज में ठाकुरानी शामिल हो अपना नाच दिखा रही थीं, जहाँ से वह बड़ी रात को तीन बजे लौटकर आई। खलपा की कुछ डावड़ियाँ साथ थीं, उन्हें यह बात बहुत बुरी लगी—कैसे कोई औरत अपने पति को इस तरह तड़पते देखकर नाच-मौज करने जा सकती है !

अभी दर्द अच्छा नहीं हुआ था, इसी समय रेल पर बिठाकर ठाकुर साहब को जनपुर लाया गया। कचहरी में ही वकील साहब को इस बात का पता लग गया था। उन्होंने गौरी के पास भी खबर भेज दी। गौरी स्वाभिमानी थी, स्वाभिमान को ठेस लगानेवाली बात उसे पसन्द नहीं आ सकती थी, लेकिन उसका हृदय दूसरी तरह का था, जिसे वह "कौन स्त्री अपने सोहाग को नहीं चाहती' कहकर खतम कर देना चाहती है, लेकिन उसके सारे जीवन से मालूम होता है, कि उसके हृदय में उदारता और सहृदयता कूट-कूटकर भरी हुई है। अपेंडिसाइट की बीमारी से ही महाराजा ऊधोंसिंह मरे थे, इसलिए वह जानती थी, कि यह बीमारी हँसीखेल की नहीं है। वह दो बजे डेढ़ मील पर अवस्थित सलपुर में पति के बँगले पर गई। गौरी की मोटर को देखते ही वहाँ वालों को आश्चर्य हुआ। सेठजी और उसका भाई अन्तःपुर में विराजमान थे। जैसे ही बड़ी

ठाकुरानी के आने की खबर मिली, वैसे ही घबड़ा कर जल्दी-जल्दी वह बँगले से चले गये। ठाकुर साहब को जब मालूम हुआ, तो उन्होंने अपनी छोटी बीबी से कहा—'वह आई है, तू जा सीढ़ियों पर उसे ले आ।" सौत सीढ़ियों पर आई, लेकिन उसका मुँह नहीं खुला। गौरी ने भी बोलना अच्छा नहीं समझा, ठाकुर साहब के पास जाकर पूछा—"आपकी तबियत कैसी है ?" उन्होंने कहा—"अच्छी तो नहीं है, आपरेशन कराने के लिए कह रहे हैं।" पति से पूछने के बाद गौरी ने सौत से भी तबियत की हालचाल पूछी। उसने जवाब दिया—"अच्छी है, आपकी तबियत तो ठीक है?"

आपरेशन कराने से पहले एक्सरे करवाई गई। आपरेशन हो जाता, लेकिन इसी समय दर्द थम गया।

★ ★ ★ ★

दस-पन्द्रह दिन बाद फिर जोर का दर्द शुरू हुआ। इसी समय जनपुर की राजकुमारी की शादी बेलहा-राजकुमार से होने वाली थी, जिसके लिए राजमाता छालाप्रासाद से किला में जानेवाली थीं। उन्होंने गौरी को कहला भेजा—"सामान ठीक-ठाक कर लेना, कल किले में जाना है।" लेकिन अगले ही दिन साइकिल पर आदमी दौड़ा-दौड़ा आया और उसने कहा, कि आज ठाकुर साहब का आपरेशन होगा। इसी समय राज का सवार मोटर लेकर आया। डावड़ी ने आकर कहा—कि राजमहल से चलने के लिए मोटर आई है। एक तरफ राजमाता का आग्रह था, दूसरी तरफ पति का खतरनाक आपरेशन होने वाला था। गौरी को निश्चय करने में देरी नहीं लगी, उसे पति के पास जाना था, उसी पति के पास जिसने उसके जीवन को शूलों की सेज बना दिया है। उसने राजमहल की लौंड़ी से कहा—"मुझे तो आपरेशन में जाना होगा।" इस पर घर की डावड़ियों ने कहा—"शायद छल से बुलाती हो, आपकी सौत का कोई ठिकाना नहीं।" इस पर पहले ड्राइवर को बँगले पर पता लगाने के लिए भेजा, उसने लौटकर कहा, कि ठाकुर साहब को अस्पताल ले गये हैं।

डाक्टर जनक माजन जनपुर के बहुत कुशल सरजन तथा स्वतन्त्रचेता पुरुष थे। वह गाँधी-टोपी तथा खद्दर की पोशाक पहनने लगे थे। हाल ही में मरे जनपुर के राजा काँग्रेस को फूटी आँखों भी नहीं देख सकते थे, वह ऐसे आदमी को अपने अस्पताल में कैसे रहने देते ? डाक्टर

माजन ने राज की नौकरी छोड़कर सलपुर में अपना प्राइवेट अस्पताल खोल रक्खा था, जहाँ पर मरीजों की भीड़ रहा करती थी। ठाकुर साहब को वहीं आपरेशन के लिए ले गये।

गौरी का आग्रह देखकर राजमाता ने जाने की छुट्टी दे दी। राजमाता की चचेरी बहन गौरी के गोद लिये हुए भाई भरतसिंह की बीबी थी। उसकी माँ भी उस वक्त राजमाता के पास ही थीं। उसे भी साथ लेकर गौरी अस्पताल पहुँची, तब तक कोकेन का इंजेक्शन देकर आपरेशन हो चुका था, और ठाकुर साहब को होश भी आ गया था, कमरे में वह बातें कर रहे थे। डाक्टर माजन भी वहीं थे। गौरी को वहीं कुछ दिनों ठहरना था, इसलिए थोड़ा हालचाल पूछकर वह अपने बँगले पर चली आई, और बँगले का इन्तिजाम ठीक करके जहाँ-तहाँ ताला लगा बिस्तरा ले अस्पताल चली आई।

दोनों सौतें बरामदे में सोया करतीं। ठाकुर साहब की देखभाल के लिए बराबर दो नर्सें डयूटी पर रहतीं। जो कोई देखने आता, अफसोस प्रकट करता, लेकिन सौत ऐसी मिट्टी की बनी थी, कि न उसे अफसोस था, और न वह अफसोस प्रकट करना जानती थी। वह ऐसी बातें करती, जिससे नर्सों को आश्चर्य होता, और वह कह उठती—"यह कैसी औरत है ?" भला ऐसी स्त्री के प्रति कैसे कोई सहानुभूति दिखला सकता है, प्राण-संकट में पड़े पति के प्रति जिसका ऐसा बर्ताव हो? नर्सें वहाँ मौजूद थीं, तो भी गौरी पास जाकर बैठती। कुछ ही साल पहले जनपुर-महाराजा का अपेंडिसाइट का आपरेशन हुआ था, पेट को टाँका लगा था, उनको छींक आई, टाँका टूट गया, पेट फट गया, अँतड़ियाँ निकल आईं, और वह मर गये। रात को छींक-छाँक से कुछ हो न जाये, इसके लिए वह सम्हालने के वास्ते पास में बैठी रहती। उसे रात-रातभर बैठी देखकर नर्सें कहतीं—"आप जरा आराम करें, हम आपकी सौत को बुला लेते हैं।" इसके बाद नर्सें सौत को बड़ी नीची निगाह से देखने लगीं। वह गौरी को सोने के लिए भेजकर उसे उठा लातीं। भला वह अपनी नींद हराम करने के लिए क्यों तैयार होती ? उसने डाक्टर से शिकायत की—"नर्सें उपेक्षा करती हैं, ठीक से ड्यूटी नहीं देतीं।" डाक्टर के पूछने पर नर्सों ने सब बात बतला दी। गौरी ने भी पूछने पर कहा— "मैं जब तक जागती हूँ, तब तक तो उन्हें सोती नहीं देखती।" तो भी छोटी ठाकुरानी के आग्रह पर डाक्टर ने दो दूसरी नर्सें दे दीं, दो दिन के बाद वह भी

छोटी ठाकुरानी के बर्ताव को देखकर उससे अप्रसन्न हो गौरी की पक्षपातिनी बन गईं। बेचारी छोटी ठाकुरानी दिल में जलती-भुनती रहती, साथ ही वह देखती थी, डाक्टर माजन की स्त्री आकर उसकी बड़ी सौत के साथ बड़े प्रेम से बात करती, उसे ऊपर अपने कमरे में भी ले जाती।

अपस्ताल इतना बड़ा नहीं था, जिसमें रोगी के सम्बन्धियों के लिए भी अच्छी तौर से रहने का इन्तिजाम हो सके, इसलिए दोनों सौतें सुबह नहाने-धोने के लिए अपने बँगले पर चली जातीं, लेकिन खाना आकर अस्पताल में ही खातीं।

आपरेशन के दूसरे दिन शाम को सेठ आया। डावड़ियों ने कहा—"सानी मानूरामसा पदार्‌या।" गौरी उसके सामने नहीं होती थी, इसलिए वह बराँडे में चली गई। सेठ अपने साथ शराब की बोतलें लेता आया था। न जाने कैसा आदमी था, राक्षस और पशु से भी बदतर था, इसमें सन्देह नहीं। गिलास में शराब भरकर छोटी ठाकुरानी ने बड़ी ठाकुरानी के पास भी भिजवाया। लानेवाली ने कहा—"आपकी बहिन ने मनुवार भेजी है।" गौरी ने इनकार कर दिया। वहाँ कमरे में शराब की महफिल जम गई। सेठ और उसका ड्राइवर प्याले पर प्याले लुढ़काने लगे, ठाकुरानी भी ऐसे प्याले उड़ेल रही थी, मानो उसके पति को कुछ हुआ ही नहीं। इतने ही से सन्तोष नहीं आया, बल्कि मना करने पर भी करमा ने ठाकुर के मुँह में शराब उड़ेलना चाहा। अपनी डावड़ी से खबर पाकर गौरी ने डाक्टर की स्त्री को कहला भेजा। टाँका कच्चा होते समय शराब पिलाना प्राणों के खतरे की बात है, इसलिए बात सुनते ही डक्टर जल्दी-जल्दी नीचे पहुँचा। उसने अपनी आँखों से देखा, कि सेठ जबर्दस्ती ठाकुर को शराब पिलाने का प्रयत्न कर रहा है। डाक्टर ने चिल्लाकार कहा—"क्या कर रहे हैं, ठहरिये।" सेठ का हाथ रुक गया, ठाकुर ने भी कहा—"मैं शराब नहीं पीना चाहता था, लेकिन ये जबर्दस्ती कर रहे हैं।" डाक्टर ने कहा—"इनको एक बूँद भी शराब नहीं दी जा सकती, नहीं तो मैं जिम्मेवार नहीं हूँगा।" साथ ही उसने सेठ को फटकारते हुए कहा—"मेरा अस्पताल शराबखाना नहीं है, आप जाकर दूसरी जगह शराब पीजिये। यदि फिर मैंने ऐसा होते देखा, तो अपने अस्पताल में घुसने नहीं दूँगा।" सेठ अपना सा मुँह लेकर वहाँ से चला गया। डाक्टर ने देवर के द्वारा उनकी छोटी भाभी को भी कहला दिया, कि मेरे अस्पताल में फिर ऐसा न होने पाये। जब देवर लाजसिंह ने आकर भाभी से डाक्टर की बात कहीं, तो वह एकदम भड़क उठी—"मुफ्त दवाई करने यहाँ नहीं आये,

हम पैसा दोते हैं। डाक्टर को ऐसा कहने का क्या अधिकार है? हम आज ही अपने बँगले चले जायेंगे।" इस पर गौरी ने उसे ठण्डा करते हुए समझाया— "ठाकुर साहब अभी खतरे से बाहर नहीं हैं, डाक्टर को चिढ़ाना अच्छा नहीं है। जो कुछ कहना-सुनना हो, पीछे कह लेना। इस वक्त तो उनके प्राणों के लिए शान्ति से काम लेना चाहिए।" वह शान्त हो गई, और उसके बाद से दारू अस्पताल में आनी बन्द हो गई।

सेठ अपने शिकार को हाथ से कैसे जाने देता, इसलिए डाक्टर की फटकार खाकर भी वह ठाकुर साहब के पास अस्पताल में बराबर आया करता। एक दिन उसके सामने ही ठाकुर और छोटी ठाकुरानी में झड़प हो गई। अधिक लोग ठाकुरानी का पक्ष ले रहे थे, सेठ दोनों को खुश रखना चाहता था। हल्ला सुनकर गौरी ने दरवाजा खटखटाकर कहलवाया— "यह लड़ने का समय नहीं हैं, उनकी तबीयत इससे और भी खराब हो जायेगी।" सेठ के सदलबल चले जाने के बाद ठाकुर ने कहा— "यह मुझसे नाहक लड़ती रहती है।" गौरी ने गम्भीर होकर कहा—"मैं आपकी लड़ाई की पँचायत करने नहीं आई, मैं तो आपकी सेवा करना चाहती हूँ।"

एक दिन सेठ के ड्राइवर का दामाद दोपहर को आया। इस समय उसके ठाकुर साहब के पास पहुँचने के लिए पर्दा करने वाली बड़ी ठाकुरानी को बरांडे में लाने की जरूरत थी, लेकिन बरांडे में बहुत धूप थी, इसलिए उन्होंने वहाँ जाने से इन्कार कर दिया, सौत को पर्दा करना नहीं था। ठाकुर ने भी कह दिया—"कह दो, यह समय मिलने का नहीं है।" दामाद खाली हाथ चला गया। सौत गुस्से में न जाने क्या-क्या बड़बड़ाती रही। दोनों फिर लड़ने लगे, इस पर गौरी ने कहा—"कम से कम मेरे रहते समय न लड़ा करो, नहीं तो यह समझेंगी, कि मैं ही झगड़ा करवा रही हूँ।"दोनों चुप हो गये।

गौरी को सभी कहा कहतीं—"आप क्यों सौत के हाथ का खाती हैं, वह किसी दिन जहर दे देगी।" गौरी को जहर से क्या भय हो सकता था ? वह आत्महत्या करना नहीं पसन्द करती, लेकिन मृत्यु को अप्रिय वस्तु भी नहीं समझती थी, इसलिए कह देती—"यदि जहर खिला दे, तो अच्छा होगा, सारा किस्सा ही खतम हो जायेगा।"

आपरेशन के दो-तीन दिन बाद खलपा से सासू और देवरानी भी आ गई। सासू बेचारी पुराने ढंग की थीं, इसलिए वह मेज पर खाना पसन्द नहीं कर सकती थीं। गौरी को भी यह पसन्द नहीं था, कि हम

दोनों चाँदी के थालों में मेज पर खायें, और सास नीचे थाल रखकर खायें। सासू के आने की खबर पाते ही सौत ने खाने की चौकी वहाँ से हटवा दी। जब सासू का थाल जमीन पर रक्खा गया, तो गौरी ने सौत से कहा—"चौकी पड़ी है, दे दो न।" सौत को यह बहुत बुरा लगा। जिस समय सास आईं, उस समय खाना अभी तैयार नहीं था। गौरी अपनी सास के स्वभाव को जानती थी। वह हर वक्त कुछ न कुछ खाना पसन्द करती हैं। जब सौत से खाना खाने के लिए कुछ देने को कहा, तो उसने कहा—"इस समय कहाँ से खाना आवे?" गौरी ने कह दिया—"पास में बाजार है, सब चीजें मिल सकती हैं।" इस पर करमा ने बाजार से कुछ खाने के लिए मँगवा दिया। सास रात को जब सोईं, तो पुराने रवाज के अनुसार गौरी सास का पैर दबाने गई। बेचारी बुढ़िया अपना रोना रो रही थी —"दोनों बहुओं ने नाक में दम कर दिया है। सदा तुम्हारी याद आती रहती है।" सासुओं का राज अब राजस्थान से बिदा हो चुका था, तभी तो खलपा जैसे सबसे पिछड़े कानों में भी सास को रक्त के आँसू रोना पड़ता था। सौत ने कह दिया था, रोशनी बुझा देना। गौरी ने इशारे से कहा भी—"न जरूरत हो, तो बत्ती बुझा दूँ।" बहुत दिनों बाद बहू का मुँह सास देख रही थीं, उस बहू का मुँह जिसने कभी उसका अनिष्ट नहीं सोचा, और सदा उसके साथ सहानुभूति-सम्मान दिखलाती रही, इसलिए उसने यह कहकर बत्ती नहीं बुझाने दिया—"थोड़ी देर और तुम्हारा मुँह देखूँगी, फिर बत्ती बुझा देना।" जब बत्ती को बुझते नहीं देखा, तो सौत आग-बबूला होती आई और स्विच दबाकर उसने बत्ती को बुझा दिया।

सास को आये दो-तीन दिन हो गये। उनका दिल बहलाने के लिए गौरी बराबर उनके पास रहकर बातें करती रहती। वह दोपहर के वक्त सास के पास बैठती। सौत को यह बिल्कुल पसन्द नहीं था। वह जनाने की ओर से आने वाले दरवाजे को भीतर से बन्द कर सो गई। उधर के बरांडे में गौरी नहीं लेट सकती थीं, क्योंकि धूप ज्यादा थी। दरवाजा खटखटाया, तो कोई जवाब नहीं मिला। उधर का दरवाजा खोलने के लिए देवर द्वारा नर्स को कहलवाया, लेकिन वैसा करने का नर्स को हुकुम नहीं था। इस पर गौरी को भी कुछ गुस्सा आ गया, उसका कारण भी था, वह धूप में कैसे बैठ सकती थी। जब उसने दरवाजा तोड़ देने की धमकी दी, तो वह खोल दिया गया—सौत सोने का अभिनय कर रही थी।

ठाकुर साहब को खाने के लिए खिचड़ी दी जाती थी, बँगले से बनकर आती थी। वहाँ आते-आते वह बिल्कुल ठण्डी और नीरस हो जाती। ठाकुर साहब ने गौरी से कहा—“तू बना दे।” लेकिन गौरी काफी तजर्बा रखती थी, उसने कह दिया—“मैं नहीं बनाऊँगी; यदि पेट में कुछ हुआ, तो यह मुझे बदनाम करेगी।” वह गौरी से कहते, बँगले से आते समय छाछ लेती आना। एक बार वह अपने साथ लाई भी, लेकिन फिर कुछ समझकर उसने पीने को नहीं दिया। गौरी इसी आदमी के कारण इतने दुःख-पंक में पड़ी थी, लेकिन वह अब भी कहती—“कौन स्त्री अपने सोहाग को कायम नहीं रखना चाहती ?” कई बार सौत के कहने पर उसने जवाब दिया—“यहाँ डाक्टर खाना नहीं बनाने देते।” शाम को उसने डाक्टर की बीबी से पूछा, तो उसने कहा—“आप जो चाहें बना सकती हैं।” यह तो सौत का बहाना था, वह खाना बनाने के लिए क्यों तकलीफ करने लगी ? अंगीठी रखकर पास की कोठरी में भोजन बनाने में कोई दिक्कत नहीं थी। रोगी को खराब से खराब खाना मिलता था। पास में सेठ का अपना सिनेमा ‘ओलेम्पिक’ था, जिसके रेस्तोराँ से अच्छी आमलेट अवश्य आ जाती थी।

आपरेशन के तीसरे-चौथे दिन राजकुमारी की शादी थी। राजमाता ने बुला भेजा था, लेकिन गौरी नहीं गई। अस्पताल के सामने सेठ के भाई डाक्टर का बँगला था। उसकी लड़की की शादी हो रही थी। सौत के लिए भी न्योता आया था। भला वह महफिल से कैसे अपने को वंचित रखती ? वह सेबेरे ही से तैयार होने लगी। उसकी निर्लज्ञता सेठ को भी पसन्द नहीं आई, और उसने अपनी ‘धर्म बहिन’ से कहा—“आपका जाना अच्छा नहीं होगा। बाईजी की शादी के लिए राजमाता का बुलौआ आया, लेकिन पति की बीमारी के कारण आपकी सौत नहीं गई, आप जायेंगी, तो लोग बदनाम करेंगे।”

ठाकुर साहब सोलह-सत्रह दिन अस्पताल में रहे। अब वह काफी अच्छे हो गये थे। इसी बीच में सलपुर में बँगले में किसी ठाकुर साहब को टिका दिया गया था, इसलिए वहाँ ले जाना अच्छा नहीं समझा गया। सेठ ने अपना बँगला देने को कहा, इस पर गौरी बोली—“अपना बँगला है ही, फिर क्यों पराये बँगले में जायेंगे ?” ठाकुर जानते थे, कि बड़ी पत्नी के बँगले पर उन्हें अधिक आराम मिलेगा, और वह जाने के लिए “हाँ” भी कर चुके थे; लेकिन पीछे सेठ और उसकी ‘धर्म बहिन’

उन्हें सेठ के बँगले ही में ले गये। गौरी अपने बँगले में आ गई, जहाँ से वह एक-दो दिन बाद बराबर हालचाल देखने के लिए जाया करती। ठाकुर साहब ने कहा—"रोज क्यों नहीं आती ?" इस पर उसने जवाब दिया—"रोज आने के लिए मेरे पास मोटर के लिए पेट्रोल कहाँ है ? मोटर भेज दिया करें, तो आ जाया करूँगी। इसके बाद दूसरे दिन ठाकुर साहब ने मोटर भेजी, और गौरी भी चली गई।

बीमारी से मुक्त होने की खुशी का सुनहला मौका था, ऐसे समय सेठ साहब भोज का आयोजन क्यों न करते ? ठाकुर साहब के हित-मित्रों की संख्या बहुत संकुचित हो चुकी थी, लेकिन उसकी कमी सेठ का परिवार पूरा करता था। खुशी में नौकर और नौकरानियों को भी साफे और लुगड़ियाँ बाँटी गई। गौरी के यहाँ आठ नौकर थे, जिनके लिए तीन साफे आये, और पाँच डावड़ियों पर तीन लुगड़ियाँ। इस पर गौरी ने ठाकुर साहब से कहा—"इससे तो अच्छा होता, यदि आपने मेरे पास चीज न भेजी होती। मैं कैसे कुछ को दूँ और कुछ को न दूँ। अगर लौटा देती हूँ, तो आपको इसका दूसरा अर्थ समझाया जायेगा।" ठाकुर साहब ने बाकी साफे और लुगड़ियाँ भी भेज दीं। गौरी के भाग्य का कोई पलटा नहीं खाना था, लेकिन उसने अपने पति के साथ अधिक से अधिक सेवा और सहानुभूति दिखलाई। जब वह बिल्कुल अच्छे हो गये, तो उसने उनसे कहा—"अब मेरी पेंशन हो गई, मैं मसूरी जाना चाहती हूँ।"

"ठीक है जाओ।" कहकर ठाकुर साहब ने इजाजत भी दे दी।

उसके बाद ठाकुर उसी पिंजड़े में बन्द होकर खलपा चले गये।

■■■

२३

करमा ने कमाल किया

छोटी ठाकुरानी के 'गुणों' के बारे में जगह-जगह काफी कहा जा चुका है। पिछले दस वर्षों में उसने अपने 'धर्म-भाई' से मिलकर ठेकाणे को सत्यानाश कर डाला। यद्यपि इतने ही दिनों में ठेकाणे की आमदनी चालीस-पचास हजार से बढ़कर दो लाख हो गई, लेकिन उसने धर्म-भाई को तीन लाख का कर्जा करवा दिया, इसलिए कोई आश्चर्य की बात नहीं यदि खलपा के लोगों के मुँह से निकला करता—

करमा ने गजब किया। घर फूँक के खाक किया।

बड़ी सौत के अलग होते ही करमा का अकण्टक राज था। इसी समय से उसके ऊपर मृत ससुर पितर बनकर आने लगे। एक दिन उसने काफी शराब पी ली थी, उसी समय पहली बार ससुरजी सिर पर आये, और वह आँखें निकालकर जोर-जोर से ई-ई--ई करने लगी। डावड़ियों ने आकर घेर लिया और कहना शुरू किया—"क्या हो गया बापजी ?" आवाज इतनी तेज की हो रही थी, कि कमरे के नीचे रास्ते पर जानेवाले लोग भी खड़े होकर सुनने लगे। पितर ने तुरन्त डावड़ियों को जवाब दिया—"मैं तो फूलसिंह हूँ।" अन्तःपुरिकाएँ सहम गईं। बड़े ठाकुर के आ जाने पर वैसा होना ही चाहिए था। फिर पितर ने कहा—"मेरे बेटे को बुलाओ।" आँख के अन्धे, गाँठ के अधूरे बेटे साहब आ गये। पितर के सामने धूप दी जाने लगी। फिर पितर ने कहा—"झाली (सौतेली-सास) को बुलाओ।" सास ने जो सुना, कि पति-देवता आये हुए हैं, तो डर के मारे पसीने-पसीने हो तुरन्त दौड़ी-दौड़ी आई।" ससुर ने कहा—"तेरे पास टूटा बकस पड़ा है ना ?"

हाथ जोड़कर सास ने कहा—'हाँ, बापजी, पड़िया है।"

"उसमें बड़ी झाली (मृत-सौत) का फूल सोने की सौत की मूर्ति पड़ी है ना ?"

"हाँ बापजी, पड़िया है।"

"कल एक फूल और गढ़ा, वह दूसरी पितरानी होगी, फिर तू दोनों पतिरानियों को पूजना।" सास ने 'अच्छा बापजी' कहकर सन्तोष की साँस ली। उन्हें विश्वास नहीं था, कि इतने सस्ते पितर देवता छोड़ देंगे।

अन्तःपुर की औरतें बापजी से हाथ जोड़कर कहने लगीं—"इत्ता दिन पर घट क्यूँ नी होया बापजी ?"

पितर ने बड़े इत्मीनान से कहा—"वह दूसरी (गौरी) मुझे मानती नहीं थी, न धूप देती थी, इसलिए मैं पन्द्रह वर्ष प्रकट नहीं हुआ।"

अब ससुर-देवता अक्सर आने लगे। जब कभी भी दारू की मात्रा अधिक हो जाती, तो फूलसिंह पितरलोक छोड़कर ठाकुरानी के सिर पर जा जाते। सैकड़ों वर्ष के पुराने गढ़ में भूतों-प्रेतों की क्या कमी थी? छोटी ठाकुरानी को उनका बड़ा डर रहता। उनको बड़ी लालसा थी कि रामजी एक बेटा दे देते। अब दरबार में साधु-फकीरों, ओझा-सयानों की महिमा बढ़ी। करमा की देह में दर्जनों जन्तर बँध गये–चोटी में भी जन्तर, बाजू में भी जन्तर, कमर में तो डोरे से चालीस-पचास जन्तर लटक रहे थे। कुछ जन्तर भूतों-चुड़ैलों से बचाने के लिए थे, कुछ बन्ध्यापन दूर करने के लिए और काफी संख्या में वशीकरण के भी जन्तर थे–आखिर ठाकुर को वश में रखना तो सबसे जरूरी बात थी। एक धोबी भूत-प्रेत झाड़ने में बड़ा उस्ताद था। वह सालभर खलपा के ठाकुर के पास रहा। उसे राजगुरु कहा जाता था। बिहार में लाखों-की आमदनी वाली एक महारानी ने भी इस तरह का एक भूत झाड़नेवाला अपने बेटे के लिए रक्खा था। कई वर्षों तक वह राजगुरु राजकाज में दखल देता रहा। खलपा का धोबी राजगुरु एक साल से अधिक नहीं रह सका। औरा के ठाकुर साहब को खून के दबाब की बीमारी थी। ठाकुरानी ने अपने राजगुरु की महिमा औरा की ठाकुरानी के सामने बखानी, और गुरु का मान औरा में भी कुछ दिन तक खूब हुआ। वहाँ पर भी उसने ठाकुर साहब को जन्तर बाँधा, लेकिन खून के दबाब वाला भूत रागगुरु के मान का नहीं था।

★ ★ ★ ★

छोटी ठाकुरानी का 'क्षणो रुष्टा क्षणे तुष्टा' वाला स्वभाव था। एक क्षण में खुश होकर वह किसी को हाथी पर चढ़ाती, और दूसरे ही क्षण

नाराज हो नीचे पटक देती। लौड़ियों में कभी एक की चलती। सारे अन्तःपुर और बाहर भी लोग समझते, कि उसी का राज है। फिर नाराज हो जाती, और धक्का देकर उसे महल से निकालते कह देती—"खबरदार, जो फिर कभी भीतर पैर रक्खा।" इतना ही कहने से उसको सन्तोष नहीं होता था। दरवाजे पर ड्योढ़ीवाले को हुकुम हो जाता, कि उस लौड़ी को भीतर न आने देना। दारोगा जाति के लोगों के पास भी हुकुम चला जाता, कि उस लौंड़ी को ब्याह-शादी, उत्सव-त्योहार में कोई अपने यहाँ न बुलावे, नहीं तो उसकी भी ड्योढ़ी बन्द हो जायेगी। बूढ़ी विधवा लौड़ियाँ दारू-मांस नहीं खाया करती थी, लेकिन ठाकुरानी जबर्दस्ती उन्हें दारू पिलाती, मांस खिलाती। वह विधवा होने के कारण गोटे के कपड़े नहीं पहन सकती थीं। ठाकुरानी उन्हें गोटे के कपड़े पहनाकर हुकुम देकर गाँव में भेजती, कि जाकर अपने मकान के सामने राम्ते पर नाचो। नाच के साथ बाजा बजाने के लिए ढोली भी भेज देती। भला बेचारी आश्रिता विधवा या बुढ़िया हुकुम मानने से कैसे इनकार करके ठेकाणे की सीमा के भीतर रह सकती थीं ? जाकर नाचती, गाँव के लोग ठाकुरानी के इस छिछोरेपन पर आश्चर्य करते, मन में कुढ़ते भी, लेकिन गुण्डे और छिछोर आदमी बहुत खुश होकर उस नाच को देखते।

खर्च के लिए 'धर्म-भाई' की कोठी मौज़ूद थी। खर्च करने में कोताही नहीं थी, सेठ का खजाना खुला हुआ था। कर्ज में गाँव गिरवी रक्खे जा रहे थे। कुछ गाँव सेठ ने अपने नाम लिखाये, कुछ अपने उसी ड्राइवर के नाम, जिसकी स्त्री सेठ की चहेती थी। ड्राइवर का उग्रपुरवाला जमाई भी एक गाँव का गिरवीदार था। काँग्रेस का राज्य हो गया, अर्थात् राजस्थान की रियासतों का विलयन हो गया। खलपा के काँग्रेसी ठेकाणे की इस अन्धेरगर्दी को देख नहीं सकते थे, विशेषकर जनपुर के सेठ और उसके गोइन्दों की लूट-पाट उन्हें पसन्द नहीं थी। १६५१ में उन्होंने इसके बारे में एक अर्जी लिखकर सरकार के पास भेजी, इस पर ठेकाणे को हुकुम हुआ, कि अपनी आमदनी और खर्च का हिसाब दो। कितने ही खर्चों का दिखलाना सम्भव नहीं था, इसलिए ठेकाणे की बही में चालीस हजार की रकम बड़ी ठाकुरानी के नाम लिख दी गई, और यह भी लिख दिया गया, कि गोला ड्राइवर की मार्फत यह रकम उनके पास भेजी गई। जब बड़ी ठाकुरानी से पूछा गया, तो उन्होंने कह दिया—"मुझे एक पैसा भी ठेकाणे ने नहीं दिया।" रसीद के बिना ठाकुरानी के नाम से चालीस हजार रुपया हजम कर जाना कोई आश्चर्य की बात नहीं थी, लेकिन

यहाँ के काँग्रेसवाले भी तो भारत के दूसरे काँग्रेसवालों से बहुत पीछे नहीं है, इसलिए जब अधिक बोलनेवाले की कुछ पूजा कर दी गई, तो मामले को ढीला छोड़ दिया गया।

जुलाई १६५१ में 'धर्म-भाई' सेठ मनूराम सानी चल बसा। एक मामूली रेलवे के साठ-सत्तर रुपये के नौकर से बढ़कर वह करोड़पति बना राजपूताने की कई बड़ी-बड़ी रियासतों में उसकी बड़ी-बड़ी कोठियाँ थीं, राजा और ठाकुर उसकी नाजबरदारी के लिए तैयार रहते। उस दिन (अप्रैल १६५० में) ठाकुर साहब के भाग आने पर छोटी सौत ने अपने सारे जेवर, धन, पैसे को ढोकर, सेठ के घर में पहुँचा दिया, और अपने को अकिंचन बनाकर निश्चिन्त हो गई। जब सेठ बीमार पड़े, तो 'धर्म-भाई' की खोज-खबर लेने ठाकुरानी साहिबा बराबर जाया करती। सेठ के कोई पुत्र नहीं था, उसका उत्तराधिकारी उसका जमाई था। सेठ ने अपने सात भाइयों को भी कुछ-कुछ सम्पत्ति देकर उन्हें लूट-खाने लायक बना दिया था। ठाकुरानी का सारा धन जमाई के हाथ में गया, या भाइयों को भी कुछ मिला, इसके बारे में कुछ नहीं कहा जा सकता। सेठ के मरने पर ठाकुरानी एक दिन जब सेठ के घर गईं, तो सेठानी ने डाँटकर कहा— "डाकण, कलमुँही, क्या लेने आई है ? हमारे घर को तो तूने खराब कर दिया, अब क्या चाहती है ?" सेठानी पूरी कोल्हू थी। मालूम होता था, किसी बड़े गोल पीले के ऊपर सिर के नाम से छोटी हँडिया रख दी गई है। रूप के लिए वहाँ कोई सावल ही नहीं हो सकता था। वह आसानी से कुरूपाओं की रानी बन सकती थी, फिर सेठ ऐसी स्त्री की क्यों परवाह करने लगा ? सेठ स्वयं भी ठिगणा, काला और कुछ तुन्दिल-सा कुरूप आदमी था, लेकिन उसकी कुरूपता को ढँकने के लिए उसके पास करोड़ों का धन था—"सर्वे गुणाः कांचनमाश्रयन्ति।" वह बराबर रण्डियों और ह्विस्की की बोतलें लिए परमुण्डे फलाहार करता। ठाकुरानी ने सेठानी की गालियों को सिर झुकाकर सुना, और उससे भी ज्यादा भविष्य की आशंका से भयभीत क्या-क्या सोचती लौट गई। उसने ठेकाणे के कामदारों और नौकरों को बुलाकर पूछा—"तुम्हारे सामने ही सारा धन लारी पर ढोकर सेठ के यहाँ गया, कचहरी में तुम्हें गवाही देनी पड़ेगी।" सभी कामदार और नौकर तो सेठ के ही आदमी, और सेठ की लूट में साझीदार भी थे, वह क्यों 'आ बैल, मुझे मार' कहने के लिए तैयार होते ? उन्होंने गवाही देने से इनकार करते हुए कहा—"हमको क्या मालूम, कि लारी में क्या भेजा गया था।" ठाकुरानी महीने-दो-महीने नौकरों को रखकर

गाली दे उन्हें बाहर कर देती, फिर उसके मित्र कहाँ से मिलते ? अन्धाधुन्ध वेतन देने के लिए तैयार होने पर भी कोई विश्वासपात्र नौकर उसके पास रहने के लिए तैयार नहीं था। हिम्मतसिंह मामा का ड्राइवर गोकुल अपने पहले मालिक के यहाँ पन्द्रह रुपया महीना पाता था। उसे खलपा की छोटी ठाकुरानी ने तीन सौ रुपया महीने पर रक्खा क्या, सेठ ने रखवाया। इसमें सन्देह नहीं, कि इस तनख्वाह में काफी हिस्सा सेठ का भी था। जिस समय अभी वह पहले ही पहल नौकर हुआ था, और ठाकुर साहब ने हवेली के भीतर गौरी के पास औरतों को जाने की मनाही कर दी थी, उस समय रोकने का काम गोकुल को दिया गया था। वह एक औरत को गाली देते मारने दौड़ा। उसी समय उसके पुराने मालिक आ गये। मालिक राज्य के एक उच्च अफसर थे। उनका लड़का पुलिस इन्स्पेक्टर भी साथ में था। उन्होंने गोकुल को फटकारा और इन्स्पेक्टर को पकड़ने के लिए कहा, तो वह पैरों में पड़कर गिड़गिड़ाने लगा—"नहीं बापजी, मेरा कसूर नहीं है, माफ कीजिए, मैं ऐसा नहीं करूँगा।"

जसपुर के ठेकाणे में मालगुजारी अधिकतर बिगोड़ी है, अर्थात् बिगहे पर नगद लगान ली जाती है। मालर में वह बँटाई है और मालगुजारी अनाज के रूप में ली जाती है। जैसा कि पहले कहा, खलपा ठेकाणे की आमदनी १६४० में चालीस-पचास हजार थी, जो अनाज की मँहगाई के कारण अब दो लाख हो गई थी। ठेकाणा फसल का प्रायः चौथाई हिस्सा लेता था, जिसमें से राज्य रेख-चाकरी ले लेता। उग्रपुर में ठेकाणेदारों से रेख-चाकरी नहीं ली जाती, उसकी जगह ठाकुरों को दरबार में उपस्थित रहकर चाकरी बजानी पड़ती है—प्रथम श्रेणी के ठाकुर तीन महीना, द्वितीय श्रेणी के छः महीना और तृतीय के नौ महीना आकर उग्रपुर में बैठे रहते—शिकार में साथ जाना, दरबार में मुसाहिबी करना आदि कोई काम करते रहते। घर में कोई मर भी जाय, तब भी बिना रावल साहब की आज्ञा के वह घर नहीं जा सकते।

१६५१ के अन्तिम छ महीनों में ठाकुरानी ने अपनी रक्खी धरोहर के पाने के लिए बड़ी कोशिश की, लेकिन न सेठ का दामाद स्वीकार करता था, कि धरोहर हमारे पास है, और न उसके भाई ही। वह कह देते— "जिसने धरोहर रक्खी है, उसके पास जाओ।" सचमुच ही अब वह धरोहर सेठ के पास पहुँचने पर ही मिलेगी। ठाकुरानी ने ठाकुर से कहकर मुकदमा दायर करवा दिया है, लेकिन धरोहर रखने का गवाह

कौन है ? अब गुलछर्रे उड़ाने के लिए पहली तरह रुपया कैसे मिल सकता, जबकि जागीरें खतम होने वाली हैं। खलपा के हाथी और घोड़े पहले जैसे नहीं रहे—यह ठाकुर साहब की अदूरदर्शिता ही है, जो कि आठ-दस घोड़े और एक ऊँट अब भी रक्खे हुए हैं। एक जीप और एक लारी भी उनके पास है। सलपुर का बँगला अब अधिकतर खाली रहता है, क्योंकि वहाँ महफिलों के लिए पैसे का आगम खतम हो गया है। अब ठाकुर अधिकतर खलपा में रहते हैं। लगान में अनाज कुछ आ जाता है, बस वही जीविका का साधन है। ठाकुर साहब को इस जगह पहुँचाकर भी अभी छोटी ठाकुरानी उसी तरह उनके ऊपर हावी हैं। इन भूभारभूत सामन्तों और रानियों को काँग्रेसी सरकार को धन्यवाद देना चाहिए, कि जो वह भूख के मारे भीख माँगने के लिए अभी तक मजबूर नहीं हुए, बल्कि उल्टा डाकुओं की मदद से अपना राजपाट लौटाने और काँग्रेसी सरकार को उखाड़ फेंकने का स्वप्न देख रहे हैं।

■■■